Luis Zueco (Borja, Zaragoza, 1979) es director de los Castillos de Grisel y de Bulbuente, dos fortalezas restauradas y habilitadas como alojamientos con encanto y como sede de eventos. Además, es ingeniero industrial, licenciado en Historia y máster en Investigación artística e histórica, miembro de la Asociación Española de Amigos de los Castillos y colaborador, como experto en patrimonio y cultura, en diversos medios de comunicación. En 2011, publicó *Rojo amanecer en Lepanto*, seguido de *El escalón 33* (2012) y *Tierra sin rey* (2013). Zueco ha logrado el éxito internacional de la crítica y el público con su fascinante Trilogía Medieval: *El castillo*, *La ciudad* y *El monasterio*. Sus libros posteriores, todos ellos publicados en Ediciones B, son *El mercader de libros* (2020), *El cirujano de almas* (2021) y la bilogía Un Mundo Nuevo, compuesta por *El tablero de la reina* (2023) y *El mapa de un mundo nuevo* (2024), que lo han consagrado como uno de los novelistas más importantes de nuestro país.

Papel certificado por el Forest Stewardship Council®

Primera edición en esta colección: julio de 2025
De este título se han hecho un total de 10 ediciones



*Printed in Spain* – Impreso en España

ISBN: 978-84-1314-853-3
Depósito legal: B-8.810-2025

Compuesto en Llibresimes
Impreso en Black Print CPI Ibérica
Sant Andreu de la Barca (Barcelona)

BB 4 8 5 3 3

# El tablero de la reina

---

LUIS ZUECO

*Para Elena y Martina,*
*las mujeres de mi vida,*
*que me inspiran cada día*

Es un pensamiento que no conduce a ninguna parte, una matemática que no establece nada, un arte que no deja tras sí obra alguna, una arquitectura sin materia; y a pesar de ello el ajedrez ha demostrado ser más duradero, a su manera, que los libros o cualquier otra clase de monumento. Este juego único pertenece a todos los pueblos y a todas las épocas, y nadie puede saber de él, qué divinidad lo regaló a la tierra para matar el tedio, aguzar el espíritu y estimular el alma.

STEFAN ZWEIG,
*Novela de ajedrez*

La ucraniana Anna Muzychuk es una gran maestra de ajedrez y triple campeona del mundo, que en diciembre de 2017 se negó a participar en el Mundial que se celebró en Arabia Saudí, renunciando a revalidar sus títulos porque no quería estar «donde a las mujeres se las trata como a ciudadanas de segunda». La campeona española Sabrina Vega y otras jugadoras también renunciaron al mundial como protesta ante las discriminación que sufren las mujeres en este país. El 23 de diciembre de 2022 la ajedrecista iraní Sara Khadem participó en el Mundial de Ajedrez Rápido en Kazajistán con la cabeza descubierta, representando a las mujeres que luchaban en Irán por la libertad. Como consecuencia de ello tuvo que exiliarse en España para no ser detenida al regresar a su país.

Defender los principios en los que crees implica renuncias, sacrificios, luchar y estar dispuesto a asumir pérdidas, e incluso dolor. Pero sin principios no somos nada. Ojalá estas mujeres sean un ejemplo a seguir, ojalá mi hija entienda los valores que promueven acciones como la de ajedrecistas y comprenda lo importante que es defender la dignidad, a pesar de las consecuencias.

Desafortunadamente, la libertad y la igualdad siempre estarán amenazadas, somos unos ilusos si creemos lo contrario.

En esta novela podrán comprobar que en la política y en el ajedrez, una mujer rompió las reglas establecidas y se alzó empoderada para dominar ambas por primera vez.

España es la cuna del ajedrez moderno y de la universalización, gracias a él, de una figura femenina como la más poderosa sobre el tablero. Un hecho revolucionario para la Edad Media. Desde nuestro país, el ajedrez moderno se expandió a los reinos europeos y llegó a América.

Las piezas de ajedrez más antiguas de Europa están en España. El ajedrez es parte esencial de nuestra cultura, sin embargo no hemos hecho gala de ello, a pesar de que desde 1988 es el país que organiza más torneos internacionales, y se prevé un numeroso aumento de participantes tras la pandemia.

El ajedrez ha ido evolucionando desde que se creó hace más de mil años. Dicen que ahora vive una edad de oro, que internet lo ha revolucionado, pues cualquier aficionado puede medirse con el mismísimo campeón del mundo en uno de los miles de torneos que hay en la red. Se ha puesto de moda el ajedrez rápido y el juego online. En internet priman más los reflejos que el análisis, y ha comenzado a retransmitirse en YouTube y Twitch. El ajedrez rápido (entre diez y veinticinco minutos por jugador) y el relámpago (unos pocos minutos) son una consecuencia de los nuevos tiempos que vivimos. Lo que demuestra la capacidad del juego para adaptarse a las nuevas épocas y circunstancias.

El ajedrez fue reconocido formalmente como deporte por el COI en el año 1999, con más de seiscientos millones de practicantes en el mundo. Ha sido candidato para los próximos Juegos Olímpicos de París 2024, pero injustamente rechazado.

Si me lo permiten, les daré un consejo antes de empezar esta lectura: no pierdan nunca el control del centro del tablero, enroquen al rey para protegerlo, todos querrán matarlo, y no duden en sacrificar las piezas necesarias para avanzar posiciones. Y piensen que hasta el último peón puede alcanzar la octava casilla y cambiar su destino. Comienza la partida, muevan ficha.

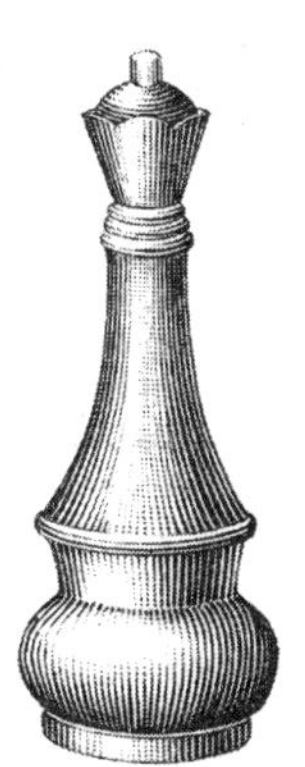

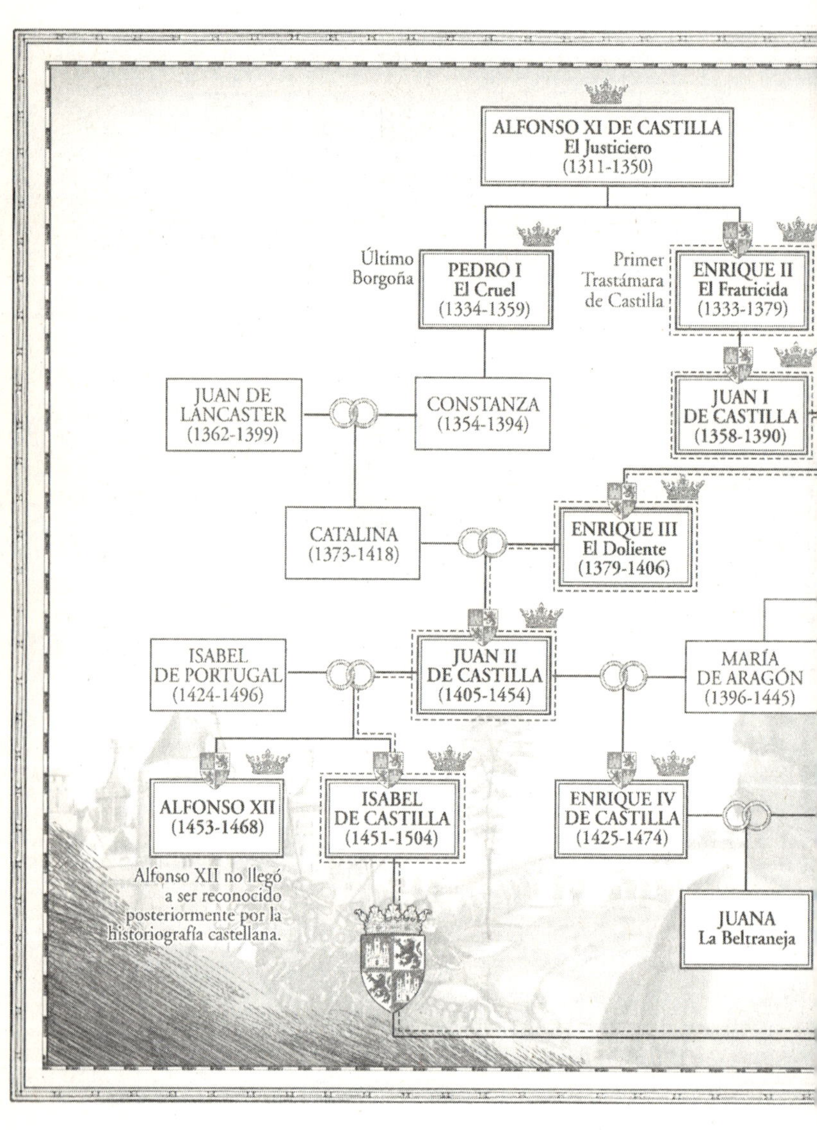
ALFONSO XI DE CASTILLA
El Justiciero
(1311-1350)
Último Borgoña
PEDRO I
El Cruel
(1334-1359)
Primer Trastámara de Castilla
ENRIQUE II
El Fratricida
(1333-1379)
JUAN DE LANCASTER
(1362-1399)
CONSTANZA
(1354-1394)
JUAN I
DE CASTILLA
(1358-1390)
CATALINA
(1373-1418)
ENRIQUE III
El Doliente
(1379-1406)
ISABEL
DE PORTUGAL
(1424-1496)
JUAN II
DE CASTILLA
(1405-1454)
MARÍA
DE ARAGÓN
(1396-1445)
ALFONSO XII
(1453-1468)
ISABEL
DE CASTILLA
(1451-1504)
ENRIQUE IV
DE CASTILLA
(1425-1474)
Alfonso XII no llegó a ser reconocido posteriormente por la historiografía castellana.
JUANA
La Beltraneja

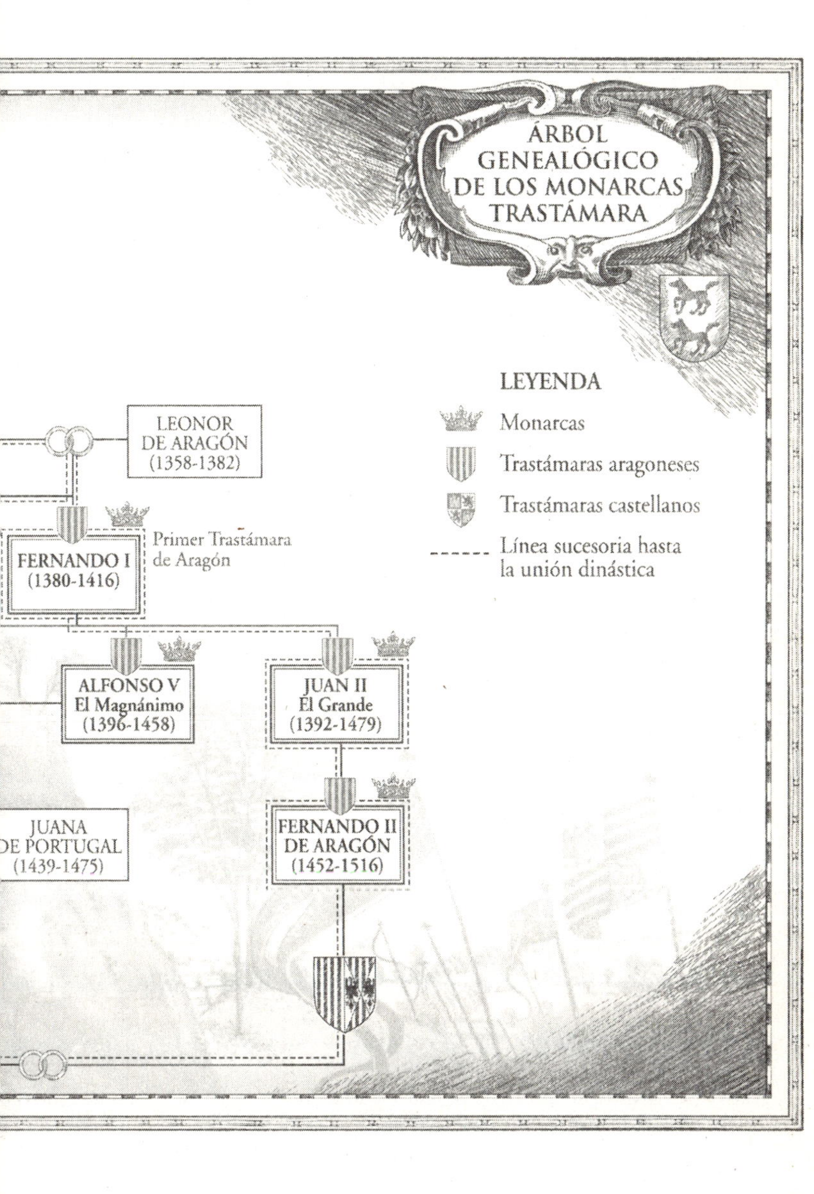
ÁRBOL GENEALÓGICO DE LOS MONARCAS TRASTÁMARA
LEYENDA
Monarcas
Trastámaras aragoneses
Trastámaras castellanos
Línea sucesoria hasta la unión dinástica
LEONOR DE ARAGÓN (1358-1382)
FERNANDO I (1380-1416)
Primer Trastámara de Aragón
ALFONSO V El Magnánimo (1396-1458)
JUAN II El Grande (1392-1479)
JUANA DE PORTUGAL (1439-1475)
FERNANDO II DE ARAGÓN (1452-1516)

REINOS PENINSULARES
SIGLOS XIII-XV
REINO DE FRANCIA
ASTURIAS
SEÑORÍO DE VIZCAYA
REINO DE NAVARRA
CORONA DE ARAGÓN
CORONA DE CASTILLA
REINO DE PORTUGAL
REINO DE GRANADA
Santiago de Compostela
León
Valladolid
Olmedo
Segovia
Salamanca
Alcalá de Henares
Madrid
Toledo
Ocaña
Requena
Valencia
Sevilla
Granada
Mar Océana
Mar Mediterráneo

# El ajedrez al inicio de la segunda mitad del siglo XV

Nos encontramos en tiempos de guerra civil en el reino de Castilla.
Las huestes rebeldes del joven infante Alfonso han logrado su
primera gran victoria contra el rey.

En los últimos siglos, el ajedrez se ha convertido en un juego lento.
Los alfiles se desplazan mediante un salto y solo pueden alcanzar
ocho casillas de su diagonal, necesitan tres saltos para llegar
a las dos más lejanas.
Además, no tienen la posibilidad de luchar contra el alfil contrario
con el mismo color de casilla porque los «saltos» lo impiden.
Y las diagonales centrales son inaccesibles para todos ellos.

La reina todavía es llamada «alferza» en muchos lugares,
sobre todo cuando se juega contra musulmanes.
Se desplaza solo una casilla cada vez en diagonal, adelante o atrás,
excepto en su primer movimiento, en el que puede avanzar tres,
incluso saltando otras piezas.

Solo los peones, la torre, el rey y el caballo se juegan
como en la actualidad.
La mayoría de las partidas entre buenos jugadores
se agotan sin un vencedor.
El juego se ha tornado aburrido y ya no refleja el mundo
en el que se vive.

Sin embargo, un profundo cambio se está gestando
entre un reducido número de jugadores.
Ellos están convencidos de que el ajedrez debe cambiar y con él,
la sociedad y la política, reflejar la nueva era que se está iniciando
y difundirse por todo el mundo.

# Prefacio

Se adentra con sigilo por una ventana del palacio, no hay nadie. Avanza por un interminable pasillo. Al final del mismo hay una puerta profusamente decorada, bajo un arco con yeserías.

Contiene la respiración y la empuja. Asoma la cabeza al interior y siente una enorme liberación, está solo. Cierra tras él, da varios pasos y mira a su alrededor.

Es la fabulosa biblioteca de la que tanto ha oído hablar. Han pasado siglos desde que el último cristiano tuvo acceso a ella. Pero Ruy es así, hace tiempo que descubrió que si quería conocer la verdad sobre los hechos históricos debía arriesgarse, abandonar la silla de su escritorio e ir al lugar donde pudiera hallar la luz que ilumine la oscuridad del pasado.

Ahora solo necesita encontrar la razón por la que ha venido hasta aquí.

Al entrar en contacto con aquellos manuscritos se queda embelesado, el labrado de los textos es una oda a la ornamentación: encuadernaciones recubiertas con piedras preciosas, pliegos perfumados, códices con exquisitos dibujos... Es una experiencia inigualable.

Intenta controlar su emoción, no puede distraerse. Busca un manuscrito muy concreto, una crónica de hace más de dos siglos que se creía perdida, hasta que descubrió que la última copia podía estar aquí.

Lástima que sea la biblioteca del rey de Granada y las relaciones de este reino con Castilla no estén en su mejor momento. Así que o se cuela en el palacio o nunca podrá leerla.

A Ruy le come por dentro su terca obsesión por querer saber lo que ocurrió realmente en otras épocas y poder contarlo, sin medir las consecuencias y sin darse cuenta de que revelar la verdad de la historia rara vez tiene recompensa. Es eso lo que ha motivado a Ruy a cruzar la frontera y adentrarse en el reino de Granada. Al pueblo no se le puede hurtar el derecho a conocer la verdad de su propia historia, cueste lo que cueste.

Comienza a revisar los textos y los va descartando rápidamente, no le interesan los escritos en árabe, que son la inmensa mayoría. Él sabe que tiene que haber otros en latín y en griego.

«¿Dónde pueden estar? Piensa, piensa», se dice.

Observa una estantería de una altura considerable. Siente un pálpito y va confiado hacia ella. Se sirve de una silla que toma de una esquina y logra alcanzarlos.

«Son latinos, tiene que estar aquí».

Hay más manuscritos de los que él imaginaba, así que ha de darse prisa. Va desechando uno a uno al tiempo que vigila de reojo que la puerta no se abra y le descubran.

«¡Este es!». No puede creerlo, lo tiene.

Entonces la puerta se abre. Ruy salta de la silla y echa a correr hacia las ventanas. Mira abajo y ve que no es posible saltar desde allí. Los árboles están lejos y no cree que pueda alcanzarlos.

Oye gritos en árabe y al volverse descubre a dos guardias que desenfundan sus sables de hoja curva. No hay tiempo para pensarlo más, coge carrerilla y se lanza al vacío ante la mirada de asombro de los vigilantes. El golpe contra las ramas es doloroso, pero se agarra a ellas como si le fuera la vida en ello y resbala por el tronco hasta caer, magullado, contra el suelo.

Es increíble que el salto haya tenido éxito.

Desde los ventanales le insultan y gritan para dar la alarma.

Teme no poder correr por la caída, sin embargo está acostumbrado a estos lances y se aleja antes de que nadie pueda apresarle. Le espera su fiel yegua, que responde al oír su silbido y sobre la que monta presto para salir al galope hacia la puerta más cercana de la ciudad.

Cuando se aproxima, serena el paso y cruza como si fuera un mero visitante, pero en cuanto está fuera oye de nuevo gritos de alarma a su espalda. Y antes de quedarse a descubrir la razón, espolea a la yegua para que arranque al galope.

PRIMERA PARTE

# LOS PEONES

# 1

*Toledo, primavera del año 1467*

Gadea está impaciente, lo tiene todo preparado. Ha colocado el tablero de manera minuciosa sobre la mesa, con la casilla blanca en el ángulo derecho, y ha situado las figuras en sus respectivos escaques. De todas ellas, las que más le atraen son las torres, porque le recuerdan a los imponentes castillos. Nunca ha estado dentro de uno, solo pueden acceder los hombres de armas, los nobles y los reyes, pero a ella le gustaría subirse a las murallas y recorrer el adarve para asomarse por las almenas y otear el horizonte en busca de enemigos.

Su abuelo llega tarde y esto no le gusta. Ella le espera en casa, una vivienda amplia intramuros de Toledo, en una sala presidida por un crucifijo de madera que cuelga de la pared, al que reza cada día como le ha enseñado su madre, que insiste en recordarle que la bautizaron en la iglesia de Santa Eulalia, la que dicen que es la más antigua de la ciudad.

Un gato pardo se sube al alféizar de la ventana y la mira, a Gadea le encantan los felinos.

Por fin entra por la puerta su abuelo, un hombre afable y divertido que siempre la hace reír. Sin embargo, ese día trae un semblante serio y compungido.

—¿Estás sola, Gadea?

—Sí, esperándote para jugar.

—Muy bien. —Desliza los dedos por el cabello de su nieta, despeinándolo.

—¡Abuelo! —Gadea se revuelve y le aparta la mano.

—Ya queda poco para tu boda, qué ganas tengo de que llegue ese día.

—Yo también —dice ella radiante.

—Cuando te cases y te vayas a vivir con tu esposo, ya no podremos jugar tanto al ajedrez. Ahora que estás aprendiendo tan rápido, si lo llego a saber te enseño antes... —pronuncia con cierta tristeza.

—¿Por qué no lo hiciste?

—Pues... la culpa es solo mía. No pensé que una niña entendería tan bien el juego. Pero nunca es tarde si la dicha es buena.

Toma asiento y lo primero que hace su abuelo es tocar la figura de la reina con las yemas de los dedos. Es un ritual, Gadea es consciente de ello. Le agradan ese tipo de cosas porque son familiares, y a ella le complace la tranquilidad de lo cotidiano.

Gadea recuerda la primera vez que vio las treinta y dos figuras, esas pequeñas esculturas talladas en madera de roble. Lo que sintió al mandar sobre caballos, torres y alfiles con los que atacar a su adversario. Tener que matar al rey le pareció terrible y, a la vez, asombroso. Gadea se creyó poderosa, dejó de ser una chiquilla, la hija de un tundidor, para imaginarse como una hábil gobernante.

Ella tiene un físico común, pero unos ojos demasiado grandes que han sido motivo de burla fácil desde su infancia. Le han puesto infinidad de apodos, pero lo que más la irrita es que le digan «cara pez». Por eso desea tanto olvidar el pasado y convertirse en una mujer. Por suerte descubrió hace poco el ajedrez, le entusiasma examinar las piezas cuando están ordenadas esperando el inicio de una partida y odia verlas sin orden ni concierto fuera del tablero.

Para ella, observar la sucesión de escaques blancos y negros le muestra una realidad en la que se siente protegida. No comprende todavía el mundo, ni las leyes, ni el poder de los nobles, ni el control de la Iglesia, y mucho menos las disputas, las traiciones, el desprecio y tantas otras cosas de las que hablan sus mayores, como la guerra que constriñe ahora el reino. En cambio, en esas sesenta y cuatro casillas ella lo que siente es armonía.

Jugar una partida le resulta maravilloso, dos rivales con las mismas armas y posibilidades de salir victoriosos. El tablero puede parecer un espacio reducido, incluso claustrofóbico, sin embargo las opciones son infinitas. Ella detesta el caos del día a día, por eso ama las reglas precisas del ajedrez.

Comienza la partida.

Gadea mueve su peón de rey. Su abuelo esboza una escueta sonrisa en su rostro y saca uno de sus caballos. A partir de entonces los movimientos se suceden. El anciano apenas habla, algo poco habitual en él. Gadea aún no ha logrado vencerle, estuvo a punto en dos ocasiones, pero finalmente no pudo superar la pericia de su querido abuelo, cuyo alfil derecho traza ahora una diagonal larga y profunda, filtrándose entre sus defensas, como si abriera un surco en el tablero. Apunta a una de las figuras más preciadas de Gadea, la torre, a la que fulmina de manera inmisericorde. Ella se enerva, no lo puede ocultar. Y su abuelo se percata y sonríe al ver cómo su nieta se enrabieta en silencio.

La partida está avanzada cuando llega su madre del mercado, se acerca y les da un beso en la mejilla a cada uno.

Gadea no se inmuta, se muerde el labio inferior y balbucea algo parecido a un saludo. No alza la vista, está enojada consigo misma, y también frustrada. Odia perder, y está convencida de que por fin hoy va a ganarle.

—Padre, he oído que ha habido altercados en una de las puertas de la catedral —comenta su madre.

—Nada fuera de lo normal, a los problemas de siempre se ha añadido la disputa por el trono. Parece que los cristianos viejos no tienen claro que la ciudad deba tomar partido por el infante Alfonso en contra del rey Enrique.

—¿Crees que fue buena idea apoyar al infante? —pregunta la madre de Gadea desde la cocina.

—Bueno, él también se ha coronado. Así que puede decirse que ahora mismo hay dos reyes en Castilla.

—¿Cómo es eso posible? ¡Es un despropósito!

—Lo han hecho en Ávila, montaron un cadalso y convocaron a toda la ciudad. Depositaron en un trono real un muñeco, relleno de paja y lana, con las facciones del rey Enrique. Lo insultaron y lo acusaron de mil barbaridades, incluso de que su hija no era suya. Lo humillaron y golpearon, y entronizaron a un crío, su medio hermano, el infante Alfonso.

—¿Y nos va a gobernar un crío? ¿Te parece bien, padre?

El abuelo de Gadea suspira despreocupado.

—Nunca se sabe. —Se queda pensativo—. No tengo claro qué es mejor para nosotros.

—¡Chisss! La niña... —La madre de Gadea le lanza una mirada punzante cortando lo que iba a decir y señala moviendo la cabeza hacia su hija, que está concentrada en la partida.

—Lo sé, perdona.

—A veces me desesperas, padre.

Su madre es una mujer de carácter fuerte y, a la vez, tiene gracia y desenfado para abordar cualquier cuestión grave o ligera; no como su padre, que es más callado y práctico. Es de esas mujeres que no se callan cuando están a disgusto, que dan su opinión sin dudarlo y siempre con acierto. Es la que manda en la casa, a pesar de que la mayoría de los que allí viven son hombres.

—¿De qué habláis? —inquiere Gadea.

—De nada —responde rápido su madre.

Entonces Gadea mueve su caballo, que salta sobre la línea de peones de su abuelo y ataca directamente al rey, que no ha tenido tiempo de enrocarse.

—¡Jaque!

—Gadea, ¿cómo es posible? —Su abuelo se pasa la mano desde la nuca hasta la sien y resopla—. Tu hija tiene un don para este juego, nunca he visto a nadie que en tan poco tiempo lograra dominar así el ajedrez. Creo que... —mira a su nieta—, estás dispuesta a ganarme, ¿verdad, pequeña?

Gadea sonríe de forma maliciosa y se encoge de hombros.

—Tienes que saber que el ajedrez es una metáfora de la vida. Al jugar buscamos diversión. Sin embargo, si abres bien los ojos, puedes aprender más de lo que te imaginas.

—¿Cómo? —inquiere ella con interés.

—A menudo incluimos en nuestras rutinas una serie de hábitos que repetimos de forma casi mecánica sin saber que tienen un significado más allá del que nosotros le damos.

Gadea observa el tablero, pero apenas entiende lo que le está explicando su abuelo.

—En este juego, las piezas se encuentran dispuestas en dos bandos —continúa—, blancas y negras, entroncando con la teoría de los opuestos: la luz y las tinieblas, el cielo y la tierra, el bien y el mal.

—¡Padre! No le digas esas cosas a la niña, que la vas a embolicar justo antes de su boda.

—Precisamente por eso —advierte él—, más vale que empiece a saber cómo funciona el mundo. Nuestra familia debe ser lista y precavida, ya lo sabes.

—Pero, padre, ¿Gadea también? Ella ya no es una... Y, además, ¡se casa con el hijo del médico!

—Para ellos nuestro linaje siempre estará manchado —sentencia el abuelo, que retira su rey para protegerlo—. Da igual las generaciones que pasen.

—Ella está fuera de peligro —insiste la madre.

—Qué ilusa eres, hija.

—Eso que insinúas no tiene ningún sentido, ¡no me marees, padre!

—¿Y quién ha dicho que deba tenerlo? —contesta el abuelo enervado.

—¡Estamos jugando, madre! —Gadea come un peón con su caballo y amenaza de nuevo al rey de su abuelo—. No nos despistes.

—Hoy te has propuesto hacérmelo pasar mal... El ajedrez es tan caballeroso que hasta el asesinato se anuncia con el jaque; no hay puñaladas traperas como en la vida.

Su abuelo vuelve a mover su rey y Gadea hace avanzar su alfil para comerse otro peón. El anciano se inclina sobre el tablero para ver mejor las posiciones y los escaques vacíos. Decide adelantar un caballo, pero antes de tocar la figura se detiene. Lo piensa mejor y acerca sus dedos al rey, aunque por el momento tampoco lo mueve. Se lleva la mano a la nuca y contempla ensimismado a su nieta.

Aún recuerda cuando solo era una niña que se dormía en su regazo. A la que cantaba canciones para que bailara y riera. Cuando Gadea tenía menos de dos años, tuvo que salir de viaje y no la vio en una semana. Al regresar temía que se hubiera olvidado de él, pero al verle de nuevo corrió a abrazarle con todas sus fuerzas. Y no dijo nada, ni se rio ni se movió, sino que permaneció por espacio de una hora aferrada a él con brazos y piernas. Era su manera de decirle: «Abuelo, no vuelvas a irte; abuelo, te quiero».

Ahora es una joven maravillosa y más inteligente de lo que nunca imaginó. No lo puede decir, pero lamenta que se vaya a casar. Sabe que es ser poco generoso por su parte, sin embargo no puede evitarlo, por eso no se pronuncia al respecto.

Finalmente mueve el rey una casilla a la derecha.

Huele a cebolla, su madre está haciendo una sopa y ella odia la cebolla.

Gadea observa con detenimiento el tablero, quiere estar segura de lo que va a hacer. Toma la torre que se halla en posiciones más retrasadas y la hace recorrer tres escaques hasta amenazar de nuevo al rey enemigo.

—Jaque mate, abuelo.

—¡Cómo! —Su madre, que tiene un oído finísimo, se acerca de inmediato para comprobarlo desde la cocina—. ¡Padre! ¿Así pretendes enseñarle algo? ¡Dejándote ganar!

—Hija, yo no... Jamás regalaría una derrota. A otro juego tal vez, pero nunca al ajedrez.

—¿Y entonces? —inquiere desconcertada la madre de Gadea—. Si apenas aprendió a jugar hace unas semanas.

—Lo sé.

Su abuelo, lejos de estar enojado por haber sido vencido, sonríe como si fuera el protagonista de la mayor de las victorias.

Al otro lado del tablero, Gadea le mira orgullosa con sus enormes ojos oscuros.

# 2

El tañido de las campanas despierta a Gadea en mitad de la noche. Es como si todos los repiques de la ciudad doblaran al unísono, pero sin orden ni concierto. Eso no puede significar nada bueno, jamás ha oído nada igual en Toledo.

Dirige su mirada hacia una esquina de la alcoba, donde aguarda colgado su vestido de novia. Se casará en una semana con Marcos, el hijo del médico. Lo conoce desde que eran críos, pero entonces no pensó que algún día sería su esposo. Sus familias acordaron el enlace hace unos meses. Es un buen hombre, más bajo de lo que a ella le gustaría, pero no ha podido elegir. Al menos es limpio y su familia está encantada con los desposorios. Se siente querida, tendrán muchos hijos y serán felices.

—¡Gadea! Vístete, ¡deprisa!

—¿Qué ocurre, madre?

—¿No me has oído? ¡Vamos! —Sus gritos se entremezclan con el incesante repicar de las campanas, de una manera tan estruendosa que le produce un terrible dolor en los oídos.

Obedece ayudada por su madre, que tiene el rostro desencajado por el miedo y le tiemblan las manos. Nunca ha visto esa impronta de terror en ella, ni siquiera cuando hace años la vio sujetando la mano de la abuela, la madre de su madre, mientras agonizaba instantes antes de fallecer.

A empujones, la hace bajar a la cocina, donde sus tres hermanos mayores aguardan junto a su padre. Portan palos, cuchillos y herramientas punzantes. La miran, todos la miran. Y ella se asusta, sus ojos están empañados de pánico. Sus hermanos no hablan ni la tratan como de costumbre. Su padre tampoco, él solo grita y blasfema. Habla de odio y venganza, de muerte y dolor.

Su madre también se une a la espiral de violencia, agarra a Gadea con fuerza y tira de ella para alejarla. Le hace daño en la muñeca y ella se queja, pero su progenitora hace oídos sordos y tira con más fuerza aún.

El sonido de las campanas es incesante y además se mezcla con gritos y espantosos ruidos que llegan desde la calle, de una manera insoportable para Gadea.

Entonces irrumpe un terrible estruendo y derriban la puerta de la casa usando como ariete una enorme viga, y entre las astillas surgen el hijo del carnicero, el del boticario y uno de los hermanos de los tinteros, todos portando distintas armas. Gadea los conoce bien, tienen casi la misma edad que sus hermanos, los ha visto cientos de veces, ha hablado con ellos y han jugado juntos de pequeños.

Sin embargo, el primero que entra atraviesa con una estaca el pecho de su hermano mayor, sin un atisbo de duda, y el segundo alza un hacha y se lanza gritando como un animal sobre los otros dos, produciéndoles cortes en el rostro y en el brazo. Ellos reaccionan y lo empujan contra el suelo; su hermano pequeño empuña un cuchillo de cocina y le atraviesa la garganta.

Gadea está paralizada, no es capaz de procesar lo que ven sus ojos.

Por la puerta entran más hombres, su padre toma una mesa y los empuja fuera de la casa. Su madre se ha arrodillado junto a su hermano mayor, que se desangra. Le tiene cogida la mano y llora sin cesar, pronunciando palabras ininteligibles.

Su padre resiste a duras penas bloqueando la puerta. Sus hermanos le ayudan y entre los tres logran apuntalarla y la refuerzan moviendo contra ella el voluminoso armario de la cocina. Respiran aliviados, hasta que ven a su madre rota de dolor sobre el cuerpo ya inerte de su hermano. Y entonces se oye un tremendo estallido, un fogonazo revienta la puerta y lo que hay tras ella. Su padre y sus hermanos salen despedidos y el impacto arranca a su madre de su hijo muerto, lanzándola contra la chimenea.

El interior se llena de una densa nube de humo, polvo y cenizas.

Gadea no puede parar de toser, se ahoga, le cuesta respirar. Cuando el humo se disipa un poco, logra coger una bocanada de aire. Alza la vista y observa a toda su familia ensangrentada. Un temblor recorre su cuerpo, su madre se halla tendida sobre el suelo, estira la mano y le señala la puerta que da al corral.

—Gadea, ¡vete! ¡Corre! —le dice con su último suspiro.

Y ella recibe esas palabras como una sacudida que la hace reaccionar. Una mano coge a su madre por el pelo y le levanta la cabeza. Es uno de los hijos del carpintero, que con la otra mano empuña un cuchillo.

La degüella sin titubear.

No puede creerlo, su mente no es capaz de asimilar lo que sucede.

Gadea se arrastra hacia ella, pero entonces siente un pinchazo en el pecho y jadea en busca de aliento. Le duele la cabeza, tanto que se lleva las manos a las sienes. ¡Es un dolor insoportable!

«¡Corre, Gadea!», escucha en su interior la voz de su madre.

En un acto reflejo, como cuando retiras la mano del fuego antes de quemarte, echa a correr hacia el corral de la casa, tropezándose con los muebles y chocando contra las paredes. Empuja la puerta, que cede de inmediato, y cae rodando. Se incorpora magullada, se trastabilla, pero logra llegar hasta el corral, un pequeño patio de planta cuadrada, con muros altos que lo mantienen a salvo de las miradas de vecinos y curiosos. En su centro hay un laurel frondoso, al que su padre se afana en podar las ramas inferiores y en darle forma a la copa para que dé buena sombra. Tras él se eleva una tapia sin aperturas al exterior.

Nunca la ha saltado, pero sí ha visto hacerlo a sus hermanos.

No tiene más remedio que intentarlo.

Escala por la desconchada pared, buscando los apoyos adecuados. No tiene la fuerza suficiente para trepar rápido, pero sí la habilidad para hacerlo a su ritmo.

Consigue coronarla y entonces aparecen en el corral los vecinos que han matado a su familia, la señalan y van a por ella.

Mira la calle al otro lado del muro, está más baja que el nivel de su patio. Demasiado, no puede saltar desde tanta altura. Sin embargo, se lanza.

Los pies caen firmes, pero lo hace con tanta fuerza que pierde el equilibrio y se da de bruces contra el suelo. Choca con el lado derecho de su rostro, del que comienza a brotar sangre.

Se la limpia con la mano, no es grave.

Ahora están ocurriendo cosas mucho peores, está en la calle de la Sal y las llamas devoran las casas a un lado y otro del barrio. Es un incendio como jamás ha visto antes. Se oyen gritos ensordecedores que provienen de casi cualquier parte. Es horrible.

Sabe que debe huir.

¿A dónde?

¡Marcos! Él la protegerá.

Así que corre hacia la casa del médico, que no se encuentra lejos. Tiene un portón con un pesado llamador que golpea de forma incesante, desesperada. La puerta no se abre, no responden.

Alza la mirada al ventanal que hay sobre ella y ve unos ojos brillantes.

¿Qué ocurre? ¿Por qué no abren?

No la habrán oído.

Insiste, golpea con más fuerza.

—¡Marcos! —grita con toda su alma—. ¡Abridme, por favor! ¡Soy Gadea!

No hay respuesta.

Se queda desolada, no sabe a quién recurrir.

Entonces abren la ventana. «¡Por fin!», piensa ella.

—¡Soy yo, Gadea! No sé lo que ocurre, han atacado mi casa, mis padres... —Intenta contener las lágrimas y hablar más despacio para que se la entienda—. Les han hecho algo horrible. ¡Abridme! Tengo miedo de que vengan a por mí.

Se asoma un rostro, el del padre de Marcos. El médico es un hombre atento, muy respetado en la ciudad. Siempre ha cuidado de ella, no solo desde que se prometió con su hijo. Cuando ha estado enferma, se ha desvivido por atenderla, en especial cuando tuvo una fiebre alta siendo niña. Su madre le recordaba que si no hubiera sido por sus atenciones, habría muerto entonces.

—¡Vete de aquí! —le grita ante su sorpresa.

—¿Cómo? Soy yo... ¡Gadea!

—¡Fuera de nuestro portal! —vuelve a gritar airado.

Gadea no entiende nada.

—Pero... voy a casarme con Marcos, ¿acaso no me reconocéis?

En su mirada lee que sí, ¿cómo no va a saber quién es? Y Gadea también comprende que no va a ayudarla.

Aparece por el otro extremo de la calle una multitud con antorchas, vociferando proclamas contra los conversos y los judíos. La ventana de la casa del médico se cierra de golpe. El gentío enfurecido se aproxima hacia ella en mitad de una noche iluminada por los incendios que asolan las calles.

En ese instante sabe que tiene que huir o morirá.

Echa a correr, no mira atrás, no mira a nadie porque no puede fiarse de ninguno, ni vecinos ni amigos. La ciudad se ha vuelto loca y se matan unos a otros. Sale de la calle del barrio de la Magdalena y llega a la puerta del Corral de Don Diego, más adelante hay una muchedumbre que se aproxima enfurecida desde la catedral. Así que se da la vuelta y corre hacia la plaza de Zocodover. Al llegar a ella descubre algo espantoso: el lugar donde se corren los toros y se organizan las cucañas en las fiestas que tanto le gustan es ahora un campo de batalla.

No sabe a dónde ir.

El camino hacia el castillo se encuentra bloqueado por unas barricadas, el puente de Alcántara es infranqueable porque tiene dos puertas fortificadas que lo guarnecen. También el de San Martín está tomado por decenas de hombres armados, y además es de mayor longitud.

—¡Gadea! ¿Qué haces aquí sola? —le inquiere un amigo de su padre, que lleva el rostro ennegrecido y las ropas manchadas de sangre, y porta una daga y una antorcha en cada mano—. ¿Dónde está tu familia?

Ella no responde, y el hombre parece entender lo que significa ese silencio.

—Es una carnicería, vienen a por nosotros.

—¿Quiénes? ¿Qué está pasando?

—Ve a la puerta del Sol, si tienes suerte, aún estará en manos de los nuestros. Diles quién es tu padre. ¡Y huye lo más rápido que puedas!

—Pero ¿por qué? ¿Qué está ocurriendo?

—Hazme caso, nos van a matar a todos.

Una enorme llamarada revienta el tejado de una de las casas más altas.

—¡Vete! ¡Ya!

Un gentío asciende hacia ellos gritando y él la abandona para salir a su encuentro y enfrentarse en una lucha sin cuartel.

Gadea siente de nuevo ese impulso que la hizo huir de su casa dejando allí a su familia. Y otra vez obedece a su instinto o lo que sea que tira de ella. Porque no entiende qué sucede, desde que esas campanas comenzaron a tañer nada tiene sentido.

Avanza entre el humo, esquivando a los que lanzan proclamas y amenazas, convencida de que algo maligno ha poseído a sus vecinos. Alcanza la puerta por la que muchos están huyendo, y ella también debe hacerlo para salvar su vida. Pero llegan decenas de hombres armados. Para no quedarse atrapada, echa a correr, aunque cuando llega a la salida ya es tarde.

—Es una de ellos —dice un hombre que no conoce y que sujeta un garrote.

—Sí, sé quién es —responde otro riéndose—. Ven aquí, marrana, ¡no te escapes!

Gadea mira atrás y el panorama es aún peor, pues un grupo de gente se acerca enfurecida.

Está perdida.

Entonces piensa en su madre, en su mirada sin vida.

«Pronto estaremos juntas», se dice.

Los dos bellacos alzan sus armas contra ella, indefensa e inmóvil.

Una vara golpea al primero en la cara, rompiéndole la nariz y varios dientes; al segundo le atiza en la boca del estómago, para luego repetir en la mandíbula, que se le queda desencajada. Para rematarlo, otro golpe en la sien le revienta media cabeza.

—¡Abuelo!

Gadea se abraza a él.

—Mi niña, ¡corre! ¡Por Dios, corre todo lo rápido que puedas!

—¿Y tú?

—Cariño, no queda más remedio que sacrificar una pieza.

—¡No, abuelo! ¡No! —grita y se aferra a su cuello.

Pero él la separa.

—¡Huye!

Gadea le mira con lágrimas en los ojos y niega con la cabeza como una cría pequeña. Él la toma por los hombros y coge su mano.

—Escucha, debes hacerlo. Confía en mí, por favor, Gadea. Corre, ¡vamos!

Ella da unos pasos alejándose temerosa de él, sus manos comienzan a soltarse de las de su abuelo hasta que solo las puntas de las yemas de los dedos se tocan, y finalmente se separan.

Entonces es como si de pronto hubiera miles de pasos de distancia entre ellos.

Y Gadea echa a correr.

Su abuelo sonríe al verla huir. Se gira hacia el gentío, flexiona sus viejas rodillas y se prepara para recibir al primero de los hombres que se abalanzan contra él.

# 3

Duquesa es una buena yegua. Ruy había oído a muchos asegurar que pueden entenderse con sus caballos, y él no lo creyó posible hasta que la encontró. Ha tenido que aprender qué significa cada uno de sus gestos y sonidos. Lo primero fueron los movimientos de sus orejas, Duquesa las mueve hacia delante cuando está de acuerdo con lo que él le pide. Si las adelanta en exceso es que algo le llama la atención y él debe ponerse alerta. Las orejas de los caballos tienen la particularidad de poder rotar sobre su eje, esto les permite localizar el lugar de donde proviene un sonido. Pero si Duquesa dirige una oreja hacia atrás, a un lugar donde su vista no alcanza, es que señala un peligro.

Ahora está fatigada, llevan días cabalgando desde que huyeron de Granada y no ven el momento de cruzar la frontera y entrar en el reino de Castilla. Ya les queda poco; ha sido arriesgado, pero ha valido la pena. Necesita la crónica que acaba de robar, ya que está trabajando en un libro sobre los principales monarcas del reino. Y desea comparar lo que cuenta la crónica de una batalla con el relato que él conoce. Porque tiene la impresión de que se ocultó vital información y la narración que ha pasado de generación en generación es errónea.

Se detiene en una balsa de agua que forma un riachuelo para que Duquesa beba antes de afrontar la última parte del viaje.

Su nombre es Rodrigo Muniesa, pero quienes le conocen le llaman Ruy. Su estatura le delata, pues es mayor de lo normal por estos lares. Además es espigado, no le agrada atracarse de comida y tampoco de vino. Hasta el guerrero más fiero se transforma en un crío indefenso cuando está borracho. Sobre el color de sus ojos, algunos dicen que son avellana, otros que pardos con destellos verdosos, pero lo cierto es que parecen cambiar según la vestimenta que usa y el tipo de luz de donde se encuentre en ese momento. Su pelo y su barba son oscuros, pero ya asoman algunas canas prematuras que le otorgan cierta respetabilidad.

Otea el horizonte y, para su sorpresa, descubre en poniente una nube de polvo que marcha hacia ellos, lo cual es extraño, pues es allí a donde se dirige.

Duquesa levanta el cuello y sus orejas señalan un peligro, pero no marcan la misma dirección. Se alza sobre sus patas traseras y relincha enervada. Ruy no se lo esperaba y le cuesta controlarla.

Media docena de hombres emergen a su alrededor, estaban ocultos entre los matorrales. ¡Es una trampa!

Una flecha silba a su derecha y tiene que inclinarse para salvarla, tanto que se cae de la yegua, rueda por el suelo y se incorpora con presteza. Corre a coger la espada de su montura y se pone en guardia para bloquear el primer acero que le busca. Tiene destreza y reacciona con varios ataques, hasta que logra hacer a su adversario un corte en el hombro. No tiene tiempo para celebrarlo, porque otra espada le llega por detrás, más enérgica y malintencionada. La porta un hombre con ropas cristianas y una densa barba sobre la que sobresalen unos ojos oscuros.

Son mercenarios, han puesto precio a su cabeza.

Ruy toma la empuñadura con ambas manos, alza el filo y suelta ataques a un lado y a otro, haciéndole retroceder. Pero no logra que la balanza caiga de su lado, y su rival contraataca con más contundencia y le desarma.

Suelta una carcajada.

Sin embargo, Ruy toma una daga de su cinto, lo que hace que

su enemigo se burle más de él. Pero no conoce la habilidad de Ruy con ese filo, quien esquiva dos ataques de su oponente, se agacha, salta hacia atrás y luego gira sobre sí mismo y le clava la daga en medio del pecho.

Respira aliviado, pero entonces otros dos hombres le rodean con largas lanzas y el arquero que le ha derribado le apunta con una nueva flecha. Mientras, el primer espadachín husmea en su zurrón y le muestra el libro que robó de la Alhambra.

Deja caer la daga y alza ambas manos.

—No van a pagarnos más por llevarte vivo —dice el que porta el libro.

—Cristianos al servicio del rey de Granada... —murmura Ruy.

—El dinero no entiende de religiones.

En ese momento surgen numerosas monturas, son caballeros de la Orden de Santiago, con la cruz roja sobre fondo blanco. Sus yelmos calados y sus relucientes cotas de malla atemorizan a los mercenarios, que se apresuran a huir, pero están rodeados.

Tiran las armas de inmediato y se ponen de rodillas.

Uno de ellos monta un caballo blanco de porte fabuloso, se acerca y le pide el libro al mercenario. Lo toma y lo hojea brevemente.

—Solo a ti se te ocurriría jugarte la cabeza por un manuscrito, Ruy.

—Nunca me he alegrado más de verte —saluda él.

El que acaba de salvarle la vida es Jorge Manrique, hombre de letras, poeta y caballero. Su padre, Rodrigo Manrique, es maestre de la Orden de Santiago de facto, y uno de los hombres más poderosos del reino.

—No va a salirte gratis —le advierte Jorge Manrique—, he venido a salvarte por una razón. Sabes que estamos en medio de una guerra civil, ¿verdad?

—Yo no tengo nada que ver con eso.

—Te necesitamos —pronuncia con rotundidad Jorge Manrique.

—No soy un hombre de armas.

—Luchas mejor que la mayoría de los caballeros que conozco, casi mejor que yo. —Jorge Manrique sonríe—. Pero soldados tenemos muchos, necesitamos otra cosa.

—¿Cómo que otra cosa? —Ruy se queda confundido—, ¿de qué estás hablando?

—Toma. —Jorge Manrique le devuelve el manuscrito—. Tenemos la oportunidad de cambiar el destino del reino, pensé que te interesaría formar parte de ello. Tú que tanto hablas de la importancia de conocer nuestro pasado para entender el presente e imaginar el futuro.

—Cambiar el destino del reino, ¿cómo?

Jorge Manrique sonríe victorioso.

—Te espero dentro de diez días en el Alcázar Real de Segovia.

Alza la mano y sus hombres se alinean, listos para partir.

—¿Qué hay en Segovia? —pregunta Ruy.

—El nuevo rey de Castilla —contesta el otro, y parte al trote seguido de los caballeros santiaguistas.

# 4

El fuego de la Magdalena empezó el martes y no se extinguió hasta la noche del miércoles, quemándose cientos y cientos de viviendas donde vivían miles de habitantes de Toledo.

El enfrentamiento entre cristianos viejos y conversos se veía venir desde hacía tiempo. Más aún cuando aprovecharon la guerra abierta entre el rey Enrique y el infante Alfonso para que cada bando tomara parte por uno de los pretendientes a la Corona. La ciudad se había alineado en el bando del infante, pero los cristianos viejos se levantaron en armas, lograron tomarla y entregársela al monarca.

Los muertos se contaban en ambos bandos, pero además numerosos conversos habían abandonado la ciudad temerosos de las represalias de sus vecinos.

Y ese es el motivo por el que Gadea lleva días deambulando por las estribaciones de la sierra de Gredos. Es muy joven y nunca antes ha estado sola fuera de su ciudad. Tiene hambre, sed y, sobre todo, un dolor permanente que le oprime el pecho y no la deja respirar, como si alguien la estuviera ahogando.

Recuerda la mirada inerte de su madre a cada instante y sus últimas palabras revolotean dentro de su cabeza como unas palomas enjauladas que gorjean sin cesar.

La familia de quien iba a ser su marido, lejos de ayudarla, la dejó sola ante el peligro. Jamás ha sentido antes tal sensación de decepción, un latigazo que te rompe el alma. No lo entiende, el médico es una buena persona, ayuda a los demás. ¿Cómo pudo dejarla abandonada ante aquella muchedumbre enfurecida?

¿Y Marcos, su prometido?, ¿dónde estaba? ¿Dónde está ahora? ¿Por qué no ha ido a salvarla?

Su abuelo se sacrificó en el puente, escuchó los golpes y los gritos a su espalda. ¿Habrá sobrevivido? Duda si regresar a buscarlo, pero si volviese a Toledo, su generoso acto habría sido en vano y huir no hubiera servido de nada.

Gadea es un alma en pena, deambula como un muerto en vida por el bosque de carrascas y sabinas.

«¿Qué demonios ha ocurrido?», se pregunta a cada paso.

No asimila el desastre.

¿Y qué será ahora de ella? ¿Cómo va a valerse por sí misma?

Sus pies avanzan por inercia, sin nadie que los dirija. Así llega a una loma pedregosa desde donde lanza su mirada al valle. Junto a la orilla del río observa movimiento. Tiene la tentación de echar a correr hacia ellos, sin embargo el miedo ha calado hasta el tuétano de sus huesos. Teme por su vida a cada instante.

¿Y si esas personas que divisa son como sus vecinos?

¿Qué dirá cuando le pregunten de dónde procede?

Todo son dudas, pero ahora no le queda más remedio que decidir por sí misma, pues nunca más estará su madre para guiarla, ni ella ni posiblemente su abuelo, nadie de su familia. Todos debieron morir, su padre, sus hermanos, sus amigos... Y lo peor es que los asesinos fueron sus propios conocidos.

Es una locura, un sinsentido.

Al final decide bajar al llano, se acerca con sigilo a la orilla y descubre un camino transitado. Ahora se aleja una caravana numerosa. Medita si ir tras ella, sin embargo está muy cansada y hambrienta, no tiene fuerzas para echar a correr. Y le afligen los pies, le afligen mucho porque su calzado no es el adecuado para este terreno.

Apenas sin darse cuenta, un carromato aparece tras ella. Lo

conduce un hombre entrado en carnes, con una voluminosa panza y una cara redonda y sonrojada.

—¿Qué hace una joven tan guapa como tú sola por estos lares?

—Nada —responde de forma tan torpe que hasta ella misma se percata de su error.

—Estás muy lejos de cualquier sitio para no hacer nada. ¿A dónde te diriges? —Al ver que Gadea no responde, el carretero muestra más interés y se fija en su aspecto—. ¿Y tus padres?

Ella comete un nuevo error al no responder. Nunca se le ha dado bien ocultar sus emociones, lo sabe, y cuando intenta remediarlo todavía se hace más evidente.

—Les ha pasado algo a tus padres, ¿verdad?

Gadea sigue sin contestar, su cabeza todavía no puede ordenar las ideas. Piensa y habla más lento de lo normal en ella. No es torpeza, aunque lo parezca, sino una mezcla de miedo, perplejidad y angustia. Desde la matanza le cuesta procesar la información. Porque lo que siente realmente son unas ganas enormes de echar a correr y huir de nuevo. Está a punto de hacerlo, sin embargo hasta eso le supone un terrible esfuerzo.

—Pobrecilla. Anda, ven, sube —y le extiende la mano.

Ella, recelosa, no la coge. La última que agarró fue la de su abuelo y quiere conservar esa sensación en las yemas de sus dedos como un auténtico tesoro.

—Tendrás hambre, toma. —El hombre saca un buen trozo de pan y otro de carne.

Duda de nuevo y comienza a respirar de forma aparatosa. Está nerviosa, el hombre va a sospechar. Con mucho pudor, finalmente coge la comida. Lo hace despacio, y eso que jamás ha estado tan hambrienta. Antes solía discutir con su madre por su escaso apetito y ahora piensa que mejor comer hoy, a sabiendas de que mañana pueda no tener tanta suerte. La regañaba también por no querer ir a misa y la obligaba a aprenderse las oraciones y a cantarlas en voz alta durante la liturgia. ¿De qué le ha servido ser tan devota?

No deja de pensar en su madre, lo que ella daría ahora por volver a estar a su lado.

—Tranquila, que tengo más. —El hombre se ríe—. Conmigo nunca te faltarán buenas viandas, ¿no ves que tengo que llenar todo esto? —dice frotándose la barriga.

Gadea sonríe, es la primera vez que lo hace desde el fuego de la Magdalena. El carretero le hace un hueco a su lado y le ofrece de nuevo subir.

No sabe qué hacer, parece un buen hombre.

—Voy al norte, en Toledo las cosas no están bien ahora. —Hace un gesto de pesadumbre—. Han matado a mucha gente.

Ella intenta que su rostro no muestre lo que siente al oír esas palabras.

—Yo me quedé huérfano siendo un zagal, estaba solo y tuve que labrarme un futuro. Y ya me ves, ahora tengo mi propio negocio —afirma ufano—. Hay que superar los reveses de la vida, curar las heridas. Es verdad que una cicatriz nunca llega a ser lo mismo que la verdadera piel, pero la herida deja de sangrar igual, y eso es lo que importa de verdad.

Ella asiente.

—Sube, ¿qué vas a hacer aquí tú sola, en medio de la nada? Es peligroso, por estos caminos abundan los bandidos. Estarás mejor a mi lado, créeme.

Gadea echa un ojo a las estribaciones montañosas que la rodean, no quiere volver a dormir en la oscuridad del bosque, con frío, hambre y miedo. Se agarra al asidero y el carretero le alarga la mano para ayudarla, sin embargo ella la ignora orgullosa y, aunque está a punto de caer, logra subir por sus propios medios.

Juntos parten hacia el norte.

Le cuenta que se llama Salvador y que se dirige a Zamora para vender cera a unos frailes. Intenta ser gracioso durante el viaje, es un hombre bastante hablador y risueño. A Gadea eso no le importa, mejor demasiadas palabras que ninguna.

Él habla y ella asiente, y a veces pronuncia alguna palabra para no ser descortés. Realmente no le está escuchando, pero le agrada oírle hablar porque se imagina que se encuentra en su casa, y que esas frases son de sus padres y sus hermanos. Se frota las manos y recuerda a su abuelo. Es reconfortante no estar sola, por fin ha desaparecido el maldito silencio. Lo odia. El silencio la estaba volviendo loca. Ahora, con la conversación de Salvador, ya no escucha el eco de los gritos de su madre retumbar dentro de su cabeza.

Al caer el sol, Salvador le explica que no se fía de las posadas ni de las ventas, que son nidos de ladrones y malnacidos. Así que prefiere dormir en el bosque, aunque no al raso. Para ello extiende una manta desde su carromato hasta unos árboles, y así improvisa un techo bajo el que dormir. A veces, cuando ella está distraída, Salvador se queda observándola. Gadea siente sus ojos sobre ella, como cuando su madre la vigilaba.

Cae rendida. En la negrura más oscura de la noche, siente que debería tener miedo. Curiosamente, no es así.

Sueña que sus padres vuelven de entre los muertos, que vienen a darle un último abrazo, ese que no pudieron. Añora refugiarse entre los brazos de su madre, y aunque sea pecado, desearía poder ver sus fantasmas. Sabe que están muertos, pero ha oído las viejas historias de gentes que se aparecen por las noches. Al menos quiere eso, verlos aunque sean solo espectros. Mejor eso que la soledad más cruel.

# 5

Ruy ha viajado hasta Salamanca para investigar un asunto en su universidad y ahora avanza a lomos de Duquesa por la ribera del río Duero. Huele a quemado y a algo peor, a muerte. Es un hedor nauseabundo que lo impregna todo. Como una nieblilla invisible que extiende su putrefacción. En el campo de batalla, la tierra absorbe la sangre de los caídos con avaricia, sedienta de ella. La carne la devorarán las alimañas y desaparecerá, pero la sangre queda para siempre. Y luego están las almas de los muertos, nadie sabe a ciencia cierta qué sucede con ellas. Pero la realidad es que ningún hombre de armas desea pisar el lugar donde se ha vertido sangre, por algo será.

Los graznidos de los cuervos y los grajos son ensordecedores. Mira al cielo nublado, hacia poniente abundan los buitres volando en círculos, seguro que a la espera de algún festín. Reza una breve oración por los difuntos y prosigue su camino.

Al final del día llega a los pies de las murallas de la ciudad de Segovia. Desmonta y da unas palmadas en el lomo a Duquesa. Los guardias de las puertas le escrutan con recelo. Está acostumbrado, él es un hombre difícil de clasificar. Para empezar, no sirve a ningún señor; Ruy prefiere la libertad a la servidumbre, por mucho que esta última sea más placentera y segura. Los hombres valoran en exceso el calor de las certezas, en cambio él se mueve con familiaridad entre el frío de la incertidumbre.

Es un hombre al que la vida no le ha regalado nada. Nació en una aldea de Logroño, era el tercer hijo de un hidalgo, que fue quien le enseñó a tirar de espada y a montar. Su madre, en cambio, era hija de una familia noble que nunca vio con buenos ojos aquel matrimonio. Fue ella quien le enseñó a leer castellano y latín con solo cinco años, y luego lo llevó a un colegio de dominicos donde se destapó como un brillante estudiante. A pesar de la oposición de su padre, que insistía en que el muchacho estaba dotado por la naturaleza para el oficio de guerrear. Así que le hizo unirse a una leva en una campaña militar en el sur. Con apenas veinte años fue capaz de vencer en una escaramuza que le dio una enorme fama y el puesto de alférez. Y también algo mucho más inesperado. Sería el inicio de su interés por la historia, pues pasó a servir al conde de Haro, quien lo puso bajo su protección; además, disponía de una extensa biblioteca y era hombre interesado en las letras. Poco a poco su amor por la historia y los libros le hizo abandonar las armas, y el conde le ayudó cuando quiso ampliar sus estudios.

Tras la muerte del conde, decidió viajar por el reino para conocerlo mejor y comenzó a escribir crónicas de lo que veía y acontecía. Sus textos fueron adquiriendo importancia y llamaron la atención de la Corte, a la que fue llamado y donde trabajó hasta que sus desavenencias con los cronistas oficiales le hicieron dejarla y establecerse por su cuenta.

Ahora sobrevive obteniendo libros lujosos y raros para altos nobles y ricos comerciantes. Con eso sufraga su verdadera pasión, ser cronista y así investigar la historia pasada y narrar los hechos históricos que certifica dignos de pasar a la posteridad. Él se considera un historiador como el mismísimo Homero. Si bien no escribe cantos tan épicos y busca con ansia la veracidad. A Ruy le obsesiona contar los sucesos que le ha tocado vivir y entroncarlos con la historia anterior.

Cree que si volvemos la vista a la historia y a los libros, casi todo se ha vivido antes. Y ese hecho le hace sentirse menos solo en sus propias experiencias y le ayuda a planear el futuro, ya que está directamente relacionado con nuestro conocimiento del pasado.

Los avances en la construcción de catedrales o de barcos se logran a través de ir probando diferentes soluciones, a modo de ensayo y error, buscando siempre mejoras y respuestas para los problemas que se presentan. La historia no es tan empírica, pero es cierto que las experiencias del pasado nos ayudan a no reincidir en algunos errores. El fuego del futuro se alimenta con la madera caída del pasado.

Por eso es esencial la labor de un cronista que narra la verdadera historia.

¿Qué leerán en el futuro?

Las nuevas generaciones tomarán como cierto lo que esté escrito en las crónicas. Su responsabilidad es inmensa y eso no lo entienden sus coetáneos, que ignoran que no solo narran el presente, sino que están influyendo poderosamente en cómo será el desconocido futuro.

Además existe un problema añadido: él no es el cronista real de Castilla, un cargo que instauró el anterior rey, el padre de los dos hijos que ahora se disputan el trono. Es un nombramiento real, con un cuantioso sueldo que lleva implícita la sumisión total a la Corona.

Y Ruy no está dispuesto a corromperse ni a tergiversar la historia. Él precisa de libertad para narrar la verdad de lo que sucede. Por eso declinó el cargo, lo que le ha provocado un sinfín de calamidades y sinsabores. No le queda otra opción que lidiar con ellos, es el precio que debe pagar para poder desarrollar su oficio como él quiere.

Por conseguir un códice o un antiguo pergamino está dispuesto a todo: a peligrosos viajes, a colarse en palacios, monasterios o donde sea necesario. A luchar y a jugarse la vida. Es un auténtico cazador de manuscritos y sabe que la verdad merece cualquier sacrificio.

Deja a Duquesa en un establo y entra en Segovia. La dureza

de la batalla se refleja en las calles, llenas de heridos que han ido llegando en busca de refugio y atención médica. Pero sobre todo destacan las huestes vencedoras, embriagadas de alegría y entusiasmo.

Son los hombres del infante Alfonso, autoproclamado monarca, que se ha levantado en armas contra su medio hermano, el rey Enrique, disputándole el trono de Castilla.

«Este reino nunca está en paz. El día que lo logre, sabe Dios de lo que será capaz», dice Ruy para sí mismo.

Pero... ¿quién lo verá?

Él ya ha perdido la esperanza. Los nobles de Castilla llevan décadas intrigando en contra de sus monarcas de forma obscena, buscando únicamente su propio beneficio.

Ahora en Segovia ondean los emblemas de las diferentes casas que han aupado al trono al infante Alfonso, apenas un crío. Las más numerosas son las armas de Alfonso Carrillo de Acuña, arzobispo de Toledo.

«Con la Iglesia hemos topado», piensa.

El arzobispo Carrillo cuenta con las mejores huestes al sur de los Pirineos. Pocas veces la espada y la cruz se han sostenido con tanta fuerza por las mismas manos, las cuales agarran de manera firme ambas empuñaduras. Además, el arzobispo posee fama de audaz diplomático y tiene una estrecha relación con la Corona de Aragón, así que hay que andarse con buen ojo con él. Es zorro viejo, y de todos es sabido que el diablo sabe más por viejo que por diablo. Muchos piensan que si él gobernara el reino, los males se solucionarían aplicando su mano de hierro y su experiencia.

En esta guerra, los dos contrincantes aseguran ser el rey de Castilla; ambos son de la Casa de Trastámara, hijos del rey Juan, pero de distintas esposas. En este gran tablero que es el reino de Castilla, las reinas son figuras secundarias, sin ningún poder práctico.

Solo importan los hombres, los hijos, y eso precisamente pretenden dilucidar en esta guerra fratricida: quién debe ostentar la corona del padre.

Las familias son así, las peores disputas son siempre entre primos o hermanos, también las de la realeza.

La batalla se ha librado en los campos de la villa de Olmedo y ha sido tan ajustada que al parecer ambos reyes han proclamado la victoria. En una guerra nadie acepta nunca una derrota.

Sin embargo, la realidad tras la batalla es que Segovia se halla ahora bajo dominio del joven Alfonso, y en especial su Alcázar, que además de ser la fortaleza más importante de Castilla protege el tesoro real. Así que, para Ruy, el vencedor está claro.

Jorge Manrique le ha hecho venir hasta aquí, pues su amigo sigue los pasos de su padre en el campo de batalla. Entablaron amistad en un asedio a una fortaleza musulmana, cuando el joven Manrique le confesó que era poeta y le hizo escuchar sus versos, lo que provocó que a Ruy el largo sitio se le hiciera menos interminable.

A su amigo no le falta agudeza, es un buen escritor de composiciones amorosas, repletas de alegorías sobre temas obscenos, pero escritas con tal ingenio que nadie pueda echárselo en cara. Jorge Manrique destila aires de trovador, con el cabello largo y la mirada brillante, una nariz que parece esculpida por el mejor escultor del reino y unos ojos rebosantes de carácter.

En sus versos no duda en resaltar todas las virtudes de las mujeres y en hacer que los hombres las admiren. Aunque donde más se luce es en las composiciones burlescas, en ellas deja volar todo su talento, con una ironía más fuerte y descarada, y frases punzantes, a veces hasta ofensivas para los aludidos.

Ruy pregunta a varios hombres hasta que le indican dónde hallarlo, en una casona cerca del palacio arzobispal. Allí, Jorge Manrique le recibe con un jubón amarillo reluciente y una sonrisa que no le cabe en el rostro.

—Sabía que vendrías. —Se funden en un abrazo—. ¡Qué batalla! Hemos vencido, Ruy. ¿Te das cuenta? Segovia es nuestra y el Alcázar está en nuestras manos, ¡la morada de los reyes de Castilla!

—¿No me habrás traído aquí para invitarme a la fiesta de la victoria?

—¿Y por qué no? No todos los días se erige un nuevo monarca, y menos sobre la sangre de sus enemigos.

—¿Tan clara ha sido la victoria? ¿Seguro?

—Bueno... —Jorge Manrique le mira torciendo el gesto—. Hemos ganado, pero la guerra no ha terminado.

—Eso me parecía a mí, no es fácil derrocar a un rey —advierte Ruy.

—Un monarca sin descendencia.

—Tiene una hija —puntualiza Ruy arqueando una ceja, un gesto muy característico en él.

—Dicen que no es suya.

—Eso no puedes asegurarlo, Jorge.

—Sí puedo, Ruy. Ese hombre... no puede tener hijos.

—Habladurías.

—No, amigo. No lo son —dice con un tono rasgado Manrique—. ¿Sabes que envió una expedición a África en busca de... un cuerno de unicornio?

—¿Cómo has dicho?

—Cuentan por ahí —se acerca la mano a la boca para que nadie le escuche— que el polvo del cuerno de unicornio cura... la impotencia. Eres historiador, ¡deberías saber de esas cosas!

—¡Jorge, por favor!, que no soy una de esas damas de la Corte a las que engañas con tus versos.

—Ruy, te juro que es verdad. Que me lo contaron en Sevilla.

—A saber dónde, seguro que en una taberna.

—Un lugar magnífico para enterarse de lo que ocurre, allí a todos se les suelta la lengua al tercer vino, como mucho al cuarto. Yo de este rey me creo todo lo peor... ¡y más! —enfatiza alzando la mano—. Enrique no puede tener hijos y está entregando Castilla a débiles y advenedizos.

—Quieres decir, a la baja nobleza.

—Los está comprando, ¿entiendes? Les concede títulos, tierras y bienes para que hagan lo que él quiere sin que nadie se oponga —explica Jorge Manrique—. Una cosa es no mirar cuántos castillos tiene el escudo de armas de quien está a tu alrededor, y otra bien distinta es no apreciar la valía y rodearte de muertos de hambre para que sean tus siervos y obedezcan sin rechistar, mirando solo por sus intereses y no por los del reino. ¡Mi familia jamás caería tan bajo!

—Eso ya lo sé, tranquilo. —Ruy le da una palmada en la espalda—. Los reyes llevan siglos dividiendo a la nobleza, aúpan a unos y hunden a otros. Lo que sea para seguir conservando la corona sobre sus sesudas cabezas.

—Cualquiera que te oiga...

—Los señores os peleáis por sus favores —añade Ruy—. Si elige nobles de segundo grado lo hace precisamente porque no se fía de los más poderosos, esos que se creen con autoridad para decidir quién debe reinar. ¿Y a quién apoyáis en su lugar? Al infante Alfonso, que es solo un crío. ¿Estáis seguros de que es él la solución?

—Sin duda —responde Jorge Manrique con rotundidad—. Y ahora él es el rey, no te olvides.

—¿Qué beneficio obtiene tu familia estando de su lado?

—Ninguno —contesta el joven Manrique juntando mucho los labios y negando con la cabeza—. Insisto en que mi familia solo desea lo mejor para el reino.

—Eso decís todos...

—Me ofenden tus dudas, Ruy. —Jorge Manrique se lleva la mano al pecho.

—Seguro que sí. —Ruy le mira con reproche y él se echa a reír.

—Enrique está acabado, hazme caso. ¡Alfonso es el futuro! Es el único varón de los Trastámara que puede dar continuidad a la dinastía. Siempre se ha dicho que los Trastámara están designados para unir todos los reinos hispánicos, ¿o no es verdad?

—¡Claro que no! Eso no son más que habladurías... Cómo se nota que eres poeta y tienes alma de trovador.

—¡Ya estás otra vez! ¿Qué tienes contra los poetas?

—No me fío de vosotros, la poesía engaña a las gentes.

—¡La poesía las libera! —exclama haciendo aspavientos con las manos y dando una vuelta sobre sí mismo como si estuviera bailando.

—Jugáis con las palabras y perturbáis la percepción de la gente.

—Hacemos magia, que no es lo mismo. Y tú lo que tienes, querido amigo, son celos.

—¡Por Dios! Lo que me faltaba por oír.

—Sí, sí. Esas cosas que escribes aburren hasta a un muerto. Los textos deben tener vida, corazón, ¡deben palpitar!

—Jorge, soy cronista, investigo los hechos pasados y escribo los presentes.

—Pero puedes hacerlo de forma que cale en la gente, que llegue a sus sentimientos. ¿Qué me dices de Homero y la guerra de Troya?

—Esta conversación ya la hemos tenido antes, no vamos a llegar a ningún entendimiento. —Ruy tuerce el gesto.

—El mundo está cambiando, amigo mío. Ya no es posible seguir gobernando como hasta ahora, créeme. Ruy, está en nuestra mano decidir si queremos ser comparsas o protagonistas del cambio.

—¿Y por eso me has llamado, Jorge?

—Lo he hecho por nuestro nuevo rey, simboliza el futuro y necesita que alguien le instruya en la historia. Y he convencido a mi padre de que seas tú.

—Sabes que no deseo formar parte de ninguna corte.

—Esta vez es distinto, Ruy. Confía en mí, Alfonso puede llegar a ser el monarca con más trascendencia de Castilla, pero para lograrlo no debe dejarse influenciar ni por el arzobispo Carrillo ni por Pacheco. Ha de conocer la historia, lo que ocurrió, pues es esencial para entender el presente...

—... y vislumbrar el futuro. No me parafrasees, Jorge.

—Te duele que utilice lo que tanto pregonas. Me has hablado mil veces de la importancia de la historia y ahora te estoy ofreciendo que se la enseñes ¡a un rey! Que le muestres la grandeza de nuestro pasado, para que sean los cimientos de nuestro futuro.

—¿Y la Corte está de acuerdo? Me cuesta creerlo.

—Mi padre ha sido tu gran valedor y el arzobispo Carrillo está conforme, solo Pacheco ha mostrado alguna reticencia.

—Desde luego tienes el don de persuadir a la gente, incluso a la más poderosa.

—No conozco a nadie mejor para instruir al nuevo rey. Enséñale a pensar con sentido crítico, háblale de tus libros, de nuestra historia, pero también de Roma, de la guerra de Troya, de Homero y de Séneca. Dale las herramientas para que sea un buen rey.

—Maldito poeta... —Ruy niega con la cabeza—. Sabes cómo engatusar al más reticente.

—No, lo que ocurre es que tengo razón, y lo sabes. Ahora no perdamos más tiempo, tienes que prepararte. Pronto conocerás al nuevo rey de Castilla.

# 6

Durante varios días, Salvador y Gadea avanzan en el carromato por caminos embarrados a causa de las lluvias recientes. El caballo que tira es viejo, pero aún tiene fuerzas para seguir a pesar de las penurias del terreno. Finalmente, alcanzan una calzada pavimentada, ancha y bien aplanada. Gadea se reconforta de no tener que caminar, sus pies están aún doloridos.

—Esto es otra cosa, ¿verdad? —Salvador se comporta cada vez de forma más cariñosa y la cubre de atenciones—. Es uno de los caminos de la Mesta.

—¿De qué? —Gadea suelta su lengua, para satisfacción de Salvador.

—Por aquí pasan los ganaderos, son poderosos y de los más ricos del reino. Yo he conocido gente humilde que ahora vive en la abundancia porque hizo fortuna con el ganado. La Mesta es un concejo que creó un fabuloso rey, Alfonso X, que por algo le llaman el Sabio. Reunió a todos los pastores de los reinos de León y de Castilla y les otorgó importantes privilegios.

—Tú no eres ganadero, ¿puedes usarlo?

—Claro que sí, no mezcles churras con merinas. —Se ríe—. Sabes que son ovejas, ¿verdad? Las churras proporcionan una exquisita carne y una sabrosa leche. Por su parte, las merinas son famosas por su lana blanquecina y densa. Son exclusivas de nuestra tierra, no existen en ninguna otra parte del mundo, por eso la lana castellana es la mejor —afirma orgulloso—. La grandeza de este reino se ha hecho a base de lana de oveja. Ni oro, ni plata, ni especias ni gaitas.

—Lana.

—Eso es, por eso Castilla es el reino más rico de la Cristiandad.

—Entonces ¿estos caminos son para esas ovejas? —pregunta Gadea.

—Exacto, son mejores que los de las personas. —Se vuelve a reír—. Los labradores comenzaron a roturar los pastos prohibiendo el paso del ganado por estas zonas. Ellos cultivan cereal, que es con lo que se alimenta al pueblo. Mientras que los ganaderos de ovejas merinas proporcionan la lana de los tejidos lujosos de los ricos y poderosos. Así que está claro quién tiene las de ganar.

Al final de la semana acampan cerca de un puente, Salvador monta el techo portátil, enciende un fuego y prepara una sopa con algo de carne. El carretero tiene buena mano para los guisos y este sabe especialmente delicioso.

—He utilizado unas especias de tierras lejanas, son costosas, pero nos merecemos disfrutar de la vida, ¿no crees, Gadea?

—Es lo más rico que he probado nunca.

—Me alegra oírte decir eso, a mi lado no tienes nada que temer. Yo me haré cargo de ti, no quiero que te suceda nada malo. Si no es por mí, a saber qué te hubiera pasado.

Ella no contesta, aunque sabe que Salvador tiene buena parte de razón.

—En la vida hay que ser agradecido, ¿entiendes? Nunca hay que morder la mano que te da de comer. Vamos a estar bien, mañana llegaremos a Zamora y te compraré una saya nueva.

—¿De verdad? —Gadea lleva aún las mismas ropas de cuando huyó de Toledo y esa noticia le ilumina el rostro—. ¿Y unas botas? —Se mira las roídas que calza.

—Bueno, las botas son caras. Ya veremos. —Le toca cariñosamente el cabello.

Tras la cena, cuando llega la hora de acostarse, Gadea disputa una cruenta lucha contra la melancolía. En realidad la tiene cada minuto del día, solo que al caer la noche se agudiza, las fuerzas le flaquean y el dolor la vence. Recuerda que de pequeña vio una vez a un pobre tullido en el mercado de Toledo que pedía caridad. Su abuelo se apiadó de él y le dio una moneda. Cuando ella le preguntó por qué le daba dinero a ese hombre, le contó que es terrible que te arranquen una parte de tu cuerpo; que los amputados sienten dolores, calambres, cosquillas en la pierna o el brazo que ya no tienen. Así se sentía ella sin su familia, como si le hubieran amputado una parte de su alma, sintiéndoles donde ya no están.

—No estés triste, pequeña. —Salvador la escucha sollozar, se acerca a ella y le pasa el brazo por encima del hombro abarcándola por completo—. Yo cuidaré de ti.

Gadea asiente agradecida.

Siente los dedos gruesos y fríos bajando hacia su pecho. El mismo impulso de la noche del fuego de la Magdalena la empuja a salir corriendo, aunque en esta ocasión se halla aprisionada por el pesado cuerpo de Salvador, que la impide moverse.

—¡Qué haces! —Intenta zafarse.

—Ya no eres una niña y yo soy un hombre, te he cuidado y alimentado, voy a comprarte ropa nueva. Ha llegado la hora de agradecérmelo. Este va a ser nuestro trato, pequeña.

—¡Suéltame!

Él la agarra más fuerte, tapándole la boca con su enorme mano abierta.

—Sé que vivías en Toledo, vi a muchos antes de dar contigo. Sois conversos y huíais del fuego de la Magdalena, los conversos y los cristianos viejos se han matado entre sí en Toledo —le susurra al oído—. Ha debido ser terrible, los que he encontrado hablan de combates encarnizados, que han llegado a usar fuego de artillería, y que familias enteras han perecido o han tenido que huir.

Gadea contiene las lágrimas con enorme esfuerzo.

—No hace falta que me digas que mataron a tu familia, sé que solo me tienes a mí. Sin mi ayuda te morirías de hambre, y de todas formas, si no haces lo que deseo, te entregaré a los que matan a los herejes como tú.

—¡Déjame! —El fuego crece y crece en el interior de Gadea, no puede contenerlo.

—Eres una conversa, tu sangre no es pura. Pero yo puedo ayudarte —dice con un tono de voz más apacible—. Conmigo nadie lo sabrá nunca, soy un cristiano viejo, te daré mi apellido. A cambio tienes que portarte bien, soy un buen hombre, no te faltará de nada, si obedeces y me haces feliz.

—Por favor... —implora desconsolada.

—Con el tiempo me querrás, ya lo verás. —Mete una mano por debajo de su ropa y le acaricia la piel—. Puedo comprarte unas botas nuevas de esas que tanto te gustan. —Con las yemas de los dedos de la otra mano recorre su cuello.

Entonces Gadea gira la cabeza y le muerde la mano, clavando los dientes con rabia en la carne hasta llegar al hueso, como una fiera encolerizada. Salvador la suelta, pero no logra liberarse de ella.

Aprieta aún más, y solo cuando siente el sabor salado de la sangre en su boca libera a su presa, se alza sobre sus manos y pies y le mira desafiante, como un felino de esos que ella tanto adora. Los ojos de Gadea brillan salvajes y poderosos bajo la luz de la luna.

El gemido de dolor de Salvador es tan profundo que espanta a los pájaros que dormitan cerca de ellos.

—¡Maldita seas! —Le propina tal bofetada que la tumba contra el suelo y le parte el labio inferior.

Salvador tiene la mano ensangrentada, le ha arrancado un trozo de piel. Ahora Gadea también sangra por la nariz y la boca.

—¡Serás desagradecida!

El carretero se alza sobre sus piernas mostrando su envergadura, ante la que Gadea, malherida y tirada en el suelo, parece insignificante.

Se agacha sobre ella y la vuelve a aprisionar con su pesado cuerpo. Gadea estira los brazos hacia atrás, siente su aliento fétido y repugnante. Toca algo con las yemas de sus dedos, se estira más, consigue agarrar una de las ramas del fuego aún ardiente y le golpea en la cabeza.

Salvador grita de forma descarnada mientras se tapa el rostro, retorciéndose de dolor.

Ella se incorpora y se lanza contra él, impactando en su abultada barriga, le hace perder el equilibrio y cae sobre las ascuas de la hoguera. El intento de agarrarse a algo, provoca que caiga sobre ellos la tienda.

Gadea logra liberarse de la lona y se incorpora rápida antes de que él pueda hacer lo mismo. Entonces las telas comienzan a prenderse y Salvador vocifera de manera desesperada.

Ella echa a correr, nerviosa y desorientada, se trastabilla y cae al suelo.

Saca fuerzas de donde puede, se yergue y llega al carro. Coge una bolsa y monta sobre el viejo caballo que se halla sin los arneses. El animal, sorprendido, alza el cuello lentamente y ella lo acaricia.

—Sácame de aquí —le susurra como si pudiera entenderla.

Debe hacerlo, porque escarba la tierra con una de sus patas delanteras y levanta la cola antes de salir al galope espoleado por Gadea. Parece dispuesto a rememorar tiempos pasados, cuando era un potro ágil y veloz. Mientras, ella escucha cada vez más lejanos los gritos de Salvador, que tiene media cara enrojecida por las quemaduras, y que jura y perjura que la muerte no será castigo suficiente para ella cuando la atrape.

# 7

Resulta imposible saber si hay alguien dentro del Alcázar de Segovia, si el rey se encuentra en sus aposentos o en la guerra. Erigido sobre la propia roca, su cara norte se halla al borde de un barranco que cae hasta el río, inexpugnable durante un asedio. Mientras que su flanco más próximo a la ciudad se ubica separado de la misma por un profundo foso excavado en la roca. La fortaleza es un entramado de torres y muros tan altos como las nubes, que desde fuera dibujan una férrea apariencia de impenetrabilidad.

No hay duda de que es el castillo más exuberante que se ha edificado jamás, los mandatarios extranjeros así lo atestiguan. Por eso los reyes siempre los reciben en él, para mostrarles el poderío del reino. Para hacerles sentirse insignificantes y minúsculos antes de conocer a su regio propietario.

Ahora pertenece al nuevo monarca, un muchacho del que Ruy no deja de recordar que solo tiene catorce años.

—Pocos tienen la oportunidad de entrar aquí —murmura Jorge Manrique, que avanza tras los pasos de cuatro guardias que los custodian desde que han atravesado el portalón de la fortaleza.

—Ojos que no ven, corazón que no siente. —Ruy observa con recelo todo a su paso—. Mejor que el pueblo viva sumido en la ignorancia, así es más fácil de gobernar.

—Tú siempre tan optimista, Ruy. —Jorge Manrique se mueve por las entrañas del Alcázar con una confianza inusual en otros, pero intrínseca a su persona.

Ante los ojos de Ruy, el Alcázar se descubre como una fortaleza sublime. Es la arquitectura del poder en mayúsculas, de ese poder del que el pueblo solo puede atisbar leves destellos en ocasiones contadas, y que por lo común percibe en forma de impuestos, leyes, prohibiciones y desfiles durante los días señalados. Es residencia de los reyes de varias dinastías desde tiempo inmemorial. Si sus piedras hablasen, contarían los secretos más ocultos que uno pueda imaginar. Dentro de sus muros, el mundo gira a un ritmo diferente al resto, ni más despacio ni más deprisa, solo distinto.

—Enrique ya llevaba años intentando tener descendencia, incluso cuando su padre aún vivía, y de eso hace quince años. ¿De verdad crees que el viejo rey don Juan deseaba dejarlo a él como heredero?

—De lo contrario lo habría expresado en su testamento —contesta Ruy, poco convencido.

—Un rey también es padre, desheredar a tu primogénito es quizá pedir demasiado, aunque sea lo mejor para el reino y lo que realmente quieres. Yo creo que el viejo rey soñaba con que su hijo pequeño, Alfonso, fuera su sucesor. Seguro que estaba al corriente del mal que aquejaba a su hijo mayor para tener descendencia, y un rey sin hijos no es un rey.

Al acercarse a la colosal torre que protege la única entrada, escuchan unos inesperados rugidos. Ruy se vuelve alarmado, no entiende de dónde procede el amenazante sonido, y entonces ve a Jorge Manrique asomarse al foso. Él hace lo mismo y descubre a varios osos observándolos desde el fondo.

—¿Qué hacen ahí?

—Son regalos —responde Jorge Manrique—, creo que hay cinco, y también un león y no sé qué más... Son presentes que recibió el inepto del rey Enrique.

—Pero ¿por qué los tienen aquí?

—Para impresionar a los que se acercan, como tú. —Se ríe—. Es una forma de atemorizar a los enviados de otros reinos. Un espectacular castillo con la torre más alta que existe y el más profundo foso donde habitan peligrosas bestias.

Le da una palmada en la espalda y prosiguen su camino cruzando el acceso del Alcázar.

—El rey Alfonso no solo garantiza la continuidad de la Casa de Trastámara, de hecho es el segundo en la línea de sucesión, sino que, como te decía antes, yo creo que su padre sí pensó en él como el heredero de la corona.

—¿Por qué dices eso?

—Porque le otorgó rentas, villas, ciudades y títulos, como el de Condestable de Castilla y el de Maestre de Santiago, que son una herencia propia de un rey.

—Nada es lo que parece en este reino —murmura Ruy—. Habéis ganado una batalla importante, pero la nobleza sigue enfrentada.

—Los nobles siempre están divididos —le recuerda Jorge Manrique—. Es inevitable, precisamente por eso es necesario un monarca fuerte. El rey Alfonso ha ganado la batalla decisiva y cuenta con el apoyo del arzobispo Carrillo, quien tiene como aliados a la Corona de Aragón y, por supuesto, al marqués de Villena, Pacheco.

—¿Y te fías de él? Era la mano derecha de Enrique y ahora mueve los hilos contra él —advierte Ruy, preocupado.

—Rectificar es de sabios.

—Tienes respuestas para todo, Jorge.

—Ya hace tres años que Alfonso fue coronado en Ávila —dice con seguridad—. Posee una Corte plenamente formada, una cancillería efervescente, una sólida administración y unos órganos de gobierno que permiten actos tan soberanos como el de acuñar moneda o expedir títulos nobiliarios. Castilla debe evolucionar, Enrique es el pasado. —Hace una pausa y carraspea.

—Aún tenéis frentes abiertos en Toledo y Galicia, ¿cierto?

—Siempre hay contratiempos —asiente Jorge Manrique.

A Ruy nunca le ha agradado en exceso la Corte, donde todos tienen sus intereses, aspiraciones y una ambición desmedida. Lo malo del poder es que quien lo toca, aunque sea poco y por escaso tiempo, corre el riesgo de corromperse. Es como la peste, a veces basta solo con inspirar su hedor para sucumbir a sus males.

Jorge Manrique en cambio se mueve con soltura, conoce a la perfección los protocolos y la forma de dirigirse a cada uno de los variopintos personajes que la pueblan. Porque esa es otra, la Corte está habitada por hombres y mujeres que no se ven por las calles, algunos son ejemplares tan extraños que no se sabe si son parte del decorado o tienen alguna función específica. Su amigo sabe cómo y a quién sonreír, de quién guardarse las espaldas y, sobre todo, en quién confiar. Lo ha aprendido de su padre a buen seguro, pero también le ayuda esa dote suya de trovador y hombre de armas.

Jorge Manrique es todo un personaje, su propio nombre es una rareza. Nadie en Castilla lo usa, suena extraño. Es más propio de la vecina Corona de Aragón, donde sus huestes se encomiendan a san Jorge antes de la batalla. Pero no en Castilla. Así que su elección no fue baladí, y es que su padre siempre ha tenido buenos contactos con los aragoneses.

Conforme avanzan por el laberinto de estancias, Ruy observa la decoración, ideada no solo para satisfacción de sus moradores sino para abrumar a sus visitantes: siervos, enemigos y dignatarios de otras tierras. Cualquier hombrecillo se desvanece en su interior, como si el peso de los muros te empujara hacia abajo.

Acceden a una nueva sala, levanta la vista y admira un asombroso artesonado de madera que recuerda al casco de una galera invertida; en su decoración se derrochó oro, azul y púrpura, colores exclusivos de la nobleza. Ruy nunca ha visto nada tan magnífico e intenta disimular su admiración.

La siguiente estancia es incluso más impresionante, en lo alto alberga las estatuas de reyes anteriores. No cabe duda de que está ideada para que a cada zancada se sienta uno más insignificante aún. Ruy desgaja los muros con la mirada y rebusca entre las columnas; olfatea los aromas que fluyen en el ambiente; escucha el eco lejano de las órdenes de los antiguos monarcas, desde Alfonso el Sabio hasta Pedro el Cruel. Siente clavados en su nuca los ojos de todos esos reyes difuntos.

Llegan a otra de la interminable sucesión de lujosas salas, cada vez más reducidas y que van empequeñeciéndoles también a ellos conforme las recorren.

Por fin, la última.

Ante ellos, un trono con un respaldo alto y coronado por el escudo real; sentado en él, un muchacho con una corona sobre su cabeza, de mirada profunda y compleja, que viste con una larga túnica dorada y de su pecho cuelga la cruz de Santiago.

A su derecha, de pie y con pose militar, un noble de mirada desafiante, como no podía ser menos, y rostro curtido, con un gesto inconfundible de poder. Ningún campesino puede mirarte así jamás, tampoco un hombre de armas o un comerciante. Es la mirada que se adquiere desde la niñez a base de ordenar y ser obedecido. También de infundir respeto, cuando no temor, y de creerse superior al resto. Un semblante que hace dudar de quién es el que preside realmente la sala regia.

—El que está más a la derecha es Pacheco, el marqués de Villena; mucho cuidado con él.

Se detienen a una distancia de unos veinte pasos de ellos y hacen la reverencia protocolaria. El monarca les indica que se incorporen.

—Es un placer teneros aquí, Jorge Manrique —saluda el joven rey con la voz forzada—. La ayuda de las huestes de vuestra familia ha sido esencial en la victoria, expresadle mi gratitud a vuestro padre. —El aludido asiente—. Ojalá podáis dedicar algunos de vuestros famosos versos a nuestra victoria.

—Contad con ello, majestad.

—¿Él es el hombre de quien me hablasteis?

—Rodrigo Muniesa, una de las mejores mentes que conozco, hombre de una inteligencia fuera de lo común y que ha leído todos los libros que podáis imaginar.

—Elogiosas palabras, sin duda —afirma el rey Alfonso—, ¿sois digno de ellas?

—Desde luego que no. —Ruy inspira, un gesto habitual en él antes de hablar, como si tuviera que retener las palabras que quiere decir—. Solo soy un humilde cronista e historiador, majestad.

—Sois cronista —interviene el marqués de Villena—, pero no el oficial del reino.

—En efecto, me satisface más considerarme historiador, pues dejo constancia de lo que mis ojos ven para que perdure nuestra historia en los tiempos venideros. Y también estudio el pasado para entender nuestro presente.

—¿Cómo sé que este hombre es el adecuado? —inquiere el rey.

—Lo es, creedme, majestad —se apresura a responder Jorge Manrique—. Receló siempre de vuestro... del anterior rey. Por lo cual es de fiar. No hallaréis en este reino, ni en ningún otro, a nadie que sepa más sobre los reyes que os precedieron en el trono.

Pacheco susurra algo al oído del monarca y este mantiene el rostro impertérrito. Se hace un largo silencio, los presentes aguardan las palabras del rey Alfonso, nadie se atreve a romperlo antes que él.

—Que así sea, me dará clases de historia. —El joven monarca se levanta de su trono—. Ahora tengo asuntos más importantes que tratar. Pacheco, lo que me preocupa es Toledo; los conversos fueron masacrados, no quiero que en mi reinado se permitan semejantes acciones. Los judíos y los conversos me han apoyado y debemos protegerlos.

—Majestad —interviene el aludido Pacheco—, es a los cristianos viejos a quienes debemos proteger, no a sucios conversos y herejes. Cuando el agua se mezcla con la tierra, ya nunca volverá a ser cristalina. Y cuanta más cantidad, peor, pues llega a convertirse en barro. Con la sangre y con la fe sucede exactamente lo mismo.

—Son mis súbditos, todos ellos —enfatiza el rey Alfonso—, y son mi responsabilidad.

Ruy se muestra complacido por esas palabras finales del monarca. Se inclina de nuevo, al igual que Jorge Manrique, y abandonan juntos el salón real.

Cuando salen del Alcázar, su amigo le coge del brazo.

—¿Qué me dices ahora?

—Es cierto que posee aptitudes y actitud, pero es un zagal y tiene a Pacheco susurrándole a la oreja —recela Ruy.

—Por eso te necesita.

—¿De verdad crees que cambiará el reino?

—Tiene el firme deseo, aunque resulta obvio que no será fácil —responde Jorge Manrique.

—Tú y tus obviedades...

—Los grandes nobles que ahora le apoyan intentarán manipularlo cuando esté asentado en el poder. Debemos lograr que desarrolle un criterio propio. Hazme caso, Ruy, el mundo va a cambiar, de nosotros depende ser espectadores o protagonistas. El rey Enrique representa continuar en el pasado, con nuestras guerras internas, sin avanzar en la conquista de Granada y sin expandir nuestra influencia por el mundo.

—Jorge, tienes razón en que es una ocasión única, pero ya sabes que todo rey debe ganarse la voluntad del pueblo.

—Lo sé —asiente su amigo—, la propaganda es esencial. El relato de Alfonso como monarca debe ser perfecto; ¿qué crees que ha hecho más daño a Enrique, la derrota en la batalla de Olmedo o los rumores de que es impotente y que su hija no es realmente suya?

—Eso es jugar muy sucio.

—No, amigo mío. Eso es usar todas las armas a nuestro alcance, y entre ellas están los símbolos. ¿Por qué crees que hemos empezado a acuñar moneda con su esfinge tan pronto? El pueblo necesita ver la cara de Alfonso en el dinero. ¿Y por qué promulgamos leyes y enviamos correspondencia a las ciudades? Un rey no solo debe serlo, sobre todo debe actuar como tal.

—Lo tienes bien atado.

—Solo me falta que su formación sea la de un rey, por eso estás tú aquí. —Se le queda mirando con una media sonrisa.

—Me has convencido, ¡maldito poeta! Le enseñaré lo que necesita conocer. —Ruy también sonríe.

—¡Lo sabía! —Jorge Manrique lo abraza y se ríe de manera tan jocosa que Ruy le imita—. Eso sí, no te fíes de nadie. Ten los ojos bien abiertos.

Él asiente.

—Todavía tengo miedo por este reino, Ruy. Alfonso es el único que puede evitar que colapse.

—Los colapsos ocurren y han ocurrido antes en la historia, a veces por razones similares a lo que nos sucede a nosotros —afirma Ruy—. También te digo que estoy convencido de que son siempre autoinfligidos. Los reinos se empeñan en una idea equivocada y mueren con ella.

—Eso no nos puede pasar a nosotros, debemos actuar. Y si lo hacemos, el futuro será maravilloso.

Jorge Manrique se despide cortésmente, es uno de esos hombres que parecen tenerlo todo bajo control. Como si su mente estuviera dos o tres pasos por delante de lo que ahora está pasando y el presente solo fuera un mero trámite.

# 8

Se detiene en un alto, el rostro de Gadea se hincha y se torna de un color más rojizo de lo habitual.

Entonces grita.

Es un grito ensordecedor que recorre toda la montaña y rebota contra las piedras y las copas de los árboles, asustando a los pájaros que echan a volar y otros animales que alzan sus miradas en señal de alarma.

Su propio caballo da un respingo, pero es tan viejo que ya no se asusta tan fácilmente.

Respira de manera entrecortada, ha liberado una inmensa presión que le oprimía el pecho.

Se siente mejor.

Sin embargo, no comprende a qué se debe este nuevo castigo, qué ha hecho ella para merecer tanto sufrimiento. Intenta recordar si en los días previos al fuego de la Magdalena levantó falso testimonio, o deseó el mal ajeno, o tuvo malos pensamientos. Pero no, no hizo nada deshonroso. Al menos que ella recuerde, y si en verdad realizó un acto que mereciera el castigo divino, está convencida de que nunca fue tan grave para ser merecedora de semejante dolor.

Entonces ¿por qué?

¿Por qué Dios la castiga de este modo tan cruel?

Logra cobijo en una paridera para el ganado y se alimenta de unos frutos que recoge en la ribera de un caudaloso río.

De nuevo se encuentra sola y perdida, no sabe qué hacer ni a dónde ir.

No le queda familia, no está casada, y ya no lo estará pues no podrá aportar la dote necesaria para un matrimonio. Ha oído hablar de que algunas familias que no pueden costearla, o que tienen varias hijas, optan por mandarlas a un convento, donde al menos les proporcionan alimento y un techo.

Ella no quiere convertirse en monja.

También ha escuchado que las hay que empiezan a trabajar desde muy niñas para procurarse su propia dote, como sirvientas de familias adineradas de las ciudades. Pero quién se va a fiar de ella a su edad, es consciente de que se ve con muy malos ojos a las mujeres jóvenes solteras.

Su madre se lo había explicado reiteradas veces, así como el esfuerzo que les había costado reunir la dote para entregársela a su futuro marido, que era quien debía administrarla, aunque se suponía que no era para su uso sino para proveer a su esposa de lo que necesitase. Si él moría, la viuda tenía derecho a reclamar que el nuevo cabeza de familia le entregase la parte que restase de la dote para poder subsistir.

¿Y qué más daba todo eso ya? Ni posee dote, ni marido, ni familia, y tampoco sabe ganarse la vida.

Solo tiene un viejo caballo robado y una hambre desaforada. La herida del labio sigue sangrándole y teme que se le infecte.

Pasan varios días hasta que finalmente llega a una venta y allí propone un trueque: el caballo por comida y unas cuantas monedas.

—¿Qué te ha sucedido en el rostro?

—Me caí —responde Gadea, tajante—. Necesito unas botas que sean buenas.

El dueño de la venta se queda pensativo, le pide que espere y regresa con un par. Son de cuero y altas, como ella desea, están un poco desgastadas en la punta pero cuentan con una suela resistente.

—Eran para mi hijo —tuerce el gesto—, murió antes de que pudiera calzarlas.

—¿No preferís conservarlas?

Niega con la cabeza, sin embargo Gadea puede ver lágrimas contenidas en las pupilas del hombre. Cierran el trato y Gadea sigue ahora a pie por la cañada que usan los ganaderos de la Mesta. No hay riesgo de que se encuentre con Salvador, el ventero le ha dicho que el camino a Zamora es otro diferente. Que este va más al norte y puede cruzar el Duero por un largo puente en una ciudad llamada Tordesillas.

Así lo hace, y dos días después alcanza a un grupo de hombres que caminan descalzos. Le cuentan que marchan hacia la Vía de la Plata, cuando esta se convierte en el Camino de Santiago, a ver la tumba del apóstol. Y lo hacen sin calzado por cumplir una penitencia.

El de mayor edad le explica que la Vía de la Plata fue construida hacía más de mil años por los soldados romanos, con el fin de facilitar el desplazamiento rápido de tropas y mercancías.

—Eran unos genios esos romanos. Utilizaron unas destrezas y un ingenio que aún hoy siguen asombrando tanto por los resultados conseguidos como por lo perdurable de la obra —apostilla el hombre.

—¿Y qué fue de ellos? —pregunta inocentemente Gadea.

—Nada, solo el tiempo.

—¿Qué quiere decir eso?

—El tiempo nos entierra a todos, a los buenos y a los malos. Los hombres y las mujeres somos efímeros, únicamente perduran nuestras obras. Si no haces nada importante, nadie te recordará con el paso del tiempo.

—En la iglesia no dicen eso. Dios lo conoce todo de nosotros, sabe qué hacemos siempre.

—Desde luego, pero cuando veo y piso estas antiguas calzadas, me acuerdo de los romanos —enfatiza— y pienso que no hay nada peor que el olvido.

—Pero... el olvido es inevitable.

—Supongo. Aunque también es verdad que a menudo nos obligan a olvidar, que es bien distinto. ¿Cómo te llamas tú?

—Gadea.

—Yo, Ernesto.

Es un hombre con el cabello muy fino y unas abultadas bolsas bajo los ojos. Una cicatriz le recorre la mandíbula, parece antigua. Al verla piensa en su herida, seguro que le quedará una marca, y aún le sigue molestando. Antes, cuando le dolía algo, su madre la llevaba con el médico; en esas visitas fue donde conoció a Marcos, el que iba a ser su marido. No había pensado en ello, pero a estas alturas ya debería haberse celebrado su boda con él. Habrían organizado una fabulosa ceremonia en la catedral de Toledo y por la noche habría yacido con su marido por primera vez. Sería feliz, posiblemente estaría pronto encinta. Y sin embargo... si ahora tuviera delante al médico y a su hijo, los despellejaría vivos.

Se da cuenta de que está llena de ira, no puede evitarlo. La razón es que sigue sin comprender el porqué de sus desgracias. ¿Y si no es castigo de Dios? ¿Es posible que alguien le haya lanzado una maldición?

Se cruzan con un grupo de carros cargados de lana y observa recelosa que siguen el mismo camino que ella. Entonces recula en sus intenciones y varía de opinión, tiene un mal presentimiento y teme que el carretero la encuentre. Así que decide cambiar de itinerario, deja las cañadas y continúa con los peregrinos hacia Santiago.

Los viajeros que marchan a la tumba del apóstol son cada vez más numerosos, y se siente más segura con ellos. Así cruzan hacia el norte y ascienden por los empinados puertos del antiguo reino de León, camino de las lejanas tierras de Galicia. El lugar más occidental del mundo, allí donde acaba la tierra frente al mar.

—¿Y después qué hay? —pregunta Gadea.

—Dicen que más allá de esas costas solo existen terribles monstruos marinos que devoran a aquel que osa adentrarse en sus corrientes. Si lograras navegar lo suficientemente lejos, llegarías al otro lado del mundo. Nadie lo ha logrado nunca —le advierte Ernesto—, dicen que la Mar Océana es demasiado grande y está llena de peligros.

—No lo entiendo, ¿cómo se puede llegar al otro lado?

Ernesto rebusca entre sus cosas y coge una manzana.

—Esto es nuestro mundo, es redondo, ¿entiendes?

Gadea visualiza dentro de su cabeza lo que le está explicando y asiente.

—¿Y no hay forma de dar la vuelta?

—Ya te lo he dicho, el océano es inmenso, y sé de lo que hablo. —Ernesto sonríe—. Fui marino.

—¿De verdad? A mí me encantaría navegar y cruzar la Mar Océana.

—Yo tenía un compañero que contaba viejas historias sobre esas travesías. Una vez me habló de la leyenda de las siete ciudades.

—¿Qué es eso?

—Me dijo que cuando los musulmanes atacaron y conquistaron la ciudad de Mérida, siete obispos la abandonaron llevándose maravillosas reliquias e inmensos tesoros, y que se escondieron más allá del mundo conocido —narra a modo de juglar—. Comenzó a correr el rumor de que cada uno de ellos construyó una fantástica ciudad en una tierra lejana, al otro lado de la Mar Océana, que se conoce como la Antilla.

Gadea escucha con sumo interés.

—Pero solo son viejas historias, no vayas a creértelas.

—¿Tú no lo haces, Ernesto?

—A veces es necesario creer lo imposible, nos da esperanza.

Ella no sabe bien de qué manera interpretar esas palabras. En la incertidumbre en la que habita, no estaría mal tener un poco de esperanza. Y si sigue con los peregrinos, quizá el apóstol ilumine su camino y encuentre respuestas en el lugar santo. Le han contado que muchos lo hacen, que la peregrinación siempre tiene recompensa y por eso la recorren cada vez más fieles.

Tal vez si visita al apóstol cambie su suerte. Quizá Dios la perdone, si es que hizo algo malo, o la libere de un mal de ojo que alguien le lanzó. Gadea está ilusionada con la idea y saca fuerzas para las caminatas. Si no fuera por sus botas nuevas no podría seguir el paso a los peregrinos.

El camino se vuelve más tortuoso y las jornadas son interminables.

Conforme avanza, Gadea reflexiona y llega a la conclusión de que la meta tiene que merecer semejante esfuerzo. Porque allí nadie se lamenta; por duras que sean las penas, las afrontan con resignación. Eso la ayuda a sobrellevar las suyas. Está claro que la vida no es fácil para nadie, y que si nos rendimos, nunca llegaremos a nuestro destino. Eso y mucho más aprende recorriendo el Camino de Santiago.

Los peregrinos vienen de más lejos que ella, con las fuerzas al límite y los pies llenos de callos y heridas; en los peores casos, caminan descalzos como penitencia.

Cuando el terreno se empina aún más, el clima se torna más desapacible si cabe. No deja de llover ni un solo día. A menudo el agua se detiene de forma esporádica dando un respiro a los peregrinos, pero al poco vuelve a caer como burlándose de ellos. Es extraño, como si la lluvia formara parte del paisaje igual que ríos, montañas y bosques. No solo es la lluvia, es algo más lo que ha cambiado. Se trata más de una sensación que de algo tangible.

Gadea no sabe explicar qué es.

Los peregrinos del sur que pisan por primera vez Galicia piensan lo mismo que ella, y comentan que es porque se acercan a la tumba del apóstol Santiago.

Es emocionante y Ernesto tiene razón, lo imposible da esperanza.

A la semana de su entrada en aquellas tierras, alcanzan una pequeña población que se halla celebrando un bullicioso mercado. Hay productos de todo tipo. Abundan las hortalizas, la miel, la leche y el queso. La carne de ternera y de cabrito, también venden calzado, telas y ropa; y herramientas para el campo y utensilios de cocina.

Se trata de un ambiente festivo, se oye música y los niños corretean por entre la gente. Y entonces a Gadea la vida le vuelve a parecer normal. Ir al mercado con su madre era una de las cosas que más le entusiasmaba hacer.

Ahora, tan lejos, se acuerda de ella. Esta vez no se entristece sino que se alegra al recordarla y se imagina que la tiene a su lado. Cómo intentaría negociar el precio de las alcachofas, seguro que comprarían garbanzos y habas. Y buscarían carne a buen precio, como la de cordero, que es la que le parecía más sabrosa.

Como echa de menos esos pequeños momentos, antes no era consciente de lo feliz que era. Incluso ahora que los rememora siente una vaga sensación de felicidad, así de poderosos son los recuerdos.

Observa a Ernesto, parece un buen hombre que ha vivido largo y tendido. No sabe con exactitud por qué, pero cree que alberga una inmensa pena en su corazón.

De pronto irrumpen unos hombres de armas a caballo. Son monturas enormes, nunca ha visto unos caballos de tal envergadura. Los jinetes portan lanzas, escudos y espadas. Hablan en voz alta y con violencia. Rodean el mercado, empujan a la gente, amenazan y lanzan gritos ensordecedores.

Gadea teme que vengan por ella, que Salvador la haya denunciado a las autoridades por atacarle. O que les haya dicho que es una conversa que no cree en Dios. Sabe perfectamente lo que les hacen a las mujeres que reniegan del Señor.

—¡Ocultáis a rebeldes! —grita uno de los recién llegados—. Estamos al corriente de que les suministráis ayuda e información. Sabed que el arzobispo de Santiago ha dado orden de ahorcar a todos los que colaboren con esos malnacidos.

Un murmullo recorre el mercado, Gadea no entiende qué está sucediendo. El hombre a caballo vocifera de nuevo sus advertencias, sin encontrar respuesta entre los presentes.

—¿No vais a colaborar? Muy bien, llevaos a todos los niños.

Los aldeanos lanzan entonces gritos y lamentos contra los hombres del arzobispo de Santiago, que, impasibles, cargan contra ellos sin compasión. Varios mercaderes terminan bajo las pezuñas de las monturas, otro es pasado por la espada sin piedad, mientras dos más son alcanzados por las saetas de sendas ballestas. En cuestión de pocos instantes, el mercado es regado de sangre y sufrimiento, como lo fue la Magdalena en Toledo.

En una esquina ve a Ernesto defendiendo a una anciana, cuando de repente llega un hombre a caballo que alza su espada y le corta la cabeza al peregrino.

Ahora Gadea lo tiene más claro que nunca.

La desgracia la persigue.

Está maldita.

Y echa a correr huyendo de los gritos de dolor.

# 9

Ruy recorre los interminables pasillos del Alcázar, no le agradan los castillos, prefiere el campo abierto que las retorcidas esquinas de las cámaras reales, o la vigilancia desde lo alto de los adarves de las murallas, o los cadalsos de las torres, o las sombras tras las ventanas y bajo los umbrales de las puertas.

Los castillos son el símbolo del poder, por eso los construyen cada vez más altos, amplios y amenazantes. Si él pudiera, los quemaría todos como ha oído que están haciendo en Galicia, donde dicen que una rebelión del pueblo y la baja nobleza ha arrasado con más de cien fortalezas, con el único inconveniente de que esos rebeldes se han mostrado leales al rey Enrique.

No sabe demasiado sobre el joven monarca al que debe dar la formación necesaria para ser un buen gobernante, y eso le intriga. Ojalá que de verdad sea el elegido que debe acabar con las interminables guerras internas del reino. Su herencia no invita al optimismo; hace más de un siglo, el primigenio rey de la Casa de Trastámara mandó asesinar a su medio hermano, el rey don Pedro, para subir al trono e instaurar la nueva dinastía. Desde entonces corren leyendas sobre que un Trastámara ceñirá sobre su cabeza una única corona para todos los reinos al sur de los Pirineos.

Sus primeros días con él están siendo fructíferos. El rey es curioso y muestra interés por la historia, sobre todo por la de sus antepasados. Entiende razonamientos complejos, no obstante se deja llevar por el ímpetu propio de su edad. A su vez, el joven monarca le ha observado con recelo y Ruy se ha afanado en hacerle comprender la importancia del conocimiento de la historia para un gobernante. Suelen reunirse en la cámara real, sin nadie más que les importune.

Esa misma tarde le está impartiendo clases de historia. Allí todos se refieren ya a él como el rey, así que Ruy también lo hace.

—¿Qué es exactamente la historia? —le inquiere el monarca.

—Para Isidoro de Sevilla, la historia está dentro del género de la Gramática. Es lo mismo que creían la mayoría de los historiadores de la Antigüedad, que la historia era un género literario. La narración de hechos acontecidos por quien la escribe.

—Habéis dicho la mayoría...

—Cierto, mi rey. Hubo un historiador griego, Heródoto, que creía que la historia no solo es narrar lo que uno ve y conoce, sino que precisamente se basa en investigar lo que sucedió antes. Y dedicó parte de su vida a viajar para obtener información, recurrió a fuentes orales y escritas. Fue el primero en elaborar una historia universal, en investigar qué había sucedido antes de su época. No pretendía contar mitos de los dioses y los héroes antiguos, sino los hechos de los hombres tal y como fueron.

—Pero ahora todo eso está en los libros.

—Los libros tienen ese poder, majestad. Nosotros morimos, es gracias a los libros que nuestros hechos quedan grabados para siempre. Heródoto quiso encontrar las causas de las interminables guerras entre griegos y persas, y fue hasta el origen. Para ello tuvo que estudiar también a los enemigos de los griegos y valorar sus cualidades, y eso le causó grandes problemas con los suyos.

—Estudió a sus rivales, ¿cuál es el inconveniente? —añade el joven rey.

—En la historia se debe ser justo con los hechos, así que no dudó en alabar los logros de los persas que lo merecían. Lo cual enfureció a parte de Grecia. Un historiador no puede mentir, los hechos son los que son, nos guste o no.

—Es complicado esto de la historia.

—No sabéis cuánto. Homero, el autor de la *Ilíada* y la *Odisea*, inicia sus poemas invocando a una musa divina como inspiradora de sus textos. En cambio, Heródoto pone su nombre propio en la primera línea de su relato, como garantía de la veracidad de su narración. La historia es un arma poderosa para la política. Si entendéis eso, me daré por satisfecho.

—¿Y no me vais a enseñar contra quién usarla? —inquiere el rey Alfonso.

—Me temo que eso no se halla a mi alcance. Es como una ballesta: os puedo enseñar cómo apuntar y disparar, pero no a quién ni cuándo.

—Decidme, Ruy, ¿escribiréis sobre mí? ¿Sobre mis logros y hazañas? —dice sonriendo el joven monarca.

—Quizá lo esté haciendo ya, majestad.

Nunca lo hubiera imaginado antes de llegar, pero Ruy está congeniando con él y logrando ganarse su confianza. Alfonso se muestra cada día más interesado en la historia. Es evidente que todavía no está maduro para portar una corona, por eso mismo son tan necesarias sus clases.

Ruy se convierte en uno más de los personajes del Alcázar. Su presencia se hace cotidiana en los salones. Los compromisos de su protegido son extensos y las jornadas, interminables. Llegan embajadas y enviados de cualquier rincón del reino. Si Alfonso no es ya el indiscutible rey de Castilla, lo cierto es que lo parece.

Una ventaja que tiene pertenecer a la Corte es que Ruy tiene acceso a la mayoría de las estancias de la fortaleza regia. Y su espíritu de cronista le hace investigar las salas, revisar cuadros, tapices, emblemas y bustos de reyes. Como en su última aventura en el reino de Granada, que a punto estuvo de acabar en desastre.

Y el premio especial.

El Alcázar dispone de una biblioteca en una sala poco frecuentada, carente de la monumentalidad de los salones que llevan al trono. Es una estancia que no está decorada con un profuso artesonado, sino con un alfarje formado por recias vigas de madera. Dispone de estanterías de escasa altura, y al revisar los libros se percata de que la mayoría son obsequios de embajadores, comerciantes y gobernantes de otras tierras. Hay muchas obras lujosas, ricamente ilustradas y encuadernadas en las mejores pieles. Dispone de libros piadosos, sobre la historia de diversos santos, de música, de botánica y de poesía. A Jorge Manrique le encantarían estos últimos, a buen seguro que él no ha estado en esta dependencia.

Ruy podría pasarse días enteros ahí encerrado, leyendo y leyendo. Se le hace la boca agua solo de imaginar el saber y los secretos que se ocultan en esas páginas. Por el polvo que atesoran, es obvio que hace tiempo que nadie los consulta. Está pensando en pedirle al rey que le permita leerlos y organizar la biblioteca.

Cuando ha concluido la última audiencia de ese día, una mujer irrumpe corriendo por el salón con el espectacular artesonado en forma de casco de galera invertido y va directa hacia Alfonso. Ruy ve que ningún guardia la detiene, duda sobre qué hacer. Ella se lanza hacia el rey y... lo abraza efusivamente y le besa en la mejilla.

Respira aliviado.

Es una joven con labios de cereza y una larga melena que cae sobre su espalda como una cascada dorada. Su nariz está perfilada con delicadeza, como queriendo no comprometer la armonía de su joven rostro. No puede evitar fijarse en su mirada, con unos ojos brillantes como luceros en cuyo interior parece rebosar un complejo mundo interior.

«¿Quién será esta joven?», pregunta para sí mismo.

Ruy se ha quedado prendado de la dama y es algo que no suele sucederle a menudo.

—¿Él es el preceptor del que me has hablado en tus cartas?

—Así es, hermana —responde el monarca.

Ruy se queda totalmente sorprendido al enterarse de quién es.

—¿No es joven para eso? Me esperaba a un anciano con una barba larga y blanca, encorvado y apoyado en un bastón.

—Siento desilusionaros, aunque en mi barba ya asoman canas, si eso os sirve —contesta Ruy, al que los libros que porta le impiden hacer una reverencia completamente correcta y casi se le caen.

—Vuestra barba está bien así. —La joven se ríe ante su torpeza.

—No le importunes, hermana.

—Soy Isabel, de la Casa de Trastámara, infanta de Castilla, hermana de Su Majestad Alfonso —dice con desparpajo—. ¿Por qué os han elegido a vos para enseñar a mi hermano el rey?

—Eso debe responderlo quien me ha elegido, alteza.

—Es un elocuente historiador y cronista, dicen que ha leído todos los libros del reino —añade Alfonso.

—¿Es eso verdad? —inquiere la infanta Isabel.

—Su Majestad es demasiado generoso conmigo, aún me quedan demasiados libros por leer. Existen manuscritos ocultos, otros perdidos y muchos que son auténticos tesoros que sus dueños no dejan tocar; también los hay en lugares que desconozco. Sin ir más lejos, este Alcázar alberga una espléndida biblioteca que me agradaría consultar, con el permiso de Su Majestad.

—Podéis hacerlo —responde el rey—, os doy acceso a todos los libros que haya entre estos muros.

—Un momento, hermano —interviene la infanta Isabel, y se dirige a Ruy—: ¿Por qué queréis vos leer los libros que aquí se guardan?

—Soy cronista, debo investigar toda fuente escrita a mi alcance. Para así poder darle la mejor educación posible a Su Majestad.

—¿Tan importantes son los libros y la historia para un rey? —inquiere ella con mirada desafiante.

—Ya lo creo —responde Ruy—. ¿Conocéis la historia de la reina Cleopatra y Marco Antonio?

—No, contádmela, por favor —dice ella, sonriente.

—Cleopatra fue la última reina de la dinastía ptolemaica de Egipto, fundada por el mayor de los generales del legendario Alejandro Magno. Tuvo que huir con su padre a Roma, con tan solo once años, para escapar de su hermanastra, que había matado a su madre y a su marido, para posteriormente arrebatarle el trono al padre de ambas.

Isabel mira a su hermano y este le dedica una media sonrisa.

—Cuando ascendió al trono de Egipto tenía solo dieciocho años. Para entonces, Cleopatra contaba ya con dos cualidades que su pueblo admiraba profusamente.

—¿Cuáles, si puede saberse? —pregunta Isabel.

—Un atractivo irresistible, dicen que su hermosura era inigualable.

—Por qué no me sorprende... Los hombres siempre prestan excesiva atención a la belleza de una mujer. —Suspira—. Continuad.

—Y la segunda era su exquisita educación, sobre todo sus amplios conocimientos de la historia milenaria de Egipto, que hicieron que su pueblo la amara con locura. Con ambas cualidades sedujo a dos de los mayores generales romanos, primero a Julio César y luego a su sucesor, Marco Antonio. A la muerte de Cleopatra, el reino de Egipto no pudo ya resistirse y se convirtió en una provincia más del Imperio romano.

—¿Es verdad lo que te dije sobre él, hermana?

Isabel no responde.

—Ahora que conocéis a Cleopatra, ¿cuál creéis que fue el mayor regalo que le hizo Marco Antonio a la reina egipcia? —insiste Ruy, que como si de un cazador se tratase, una vez que agarra a su pieza no tiene intención de soltarla.

—Quizá algo de Roma —responde Isabel.

—Libros —señala los que porta en los brazos—, le regaló miles de libros que requisó de la legendaria biblioteca de Pérgamo.

—¿Y sabéis hacer algo más aparte de contar historias? —inquiere Isabel con cierta indiferencia.

—Soy sincero, alteza —responde Ruy—, escribo lo que creo cierto aunque pueda molestar.

—Seréis el único en toda la Corte que lo sea —dice ella, y ambos hermanos se ríen.

—Quizá, por eso no he pertenecido a ninguna hasta ahora. Solo estoy aquí por vuestro hermano, pues nada pretendo para mí.

—Loables palabras, habrá que ponerlas a prueba para comprobar cuánto resisten —insinúa la infanta Isabel, que se muestra firme y segura de sí misma—. Nosotros no lo hemos tenido fácil por ser hijos de un rey, tenedlo bien presente. Nuestro padre murió cuando éramos críos y nos separaron de nuestra madre a los diez años. Nuestro hermanastro Enrique no cumplió con el testamento de nuestro padre, y de no ser por la caridad de la buena gente que nos acogió, no hubiéramos tenido qué llevarnos a la boca. Desde que nací vivo prisionera, antes de que aprendiera a jugar con muñecas ya me habían intentado casar con hombres extranjeros que jamás había visto y mucho mayores que yo.

—No seré yo quien dude de la valentía de vuestro corazón, a la vista está.

—Ayudad a mi hermano —le exige—, ojalá vuestros libros tengan las respuestas que él precisa, lo deseo de veras porque nos harán falta.

—¿Las respuestas a qué?

—Un rey siempre tiene preguntas que contestar, más aún si va a dirigir este reino hacia un futuro maravilloso.

—Sabed que para llegar a ese futuro tan prometedor se precisa de la luz del pasado; sin ella, es como caminar entre tinieblas.

Isabel no le da la réplica y se vuelve hacia su hermano.

—Alfonso, traigo noticias de Madrid, hay mucho de lo que hablar a solas.

Los hermanos se marchan de la estancia hacia el salón decorado con los bustos de los antiguos reyes. Ruy no puede negar que le ha impresionado la personalidad de la hermana del rey.

# 10

Lleva un par de días de caminata, de nuevo subsistiendo, como cuando huyó de Toledo. Hambrienta y cansada, lo más duro es el clima. No termina de acostumbrarse a la humedad que se le mete hasta en lo más profundo de las entrañas. Tras seguir el curso de un río, Gadea alcanza una hoz entre montañas, rodeada de unos bosques densos y sombríos. Ella nunca ha deambulado por un lugar parecido. Los árboles no son como los que ella conoce, aquí se retuercen y te observan. Sí, puede sentir sus miradas o tal vez haya una presencia escondida tras sus ramas, lo que es aún más aterrador.

Antes de caer la noche alcanza un sendero que ha surgido de la nada. «Tiene que llevar a un lugar habitado», dice para sí misma. Está bien marcado y varias huellas delatan que ha sido transitado hace poco.

Lo sigue callada, aunque no rodeada de silencio, pues el bosque muestra un abanico de sonidos y susurros tan variados como siniestros. Así llega hasta una extraña formación rocosa. Gadea observa la disposición de las grandes piedras. La roca principal se halla encajada entre las otras dos de una forma poco natural.

Pasa la noche al lado de los extraños bloques pétreos, confiada en que quizá puedan protegerla del mal, de la maldición que está convencida de que la persigue allá donde va.

A la mañana siguiente continúa por el sendero y descubre

una aldea rodeada de enriscados muros de piedra. Varios centinelas la defienden desde lo alto y, cuando se aproxima, la apuntan con arcos y lanzas.

Ella levanta las manos y uno le indica que prosiga, sin bajar sus armas. Cuando cruza las defensas naturales de la aldea, descubre una multitud de hombres y mujeres, la mayoría ataviados con pertrechos para la guerra. Los hay que fabrican flechas, otros afilan espadas, también hay quienes practican con el arco o la lanza.

Es un ejército.

¿Dónde ha ido a parar?

Una mujer de pelo largo y blanco, con profundas arrugas en su rostro y los ojos claros como el agua, le corta el paso. Viene escoltada por centinelas como los de los riscos.

—¿Quién eres tú?

—Me llamo Gadea.

—No eres gallega, ¿qué haces aquí?

—Iba a Santiago con unos peregrinos, nos detuvimos en el mercado de un pueblo y de pronto llegaron unos hombres a caballo que atacaron a todos lo que allí se encontraban. Yo eché a correr y hui para salvar mi vida.

Uno de los centinelas le susurra a la mujer algo al oído.

—Solo he seguido un sendero que conducía hasta aquí.

La miran y el centinela vuelve a susurrar a la mujer.

—No deseo problemas, me iré por donde he venido. No pretendo importunaros. —Gadea no quiere verse presa por nada del mundo.

—Has sufrido, se ve en tu mirada, esos ojos no pueden mentir aunque quieras —afirma la mujer—. Yo soy Ana y esta es nuestra aldea, eres bienvenida.

—Vais a la guerra.

—Así es, la nobleza ha gobernado Galicia a su antojo y ahora además apoyan al usurpador, a ese niño que se ha atrevido a reclamar la corona, el infante Alfonso, en vez de a nuestro legítimo rey, Enrique.

—Lucháis por el rey.

—¡No! Luchamos por nosotros, para acabar con décadas de abusos de los señores que en su infinita maldad se han levantado contra el mismísimo monarca. Es Su Majestad quien debe gobernarnos, no los avariciosos y crueles nobles. Así que la lucha del rey Enrique es nuestra lucha, y viceversa. Y un hombre o una mujer que pelea por su hogar y por su familia vale más que diez mercenarios a sueldo. Reduciremos a escombros todos los castillos de Galicia. ¡No dejaremos ni uno en pie!

Gadea no sabe qué decir, observa a su alrededor cómo hombres, mujeres, ancianos y niños están enfrascados en preparar todo tipo de pertrechos para la guerra.

—Morirá mucha gente.

—Sí, correrá sangre y la mayoría será suya, porque luchamos por la libertad, pequeña. Estamos lejos de todo. Más allá de nuestra costa solo encontrarás la gran barrera y después caerás en el abismo. Somos el fin del mundo, somos Galicia.

Gadea se percata de que esta humilde gente cree, por alguna extraña razón, que el mundo no es redondo, pero no será ella la que intente sacarlos de ese error.

En cambio, aprovecha para preguntar por las piedras junto a las que durmió y Ana le explica que es un altar consagrado a una diosa vinculada a la tierra. La llaman la Pena Molexa y en la mañana de San Juan, a la hora en que aún no se ha ocultado la luna y el sol asoma de manera tímida, ahí se aparece una bella joven que cepilla su delicado cabello con un peine de oro, rodeada de fabulosos tesoros. Al mortal que la contemple le ofrece escoger lo que crea que es más hermoso de lo que ven sus ojos. El afortunado, vencido ante la opulencia de lo que se le muestra, nunca escoge a la muchacha, que en realidad es una *moura*.

Entonces, al elegir lo material, todo desaparece ante sus ojos y las joyas y riquezas se transforman en carbón. Y la *moura* vuelve a permanecer oculta a la vista de los mortales, en espera de que, al año siguiente, alguien la escoja a ella como el más valioso tesoro.

—¿Qué es una *moura*? —inquiere una Gadea tan desconcertada como curiosa.

—Son espíritus bondadosos. —Ana suelta un suspiro.

—Eso es solo una leyenda, ¿no?

La mujer se encoge de hombros.

—Ven en San Juan y compruébalo por ti misma, muchacha.

Gadea encuentra cobijo en una de las casas, donde la tratan como a una más de la aldea. Está caliente, alimentada y segura. Pero en vez de dormir, no puede evitar pensar en la *moura.* Y también en su madre, echa de menos acurrucarse contra ella y sentir su calor. Qué lejanos parecen ahora esos recuerdos, tanto que se da cuenta de que su rostro ha comenzado a difuminarse en su memoria.

¡Está olvidando cómo era su madre!

¿Cómo es posible? Y ese pensamiento le aprisiona el pecho, no puede perder lo único que le queda de ella. Lo que daría Gadea por tener una imagen de su madre dibujada en un papel.

Con el paso de los días, Gadea aprende que las *mouras* no son las únicas presencias mágicas del último rincón del mundo. Hay muchas más, como unos seres con un nombre parecido, los *mouros*, aunque muy distintos en su aspecto y talante, pues son gigantes que odian a los hombres y las mujeres, y que viven en opulentos palacios bajo tierra, donde atesoran riquezas colosales. Debido a su peso descomunal, le cuentan a Gadea que es frecuente encontrar sus huellas por el bosque. Ana le explica también que es esencial no confundir a las *meigas* con las *bruxas*. Estas últimas son bondadosas, a pesar de su nombre equívoco. De hecho, se acude a ellas cuando se cree estar *enmeigado*, porque conocen invocaciones, conjuros y pócimas que liberan de cualquier hechizo con mala intención. Todas las aldeas tienen una *bruxa*, a quien se solicita el remedio que alivie los trastornos del cuerpo o del espíritu.

Ana es una de esas *bruxas.*

Gadea piensa entonces que igual ella puede ayudarla, liberarla del dolor que oprime su pecho, de la maldición que la persigue desde que tañeron las campanas de Toledo.

—Sí, puedo ayudarte —dice ella—, pero no es sencillo y puede llegar a ser muy doloroso.

—Estoy dispuesta a pagar el precio. Ayúdame, te lo ruego.

De noche, Gadea acude donde Ana le ha indicado. Es un lugar apartado en el bosque; hay un fuego y, sobre él, un cántaro apoyado en una trébede; alrededor, tres mujeres que no levantan la vista de la lumbre.

—El ritual busca la purificación del cuerpo y la salvación del alma, removemos la mezcla sin cesar para espantar a los malos espíritus y para atraer a los buenos...

La más alta porta un canasto con hierbas, hojas, bayas y otros elementos que Gadea no logra distinguir. La mujer se acerca más al cántaro y la mira antes de hablar.

—Estos frutos representan la tierra, la cual está presente a través del recipiente de barro; señala el origen y el destino del hombre, simboliza a la Madre Tierra.

La que se halla a su lado coge otro cántaro con un brebaje y lo vierte dentro.

—Este licor debe fundirse con la tierra —comienzan a removerlo—, cada gota de aguardiente es como si fuera una lágrima de la Madre Tierra que germina, sangre fecunda que se fundirá en nuestros cuerpos y te unirá a través de la tierra con tus ancestros, y de esta manera conformarás tu historia.

—El fuego —interviene ahora Ana— tiene tres virtudes: purificar, alumbrar y calentar. Una vez que se prende, los elementos se funden entre sí. Este fuego nos alumbra, da calor a nuestros cuerpos y además purifica las almas.

Entonces toma un cazo, lo introduce y saca la mezcla en llamas, una de sus compañeras se acerca con un cuenco y Ana lo llena con el brebaje y, cuando el fuego se extingue, se lo da a beber a Gadea.

Ella da un paso y lo coge con ambas manos. Está caliente, pero lo ingiere de un trago. Le quema la garganta y luego le arde el pecho, y siente cómo se abren todos los poros de su piel.

Le retiran el cuenco y Ana repite el proceso.

—Una taza purifica y protege el alma; la segunda taza alumbra y despeja la mente de prejuicios y será la luz que ilumine el camino.

Le ofrecen beber otra vez. Gadea suspira, se arma de valor y se lo toma de otro trago. Esta vez la sensación es distinta; en vez de quemarle al principio, le estalla en el estómago, de tal forma que cree que va a hacerla vomitar. Pero aprieta los puños y se concentra para que nada salga de su cuerpo.

—La tercera taza calienta y despierta tu espíritu, te libera de todo mal y de las cadenas que te impiden volar.

Gadea teme no soportar una ingesta más y, recelosa, coge el cuenco entre las manos. Duda qué hacer y observa a su alrededor. En la penumbra de la noche, el silbido del movimiento de las ramas de los árboles parece entonar una melodía.

Entonces ve unos ojos amarillos; son los de un gato que la mira desafiante.

Ha llegado hasta el fin del mundo perseguida por sus males, ya no puede ir más lejos. Es hora de hacerles frente y vencerlos, o sucumbir a ellos.

Bebe.

Al principio no siente nada, es extraño. Mira a Ana, a sus ojos pequeños y huidizos. Y entonces comienza a marearse, el cuenco se le cae al suelo. Se lleva las manos a la cabeza, todo da vueltas a su alrededor. La canción de los árboles se oye cada vez más fuerte y pierde el equilibrio, solo siente unas manos que la sujetan, son como serpientes que recorren su cuerpo.

Y su consciencia se desvanece.

## 11

El rey Alfonso pasa buena parte de su tiempo reunido con Pacheco y con el arzobispo Carrillo. Ambos organizan la estrategia militar y política del joven monarca. Son dos hombres poderosos, tío y sobrino, y al mismo tiempo son distintos. Cuando Ruy los escucha y observa cómo se comportan, piensa que mientras a Pacheco le mueve la ambición, a Carrillo lo hace un sentimiento más profundo, como si le fuera la vida en cada decisión. A pesar de su edad y su cargo de arzobispo de Toledo, Carrillo es más impulsivo, más visceral. En cambio Pacheco es reflexivo y pragmático, y eso que no deja de ser un recién llegado que ha logrado el marquesado de Villena por su estrecha amistad con el mismo monarca contra el que ahora se ha levantado y pretende derrocar. Lo cual no deja de ser inquietante y una clara muestra de los principios que le mueven. Ruy llegó a conocer a su difunto hermano, Pedro Girón. Los hermanos no se parecían, pues Girón era un hombre brusco, malcarado, prepotente y cruel, pero mostraba total afinidad con Pacheco, como si ambos fueran caras de la misma moneda, una tranquila y ponderada, la otra agresiva y sin tapujos, ambas despiadadas. La muerte de Pedro Girón fue muy comentada en el reino, puesto que el rey le había concedido la mano de la infanta Isabel de Castilla, la hermana de Su Majestad, Alfonso. Pero cuando acudía a su boda, murió de forma repentina. Hubo mil rumores, ninguno confirmado. La realidad es que la boda no pudo llevarse a término y Pacheco pasó a apoyar a Alfonso.

En una de las ocasiones en que Ruy acude a dar las lecciones al joven Alfonso, le encuentra abatido junto a un tablero de ajedrez.

A Ruy le alarma lo que refleja la expresión compungida del monarca.

—Majestad, ¿os encontráis bien?

—¿Terminará alguna vez la guerra contra mi medio hermano?

—A Dios ruego que sí. Según tengo entendido, está prácticamente derrotado.

—Pero sigue jugando, como en una partida de ajedrez en la que aun teniendo más figuras no consigues matar al rey enemigo.

—Reinar, como el ajedrez, no es fácil, majestad. Hoy os voy a contar una historia que leí sobre el remoto lugar de donde proviene este juego, la India.

—No sé dónde está esa tierra —confiesa Alfonso.

—Más allá de Oriente, en los confines del mundo. Dicen que allí se originó. Aunque circulan leyendas que le atribuyen un origen anterior, en la guerra de Troya, para entretener a las tropas griegas durante el interminable sitio de la ciudad. Pero no es cierto, todo empezó en la India cuando un rey perdió a su hijo en una batalla.

Alfonso se estremece al oír esas palabras.

—Aquella desgracia dejó consternado al monarca. Nada de lo que le ofrecían sus súbditos lograba sacarle de la melancolía en la que se encontraba inmerso desde entonces. Un buen día se presentó en su corte un hombre que le mostró un juego que, aseguró, conseguiría divertirle y alegrarle de nuevo: el ajedrez. Le explicó las reglas y le entregó un tablero con sus piezas. El rey comenzó a jugar y tan maravillado estaba, que jugó y jugó y su pena desapareció.

—Sí que es poderoso el ajedrez.

—No he terminado, majestad. El soberano, agradecido por

tan preciado regalo, le ofreció a su creador como recompensa que exigiera lo que deseara. El hombre pidió que le entregaran un grano de trigo por la primera casilla del tablero de ajedrez.

—¿Un simple grano de trigo?

—Eso mismo dijo el rey, sorprendido. Por la segunda casilla pidió que le dieran dos granos; por la tercera, cuatro; por la cuarta, ocho; por la quinta, dieciséis; por la sexta, treinta y dos...

—Por cada casilla, doble cantidad que la precedente.

—Así es, y el rey le aseguró que su deseo era indigno de su generosidad y que al pedir tan mísera recompensa menospreciaba su benevolencia. Enojado, le ordenó retirarse, y le prometió que sus soldados sacarían un saco con el trigo que solicitaba.

—¿Y qué pasó? —Alfonso escucha con más atención.

—Pues que durante la comida del día siguiente, el soberano se acordó del inventor del ajedrez y preguntó si le habían entregado su mezquina recompensa. Cuál fue su sorpresa cuando le contestaron que los matemáticos de la Corte no habían calculado aún el número de granos que le correspondían. El monarca frunció el ceño, no estaba acostumbrado a que tardaran tanto en cumplir sus órdenes.

—No era un solo saco lo que tenía que entregarle —comenta el rey medio sonriendo.

—Por la noche, al retirarse a descansar, el rey preguntó de nuevo, y los matemáticos seguían trabajando sin descanso. Al amanecer, el matemático mayor de la Corte solicitó audiencia para presentarle un informe al soberano. Por fin había resuelto la cantidad total de granos y resultaba una cifra tan enorme que no se atrevía a decirla.

—¿A cuánto ascendía?

—El rey insistió en que cualquiera que fuese la cantidad debía cumplir su promesa y entregársela, pues había empeñado su palabra.

—Parecía un buen monarca —se alegra Alfonso.

—Había un problema: el matemático le dijo que no dependía de la voluntad real el cumplir semejante deseo pues en todos sus graneros no existía la cantidad de trigo necesaria, ni tampoco en los graneros de todo el reino. Hasta los graneros del mundo entero eran insuficientes. Si el monarca deseaba entregar lo prometido debía ordenar que todas las tierras de todos los reinos se convirtieran en cultivables, que se desecaran los mares y los océanos, y se fundieran el hielo y la nieve que cubrían las montañas más altas. Que todo el espacio conocido fuera sembrado de trigo. Únicamente entonces el inventor del ajedrez podría recibir su recompensa.

—¿Eso es cierto? ¿El cálculo es tan bárbaro?

—Sí, lo es —contesta Ruy con una mueca de regocijo en su rostro—. ¿Entendéis ahora por qué el ajedrez no es solo un juego?

—Esa historia, suponiendo que sea real, lo que quiere decir es que aquel inventor era listo y un buen matemático, y el rey, un necio. —Al joven monarca no le tiembla la voz al decirlo.

—Cierto, pero os olvidáis del poder que hay en un tablero de ajedrez como el que tenéis enfrente. Este es un juego de reyes, así que os conviene dominarlo.

—Las reglas son sencillas, puede jugarlo cualquiera.

—Estáis cometiendo el mismo error que el monarca de la historia que os acabo de contar. Cierto es que un humilde campesino puede aprender las reglas de los movimientos de sus piezas, pero nunca dominará los secretos del juego. Eso solo está al alcance de reyes, grandes nobles, obispos y ricos mercaderes. Tenedlo en cuenta, majestad.

El resto de la clase lo dedicaron a conocer mejor la historia de la dinastía Borgoña, la anterior a la Trastámara en reinar en Castilla, que cambió cuando el primer Trastámara mandó asesinar a su medio hermano y subió al trono.

—Me agradan enormemente vuestras lecciones, Ruy. Por eso quiero haceros entrega de un regalo.

Toma una cajita de madera y extrae un colgante dorado.

—Majestad, no puedo aceptarlo.

—Por supuesto que sí, en prenda por vuestro compromiso.

El carácter del joven rey ha conquistado a Ruy, y lamenta haber puesto tantos reparos antes de venir. Está convencido de que puede ser una bendición, lo cree capaz de pacificar por fin el reino y dirigirlo a una nueva época de esplendor.

Nunca quiso formar parte de la Corte, y ahora estaría dispuesto a dar su vida por el monarca si fuera necesario.

Por eso no le agrada separarse de él cuando, al día siguiente, el rey parte a una campaña militar y ordenan a Ruy que permanezca en el Alcázar.

Hace de tripas corazón y decide aprovechar la coyuntura para volver a entrar en la biblioteca, donde se siente como un niño con zuecos nuevos, ya con la autorización real y pertrechado con un arsenal de plumas, tinteros, papel y demás utensilios. Nadie sabe de lo que es capaz un cronista cuando le dan carta blanca para investigar en una biblioteca real a la que nadie ha prestado atención desde hace varias generaciones de monarcas.

Mientras escruta los primeros libros, comprende que nunca ha estado ante tal colección de obras lujosas en su vida. No podía ni imaginar que el Alcázar dispusiera de una biblioteca que albergara tantos tesoros.

Los dos siguientes días los pasa, en su mayor parte, allí dentro. El rey Alfonso ha partido para reunirse con sus huestes en Madrid y preparar una ofensiva contra un reducto todavía fiel a su medio hermano.

Ruy aprovecha para ampliar su espacio de trabajo, necesita otra sala donde llevar los libros más notables. Busca a uno de los guardias reales para exponerle esta necesidad.

—Perdonad mi insistencia, pero, ciertamente, nunca pensé que pudiera haber libros tan valiosos en el Alcázar y preciso de más espacio.

—Os comprendo, la verdad es que aquí pocos saben lo que se atesora —comenta el guardia—. Yo llevo tantos años... mi padre y el padre de mi padre también sirvieron a los Trastámara, así que me conozco cada rincón de este castillo. Y sí, a mí siempre me ha llamado la atención esta biblioteca, y también la otra.

—¿Hay otra?

—La que está en la salita junto al antiguo dormitorio real, el que se usaba antes de la última reforma. Es mucho más pequeña, la conforma un armario de dimensiones considerables lleno de libros.

—No tengo constancia de ese lugar, ¿podéis llevarme?

—Bueno... no sé.

—Tengo autorización real para consultar todos los libros que haya en el Alcázar —expresa Ruy con determinación.

—En tal caso, seguidme.

Le conduce por las intransitadas estancias que usaban los primeros reyes. Abre una pesada puerta en una esquina de un salón, por la cual bajan un par de escalones. A partir de ahí, el guardia enciende un candil para iluminar el camino. Aquella parte del Alcázar es muy anterior al resto. No solo lo evidencia el cambio de nivel del suelo; los alfarjes son más sencillos y las paredes, en vez de estar cubiertas con tapices, aparecen pintadas con escenas de caza y paisajes, aunque están algo deterioradas por el paso del tiempo y las humedades del edificio. Cruzan otra puerta y entonces llegan a una estancia discreta, con varias ventanas tabicadas con ladrillos sin lavar. El guardia busca unas lámparas de aceite en las paredes y al prenderlas se iluminan generosamente, dejando ver al fondo un armario enorme con una decoración policromada antigua.

—Es ahí —indica el guardia.

—Estoy convencido de que tenéis trabajo. Podéis dejarme aquí, sabré regresar solo.

—¿Estáis seguro?

—Totalmente —asiente Ruy—, os agradezco infinito el haberme traído.

—No sé si debo dejaros solo, la verdad.

—Poco mal puedo hacer yo en este lugar, ¿cuánto hace que nadie entra?

—A saber... ya se lo he dicho antes. Tened en cuenta que hay recovecos a los que ni los reyes ni la Corte prestan atención. En esta sala hasta condenaron las ventanas porque levantaron al otro lado una estancia más alta, así que imaginaos lo olvidada que está.

—Más a mi favor, ya sabéis que estoy instruyendo al joven rey, por esta razón me interesa consultar todos los libros del Alcázar, para lo cual, insisto, tengo la autorización real.

—De acuerdo —accede el guardia a regañadientes.

Ruy se planta ante el armario, no es extraño que los libros estén guardados dentro. Los monasterios solían almacenar los suyos en un espacio del claustro cerca de la entrada a la iglesia que llamaban *armarium*; solo al crecer sus fondos utilizaron el *scriptorium* como biblioteca. El mueble es una auténtica obra de arte, un fino trabajo en madera tallada y policromada, con tonos dorados, rojos y verdes, una decoración geométrica donde se entrelazan diferentes motivos formando unas preciosas composiciones.

Al abrirlo siente el aire putrefacto que atesora, no quiere ni imaginar el tiempo que ha permanecido cerrado. Hay un centenar de libros, de distintos tamaños y grosores. Escoge uno al azar y comprueba que está escrito en árabe. Primera sorpresa; los dos siguientes también. El tercero está en hebreo, pero en el siguiente ya distingue el latín. Se trata de un códice de Tomás de Aquino, una auténtica joya de la que existen escasos ejemplares. Sigue hojeando más volúmenes; es prodigioso, es una biblioteca más antigua y, sobre todo, más variada que la otra.

Bellamente encuadernados, pergamino de excelente calidad, bonitos colores, abundancia de pan de oro. Esos libros son verdaderos objetos de lujo, como las joyas o las pieles. Están ilustrados por pintores de primer nivel.

Hay manuscritos de materias muy diferentes, como geometría, biología, matemáticas, medicina e historia. Intenta hallar el ejemplar más antiguo y el más moderno, para así poder datarla.

«¿Quién sería su propietario?», se pregunta Ruy.

Observa las encuadernaciones, también encuentra legajos sin enlomar. Él sabe que no fue necesario hasta que no cambió la forma del libro del rollo al códice. Se perfeccionó con dos planchas, las tapas, una delante y otra detrás, y con el lomo por la parte del cosido. Al principio las tapas eran simples pieles; después fueron de madera recubierta de piel y más adelante, cuando se generalizó el uso del papel, normalmente se acabó sustituyendo la madera por papel más grueso. Y en aquellos libros que eran tenidos en gran estima, la piel se adornaba con grabados o también signos religiosos como la cruz, e incluso con joyas.

Sigue revisando y ve que hay tapas con motivos geométricos y vegetales. Algunas están repujadas, con una larga incisión, más propia de obras de monasterios. Como en un volumen que escoge al azar y que no lleva cuero, sino madera de nogal al descubierto.

Incluso hay uno con tapas de láminas metálicas, con clavos de cabeza gruesa, para preservar la piel cuando el libro debía permanecer abierto.

Le llama la atención la cantidad de obras que hay escritas en árabe. Para los seguidores del islam, el libro es más bien un objeto de uso, y si posee algún lujo, se orienta preferentemente a la caligrafía. Porque para el libro destinado a la lectura, se busca que sea manejable y resistente. Hay dos en piel de cabra, que se trabajaba muy bien en Córdoba; uno de ellos está cerrado con un broche y tiene la tapa adornada con decoración vegetal, encerrada en recuadros estampados con hierros calientes.

Toma un nuevo libro, es sobre la historia de Hispania y fue escrita por... un rey: Alfonso, el décimo de su nombre. Ruy ha leído sobre ese monarca, es de la anterior dinastía, reinó hace más de doscientos años y es famoso porque la cultura fue el campo de sus magnos logros, de hecho se le conoce popularmente como el rey Sabio. Descubre que el armario guarda parte de las obras que mandó escribir y que él mismo supervisó.

Ruy no puede perder una oportunidad así, son textos difíciles de encontrar. Así que establece su campamento en aquella sala y comienza a leer todos los libros, tomando anotaciones y haciendo resúmenes que luego conservará. Es un trabajo arduo y a contrarreloj, pues teme que cuando el rey regrese ya no disponga de tiempo, y además la Corte puede trasladarse a otra ciudad y él tendría que ir con ella. Ha sido una suerte haber podido permanecer en Segovia esta vez que el rey ha partido.

Los textos de Alfonso el Sabio son de índole diversa, pero forman un todo. De modo que si quiere conocer la mentalidad de ese monarca y su reinado necesita leerlos en su totalidad. Conforme avanza en su lectura, Ruy se percata de que el rey Sabio quiso transformar la sociedad y también convencer a sus súbditos de la necesidad de hacerlo. Y que insistió en la divulgación de la cultura y en la transmisión del conocimiento ¡doscientos años atrás!

Se nota que son obras para la realeza, con una profusa decoración, grandes capitulares al comienzo e ilustraciones de edificios y santos; Ruy identifica pronto que muchas son sevillanas.

Revisando los manuscritos, determina que el más valioso es un código dividido en siete partes donde se legisla sobre cuestiones muy concretas, se amplían contenidos jurídicos a gentes de otras religiones y es la primera disposición legal que iguala a todos los súbditos de sus territorios.

Ruy cree que por fuerza esa legislación tuvo que chocar con la nobleza, y también por los nuevos impuestos que se nombran y que les afectan. El rey Sabio realizó un intento loable de centralizar el poder en la monarquía y quitárselo a la nobleza. Viendo cómo han sido las cosas *a posteriori*, está claro que no lo logró.

Por fin termina la catalogación de fechas: el volumen más moderno es del reinado del rey Pedro y el último, de la dinastía Borgoña; el más antiguo es un códice árabe del siglo VIII.

El guardia entra en la sala de improviso.

—¡Santa María! Pero qué habéis hecho aquí, buen hombre.

—No os apuréis, enseguida recojo todo.

—¡Y tanto! El rey llega esta tarde, han dado orden de que preparemos la recepción. —Se lleva las manos a la cara—. Menudo berenjenal habéis montado.

—Ya casi he terminado...

—¡Casi! —El guardia se enerva aún más—. ¡Daos prisa! Dejad otra vez todos los libros en su sitio y llevaos vuestras cosas. Os doy dos horas, cuando vuelva no os quiero aquí.

Ruy agacha la cabeza y se apresura a colocar los libros, es una lástima porque le han faltado muchos por estudiar. Y eso le carcome por dentro, se queda pensativo, se rasca el cabello de la nuca y echa un ojo a la puerta.

No puede evitarlo, se agacha y hojea rápido varios libros más.

Uno llama su atención, también es del rey Sabio, si bien su temática es completamente distinta. Es el *Libro de los juegos*, y al abrirlo descubre una hermosa ilustración de un rey disputando una partida de ajedrez contra una mujer.

Ruy se queda perplejo.

¿Por qué escribiría el rey Sabio un libro sobre juegos?

Su estudio puede darle una perspectiva muy distinta de la figura del monarca, así que se remanga y comienza a leerlo.

Van a ser las dos horas más provechosas de su vida.

## 12

El mes de julio llega caluroso, cosa que agrada a Ruy, quien no soporta el frío. Será porque nació en un verano que cuentan que alcanzó las temperaturas más altas que se recuerdan en el reino, que los árboles y las plantas se socarraron y que por las noches no se podía dormir del calor que sufrieron, y eso le marcó de por vida.

La comitiva real ha decidido abandonar Segovia para dirigirse a Ávila y emprender el avance final sobre Enrique, quien se resiste a entregar la corona y se obstina en la recuperación de Toledo para su bando tras la rebelión de los cristianos viejos contra los conversos. El arzobispo Carrillo ha insistido a Alfonso en seguir presionando a su medio hermano hasta que claudique. Pacheco está de acuerdo, y hasta Ruy cree que el arzobispo tiene razón. Mientras, Jorge Manrique se ha unido a las huestes de su padre en una campaña para asegurar varias fortalezas en el sur, así que no les acompañará.

La columna marcha bien provista de ballesteros y jinetes, harán una única parada porque desean alcanzar la protección de las murallas de Ávila cuanto antes. Estar en campo abierto no deja de ser un peligro en este momento de la guerra.

Llegan a una pequeña población de nombre Cardeñosa, pasarán la noche en ella. El arzobispo Carrillo dispone guardias apostados por el perímetro del campamento. Se encienden abundantes fogatas, que junto con la luna llena aportan buena visión a los vigías.

A la hora de la cena está previsto que haya música y poesía para el rey. A Ruy le sorprende la cantidad de artistas que lo acompañan. Nunca deberían dejarles estar tan próximos al monarca, no son gente de fiar.

La llegada regia ha transformado la austera venta del pueblo en un auténtico comedor palaciego. La servidumbre ha montado mesas, bancos y sillas, ha extendido manteles y ha colgado tapices con temas cortesanos.

Una vez sentados y lavadas las manos, el capellán mayor bendice la mesa y con su vara de mando da instrucciones para que los pajes vayan sirviendo la comida. El plato principal es trucha enharinada, cocinada con unas buenas lonchas de tocino, que tras soltar su grasa en la sartén se retiran y se sustituyen por otras de jamón atemperado, sin llegar a freírse. Así ni el jamón pierde su textura, ni la trucha su sabor.

Es un momento en el que el rey está expuesto, ya que puede ser envenenado; para evitarlo, realizan una cata donde comprueban que ni en la comida ni en la bebida existe veneno. Incluso los utensilios que utiliza el soberano para cortar los alimentos son objeto de salva, y se pasan por un trozo de pan que es ingerido por el trinchante. Por supuesto, la bebida es custodiada, y cada vez que el rey pretende beber, la copa se transporta alzada y en silencio, escoltada por un ballestero.

Entre tanta algarabía, Ruy no puede evitar fijarse en la hermana del rey. La infanta Isabel despierta su interés. Está claro que es una joven con temperamento y, al mismo tiempo, inteligente y audaz. Tiene reflejada en su rostro la belleza y la efervescencia de sus diecisiete años, en cambio en sus ojos tiene la mirada reflexiva y penetrante de una mujer de mucha más edad.

Aunque le cueste reconocerlo, Ruy está feliz en la Corte. El acceso a la biblioteca del Alcázar le ha supuesto un inesperado y fabuloso aporte de información. Con esta quiere llevar a cabo una recopilación de la historia de los más sublimes monarcas del reino y dedicársela a Su Majestad.

Su amigo Jorge Manrique tenía razón, ahora Ruy también está convencido de que el joven soberano puede unir el reino y acometer trascendentales gestas.

En medio de la cena se oyen ruidos y se forma un revuelo. Ruy acude de inmediato a comprobar qué sucede. El rey Alfonso se encuentra indispuesto, bebe mucha agua ante la alarma de los allí presentes. Parece recuperarse, debe de haberle sentado mal algo de la cena. La prudencia hace que sus pajes lo ayuden a retirarse, no hay que correr riesgos.

Ruy observa cómo se encamina hacia la tienda real y, de pronto, lo ve flaquear y casi caer al suelo. Lo alzan de nuevo, y en ese momento advierte el rostro pálido y la mirada perdida del monarca.

—¡Que venga el médico! —Su hermana Isabel le desabrocha el brial—. Está ardiendo, ¡rápido, por Dios santo!

Los síntomas empeoran, comienza a mostrar insensibilidad al dolor, pierde el habla y, antes de que logren acostarlo, también el conocimiento. Llega el médico real y dentro de la tienda solo permanecen su hermana, el arzobispo Carrillo y Pacheco. Qué inoportuno contratiempo, pero lo prioritario es la salud del rey. Ruy teme que deban quedarse en aquel paraje demasiados días, expuestos a las huestes de Enrique, que pueden aprovechar para atacarles.

La noche se hace eterna, Ruy piensa en cómo puede cambiar la historia en cuestión de horas. Ahora lo importante es que Alfonso se recupere lo antes posible y puedan alcanzar el refugio de las murallas de Ávila.

El joven monarca pasa varios días en cama con fiebres altas. Las gentes de los alrededores se apelotonan en torno al campamento y rezan día y noche. Se mandan correos a Segovia y a Ávila para que envíen a los mejores médicos y matasanos.

El arzobispo Carrillo reúne a los cortesanos más próximos del rey, incluido Ruy. El religioso está nervioso, lo cual es una señal peligrosa en un hombre con su poder y su experiencia. No solo ostenta un alto cargo en la Iglesia, sino que es el mayor apoyo militar del soberano. Tiene fama de ser autoritario y de ideas claras y precisas. Él y Pacheco han sido quienes han logrado aupar a Alfonso al trono de Castilla.

—Los médicos dicen que puede tratarse de la peste —afirma el arzobispo Carrillo ante el asombro de los presentes, que comienzan a murmurar—. ¡No les creo! No hay vómitos ni diarreas, ni se aprecian bubones en su cuerpo.

—Entonces ¿qué le sucede? ¿Qué mal ataca al rey? —inquiere Pacheco, marqués de Villena y sobrino del arzobispo.

—No lo sabemos. —Carrillo se frota las manos—, pero... no creo que esto sea mala fortuna.

—Arzobispo, ¿no insinuaréis que es veneno? —inquiere entonces Gonzalo Chacón, uno de los principales consejeros del rey y que ha estado a su lado desde su más tierna infancia.

—¡Sí que lo hago! ¡Tiene que serlo!

—Es imposible —espeta Chacón mirándole con una expresión en su cara que casi es una amenaza—, cenó trucha del río que prepararon los cocineros de una posada local, esos no han sido. Los hemos interrogado y no, no han podido envenenarle. Además, toda la comida y el vino fueron probados.

—Algo se nos pasó por alto, estoy seguro de que es veneno —insiste Carrillo—. Unos síntomas así son descritos en varios libros.

Ruy sabe que eso es cierto, él también lo ha leído.

—¡Maldita sea! Ya sabía yo que no era buena idea hacer noche aquí —exclama el arzobispo Carrillo—. ¡Maldita sea la mano que lo envenenó! ¡Maldito el corazón de quien lo hizo! ¡Maldito el miserable que nos hace miserables si el rey muere!

—¿Y cómo lo han envenenado? —pregunta Pacheco, más pausado que su tío.

El marqués de Villena tiene un carácter sosegado, como si nada fuera capaz de alterarle. Mientras que el arzobispo es enérgico y visceral. Además de la disparidad de edad, otra cosa que los diferencia es su altura, pues Pacheco es tan alto como Ruy y con el cabello largo como Jorge Manrique. Por su parte, el arzobispo tiene una mediana estatura, que compensa con unas piernas y unos brazos fuertes. Y su rostro ya presenta pliegues y también alguna cicatriz, recuerdo de alguna de sus hazañas bélicas. Pero sin duda su característica más acusada es su piel oscura, como tostada. Y la voz, tan abrupta que es como si rascara las paredes de su garganta y le costara salir. En cambio, su mirada es anodina y su rostro, muy común; es su carácter lo que le imprime personalidad.

—¡El rey no puede morir! —grita el arzobispo en un arrebato de ira.

—Si damos con el veneno, los médicos podrían preparar un antídoto —apunta Chacón.

—Ha tenido que ser alguien muy cercano a él —interviene de nuevo Pacheco.

—¿Quién? ¡Decidme! ¿Tenéis alguna sospecha?

—Me temo que no —contesta Pacheco.

—¡Maldita sea! Pues que interroguen a todo el campamento, ¡a todos! ¡Vamos!

El ambiente está enardecido, los semblantes muestran el gesto torcido de preocupación. Hay desconfianza y temor, Ruy lo ve en los rostros y las miradas. Como si fuera una niebla, el miedo ha cubierto el paisaje.

A falta de Jorge Manrique, Ruy decide hablar directamente con Gonzalo Chacón, que le transmite más credulidad que Pacheco y el arzobispo Carrillo. Sabe que ha estado con Alfonso e Isabel desde que eran niños, y que es más que un mero consejero para ellos. Podría decirse que Gonzalo Chacón es parte de la familia de los dos hermanos y alguien de su entera confianza.

Lo encuentra a pocos pasos del pabellón real, sentado sobre unos bultos. En cierto modo le recuerda a él mismo, pues no parece encajar en la Corte. Viste de forma austera, no llama la atención, ni alza la voz de manera innecesaria. Es un hombre maduro, pausado en sus acciones y juicioso; de toda la Corte, Ruy cree que es el más racional.

Se acerca decidido a él.

—Don Gonzalo, ¿alguna novedad sobre la salud del rey?

—Ninguna, aún aguardamos a un afamado médico de Toledo. Perdimos esa ciudad, no protegimos a los conversos ni a los judíos, así que de todas formas no será fácil convencerle para que ahora nos preste su ayuda —se lamenta con el semblante cubierto de preocupación.

—¿Creéis que lo han envenenado, tal como asegura el arzobispo Carrillo?

—No lo sé, pero Carrillo suele acertar en estos lances. Es un hombre curtido en todo tipo de maquinaciones —murmura.

—¡Don Gonzalo! —Un paje irrumpe de improviso—. ¡Rápido! ¡Es el rey!

Salen los dos de inmediato hacia el pabellón real, Ruy le sigue con el corazón en un puño. Cuando entran, un círculo de nobles rodea el lecho real y, arrodillada y hecha un mar de lágrimas, se halla la infanta Isabel sujetando la mano de su hermano.

Alfonso, rey Castilla, de la Casa de Trastámara, duodécimo de su nombre, yace con la mirada estática.

Los ojos son el reflejo del alma y en ellos Ruy se percata de que el joven monarca está ya lejos de la que fue su existencia. Unos ojos abiertos pero inertes, perdidos en la muerte, palpando la oscura nada en los inextricables laberintos donde el caprichoso Caronte conduce a los que ya no son hacia la eternidad.

El rey ha muerto.

# 13

En la aldea todos hablan de la guerra contra los señores. Llegan noticias de que el legítimo rey, Enrique, se encuentra en una situación desesperada tras las derrotas ante las huestes de su medio hermano, el infante Alfonso, quien para muchos ya es el rey de Castilla a pesar de ser un crío. Pero en Galicia tan solo los grandes señores le apoyan, el pueblo permanece leal a Enrique. Allí se han levantado en armas para hacer su propia guerra, destruyen las fortalezas y prenden fuego a los torreones, los símbolos más visibles del poderío señorial. Esperan que Enrique se imponga en Castilla y los apoye llegado el momento.

Un mensajero cuenta que han tomado la sede episcopal de Santiago; utilizaron el cuerpo del comendador como ariete para abrir las puertas del campanario, y después colgaron su cadáver de lo alto de la torre. Los poderosos, humillados, se están viendo obligados a huir al vecino reino de Portugal.

Por su parte, Gadea se ha adaptado bien a la vida en aquellas montañas, la alegría de las gentes por derrocar a los tiranos que les oprimen es cadenciosa. Además hay un gato blanco muy cariñoso, cree que es el mismo que vio en el bosque, con el que juega a menudo y la sigue a todas partes. Aún no sabe qué nombre ponerle.

Las buenas noticias no acaban ahí, llega otro jinete de Santiago y se forma un corro en el centro del poblado.

El recién llegado lanza gritos a lomos de su caballo y, cuando todos le rodean, suelta una proclama:

—¡El usurpador ha muerto! ¡El infante Alfonso, que pretendía proclamarse por las armas rey de Castilla, ha sucumbido a los designios de Dios! Enrique es el único monarca bajo el sol, ¡larga vida al rey!

—No lo entiendo —murmura Gadea—, ¿qué ha pasado?

—El infante Alfonso ha fallecido, no saben si de peste o envenenado —explica uno de los vecinos—. ¡Da igual! Muerto el perro, se acabó la rabia.

—Así que ahora vuelve a haber un solo rey en todo el reino —añade otro.

—¿Eso es bueno? —pregunta Gadea.

—¡Por supuesto! Nosotros siempre hemos apoyado al rey Enrique, mientras que los nobles se decantaron por el infante. Así que ahora toca recoger los frutos de nuestra lealtad, las cosas no pueden ir mejor —responde el aldeano con la voz temblorosa, sin poder contener la emoción.

El pueblo entero es una explosión de felicidad, pocas veces ha visto Gadea a la gente tan feliz. Ella también está contenta, porque la felicidad es contagiosa y además estaba ansiosa de sentirla de nuevo dentro de su piel. Parece que el ritual del bosque ha surtido efecto. Se ha liberado por fin de su maldición o su castigo.

Es increíble, después de tanto tiempo sufriendo, ahora que se ha curado de su mal no sabe cómo actuar. Siente una inmensa paz y serenidad, percibe las cosas con más calma. Ya no la embriaga la necesidad de ir corriendo de un lado a otro.

Ve a Ana, se acerca a ella y la abraza.

—¿Has oído? —pregunta Gadea—. ¡Nuestro rey ha vencido!

—Hay que ser cauteloso, no vender la piel del oso antes de cazarlo. Nosotros somos campesinos, los designios de los reyes nos son muy ajenos. En la vida, la cautela y la paciencia son una virtud.

—Pero si el usurpador ha muerto, ¿qué debemos temer?

—Acostúmbrate a una cosa, Gadea. Piensa siempre en lo improbable, en lo peor. Prepárate para ello, y si no llega, esa suerte que has tenido. Pero si viene, lástima de aquellos que no lo supieron ver, pues su suerte está echada de antemano.

Durante varias semanas no deja de llover y Gadea echa de menos su Toledo natal, donde el sol nunca se oculta más de dos o tres días. Contemplando el agua caer, ve a un hombre que llega de forma apresurada. Salen varios a recibirle, y aunque intentan tranquilizarle no lo consiguen. Tiene los ojos abiertos como lunas y habla de cosas inexplicables.

—¡Los he visto! —balbucea.

—No estarías aquí si eso fuera verdad —dice uno de la aldea.

—Hice un círculo en la tierra y me arrodillé, recé el padrenuestro una y otra vez. Sin abrir los ojos.

—Entonces no los viste.

—Sí —insiste—, pasaron a mi lado.

—Pero no les viste las caras.

—Claro que no, sabes que no tienen rostro —musita enojado el visitante.

Gadea es tan discreta que suele pasar desapercibida, lo ha sido desde cría, desde que observaba a los otros niños cerca de la catedral de Toledo. Así que, oculta en las sombras, escucha la conversación sin que nadie se percate de su presencia.

—Al final resulta que vas a ser una espía —murmura Ana a su espalda.

—Solo quiero saber qué le pasa a ese hombre.

—Ha visto a la Santa Compaña, o al menos eso cree él.

—¿Qué es la Santa Compaña?

—Es un grupo de almas errantes. Marchan en plena noche, acompañadas por un vivo que en sus manos lleva una cruz. Tras él, varios encapuchados recitan cánticos y rezos, portando una vela, así como una pequeña campanilla, y levantan a su paso una densa niebla, viento y, por supuesto, olor a cera.

—¿Y quién es el vivo?

—Al mortal que encabeza la hilera de ánimas le acecha la

muerte. Antes de fallecer, debe traspasar la cruz a un desafortunado testigo que se cruce con la Santa Compaña, siendo este el nuevo «cabecilla» de la marcha. Por eso nadie quiere verla.

—Entonces, ese hombre...

—Seguramente está condenado, aunque quién sabe. Quizá lo estemos todos, la Santa Compaña siempre se aparece antes de una terrible tragedia.

El inesperado visitante está ahora más tranquilo, le han dado vino y eso le ha apaciguado.

—Ha muerto el usurpador —dice el recién llegado—, y ya se han puesto en marcha.

—Eso ya lo sabemos —dice uno de los hombres—. ¡Viva el rey Enrique!

—¡Viva! —gritan todos.

—No lo entendéis. —El hombre tuerce el gesto, de nuevo se pone nervioso—. Estamos en peligro, ¡todos!

—Pero ¿qué está diciendo este ahora? —se pregunta el mismo hombre de antes, soltando una sonora carcajada.

—Los nobles gallegos se disponen a entrar en nuestras tierras desde el reino de Portugal.

—Eso no es posible...

—Vendrán con el rabo entre las piernas —dice otro, que hace gestos obscenos metiéndose la mano en sus partes y riendo sin parar.

—Vuelven con numerosos soldados —el tono del visitante es serio—, dispuestos a derrotarnos y a castigar a quien se haya levantado contra ellos.

—¿Cómo van a atreverse a volver? —inquiere una de las mujeres—. Ahora el rey Enrique nos ayudará, no debemos temerles.

—No cuentes con ello. —El recién llegado tiene una expresión de miedo que hace que sus palabras suenen más desalentadoras todavía—. La orden que ha dado el rey a los suyos es no inmiscuirse y dejar vía libre a los nobles.

Un silencio sepulcral recorre la aldea como un pájaro de mal agüero.

—Pero si le hemos apoyado. —El mismo hombre que se pavoneaba antes, ahora es la viva imagen de la incredulidad.

Los aldeanos se alarman y murmuran alterados.

—Los nobles están regresando por varios frentes —continúa explicando el visitante—. Si no reaccionamos ya, nos van a dividir, a rodear y a vencer.

El temor se propaga como la peste por los rostros, las madres abrazan a sus hijos y buscan el consuelo de sus esposos, que se miran desolados.

—¡Lucharemos! —alza la voz uno de ellos—. ¿Me oís?

No responde nadie.

—Ya los derrotamos una vez, y lo volveremos a hacer —insiste—. ¿Qué vamos a hacer?

—¡Luchar! —dicen todos—. ¡Luchar!

Todos no. Gadea los observa en silencio, siente ese escalofrío por su cuerpo igual que en Toledo y también con el carretero. Entonces desvía la mirada al bosque y ve a un hombre portando una cruz y guiando a unos espectros sin rostro. Mira a sus anfitriones, ¿cómo es posible que nadie más se haya dado cuenta?

Intenta llamar la atención de varios de ellos, pero o no la entienden o no la creen. Vuelve la mirada al bosque, pero ya no ve a nadie.

Ella sabe lo que ha visto y lo que significa.

# 14

A la mañana siguiente, Gadea coge algo de comida y, antes del alba, deja la casa donde la albergaron. El poblado aún dormita por los excesos de la noche anterior. Enseguida aparece el gato blanco maullando en busca de una caricia de Gadea; le da pena, pero no puede llevárselo. Así que le pone agua en un cuenco y unas sobras que le ha guardado. Se despide de él entre lágrimas.

Busca una excusa para dirigirse al bosque y los guardias solo le piden que tenga precaución ahí fuera.

Se va porque presiente que un hecho terrible está a punto de acontecer. Si la oscuridad cae sobre la aldea, prefiere no estar allí, porque es consciente de lo que sucederá. El ritual la liberó del mal, pero ahora cree que vuelve a por ella. Sin embargo, esta vez no dejará que la atrape.

Ella ha madurado desde que salió de Toledo. A pesar de su corta edad, se ha visto envuelta en guerras, incendios y ataques. Ha vivido leyendas de fantasmas y seres demoniacos. Sigue convencida, más que nunca, de que el mal fario la persigue, quizá su sino en la vida es estar siempre huyendo, evitando que la prendan, buscando dónde ocultarse. Y luego volver a empezar, como en una rueda que nunca para de girar.

Gadea abandona el camino principal en cuanto se percata de

que lo frecuentan las huestes de los nobles que se están reuniendo para atacar a los rebeldes. Ha fortalecido sus piernas y con sus inseparables botas altas puede subir los empinados montes. Sabe buscar alimento en el bosque, y también que la naturaleza no es su enemiga.

En definitiva, ha aprendido a sobrevivir.

Regresa hacia el sur, pues en el sentido contrario no hay salida, Galicia es el fin del mundo.

El paisaje es angosto, sinuoso y de fuertes pendientes. Cree que parte de él ya lo recorrió a su llegada, si bien son muchos los caminos que conducen a Galicia, así que también lo son los que salen de ella.

Ella misma se persuade de que puede escapar de la maldición si avanza rápido, como si fuera un enemigo al que se puede engañar.

Después de varios días llega a un pequeño monasterio y, al preguntar a los frailes, descubre que ha alcanzado las tierras del antiguo reino de León y que si continúa por el sendero se adentrará en un valle. Uno de los monjes le dice que el pueblo más cercano es Peñalba, que se llama así por la roca blanca que lo rodea.

Allí se dirige presta y decidida. Si su madre la viera ahora, ¿qué pensaría de ella? Ha crecido mucho desde que ella murió. Le contaría tantas cosas, pero sobre todo le gustaría decirle que no se preocupe, que va a salir adelante.

Sigue soñando con ella, sufriendo con ella. El dolor no puede medirse ni pesarse con números claros, solo es posible referirse a él con palabras inciertas. No hay forma de saber cuánto hemos padecido, ni cuánto más vamos a sufrir. Gadea siente que ese dolor es eterno y también que está transformándose. No es que se esté olvidando de su madre, ni que la quiera menos. Es que se está acostumbrando al dolor. Sin embargo, quiere que le siga doliendo, que le escueza en las entrañas para no olvidarse nunca de ella.

El valle es quebradizo y frondoso, y conforme avanza empieza a notar una sensación extraña. Hay algo inusual en el ambiente, si bien no sabe identificarlo. Es inquietante, debe estar alerta. El problema es que no entiende por qué se siente tan incómoda.

A veces recuerda Toledo, sus murallas, el castillo, la catedral y los puentes sobre su añorado río Tajo. Ahora esas construcciones le parecen todavía más imponentes que cuando era niña. Ella, que ha crecido entre las calles bulliciosas, las interminables procesiones encabezadas por el autoritario arzobispo Carrillo y el mercado lleno de productos de lejanas tierras.

Ahora está sola en medio de la nada.

Tarda un día en alcanzar una aldea de pocas casas, donde un puñado de lugareños arañan la tierra en busca de sustento.

—¿Quién eres tú? —inquiere un hombretón con un pañuelo anudado a la cabeza.

—Mi nombre es Gadea, ¿sabes cómo puedo ganarme algo de comida?

—Me temo que aquí hay poco que hacer. —El hombre mira a una mujer que los está observando con recelo a pocos pasos—. Han dejado de pasar peregrinos desde la guerra de los dos reyes y también porque en Galicia hay revueltas.

Gadea asiente como si no supiera de qué le está hablando.

—Quizá pueda ayudar limpiando alguna casa, establo o granja, cualquier cosa —insiste.

—¿Qué sabes hacer?

—Lo que sea, aprendo rápido. —Gadea luce su mejor sonrisa—. Hasta sé de números y cuentas, me enseñó mi padre.

—¿Números y cuentas? —El hombre mira a su alrededor—. Aquí eso te va a servir de poco —y se da la vuelta.

—Espera. —Gadea le coge del brazo.

—¿Qué haces, muchacha? —Se suelta de malos modos.

—Lo que sea, haré lo que haga falta. No me importa si es trabajo duro, lo soportaré. Soy más fuerte de lo que dice mi aspecto.

—Estás escuálida, no puedes levantar ni medio saco, ¿para qué me vas a servir? Yo ya tengo mujer que me limpie y cocine —y la señala con un gesto de su cabeza—. Tú estás muy delgada, y tienes ojos raros y la cara marcada. Vete a engatusar a otro.

—Te lo ruego, ¡algo habrá que pueda hacer!

—Chis —le chista su mujer y él la mira extrañado—. Ven —insiste ella.

—¿Se puede saber qué quieres tú ahora?

—¿Y los eremitas?

—¿Qué pasa con los eremitas? —inquiere él con incomprensión en la mirada—. Estoy harto de ellos.

—Más lo estoy yo, y no sé ni cuántos quedan, igual ya es el último. A ver si se mueren y nos dejan en paz —replica su mujer.

—Los mataremos de hambre, hace más de una semana que alguien tendría que haberles llevado los víveres.

—Yo ya me canso de subir hasta allí, que vaya ella —y señala a Gadea.

—¿Quiénes son esos eremitas de los que habláis? —pregunta.

—Unos frailes que viven aislados en cuevas, se pasan el día rezando —responde la mujer.

—Es un trayecto muy duro para una muchacha...

—¡Lo haré!

—No sabes lo que dices... eres solo una chiquilla —se lamenta el hombre.

—¡Déjala ir! —insiste su mujer—. Yo no volveré a subir, te lo advierto. Además, si ha llegado hasta aquí, coja no es. Mira su cara —dice refiriéndose a su marca—, palos ya le han dado, así que está aprendida.

—No me importa el esfuerzo, de verdad, ¡puedo hacerlo! —Gadea intenta disipar la preocupación del hombre.

—Nadie quiere subir a las cuevas, están hechas precisamente para que no se pueda acceder a ellas —la advierte él.

—¿Quién vive allí?

—Las han ocupado hombres de Dios desde tiempos inmemoriales —responde la mujer—. San Genadio fue un santo que murió aquí hace más de quinientos años. Está enterrado en la iglesia y moró en una de esas cuevas. Antes fue obispo, y dicen que confesor y consejero del rey, pero abandonó todo para fundar un monasterio.

—He visto el monasterio, está casi abandonado.

—Cierto —afirma él—, esta tierra en sí está lejos de todo y los eremitas prefieren las cuevas. No salen de allí, así que tenemos que subirles comida, y a cambio ellos protegen el valle.

—¿Cómo lo protegen? ¿De qué?

—Estamos cerca del fin del mundo, conforme te acercas a ese lugar te adentras en tierras oscuras, habitadas por seres monstruosos. Estas montañas les impiden salir, y en cierto modo los religiosos de las cuevas son sus guardianes.

—¿No dejan salir nada malvado?

—Por supuesto que no. Este valle es la frontera, el valle del Silencio.

—¿Del Silencio?

—Escucha —dice él.

—¿Que escuche qué?

—¿Es que acaso oyes algo? ¿Algún pájaro?

Gadea se concentra y abre los oídos, pero... ¡es cierto! No se oye nada. No lo entiende; sencillamente, no es posible.

—Ni un susurro se cuela por estas montañas —añade el hombre—, por eso lo llaman el valle del Silencio.

Gadea se esfuerza más y abre los oídos de nuevo, sin embargo el silencio es absoluto. Ahora entiende por qué se sentía tan incómoda, era el silencio lo que la perturbaba. En aquel valle no se escucha ruido alguno y eso no es nada alentador.

—Es obra de san Genadio. Él protege este lugar, por eso ayudamos a los hombres de las cuevas.

—Son solo habladurías y leyendas... Yo los dejaría morirse de hambre, ya les hemos dado suficiente —interviene la esposa.

—¡Cállate, mujer!

—Es la verdad.

—¡Que te calles! Ve a preparar los víveres, ella los subirá. ¿Estás contenta? Es eso lo que querías, ¿no?

Su esposa obedece con una media sonrisa victoriosa oculta en el rostro.

—¿Te llamabas?

—Gadea, señor.

—Yo no soy ningún señor. Y olvida lo que ha dicho mi esposa, san Genadio nos protege —dice con tono firme—. Cuentan que un día, meditando en una cueva cercana al río, su rumor entorpecía su meditación, así que le ordenó que guardara silencio y eso hizo. Aún hoy sus aguas no producen rumor alguno al pasar delante de las cuevas.

Gadea se queda sorprendida, sin saber qué decir.

—¿Tú también piensas que es solo una leyenda, como dice mi mujer?

—No, yo te creo —responde decidida.

Entonces llega la esposa, radiante de alegría. Su marido la mira y lanza un profundo suspiro, uno de esos que encierran un reproche y a la vez una afirmación.

Le dan una canasta muy pesada, tanto que a Gadea le cuesta no caerse hacia atrás. Ella finge estar conforme, le indican por dónde debe ir y, sobre todo, le advierten que no debe hablar con los hombres de las cuevas. Se halla en el valle del Silencio y ellos son sus guardianes; nadie debe perturbar su paz porque es la de todos.

Gadea en lo único que piensa es que quizá esos eremitas puedan protegerla del mal que la persigue y que está a salvo en este lugar.

# 15

Tello era un hombre libre que había decidido jurar vasallaje a su señor, uno de los grandes hombres del reino. Por eso está agradecido de que le eligiera a él para servirle. La mayoría de las gentes tienen una existencia insignificante. Nacen, disfrutan de una infancia corta y se pasan el resto de su vida sobreviviendo. Luego los hay que tienen éxito en los negocios, y se piensan que así llenan su vida. Por supuesto están los nobles, que son hijos, nietos y biznietos de nobles, y exprimen el apellido como si fueran las ubres de una vaca. Nacen en lo alto de la montaña, así que ignoran lo costoso que fue ascenderla para el primero de su familia. Y luego están los religiosos, pero demasiados lo son sin vocación, de esos que buscan en la carrera eclesiástica una manera de mitigar sus escasas perspectivas.

Pocos son como su señor, hombres capaces de interferir en los asuntos del reino y de Dios.

Tello quiere trascender, que su labor tenga una utilidad y un trasfondo. Hacer algo relevante. Si Dios le ha dado habilidades será por un motivo, pues Él siempre tiene un plan para sus hijos. Así que abraza con énfasis el trabajo que le ha sido encomendado.

Ha aprovechado los últimos actos públicos en las ciudades a las que se va trasladando la Corte —Segovia, Burgos o Valladolid— para conocer a sus habitantes. Es esencial saber quién es quién, observar con quién se relaciona cada uno y de qué forma. Todo sin ser descubierto, porque él nunca se deja ver.

Los hombres que le ha encomendado encontrar su señor son hábiles, se han guardado bien de levantar cualquier sospecha. No se reúnen, no intercambian cartas, entonces ¿cómo se comunican? ¿Qué lenguaje utilizan?

En la noche, cuando tiene dudas, Tello busca la luna en el cielo. Siempre le ha llamado poderosamente la atención, desde muy pequeño. Le contaron que ya cuando tenía algo más de un año la buscaba de manera incesante y la señalaba, tanto de noche como cuando era visible a plena luz del sol.

Hoy hay luna llena, y dicen que hay gente a la que consigue volver loca. Él nunca lo ha creído, pero sí es cierto que noches como estas son más proclives a que ocurran hechos extraordinarios. Así que Tello piensa que hay que aprovecharlas, que son como una prolongación del crepúsculo, con una luz más tenue, que ilumina rincones que no son visibles durante el día. Y en ellos es posible hallar secretos ocultos.

Tello ha tenido que viajar hasta Logroño, una ciudad pequeña por la que cruza el Camino de Santiago y enclave fronterizo entre los reinos de Castilla, Navarra y Aragón. Está frente a la iglesia de San Bartolomé, que tiene una portada con escenas de la vida del santo. En la primera está representado salvando a la hija lunática de un antiguo rey.

Tiene que ser una señal de que hoy la luna jugará un papel clave.

Entra en el templo, hay unos cuantos hombres de Dios limpiando el suelo a esas horas. Pregunta por un sacerdote en concreto y le dicen que vaya al altar mayor. Tello asiente y se encamina por una de las naves laterales, sus pasos retumban en la solemnidad de la iglesia. Hay varios cuadros del santo. Uno lo representa en el momento del martirio, siendo desollado mientras está atado a un árbol, donde un hombre le arranca la piel, viéndose su brazo derecho totalmente en carne viva. En una talla cercana aparece con un cuchillo en la mano y un demonio a sus pies.

Tello llega al altar mayor, donde un religioso canoso está ocupado sacando brillo a unos relicarios de plata.

—Hola, buen hombre, ¿puedo ayudaros en algo? —le pregunta al verlo llegar.

—Busco al sacerdote Diego Ochoa.

—El padre Ochoa ya se ha retirado a su morada.

—Soy un amigo de la infancia, pasaba por Logroño y quería saludarle. Hace tantos años que no nos vemos... Si pudierais decirme dónde vive.

—¿A estas horas?

—Lamentablemente, salgo mañana temprano —responde Tello.

—En ese caso... —El sacerdote duda unos segundos—. Justo al salir del templo, a la derecha hay una calle. Seguidla hasta el final y encontraréis una casa con un banco de piedra.

Tello agradece la información y abandona la iglesia. Sigue las indicaciones y llega a la vivienda. Llama al portalón dos veces. Nadie responde, así que insiste. Y por fin la puerta se entreabre un palmo.

—¿Qué ocurre? —dice una voz desde el interior.

—¿Sois vos Diego Ochoa?

—Sí, ¿quién me busca?

No responde, sino que empuja con fuerza la puerta. El cura intenta cerrarla, pero Tello ha metido el pie dentro y la bloquea. En ese momento suelta un certero puñetazo que impacta en el rostro de Diego Ochoa, que retrocede lo suficiente para que el visitante entre en la casa y cierre la puerta tras él.

—Soy sacerdote —dice al tiempo que alza las manos asustado—, no tengo nada de valor.

Le agarra del pescuezo y lo empuja hasta la alcoba, empotrándole contra la pared, y presiona su garganta con tal violencia que Diego Ochoa no puede respirar.

Le deja caer y da unos pasos hacia la mesa que hay en la estancia, donde hay unos libros, unas cartas y un ajedrez. Husmea entre los documentos, lee las notas manuscritas y curiosea los cajones.

Se vuelve hacia el religioso, que sigue doliéndose del cuello tumbado en el suelo de la alcoba.

—No me gusta perder el tiempo.

—¿Qué queréis? ¡Por Dios santo!

—Nombres.

—¿Nombres de quién?

—Sé que hay un grupo de notables conjurando contra el rey —afirma Tello—, decidme quiénes son.

—Pero... si yo solo soy un sacerdote.

—No mintáis, sabéis de lo que os hablo. Por favor, no lo hagáis más difícil, no me obliguéis a haceros daño —dice con un tono tan amenazador que da miedo pensar de lo que es capaz.

—¿Qué voy a conspirar yo desde aquí?

—Hablad —insiste impertérrito.

—Os lo juro, no sé nada.

Entonces le agarra la mano con fuerza, toma uno de sus dedos y se lo rompe con un movimiento brusco. El grito de dolor es ensordecedor. Pero Tello, lejos de detenerse, toma otra falange y se la parte con igual indiferencia.

—¡No! ¡Por favor! —solloza el sacerdote.

Y le rompe otra más.

—Esperad —le suplica—. Madrid. Allí es donde se están organizando.

—¿Quiénes?

—Desconozco los nombres, eso es esencial para que no corran peligro si alguien... como tú nos encuentra a uno de nosotros. Por eso la comunicación es secreta, ¡es cierto!

Un nuevo crujido.

—¿Habéis envenenado al rey Alfonso?

—¡No! ¡Por Dios! ¿Cómo vamos a acometer tal barbaridad?

Tello le mira indolente.

—Nosotros apoyábamos al rey.

—No os creo.

—Sí, claro que lo hacíamos.

—Entonces ¿qué pretendéis hacer?

—Eso... no puedo decirlo.

El sacerdote no responde y Tello coge otro dedo.

Diego Ochoa se revuelve y saca por sorpresa un cuchillo de su cinto, Tello reacciona para esquivarlo, pero no hace falta. El cura se lo clava en el cuello él mismo y muere al instante desangrado.

Tello maldice su suerte, deja el cuerpo inerte y escruta la habitación. Solo hay algo que le llama la atención, el ajedrez. Hay una partida empezada, pero allí no hay nadie más.

# 16

Además de los víveres, los aldeanos le dan un zurrón con vino. Le indican el trayecto, qué cruces tiene que tomar y cómo debe seguir siempre en dirección hacia poniente, hasta una formación rocosa donde anidan los buitres.

Gadea comienza la caminata sin racanear fuerzas, aunque demasiado pronto descubre lo duro que es el acceso al recóndito lugar. La vegetación es frondosa y los montes rodean el espacio de tal manera que forman una impenetrable muralla natural. Cada vez le supone mayor esfuerzo avanzar un simple paso, porque el terreno es abrupto y el sendero ya es solo un recuerdo invadido por las ramas de los árboles.

Sus botas son sus mejores aliadas, aún recuerda el día que las canjeó, junto con comida, y algo de dinero, por aquel viejo caballo que le salvó la vida.

Es al cruzar un riachuelo cuando alza la vista y observa unas oquedades en lo alto de unas paredes de piedra, donde cuesta imaginar que pueda vivir alguien.

Con su buena vista descubre las escaleras de madera por donde acceder, aunque no será fácil con la pesada carga. Sin embargo, llegados a ese punto, Gadea no piensa desfallecer. La madera está podrida y podría caerse en cualquier apoyo. Finalmente logra subir a una plataforma donde descansar y, desde allí, continuar por una pasarela hasta otra escalera con la que llega a un abrigo que ofrece una maravillosa vista del valle del Silencio.

Un hombre surge del interior de la cueva, tiene la frágil forma de un anciano, encorvado y espigado; calvo en la parte alta de la cabeza, cabello largo y lacio en las sienes, que se une con una larga barba del mismo color que le llega hasta la cintura; nariz aguileña y cejas espesas. A Gadea lo que más le llama la atención de él son sus pómulos marcados y unos profundos ojos grises.

La mira con ellos.

No dice nada.

Cualquiera en su lugar sentiría una profunda inquietud, pero Gadea no.

El anciano es muy distinto a cualquier otro hombre que haya visto antes. Parece etéreo, como si flotara en vez de estar sólidamente anclado al suelo que pisa. Su piel es de un pálido enfermizo, como si jamás se hubiera expuesto a los rayos del sol.

—Traigo los víveres de la aldea.

No responde.

Extiende la mano y le indica que avance, y Gadea se percata de que sus dedos son alargados y casi esqueléticos, como ramas de árboles.

Ella da varios pasos, se quita el canasto de la espalda, lo deja en el suelo y lo abre para que el hombre vea su contenido. Al hacerlo, él asiente complacido, toma el cesto y lo alza con una facilidad pasmosa para su endeble aspecto.

Se gira sin mediar palabra y entonces ella ve que camina descalzo. El anciano se pierde por el fondo de la cueva, desvaneciéndose en una negrura donde no se distingue nada.

Gadea está confusa. Comienza a sentir el miedo que antes no tenía, pero eso ya no la paraliza como antaño. Piensa qué hacer y entonces se percata de que no se oye sonido alguno, el silencio es tan profundo que escucha perfectamente el latir de su corazón. Permanece inmóvil unos instantes más y, como en otras ocasiones, termina dejándose guiar por su instinto y se adentra en la cueva.

Es un espacio reducido, para guiarse tantea las paredes con sus manos. Están húmedas y frías. Avanza con mucha precaución, temerosa de tropezar y caer, o de darse un golpe. Llega a una segunda estancia, también minúscula, que solo tiene salida por la parte superior. Así que tiene que trepar por la pared y, al intentar subir, se resbala. No le va a ser sencillo alcanzar el siguiente nivel. Se echa hacia atrás lo poco que le permite el espacio, da dos pasos, salta y se agarra con ambas manos al borde. No logra hacer pie, necesita un apoyo que no llega y se cae al suelo de forma estrepitosa.

Es testaruda, examina bien la pared y cree encontrar una posible base donde sustentarse. Lo vuelve a intentar, salta y posa su pie en ese eslabón, para de inmediato impulsarse y alcanzar la parte superior con ambas manos, y al límite de sus fuerzas lanzarse hacia arriba. Consigue que su torso asome en el siguiente nivel y, exhausta, logra subir también las piernas.

La oscuridad sigue invadiéndolo todo. Camina a oscuras, no sabe en qué dirección va, temerosa de que en el próximo paso no encuentre suelo firme.

Se detiene, la textura de la pared frente a ella no es de piedra sino de madera.

¡Es una puerta!

La empuja, sin embargo no cede. Busca hasta encontrar un cierre y lo libera.

La hoja se abre y Gadea entra.

La luz.

Lo que ve al otro lado es algo parecido a una vivienda, hay varias sillas y una mesa. De las paredes cuelga una sencilla cruz y solo sobresale una estantería con libros. En una esquina descubre un fuego apagado, por lo negro de las paredes que lo rodean se usa a menudo, sube la vista y en el techo observa una salida al exterior para el humo. La estancia es cálida y se lo debe a ese hogar. La mesa es alargada, hecha con tablones de madera irregulares.

Gadea se queda atónita al ver que en un extremo hay un tablero con unas casillas pintadas, blancas y rojas, y sobre ellas unas figuras pequeñas, talladas en algún tipo de roca extraña y hermosa. No son figuras humanas, tienen formas geométricas. En su mayor parte distintas a las que ella conoce, pero no alberga duda.

¡Es un ajedrez!

El recuerdo de su abuelo estalla en su corazón y siente una sacudida por todo el cuerpo.

Gadea se acerca al tablero y alarga la mano para coger una figura que presenta unas protuberancias en la parte superior.

—¡Alto ahí! —grita alguien desde el otro extremo rompiendo el profundo silencio del valle—. ¡No te atrevas a tocarlo!

## 17

Gadea se queda paralizada ante la destacada altura del fraile y su larga barba; la fragilidad del hombre, lejos de parecerle un signo de debilidad, le resulta amenazante.

—Lo siento —se atreve a decir—. No pretendía nada malo, tenía curiosidad.

El hombre no responde, ni su gesto cambia en forma alguna.

—Os ruego que me disculpéis, os dejaré en paz y en silencio.

Sigue callado.

—Supongo que no podéis hablar. —Suspira—. Lo lamento profundamente.

Se gira para marcharse cuando su vista se desvía hacia el tablero de ajedrez y observa la disposición de las figuras.

Es extraño, se siente atraída por el tablero, como si le costara apartarse.

—Solo una pregunta, si me lo permitís —mueve las manos como si apaciguara a un animal—, y no volveré más. Es sobre esa partida de ajedrez...

El religioso no se ha movido un ápice. Está clavado, como si fuera un árbol allí plantado. Gadea se arrepiente de su osadía y recula.

—Disculpadme de nuevo, mejor me marcho ya.

Gadea no sabe cómo actuar, da un paso atrás y mira nuevamente de reojo la mesa.

—¿Por qué lo observas tanto? —le pregunta el hombre con una voz lejana, a pesar de estar tan cerca de ella.

—Pues... —Gadea aún no puede creer que le haya hablado—. Hace mucho que no veía un tablero, y menos como este. Las figuras son diferentes a las que yo conozco.

—Eso es porque son muy antiguas, de cuando los cristianos empezamos a jugar al ajedrez.

—¿Empezamos? —dice contrariada—. ¿A quién os referís?

—Esa es una larga historia.

—Yo sé que es un juego de nobles y reyes, mi abuelo siempre me lo decía cuando jugábamos. —Siente ese latigazo que la hizo huir de la Magdalena, pero esta vez tira de ella hacia el tablero—. ¿Sois un monje?

—Era fraile, ahora solo soy un hombre solitario.

—¿Quién construyó estas cuevas? —se interesa Gadea.

—Dios. Aunque si lo que preguntas es quién las habilitó, fueron unos hermanos que llegaron aquí huyendo de la intolerancia.

—¿Por qué los perseguían?

—Por odio, venían del sur.

Gadea se siente identificada.

—Escapaban de los infieles, habían vivido en sus reinos hasta que les sometieron a tantas vejaciones e injusticias que no les quedó otro remedio que irse —continúa el fraile—. Aquí encontraron refugio y pudieron vivir en paz, lejos del mundanal ruido de la civilización.

—Es el valle del Silencio.

—Exacto. —Por primera vez mueve la cabeza, con lentitud, asintiendo.

—¿Y qué hacían en un lugar tan apartado?

—Lo mismo que hago yo, rezar.

—¿Y ya está?, ¿solo rezáis? —inquiere Gadea, que se deja llevar por su ímpetu.

—Puede decirse que sí.

Ella echa un vistazo a la cueva, lo único reseñable es el crucifijo colgado en la pared, con un Cristo de ojos almendrados, y el juego de ajedrez, nada más.

—¿Y el tablero? ¿Con quién jugáis?

—Con nadie y, a la vez, con muchos —contesta el fraile, y observa la reacción de Gadea—. ¿Comprendes lo que quiero decir?

—No, pero sí sé que el ajedrez es un juego donde no importa si eres hombre o mujer, ni la fuerza, ni la edad ni la condición de los oponentes.

—Ni la fortuna —recalca el fraile—. Dios nunca ha jugado a los dados y los hombres tampoco deberíamos hacerlo.

—¿Y eso qué quiere decir?

—Dios no dejó nada al azar, por tanto los hombres no deberían fiarse de su suerte.

—Pero en el ajedrez no interviene la fortuna.

—No. Solo la inteligencia, la persuasión, la paciencia, la imaginación... también el esfuerzo, el conocimiento y el valor.

Gadea observa mejor las figuras sobre los escaques blancos y rojos.

—¿Por qué son rojos en vez de negros?

—Ya te he dicho que es antiguo.

—Mi abuelo decía que los colores del tablero representaban el paso de los días y las noches, y que sobre ese campo de batalla, dos ejércitos debían proteger a un monarca luchando según su valía.

El fraile no dice nada esta vez.

—¿Cuánto hace que habitáis esta cueva? —Gadea pasea de nuevo la vista por la estancia.

—Haces muchas preguntas.

—Perdonadme si os molestan.

—Desde hace demasiados años, tantos que ni lo recuerdo —alcanza a decir, como si le costara la vida cada palabra que abandona su boca—. Han tardado en mandar los suministros, ¿sabes la razón?

Gadea duda si decir la verdad, aunque entiende que con él es mejor ser sincera.

—Los aldeanos ya no quieren subirle comida; además, la situación es complicada. Se ha desatado una guerra y hay revueltas en Galicia, por lo que pasan pocos peregrinos hacia Santiago. De no ser por mí, no hubierais tenido víveres.

Se vuelve a hacer el silencio.

—Los reyes y sus guerras... Ya la antigua Grecia vivía atormentada con frecuencia por la guerra, los griegos creían que todos los hombres desean fervientemente el poder y la gloria; que, sin importar cuánto de ambos hayan alcanzado, siempre aspirarán y lucharán por más, y que este deseo irrefrenable lleva a una espiral de violencia que siempre termina en una guerra.

—¿Queréis decir que la guerra es inevitable?

—La guerra es el peor mal de los hombres. Es como si estuvieran tentados a provocarla. Es algo que corre por sus venas y que los envenena.

—¿Y cómo impedirla?

—Rezando.

—No creo que rezar pueda evitar las guerras —niega Gadea.

—¿Lo has intentado?

—No, pero tampoco me he tirado por un precipicio para comprobar si puedo volar, y no pienso hacerlo.

—Es una ingeniosa respuesta. Para evitar la guerra son necesarias dos cosas. Por un lado, un rey fuerte, y por otro, adoctrinar al pueblo en la paz. Los griegos nunca lograron esto último, nosotros sí. Nosotros tenemos a Cristo, Él nos enseñó el camino que conduce a la paz.

—Pero estamos en guerra.

—Cierto, porque te he dicho que los griegos veían necesario que se dieran dos circunstancias.

—No tenemos un rey fuerte, ¿es eso? —pregunta Gadea.

—Yo no soy quién para juzgar a nadie, menos a un rey. Solo soy un hombre solitario en una cueva perdida en busca de paz para sí mismo. Aquí la encontró mi maestro, y su maestro, y así hasta el primero, que huyó del odio y la guerra.

Gadea escucha y también observa de refilón el tablero de ajedrez.

—No puedes dejar de mirarlo, ¿por qué?

—Mi abuelo me enseñó a jugar hace tiempo. Un día, en el mercado de Toledo, unos nobles disputaban una partida en la que se habían apostado unas tierras. Iba con mi abuelo, me quedé prendada viendo la partida y no me quería ir, así que me prometió enseñarme a jugar.

—El ajedrez tiene múltiples virtudes, una de ellas es ayudar a comprender mejor el mundo en el que vivimos. A la vista de un profano, el ajedrez solo es un juego. A los ojos de otros, como los míos, y quizá también los de tu abuelo, es infinitamente más.

—Yo necesito entender este mundo, porque por ahora me parece cruel y terrible. ¿Podéis ayudarme?

—No es tan sencillo, muchacha —musita el religioso.

—Ya sé jugar, no es tan complicado.

—Saber mover las figuras no significa que sepas jugar.

—Pues enseñadme.

—No.

—Dadme una oportunidad. Todo el mundo me subestima... Y sin embargo aquí estoy, y no veo que haya nadie más —dice plantada en medio de la cueva—. Es más, sin mí no tendríais víveres.

El fraile la ignora.

—¡Como queráis! Entonces no subiré más provisiones y nadie del pueblo lo hará, ¡os lo aseguro! Os moriréis de hambre aquí solo.

Gadea se marcha.

—Espera —dice el religioso con voz grave—, eres muy obstinada para ser...

—Mujer —se adelanta Gadea mirándolo desafiante.

—No, para ser tan joven.

—Mi juventud no implica que sea tonta. —Se gira orgullosa

y se sienta junto al tablero de ajedrez—. Soy perseverante y no me rindo, de lo contrario ya estaría muerta.

El eremita la mira, Gadea se ha sentido observada en otras ocasiones, aunque no de esta forma. Es como si el religioso fuera capaz de indagar dentro de ella. «Quizá puede ver cómo es mi alma», dice para sí.

—No he hecho nunca mal a nadie y aun así he vivido mil desgracias; estuve maldita, pero ya no. —No sabe por qué le cuenta eso, pero hecho está.

—Yo no creo que estuvieras maldita, Dios no permitiría algo así.

—Quizá se olvidó de mí.

—Te ha traído hasta aquí —recalca el fraile—, tal vez era eso lo que quería. No estabas maldita, sino que tu camino ha sido tortuoso porque no había otra forma de recorrerlo.

—¿Para qué iba a querer Dios que yo viniera a este lugar desde tan lejos?

—Los caminos del Señor son inescrutables, somos demasiado insignificantes para entender la magnitud de su creación.

—Eso significa que me ha traído aquí por alguna razón, no me ha hecho sufrir tanto por nada —dice Gadea, compungida por la revelación.

—Has seguido tu camino y precisamente eso es lo más importante en la vida, encontrar nuestro camino y recorrerlo por duro y difícil que sea. Dar con nuestro objetivo, porque todos tenemos uno. Dios nos reserva una tarea y debemos acometerla.

—Entonces debéis enseñarme a jugar al ajedrez de verdad, no solo a mover las figuras como habéis dicho —pronuncia Gadea con firmeza.

—Hoy ya es tarde y debes volver a la aldea. El próximo día que traigas provisiones jugaremos.

—¿Lo juráis?

—La palabra de un hombre es sagrada; si la pierde, jamás la recuperará por completo.

—No es la primera vez que me engañan. —Gadea guarda uno de esos silencios suyos que colapsan el ambiente.

—Te aseguro que jugaremos, pero has de saber que no puedo perder mi tiempo en algo que no tenga utilidad ni visos de poseerla. Así que deberás demostrarme que eres una alumna digna, de lo contrario nunca volveremos a jugar, ¿entendido? A cambio deberás traer las provisiones cada semana, pero a los de la aldea ni una palabra de que has visto este ajedrez.

—¿Por qué no?

—Esa pregunta sobra, es el trato que te ofrezco. Ahora coge una moneda que hay sobre aquel estante y págales cuando llegues. Y la próxima vez cerciórate de que te dan vino del bueno, siempre me lo traen aguado. No lo olvides, es muy importante. El vino es el alimento del alma.

# 18

Duquesa mueve una oreja hacia delante y, a continuación, la otra hacia atrás, Ruy sabe que le está preguntando qué hacen en ese lugar. Él le acaricia el lomo para tranquilizarla. Se hallan junto a una de las cañadas reales, que sirve para que los ganaderos trasladen las ovejas con su preciada lana. Están en la margen izquierda de un arroyo donde se alzan cinco toros de granito que miran al oeste, al cerro de Guisando. Es un lugar conocido por todos en Castilla. Dicen que son más antiguos que cualquiera de las ciudades habitadas hasta ahora. Que los esculpieron pueblos ya desaparecidos para favorecer la fertilidad y la protección del ganado. Esta siempre ha sido una tierra de pastos y la lana es el oro de Castilla, incluso antes de ser Castilla.

Es finales de septiembre, se acaba este fatídico verano en el que ha muerto un rey. Alfonso tenía solo catorce años, nadie debería morir tan joven, menos un monarca por el que tantos buenos hombres han ido a la guerra.

Por otra parte, este luto se suma a un duelo que dura ya demasiado, que se inició con la peste el siglo pasado y continuó con diversas guerras internas que han desangrado un reino que insiste en despedazarse, pues su peor enemigo es él mismo. Hace ya más de dos siglos que se conquistaron Sevilla y Córdoba, y aun así el reino nazarí de Granada sobrevive pagando parias a los sucesivos reyes castellanos, que prefieren recibirlas y no avanzar la frontera, para desesperación de muchos, ya que parecen más interesados en acabar con los propios cristianos que con los infieles.

El rey Enrique es uno de esos monarcas sin ningún interés en avanzar las conquistas al sur.

Él ha elegido este enclave legendario para ratificar el fin del levantamiento contra su persona. Su hermanastra, la infanta Isabel, debe firmar la concordia. Ella representa ahora al bando de su hermano muerto. Han concurrido a la ceremonia los más importantes prelados y caballeros del reino, y un pueblo innumerable se dispone a ser testigo de esta solemnidad, a la cual solo le falta para ser completa la presencia de los procuradores de villas y ciudades, que han sido los apoyos más leales del difunto Alfonso, deseosas de deshacerse de la tiranía de los señores, los cuales ansían convertirlas en nuevos señoríos.

Ruy cada vez entiende mejor lo que intentó el rey Sabio con sus textos legales: centralizar el reino, limitar el poder de la nobleza. Si el infante Alfonso pretendía hacer lo mismo, quizá eso explique su inoportuno final, pero no puede asegurarlo.

Al rey Enrique no le importa la ausencia de los representantes de las ciudades y las villas, hace tres meses se hallaba derrotado y acorralado, y ahora vuelve a ser el único monarca de Castilla bajo el sol. Además, Pacheco, el marqués de Villena, ha regresado a su lado. Solo el arzobispo Carrillo y algún que otro noble, como el padre de Jorge Manrique, instan a la joven Isabel a continuar la guerra, a una muchacha de apenas diecisiete años que acaba de perder a quien más amaba en el mundo.

El monarca sonríe; está contento, feliz. Por fin todo volverá a su ser. Se halla convencido de que se abre un nuevo y prometedor escenario, y de que deja atrás una tramoya de muerte y dolor en su avance hacia un futuro de grandeza para su persona.

Con Pacheco de su lado, los rebeldes pierden a su mayor

apoyo. El marqués de Villena es tan astuto como peligroso y tiene la habilidad de estar siempre en el bando vencedor.

La muerte inesperada de su hermanastro ha sido una suerte para todos. Ya no hay nadie con legitimidad para oponerse a él, tan solo precisa que Isabel ratifique el final del levantamiento.

Para lograr esa firma, hoy en este paraje de los Toros de Guisando, Enrique ha aceptado jurar a la infanta Isabel como princesa de Asturias y heredera de sus reinos, frente a su hija Juana, que queda relegada, así como su esposa, la reina, que le ha sido infiel y a quien ha apartado de la Corte como castigo.

También ha firmado dotar a Isabel de un amplio patrimonio y se ha comprometido a que el futuro matrimonio de la princesa deberá realizarse con el consentimiento previo de ella. Sin duda el mayor logro de Isabel, solo se casará con quien decida.

—Aquí estamos. —Jorge Manrique se coloca al lado de Ruy—. Vamos a asistir a una representación irrepetible.

—¿Eso crees?

—En ningún teatro ha habido mejor actuación que la que veremos hoy. El rey va a reconocer a Isabel como princesa heredera del reino.

—Ya encontrará luego Pacheco la manera de no cumplirlo —advierte Ruy—. ¿Isabel no sospecha nada?

—¿Qué más podría hacer? Ha muerto su hermano y Pacheco se ha ido con el rey; solo le queda el arzobispo Carrillo. No tiene más remedio que aceptar y luego luchar para que se cumpla lo aquí firmado.

—¿Y te parece bien? —pregunta Ruy, enervado—. ¿No piensas hacer nada al respecto?

—Me tienes en muy alta estima. Hay un tiempo para alzar la cabeza y otro para esconderla y conservarla.

—¿Y tus ideas sobre un nuevo rey? ¿Sobre la conveniencia de un cambio para el reino? Todo lo que me dijiste en el Alcázar de Segovia.

—La historia está llena de infortunios, Roma no se levantó en un día. ¿O me equivoco? —contesta Jorge Manrique.

—Esto no es un infortunio, se ha muerto la única alternativa a Enrique —se lamenta Ruy—, de quien tú afirmaste que era el peor de los reyes.

—Te olvidas de que hoy, ante esos toros de piedra, su hija Juana acaba de ser desplazada de la sucesión al trono, y se ha declarado nulo el matrimonio con la reina. E Isabel es la nueva princesa heredera.

—Tú mismo has asegurado que no lo cumplirá...

—Pero va a firmar, y la firma de un rey tiene consecuencias ahora y siempre. Y eso es algo que aquí parece que han olvidado algunos —murmura Jorge Manrique para que nadie le oiga—. No me cabe duda de que la mano de Pacheco está detrás de todo esto. Al igual que también estoy seguro de que algún día le venceremos.

—Ojalá, aunque me temo que Pacheco tiene el maldito don de terminar siempre en el lado del vencedor.

—Eso no es un don, sino una enfermedad —pronuncia con rabia Jorge Manrique—. Mira, Ruy, Pacheco ha convencido al rey de que esta firma no supondrá ningún problema, que lo importante es apagar las brasas que aún arden en el bando de su hermanastro muerto, e impedir que el arzobispo Carrillo o algún otro vuelva a prenderlas.

—Es astuto, no cabe duda.

—Para él, Isabel no es más que una mujer, estará pensando en casarla con un príncipe extranjero y alejarla de Castilla todo lo posible. Si descubrieran un nuevo mundo, allí que la mandarían, créeme.

—¿Y entonces?

—Subestima a la princesa...

Ruy observa desde su posición al rey, no puede ocultar su rencor hacia él. Está convencido de que mandó envenenar a su medio hermano. Y mientras lo mira, se percata de que el monarca está radiante.

—¿Y para esto vine yo a la Corte? —se lamenta Ruy.

—Precisamente de eso tengo que hablarte. —Jorge Manrique usa un tono aún más serio—. Han decidido que abandones la Corte.

—¿Quién?

Jorge Manrique lanza una mirada hacia donde se hallan el rey Enrique y Pacheco.

—Fuiste tú quien me pediste que sirviera al infante Alfonso —le recrimina Ruy.

—Sí, lo sé. Pero ahora la situación es bien distinta.

—¿Y ya está?

—No, no está —resopla Jorge Manrique—. He explicado que tú solo eras su preceptor. Así que no habrá castigo para ti.

—¿Castigo?

—Ruy, están purgando a todos los leales a Alfonso. Ahora debes jurar fidelidad al rey Enrique y retirarte un tiempo a tus libros, que es donde estabas antes de que solicitara tus servicios.

—¡Será posible!

—Ruy, esto no es baladí, hazme caso.

—Pero... ¿y tú? —Ruy observa su reacción—. ¿Cómo has logrado que no haya represalias contra ti?

—Eso es asunto mío.

—Has pagado... ¿Es eso? Todo se puede comprar, hasta el perdón de un monarca.

—Hay que saber adaptarse, Enrique es el rey, el único. Con la muerte de Alfonso, de momento se ha apagado toda llama de esperanza.

—O sea que todo lo que me contaste era mentira.

—No, no lo era. Ruy, entiéndelo, no me lo pongas más difícil. Mi familia también está vigilada. Apoyamos al infante y luchamos por él. Tú al menos solo estuviste rodeado de libros, nosotros tenemos las manos manchadas de sangre.

—Sí, lo entiendo. Supongo que, muerto Alfonso, ya no hay

quien pueda arrebatarle el reino a Enrique, que está en manos de Pacheco y su sed de poder.

—No existe hombre alguno —Jorge Manrique pone su mano sobre el antebrazo de su amigo—, pero no pierdas la esperanza.

# 19

Gadea pasa los días en el poblado ayudando con el ganado y lavando en el río. No puede quitarse de la cabeza la imagen del tablero de escaques blancos y rojos, tampoco las extrañas figuras que en poco o nada se parecen a las que utilizaba con su abuelo.

No les ha contado a los campesinos el trato que ha hecho con el ermitaño. Se quedaron sorprendidos de que hubiera encontrado la cueva y que quisiera repetir la tarea encomendada. Desconocían el corazón que late en el pecho de Gadea y las agallas que ha adquirido con cada revés de la vida.

Están contentos de haber encontrado a alguien dispuesto a subir a las cuevas y ahorrarles el trabajo. El matrimonio le ha proporcionado donde dormir en un pajar junto a la casa.

Solo existe un sutil contratiempo.

—No vamos a darle nuestro mejor vino —advierte la mujer—. Quién se cree que es para exigir. Ya puede darse con un canto en los dientes de que no le dejamos morirse de hambre.

Gadea necesita que ese vino no esté aguado. Así que a la semana siguiente, cuando le preparan los víveres, aprovecha un desliz para cambiar el vino que le han dado por el que guardan a buen recaudo para los domingos y festivos.

Y se marcha antes de que puedan percatarse de ello.

Ahora camina más decidida por el sendero que ya conoce, remonta mejor por las cuevas y, cuando llega a la puerta, llama dos veces para avisar. Luego entra y encuentra al fraile en el mismo lugar que la otra vez, como si no hubieran pasado los días.

—¿Traes el vino?

Gadea asiente y se lo acerca, él lo vierte en un vaso de arcilla y da un buen sorbo.

—Esto es otra cosa. —Sonríe, es la primera vez que Gadea le ve hacerlo—. Antes no eran tan huraños, a los que vivíamos en las cuevas nos trataban con respeto. Pero todo cambió, mis hermanos se fueron marchando al mismo tiempo que los aldeanos empezaron a vernos con más recelo. Los años pasaron y ahora solo quedo yo.

—No es muy alentador, y tampoco tiene que ser sano estar aquí. —Gadea mira a su alrededor—. ¿No os molesta la humedad?

—Por desgracia nos acostumbramos a todo, a lo bueno y a lo malo. —Da otro trago—. Había olvidado a qué sabía el buen vino.

Gadea le mira, de pie y callada; el fraile le parece misterioso, como si ocultara un terrible secreto bajo esa barba.

—Entonces ¿no vive nadie más en estas cuevas?

—Ya no, pero han pasado muchos por aquí. A menudo gentes que huían de su pasado —y mira a Gadea—, que se escondían de los que les perseguían o incluso de sí mismos. Que deseaban ignorar quiénes habían sido, que buscaban paz.

—Yo no me oculto, ni siquiera sabía que existía este lugar. Es la verdad.

—Pareces sincera —dice el eremita con su tono pausado.

—¿Por qué no iba a serlo?

—Muchacha, la sinceridad no es cosa sencilla. La verdad se cobra un alto precio, las mentiras son baratas, fáciles, comunes. Todos somos capaces de mentir, una y otra vez. En cambio, la verdad está al alcance de unos pocos elegidos. Casi nadie puede mantener siempre la verdad. Una sin ambigüedades, sin falsas mentiras, que no son sino eso, mentiras. Y la mayoría de las veces ¡son las peores!

Gadea mira de reojo el tablero.

—Yo solo quiero jugar, ¿podéis enseñarme o no?

—Esa no es la cuestión, la pregunta es si tú podrás aprender. —El anciano va hacia la mesa—. El ajedrez es una metáfora; si comprendes sus reglas, entenderás el mundo que te rodea.

—Suena como si fuera algo mágico.

—En cambio es de lo más terrenal: un tablero, sesenta y cuatro escaques e infinidad de posibilidades.

—¿Y cuándo empezamos a jugar? Me lo prometisteis, ¿lo recordáis?

—La paciencia es una virtud —recalca el fraile mientras se sirve más vino—, y más en el ajedrez. Primera lección: los jugadores deben tener a su derecha la casilla blanca en la esquina del tablero. Segunda lección: cuando se ha tocado una pieza, se está obligado a jugarla, y una vez que se ha cogido no se puede soltar para jugar otra, pero en tanto no se pose puedes moverla a la casilla que desees.

—Mi abuelo también me enseñó todo eso.

—Tercera lección —pronuncia el fraile sin inmutarse—: olvida lo que sabes del ajedrez, no vale para nada.

—¿Cómo que...?

—Si quieres que te enseñe a jugar, a jugar de verdad, debes hacerme caso a pies juntillas, ¡olvídate de tu dichoso abuelo!

Gadea contiene su ímpetu, pero siente un impulso irrefrenable de soltarle un sinfín de improperios por referirse de esa manera a su abuelo.

—¡No me mires así! Has sido tú quien ha insistido en aprender. Y si vas a lloriquear por lo que te he dicho, piensa que eso no es nada comparado con lo que cualquier rival puede llegar a decir en una partida. Desestabilizar al oponente es una forma usual de ganar en este juego.

Ella sigue tensa y enojada, intenta controlar sus emociones.

Como en tantas otras ocasiones, le cuesta y está a punto de explotar. Se agarra con ambas manos al asiento de la silla.

—Este tablero es antiguo, por eso las casillas son blancas y rojas —continúa él—; los colores han cambiado, pero siempre tienen que ser claras y oscuras. Cada bando está compuesto por ocho peones, dos torres, dos caballos, dos alfiles, una reina y un rey. Los peones poseen la habilidad de avanzar dos casillas en su primera jugada.

—Mi abuelo me explicó que había una maldición que les impide matar a los soldados enemigos que tienen justo enfrente.

—¿Qué te he dicho hace un momento?

—Yo también os he dicho que ya sé mover las piezas, los peones solo pueden capturar a los que se hallan en la casilla más próxima en diagonal. Las torres disponen de la habilidad de enrocar con el rey, pero únicamente se mueven en horizontal.

—¿Sabes enrocar? —El fraile arquea una de sus cejas ante la sorpresa de Gadea, que se queda pensando cómo puede hacer eso.

—Sí, en el enroque el rey pide defensa. Se desplaza dos casillas en dirección a la torre —se lo muestra en el tablero— y esta salta por encima para ponerse a su otro lado. Los caballos saltan por encima de las murallas enemigas, se mueven dos casillas como la torre y otra a la derecha o a la izquierda —continúa Gadea.

—¿Qué sabes de los alfiles?

—Se desplazan por las casillas de un mismo color, en diagonal.

—Eso es ahora, ¿y en su origen?

—¿En su origen? No lo sé, ¿qué importa eso?

—Muchacha, aquellos que solo miran al futuro, sin disponer de la luz del pasado, están condenados a perderse en la oscuridad —le advierte—. Hasta hace pocos años, el alfil se movía saltando al segundo escaque, aunque hubiese alguna pieza interpuesta, por lo que no controlaba la casilla intermedia.

—Pero eso ahora da igual, ¿de qué me sirve conocer cómo se movía antes?

—Qué ignorante eres, muchacha —dice el eremita—. En la vida es esencial conocer el pasado, saber cómo se hacían y sucedían las cosas antes. Solo así comprenderás el presente, y quizá logres atisbar el futuro.

—No sé...

—Claro que no sabes, por eso debes aprender —enfatiza él.

—Me despista la forma tan extraña de las figuras. Este tiene que ser el rey, ¿no?

—Cierto —afirma el fraile—, puede desplazarse en todas direcciones, aunque solo a la casilla más próxima. Y no puede acercarse a un escaque de las que rodean al rey adversario, puesto que un monarca nunca mataría a otro.

—Y esta es la reina. —Gadea señala la que está junto al rey.

—Tiene un pasado bastante distinto, sustituyó a otra pieza llamada alferza.

—¿Cómo es que la alferza se convirtió en la reina?

—Buena pregunta, los árabes y los persas no tenían una figura que representara a una dama puesto que para su gobierno la mujer carece de relevancia y, por lo tanto, en su corte, junto al rey está siempre el visir o un consejero, que es a quien venía a representar la alferza. Pero jamás hay una mujer al lado de sus soberanos. Así que la alferza fue durante varios siglos la que acompañaba al rey en el ajedrez. La reina es una figura moderna y cristiana.

—¿Las mujeres no tenemos importancia? —repite Gadea conteniendo la respiración.

—Allí no, aunque en muchos reinos cristianos tampoco es que tengan demasiada. En nuestro vecino Aragón, una mujer solo puede reinar al lado del rey. En Francia o Inglaterra tampoco las mujeres reinan. Aquí creo que ha habido una o dos reinas que han gobernado en solitario, pero hace siglos de eso y fueron una excepción.

El fraile le sigue explicando que los alfiles eran elefantes en el juego original.

—No sé qué es un elefante —dice Gadea, algo avergonzada.

—Tranquila, no hay nada de malo en preguntar lo que no se sabe. No es ignorancia, ignorante es el que cree que sabe algo y desconoce que no es así. El elefante es un animal enorme, con una nariz alargada que se llama trompa y afilados colmillos. Sobre su lomo puede llevar a varios hombres. Los elefantes son las bestias más poderosas que Dios creó.

—¿Dónde hay animales así?

—Lejos, en África y en Asia. En la antigüedad se usaban como terribles armas de guerra. —El fraile usa un tono peculiar para sus explicaciones, que las hace más interesantes—. Para los indios simbolizaban el poder militar. Y las torres eran carros de combate, que eran los elementos más valiosos de sus ejércitos.

—Sigo sin entender la razón de por qué me contáis el origen de cada pieza. Lo importante es saber la manera de jugarlas, ¿no?

—Tienes que ir más allá; cuando veas al alfil visualiza el elefante, y con él, el poder de todo un ejército. No de uno cualquiera, sino el de un imperio que en sus batallas reunía a más de doscientos mil soldados.

—Eso es imposible, no soy tan necia como para creer que pueda existir una hueste de esa magnitud —masculla Gadea.

—Ya te lo dije una vez, los hombres tenemos la guerra en la sangre, y somos capaces de crear ejércitos inmensos. El ajedrez es precisamente una forma de reproducir eso sobre un simple tablero de madera, en un lugar tan recóndito como una cueva de un escondido valle donde solo hay silencio.

Gadea no deja de imaginar cómo serían esas antiguas partidas de ajedrez, y cómo el juego pasó de la India a los persas y de ellos a los árabes.

—Aunque conservaron la pieza del alfil, los árabes transformaron su aspecto —prosigue el fraile—, porque el islam prohíbe la representación de figuras humanas o de animales.

—¿Su fe lo prohíbe?

—Sí, por esa razón el alfil se fue estilizando y se convirtió en un rectángulo del que salían dos protuberancias, recuerdo de las defensas del elefante, que tiene dos largos colmillos. Cuando el ajedrez llegó a la Cristiandad, esta pieza provocó desconcierto. En algunos reinos como en Castilla adoptó el nombre árabe de *alfil*, que significa «elefante», y en otros, sobre todo en el norte, se reencarnó en uno de los grandes poderes de nuestros reinos.

—¿Cuál? —pregunta Gadea con interés.

—La Iglesia, por supuesto. En concreto, los obispos —y le señala la pieza—. En el reino de Inglaterra, que está muy al norte, a esta figura se la llama *bishop*, que significa «obispo». Los cristianos ampliamos sus movimientos, y ahora los alfiles van por esquina de parte a parte, pero en el juego viejo iban de tres en tres escaques y también por esquina.

—¿En todos los reinos se juega con las mismas reglas?

—Así es, porque cuando se produce alguna variación en los movimientos de una pieza, se extiende rápidamente y todos lo aceptan.

—Eso es extraño. —Gadea pone cara de incomprensión—. Quiero decir que por qué los musulmanes van a aceptar cambiar las reglas de su juego solo porque lo digan sus enemigos, los cristianos. Más aún cuando fueron ellos los que nos enseñaron a jugar.

—Quizá la razón sea porque en realidad no es un cambio.

—Y entonces ¿qué es, si puede saberse?

—Un descubrimiento.

—Eso no lo entiendo. —Se queda aturdida por esa respuesta.

—Lo entenderás cuando domines el juego.

—Pero... —Resopla y no sabe qué decir.

—Mira, Gadea, ha habido muchos intentos de cambiar las reglas a lo largo de los siglos, así como también de agrandar el tablero, pero la mayoría han fracasado. Ahora hay quienes se quejan de que el juego es demasiado lento y les agradaría crear una nueva pieza más ágil y poderosa. —El fraile se pasa la mano por la nuca.

—¿Eso es posible?

—Si ha evolucionado en el pasado, ¿por qué no podría hacerlo en el presente? El mundo cambia y seguirá cambiando. El ajedrez es una metáfora del mismo, así que también debería evolucionar y reflejar las nuevas realidades que se vayan produciendo.

—Eso sí lo entiendo, e imagino que por eso me habéis hablado sobre la historia de las piezas. ¿Podemos empezar a usarlas ya?

—No, faltan los peones.

—¿También me vais a contar la historia de los peones? —resopla Gadea—. Ellos apenas importan en el juego.

—¡Alto! —El fraile alza la voz—. Eso que acabas de decir es un terrible error. Es lo mismo que afirmar que en la realidad solo trascienden los reyes, los nobles y los caballeros, y que el resto, es decir, el pueblo, no valemos nada, entre ellos tú misma.

—Pero es que los peones solo avanzan una casilla y ni siquiera lo hacen de frente; la verdad es que son poco útiles.

—Cuando un simple peón —toma uno y lo lleva al otro lado del tablero— consigue coronar la octava fila, ocurre algo maravilloso: se transforma en cualquier pieza que se juzgue ventajosa para ganar la partida. —Los ojos del fraile se iluminan—. Un peón es un humilde aldeano que desea llegar a ser caballero u obispo.

—Eso es imposible, por ejemplo, por mucho que quiera, que trabaje o que luche, yo nunca seré una dama. Ni un carpintero puede ser conde, ni un campesino un abad.

—En el ajedrez sí, y es un juego de reyes —afirma el fraile, y arquea su ceja izquierda.

Gadea se queda pensativa observando los peones. Son la mitad de sus figuras, nunca había caído en ese detalle. Y ella los menospreciaba, como los nobles hacen con el pueblo.

—Y un peón puede llegar a ser incluso la reina —añade el fraile, y vuelve a arquear la ceja.

—Pero... un peón se mueve despacio.

—Para que un humilde artesano pueda llegar a ser un rico comerciante necesita tiempo, a veces varias generaciones. Es un camino largo y repleto de obstáculos, que solo unos pocos logran recorrer.

—Creo que lo entiendo —duda ella.

—Escucha con atención, muchacha: lo más importante que debes saber es que el ajedrez no está hecho para jugar, está hecho para soñar. Soñar con el movimiento de las piezas y con la estructura del tablero. Soñar con ordenar el mundo y el destino de los hombres y las mujeres que lo habitamos. Soñar con transformarnos en lo que deseamos. Dejar de ser simples peones y convertirnos en reyes... —El fraile observa la puesta del sol por la oquedad de la roca—. Está cayendo la noche, debes irte ya o te sorprenderá la oscuridad antes de llegar a la aldea.

# 20

Tello aprendió desde muy niño que la única manera que tenía de sobrevivir en este reino era haciendo lo que nadie se atreve a hacer. Perdió el miedo antes que la inocencia, y esta antes de que terminara su infancia.

Por eso sigue con vida.

Cuando se convirtió en un hombre, cometió actos horribles y espeluznantes. Igual de culpable es él que aquellos que le pagaban por hacerlos y que carecían del arrojo de llevarlos a cabo con sus propias manos.

Ricos y poderosos, pero unos cobardes.

Hasta que hace diez años encontró el camino, y desde entonces ha seguido los preceptos de Dios, limpiando sus pecados, guardando castidad, cumpliendo penitencia y borrando la violencia de antaño.

No obstante, su pasado ha vuelto a hacérsele presente. El odio que tanto se había esforzado por olvidar ha regresado de nuevo. Y él mismo se ha asombrado al comprobar lo poco que ese pasado ha tardado en emerger desde las profundidades donde lo había enterrado. Y con él, sus antaño valiosas habilidades, que ahora son reclamadas por alguien a quien no puede negárselas, porque le devolvió a la vida cuando él solo ansiaba perderla.

A Tello no deja de parecerle sumamente extraño.

Años atrás, en su anterior vida, Tello no se hubiera cuestionado nada. Obedecía y buscaba soluciones, sin más.

Ese era su trabajo, solucionar problemas.

Pero eso ha cambiado; desde que limpió sus pecados sí se hace preguntas. Sin embargo, no puede negarse a ayudarle y tampoco se atreve a pedir explicaciones. Por mucho que le duela, debe volver a ser el que era. Al menos hasta que cumpla con este cometido, luego le ha prometido que le liberará de todo precepto.

Él le encontró y lo ayudó. Tello no quería auxilio alguno, pero él insistió y supo ver la luz donde solo existía oscuridad. Le dio un objetivo, una razón para seguir en este mundo; un credo que rezar.

Le dijo que Dios tiene un plan para todos. A veces el camino hasta llegar a él es tortuoso y doloroso, pero eso no nos da derecho a desviarnos del trayecto. ¿Quiénes somos nosotros para juzgar su obra?, ¿para dudar de sus designios? Que no logremos comprenderlos no es excusa para abandonarlos.

También le dijo que debemos tener fe. Esa es nuestra ancla cuando arrecia la tempestad. Si nos agarramos fuerte a ella, somos capaces de resistir la peor de las tormentas.

Su señor le explicó los hechos acontecidos en la Corte y que han llevado al reino a una situación calamitosa. Un monarca impío que no es capaz de concebir descendencia, un joven rey que era una llama de esperanza y una mano oscura que la ha apagado para siempre.

Desde hace un mes, Tello se halla en Madrid, una villa estratégica en medio del reino. Se aloja en una casa perteneciente a un convento. Su señor tiene aquí partidarios que le son leales y a Tello le proporcionan sustento, información y medios para lograr su fin.

Ha recorrido sus calles y sus plazas para familiarizarse con ellas y sus habitantes. Controla las puertas de la villa, las rondas de los alguaciles, las tabernas y los establos. Sabe a quién preguntar, dónde indagar y, sobre todo, la forma de pasar desapercibido.

Se ha informado de las personalidades más relevantes que habitan Madrid, qué lugares frecuentan y quiénes pueden ser sus objetivos.

Ahora debe aguardar, como un cazador a su presa.

Paciencia.

Perseverancia.

Porque todo en la vida consiste en saber esperar.

Y tiene una pista: el ajedrez.

# 21

Regresa a la aldea por el mismo camino, que esta vez recorre más rápido. Los campesinos no le prestan demasiada atención, pero a Gadea le da igual. Se retira al mísero lugar donde la dejan dormir. Es tarde y está agotada, pero cuando se acuesta no puede pensar en otra cosa que no sea el ajedrez. Tal es así que dibuja en el suelo del pajar un tablero y, a falta de fichas, utiliza piedras como peones, palos como alfiles, flores para las torres y otros elementos sencillos que encuentra para el resto de las figuras. Y juega sin parar contra sí misma, imaginando movimientos, ataques, trampas y duelos.

A las dos semanas parte de nuevo con los víveres y el vino que ha vuelto a robar. Va corriendo por el sendero y escala como una experta hasta la cueva. Está ansiosa por empezar las lecciones.

Al entrar, el fraile se halla arrodillado en posición orante frente a la cruz que cuelga de la pared. Su pelo y su barba caen hasta tocar el suelo de la cueva, envolviéndolo y conformando una singular imagen de su persona.

Gadea está convencida de que no la ha oído llegar, da pequeños pasos hasta una oquedad que hay a un lado y que, para su sorpresa, continúa un poco más. Se adentra y halla una mesa estrecha, sobre ella una tela gruesa enrollada, bien atada con una cuerda. La toma, es pesada.

No puede resistir la curiosidad; desata varios nudos y deshace el envoltorio con sumo cuidado. Sea lo que sea lo que guarda, es alargado y estrecho.

Es una espada.

No esperaba encontrar un arma en ese lugar. Está sucia, con unas costras pegadas al filo.

¿Por qué guardar con tanto celo una espada en tal estado?

Lo lógico sería haberla limpiado. Gadea rasca con las uñas, intrigada por saber qué tiene adherido. Cree que es sangre seca.

Entonces siente una mirada clavada en su espalda, pero al volverse no encuentra a nadie. Envuelve de nuevo la espada, da varias vueltas a la cuerda y la anuda. Cuando regresa a la estancia principal, el fraile está de espaldas en el otro lado, atareado con algo que no llega a ver.

Gadea no sabe qué decirle.

—Buenos días. —Carraspea para llamar su atención—. Traigo los víveres y el vino, del bueno.

—Bien, puedes dejarlo ahí, y coge la moneda que está sobre la mesa.

—¿Y el ajedrez?

El fraile no responde.

—¡No me iré! Teníamos un trato, ¿lo recordáis?

—Solo te he dicho que tomaras la moneda, no que te marcharas ni que no fuéramos a jugar. Esta es mi humilde morada, me hallaba rezando y no iba a interrumpir mis oraciones porque tú hayas llegado.

—Disculpadme, tenéis razón. —Gadea baja la cabeza, además teme que también la abronque por haber encontrado la espada.

—Debes ser más respetuosa, el mundo no gira en torno a ti, muchacha. Te pierde la impaciencia, ¿no podías aguardar a que concluyera mis rezos?

—No lo volveré a hacer.

El fraile camina indiferente hasta la mesa donde se encuentra el tablero de ajedrez y se sienta.

—¿A qué esperas? —Le hace un gesto para que ocupe su sitio.

Ella se acerca cautelosa, toma asiento y aguarda lo que pueda venir a continuación.

—No vamos a empezar una partida desde el inicio. Te voy a plantear un problema o un ejercicio, como prefieras llamarlo, con un número reducido de piezas. —Las va colocando mientras habla—: Deberás lograr un mate en cinco movimientos.

Gadea no esperaba este planteamiento, así que examina la disposición en que ha quedado el tablero. El fraile cruza los brazos y la mira fijamente en silencio.

Ella pronto descubre que la prueba no es sencilla. Explora las posibilidades y no encuentra la forma de llevar a cabo lo que le ha propuesto el fraile. Se frustra y se enfada consigo misma y él se lo nota en los gestos y en la expresión de su rostro.

—Es suficiente, empezaremos por algo más simple.

El fraile cambia figuras y posiciones y le plantea otro reto: dar jaque mate con su caballo en un número concreto de lances.

Gadea adora esa figura y su inquietante manera de moverse, de engañar al adversario, y su habilidad para asestar un golpe inesperado ahí donde más duele. Pero vuelve a encontrarse bastante perdida, estas prácticas le exigen esforzarse más que si empezara una partida desde el inicio.

Fracasa de nuevo y acometen otro problema más.

El anciano le recrimina una y otra vez los fallos que comete, y ella se frustra porque no logra superar ninguno de los retos. Gadea intenta visualizar los movimientos que van desarrollándose, buscando soluciones para aplicar en los siguientes problemas. Está convencida de que a base de memorizar lances logrará tener herramientas para salir airosa de los retos del fraile.

—Te estás equivocando —le dice él al final de la tarde—. Tienes buena memoria, ¿verdad?

—Sí, bastante.

—Me he fijado en que te quedas con la mirada en blanco. La memoria es útil, pero no basta.

—Si recuerdo todas las jugadas que hacemos, podré repetirlas.

—Cierto, sin embargo el ajedrez no es un juego de memoria, no al menos de ese tipo de memoria. No se trata de aprender movimientos y repetirlos.

—Yo pensaba que sí...

—En el ajedrez hay que crear e imaginar. Te lo explicaré de otra forma: un buen jugador de ajedrez debe jugar siempre a ciegas.

—¿Cómo a ciegas? —replica Gadea, que considera un sinsentido lo que acaba de decir el fraile.

—Este tablero sobre la mesa no es necesario. Jugaremos una partida desde el principio, sitúa las figuras.

Se levanta, toma una tela de un estante, se vuelve a sentar y se venda los ojos.

Gadea le mira incrédula.

—Empecemos, tú mueves.

Ella duda, pero obedece.

—Tienes que decirme qué pieza has desplazado, en qué escaque se hallaba y a cuál la has llevado.

—Esto es...

—¿Qué?

—Nada, nada... —Gadea asiente, resignada—. El peón de rey, dos casillas hacia delante.

Al principio Gadea no le da importancia a que el fraile logre jugar a ciegas, está convencida de que conforme se prolongue la partida tendrá que desprenderse de la venda.

No es así.

El fraile la ataca y ella a duras penas puede salvar sus principales figuras, hasta que pierde primero una torre y luego los dos caballos.

—Jaque mate —pronuncia el fraile, que sigue con los ojos vendados.

—¿Cómo es posible? Yo no podría recordar dónde están las piezas después de tantos movimientos.

—Eso es porque cometes un error de principiante: no hay que recordar la ubicación de las piezas, sino los movimientos de las mismas.

—¿Los movimientos?

—Debes tener claro que la posición que te interesa dominar durante una partida no es la que ven tus ojos en el tablero, sino la que vislumbra tu mente unos cuantos movimientos más allá —le explica—. En el ajedrez vemos constantemente el futuro, de nada sirve pensar en el presente.

—¿Y cómo hago yo eso?

—Practicando, muchacha. Como se aprende todo en la vida, dedicándole tiempo y más tiempo. Debes jugar la partida dentro de tu cabeza. Los hombres inventamos el tablero y las figuras, pero no el ajedrez. Los jugadores menores lo necesitan para jugar, pero los maestros logran acercarse al origen del juego y solo necesitan su mente.

—¿Y cuál es ese origen?

—Dios, por supuesto —responde el fraile.

Gadea asiente.

—Tienes que proyectar, ver lo que va a pasar, no lo que ha pasado.

—No sé... lo veo imposible.

—¡Te rindes demasiado fácilmente!

—Yo no me rindo —responde enrabietada—, ¡nunca!

—Pues entrena, juega partidas en tu cabeza cuando estés sola. Mientras vas caminando, o antes de irte a dormir, o cuando estés haciendo cualquier cosa. ¡Juega siempre!

—No me veo capaz de tal cosa.

—Muchacha, en tu mente puedes hacer lo que quieras, es el único lugar del mundo donde somos libres por completo —afirma el fraile con firmeza—. ¿Quién te impide imaginar que eres una reina?

—¿Una reina? Yo no me puedo imaginar siendo...

—¡Imagina lo que desees! Sé libre, eso es lo primero de lo que nos intentan privar, de la libertad. Una persona que piense por sí sola siempre será libre, por muchas cadenas que le pongan. Y quien no lo haga estará prisionero de las ideas de otros, aunque viva en el mejor de los palacios. Ya te lo he dicho, debes soñar.

—¿Me estáis enseñando a jugar al ajedrez o a soñar?

—¿Y quién ha dicho que sean cosas distintas? —El fraile la escruta con la mirada—. Te voy a poner otro ejercicio: esta noche, antes de dormir, imagina que eres un caballero sobre un imponente caballo.

—¿Cómo decís?

—Imagínate en un campo de batalla cabalgando hacia el enemigo y blandiendo una afilada espada, ¿podrás?

—Supongo que sí... —y no puede evitar pensar en la que él mantiene oculta.

—Ahora debes irte. El próximo día me contarás si lo has logrado.

# 22

Ya en la aldea, Gadea intenta lo que el fraile le ha pedido. Crea un tablero en su mente e imagina cómo se van moviendo las figuras. Pero conforme avanza, se confunde y termina abandonando.

No desespera y se esfuerza, teniendo siempre presentes las palabras que le ha dicho el anciano. El problema es que solo se siente feliz cuando piensa en el ajedrez, el resto del tiempo es anodino. Los aldeanos nunca abandonan sus labores y no les ha caído en gracia. Ha intentado jugar con unos niños, pero enseguida sus madres les han regañado y se los han llevado a otra parte. Ni siquiera hay gatos; solo ha visto a uno y ha salido huyendo.

Gadea no logra congeniar con nadie allí, así que los días pasan lentos, tanto que al quinto no puede más y decide regresar a la cueva aunque no lleve víveres ni vino. Escala el tortuoso acceso y cuando corona la oquedad se encuentra al fraile orando. Esta vez es más respetuosa y espera paciente durante un largo tiempo, hasta que él se incorpora y la mira.

—¿Qué haces aquí? ¿Ha pasado algo en la aldea?

—No, qué va.

—Entonces ¿traes ya las provisiones? —insiste el fraile.

—Lo he hecho.

—¿El qué has hecho?

—Imaginarme como un caballero encabezando las huestes hacia la batalla.

—¿Y para contarme eso has caminado hasta aquí sin víveres? —le recrimina—. ¡Estás loca!

—Fue lo que vos me pedisteis.

—Yo no te dije que volvieras a los cinco días, tenía la esperanza de no verte en tres semanas —refunfuña y se da media vuelta.

—Hay más. —Gadea alza la voz para que le preste atención—. También me he imaginado siendo un obispo celebrando misa.

—¿Qué acabas de decir?

—Y un elefante de afilados colmillos embistiendo a los lanceros. Y un arquero subido en un carro de combate disparando flechas a sus enemigos. Y he sido un simple peón que se ha coronado reina en un majestuoso castillo.

El fraile no sabe qué decir, por la expresión de su rostro se adivina que jamás hubiera esperado esa respuesta.

—He cumplido con lo que queríais, ahora ya podemos jugar de nuevo.

—Hija mía... —se frota las manos buscando las palabras adecuadas—, ¿por qué tanto interés en el ajedrez?

—No es algo que yo decida, es como si el tablero me llamara.

Eso le deja todavía más perplejo, resopla y la invita a sentarse. Juegan durante toda la tarde, tanto partidas como ejercicios complejos. El anciano siempre la derrota, pero Gadea no se da por vencida y le pide la revancha una y otra vez.

El fraile mira por los vanos de la cueva, el sol se está poniendo.

—Debes irte.

Al oír eso, Gadea nubla su semblante.

—¿Qué te ocurre? Es muy tarde y la aldea está lejos.

—¿No puedo quedarme? —pregunta ella.

—¡Por supuesto que no!

—Por favor...

—Me he pasado toda la tarde enseñándote, es más que suficiente. Yo necesito estar solo para mis oraciones, ¡no quiero compañía!

—No os molestaré, os lo aseguro.

—Eso que pides no puede ser, ¡de ninguna manera! —exclama enervado—. ¡Vete ahora mismo!

—Por favor, no me obliguéis a regresar a esa aldea. —Gadea junta ambas manos a la altura del pecho en señal de ruego—. Esas gentes no me aprecian, solo me ceden un lugar donde dormir porque les libro de tener que subir a traer los víveres.

—Ese no es mi problema.

—Quiero aprender más rápido, en la aldea solo pierdo el tiempo. Aquí es donde deseo estar —insiste ella—. ¿Acaso no lo entendéis? Necesito saber más del ajedrez, no lo puedo remediar, es algo que emana de mi interior. Si no me ayudáis... si no me ayudáis, me volveré loca.

—En qué mala hora viniste... —masculla el fraile.

—Haré lo que sea.

—¡No! ¿Es que eres sorda?

—Sé lo de la espada —afirma desafiante.

—¿Cómo has dicho? —El fraile la mira enfurecido.

—Es sangre, una espada cubierta de sangre solo tiene una explicación. —Gadea no se deja intimidar—. ¿A quién matasteis con ella?

—Serás... —y alza ambas manos para dejarlas caer y golpear con toda su fuerza la mesa. El tablero de ajedrez se tambalea y las figuras pierden el equilibrio.

—No se lo diré a nadie, pero a cambio debéis enseñarme a jugar.

—¿Me estás amenazando? —le pregunta incrédulo.

—Solo quiero aprender a jugar.

—No debiste tocar esa espada —replica el fraile, intentando controlar su enojo—. No tienes ni idea de lo que significa.

—Os juro que no volveré a hacerlo. Pero enseñadme a jugar, hasta que sea tan buena como vos.

—Eso no depende de mí; aunque le dedicara toda mi vida, quizá no aprendieras nunca —intenta persuadirla el fraile.

—Lo haré, no lo dudéis.

—Es muy duro aprender a jugar como yo lo hago, ¿seguro que estás dispuesta al sacrificio? Te advierto que será mil veces más costoso de lo que crees.

—¡Claro que sí! —exclama con entusiasmo Gadea.

—En ese caso... Pero no te quiero aquí. Hay otra cueva que da más al sur. Es acogedora y cálida. Fue la última que estuvo habitada, además de esta, claro. Todavía conserva algunos muebles y un jergón, y también puedes hacer fuego para calentarte.

—¿Y las provisiones?

—Irás a la aldea cuando las necesitemos.

Gadea asiente complacida y el fraile la guía por un complicado entramado de pasarelas de madera hasta una reducida entrada a una oquedad.

—Este es el único obstáculo, por ahí no puede entrar cualquiera. Tú tendrás poco problema, yo ya no puedo agacharme tanto y alguien corpulento tampoco podría pasar.

Ella inspira y entra gateando, con cierto esfuerzo. El interior es más amplio de lo que se esperaba. Tiene un generoso orificio a modo de ventana natural que da al valle, desde donde se tiene una amplia visión del mismo. Tal y como le ha dicho el fraile hay un jergón para dormir, también una silla, una alfombra y unos cuencos.

—Nos vemos mañana a las seis —oye la voz del anciano.

—¿A las seis?

—Sí, antes me debo a mis oraciones —responde.

—Un momento, no sé cómo os llamáis.

—Soy fray Luis. Y una cosa, no se te ocurra tocar esa espada nunca, ¿me has entendido? Si lo haces, será tu sangre la que cubra su hoja.

Gadea asiente pero no contesta, en realidad no le importa esa maldita espada. Pero sabe que si la conserva de esa manera es por una buena razón.

El fraile se marcha y Gadea examina con calma su nuevo refugio. Sin duda lo prefiere al pajar de la aldea. Se tumba en el jergón y mira las estrellas por la abertura. «Esos puntos brillantes en el cielo son tan hermosos», piensa. Hay una estrella que brilla más que ninguna. Está hacia poniente y Gadea se pregunta cuál será la razón.

Acto seguido, sin darse cuenta, imagina un tablero en el firmamento y las figuras moviéndose entre las estrellas.

Y lo que es aún más sorprendente, cuando se despierta al día siguiente, no es capaz de recordar hasta qué hora estuvo jugando con ellas.

# 23

Ruy ha decidido trasladarse a Madrid, una villa tranquila con una ubicación excelente, en medio de la meseta. A no mucha distancia de las grandes ciudades de Burgos, Segovia, Ávila, Valladolid o Cuenca. Y con buen acceso hacia Valencia, la más próspera de las ciudades del reino de Aragón.

De nuevo entre sus libros se siente feliz, nunca le ha gustado la vida en la Corte, aunque ha de confesar que terminó adaptándose y, por un momento, se sintió ilusionado de pertenecer a ella.

Duró poco.

La familia de su amigo Jorge Manrique se mantiene entre los opositores al rey, junto con el arzobispo de Toledo, pero son una franca minoría.

Tiene varios proyectos sobre la mesa, desde que pudo acceder a los libros del Alcázar quiere terminar una crónica sobre los más notables monarcas de la historia. Sobre todo por lo que pudo leer sobre el rey Sabio, y que le dio pruebas fidedignas y palpables de que existió un monarca que se propuso cambiar profundamente su reino, y no haciendo uso de la guerra, sino de leyes, de tributos, de la centralización del poder frente a la dispersión de la nobleza.

Un monarca que también se preocupó de otros aspectos

como, por ejemplo, la relevancia de los juegos para el bienestar del pueblo y para la convivencia, sobre todo cuando los súbditos pertenecen a tres religiones distintas. Esto es algo que preocupa en exceso a Ruy, la convivencia entre distintos. Teme que la tolerancia con los musulmanes y los judíos, que ya dura tantos siglos, pueda pender de un fino hilo que muchos están dispuestos a cortar. Así que no está de más entender cómo se ha ido fraguando a lo largo de la historia, sobre todo cuando se hicieron las grandes conquistas de Sevilla y Córdoba, y hubo que asimilar una enorme cantidad de gentes que profesaban ambas religiones.

Nada más instalarse en Madrid ha comenzado a trabajar en las notas que tomó en el Alcázar de Segovia. Necesita ampliarlas y corroborarlas. Lástima que ya no pueda tener acceso a aquella magnífica colección de libros.

A Ruy le fascina documentarse, ser un cazador de manuscritos. Esa es la faceta más ilusionante de su trabajo: localizar ejemplares en bibliotecas de recónditos monasterios; en palacios de nobles que coleccionan libros como si fueran tesoros; adquirirlos a comerciantes que recorren el reino con volúmenes que consiguen en los más extraños lugares, y también a gentes anónimas, que no saben leer ni escribir y que, por alguna casualidad del destino o por su habilidad para sustraer lo que no les pertenece, poseen libros que son auténticas joyas, aunque ellos no lo saben.

Para su trabajo se reúne con altos cargos, tanto eclesiásticos como civiles; influyentes nobles y ricos mercaderes; hombres de armas y artesanos; hombres y mujeres que le cuentan de primera mano hazañas que han visto u oído. De tal forma que ha desarrollado una habilidad sin igual para sonsacar información a las gentes, independientemente de su clase social, su reino o su religión.

Una de sus mayores cualidades es saber escuchar. Parece sencillo, pero en absoluto lo es. De hecho, casi nadie sabe hacerlo, la mayoría lo que desean es hablar y hablar. Luego están los que no pronuncian palabra alguna, por mucho que intentes sonsacarles unas míseras frases. Los hay que callan mientras otros hablan, pero eso no es lo mismo que escuchar; que alguien esté en silencio no implica que esté atento a lo que dicen a su alrededor.

Ruy atiende, pues tiene paciencia, ¡bendita virtud!, además de conocimientos para entender lo que llega a sus oídos. Y otra cualidad que posee, escasísima hasta límites insospechados, es que es capaz de ponerse en la piel de quien le habla; comprender, que no compartir, sus deseos, sus miedos y su forma de pensar.

Eso es esencial para su labor.

Después de investigar, el siguiente paso es escribir. Este es el momento más solitario, es como una aventura en la que no conoces el destino, solo la dirección. Tampoco los peligros ni trampas que encontrarás, y en la que no tendrás más ayuda que tu pericia. Hay a quienes les gusta escribir con un mapa elaborado de antemano que les guía hasta su destino. A él no, a lo sumo tiene una brújula como las que usan los navegantes.

Escribir es lo que le mantiene vivo, lo que da sentido a su vida.

En cambio, detesta corregir sus propios textos. Más de una vez ha emborronado la hoja, enervado ante su propia incompetencia, o peor aún, la ha rasgado o la ha quemado, por temor a que alguien pudiera husmear entre su basura y encontrar vestigios de tan desafortunada escritura.

Hay ocasiones en las que apenas escribe unos párrafos, y otras en las que le posee una especie de musa y su mano va tan rápida que su mente no puede seguirla. Y escribe y escribe, incapaz de comprender de dónde proceden tantas ideas.

Por las noches, Ruy sueña a menudo. Sus ensoñaciones suelen estar relacionadas con sus investigaciones o con vivencias que le han ocurrido, también se mezclan recuerdos e incluso proyectos que tiene en su mente. Sin embargo, a veces sueña historias en las que no encuentra ningún elemento conocido. Son además sueños elaborados, complejos e inteligentes. Ruy no llega a comprender cómo esos lugares, personas e ideas pueden estar dentro de su cabeza.

Eso le intriga.

En el día de hoy espera la visita de un amigo, don Braulio. Un viejo soldado y poeta, como Jorge Manrique pero con cuarenta años más. No sabe cómo termina siempre con algún poeta al lado, es un castigo recurrente y lo sobrelleva con paciencia y mucha mano izquierda. Pues son gentes que en exceso usan el corazón en vez de la cabeza.

Don Braulio le ha prometido contarle una hazaña en la frontera con Granada que le interesa conocer.

Llaman a la puerta, y Ruy celebra que su amigo sea puntual, como a él le gusta. Pero al abrirla aparece un joven sacerdote, de aspecto pulcro, que le pregunta si es Rodrigo Muniesa. Sorprendido, Ruy asiente. Y a continuación entra en su casa un hombre que no había visto hasta entonces, embutido en una capa granate, con una capucha ocultándole el rostro. Mientras, el más joven aguarda en el exterior. Ruy mira de reojo a la calle y se percata de que está acompañado por otros dos hombres más corpulentos.

—¡Qué calor hace en esta casa! ¿Cómo puede alguien vivir aquí? —comenta el visitante con una voz grave y autoritaria.

Se desprende de la capa y deja al descubierto su indumentaria. Sobre la sotana destaca una banda de lana blanca en forma de collarín, adornada con seis cruces. Es la insignia de los arzobispos, semejante a una estola, y se utiliza a modo de escapulario. Está confeccionada con una tela que les envía el papa como distintivo de su especial dignidad.

—Excelencia reverendísima... —Ruy se arrodilla al descubrir que es el arzobispo de Toledo, Alfonso Carrillo, y le besa la mano.

—Un lugar mucho más austero que la Corte —dice mientras pasea por la estancia y fisgonea alguno de los papeles y libros que la pueblan—. Una lástima, si el rey Alfonso no hubiera muerto... otro gallo nos cantaría, ¿no es cierto?

—Supongo que sí —responde temeroso Ruy, pues el arzobispo Carrillo es un hombre que impone un inmenso respeto, por no decir miedo.

Ruy no esperaba una visita de tal envergadura. Y por lo que sabe de él, teme equivocarse en sus respuestas y que eso tenga funestas consecuencias.

—Erais el único de la Corte del rey Alfonso que no buscaba promocionarse o perseguía algún tipo de recompensa, por eso habéis terminado aquí —pronuncia con cierto desprecio mientras husmea por la sala.

—Yo no me quejo, excelencia.

—Seguro... Mi padre era portugués, fue el máximo responsable de la Mesta, y mi tío materno fue cardenal, ¿sabéis lo difícil que es eso? Cardenal de Roma... —al arzobispo Carrillo le brillan los ojos—, ese es uno de mis grandes anhelos.

—No puedo imaginar a nadie más digno que vos para ser cardenal.

—Ya. —No parece agradarle el halago—. Yo apreciaba al viejo rey Juan, el padre de Enrique y Alfonso. Su Majestad me ayudó enérgicamente en mi carrera y solicitó al pontífice mi nombramiento como obispo de Sigüenza. Confió en mí, no solo para portar la cruz de Cristo, sino también para blandir la espada. Por eso combatí a su lado y demostré que no había caballero más dotado que yo sobre el campo de batalla.

—Vuestra fama os precede, excelencia. Todos saben que vuestra espada es la mejor del reino.

—El rey Juan me recompensó concediéndome el arzobispado de Toledo hace veinticinco años. Y yo aupé a mi sobrino, Juan Pacheco, que pasó a ser la mano derecha del rey Enrique. Pero pronto nos dimos cuenta de lo inepto que era el heredero al trono y no nos tembló el pulso cuando decidimos entregar la corona al joven Alfonso.

—Traicionando al rey —se atreve a decir Ruy.

—Peor hubiera sido traicionar al reino, ¿no creéis? Cualquier cosa por salvar a Castilla del caos.

—Sin embargo, Pacheco, el marqués de Villena, es otra vez la mano derecha del mismo rey contra el que conspirasteis juntos.

—Sí, mi sobrino... No hay nada peor que te traicione tu propia sangre.

Ruy prefiere no pisar ese charco.

—Tened claro que yo no soy como mi sobrino, el «hacedor de reyes» lo llaman, ¿lo sabíais?

—Algo había oído.

El arzobispo sonríe.

—La prudencia es una virtud, y vos la tenéis muy desarrollada.

—A veces es también una necesidad.

—Sin duda... —Se queda callado unos instantes y mira fijamente a Ruy—. ¿Sabéis cuál es mi mayor deseo?

—No, excelencia.

—Lograr la unión de las coronas de Castilla y Aragón, y ese mismo sueño tiene el rey de Aragón, con quien mantengo una estrecha amistad. Por desgracia, no es el sueño ni de Pacheco ni del rey Enrique. —Se le nota la frustración en la voz—. Yo liberé a los infantes Alfonso e Isabel del encierro en que los dejó su hermanastro. Y organicé la farsa de Ávila para proclamar a Alfonso rey de Castilla.

Ruy sabe que la visita del arzobispo Carrillo no es para contarle las tribulaciones del reino, presiente que todo ese preámbulo precede a una petición comprometida y que debe estar atento para poder reaccionar.

—Cuando falleció Alfonso, intenté que Isabel sustituyera a su hermano y fuera coronada como reina —revela ante el asombro de Ruy—. Sí, no me miréis así. Solo debía continuar lo que habíamos iniciado con su hermano. Pero ella... esa cría rechazó la corona y firmó el pacto de los Toros de Guisando, reconociendo a Enrique como legítimo rey a cambio de ella ser nombrada como su única heredera. Como bien sabéis, pues estabais allí.

—Cierto.

—No dejo de ver la mano de mi sobrino en ello. Yo mismo la acompañé al cerro de Guisando, aun estando en total desacuerdo. Aunque mejor tener de heredera a Isabel que a Juana, la falsa hija del rey.

—Bien una u otra, lo que parece claro es que una mujer sucederá a Su Majestad cuando llegue la hora —comenta Ruy.

—¡Que Dios nos coja confesados! Antes muerto que ver a esa Juana en el trono. De todas formas, sí, ambas son mujeres —pronuncia con desidia—, fatal desgracia nos caería si una mujer tuviera que dirigir el reino. Pero eso no pasará, no estamos tan locos.

—Todos son conocedores de vuestra lealtad a Castilla, excelencia. —Ruy no solo es condescendiente, cree que la adulación es imprescindible ante un hombre tan poderoso y con tan alto concepto de sí mismo. Por nada del mundo se atrevería a contradecirle.

—Y más que deberían serlo. Cuando Pacheco y el rey Enrique pretendían casar a la princesa Isabel con el rey Portugal, ¡yo evité ese enlace!

El arzobispo Carrillo pronuncia esas palabras con furia contenida y las dota de una firmeza de la que pocos hombres son capaces. En sus ojos no se ve un atisbo de duda, sí en cambio de rabia. Ruy siente como si no hubiera aire suficiente en la sala para respirar, como si el arzobispo lo acaparase todo para él.

—La espada y la cruz, ambas son armas poderosas, y deben usarse con la misma fuerza y las mismas manos, ¿entendéis?

—Por supuesto —responde Ruy, que todavía no sabe qué hace en su casa el arzobispo relatándole los problemas del reino.

Aun a costa de enervarlo, decide ir al grano:

—Excelencia, ¿qué queréis de mí?

Se hace un silencio profundo, tenso y helador; tanto es así que Ruy siente un frío intenso en sus extremidades. Mira de reojo a la chimenea por si se ha apagado el fuego, pero sigue prendido con viveza.

—Ha llegado a mis oídos que estáis escribiendo un libro sobre reyes —responde el arzobispo Carrillo—, sobre sus reinados, su obra y su historia.

—En efecto, pero ¿cómo podéis saberlo? Todavía es solo un borrador en ciernes.

—Por favor —abre ambos brazos con las palmas hacia arriba—, yo sé todo lo que sucede en este reino. Por eso conozco que en ese manuscrito vuestro relatáis los logros del rey Sabio, ¿cierto?

—En efecto, entre otros... —Solo alguien que haya leído sus apuntes puede saber eso, por fuerza alguien tuvo que entrar en su casa y husmear sus notas.

—El rey Sabio ha sido el más brillante de todos los monarcas cristianos desde la caída de Roma. Siempre me he preguntado cuáles fueron las líneas de fuerza internas y externas que convergieron en su persona para que se convirtiera por derecho propio en el faro de luz de su época —relata el arzobispo—. ¿Sabéis que en su biblioteca personal había libros de magia, astrología, ajedrez y alquimia?

—Sí, soy consciente de ello.

El arzobispo se acerca muy despacio hacia él y le pone las manos sobre los hombros.

—¿Tenéis fe en Cristo?

—Por supuesto, excelencia —responde Ruy sin vacilar.

—Bien —asiente—, Cristo precisa de un reino fuerte y de una nueva espada que lo defienda de sus enemigos. Necesita a Castilla y a Aragón unidos y listos para atacar.

—¿Atacar?

—Sí, y también necesita unas manos dispuestas a blandir esa espada.

Ruy ve el brillo en el fondo de sus pupilas.

Y aunque sea difícil de creer, está convencido de que esas manos de las que habla el arzobispo de Toledo son las suyas propias.

—Y no menos relevante, precisamos de todas las ciencias.

Humildemente, he logrado recopilar la mayor parte de los libros sobre alquimia del rey Sabio. Él supo rodearse de traductores, escritores, pensadores y todo tipo de mentes privilegiadas. Por eso me gustaría que, a su ejemplo, trabajarais para mí en mi palacio de Alcalá de Henares.

—Os agradezco esta muestra de confianza y nada me agradaría más que ayudar en tan grata misión. —Ruy rebusca con celeridad las palabras adecuadas, si es que las hay—. Pero lo que me pedís implicaría dejar mis obligaciones. Yo soy un cronista, no sé en qué puedo seros de utilidad...

—Rodrigo Muniesa, lo que os ofrezco es participar en algo que cambiará el mundo.

Y esas palabras todavía lo descolocan más.

—Me parece inmensamente generoso, excelencia. No obstante, es una tarea fuera de mi limitado alcance, no creo ser merecedor de tal honor. Mis metas son más humildes, como terminar mi libro sobre la historia de los reyes.

—Podéis hacerlo en mi palacio de Alcalá, no os pido que renunciéis a ello, solo que lo dilatéis en favor de una meta más alta —insiste el arzobispo Carrillo.

Ruy siente que se ahoga en un mar de palabras, que la mirada impertérrita del arzobispo le atrapa y no le deja escapatoria. No obstante, no puede claudicar, no debe hacerlo. Ha de encontrar una salida, un pequeño portalón por donde huir de la trampa que le ha ido tejiendo hasta ahora.

—Renuevo mis agradecimientos, pero no quisiera volver a ninguna corte. Lo intenté una vez y los resultados fueron funestos.

—Esta vez será distinto. —El arzobispo se acerca al escritorio, toma la hoja que estaba escribiendo Ruy cuando le interrumpió y la lee—. El *Libro de los juegos*, en esta obra el rey Sabio recopila todo lo conocido sobre el ajedrez. ¿Sabéis jugar?

—Sí, aunque nunca le he dedicado el tiempo que debería.

—El ajedrez es muy útil para entender el mundo; un peón, la

pieza más insustancial, se puede transformar en la más valiosa —afirma con su autoritario tono de voz, que hace que contradecirle parezca un pecado mortal—. Soy un hombre de fe, como es obvio. Pero también creo en el poder de la razón y de la ciencia. Dios nos dio la oportunidad de transformar el mundo que Él creó, aunque para ello primero debemos entenderlo.

—Excelencia, no logro seguiros.

—Hay lenguajes, reglas y combinaciones de elementos que es posible descifrar y modificar. Si bien esa labor solo está al alcance de los más brillantes de nosotros.

En ese punto de la conversación, Ruy sabe que solo debe escuchar y prestar la máxima atención a las palabras del arzobispo.

—Si venís conmigo a Alcalá de Henares —y entonces posa de nuevo sus manos sobre los hombros de Ruy—, podréis ayudarme con estos temas. Poseo libros que jamás habéis visto —le tienta el arzobispo—, textos difíciles de conseguir, algunos están incluso... prohibidos por la Iglesia.

—Me habláis de alquimia, excelencia. Ese es un conocimiento peligroso y que sobrepasa mis aptitudes. No creo que sea la persona adecuada...

—Acompañadme y comprobadlo con vuestros propios ojos.

Ruy resopla, no sabe qué responder ahora.

¿Y si no es posible decirle que no al arzobispo? ¿Si, por mucho que lo intente, es como un profundo pozo que absorbe a todo el que se asoma a él?

—Excelencia, debo terminar el libro dedicado a los reyes. Cuando lo concluya reconsideraré vuestra propuesta, os lo prometo. Lamentándolo mucho, ahora me es inviable embarcarme en lo que me pedís, por muy tentador que sea. Seguro que comprendéis que a estas alturas no puedo dejarlo inconcluso. —Ruy intenta exponer la negativa con sumo cuidado de no ofenderle.

El arzobispo Carrillo guarda silencio.

Y a Ruy se le encoge el alma en la espera.

—No sabéis cuánto lo lamento... Se aproximan acontecimientos que pondrán a prueba los cimientos de nuestras lealtades, así que tened mucho cuidado respecto al lado de quien estáis. Debemos transformar este reino en algo maravilloso. Al igual que el más humilde material se puede transmutar en oro con el conocimiento y los procesos adecuados, este reino puede devenir en otro nunca visto antes.

—Estaré atento, excelencia, y dispuesto a servir a Castilla. Pero ahora debéis disculparme, he de terminar este libro porque es importante. ¿Os habéis parado a pensar por qué a muchos reyes y emperadores les ha apasionado la historia?

—Julio César, Carlomagno, Alfonso X...

—Exacto, todos ellos sabían que si controlaban nuestra memoria del pasado, nos dominaban. ¿Qué sería este reino sin memoria? Historia siempre va a haber, pero la memoria... —Ruy alza su dedo índice—. Eso que la gente cree saber o cree recordar de sí mismos y su pasado es muy fácil de manipular.

—Os sigo.

—¿Cómo van a comprender los súbditos de Castilla porqué lo son, si les llega una historia y una memoria manipuladas y empobrecidas? La historia conforma nuestra identidad; sin ella, la corona pierde sentido. Hay que conocer con sumo detalle el pasado, es esencial para que haya un futuro.

—Está bien, pero no me defraudéis —dice mientras se encamina hacia la puerta—. Ah, hacedme el honor de enviarme un ejemplar de ese libro en el que estáis trabajando cuando lo terminéis.

—Contad con ello.

El arzobispo Carrillo hace un gesto de despedida y abandona la casa con su escolta. Ruy siente un inmenso alivio, ese hombre es capaz de enardecer el ambiente con una sola bocanada de su aliento. Es todavía más autoritario de lo que recordaba cuando lo conoció en la Corte.

Cuánto se alegra de no encontrarse ya en ella.

Y cuánto lamenta que el arzobispo le haya hecho esa visita.

No quiere estar bajo el mando de nadie, nunca lo ha querido. Aceptó servir al infante Alfonso por la insistencia de su amigo Jorge Manrique y porque, cuando lo conoció, creyó en él. Pero no siente lo mismo por el arzobispo, trabajar para él sería como vender su alma al diablo.

## 24

Gadea siente que su vida es totalmente nueva. Fray Luis es un hombre severo y estricto, pero justo. Ella debe adaptarse a sus horarios, aunque viva en una cueva, porque el fraile actúa como si realmente estuviera en un convento. Se rige por las horas canónicas, realiza todos los rezos: maitines, laudes, vísperas... No abusa de la comida, se deja llevar por el vino a media tarde y solo habla a determinadas horas. De hecho, uno de los pocos momentos en los que abre la boca es durante las lecciones de ajedrez.

—En el ajedrez no importa si eres noble o vasallo, cristiano o musulmán, hombre o mujer —le explica—. Ni la belleza, ni el dinero ni el miedo tienen cabida.

—Pero el mundo no es así, ¿cómo puede entonces representarlo?

—Esa es su grandeza, en el ajedrez puedes ver reflejado el mejor de los mundos. Por eso yo te miro y veo lo que puedes llegar a ser. Cuando viniste aquí no te juzgué por tu aspecto, ni por tu cicatriz ni por tus ojos. En el ajedrez no está solo el pasado y el presente, sino también el futuro.

Gadea intenta asimilar las enseñanzas, las estrategias y la forma de ver el mundo que practica el fraile, que en el fondo le recuerda a su abuelo.

Esa mañana soleada va a buscarle a su cueva, como cada día, y no lo encuentra. Extrañada, da varias voces llamándole y sale en su búsqueda en dirección al río. El fraile se halla en un claro y sostiene una rama que utiliza a modo de bastón.

—Hoy subirás a lo alto de ese cerro. —Señala con su nuevo utensilio la cima de un promontorio rocoso.

—Hasta ahí... ¿para qué?

—Un jugador de ajedrez debe tener el cuerpo acostumbrado a los esfuerzos físicos.

—Pero si jugamos sentados.

—Gadea, haz el favor de no replicarme a cada palabra, de lo contrario será mejor que te vuelvas a la aldea —dice enojado—. ¿Entendido?

—Sí —responde a regañadientes.

—No aceptas una orden —refunfuña fray Luis—, eres un caso... perdido.

—Porque no me gusta que me tomen por una estúpida. Explicadme las cosas, así las entenderé y podré cumplir mejor lo que me pedís.

El fraile la mira fijamente y Gadea tiene miedo de lo que pueda decirle.

—Tienes razón, te lo explicaré. Un jugador gasta una enorme energía en una partida larga. Más de la que te imaginas, la misma o más que en un combate. La mente es como las piernas o los brazos, al usarla quemamos nuestras reservas. Además, las partes de nuestro cuerpo están conectadas; si ejercitas las piernas, acostumbras a todo el cuerpo al esfuerzo.

Gadea escucha atenta y asiente con la cabeza.

—Créeme, el ajedrez puede llevar a un hombre, o a una mujer, al límite de sus fuerzas. Por eso debes encontrarte en buena forma física. Subirás ahí arriba y bajarás, tienes cuatro horas.

—¿Solo cuatro?

—Ni un minuto más, y el tiempo ya corre. Cuando el sol esté sobre la copa de ese árbol se cumplirá el plazo, ¿a qué esperas?

Gadea mira al sol, luego a la cima, después al fraile, murmura una grosería sin que la oiga y comienza la caminata. Llegar a los pies del cerro es sencillo, pues abunda la vegetación baja y el suelo es arcilloso. Hasta que de repente se empina, se vuelve rocoso y la flora va desapareciendo. Sus piernas son fuertes y, a pesar de lo abrupto del terreno, logra avanzar a buen ritmo. La ascensión es dura y empieza a sufrir los estragos del calor, no tiene agua y debe quitarse algo de ropa para no sudar tanto. Le duelen los gemelos y, en un paso demasiado largo, pisa mal y se tuerce el tobillo. Puede continuar, aunque se le queda dolorido.

No va a rendirse, esto no es nada comparado a cuando huyó de Toledo. Así que saca fuerzas de flaqueza y logra alcanzar el punto más elevado. Desde allí se domina la mayor parte del valle; intenta ver al fraile, pero se halla demasiado lejos. Mira de nuevo al sol, cada vez más alto; es mejor que inicie el descenso.

Ella pensaba que lo más complicado ya estaba hecho, pronto se percata de que no es así. En la bajada tiene que hacer excesivo uso de sus rodillas para frenar y no caer, y estas no las tiene tan entrenadas. Además, el calor aprieta y suda sin parar, el sol le pica en la nuca y los brazos. Se recoge el cabello en una cola de caballo y se lo ata con una tira que arranca de su propia ropa.

Llega desfondada y sedienta; mira a la copa del árbol, lo ha logrado.

—No sonrías tanto —aparece fray Luis—, has llegado por los pelos.

—Pero lo he hecho —y sí que sonríe.

—Refréscate, por hoy es suficiente. Tengo quehaceres. Mañana, a la misma hora.

Gadea se extraña de su comportamiento, aunque no le va a venir mal descansar.

Sin embargo, le puede la curiosidad. ¿Qué será eso que tiene que hacer el fraile? No es la hora del rezo, ni hay nada urgente que realizar, que ella sepa. ¿Qué puede ser?

Está agotada, cierto, pero aun así Gadea le sigue. Fray Luis no camina hacia las cuevas, sino que se desvía siguiendo el cauce del río. ¿A dónde irá?

Lo cruza por un vado que apenas se aprecia y luego continúa por entre los árboles, donde no hay sendero alguno. No tiene sentido; en un bosque tan frondoso, salirse del camino es condenarse a terminar desorientado. Por eso Gadea duda, si le sigue y pierde su pista, se extraviará en un paraje que desconoce.

«De perdidos al río», se dice a sí misma.

Se apresura tras los pasos de fray Luis; tal y como se temía, la vegetación se cierra cada vez más. Debe esforzarse por encontrar su silueta a lo lejos, en varias ocasiones la pierde de vista, y logra hallarla de nuevo a duras penas.

Hasta que desaparece.

¡No!

Corre a un lado y a otro, desesperada.

Sabía que era un error seguirle, ¿por qué lo habrá hecho?

Gadea ha estado otras veces en medio de la nada, entre montañas y paisajes solitarios. Sabe que no debe perder la calma. El fraile tiene que haber dejado sus huellas sobre la tierra, que está húmeda. Además, camina despacio, no puede hallarse lejos. Así que más le vale serenarse y fijarse en los detalles. Solo así logrará salir de ese bosque. Busca indicios del paso de fray Luis y halla una pisada, ¡lo tiene! Sigue su rastro y avanza hasta llegar a un inesperado claro, donde divisa un pequeño lago.

—Pensaba que te habías perdido —le dice a su espalda el fraile.

—¿Sabíais que os estaba siguiendo?

—Te movías como un oso, cómo no darse cuenta.

—¿Qué hacéis aquí?

—Este fue el primer lugar al que vine cuando llegué al valle del Silencio huyendo del mundo. Yo era joven entonces, fue hace tanto que solo lo recuerdo cuando vengo a este paraje.

Se agacha y observa el agua estancada.

—Me fascina la naturaleza de los nenúfares. La idea de una planta que vive entre el agua y el aire, cuyas raíces se retuercen y bucean hasta la tierra, me lleva a pensar que en realidad no querían ser plantas, pero tuvieron que hacerse a ello. Que viven ajenas al mundo, pero con un punto de agarre, por si acaso —y entonces se levanta—, como yo.

—¿De qué huíais cuando vinisteis al valle?

—De la guerra, del odio, de la muerte. Los frailes que vivían aquí me acogieron y me ayudaron a hallar la paz. Al principio me costó, pero mi maestro me enseñó a jugar al ajedrez y a través de él fui serenando mi espíritu y encontrando el camino. Pasó el tiempo y yo me convertí en maestro, y ayudé a los que venían perdidos como yo, hasta que... —El fraile hace una mueca de disgusto.

—¿Hasta qué?

—Hace un par de años arribó un hombre, estaba aterrado. Decía que había hecho algo terrible, que le perseguían y si daban con él lo matarían. Me recordó a mí, así que le ocultamos, ni siquiera los aldeanos sabían de su presencia. Pero los que iban tras él lo localizaron.

—¿Y qué sucedió? —pregunta Gadea, que ha clavado la vista en los misteriosos nenúfares, en los que nunca antes se había fijado cuando los veía en otros cauces de agua.

—Mataron a mis hermanos, ¡a todos! Solo yo me salvé —confiesa con tristeza—, por eso debo seguir aquí.

—¿Qué hizo ese hombre para que le persiguieran?

—¿Qué has hecho tú para llegar hasta este recóndito lugar? Cada uno tenemos nuestra historia, y la mayoría de las veces el relato no es lo que importa, sino la forma en que se cuenta. —El fraile observa el ocaso—. Se ha hecho tarde, volvamos.

# 25

Al día siguiente fray Luis le pide que vuelva a subir al cerro. Gadea está confiada, el tobillo no le molesta y tendrá cuidado con él. Ha cogido agua y se protege del sol con unas hojas que ata a su frente. Entonces se da cuenta de que el fraile ha dibujado un tablero en el suelo y le señala con el bastón una serie de escaques, donde le indica que imagine que hay unas determinadas figuras.

—Con esta disposición, debes dar jaque mate al rey en seis movimientos.

—¿Cuándo?

—Tienes que jugar la partida en tu cabeza.

—Disculpadme... pero no lo entiendo, primero subo y luego juego.

—No —la corrige el fraile, tajante—, lo tienes que hacer al mismo tiempo.

—¿Mientras subo ahí arriba? ¿Cómo voy a hacer eso?

—La mayoría de la gente ve con los ojos; nosotros, en cambio, lo hacemos con la mente. Olvídate del espacio que ocupan las figuras. Reconstruye su posición a partir de sus relaciones de ataque y defensa. No es necesario que visualices una imagen nítida de las posiciones, sino que retengas lo esencial de la partida; por ejemplo, las piezas más importantes que atacan y defienden en una ofensiva contra el enroque, y a partir de ellas puedes recordar dónde están las demás.

Gadea intenta digerir tanta explicación y comprender lo que debe hacer.

—De acuerdo, vamos allá.

—Espera —alza su dedo índice, lo cual nunca trae nada bueno para Gadea—, se me olvidaba: esta vez tienes menos tiempo. —Señala una rama más baja en el mismo árbol—. Ese será tu tope hoy.

—¿Por qué? —Gadea apoya sus manos en la cintura como si fueran las asas de un cántaro—. No tiene sentido.

—Ayer estabas demasiado sonriente, eso quiere decir que te pareció sencillo. Y si te digo que debes hacerlo, lo haces.

Gadea refunfuña y el fraile la descubre.

—Y también debes aprender a disimular tus sentimientos mientras juegas, si muestras alegremente tu estado de ánimo a tu oponente le estarás dando pistas para descubrir tu estrategia. El tiempo avanza, yo que tú empezaría a correr.

—No puedo subir tan rápido y, a la vez, pensar en la partida, no me parece justo.

—Yo jamás he hablado de justicia.

Gadea murmura de nuevo una grosería, esta vez silenciosa, y se lanza a la ascensión. Vuelve a subir por los empinados desniveles teniendo cuidado de no caerse y evitando pisar mal. Casi resbala con unas ramas, no obstante logra salvar la parte más pedregosa y enfilar la más prolongada.

Entonces comienza a jugar la partida en su mente, a ver las figuras, pero se despista y casi se cae por un precipicio. Vuelve a intentarlo, pero no logra concretar las posiciones ni recordar las piezas cuando pasan varios lances.

Se frustra y además pierde el paso, llega con retraso a la cima. Acelera, pero no puede concentrarse en el juego.

Es desesperante.

Al final desciende más tarde de la hora fijada y sin una solución a la partida.

Fray Luis la espera impasible.

—No has llegado a tiempo, ¿el problema lo has solucionado o tampoco?

Gadea niega con la cabeza, está abatida y su mirada es vidriosa. Permanece callada y desanimada, con los hombros bajados y la boca cerrada.

—Escúchame, yo nunca dije que fuera a ser fácil. —Para sorpresa de Gadea, el fraile se muestra compasivo por primera vez—. Sé que puede parecer duro y excesivo, para mí también lo fue. Piensa que todo esfuerzo en la vida tiene su recompensa; a mayor sacrificio, mayor posibilidad de logro.

—Pero es que lo que me pedís es imposible...

—¡No! Es difícil, laborioso, complejo, es muchas cosas, pero nunca digas que es imposible, ¿me oyes?

Ella asiente.

—Ahora vete a dormir, mañana será otro día y lo volveremos a intentar.

Gadea se pasa la noche en vilo pensando cómo jugar a ciegas mientras sube por el escarpe rocoso.

Al día siguiente vuelven a encontrarse a los pies de la montaña.

—¿Estás dispuesta a intentarlo de nuevo?

—Sí —responde Gadea decidida.

—No por querer algo con todas tus fuerzas va a materializarse. Hay que ser inteligente y saber cómo actuar. Para jugar a ciegas no debes mirar al tablero, ni siquiera cuando lo tengas delante. La posición que te interesa ver no es la que estás observando con los ojos, sino la que puede producirse después de cuatro o cinco movimientos, y que debes ser capaz de calcular previamente.

»Hay jugadores que precisan desviar la mirada de la posición actual, que les distrae, para ver con la mente la otra, y clavan los ojos en cualquier sitio distinto del tablero, ya sea un árbol, el cielo o la otra punta del salón donde juegan. Solo una vez elegida la variante que más le interesa, un jugador vuelve los ojos al tablero y hace la jugada correspondiente.

—Lo entiendo, pero me cuesta llevarlo a la práctica.

—Hum, ya veo. —Se rasca la barbilla—. No es en mitad del juego ni en el final donde se encuentra la dificultad máxima para jugar a ciegas, porque en ambas fases hay elementos característicos fáciles de retener, y los puedes ver tan claramente como me estás viendo a mí ahora, Gadea. Al contrario de lo que pueda parecer, te aseguro que el momento crítico de jugar a ciegas está en la apertura, cuando la menor debilidad, la más ligera distracción, puede echar por tierra todo el planteamiento.

—Así que la apertura es el momento más complicado.

—Desde luego, y eso solo lo saben los buenos jugadores; los mediocres no dan importancia al inicio —explica fray Luis—. Y ahora vamos, este es el reto de hoy —y le muestra un problema con más piezas que el día anterior.

Gadea lo examina e intenta retenerlo en su mente.

—¿Lista?

—Sí, lista —dice apretando los puños.

—Pues ¿a qué esperas? El tiempo pasa inmisericorde.

Gadea arranca rápida, ascendiendo el pedregoso terreno y buscando el mejor trazado para subir el cerro. Ha llovido algo por la noche, hay rocío en las plantas y el suelo está más blando que los otros días.

Ya lleva un buen tramo pensando en el problema que le ha planteado fray Luis. Ve el tablero como si estuviera delante de ella mientras camina. Las piezas se mueven, a veces despacio, otras deprisa y de manera consecutiva. Avanza, rectifica y vuelve a avanzar. Así van sucediéndose los lances y logra llevar los desarrollos hasta el final, buscando el que le dé la victoria en el número de movimientos exigidos por el fraile.

Corona la cima y comienza el descenso, las rodillas le duelen más que la vez anterior, aunque eso no impide que prosiga con sus jugadas. Está tan concentrada que se despista, tropieza y se trastabilla. Tiene que saltar por encima de unas piedras para no estamparse contra un árbol y, a continuación, detenerse unos instantes para recuperar el aliento.

Mientras jadea exhausta sigue moviendo figuras en el tablero de su mente y, cuando se dispone a continuar, surge de repente la solución de una manera tan clara que se emociona y suelta un grito de alegría.

¡Lo tiene! Ha resuelto el problema. Entonces vuelve a la realidad y mira la rama del árbol, el sol está demasiado alto.

—Llegas tarde —le dice fray Luis.

—¡He resuelto el problema! —Va hacia el tablero dibujado en el suelo y le indica cada una de las jugadas—. Jaque mate.

—Es correcto, sin embargo te repito que has llegado tarde. La próxima vez recuerda que, además de jugar la partida, un maestro del ajedrez tiene que controlar todo lo que sucede a su alrededor. Debes ser capaz de vigilar a tu oponente y a quienes estén contigo en el mismo lugar.

—Lo importante era la partida, no bajar la montaña.

—¡No, Gadea! No puedes ni debes aislarte del mundo —recalca fray Luis—. Si pierdes la conciencia de la realidad, terminarás viviendo al margen de ella. Y te pasará como hoy, que olvidas llegar a tiempo, o que casi te estampas contra unas rocas.

Gadea pone mala cara, ¿cómo sabe que ha tenido un desliz bajando?

—Tienes que entender que vas a fallar, eso es inevitable. La grandeza no recae en no equivocarte, sino en hacerlo y no por eso rendirte. Mira, es importante que un niño tenga confianza en que su padre siempre le ayudará a levantarse, pero más aún lo es que sepa que no le evitará la caída.

—Eso lo entiendo.

—¿Seguro? Puedes entrenarte para esquivar los golpes, pero cuando menos te lo esperes te llegará un lance que te derribará. En la vida debes prepararte más para encajar los golpes que para esquivarlos. Cuanto más lista estés para recibirlos, más aguantarás y podrás seguir luchando para alcanzar tus objetivos, tus sueños.

—¿Vos tenéis sueños?

—Yo ya solo tengo preguntas, me retiré aquí buscando respuestas.

—¿Las encontrasteis? —insiste Gadea.

—Sí, el ajedrez me ayudó. Los hombres deben regirse por reglas claras y precisas, que no lleven a la duda. La duda provoca miedo; el miedo, violencia; la violencia, dolor —responde fray Luis con desasosiego en la voz—. Todos tenemos un pasado, y el pasado nunca se deja atrás, se convierte en parte de ti. Puedes hacer como que no está, como una cicatriz en la piel, pero no por ello desaparecerá.

—¿Y qué hay que hacer entonces con el pasado?

—Asumirlo, entenderlo y, si es posible, aprender de él.

—¿Qué pasado tenéis, fray Luis?

—Uno poco agradable, pero comprendí que por mucho que corriera, por muchas veces que huyera, siempre me atraparía. Así que decidí enfrentarme a él.

—¿Y le vencisteis?

—No.

Gadea se queda sorprendida.

—Me di cuenta de que no se le puede derrotar porque es parte de ti, así que seguirá vivo mientras tú lo estés.

—Pero algo se podrá hacer... —pregunta nerviosa.

—Sí, claro. Utilizarlo.

—No lo entiendo.

—Si no puedes vencer a tu enemigo, únete a él, o sírvete de él. Ya te lo expliqué, un enano no puede ignorar que lo es; un tullido no puede hacer como si tuviera dos manos. Es una estupidez. Quien tiene un pasado que le persigue, tampoco puede darle la espalda. El enano listo es el que usa su estatura para llamar la atención y ganarse la vida; el tullido deberá aprender a usar la otra mano con destreza.

—¿Y la espada que escondéis? ¿La sangre es de los que mataron a los otros frailes?

—¿Eso crees? —Fray Luis suspira—. Los hombres llevamos la violencia dentro, por eso debemos controlarla. Cristo nos enseñó cómo, pero cuando yo era joven, en una ocasión, no pude hacerlo.

—¿Qué sucedió?

—Maté a un hombre —responde cabizbajo—, no hay ni una sola noche que no vea su rostro en mis pesadillas.

—Seguro que tuvisteis un motivo.

—Nunca hay un motivo que justifique un acto así, y de todas formas no lo maté por una buena razón, ni en defensa propia, ni siquiera por venganza. Busqué la redención, o el perdón, o mi salvación. Algo que pudiera mitigar el dolor de mi corazón.

—¿Lo hallasteis?

—Me costó. La oración no era suficiente y entonces mi maestro me mostró el ajedrez; jugando aprendí a controlar mis impulsos, a organizar mis pensamientos, a buscar objetivos, a ver el mundo de otra forma.

—Eso es increíble.

—Gadea, me recuerdas a mí cuando era joven. Ese ímpetu que tanto te cuesta domar, esas ganas de ponerte a prueba, ese empeño en no creer en los límites... son peligrosos. Debes sosegarte; jugar al ajedrez te ayudará a ello, serenará tu espíritu y encauzará tu potencial.

—¿De veras lo creéis?

—Eso da igual, quien realmente debe creerlo eres tú.

—Sí, lo creo.

—Bien. Pero también te digo una cosa, mantente siempre alerta, y si te encuentras en una situación desesperada, entonces libéralo todo, usa esa fuerza interior que posees cuando sea necesario.

Se hace un silencio, uno en el que las ideas y los pensamientos no cesan de surgir en la mente de Gadea, que es como un volcán a punto de entrar en erupción.

—Mañana hagámoslo de nuevo —afirma ella.

—¿Mañana? Estarás cansada.

—No, quiero intentarlo otra vez.

# 26

Al día siguiente repiten la prueba, fray Luis le propone un problema y Gadea debe resolverlo a la vez que sube y baja la montaña. Ese día hace menos calor, lo cual es una ventaja. Por el contrario, el ejercicio es más complejo. Esta vez no protesta, aunque cree que el fraile sube el nivel de dificultad cada día que pasa, y hoy le parece realmente difícil.

Gadea no pierde un instante, está tan concentrada en el terreno que pisa como dentro de su cabeza moviendo figuras por los escaques.

No solo llega antes del tiempo estipulado, sino que le ofrece al fraile dos soluciones distintas y satisfactorias para el problema.

—No esperabais que lo consiguiera, ¿cierto? Y por partida doble...

—Te equivocas, sabía que podías hacerlo. Cada uno de nosotros tiene dentro de sí una insospechada reserva de fortaleza, que con mucho esfuerzo e ímpetu somos capaces de hacer emerger cuando la vida nos pone una dura prueba. No tengo ninguna duda de que tú posees esa habilidad para utilizar todo tu potencial.

—Me estáis quitando mérito.

—Al contrario, solo te digo que todos somos capaces de hacer prodigios en algún momento de nuestra vida. Lo maravilloso es poder hacerlo siempre que lo deseemos, y tú vas camino de lograrlo.

—Eso que decís... suena —suspira—, no sé muy bien cómo tomarlo.

—Mañana el reto será mayor. Entonces veremos de lo que eres realmente capaz.

Gadea no se imagina qué le puede preparar el fraile, se pasa media noche dándole vueltas, ansiosa de que llegue el nuevo día.

Acude puntual al llano y fray Luis le plantea un problema enrevesado. Ella se dispone a iniciar la ascensión cuando el fraile le entrega un papel.

—¿Qué es esto? —pregunta.

—Otra dificultad.

—No os cansáis, ¿verdad? —Gadea sonríe, lo toma en sus manos y lee su contenido.

Es una lista con diez palabras bastante raras y largas, no tienen sentido aparente, ni nada que las relacione o explique por qué se las ha entregado.

—Sabes leer, ¿verdad? Apréndetelas, te dejo unos instantes —le comenta—. Cuando regreses de la cima con la solución a la partida que te he planteado, deberás repetir esta lista sin un solo error, en el mismo orden y en el inverso.

—¿Cómo decís? —inquiere boquiabierta—. ¿Es en serio?

—Una nueva oportunidad implica un nuevo sacrificio, la vida es así. No te estoy regalando nada, ni quitándotelo.

Ella apura para repasar las palabras escritas, suspira y echa a correr.

Asciende concentrada al máximo, la partida, la montaña, la lista de palabras, todo a la vez. Tiene que esforzarse mucho para no fallar en ninguno de esos aspectos. Sigue avanzando, hace cumbre y acomete el descenso. Y de pronto se da cuenta de que ha encontrado los movimientos adecuados para resolver el problema. Está cerca de fray Luis y, cuando llega a su lado, le repite el listado de palabras sin titubear y sin fallo alguno. En un sentido y en el contrario.

Intenta disimularlo en su presencia, pero fray Luis piensa que Gadea es una alumna extraordinaria. Un talento innato para el ajedrez que surge cada decenas de años y provoca un cambio impredecible. El eremita jamás se habría imaginado contemplar un potencial como el de Gadea. Absorbe todo como una esponja, no hace falta repetirle ninguna lección y memoriza los movimientos de tal forma que no cae en la misma trampa dos veces. No es solo que su habilidad para el juego sea fabulosa, tiene inventiva, imagina movimientos que él no le ha enseñado ni nunca ha visto, y que son verdaderamente excepcionales.

Ya no se basa en su buena memoria, sino que utiliza su instinto y visualiza lo que se va a producir varias jugadas por delante, tal y como él le ha enseñado.

—Gadea, debes tener claro que no es lo mismo un jugador de ajedrez que mantiene la consistencia y uno que solo tiene momentos.

—¿Momentos?

—Sí, eso es lo que marca la diferencia entre un maestro del juego y un buen jugador. Debes darlo todo —recalca el fraile—. El tiempo vuela, si lo sabré yo... Y si no te esfuerzas al máximo en lo que eres realmente buena, te arrepentirás antes de lo que crees. Ese día serás consciente de que no llegaste tan alto como podrías haberlo hecho.

—Eso no va a sucederme.

—Bien, para ello debes exigirte más. No exigirte yo a ti, ni yo ni nadie. ¡Eres tú! Tú debes pedirte más a ti misma, esa es la clave.

A Gadea solo le falla ese carácter indomable que tiene, como si en determinados momentos la sangre le hirviera dentro de las venas. Aunque, a la vez, está convencida de que por eso sigue con vida, pues la empujó a escapar de las situaciones comprometidas y llegar al valle del Silencio.

En pocas semanas, fray Luis encuentra una feroz resistencia cuando juegan al ajedrez. Le cuesta vencerla y ella lo sospecha. Se enfada con cada derrota y, en cada partida, Gadea es mejor.

Y lo que es más importante, lo pregunta todo, quiere aprender, y esa es una poderosa arma en manos de una mente despierta como la suya.

—Eres una joven sorprendente, creo que no has llegado hasta aquí por casualidad, era tu destino.

—¿Creéis en el destino?

—¿Te extraña?

—Sí, ¡sois fraile! —le recuerda Gadea.

—Dios y el destino tienen mucho en común. El destino es encontrar tu camino, algo tan sencillo y tan terriblemente complicado. Debería ser la meta de todos nosotros, encontrar nuestro camino y recorrerlo hasta donde podamos, aunque no lleguemos al final. Sin embargo, muchos lo ignoran, o quieren tomar atajos, o prefieren el camino que les corresponde a otros, o están obsesionados con alcanzar la meta cueste lo que cueste. Pobres ignorantes, no comprenden que el camino es parte de nuestra razón de ser.

—¿Y mi razón de ser es jugar al ajedrez?

Fray Luis la mira con ternura.

—No, el ajedrez nunca es un fin, sino un medio.

—¿Para qué?

—Son muchos los llamados, pero pocos los elegidos.

—No entiendo qué queréis decir con eso —confiesa perpleja.

—Que tendrás que descubrir por ti misma a dónde te lleva el ajedrez —responde él—. ¿Recuerdas las figuras que viste el primer día que llegaste aquí?

—Sí, las antiguas que eran de los árabes.

—Las trajeron unos hermanos mozárabes, se llama así a los cristianos que vivían en territorio islámico. En la sociedad musulmana tenían similar posición que los judíos o los mudéjares en la nuestra. La palabra «mudéjar» proviene del árabe y quiere decir precisamente «aquel a quien se ha permitido quedarse».

Gadea se pone tensa en cuanto escucha hablar de los judíos, pues teme que el fraile descubra que ella proviene de una familia conversa.

—Como los mozárabes no eran seguidores del islam, los infieles les obligaban a tributar altos impuestos, de los que los propios musulmanes se veían eximidos, además de contar con otro tipo de restricciones. Por ejemplo, aunque no destruían las iglesias edificadas, no se les permitía construir otras ni arreglar las ya existentes.

—Pero si no se reparaban... entonces terminarían arruinándose.

—Veo que lo entiendes, Gadea. También tenían prohibido poseer armas, habitar casas más altas que las de los musulmanes, montar a caballo y vestir ropas lujosas y de colores vivos. E incluso sufrían la reducción del valor del testimonio de un cristiano o un judío al de una mujer musulmana, que era la mitad que la de un varón.

—¿Por qué el testimonio de una mujer vale menos que el de un hombre? —inquiere enervada.

—Gadea, el mundo no es justo. Eso debes tenerlo en cuenta —le advierte—. Como te iba contando, con el tiempo, los cristianos bajo dominio musulmán se fueron islamizando y convirtiéndose a esa fe.

—Eran conversos, como hoy en día los cristianos nuevos.

—Sí, en efecto —asiente el fraile—. Y los que no se convirtieron quedaban siempre a merced de persecuciones; la situación era tan insostenible que muchos emigraron hacia los pequeños reinos cristianos que se habían creado aquí en el norte.

Gadea no puede creer lo que oye, los antiguos cristianos también tuvieron que huir, como ella.

—Y se trajeron todo su saber —continúa fray Luis—. Esto es trascendental, porque esos cristianos del sur tenían en su poder unos conocimientos de incalculable valor, como los textos de Platón, Aristóteles, Hipócrates y Euclides, que fueron escritos en lengua griega, al igual que los Evangelios.

—Entonces ¿eran unos sabios?

—Muchos de ellos sí. El primer mozárabe que llegó a estas cuevas provenía de la fabulosa ciudad de Córdoba, en donde se unieron las grandes culturas: romana, griega, cristiana, bizantina y musulmana. Durante un tiempo, en Córdoba, en Toledo y en otras notables ciudades del Califato se concentró más saber del que había existido en toda la historia de la humanidad. Sin embargo fue efímero, los cristianos tuvimos que huir con nuestras escasas pertenencias, pero también con nuestros valiosos conocimientos. Entre otros saberes, el arte del ajedrez. Por desgracia, la arena del tiempo realiza una implacable labor sepulturera que nos va mitigando.

—¿Y ese saber se halla en estas cuevas?

—Sí, un saber que se ha ido acumulando. Sobre todo cuando hasta aquí vino san Genadio, que fue obispo y fundó varios monasterios hasta que se retiró al valle del Silencio. Él fue también un maestro del ajedrez y antes de que tú llegaras, muchos otros viajaron hasta aquí buscando los secretos del juego. Pretendían que les enseñáramos para luego hacer fortuna mostrando sus habilidades a reyes y nobles. Pero nunca lo hicimos.

—¿Por qué a ellos no y a mí sí? —inquiere Gadea un tanto asombrada.

—Tú has sido la primera en décadas que ha comprendido la esencia, el alma del ajedrez.

—¿De verdad? —pregunta abrumada—. No sé qué decir a eso.

—Te voy a contar un secreto de este ajedrez tan antiguo —dice fray Luis a modo de confidencia—. San Genadio jugaba con él, así que las gentes del valle llamaron a sus figuras «los bolos de San Genadio» y creyeron que eran talismanes milagrosos. No es el único ajedrez antiguo que llegó a estas tierras, otros mozárabes trajeron más juegos de ajedrez árabes. Piezas antiguas y lujosas, talladas en cristal de roca.

—Pero si eran cristianos... —recalca Gadea, siempre inconformista—, ¿por qué motivo se arriesgaban a traer ajedreces consigo en vez de objetos religiosos o libros?

—Ya deberías saber que el ajedrez no es solo un juego, es también un símbolo y un tesoro. Hace siglos era habitual que los diplomáticos de poderosos reinos se agasajaran regalándose valiosos ajedreces. Hay catedrales que cuentan con ellos entre las joyas más preciadas de sus fondos.

Gadea asiente sorprendida.

—Ahora que sabes todo esto, centrémonos en el juego. Debemos hablar de un aspecto de tu forma de jugar, ¿por qué sacrificas tan fácilmente tus peones? Te dije que eso era un craso error. El más frecuente en un mal jugador. Gadea, los peones son el alma del ajedrez.

—De verdad que sigo sin entenderlo, son las figuras más débiles —replica ella.

—Tienes ocho peones, por lo tanto, la mitad de las piezas, ¿no? Piensa que por poderoso que sea un castillo —señala una de las torres—, no puede resistir un prolongado asedio —y la rodea de peones para mostrarle que la torre está perdida—. Y que por fiero que sea un caballero —repite el proceso con uno de los caballos—, los infantes pueden derribarlo con sus largas picas. Los campesinos, los artesanos, el pueblo en general son peones... Parecen débiles y limitados, como en el ajedrez, pero son muchos, y si se unen con esfuerzo y valor, son capaces de vencer a figuras más poderosas y cambiar el rumbo de la partida.

De repente se oye un ruido.

Ambos se miran, nadie ni nada rompe nunca la calma en el valle del Silencio.

Más ruidos. Son voces y también relinchos de caballos.

El fraile corre a asomarse por una de las oquedades de su cueva, desde la que ve brillos metálicos.

—Debes irte. —Mira a Gadea.

—¿Qué sucede? ¿Quiénes son?

—Ladrones. —Fray Luis la coge del brazo—. Por aquí.

Levanta una alfombra y descubre una trampilla, la abre y se introducen en el escueto pasaje por el que deben arrastrarse para avanzar. Es húmedo y frío, y oscuro. El fraile le dice que no se detenga y Gadea obedece asustada. Es aterrador, le cuesta respirar y comienza a sentirse mareada, teme desfallecer allí mismo.

Justo entonces se abre otra cueva, más pequeña y donde la luz solo se filtra por un pequeño ventanal ubicado en el techo.

—Debes ir por la derecha. —El fraile señala otro pasadizo—. Si lo recorres, llegarás al río. Desde allí sigue la dirección de la corriente. No vayas a la aldea; si nos hubieran querido ayudar, habrían enviado un aviso.

Fray Luis mira al lado contrario, donde existe una abertura más estrecha.

—¿Me dejáis?

—No puedo marcharme de aquí, debo proteger el legado de los primeros eremitas.

—El ajedrez mozárabe.

—Sí, debe permanecer oculto —resalta fray Luis.

—¿Y qué hago yo?

—Este no es lugar para ti, ya te he enseñado todo lo que necesitabas conocer. Estás a punto de derrotarme y prefiero que no sea así, la verdad —dice con una sonrisa.

—No tengo a dónde ir, no conozco a nadie.

—Gadea, ahora sabes que la vida consiste en encontrar tu camino. Hay quienes nunca lo descubren, quienes se equivocan de camino, quienes, aunque lo encuentran, se pierden en él, o se cansan, o simplemente no logran recorrerlo. —Se oyen más ruidos—. Debes hallar ese camino tú sola.

—Mi destino.

—Sí, tu destino —asiente el fraile.

—¿Y cómo sabré que lo he encontrado?

—Lo sabrás, sentirás que estás en paz contigo misma.

—No quiero irme. —Gadea intenta contener las lágrimas.

—Chisss, deja de lloriquear, ya no eres una niña. —Le da una cajita envuelta en una tela.

—¿Qué es esto? —Al desplegar la tela ve que tiene tejido un tablero, y dentro de la caja hay unas pequeñas figuras.

—Ahora sabes jugar al ajedrez, de hecho eres la mejor jugadora que he visto nunca. Entiendes el juego y sobre todo tienes la imaginación para soñar con él. Esa es la clave; yo puedo enseñarte las reglas, las jugadas, pero no puedo ver más allá de lo que ya sé. En cambio, tú puedes crear. Se trata de un don que está al alcance de muy pocos.

—¿Y qué queréis que haga con él?

—¡Usarlo! —exclama fray Luis zarandeándola por los hombros—. Eres una superviviente, utiliza tu don para lo que creas necesario. Corren tiempos difíciles, Gadea. El mundo está cambiando, se avecina una nueva era.

—Lo haré —contesta con decisión.

—Ahora no eres una simple muchacha, eres una maestra de ajedrez —insiste el fraile—. Todo hombre acaba un día u otro enfrentándose a la ingravidez de su paso por el mundo. Yo soportaré bien dejar poca huella o ninguna; lo que no podría perdonarme nunca es que tú no lo hicieras —dice mientras los ruidos se oyen cada vez más próximos—. Gadea, atrévete a soñar.

Fray Luis tapa la salida y vuelve sobre sus pasos. Una vez en su estancia principal, toma la espada oculta y la desenvuelve. Hacía tantos años que no sentía el tacto de la empuñadura y el peso de la hoja. Le hace recordar otros tiempos. Ahora ya no es el mismo, le cuesta mantenerla recta, pero aún puede hacerlo.

Cuando un hombre ha blandido la espada como él, nunca lo olvida.

SEGUNDA PARTE

# EL CABALLO

## 27

*Madrid, otoño del año 1468*

Tello desarrolló desde joven la habilidad de mimetizarse con el ambiente, del mismo modo que los mejores cazadores son aquellos que aguardan escondidos a que su presa se acerque, siendo capaces de pasar inadvertidos, hasta que sus víctimas están tan próximas e indefensas que ya no pueden escapar.

Así que como si de un espejo se tratara, sabe imitar gestos, movimientos, aptitudes, incluso voces y acentos. Puede pasar por vizcaíno, gallego o cordobés si es necesario. Sabe las frases justas y precisas para presentarse como un caballero, un comerciante de lana, un marino o un mercader de sedas. Es capaz de memorizar las conversaciones que escucha y luego recitarlas con absoluta naturalidad.

En pocas palabras, tiene recursos para pasar desapercibido en multitud de lugares.

Acceder a la celebración en honor a san Francisco que organiza el regidor de Madrid en su palacio es un desafío sencillo para él.

Tello se marchó de casa a los nueve años. Su padre era un campesino que solo había deseado su nacimiento para tener unos brazos jóvenes que le ayudaran a arar los campos. Con esa intención dejó encinta a su esposa en nueve ocasiones más. Rezaron y pusieron velas a todos los santos, pero cuatro de los embarazos no llegaron a buen término y de los otros cinco nacieron niñas. Así que el labrador, que esperaba una compañía de varones con los que prosperar, se encontró con tantas niñas que no era capaz de alimentarlas. Y mucho menos tenía dote para casarlas a todas.

Tello vio nacer una tras otra a sus hermanas. Cada nueva boca que alimentar era un suplicio para su padre. Hasta que un día, cuando lo esperaban para comer, no llegó. No supieron qué fue de él; unos decían que se marchó, otros que se lo llevaron, había quienes contaban que se cayó a un pozo y se ahogó. Fuera lo que fuese, la realidad es que se quedaron solos. Una de sus hermanas les dejó al año; otra, al cumplir cinco. A la mayor la mandaron con una tía que no podía tener hijos, para que cuidara de ella. La siguiente lograron que ingresara en un convento, y la última desapareció, como su padre.

Y su madre se quedó sola, tan sola que una mañana, al ver que no se despertaba, Tello fue a su cama y encontró su cuerpo sin vida, y le invadió un insoportable sentimiento de culpa por haber permitido que sucediera algo así.

Gritó con toda su rabia, pero nadie le escuchó. Lo cual no hizo sino agrandar su pena.

Dejó el campo y llegó a las calles de Burgos, las cuales le resultaron inhóspitas, pues era un extraño en la ciudad, un marginado. Pero tenía tanto odio dentro que se alimentó de él, creció y se hizo fuerte. Se convirtió en un peligro: palizas, duelos y robos. Con el tiempo, las miradas de lástima que suscitaba se fueron transformando en miradas de temor. Cuando la gente pasaba por su lado, se retiraba asustada.

Hasta que lo detuvieron y le dieron la opción de pudrirse en un calabozo o de unirse a las levas para ir a la guerra. En el campo de batalla desarrolló todo su potencial. En su primera escaramuza, los que le acompañaban cayeron sin llegar a cruzar el acero bajo las flechas y las pezuñas de los caballos de sus enemigos que les doblaban en número.

Él no.

Tello supo guarecerse y, cuando la batalla estaba en su momento álgido, corrió entre las líneas enemigas sin ser descubierto hasta llegar a uno de los capitanes que defendía el flanco izquierdo. Le hundió medio palmo de acero en el cuello. Su muerte descabezó la defensa de ese costado, las huestes arremetieron con virulencia y decantaron el resultado de la lucha.

A las pocas semanas intervino en otra batalla, esta vez dentro de una compañía de veteranos que era la vanguardia del ejército. Aquel día sació su hambre de sangre; degolló a caballeros, pajes, ballesteros y lanceros. Como si un demonio se hubiera apoderado de él, mató y mató.

Al término de la lucha, el comandante pidió conocer al hombre que había hecho posible la victoria. Tello se presentó ante él cubierto de sangre, heridas y golpes.

Así conoció a su salvador, al hombre que desde entonces velaba por él y que ahora le había encomendado esta difícil misión.

En el palacio del regidor de la villa hay comerciantes, nobles y clérigos. Pasa varias horas deambulando, fijándose en ellos, escuchando sus conversaciones, oyendo sus secretos. Hasta que media docena de los invitados se retiran a una de las salas contiguas a la principal a jugar al ajedrez.

Es algo común; no juegan partidas enteras porque no tienen tiempo, sino que plantean unas posiciones y apuestan si son capaces o no de ganar en un determinado número de movimientos. Al principio no dejan de jugarse unas monedas, hasta que uno se anima y apuesta un caballo, a lo que su rival responde apostando un cuadro. Eso hace que la partida tome relevancia y casi todos se aglutinen en torno a ella.

Pero mientras esta transcurre, Tello está pendiente de otra, donde la apuesta se mantiene modesta. En la calle aprendió la trascendencia de los detalles, es la única manera de determinar las intenciones de alguien. Así supo interpretar si un marido había sido infiel o si un tendero estafaba a su cliente, incluso si un hombre se disponía a robar a otro.

Lo deducía por las miradas de miedo, el sudor corriendo por

la frente, el movimiento nervioso de las piernas bajo la mesa. Detalles que uno no puede ni sabe controlar.

Observa la partida desde una distancia prudencial, la suficiente para oírles y no llamar la atención. Son dos hombres bien distintos. Uno mayor, calvo y con las mejillas hinchadas y coloradas, que viste de manera más desaliñada, pero con ropas caras. El otro porta un atuendo impecable, aunque en el fondo es un quiero y no puedo, un noble de esos que viven de lo único que les queda: las apariencias y el apellido, que están bien instruidos y que pueden volver a tener éxito con un golpe de suerte o de bragueta, que es una pieza acolchada y prominente, a modo de las que se usan en las armaduras, que se está poniendo de moda entre la nobleza para cerrar la entrepierna y mostrar más virilidad.

Tello se fija en que apenas hablan, y cuando lo hacen las palabras salen con miedo. Ese temor a decir lo que no se debe es premonitorio de que hay en juego algo más importante que el resultado de la partida. El más mayor hace un movimiento y se queda mirando fijamente al otro.

Esa expresión de sus ojos... es que espera una respuesta.

Tello no lo entiende.

Una respuesta ¿a qué? ¡Si no ha dicho nada!

Entonces su oponente mueve una figura, es la reina. Y el jugador de más edad sonríe satisfecho.

«¿Qué acaba de suceder?», se pregunta Tello.

Ambos jugadores se levantan y se estrechan la mano, dando por concluida la partida. Tello se acerca y observa el tablero, solo hay unas pocas figuras: el rey, la reina y unos peones.

Aunque él no sabe jugar, cree que la partida era solo una excusa. Pero si tampoco hablaban..., ¿qué han estado haciendo realmente?

Sale de inmediato para seguir al jugador más joven, que abandona la celebración. No piensa dejarle escapar.

La noche es oscura en Madrid, sus estrechas calles y sus serpenteantes recorridos la hacen inquietante. En la penumbra, las pisadas se escuchan a distancia. El joven jugador se estremece de frío y siente como si le siguieran. Mira a un lado y a otro, y solo descubre la mirada fija, penetrante y sin parpadeo de un gato atigrado. Continúa, acelera el paso y se ciñe la capa.

Cuanto más deprisa camina, más sensación tiene de que hay alguien tras él, pero al echar la vista atrás solo encuentra la noche.

Dobla una esquina y luego otra, ya no disimula que está huyendo. Presa del miedo y de la incertidumbre. La salvación está a su alcance, la casona familiar está a solo unos pasos. Pronto podrá respirar tranquilo. Le contará a su madre lo mal que lo ha pasado y su padre le reprochará que acuda a esas celebraciones donde solo se bebe y se apuesta.

Una mano le coge por el pescuezo y lo estampa contra una tapia. Son unos dedos enormes que presionan su tráquea; a duras penas le entra el aire, y no puede gritar.

## 28

Después de un largo periplo, Gadea entra en Madrid por la Puerta de Alcalá, que se halla bastante concurrida desde primera hora de la mañana. Había olvidado el ruido que existe en las grandes poblaciones, un fragor incesante y molesto de gentes que caminan y parlotean, junto con el de los animales de carga y los de corral, los perros, los carros, los mendigos, los predicadores, los vendedores que ofertan sus diversos artículos y, por encima de todos ellos, los pregoneros que anuncian una asamblea o un comunicado real.

Y los gatos. Se alegra de ver a uno negro subido en un tejado.

Tras la huida de las cuevas ha tenido que volver a la cruda realidad que le ha tocado vivir desde la trágica noche de la Magdalena.

Es harto complicado para una mujer valerse por sí misma, y ciertamente no por su culpa, sino porque todo parece estar organizado para que no pueda hacerlo. Para que siempre deba hallarse sujeta a un hombre que no solo la alimente, sino que también la mantenga alejada del camino del pecado. El que, como le han sugerido ya en alguno de los lugares en los que ha estado antes de llegar a Madrid, irremediablemente emprende una mujer si se la deja a su libre albedrío.

Gadea se rebela contra esa injusta idea, ella no ha elegido no casarse y lo que desea es trabajar y sobrevivir. Pero tener un oficio es tarea casi imposible para una mujer, ya que debería inscribirse en uno de los gremios para ejercerlo legalmente y es harto difícil que la aceptasen. Así que solo puede aspirar a unos trabajos específicos que se consideran adecuados para la naturaleza de las féminas, como cocinera, costurera, nodriza... Pero ella no está preparada para ninguno de ellos.

Gadea solo sabe hacer una cosa: jugar al ajedrez.

Antes de Madrid ha estado en Valladolid y Palencia, sin excesivo éxito en ninguna de esas ciudades castellanas. Luego se dirigió a Burgos y allí descubrió que apostaban al ajedrez. Fue en una plaza, durante una feria.

¿Cómo era posible que el ajedrez se hubiera convertido en motivo de apuestas? El ajedrez era un juego de reyes, sin embargo lo jugaba todo hijo de vecino. Esa contradicción le rondaba la cabeza, sin encontrar una explicación convincente. Llegó a la conclusión de que quizá el ajedrez era un juego que habían tratado de apropiarse los altos hombres: reyes, nobles y obispos, pero que de ninguna manera les pertenecía.

Se acercó con sigilo al lugar donde había un hombre tras una mesa, con un tablero sobre ella y unas pocas figuras.

No era una partida, sino uno de los problemas que le planteaba fray Luis. Ella permaneció callada y vio cómo el hombre que apostaba, un comerciante, era incapaz de solucionar el problema. Lo mismo le sucedió al siguiente y al siguiente.

Gadea se percató entonces de que no tenían solución. El que los retaba planteaba problemas en los que no se podía obtener la victoria a pesar de que dejaba que el público partiese con ventaja.

Esa era la treta por la que caían, tentaba a incautos con posiciones en principio muy favorables, pero que luego eran en balde. Era un timo, no obstante a Gadea esas jugadas le parecían una original y difícil prueba. Así que lo que hacía en silencio era demostrar que los planteamientos no tenían solución, lo cual era más complicado porque había que analizar más variantes que en un problema normal.

Dejó Burgos porque ganarse la vida allí iba a ser difícil con aquellos timadores de ajedrez. Tenía intención de ir a Segovia o Salamanca, la primera era frecuentada por la Corte y la segunda poseía una prestigiosa universidad. Así que Gadea creyó que sería más factible encontrar allí quien apreciara sus dotes para el ajedrez.

Sin embargo, se topó con unos comerciantes de lana con los que hizo buenas migas, pues resultó que sabían jugar al ajedrez y les ganó varias veces. A pesar de darles un buen repaso, quedaron complacidos con las habilidades de Gadea y la aconsejaron que era mejor opción probar fortuna en Madrid, que aunque era una villa más pequeña, estaba en auge debido a su posición estratégica en medio de la Meseta.

A Gadea le sedujo la idea de estar cerca de su Toledo natal, y si bien nunca había estado en Madrid, fueron varios los que le confirmaron que esos días era frecuentada por el rey Enrique y su Corte.

Ahora deambula por sus calles, estrechas y serpenteantes, fijándose en las gentes que las pueblan. Ya no es una cría y, con lo que le ha tocado vivir, es plenamente consciente de cómo actuar. No está dispuesta a volver a pasar hambre ni penurias. Así que lo primero que tiene que hacer es buscar dónde dormir y pensar cómo ganarse la vida.

Se acerca a una frutera que vende manzanas y peras en una esquina cerca de una fuente. Es una mujer voluminosa, que viste un delantal que le llama la atención por lo limpio que está. Tiene el pelo recogido con una redecilla y el rostro muy moreno, le ha tenido que dar el sol en abundancia para tener ese color de piel.

—Señora, ¿cuánto pedís? —Señala una manzana hermosa.

—Una blanca, muchacha —responde la otra con un acento marcado.

Gadea mira la manzana con deseo.

—¿Tienes para pagar o no? —pregunta impaciente.

—Todavía no, es que acabo de llegar a la villa.

—¿Sola?

—Sola, sí —contesta Gadea orgullosa.

—No es bueno que una muchacha como tú ande sola por ahí, pueden pensar cualquier cosa... y ninguna buena. —Niega con la cabeza—. ¿Conoces a alguien aquí? —Antes de que Gadea conteste, la mujer se adelanta—: ¿Qué sabes hacer? Porque si no tienes oficio ni beneficio, te van a tomar pronto por una...

—Sé jugar al ajedrez.

—¿Cómo has dicho, muchacha?

—Lo que oís, juego al ajedrez muy bien.

—¡Tú! —grita al interior de la tienda—. ¡Ven para acá, anda!

Sale un hombre fornido, con una barba espesa que le come media cara. Tiene una prominente barriga que le dificulta moverse entre la mercancía que venden.

—Esta —señala a Gadea—, que acaba de llegar a Madrid, sola —pronuncia más bajo—, y que dice que sabe jugar... ¿a qué me has dicho?

—Al ajedrez, señora.

—¿Tú sabes qué es eso?

El hombre mira a Gadea y permanece serio y callado. Ella no entiende por qué y espera ansiosa una respuesta suya que parece no llegar nunca.

—¿Me has oído, calamidad? —La tendera le da un golpe en el brazo a su marido, pero este apenas reacciona.

—Tú no puedes saber jugar al ajedrez —dice por fin, y luego se da media vuelta y regresa a la tienda.

Las dos mujeres se quedan impertérritas y se miran sin saber qué decir.

—Este es tonto... —dice la tendera.

—No os preocupéis —le excusa Gadea—, el ajedrez es un juego antiguo. Se juega con un tablero de cuadros blancos y negros y cada jugador tiene dieciséis figuras; unas son peones, hay torres, caballos, un rey y una reina.

—¡Al ajedrez solo juegan los reyes y los nobles! —exclama el hombre desde el interior—. Ella es más pobre que nosotros, ¿no la ves?

—¿Un juego de reyes? ¿Qué pretendes, que te reciban en el castillo para jugar una partida?

—Vuestro marido tiene razón, es propio de los poderosos. Pero no nos está vetado al resto; aprendiendo sus reglas, cualquiera puede jugar. De hecho, hay mucha gente que apuesta.

—¡Que se vaya de una vez! —insiste el marido.

—Si te sirve de algo, ve para la plaza del Arrabal, que hoy hay mercado.

—¿Al mercado?

—Sí, es un mercado libre de impuestos y atrae a bastante gente. Nosotros no tenemos puesto, por eso mi marido tiene hoy esos humos. Fue una concesión de nuestro querido rey Enrique; al principio se celebraba los martes en una explanada situada frente al castillo que llamamos Campo del Rey, y hace poco cambió a la plaza del Arrabal; no sé por qué, la verdad.

—¿Y qué hago allí?

—Se vende de todo, también hay charlatanes, y yo he visto gente jugando a los dados. Ándate con ojo, que en Madrid hay mucho rufián suelto. —Gadea asiente y se da la vuelta—. ¡Espera! —Le da la manzana que tanto miraba y le guiña un ojo.

Gadea le devuelve una sincera sonrisa y prosigue su camino. «En el fondo esta tendera tiene razón, debo ser pragmática», se dice.

La plaza del Arrabal se encuentra repleta de gente. Es un espacio amplio, cercado por casas bajas, por lo que entra cuantiosa luz. En efecto, ahí parece venderse todo tipo de mercancías y artilugios, así que lo primero que hace es darse una vuelta para conocer el terreno. Mientras tanto, aprovecha para comerse la sabrosa manzana.

Los mercados son el alma de las ciudades. En el de Toledo siempre disfrutaba, pero en comparación con este ahora le parece pequeño, lo que demuestra que Madrid está prosperando.

Se ve abundante comida, puestos donde venden empanadillas variadas, piezas de caza, vestidos, calzado, muebles, herramientas, hasta animales vivos. Los vendedores que ofertan sus artículos gritan bien alto, buscando que cada voz supere a la anterior. Por lo que observa, hay sobre todo productos locales, y llegan campesinos que acuden a la villa para comprar o intercambiar alimentos y enseres de primera necesidad.

No queda ahí la cosa, pues hay juglares recitando versos con notable éxito entre el público, barberos arrancando muelas a buen precio y boticarios con ungüentos para remediar cualquier mal. Los anuncios son sonoros y las ofertas se gritan con rasmia. En medio de esta algarabía también hay disputas, malentendidos, burlas y hasta flirteos. A Gadea le llaman la atención dos hombres jóvenes que venden dibujos que hacen allí mismo.

La tendera estaba en lo cierto, en una de las esquinas de la plaza hay otro tipo de negocios: gentes que escriben el nombre de quien desee verlo plasmado en un papel; unos que juegan a tirar piedras a un cesto; otros, a lanzar unas anillas para introducirlas en un palo vertical anclado al suelo; un anciano que hace desaparecer en sus manos una moneda para luego hacerla aparecer en la oreja de alguno de los curiosos que le observan.

Un gallo canta como si fuera el alba y su dueño le atiza con un palo hasta que logra meterlo en una jaula, aunque para entonces ya ha alborotado a las gallinas. Hay numerosos artistas callejeros y mendigos en busca de caridad. Los predicadores alzan la voz subidos en donde pueden, y hay pregoneros que anuncian novedades. Todos ellos forman una tremenda algarabía, hay un sinfín de disputas, no se para de vender y comprar.

Pero no todo es alegre y bullicioso en el mercado. En uno de los accesos principales hay dos hombres encadenados que reciben insultos y burlas de la gente mientras les lanzan barro, basura o comida podrida. Está prohibido arrojarles piedras y objetos punzantes que puedan causarles la muerte, pero no por piedad, sino porque serán ahorcados allí mismo. Es la suerte que corren los delincuentes después de ser exhibidos. Estos dos son ladrones que merodean por los mercados y que han sido apresados.

Gadea descubre un espacio libre en una esquina, justo por donde menos transita la gente; es el único que queda a esas horas. A su lado hay una pared alta y desconchada, y al otro, un hombre mayor con una camisa blanca abierta por donde le brota una espesa mata de pelo canoso, del mismo color que su barba desaliñada y no muy pronunciada, y unas pobladas cejas que le cubren media frente y se le unen con el abundante cabello que aún conserva. Tiene unas cajitas de madera, varias están abiertas y en su interior hay espejos. Cuando Gadea se observa en uno de ellos, se sorprende al ver lo cambiada que está. Su reflejo se ha transformado desde la última vez que se vio en el que tenía su madre en su alcoba. Ahora Gadea es una mujer, la chiquilla se quedó en Toledo junto a sus recuerdos de infancia.

El vendedor la mira con amabilidad y asiente con la cabeza, ella se retira y se sienta en el espacio libre. Abre su zurrón y desenrolla el tapiz de tela con el tablero de ajedrez. Coge la cajita que también le dio el fraile y coloca las pequeñas figuras negras y blancas. Son hermosas, le encanta la textura y el brillo de la piedra en la que fueron talladas. Al tocarlas, percibe lo antiguas que son y las numerosas manos por las que han pasado antes.

El vendedor de espejos la mira sorprendido y no tarda en preguntar:

—¿Juegas al ajedrez?

—Así es.

—Qué curioso —afirma él con alegría—. Pues te deseo suerte, hoy hay buen público. Yo he vendido varios espejos, y me agrada que te hayas puesto a mi lado; me daba miedo que me tocara un músico o un vendedor de pescado, odio el olor del pescado. ¿Tú?

—Tampoco me gusta demasiado.

—Es horrible, deberían prohibir vender eso. Nunca te fíes de un pescadero.

—De acuerdo —asiente Gadea—. Tenéis unos espejos fantásticos y a buen precio.

—Gracias, ¿te interesa alguno?

—No podría pagarlo, aunque me encantan.

Gadea se acomoda frente al tablero y suspira, cuando ha intentado esto mismo en las ciudades anteriores ha obtenido exiguos resultados. Espera tener hoy mayor fortuna. Está claro que no será fácil lograr que alguien quiera jugar. Por el mercado pasa gente de todo tipo y condición, quién sabe.

Se ha colocado detrás de las negras para animar más a que alguien juegue contra ella.

Pasa el tiempo, la mañana se hace larga y, aunque algunos se asoman al tablero, nadie juega. El vendedor de espejos tiene más suerte, y en un par de ocasiones ha dedicado a Gadea palabras de ánimo.

Cuando el sol se encuentra en lo más alto, se detiene frente a ella una joven de una edad parecida a la suya. Es morena, de ojos brillantes, y viste como si fuera hija de un noble segundón o un buen comerciante. Su mirada es viva, eso le gusta a Gadea.

—¿Qué hay que hacer? —pregunta la joven.

—¿Sabéis jugar al ajedrez?

—Sí, me encanta. Estas figuras son extrañas.

—Es que son muy antiguas, pero te acostumbras pronto a jugar con ellas.

—Me enseñó mi padre en Salamanca, yo soy de allí y acabo de llegar a Madrid —dice con entusiasmo—. Me llamo Beatriz.

—Yo soy Gadea, también he llegado hace poco. Si queréis jugar, solo tenéis que sentaros, y en caso de que perdáis, tendréis que darme un maravedí.

—¿Y si gano? —Gadea no tiene respuesta y Beatriz espera impaciente—. ¿Qué obtengo yo si te venzo?

—Lo que queráis.

—No lo entiendo, ¿cómo que lo que quiera? —pregunta sorprendida.

—Sí, cualquier cosa.

—¿Cualquier cosa? ¡Vaya! Eso es mucho, ¿no crees?

Gadea se encoge de hombros. El vendedor de espejos las está escuchando y no puede evitar soltar una sonora carcajada antes de volver a sus asuntos.

Ella comienza desplazando su peón de rey dos casillas, a lo que Beatriz responde con el mismo movimiento. Luego saca el caballo del lado del rey y su rival copia el movimiento. Beatriz la mira confiada y entonces Gadea progresa con su alfil para colocarlo frente al caballo negro. La joven progresa el peón de la reina una posición.

Gadea mueve su otro caballo y Beatriz responde desplazando su alfil y ataca al primer caballo de su oponente. Ella entonces decide hacerlo avanzar, aun a costa de dejar desprotegida su reina, que aunque no es una figura clave, siempre conviene tenerla cerca del rey para que lo proteja.

Beatriz la mira y se percata de que Gadea parece despistada, como si no estuviera atendiendo a la partida, y eso la desilusiona. Niega con la cabeza y se come su reina. Acto seguido, Gadea mueve rápido su alfil para tomar el peón a la derecha del rey blanco. Beatriz duda, pero adelanta su rey para protegerlo, y entonces Gadea ataca con su otro caballo.

—Jaque mate.

Beatriz se queda en silencio, escruta el tablero, solo se han comido dos piezas poco relevantes, ella la reina y su oponente un simple peón. Sin embargo, esa muchacha tan peculiar la acaba de vencer. Ella ha jugado bastante al ajedrez en la Universidad de Salamanca, y nunca la habían derrotado de esa manera. Intenta todavía comprobar si se trata de algún tipo de trampa u error.

—¿Me dais el maravedí? —le reclama Gadea.

—Nadie gana una partida tan rápido, apenas habíamos empezado —dice Beatriz—. Es como si... ¿Dónde has aprendido a jugar así?

—En el norte.

—Qué secretismo... A mí el ajedrez siempre me ha parecido un juego misterioso. ¿Sabes que no se nombra en la Biblia? ¿Y que la palabra «ajedrez» no proviene del latín? Creo que tampoco del árabe... —La joven de Salamanca se queda pensativa.

—¿Eso qué más da? ¿A quién le importa de dónde procedan las palabras?

—¡A mí! —responde tajante Beatriz.

—¿Y por qué?

—Porque las palabras son mágicas.

Gadea no sale de su asombro, jamás ha oído nada parecido. Mira al vendedor de espejos y este también se ha quedado prendado con lo que ha oído.

Beatriz saca una bolsita de su vestido y le entrega la moneda. Justo entonces pasa por su lado un hombre haciendo sonar la campana y gritando que se cierra el mercado, que todos deben recoger sus puestos y no puede venderse más género. A Gadea le hierve la sangre cada vez que oye el tañer de una campana, no puede evitarlo. Ese sonido la hace retroceder a la peor noche de su vida, y así será el resto de sus días.

Enrolla el tablero y guarda las piezas en su cajita de madera. Está ansiosa por salir de allí y alejarse del maldito repique que no cesa por todo el mercado. Se incorpora ante la mirada de la joven salmantina y se despide con una media sonrisa. El vendedor de espejos levanta la mano y la mueve ante su partida y Gadea abandona la plaza del Arrabal de forma apresurada, pero contenta de su ganancia.

# 29

Beatriz acaba de llegar a Madrid desde Salamanca porque ha sido requerida por un amigo de su padre, ya que cierto personaje de la Corte busca una maestra de latín. No es habitual que alguien notable prefiera una fémina como preceptora, y tampoco lo es que una mujer, y menos aún tan joven como ella, sea una afamada latinista.

No ha sido fácil llegar hasta aquí. Su familia, aunque de origen noble, no es adinerada. Lo único que le han podido dar sus padres ha sido una esmerada educación en la Universidad de Salamanca, la más célebre del reino. Sin duda, la mejor herencia que podían otorgarle porque ella siempre ha profesado un profundo amor por las palabras. Sus progenitores cuentan que desde niña creó una relación singular con ellas. Beatriz adora conversar, lo considera un arte porque todo el mundo habla, pero muy pocos saben dialogar con otra persona. Le apasiona el mundo de las letras, aprender nuevas palabras, el origen de las que ya conoce o sus otros significados.

Cuando lee, en los libros escucha voces y siente como si tuviera cerca a la persona que los escribió. Cree que sucede cuando vive emociones intensas con una lectura, que provocan que el autor deje de ser un extraño para el lector.

Su fascinación por la lectura y los libros procede de los cuentos que su madre le contaba antes de ir a dormir usando sus propias palabras. Para Beatriz ese era el momento más feliz de la jornada. Tenía la sensación de que, pasara lo que pasase durante el día, le esperaba un refugio al caer el sol, donde encontraría fantasía, historias y palabras, muchas palabras. Así, Beatriz vivía cada noche una verdadera aventura donde aprendía palabras nuevas.

En la voz de su madre es donde aprendió a quererlas. Después llegaron los libros, que para Beatriz eran un fantástico misterio. Cuando era una cría y no sabía leer, contemplaba cómo sus padres eran capaces de descifrarlos, mientras que ella aún solo veía una especie de hormiguero dispuesto en largas hileras sobre la página en blanco. Y se preguntaba cómo era posible obtener de ellas las historias, los relatos y las maravillas que le narraban.

Era magia.

Tenía once o doce años cuando, de labios de un trovador, escuchó unas historias sobre la lejana y antigua Grecia. Como la de Eneas y Dido, esa reina de Cartago que nada pudo hacer cuando Cupido fue enviado por la diosa Venus para provocar que se enamorara del héroe troyano Eneas. La historia que oyó Beatriz concluyó ahí, el trovador tuvo que marcharse y no llegó al final.

Sin embargo, aunque breve, dejó tan profunda huella en ella que desde entonces siente fascinación por las historias de la Antigüedad.

Beatriz creció, aprendió a leer y entonces se abrió un infinito mundo para ella. Nunca despreció las historias que contaba la gente alrededor de una mesa o de una hoguera, pero la lectura se fue abriendo camino en su vida. Tanto que Beatriz se empecinó en aprender latín para leer uno de los libros más preciados por ella. Así pudo acceder a la *Eneida* y descubrir finalmente que el destino de su amado Eneas estaba marcado, que el héroe griego debía seguir hacia el Lacio y, al verlo partir, Dido ordenó levantar una gigantesca pira, donde hizo disponer la espada de Eneas, ropas suyas que habían quedado en palacio y el tronco del árbol que custodiaba la entrada de la cueva donde se amaron por primera vez. Al amanecer subió a la pira, se hundió en el pecho la espada de Eneas y su cuerpo ardió.

El final del relato le llegó tan hondo a Beatriz como dicha espada, así que decidió estudiar con todo el ahínco del mundo esa maravillosa lengua en la que se hallan escritas o traducidas esas antiguas historias. Así aprendió que los hilos de nuestra imaginación penden de sueños ancestrales y que necesitamos conocerlos para comprendernos a nosotros mismos.

Sin embargo, no es sencillo para una mujer estudiar latín, lo que provocó que sus padres le buscaran un retiro conventual donde pudiera desarrollar sus deseos. Pero la fe de Beatriz es como el techo de una casa vieja, llena de goteras que no tienen solución. Ella no profesaba la fe suficiente para tomar los votos, lo cual disgustó terriblemente a sus progenitores, pues no sabían qué hacer con una hija que solo pensaba en leer y que además estaba obsesionada con el latín.

Gracias a un amigo que era profesor en la Universidad de Salamanca, lograron que asistiera a clases como oyente; lo que no se esperaban es que despuntara de tal modo que acabó convirtiéndose en la mejor alumna y en una latinista excepcional.

Buscaron dónde situarla para que pudiera demostrar su enorme valía y eso les condujo al mismo laberinto sin salida, porque la única manera de que una mujer pueda hacer carrera en las letras, o en cualquier otro ámbito, es dentro de un convento.

Y Beatriz tenía tan claro que su vida era el latín como que no quería tomar los hábitos.

La situación se tornó dramática, tanto que Beatriz estuvo a punto de claudicar e ingresar en un convento, muy a su pesar.

Pero la fortuna quiso que hace un mes llegara a oídos de uno de sus profesores que una familia noble de Madrid buscaba a una preceptora de latín y, por supuesto, creyó que no había nadie mejor que Beatriz para ese puesto.

Hoy ha llegado el día señalado, debe reunirse con la familia que la ha solicitado. El lugar al que ha de acudir es la parroquia de San Ginés, que se ubica en la calle del Arenal, la cual separa dos de los arrabales más antiguos de la villa, el de San Ginés al sur, al abrigo de la iglesia, y el de San Martín, que se extiende hacia el norte bajo el dominio de la abadía benedictina de San Martín. Se trata de una calle donde se unen varias escorrentías que la hacen poco cómoda de transitar.

Cuando da su nombre al religioso de la entrada, este le indica que vaya a la capilla mayor, que parece construida recientemente, no como el resto del templo.

Allí la espera un hombre de escasa estatura, vestido de forma impecable. Le recuerda a los profesores de la universidad, tan pulcros y aseados. Tiene ese mismo semblante que solo dan los años y el estudio. Él la invita a caminar por la nave con unos exquisitos modales.

—Soy Gonzalo Chacón y vos sois...

—Beatriz Galindo.

—La estudiante de Salamanca.

Ella asiente.

—Sois realmente joven —se sorprende Chacón.

—Pensaba que vos ya lo sabíais.

—En efecto, aun así llama la atención. Me han asegurado que poseéis un extraordinario talento para el latín, la gramática y las letras en general. Cosa que, al veros, he de confesar que cuesta creer.

—Que no os traicione mi juventud ni mi apariencia, ni tampoco el hecho de que sea una mujer. Al contrario, valorad que a pesar de que son un problema en este mundo injusto en el que vivimos, he sabido llegar hasta aquí.

—Las referencias que os avalan son sólidas —asiente Gonzalo Chacón—. No obstante, para el puesto que os he hecho llamar no solo es necesario tener talento, también son imprescindibles otras cualidades tanto o incluso más difíciles de poseer.

—¿Como cuáles?

—Lealtad, templanza y valentía.

—¿Habéis dicho valentía? —pregunta sorprendida.

—Vivimos tiempos para los valientes, os lo aseguro —atestigua Gonzalo Chacón con desazón en la voz.

—Sé que puedo parecer liviana por mi peso y mi estatura, pero eso se debe a que los hombres sobrevaloran la fuerza. —Se alza sobre las puntas de los dedos de sus pequeños pies—. En las mayores tragedias que se han producido en la historia, han sido las personas más cultivadas las que han sobrevivido, no las más fuertes.

—Buena respuesta. —Gonzalo Chacón se rasca la barbilla—. Pero hasta las mejores mentes necesitan armas para defenderse.

—Y las palabras son un arma poderosa. La lectura crea experiencias internas que contribuyen a superar las situaciones más adversas.

—Tenéis respuestas para todo.

—Ojalá las tuviera, yo también me hago muchas preguntas. Y debéis tener en cuenta que la excelencia o la inferioridad de las personas no reside en su cuerpo, sino en la perfección de sus costumbres y sus virtudes.

—De lo que no cabe duda es de que sois obstinada, eso le gustará a vuestra futura alumna. Ahora contadme la verdad, Beatriz, ¿cómo ha podido una mujer estudiar en Salamanca?

—Os seré franca, no fue fácil —responde ella—. Conté con el apoyo incondicional de mis padres y con el de un gentil profesor de la universidad.

—Aun así... ¡sois una mujer y muy joven!

—Ni yo misma lo creía posible, por eso cuando me abrieron las puertas de la biblioteca de la universidad y pude acariciar un manuscrito de los grandes sabios de la historia, me di cuenta no solo de lo maravilloso que era, sino del privilegio que suponía, y de que tendría que luchar lo indecible para ser digna de ello.

—Locuaces palabras —asiente Chacón.

—Y mientras leía aquellos pergaminos antiguos, me percaté también de algo terrible.

—¿Habéis dicho terrible? —pregunta contrariado—, ¿por qué motivo?

—Esos textos no fueron escritos para gente como yo, sino para privilegiados, para oligarcas romanos, para las élites de la sociedad de la época. Y mucho menos para mujeres, solo para hombres.

—Estáis en lo cierto, Beatriz. —Se lleva ambas manos a la espalda—. La cultura es un arma poderosa y el poder siempre quiere controlarla.

—Los hombres habláis de combates, de guerras, de conquistas... pero qué mayor logro que alguien como yo, una mujer que no proviene de la nobleza más poderosa, ni de la alta Iglesia, ni de una familia de ricos comerciantes, pueda entrar en esa biblioteca y leer un texto con mil años de antigüedad.

Gonzalo Chacón asiente complacido.

—Por eso os pido que no me subestiméis nunca —le advierte Beatriz.

—No lo haré, tenedlo bien seguro.

—Y ahora decidme quién va a ser mi alumna.

—Es todavía pronto para eso —responde con amabilidad—. Por ahora os hemos dispuesto casa propia aquí al lado, en esta misma calle. Tenéis acceso a la biblioteca de esta iglesia, para vuestros estudios. Encontraréis textos que os entusiasmarán.

—Gracias, me será de enorme utilidad.

—Centraos en leer los libros de esta lista —le entrega una hoja llena de títulos—, yo también soy hombre de letras.

Beatriz toma el papel y examina los títulos.

—Es un listado completo —levanta la vista—, son libros muy relevantes.

Entonces él se la queda mirando con semblante de preocupación.

—¿Ocurre algo? —inquiere Beatriz.

—Debéis guardarlo en secreto, vivimos tiempos convulsos. La indiscreción suele pagarse demasiado cara en este reino.

—De acuerdo, ¿algo más?

—Tenemos muchas esperanzas puestas en vos.

—¿Tenemos?

—No seáis impaciente, todo a su debido tiempo.

Se despiden y Beatriz se queda confusa con tanto secretismo. ¿Quién puede ser tan ilustre para tomar la precaución de que no se sepa que ella será su preceptora de latín? Además, la guerra ha terminado, el reino está en paz, ¿qué quiere decir eso de que vivimos tiempos convulsos?

# 30

Gadea no quiere dormir en una posada, sabe que no es el lugar adecuado para una mujer sola. Pregunta en varias iglesias y en una de ellas un sacerdote le recomienda ir extramuros, a una casona cuya dueña es una viuda llamada Fuencisla, que frecuenta la parroquia y tiene entendido que en ocasiones alquila una habitación.

Sale por la Puerta de Toledo y busca el edificio. Tiene la indicación del cura de que por la fachada crece una parra que asoma por la ventana de la planta baja y trepa hasta alcanzar casi el tejado, y que da unas uvas muy dulces que todos intentan coger, para desesperación de su dueña.

En efecto, Gadea encuentra una casona cubierta por una parra. Lo que no le ha dicho el religioso es que el alero amenaza con venirse abajo, que la fachada ha perdido el revoco y que las carpinterías de los vanos están comidas por el sol, el mismo que ya se oculta en la villa.

Golpea la puerta con los nudillos hasta en tres ocasiones.

Esta se abre y al otro lado aparece una anciana con un candil en la mano, vestida de negro y con unos ojos inquietantes.

—¿Quién eres tú? ¿Y se puede saber qué haces llamando a mi casa a estas horas?

—Soy Gadea, ¿vos sois Fuencisla?

—Sí, lo soy —responde de forma brusca.

—Me han dicho en la iglesia que en esta casa se alquilan habitaciones.

La mujer la mira impertérrita y permanece callada el tiempo suficiente para que a Gadea se le hiele la sangre.

—Pues te han dicho mal, ¡márchate!

—Señora, no habría venido a estas horas si no lo necesitara de verdad —insiste—, os ruego que me dejéis entrar. Tengo para pagaros —y le enseña el maravedí.

La mujer vuelve a observarla en silencio, con esa mirada oscura y penetrante.

—Esta es una casa decente, ¿de dónde has salido?

—Soy huérfana y he venido a Madrid a buscarme la vida.

—Pues peor me lo pones, ¿de qué vas a vivir tú? ¿No serás una...?

—Soy casta y decente, eso os lo juro —responde rápida y firme Gadea, para no dar pie a equívocos desagradables.

—Con esos ojos que tienes... no me fío de ti. ¿Qué te ha pasado en la cara? ¿Por qué tienes esas marcas?

—De un par de caídas, de pequeña era muy torpe. Mis ojos son grandes, solo eso.

—¡Que no! Que me das mal fario, muchacha.

—¿Qué puedo hacer para que os fieis de mí? ¡Decídmelo y lo haré!

—El padrenuestro, recítamelo.

—¿Cómo decís? —pregunta incrédula.

—Hay mucho cristiano que dice serlo pero no lo es. ¡Madrid está lleno de conversos, moros y judíos!

—Yo soy cristiana, estoy bautizada.

—¡Pues demuéstramelo!

Gadea se acuerda de su madre y por fin llega el día en que le agradece su insistencia en ir a misa, en aprender los salmos y en ser buena cristiana. A su madre de poco le sirvió, quizá ella tenga más suerte. Comienza a recitar el padrenuestro de manera limpia y clara, sin dudar, como le enseñó su madre.

—Eso está mejor —asiente complacida Fuencisla—. Te impondré unos horarios que cumplirás a rajatabla.

Gadea asiente.

—Cuando salgas, jamás deberás ir sola con un hombre, ¿entendido? ¡Jamás! Y aquí, por supuesto, el único varón que pone un pie dentro es el señor cura.

—Por supuesto.

—Y te quiero ver en la misa de la parroquia de San Pedro todos los martes, jueves y domingos. ¿Algún problema?

—Ninguno, estoy deseando acudir. —Gadea miente lo mejor que sabe.

—Pues hala, sígueme —y abre del todo la puerta para que entre.

La casa es austera, fría y húmeda, como una madriguera. Es evidente que ha vivido tiempos mejores, aunque lejanos. La mujer la guía por un largo pasillo hasta llegar a una puerta lisa. Saca una llave alargada del bolsillo de su mandil y la hace girar dentro de la cerradura. El resbalón cruje como si fuera el de una celda. Al abrir la puerta sale un hedor desagradable. La dueña de la casa se santigua, se hace a un lado y con una señal la invita a entrar.

Gadea no comprende semejante proceder.

La alcoba es más amplia de lo que se esperaba, hay una cama y sobre ella un crucifijo. Tiene un ventanal lo bastante grande para asomarse y ver la calle, con una reja de hierro. También hay una mesa, una silla y un armario, incluso una estantería vacía.

—Es perfecto —comenta, y se gira hacia Fuencisla, que se da la vuelta, cierra la puerta y echa el cerrojo.

—¡Señora! No podéis encerrarme aquí.

—Silencio o te echo ahora mismo —la advierte desde el otro lado—. No se puede salir de ocho de la noche a seis de la mañana, y ceno a las siete. Ya son las nueve y cuarto, hora de dormir.

—Pero... ¿y si tengo que orinar o hacer aguas mayores?

—Hay un orinal y un cubo con agua bajo la cama. Sabes usarlo, ¿no? Pues hala, hasta mañana. Desayuno a las seis y media, si te quedas durmiendo no almuerzas. Tú verás.

Gadea se queda con el rostro desencajado, con hambre y con pocas, por no decir ninguna, ganas de dormir.

«Hay que ver la parte buena», se dice a sí misma.

Ya tiene techo y cama, ha ganado un poco de dinero y aquí nadie sabe que su familia era conversa.

La parte mala es que no puede conciliar el sueño, es una insomne perenne; aunque ha pasado tiempo, tiene miedo de despertarse de nuevo con el repicar de las campanas como aquel aciago día en Toledo que le destrozó la vida. Por la noche piensa mucho en su madre, ve su cara, aunque en ocasiones siente que se difumina su contorno. Teme que llegue el día en que no recuerde cómo era su rostro, ni tampoco el de su padre o sus hermanos, ni el de su abuelo.

Eso la aterra.

Si ella los olvida, entonces sí que morirán para siempre. Tiene la obligación de recordarlos.

Extiende el tablero que le entregó el fraile sobre la cama y coloca las figuras, con la luz de la luna que entra por el ventanal puede jugar varias horas.

# 31

Un fogonazo de luz golpea el rostro de Gadea, que se revuelve entre las sábanas. Escucha abrirse la puerta y unos sonidos metálicos. Intenta huir de ellos y permanecer en sus sueños. Sin embargo, algo tira de ella y la despierta. Abre los párpados legañosos y solo ve formas difuminadas.

—Es hora de levantarse —pronuncia una voz que no distingue si es real o forma parte de sus ensoñaciones.

La voz insiste y entonces reconoce en ella a Fuencisla.

«¿Ya? A fuerza tiene que ser temprano», se dice.

—Primero, lávate bien. —Fuencisla deja una palangana con agua y una esponja sobre una sillita, en la otra mano trae unas ropas limpias—. Te espero abajo, frente al hogar, no tardes. Ah, y cuando orines, guarda un poco y te lavas los dientes.

Por mucho que fuera una práctica habitual, Gadea ve asqueroso el uso de la propia orina para evitar el mal aliento y la picadura de los dientes.

A ella, desde pequeña, le gustaba en exceso el agua, su madre renegaba a menudo por ello. Le repetía mil veces que era perjudicial para la salud, y que los baños son contrarios a la moral y a las buenas costumbres. Sumergir el cuerpo en agua lo debilita y lo expone a peligros exteriores por falta de fuerza vital. Su padre llevaba más de cinco años sin darse un baño y tenía una salud de hierro. Pero Gadea en cambio, cuando nadie la veía, bajaba hasta la orilla del río Tajo y se sumergía hasta la cintura, a veces incluso más. Metía la cabeza bajo el agua y abría los ojos. Le encantaba el silencio plácido que se percibía, la vista nublada y la sensación de que el cuerpo era más liviano.

Se deshace de sus ropas, malolientes y carcomidas, se frota la piel con ahínco, como queriendo que desaparezca. El agua fría le sienta bien, tal es así que sumerge la cabeza por completo en la palangana. Permanece debajo del agua hasta que no le queda aire y la saca en busca de una bocanada. Respira con dificultad, pero se encuentra bien. Se frota el pelo para quitar la mugre que tiene pegada a él.

La ropa que le ha traído Fuencisla es demasiado holgada. El vestido vivió tiempos mejores, con mangas largas y un escote alto; la camisa de lino no le queda mal, y las calzas, aunque usadas, parecen tener poco desgaste. Le ha dejado una banda limpia para sujetarse los pechos. También hay unos botines con cordones, sin duda más adecuados para una mujer que sus botas altas, y más en una villa. No obstante, sus botas son las que la han traído hasta aquí y no quiere renunciar a ellas.

Al bajar es una persona nueva; aunque viste con ropas humildes, tiene un aspecto aseado y su rostro irradia juventud. Gadea no es especialmente bella, pero tampoco anodina. Nadie se volvería loco de lujuria ni por su rostro ni por su cuerpo, y sin embargo... aunque ella aún no es consciente de ello, posee cierto atractivo. Indescifrable e indescriptible para muchos, y que ella irradia de forma natural. Sus ojos son realmente grandes, pero, lejos de afearla, cada vez son más sugerentes.

Lleva bajo el brazo su cajita de madera y el tablero enrollado. Fuencisla está cocinando cuando ella entra.

—Vaya, esto es otra cosa. ¿Cuánto hacía que no te lavabas? Si hasta pareces de buena familia, ¿y los zapatos?

—Me venían pequeños y me rozaban —miente—. Una lástima, pero os lo agradezco.

—¿Seguro? No me engañes. —La señala con un dedo acusador—. Me huelo que atraes los problemas.

—Pero... ¿por qué decís eso, señora?

Gadea no entiende el temperamento de su anfitriona, que tan pronto tiene arrebatos generosos, como el de adecentar su aspecto, como se torna una arpía y la trata como a una pordiosera.

—Porque lo sé —responde tajante Fuencisla.

—No soy ninguna pecadora.

—Muchacha, ya deberías saber que solo los ricos cometen pecados. Los pobres, delitos, de-li-tos. Una joven sola por el mundo como tú atrae los problemas como la mierda a las moscas, ¡y seguro que son gordos!

—Estáis exagerando, ¿no os parece?

—¡Cómo! ¿Qué pensarán los hombres de ti si descubren que estás soltera? Nada bueno, eso te lo digo yo. ¡Así que espabila!

Le señala un cuenco con caldo y un churrusco de pan que hay sobre la mesa. Gadea se sienta y come, está hambrienta.

—¿Qué escondes en esa caja?

—Son las figuras de ajedrez.

—¿Piensas ganarte la vida con eso?

Gadea se encoge de hombros.

—Huelga decir que si no me pagas, te largas de aquí —le advierte.

—Os pagaré, os lo juro.

—Con demasiada facilidad juras tú...

Gadea se llena la tripa todo lo que puede y sale de la casa, ante la vigilante y siempre desconfiada mirada de Fuencisla.

Hoy no hay mercado, así que piensa en qué otro lugar puede conseguir algo de dinero. Quizá en alguna taberna halle quien juegue contra ella. Sabe lo peligroso e indecoroso que es para una mujer poner un pie en ellas, pero de peores circunstancias ha salido airosa.

Se arma de valor y comienza a visitar los establecimientos de la villa.

Es una ardua labor porque hay más fondas, posadas, tabernas y garitos similares de lo que cabría imaginar. Sin embargo, los resultados son infructuosos. O no la dejan entrar, o se burlan de ella, o la quieren para otros menesteres poco castos, o cosas incluso peores.

En casa de Fuencisla la convivencia no es fácil. La viuda lleva a rajatabla el abstenerse de comer carne los viernes y la mayoría de los sábados del año, en Cuaresma, al comienzo de las cuatro estaciones, en Adviento y durante las vigilias de las fiestas solemnes. Y nunca cocina ave porque dice que despierta los instintos lascivos.

Gadea lo sobrelleva y no desfallece en su búsqueda de sustento, y sigue insistiendo durante el resto de la semana. Con iguales o peores resultados, si eso es posible. Fuencisla tenía razón, la toman por lo que no es. En la última taberna a duras penas ha logrado zafarse de un maloliente zurcidor que la acosó con descaro. Tal es así que cuando escapó de la taberna, este la siguió y llegó a cogerla del brazo para impedir que huyera. Gadea ya se había visto en una de estas antes, así que le soltó una patada en la entrepierna y le dejó hundido en su dolor. Desde entonces prefiere no frecuentar esos lugares, necesita encontrar jugadores de las clases altas y pudientes.

Así pasan los días y no tiene con qué pagar a Fuencisla. La viuda comienza a ponerse impertinente y le da un ultimátum: o le abona la habitación o la echa a palos de la casa.

Llega el martes, día de mercado. Visto lo visto, Gadea piensa que esa es su mejor oportunidad. Regresa a la plaza del Arrabal, aunque esta vez lo hace bien temprano y busca un sitio con más posibilidades de ganar dinero. Lo encuentra en el centro de uno de los lados de la plaza, entre un vendedor de vinos de Ávila y otro que ofrece miel de La Alcarria. Ambos la observan con recelo, sobre todo el mielero. El otro le hace varias preguntas, sorprendido por su presencia. Pero ninguno es impertinente ni descortés.

Está claro que ese lugar es más provechoso que el de la otra vez, y enseguida se detiene frente a ella un posible jugador.

—Una partida de ajedrez en un mercado... jamás lo había visto. El ajedrez es un juego de reyes, he oído que algunos ricos comerciantes intentan parecer de la nobleza pintando en su cámara nupcial un tablero de ajedrez. Pero ¿a dónde estamos llegando si lo juegan en las calles en vez de en los castillos?

—Jugad conmigo y lo descubriréis.

—Y contra una mujer, ¡válgame Dios! —responde el hombre, que porta un libro bajo el brazo.

Tiene pinta de jurista o incluso de religioso, por lo austero de sus ropas. Aunque no muestra signos identificativos de ninguna orden.

—¿Queréis jugar o no? Si ganáis, os lleváis el doble de lo que habéis apostado.

—No quiero aprovecharme de ti. —Se la queda mirando—. Nunca había visto unos ojos como los tuyos —y se ríe levemente.

—Son para veros mejor.

—No lo dudo... —suelta una carcajada.

—¿Queréis jugar? —insiste Gadea—, ¿o tenéis miedo de que os gane una mujer?

—Vaya —ahora la risa es más fingida—, así que esas tenemos. Muy bien, ¿cuánto debo apostar? ¿Dos maravedís?

—Mejor tres.

—Muy segura estás de ganarme, ¿no crees?

—Solo hay una forma de comprobarlo.

—Y encima me desafías —dice riéndose de nuevo—. Eso me gusta, pero no voy a tener piedad porque seas una mujer.

Gadea no se deja intimidar por esas palabras.

—Me llamo Isidro. —Mueve el peón negro de alfil derecho.

—Yo soy Gadea. —Saca dos escaques el peón de rey.

Así comienzan a mover figuras, y ella enseguida se da cuenta de que no es tan buen jugador como argumenta. Ni siquiera lucha por hacerse con el control del centro del tablero. Más bien solo saca piezas hacia delante, sin orden ni concierto, un sinsentido que Gadea va solucionando hasta que Isidro se encuentra sin torres, sin caballos y sin un alfil. Impertérrito ante el desastre, decide tumbar su rey.

—Inaudito... —La mira perplejo—. Esto es una humillación.

—¿Mis maravedís? —pronuncia Gadea con cierta dulzura en la voz.

—Me está bien empleado. —Se los entrega sin rechistar—. Juguemos de nuevo, pero esta vez quiero salir con blancas y no me voy a distraer, te he dado demasiada ventaja.

Gadea asiente como si le diera igual.

La segunda partida es aún más breve y avasalladora que la primera. Isidro empieza muy ofensivo, pero de pronto comete un extraño error: toma su reina y la mueve por el tablero como si fuera una torre.

—¿Qué estáis haciendo? —inquiere de inmediato Gadea.

—Disculpa, pensé que quizá tú...

—¿Quizá yo qué?

—Nada, olvídalo —y hace retroceder la reina.

Gadea se le queda mirando, no entiende la razón por la que ha hecho eso, no venía a cuento.

La partida finaliza de la única manera posible, con Gadea victoriosa. Isidro se queda mudo después de volver a pagar su penitencia. Para entonces se ha formado alrededor un corro de curiosos que les han observado jugar y comentan el resultado.

—¿Cómo has dicho que te llamabas? —pregunta Isidro, confuso.

—Gadea.

—¿Y tu apellido?

Teme revelar su pasado converso si menciona su verdadero apellido, así que miente:

—Peralta, Gadea Peralta, vengo de tierras de León, cerca de Galicia.

Al menos cita una tierra que conoce.

—¡Isidro! —Un hombre de una edad parecida al aludido le sorprende por la espalda—. Pero ¿cómo te has dejado ganar por esta mujer? ¿En qué estabas pensando? ¿Te ha nublado la mente con esos ojos que no le caben en la cara?

—Prueba tú si crees que es tan fácil ganarla...

—Anda, quita, déjame a mí. A ver, ¿cuánto hay que pagar?

—Cuatro maravedís; si ganáis, recuperaréis el doble.

Isidro le lanza una mirada de reprobación a Gadea cuando oye la cifra, pero no dice nada.

—Pues vamos allá, salgo con blancas.

—Si salís es más caro, cinco maravedís.

—¡Vaya con la joven! Bueno, pues que sean cinco maravedís —y comienzan a jugar.

El nuevo contrincante es algo más hábil, al menos se defiende mejor y protege al rey con un enroque y un caballo bien posicionado. Gadea tiene que ingeniárselas para prepararle una treta que le despeje el camino hasta él. Cuando lo logra, el jaque mate es rápido.

Los murmullos a su alrededor se hacen más audibles, el corro que se ha creado comienza a ser numeroso y levanta las quejas de los vendedores de vino y miel. La cara del perdedor es un derroche de lamentos que aún llama más la atención del público.

—Vaya fierecilla a la que le has echado el ojo —le susurra el amigo a Isidro.

—¿La revancha? —pregunta Gadea.

—No, gracias. —El hombre levanta las manos—. Ya vale para empezar el día.

Las caras de los que la rodean son de sorpresa y también de suspicacia.

—Ya te he dicho que era buena —comenta Isidro—. Increíblemente buena —recalca.

—¿Acaso eso es malo? —Gadea se les queda mirando.

—No, todo lo contrario. —Isidro se queda pensativo—. Quizá...

—¿Quizá qué?

—Pues... —Isidro suspira—. Creo que nos volveremos a ver pronto.

Los dos amigos se marchan cabizbajos y consolándose en la derrota. Isidro mira atrás buscándola y la observa unos instantes antes de alejarse.

Gadea espolea al público y hace de reclamo como los otros vendedores del mercado.

—¿Alguien más quiere jugar? —se afana en gritar.

Para su extrañeza, nadie acepta el reto, parecen asustados. Gadea los anima, sin embargo el corro formado a su alrededor se va deshaciendo y nadie quiere probar suerte contra ella.

No comprende qué sucede, por qué ahora todos la ignoran.

—Te has pasado de lista —le dice el vendedor de vino.

—¿Por qué decís eso?

—Yo no entiendo de ese juego, pero, por lo que he visto y comentaba la gente, eres muy buena.

—Lo que no comprendo es por qué ya no quieren jugar contra mí.

—Lógico, los has espantado. La gente no es tonta, si ven que van a perder no se arriesgan y se van a otro lado. —Se interrumpe para vender una garrafa de mosto a unos ancianos—. Tendrías que haber sido más cauta, haberles ganado más despacio, incluso haberte dejado vencer alguna vez.

—Dejarme... ¿por qué?

—Así creerán que pueden ganarte, nadie juega si de antemano sabe que va a perder. Ya veo que no tienes mucha práctica en esto...

—No, pero entiendo lo que decís. Con el próximo seré más condescendiente y cuidadosa.

—Como se haya corrido la voz, la llevas clara... Igual tienes suerte, aunque en el mercado todo se sabe rápido. Si uno tiene mal género, si agua el vino o si usa un peso trucado, le pillan rápido y ya está sentenciado, eso no hay quien lo levante.

Gadea piensa que exagera y espera paciente que aparezcan más contrincantes. El mercado está a rebosar, pasa gente de todo tipo y condición; algunos la señalan, otros murmuran, pero ninguno se para.

—Te lo dije —murmura el del vino.

Al final debe admitir que tenía razón. El día empezó de maravilla, sin embargo está terminando de manera lamentable. Es hora de recoger, al menos tiene para pagar los retrasos a Fuencisla. Guarda las figuras, dobla el tablero, se despide de sus compañeros y se encamina hacia la salida del mercado.

—Buenos días, ¿ya te marchas? —dice una voz a su espalda.

Al volverse, se encuentra con el rostro de la joven que conoció el primer día en el mercado.

—¿Te acuerdas de mí? —le insiste.

—Sí, claro, eres Beatriz. —Se la queda mirando—. ¿Quieres volver a jugar?

—Me encantaría, pero no puedo gastarme más dinero y seguro que me ganarías. Ya he oído por ahí que hay una jugadora de ajedrez en el mercado que desplumа a quien se acerca...

Gadea tuerce el gesto.

—Y me he imaginado que tenías que ser tú. ¿Qué tal ha ido la mañana?

—Podía haber sido mejor. —Se encoge de hombros.

—Es persa.

—¿Qué es persa?

—Tu palabra —contesta Beatriz—, lo he investigado. En persa, *sha* quiere decir «rey» y *sha mat,* «rey matado». O sea, jaque mate. Los persas llamaban al ajedrez *shatranj* y los árabes le añadieron delante *ash-*, *ashshatranj*, y nosotros lo transformamos en «ajedrez» —dice con una amplia sonrisa dibujada en su rostro.

—¿Cómo has podido descubrir todo eso?

—Las palabras tienen su origen, su historia, se llama «etimología» —explica Beatriz como una buena maestra—. Has terminado ya, ¿verdad? Voy al río, ¿quieres... acompañarme? Tengo comida de sobra —y señala la bolsa que cuelga de su hombro.

Gadea duda, pero puede oír la respuesta de sus tripas. Además, Beatriz parece inofensiva y ella tampoco tiene más que hacer, así que acepta el paseo hasta la ribera.

# 32

Inician una suave bajada por un sendero amplio que termina en la orilla, donde crecen olmos y chopos, y se oyen abundantes pájaros que revolotean entre sus frondosas ramas.

El río Guadarrama es humilde comparado con el Tajo de su Toledo natal, o con el Duero que cruzó camino de Galicia. El cauce se halla algo lejos de la villa, su vegetación es abundante y las aguas discurren claras y cristalinas. Desde allí se puede ver Madrid encaramado en lo alto, como un centinela de piedra que otea el horizonte.

—¿A qué te dedicas? —inquiere Gadea.

—Voy a ser preceptora de latín y gramática, acabo de llegar a Madrid como tú. Estudiaba en Salamanca y me ofrecieron trabajo aquí. Era la única manera de que mis padres no me obligaran a tomar los hábitos.

—¿De monja? No me imagino con un hábito, las admiro pero...

—Yo tampoco, pero las mujeres solo disponemos de dos formas de ganarnos la vida con el buen uso de nuestra cabeza. Y la más común es ingresando en un convento, numerosas mujeres notables lo han hecho.

—¿Y cuál es la otra? —pregunta Gadea, algo temerosa.

—Trabajar en la Corte.

—¿Estás en la Corte?

—Aún no, pero lo estaré —contesta Beatriz, decidida—. Madrid es el primer paso, esta villa ha recibido del rey Enrique los títulos de Muy Noble y Muy Leal como recompensa por su fidelidad durante las luchas por el trono contra su medio hermano el infante don Alfonso.

—¿Cómo sabes eso?

—Me informé bien antes de tomar la decisión de venir. Si logro fama de buena maestra podría ser requerida para enseñar latín a alguna joven de alta cuna en Segovia o Sevilla.

—¿Tan importante es el latín?

—El latín es la lengua más perfecta que existe; todo el saber del mundo está a tu alcance si lo dominas, y no solo por las obras latinas, los textos griegos y árabes más relevantes están traducidos al latín. No hay nada más maravilloso que leer a los grandes pensadores, Platón, Aristóteles y, sobre todo, Séneca.

—No sé quién es Séneca.

—¡Cómo es posible! —exclama Beatriz llevándose las manos a la cabeza—. Para mí es el mayor sabio de todos los tiempos.

—¿Es castellano?

—Nació en Córdoba, cuando esta pertenecía al Imperio romano y era la capital de una provincia, la Bética. Séneca vivió allí hace más de mil años y ahora podemos leer sus obras en el idioma en que los escribió, el latín. ¡Es increíble!

—Mil años... —Gadea intenta imaginarse algo tan lejano—. ¿Cómo puede durar algo tanto tiempo?

—Gracias a los libros, sin ellos estaríamos repitiendo una y otra vez el pasado. Volviendo a inventar y a descubrir lo mismo. —Beatriz cabecea—. Cuando no existían los libros, todo dependía de la memoria, y la memoria es frágil.

—Eso es verdad —asiente Gadea pensando en el recuerdo cada vez más difuminado de su madre.

—La gente utiliza las palabras creyendo que solo poseen un significado, que son meras herramientas para comunicarnos.

—¿Y no es así? —inquiere Gadea moviendo las manos en círculos.

—En ocasiones no, a veces las palabras encierran metáforas y etimologías. A mí me fascina averiguar la razón por la que llamamos de una determinada manera a una realidad y la imagen que existe detrás de esa palabra, y también cómo se ha forjado a lo largo de la historia. Porque así descubro que las palabras pueden ser poderosas.

—¿Por ejemplo?

—Hummm, la palabra «desastre».

—¿Qué ocurre con ella?

—Proviene del griego; del prefijo peyorativo *dis-* y del término *aster*, que significa «estrella», dando lugar a «mala estrella».

—Qué curioso, pero ¿por qué para los griegos «mala estrella» equivalía a «desastre»?

—Eso es lo mejor de todo, los griegos antiguos estaban fascinados con el cielo y la astronomía, y creían firmemente en la influencia de los astros en los acontecimientos de la vida terrestre. Usaban esta palabra para quejarse de las inclemencias del tiempo o de las posiciones desfavorables de los planetas y cómo estas repercutían en su vida cotidiana.

Gadea sonríe.

—¿Qué sucede?

—Nada... —Baja la mirada, acomplejada por los amplios conocimientos de su nueva amiga.

—Cada palabra tuvo un origen, el día que un hombre o una mujer decidió referirse a una realidad con una palabra que la definía. Yo me pregunto: ¿por qué esa elección? ¿Quién inventó la palabra «ojos» para referirse a ellos?

—Los míos son horribles.

—Yo los veo hermosos.

—Son demasiado grandes.

—Dicen que los ojos son las ventanas del alma; cuanto más grandes, mejor, ¿no? ¿No te parece peculiar la palabra «ojo»?

Cuando la escribes, se compone realmente de dos ojos, alrededor de una letra que parece una nariz —y la escribe con un palo en la tierra.

—Vaya, es cierto. —Gadea sonríe—. Qué gracioso, tiene todo el sentido.

—No creas, ya te he dicho que las imágenes nos pueden manipular. La palabra «ojo» no derivó del hecho de que se asemeje a los ojos y la nariz, sino del latín *oculus*, y, como en otras palabras, la terminación *-culus* derivó en *-jo*. Por ejemplo, *veclus* se convirtió en «viejo» —explica Beatriz, que parece que el buen humor fuera un elemento más de su rostro—. Eso es lo maravilloso de la gramática.

—Nunca me había parado a pensar en la importancia de las palabras.

—A través de las palabras miramos el mundo, y aquello para lo que no tenemos una palabra pasa desapercibido; pero cuando existe una palabra, lo vemos. Quien no conoce los nombres de las especies de los árboles solo utiliza la palabra «árbol», no se fija. Mira una masa verde que no sabe distinguir. Cuando te preocupas en utilizar su nombre, aprecias sus diferencias, y entonces ves pinos, hayas, madroños...

—Ahora comprendo por qué te gustan tanto las palabras. —Gadea se encuentra muy feliz en su compañía y no lo disimula—. Y los libros, supongo.

—Por supuesto, esa es la otra razón por la que quiero ingresar en la Corte —contesta Beatriz.

—No te entiendo, ¿a qué te refieres?

—En los libros a menudo hablan de forma denigrante de nosotras, las mujeres. ¡Eso debe cambiar! —recalca con efusividad.

—¿Y cómo pretendes hacerlo?

—Hay un camino, lo mostró una mujer que escribió un libro hace medio siglo, Cristina de Pizán. En él explica que las mujeres debemos levantar unas murallas que defiendan nuestra ciudad.

—¿Qué ciudad? —Gadea tuerce el gesto dudosa.

—Su libro lleva por título *La ciudad de las damas*, a la que se refiere como un baluarte para resistir el asedio de la violencia masculina, escrita o en el trato.

—¿Cómo vamos a levantar nosotras unas murallas?

—Es metafórico, como las palabras.

—Y como el ajedrez —afirma Gadea.

—Sí, también como el ajedrez. —Beatriz sonríe complacida—. La ciudad de las damas debe ser nuestra patria, donde seamos libres, porque ahora no lo somos. Únicamente podemos romper nuestros vínculos familiares y escapar de la autoridad paterna o marital recluyéndonos en abadías.

—Una monja debe serlo por vocación, no para ser libre. —Gadea la mira extrañada—. He oído historias de mujeres que se disfrazaron de hombres para disfrutar de su libertad.

—¡No, Gadea! Nunca debemos dejar de ser mujeres; solo así el mérito será nuestro, ¿entiendes? Hemos de defender nuestras capacidades sin renunciar a nosotras mismas.

Gadea escucha entusiasmada el discurso de Beatriz.

—También debemos rechazar los fáciles amoríos que comprometen nuestra libertad: «Huid, damas mías, huid del insensato amor con que os apremian, huid de la enloquecida pasión, cuyos juegos placenteros siempre terminan en perjuicio vuestro» —cita de memoria.

—¿Quieres decir que no podemos enamorarnos?

—Gadea, ¡sí!, claro que podemos enamorarnos, pero no de cualquiera. ¿Sabes cuántas mujeres lo han perdido todo por amor?

—No sabría decirte, ¿muchas?

—¡Miles! ¿Y hombres? —insiste Beatriz sin darle un respiro—. Yo te lo diré, ninguno. Tenlo en cuenta, no debemos entregar nuestro corazón a cualquier precio. Nosotras no podemos permitirnos ese lujo.

Gadea se queda callada y pensativa.

—El mundo va a cambiar, hay mujeres que están escribiendo para demostrar que podemos hacer la mayoría de los trabajos que los hombres realizan, incluso reinar.

—Beatriz, siempre ha habido reinas.

—Gadea, no es lo mismo ser reina a que una mujer reine. Nuestras leyes admiten el gobierno de una mujer, otra cosa es que la dejen... Sin embargo, en otros reinos ni siquiera eso. En Aragón, las mujeres tienen prohibido ostentar la corona en solitario.

—Pero aquí tenemos dos princesas, la hija del rey Enrique y su hermanastra Isabel —apunta Gadea—, alguna de ellas será reina de Castilla tarde o temprano.

—No te engañes, Gadea. Las casarán con un monarca como el de Portugal, para que sea un hombre el verdadero soberano.

—Así que, aunque tenemos dos princesas que pueden ser reinas, seguramente ninguna de ellas gobernará —concluye Gadea con desilusión en la voz.

—A no ser que cambiemos la opinión del pueblo... —Beatriz arquea las cejas—. Y para ello necesitamos que los hombres también alaben nuestras cualidades, que ellos mismos escriban libros ensalzando que tenemos las mismas capacidades. Si solo lo hacemos nosotras, el mensaje no calará. ¡También necesitamos gestas y símbolos!

El sol se está poniendo en ese momento.

—He de regresar —anuncia Gadea—, mi casera es estricta con los horarios.

—Yo vivo junto a la iglesia de San Ginés, puedes venir a verme cuando desees.

—Gracias. Yo en cambio no puedo recibir visitas donde vivo, es que...

—Tu casera es estricta también con eso, ¿verdad? No te apures —dice comprensiva—. Oye, Gadea, ¿por qué no pruebas a ser profesora de ajedrez?

—¿Yo, profesora?

—¡Claro! Los nobles y los ricos comerciantes quieren que sus hijas adquieran destrezas. El ajedrez está bien visto en la formación de los poderosos. A sus hijas se les permite estudiar letras, música y artes porque las creen materias inofensivas, y porque son útiles a la hora de buscar un buen marido. Se considera que esos conocimientos son un plus, como la belleza.

—¿Y el ajedrez?

—Igual, pero con una ventaja: las partidas suelen ser muy largas y lentas, así que son una oportunidad única para que un hombre y una mujer hablen sin prisa, para que se conozcan, para que rían, para que divaguen, ¡para que se enamoren! Toda hija de noble debe saber jugar bien para aspirar a enamorar a un buen partido —explica Beatriz—. El ajedrez es muy femenino. Hazme caso, ¿quién mejor que tú para enseñar a jugar a las hijas de los nobles?

—No sé, ¿cómo voy a conseguir que confíen en mí?

—Eso déjamelo a mí. Vete, no vayas a llegar tarde.

# 33

Al día siguiente, Beatriz sale temprano y aprovecha para conocer mejor la villa, pero se despista y se le pasa la hora, así que corre desde la sombra de la Torre de los Huesos, junto al barranco del arroyo del Arenal y el cementerio islámico. El torreón árabe es ahora una torre albarrana de la muralla cristiana. Protege las fuentes de los Caños del Peral y el acceso a la Puerta de Valnadú. Beatriz va a reunirse de nuevo con Gonzalo Chacón. Desde su último encuentro, no ha dejado de prepararse para su puesto de preceptora, ha leído los libros de la lista que le proporcionó e incluso alguno más que los complementaba. Ahora espera ansiosa que llegue el momento de conocer a su alumna.

Gonzalo Chacón la ha citado en la sacristía de la iglesia de San Ginés. Un sacerdote la acompaña hasta el interior, donde la espera el noble. Ella sigue pensando que bien podría pasar por un clérigo relevante, un obispo o un abad.

Beatriz le ha escrutado con minuciosidad y se ha fijado cómo suele entrecruzar las manos sobre su pecho o a su espalda. Es como si le incomodasen. Su vestimenta siempre es austera, salvo por una insignia dorada que cuelga de su cuello. Suficiente para dejar clara su posición de privilegio.

Chacón sale a su encuentro, la saluda en el centro de la sacristía, se preocupa por si está cómoda y por sus necesidades. Es realmente un hombre gentil y amable.

Solo cuando Beatriz ha contestado de manera afirmativa a sus cuestiones, Gonzalo Chacón se hace a un lado, y desde una zona oculta de la sacristía surge una mujer de cuya presencia ella no se ha percatado a su llegada. Tiene los cabellos dorados y viste un recatado vestido blanco. Es menuda, pero tiene una mirada fuerte y una pose distinguida.

«¿Quién será esta mujer que se oculta en las sombras?», se pregunta Beatriz.

—Sois más joven que yo —dice la desconocida—, y sin embargo me han dicho que habéis leído más libros que los que atesoro en mi biblioteca. Que leéis y habláis el latín como si fuerais el mejor y más anciano de los frailes de Roma, ¿es eso cierto?

—Mi señora, todo lo que hemos sido y lo que hemos sentido se esfumaría para las generaciones posteriores si no tuviéramos ese testigo mudo, pequeño y hermoso, pero extraordinariamente eficaz, que es el libro —responde Beatriz—, y el latín es el medio para leer las grandes obras de la historia.

La dama camina a su alrededor con pasos pequeños, y Beatriz tiene la singular sensación de que la observa pero sin hacerlo.

—Mi madre me enseñó a leer y nunca le estaré lo suficientemente agradecida por ello. No es fácil que una mujer logre estudiar en Salamanca y que domine el latín. Así que no hace falta que seáis modesta, ya nos hacen bastante de menos los hombres para que también lo hagamos nosotras mismas, ¿no creéis?

—En eso tenéis toda la razón... —A Beatriz le faltan las palabras y está nerviosa—. Disculpad, aún no nos han presentado.

La mujer misteriosa mira a Gonzalo Chacón y este tose falsamente.

—Soy la princesa Isabel de Castilla.

Beatriz da un respingo y también lanza una mirada a Gonzalo Chacón, que asiente con la cabeza. Se gira temerosa hacia la princesa y realiza una torpe reverencia motivada por la ansiedad y lo inesperado que es para ella encontrarse ante tan distinguida dama.

—Alteza, yo... no lo sabía —dice con apremio—, disculpad mi insolencia.

—No hay nada que disculpar.

—Yo... no sé qué decir.

—Chacón me ha contado todo sobre vos, así que tranquilizaos, hablaré yo. —La princesa Isabel se acerca, le coge la mano y la lleva hasta unos sillones tapizados con seda que hay en un lateral de la sacristía—. Estoy buscando una preceptora de latín, me peleo constantemente con esa lengua y nunca salgo victoriosa. Es esencial para mi futuro leer determinados libros para conocer mejor mi reino, y por supuesto debo poder hacerlo en latín.

—Espléndida decisión, solo la lectura puede hacernos libres, mi señora.

—¿Cómo decís?

—Disculpadme, alteza. No estoy acostumbrada a tratar con una princesa. Lo que quería decir es que...

—No tengáis miedo, en mi presencia decid lo que pensáis —le pide Isabel—. A mi lado quiero a personas con su propio criterio.

Beatriz mira de reojo a Gonzalo Chacón buscando una ayuda que no llega. Siente una presión fuerte en el pecho, provocada por la inesperada situación, inspira profundo y se da ánimos.

—Los conocimientos de los libros son esenciales para que las mujeres podamos equipararnos a los hombres —se arranca a explicar Beatriz—. Durante demasiado tiempo han sido campo exclusivo de ellos, eso debe cambiar. Una mujer tiene las mismas cualidades y virtudes que un varón, y puede desempeñar las mismas labores. Incluso puede reinar tan bien como un hombre y sin necesidad de él.

Ahora es Isabel quien mira a Gonzalo Chacón, que se encoge de hombros.

—Yo no confío en las palabras. He visto cómo los hombres las lanzaban al aire y este se las llevaba.

—Os entiendo, alteza, pero se debe a que las palabras precisan de refugio para hacerse fuertes. Por eso los libros son como castillos; las protegen y las defienden. Y como barcos, pues las hacen navegar lejos para que las conozcan otros. También impiden que envejezcan, y las hacen pasar de una época a otra. Los imperios caen, las lenguas dejan de hablarse; pero lo que está escrito en los libros perdura para la eternidad. ¿No es maravilloso?

—Lo es, sin duda —dice complacida Isabel.

La princesa la observa ahora en silencio, sin variar las facciones de su rostro, y eso incomoda a Beatriz, que teme haberse dejado llevar por su ímpetu y haber cometido un error hablándole en esos términos y formas.

—La lengua que vos domináis es la de los emperadores romanos y la de los primeros cristianos de Roma. Vos podéis leer libros que, en efecto, se escribieron hace mil años. Esas palabras escritas han sobrevivido al mejor de los edificios. —Isabel se queda pensativa, y añade—: Es curioso que algo tan indefenso como un libro pueda resistir más que un macizo bloque de piedra tallado.

—No debemos subestimar el poder de los libros, princesa.

—Necesito vuestra ayuda —dice entonces Isabel—, no podré cumplir mi destino si no venzo a mis rivales en todos los campos de batalla, incluido el de las letras.

—¿Eso qué quiere decir, mi señora? ¿De qué habláis?

—Una mujer en mi posición siempre está librando batallas en diferentes tableros, que no por silenciosas son menos importantes.

—No alcanzo a imaginar cómo podría seros de ayuda, alteza.

—Toda ayuda cuenta. Ahora tengo que acudir a Segovia, el rey me reclama en el Alcázar —responde la princesa—, ¿lo conocéis?

—No —responde Beatriz moviendo la cabeza.

—Es impresionante, la torre más alta que ha conocido la

Cristiandad defiende su entrada y un foso profundo lo rodea, donde habitan bestias traídas de los confines del mundo.

—«Alcázar» es una palabra peculiar —dice de repente Beatriz.

La princesa Isabel se la queda mirando, sorprendida.

—Proviene del árabe, ¿lo sabíais? —Ve cómo la princesa niega con la cabeza—. Sí, *Al qars* significa «la fortaleza», pero lo curioso es que a su vez el árabe la tomó del latín *castra*, plural de *castrum*, que significa «campamento militar».

—¿Los árabes también tomaron palabras del latín?

—Sí, los árabes la oyeron por primera vez en el Lejano Oriente, en lo que fue el límite del Imperio romano, su última frontera, la cual fortificaron para defenderse de los bárbaros —explica Beatriz—. Nosotros se la volvimos a tomar a los árabes, si bien la usamos solo para referirnos a los castillos que son residencia de reyes.

—Es decir, para el Alcázar de Segovia y el de Sevilla —añade la princesa.

—Pero lo fascinante es que del mismo latín *castrum* creamos la palabra «castillo» para todas las demás fortificaciones.

—Ya me ha contado Gonzalo Chacón —le mira— que hacíais esto...

—¿El qué, alteza?

—Magia con las palabras.

Isabel de Castilla se queda observando a Beatriz, que se siente intimidada por la expresividad poderosa de sus ojos.

—Chacón, mi decisión ha cambiado —dice entonces la princesa.

—Como ordenéis, alteza —responde desde su posición discreta el noble.

Beatriz se enerva consigo misma, ha debido de exponer algo que la ha molestado, pero ¿qué?

Siente que acaba de perder la oportunidad que se le había brindado.

¿Por qué no ha permanecido callada? Ha estropeado una inmejorable ocasión de entrar en la Corte, como tanto deseaba. Se le rompe el corazón de pensarlo.

—Esta mujer no será mi preceptora de latín —advierte la princesa, que la abandona y se dirige hacia su hombre de confianza.

Se cumplen los peores presagios de Beatriz.

—Mi señora, yo...

—Mejor dicho —no la deja continuar—, no solo será mi preceptora de latín.

—No os comprendo, alteza. —Gonzalo Chacón no acierta a entenderla.

—Me aconsejará lecturas clásicas para enriquecer mis conocimientos, las dejaré a su libre elección. Y se unirá a mis damas. Creo que será un acierto tenerla a mi lado y escuchar sus sinceras opiniones.

Beatriz no puede creerlo, le acaba de cambiar la vida.

# 34

Han pasado tres meses desde que Gadea llegó a Madrid. Se ha habituado a vivir con Fuencisla, aunque de noche sufre pesadillas a menudo, algo que no le pasaba antes, debe ser el ambiente fúnebre de la casa. Sea lo que sea, en ocasiones se despierta entre sudores y llamando a su madre. Solo espera que Fuencisla no la escuche, porque conociéndola puede pensar cualquier cosa.

Con lo que gana en el mercado de los martes le da para pagar alquiler y comida, poco más. Fuencisla está siempre atenta a cobrar, es como el filo del hacha del verdugo, que busca ansiosa su nuca para ajusticiarla si no cumple lo acordado. Y hablando de verdugos, esa semana ha corrido la voz por todo Madrid de que van a ajusticiar a un desgraciado en la plaza del Arrabal. Y por tal motivo hay un mercado extraordinario en otro lugar de la villa, en una explanada frente al castillo, ya que viene más público que a ningún otro evento o festividad. Así que Gadea ve una oportunidad de oro, acude temprano a la plaza y la descubre abarrotada de gente.

Las ejecuciones son una de las diversiones favoritas del pueblo.

Ese día Gadea logra más ganancias jugando al ajedrez que en un mes. Vence a comerciantes, hombres de armas y hasta a un sacerdote.

Pero toda actividad cesa cuando repican las campanas, el mercado se da por concluido, y su sonido le produce un terrible dolor de cabeza.

La gente abandona lo que está haciendo y se acerca hasta la plaza del Arrabal, concentrándose frente al cadalso de madera que han levantado en el centro. El interés es máximo, ni en las celebraciones más importantes de la Iglesia hay tanta muchedumbre como cuando le van a cortar la cabeza a un hombre en público.

Hay familias que han venido desde lejos, con niños de corta edad que van a poder disfrutar de su primer ajusticiamiento. Se las ve ilusionadas y expectantes ante semejante espectáculo, que no pueden contemplar en los pueblos ni en lugares pequeños.

El público se pelea por lograr un sitio en primera fila; hay empujones e incluso algún golpe malintencionado, muchos insultos y más de una amenaza con visos de hacerse realidad.

Entonces aparece una figura encapuchada, lista para ejecutar su tarea, nunca mejor dicho. Es un hombre de un semblante aterrador y de una envergadura difícil de ver, unos brazos gruesos como piernas y casi con la altura de un hombre a caballo. La muchedumbre vitorea al verdugo como si fuera un valiente caballero que vuelve de las cruzadas o de la guerra con Granada, o que se dispone a combatir en una justa durante un espléndido torneo. Pero no, es un hombre con un oficio terrible.

«Mata gente», se dice Gadea.

Hombres que no conoce, que no son sus enemigos, que no le han hecho ninguna ofensa, que en la mayoría de los casos son cristianos como él. Sin embargo, es un trabajo que alguien ha de hacer, una labor esencial para mantener la paz dentro de la villa.

—¡Es una bestia, no falla nunca! —dice alguien a su lado.

—¿A cuántos habrá cortado ya la cabeza? —pregunta otro.

—Buah... ¡a decenas! Míralo, ¡qué animal! ¿Te imaginas encontrártelo por la calle de noche?

—¡Quita, quita! Que me cago patas abajo solo de imaginarlo.

—Es que mira qué corpulencia tiene el sujeto, si no necesita el hacha. Lo coge del pescuezo como a un conejo y ¡zas! —y hace un gesto con el filo de su mano.

Gadea también le mira y piensa que pocos de los allí presentes se han parado a recapacitar que debajo de esa capucha hay una persona que, después de cortarle la cabeza a un desconocido, prosigue con su día a día.

—A ver si sale el condenado de una vez —murmura otro espectador que viste un delantal con visibles manchas de sangre, sin duda es un carnicero.

—¿No querrás quitarle el puesto al verdugo? —y todos los de alrededor se echan a reír.

—Yo con ese no me meto, que me parte en dos, ¡y no quiero perderme la ejecución!

—¿Y qué ha hecho el condenado? —pregunta el que está detrás del carnicero.

—Dicen que mató a un letrado importante, un tal Isidro de no sé qué... —responde otro, alto y espigado—. Lo mataron después de jugar una partida de ajedrez.

—¿Habéis dicho que jugó una partida de ajedrez? —se altera Gadea.

—Sí, eso creo. No me he enterado de mucho más.

—¡Ya se prepara el verdugo! —exclama el carnicero, emocionado.

—¿Vos conocéis al verdugo? —le pregunta Gadea.

—¿Al verdugo, has dicho? —repite el carnicero, confundido.

—Sí, como habláis tanto de él —asiente Gadea con naturalidad.

—No, ni idea de quién es. Pero es famoso, el mejor verdugo que ha tenido Madrid. Una mala bestia —pronuncia en voz baja.

—¿Y nadie sabe su nombre? Tendrá una vida fuera del cadalso —murmura ella—. ¿Cómo será?

—¿La vida del verdugo? ¿Y a quién le importa? Ese si te coge no lo cuentas, lo tendrán enjaulado y solo lo sacarán en días como hoy.

—¡Qué dices, calamidad! —interviene otro—. Ese vive en un callejón por el que nunca pasa nadie porque no tiene salida, está por detrás de San Ginés. Y no me extraña que viva ahí, es un sitio oscuro y lúgubre, porque hay una antigua casa que tapa la luz del sol.

—¿Eso dónde lo has oído?

—Le vi un día entrar en él.

—¿Y si iba a otra cosa? ¿A mear o vete a saber?

—Que te digo que vive ahí, qué manía de contradecirme todo lo que digo...

—¿Seguro que era él? —pregunta Gadea.

—Otra igual... ¡Como para confundirlo! Si parece un oso. En ese callejón solo hay una casa, y como es la suya, nadie la merodea ni entra al callejón porque dicen que da mal fario. Que a quien se adentra en él...

—¡Le cortan la cabeza! —grita el de al lado y se ríe desaforadamente.

—Calla, ¡pesado! Yo solo sé que si pasas por delante de la casa del verdugo te suceden cosas terribles: una enfermedad, un accidente, ¡mejor no saberlo!

—Lo que yo me pregunto es dónde eligen a los verdugos —comenta Gadea, para sorpresa de los que la rodean—. ¿En la guerra?

—No, no —se ríe el carnicero—, por lo general son gente de la propia villa. Está bien pagado en comparación con lo que yo gano. Aunque una vez un cliente me contó que en algunos lugares este trabajo lo realizan condenados a muerte, cuya sentencia es aplazada al ofrecerse voluntarios.

—¡Cogen a condenados a muerte para ser verdugos! Eso no tiene sentido, es darle la vuelta.

—Sí —asiente el carnicero y se vuelve a reír—. ¿Y a que no sabes lo mejor?

—¿El qué?

—¿Cuál crees que es su rito de iniciación?

Gadea no responde.

—Pues ejecutar a su predecesor —dice antes de soltar una tremenda carcajada.

Gadea vuelve a mirar la figura del verdugo, es un gremio de apestados sociales y, al mismo tiempo, son unas celebridades. Solo hay que ver la manera en que es aclamado.

—Muchacha, no te apures —le dice el carnicero—, lo habitual es que el trabajo pase de padres a hijos, porque nadie acepta emplear al vástago de un verdugo en otro gremio.

—Vaya herencia...

—La familia es así, un apellido puede ser la peor losa del mundo. Por eso en vida no solo hay que pensar en nosotros mismos, sino en el legado. Un apellido limpio, de cristiano viejo, es una valiosa herencia.

Eso Gadea lo sabe bien.

—También se acuerdan matrimonios entre las familias de distintos verdugos, porque si no, ¿quién va a querer casarse con sus hijas?

«Ser hija de un verdugo... Tiene que ser horrible saber que tu padre tiene ese oficio», piensa Gadea.

Cada vez siente más pena por el hombre bajo la capucha, quienquiera que sea. Mientras, la gente se impacienta porque el condenado no hace acto de presencia.

—¿Y qué más hace aparte de cortar cabezas? Quiero decir, ¿está todo el tiempo esperando hasta que le llaman para eso?

—No, mujer. También debe torturar a los prisioneros y aplicar otros castigos menores. Ya sabes, dar latigazos, amputar dedos o manos...

—¿Amputar manos?, ¡eso es terrible!

—Pues son muy codiciadas. —El carnicero vuelve a reír de forma grotesca.

—¿Cómo que las manos son codiciadas? ¿Para qué?

—Sirven de amuletos, aunque creo que lo que más buscan algunos —baja la voz— es la sangre.

—¿Qué habéis dicho? ¿Sangre? —Gadea le mira incrédula.

—Chis. ¿Estás loca? Si nos escucha un cura la tenemos buena. Dicen que la sangre de un decapitado tiene poderes, ¿por qué te crees que todos esos desgraciados se pelean por estar en primera fila? —Señala a los que llevan horas esperando junto al cadalso—. Cuando la cabeza ruede, correrán con paños a recoger la sangre del suelo, luego la escurrirán dentro de frascos y la venderán.

—¡Por Dios santo!

—Yo no te he dicho nada de esto, pero... ya lo verás. Tanto la sangre de un decapitado como el semen de un ahorcado valen su peso en oro.

—¿El semen? —Gadea ya no sabe qué cara poner—. ¿Cómo se puede obtener el semen de un ahorcado?

—Bueno, que yo sepa, solo existe una manera —y su maldita y desagradable risa se vuelve incontenible.

Gadea se queda pensando que no es fácil cortar una cabeza, por fuerza el verdugo tiene que practicar a menudo para poseer precisión y destreza.

Un viejo no lejos de ella murmura que ha oído que en otra ciudad, si el verdugo necesita más de tres golpes para dar muerte al condenado, él mismo es ejecutado.

Por fin sale el reo, un auténtico desgraciado. Camina tambaleándose, tienen que empujarle hasta el centro del cadalso. La mirada perdida, la mandíbula desencajada, se echa a llorar. Solloza como un recién nacido, qué paradójico. Igual de confundido, de perdido, con un sufrimiento comparable a cuando vino a este mundo; ante la mirada de gente que no conoce, pero para la que es el centro de atención.

Nacer y morir, dos caras de la misma moneda: la vida.

Está de pie, le tiemblan las rodillas y se mea encima. Optan por ponerle también a él una capucha, a ver si se tranquiliza y no enturbia el acto.

Así que ahora hay dos encapuchados sobre el cadalso.

Los asistentes se burlan de él y no paran de reír. Están disfrutando de lo lindo, desde los más mayores hasta los que aún no han aprendido a hablar.

Lo arrodillan y ponen su cabeza sobre un tronco de madera.

El público explota, el ruido es ensordecedor. Aclaman al verdugo, piden sangre, ¡sangre!

Justo entonces el filo del hacha cae de forma inmisericorde, un solo corte basta para que la cabeza del condenado ruede por el suelo de madera.

Tal y como había dicho el carnicero, los de las primeras filas se lanzan como posesos a impregnar las telas que llevan en sus manos con la sangre que se derrama por la tierra de la plaza. El acto se convierte en una trifulca, un caos donde ya nadie presta atención a lo que acontece sobre el cadalso.

Gadea, en cambio, solo presta atención al verdugo, busca algún rastro de emoción en él. Entonces ve brillar sus ojos. No está segura, pero apostaría a que está derramando alguna lágrima.

Los verdugos también lloran.

# 35

A finales del siglo XI, uno de los soldados que acompañaban a su rey en el asedio de Madrid, armado de un increíble valor, se lanzó a escalar la muralla islámica que defendía la plaza. Cuando llegó arriba, cambió la bandera enemiga por la cristiana. El monarca quedó impresionado y dijo: «Este hombre ha escalado como un gato». El soldado decidió adoptar el apellido «Gato» como si fuera un título nobiliario, con blasón propio. A raíz de esa hazaña, los madrileños empezaron a decir con orgullo que todos ellos eran «gatos».

A Gadea la historia le parecía graciosa, sobre todo porque ella adora a los felinos. Los hay, y en buen número, en el Madrid que ella conoce. Suele entretenerse jugando con ellos cuando se cruzan en su camino. Hay uno especialmente cariñoso que merodea la casa de Fuencisla, pero la mujer, en cuanto lo ve, sale escoba en mano y lo espanta con brusquedad. Sin embargo, el gato siempre regresa y se asienta en lo alto de la parra, como queriendo demostrar que es él quien manda allí.

Gadea sabe que si quiere ganarse la vida ha de acceder a otro tipo de jugadores, y para ello debe conocer cómo es Madrid. Ha oído que como la Corte pasa cada vez más días en la villa, los nobles que acompañan al rey están adquiriendo o construyendo casas, que son organizadas por sus esposas. Y esto es muy relevante para Gadea pues le abre enormes posibilidades, ya que al parecer ahora está de moda que las mujeres cultas se reúnan para tratar temas de lo más variopinto. Estas reuniones llamadas «círculos» han tomado auge, dicen que en algunas participa hasta la mismísima princesa heredera, Isabel de Castilla. Y en ellas se habla de libros escritos por mujeres o donde se haga referencia a ellas. Eso le hace acordarse de las palabras de Beatriz.

Gadea escucha estas y otras historias en el mercado y en los lugares a los que va en busca de rivales que acepten jugar contra ella. Hoy ha tenido suerte, unos comerciantes de lana han apostado fuerte y les ha ganado varias partidas. Se ha hecho tarde y debe regresar cuanto antes a casa de Fuencisla o le recriminará la tardanza.

Camina rápido cuando ve una carreta detenida junto a unos establos. La reconoce enseguida, cómo olvidarla. Se queda paralizada unos instantes y, sin saber por qué, se dirige hacia ella. Está temblando, rígida y con la respiración forzada. Pero al mismo tiempo no puede evitar seguir avanzando.

Cuando la tiene al alcance, pasa las yemas de sus dedos por la madera desnuda e inhala el olor a cera. No sabe si es por ese aroma, pero reacciona y deja de estar agarrotada. Mira a su alrededor, él no está, seguro que no anda lejos. Si la descubre, a saber de lo que sería capaz.

¿Qué puede hacer?

Gadea piensa a toda velocidad, como si fuera una partida de ajedrez. Repasa las acciones que puede realizar y mide sus consecuencias en el futuro; ninguna es alentadora. Sigue insistiendo, buscando su mejor opción.

Entonces se aleja de la carreta y se encamina hacia la plaza del Arrabal, pero antes de llegar se desvía por una suerte de calles poco frecuentadas, hasta que encuentra un callejón oscuro; en cuanto lo ve, sabe que es el que busca. Se adentra como si fuera el acceso al mismísimo infierno. Hace tiempo que Gadea no teme a la oscuridad. La callejuela no tiene salida y solo hay una puerta en su escaso trazado. Es un portalón más bien pequeño; llama con ambos puños, con fuerza.

La madera resuena, está podrida.

Vuelve a llamar.

Entonces se abre y una sombra surge; agacha la cabeza para colarse por un vano que queda muy bajo para su envergadura.

—¿Qué quieres? ¿Por qué llamas a estas horas?

—Quería hablar contigo.

El hombre la mira confuso.

—¿Sabes quién soy?

—Sí, pero eso me da igual —responde Gadea.

—No quiero compañía en mi cama.

—Yo no he venido por eso, ¿por quién me tomas?

—No eres una...

—¡No! —le corta Gadea—. Lo que quiero es proponerte un acuerdo.

—¿A mí? ¿Estás segura de que sabes con quién estás hablando? Nunca viene nadie a verme, y menos una mujer, tan joven y a estas horas.

—Siempre hay una primera vez, ¿no?

Él todavía se queda más contrariado.

—Sé que tienes problemas... cómo decirlo... ¿para relacionarte? ¿Para que la gente se olvide de a qué te dedicas?

—¿Y qué demonios sabes tú de eso, si eres una jovenzuela? Lárgate de aquí...

—Soy joven, soy una mujer y soy inteligente —y le señala con un dedo, de tal manera que parece que es ella la intimidadora—. ¿Sabes lo que es el ajedrez?

—Un juego.

—¿Sabes jugar?

—No.

—Muy bien, yo te enseñaré.

—Me vas a enseñar a jugar al ajedrez... —La mira confundido—. ¿Y para qué demonios quiero yo aprender ese maldito juego?

—Con el ajedrez puedes relacionarte con multitud de gentes. Es más que un juego, es un lenguaje que muchos comprenden y adoran, pero también una metáfora de la vida. Saber jugar es un privilegio: el ajedrez es un juego de reyes.

—Eso sí lo había oído... ¿Y tú sabes jugar?

—Me gano la vida con ello —responde Gadea de forma convincente.

—¿Y qué quieres a cambio?

—Que te encargues de un problema.

—¿Qué clase de problema?

—Un individuo desagradable, que intentó abusar de mí cuando era una niña y que acaba de llegar a Madrid. No quiero volver a verlo nunca, y menos aquí —sentencia Gadea.

—Un momento... te estás equivocando, yo no soy un asesino.

—Matas gente —le recuerda Gadea.

—Sí, a condenados que han cometido crímenes.

—El hombre del que te hablo quiso aprovecharse de mí cuando era una cría.

—Eso sucede muy a menudo...

—También hay muchos que viven aislados, como si fueran apestados, porque los han marginado, y sin embargo yo he venido a verte —recalca Gadea—. ¿Acaso eres peor que aquellos a los que les cortas la cabeza? ¿No te parece suficiente maldad lo que quiso hacerme?

—Sí... —se rasca la barba—, supongo.

—¡Supones! ¿Qué tienes que suponer? —Gadea alza la voz con tanto ímpetu que le hace retroceder—. ¿O es que solo matas a los delincuentes que van contra los nobles y la Iglesia? ¿Es eso?

—No, no —recula el verdugo—. Tienes razón, es un crimen y merece un castigo... Pero ¿cuál? Yo solo hago lo que me ordenan.

—Vaya una respuesta, ¡serás cobarde! Eso es lo que te pasa, debajo de tu capucha eres muy valiente, pero sin ella no eres más que un cobarde.

—De eso nada, ¡dime dónde está ese malnacido!

Gadea no cabe en sí de gozo pero oculta su felicidad. Complacida, le pide que la acompañe y durante el trayecto siguen hablando. Hasta que suenan las campanas que tanto detesta, se ha hecho muy tarde y le deja junto a la carreta con las instrucciones para reconocerle. Ella se marcha a toda prisa. Va a llegar fuera del horario, solo espera que Fuencisla sea condescendiente.

Llama a la puerta de la casa y nadie responde.

Insiste.

Nada.

Entonces se alarma, ¿y si le ha pasado algo?

Fuencisla tiene sus años, está demasiado delgada y Gadea también se ha percatado de que cojea de una pierna. Sospecha que padece alguna enfermedad o dolencia.

Vuelve a llamar, con idéntico resultado.

Empieza a hacerse a la idea de que tendrá que pasar la noche fuera. ¿Y a dónde va a ir a esas horas? Las puertas de Madrid se hallan cerradas, no puede regresar a la villa. Y dormir al raso extramuros es peligroso, los caminos están llenos de bandidos y suelen acercarse hasta las murallas en busca de víctimas indefensas como ella.

Cuando ya se ha dado por vencida, la puerta se abre.

«Por fin», piensa ella.

Entra, no hay nadie. Cierra y avanza hacia la cocina, hay unas velas encendidas y Fuencisla está seria, sentada en una silla de respaldo alto.

—Llegas tarde —dice sin mirarla.

—Lo siento, me he distraído.

—¿Con quién estabas?

—Jugando al ajedrez —contesta ella, temerosa de que la respuesta no la complazca.

—Te he preguntado con quién, no lo que hacías.

—Con unos comerciantes de lana que venían de Badajoz.

—Hombres, a estas horas, sola... —y entonces levanta la vista.

Es una mirada acusadora, también juiciosa. Es una mirada de ira y de castigo.

—No he hecho nada con ellos, ¿por qué me miráis así? Solo juego al ajedrez.

—Vete de mi casa.

—¿Cómo?

—¿Es que además de... —se muerde la lengua—, eres sorda?

—No soy ninguna de las dos cosas, soy una mujer decente, devota y casta. Me gano la vida honestamente, con lo que mejor sé hacer. Quizá vos no lo entendáis, pero no todas las mujeres somos unas lascivas. ¿Cómo podéis creer eso de mí? Vos no me echáis, ¡me voy yo! —grita encolerizada—. Y pensar que me he preocupado por vos... —Se gira hacia la puerta con la intención de marcharse.

—Tú no lo entiendes —oye a su espalda, con una voz pausada y sincera—, no sabes nada de mí, de lo que he sufrido, de por qué estoy aquí sola, de la razón por la que los hombres nos juzgan siempre. Da igual lo buena que seas, además de serlo debes parecerlo. Y lo digo porque lo sé, por desgracia, de primera mano.

Gadea se detiene y se gira hacia ella.

—¿De qué estáis hablando? Vos sois viuda.

—Cierto, pero tú no sabes cómo murió mi marido... ni quién lo mató. —Fuencisla se queda mirándola con los ojos rebosantes de rencor.

Gadea está a punto de decir algo, sin embargo se mantiene callada. Tiene la impresión de que es la mejor opción ante lo que ha insinuado Fuencisla. Y decide cambiar de tema, como cuando en el ajedrez abandonas una pieza que no tiene más recorrido en ese momento y sacas otra que todavía no ha participado en la partida.

—En cualquier caso, no podéis tratarme así, desde que llegué me habéis humillado sin motivo.

—¡Niñata! —grita Fuencisla—. Te he protegido.

—¡Eso no es verdad!

—Tú no lo entiendes, eres demasiado joven.

—Claro que sí —dice Gadea—. Además, sabed que vos me necesitáis a mí más que yo a vos. Hay otras casas donde alojarme y tengo dinero para pagarlas.

Fuencisla inspira hondo por la nariz.

—Las razones que llevan a los hombres a acusar a las mujeres de indecentes son varias y numerosas. Sin embargo, aquellos que nos acusan casi siempre lo hacen impulsados por sus vicios...

Esas palabras llaman la atención de Gadea, que ahora escucha con interés.

—Son hombres que han disipado su juventud y pasan el tiempo lamentando sus pasadas locuras y su vida disoluta.

»Están amargados viendo que ya ha terminado para ellos su época y que ahora los jóvenes, que son hoy lo que ellos fueron ayer, son los que disfrutan, o por lo menos así les parece. —Fuencisla gesticula a la vez que habla con un tono hiriente—. Para purgar su negra bilis nos atacan y humillan con un lenguaje grosero y desvergonzado.

—Entiendo lo que decís, pero no es motivo para ser tan dura conmigo. Hay otras formas de ayudarme, si ese era vuestro objetivo.

—Llegaste sola, estás soltera, no tienes trabajo... ¿Quieres que continúe?

—Juego al ajedrez.

—Peor me lo pones, juegas como los hombres, ¡contra los hombres! ¡A solas! ¿No te das cuenta, estúpida? ¿Sabes lo que dicen de ti por ahí?

—¿De mí? Pero... No, ¿qué dicen?

—Te he estado protegiendo todo este tiempo y no puedo más. Gadea, no puedes seguir haciendo tu voluntad, las mujeres no somos libres como los hombres. Te van a juzgar y a condenar sin que tengas posibilidad de defenderte. Les ganas el dinero a los hombres con un juego, ¿de veras crees que ninguno se va a vengar de ti? ¿Que no vas a levantar envidias ni juicios de valor?

—¿De qué me acusan?

—Ya te lo he dicho antes, los hombres tienen infinitas formas de provocar daño y dolor a una mujer joven y soltera. Hay quienes lo hacen por pura envidia. Tú eres demasiado inteligente, eso es peligrosísimo. Hay varones indignos que cuando se encuentran con mujeres más listas que ellos y de conducta más noble que la suya, se llenan de amargura y rencor. Sus celos les llevan a despreciarte, porque piensan que de esa forma matan tu fama y disminuyen tu valía.

—¿Hay hombres que me están difamando a mis espaldas?

—La ignorancia no te servirá de excusa, Gadea. Nunca nos sirve —dice en un tono más sosegado—. Son muchos siglos de prejuicios contra nosotras. Son pocas las que pueden vivir una vida independiente o tan siquiera ejercer un cierto grado de autoridad en su propia casa. E incluso cuando lo logramos, nos consideran mujeres extrañas que no se comportan como se supone que corresponde a nuestro sexo y condición.

—Debo tener más cuidado.

—Desde luego, mucho más.

—¿Por qué no me lo habéis explicado antes? —inquiere Gadea, afectada por todo lo que acaba de escuchar.

—Necesitaba saber si estabas siendo sincera conmigo, por eso te he seguido cuando juegas en el mercado. —La mira desafiante—. Sí, lo he hecho. Y sé que eres una buena chica, aunque en algunas cosas eres demasiado inocente. Jugando eres increíble, los vences a todos. Pero también he visto sus miradas de rencor, de envidia, de orgullo herido, de venganza. —Fuencisla se calla un segundo—. ¿Y tú?, ¿las has visto?

—No.

—Ese es el problema, Gadea.

# 36

Beatriz lleva estudiando textos latinos y castellanos desde bien temprano, es una lectora compulsiva, que posee el don de leer a una velocidad pasmosa. Para ella el latín es una lengua maravillosa, la más perfecta que existe. En las lenguas actuales de cada reino, para representar los casos o funciones se añaden palabras. Pero en el latín se utiliza una flexión; por ejemplo, *rosa* se dice igual que en castellano. Sin embargo, para decir «de la rosa» se usa *rosae*, y para decir «con las rosas» se debe decir *rosis*.

Es curiosa la manera en la que el latín fluye por la cabeza de Beatriz, con total naturalidad. A veces se imagina viviendo en la época en que era la lengua del Imperio romano. Escuchando a Julio César, a Sertorio o al mismísimo Octavio Augusto dirigirse al todopoderoso Senado romano.

Gracias a su dominio del latín también puede leer otras lenguas que derivan de él, como el valenciano o el catalán.

El latín ha permitido que el saber haya continuado circulando y transmitiéndose por toda la Cristiandad. De lo contrario, habría que traducir cada libro a la lengua vernácula. Sería horrible; para un volumen extenso se puede tardar hasta un año en copiarlo en el *scriptorium* del mejor monasterio, así que si además hubiera que traducirlo...

No quiere ni pensarlo.

Por suerte existe el latín y no hay necesidad de hacer la traducción. Sueña con la idea imposible de que los libros se multipliquen, que de pronto se creen miles de copias de un mismo volumen.

Está sentada en su cuarto de estudio, cerca de San Ginés, rodeada de los libros más dispares según tiene costumbre, ya que el conocimiento de las artes liberales para Beatriz es un hábito que rige su vida. Se halla con la mente cansada después de haber reflexionado sobre las ideas de varios autores latinos. Levanta la mirada del último texto y decide abandonar los libros difíciles para entretenerse con la lectura de algún poeta. La poesía despierta su mente, pues cada verso es como una aguja que se le clava en la piel. Pero para ella no hay nada mejor que los libros antiguos, abrir uno es empezar una aventura; viajar a un nuevo lugar, a otra época. La Grecia clásica, la Roma de la República, el Lejano Oriente; o sumergirse en los pensamientos de los más célebres maestros que ha dado el mundo. Leer a Aristóteles es como meterse dentro de su cabeza, ¿puede haber algo más mágico? Saber exactamente qué pensaba el genio griego, cada una de sus reflexiones, sus pasiones, sus miedos, sus ideales.

No obstante, no todo en la vida de Beatriz son palabras.

Cuando sale a la calle le gusta detenerse en alguna esquina y pasar desapercibida, y entonces observa a la gente y, desde su escondite, imagina cómo son sus vidas.

Si pasa una criada, fabula para qué ricohombre trabajará, si tendrá hijos, si será amante de su señor. Cuando pasa un soldado, no puede evitar verlo en la guerra, lo proyecta luchando bravamente contra mil y un enemigos. Y los niños, esos son los mejores. Porque no solo fantasea con su vida actual, sino con su futuro. Pueden ser cualquier cosa, vivirán otra época, con otro rey, en otro mundo donde ella ni siquiera estará, pero leerán los mismos libros que lee ella, esa es la magia de la literatura.

Mirando a esa gente es feliz.

Luego regresa a su cuarto y lee *Antígona*, la mejor de las tragedias de Sófocles, y se siente en la Grecia de hace dos mil años. Y si lee *Comentarios a la guerra de las Galias*, de Julio César, se imagina mandando las poderosas legiones romanas contra los bárbaros.

También es verdad que no todo lo que lee es de su agrado, ya que hay textos donde encuentra una ausencia total de mujeres, como si no existieran. Durante excesivo tiempo, las mujeres han quedado indefensas, abandonadas como un campo sin cerca, sin que ningún héroe acuda en su ayuda. Cuando cualquier hombre de bien tendría que asumir su defensa, se ha dejado, sin embargo, por negligencia o indiferencia, que las mujeres sean arrastradas por el barro. No hay que sorprenderse por lo tanto si la envidia de sus enemigos y las calumnias groseras de la gente vil, que con tantas armas las han atacado, han terminado por vencer en una guerra donde ellas no podían ofrecer resistencia.

Dejada sin defensa, hasta la plaza mejor fortificada caería rápidamente. Y la causa más injusta podría ganarse pleiteando si la parte contraria no opone resistencia.

Las mujeres no se han defendido, no han luchado.

Hasta ahora.

Han aguantado, paciente y cortésmente; insultos, daños y perjuicios, tanto verbales como escritos; dejando en manos de Dios sus derechos. Ha llegado la hora de plantar batalla, precisamente en el campo de las letras, un terreno fértil que produce buenos y abundantes frutos. Las mujeres deben coger la azada de su inteligencia y cavar hondo.

Beatriz está convencida de que en los libros pueden cimentar su libertad y demostrar su valía.

Ahora que tiene acceso a la princesa Isabel, espera poder ayudarla y que sea una verdadera adalid. Mimbres no le faltan, pues es una mujer dotada de una evidente inteligencia y, sobre todo, de un orgullo que la hace no someterse ante nada ni nadie.

Ha rechazado su matrimonio con reyes, duques y condes, oponiéndose a los deseos del rey de Castilla y de la Corte, que no han podido doblegar su voluntad.

¿Qué mujer hace tal heroicidad?

Porque se ennoblece con grandes palabras la valentía de los

que blanden la espada contra el enemigo. Sin embargo, nada se dice de las que deben asumir su destino siendo unas niñas; abandonar su familia, su casa y su reino para casarse y tener un hijo tras otro, sabedoras de que con cada embarazo ponen su vida en no menor riesgo que los hombres frente a las lanzas. Y que deben cuidar y proteger a sus hijos de todo peligro; con mucho más valor que otros que luchan contra fieras salvajes.

Cuando observa a Isabel de Castilla ve a una mujer moderna, una llama que puede prender un fuego que arrase con siglos de menosprecio.

—Tenéis que entender una cosa, Beatriz —le explica la princesa—, la Corte es como un inmenso escenario, donde ver y ser visto. Cada personaje desempeña un papel, y no uno cualquiera, sino el que a cada uno se le ha otorgado desde la cuna. Esto es, aquel que la sociedad espera de él o de ella, en función de su rango y su clase social.

—Como figuras sobre un gran tablero.

—¡Exacto! Es como el ajedrez, ¿sabéis jugar al ajedrez?

—Sí, alteza.

—Es un juego que me apasiona. Los peones, las torres, los caballos... tienen su posición desde el inicio de la partida, sus movimientos y sus reglas; como en la Corte.

—Entiendo la metáfora.

—El ajedrez es muy valorado, hombres y mujeres de alta cuna con exquisita formación disfrutan juntos de actividades como la música, las artes, pero también de los juegos, entre los que el ajedrez ocupa un interés predominante.

—¿Vos sois buena jugadora, alteza? —inquiere Beatriz.

—Sí —responde orgullosa—. ¡Juguemos una partida!

—¿Ahora?

—¿Por qué no? —Isabel va hasta un armario de donde saca un tablero y una caja, lo deposita sobre una mesa y se pone a formar los dos bandos—. Os dejo las blancas —dice con una sonrisa.

Beatriz se acuerda de Gadea, le va a venir bien lo que ha

aprendido jugando con ella, porque a los pocos lances se percata de que, en efecto, la princesa es una excelente jugadora.

—En la Corte es menester aprender a medir con suma perfección los tiempos y a utilizar todas las armas de las que disponemos para nuestro propio beneficio. La Corte no es fácil para una mujer, sé de lo que os hablo —puntualiza mientras arrincona uno de los caballos de Beatriz.

—Lo sé, alteza.

—Sobre todo deben veros como una dama piadosa y recta —le advierte y toma una de las torres—. A partir de ahí, necesitáis ser una buena estratega. Para lograr vuestros objetivos tendréis que planificar cada paso, por pequeño que sea. Es lo que hacen los hombres, y las mujeres debemos ser más minuciosas que ellos, pues tenemos menos armas y herramientas a nuestro alcance.

—¿Como cuáles?

—Es esencial ganarse al pueblo, nunca menospreciéis su poder. —Habla como si tuviera más edad—. Ningún rey puede gobernar contra sus súbditos; por mucho poder que tenga, es imposible mantenerlo si el pueblo no os quiere.

—Entonces...

—Un rey siempre busca que lo quieran, en cada ciudad que visita, en cada edicto que firma, en las monedas que acuña con su esfinge y en cada decisión que toma. Todo debe ir encaminado a realzar su persona.

Beatriz se percata de que la princesa domina ya tres cuartas partes del tablero.

—Suena muy complejo, alteza.

—Y lo es, en eso Pacheco es un maestro, por algo lo llaman el «hacedor de reyes». Yo vi cómo organizaba el bando de mi difunto hermano. Llevó a cabo todo tipo de acciones para que el pueblo apoyara a Alfonso. Mueve los hilos con maestría, el mejor modo de ganarse el respaldo popular es a través de gestos que pueden parecer insignificantes, pero que están cargados de simbolismo.

—Los símbolos son poderosos —añade Beatriz—, en la antigua Roma dominaban este arte.

—El pueblo quiere hechos, logros, conquistas, victorias.

—¿Y cómo vais a conseguir eso, alteza? —pregunta Beatriz, algo preocupada.

—Pues como todo en nuestra vida, de manera más sutil, más inteligente que los hombres, pero igual de eficaz, creedme. Ya os lo he explicado, la Corte es como una partida de ajedrez, hay que ser capaz de ver las consecuencias de cada movimiento, aunque sea el de un simple peón. ¡Jaque mate!

—Sois demasiado buena para mí, alteza. En cambio tengo una amiga —suspira—, ella es... la mejor jugadora que podáis imaginar.

—¿En verdad es tan buena como decís?

—Sí, está todo el tiempo con el juego en la cabeza, hasta sueña con él. Dice que no necesita ni el tablero ni las figuras para jugar partidas ella sola en su mente.

—¡Qué extraordinario! ¿Cómo se llama vuestra amiga?

—Gadea.

—¿Gadea qué más?

—No lo sé, nunca me ha dicho su apellido —cae en la cuenta Beatriz.

—El ajedrez es un juego maravilloso; de hecho, es mucho más que un juego. Y el más universal, capaz de adaptarse a cualquier reino y religión.

—Ella no se cansa de decir eso mismo, que es una metáfora del reino.

—Vuestra amiga no se equivoca, aunque el ajedrez ya no representa a nuestro reino como debería, pero os aseguro que pronto lo hará.

—¿Cómo decís? —pregunta Beatriz, contrariada.

La princesa Isabel toma la figura de la reina y la hace avanzar de un lado a otro del tablero como si fuera una torre.

—En Castilla hay muchas cosas que van a cambiar —responde con ambigüedad—, aunque para eso necesitamos hacer sacrificios. Los reyes parecen libres, pero nada más lejos de la realidad. Ese es el problema, la nobleza los limita y los manipula. Hay que acabar con eso, la época de los monarcas en manos de los nobles toca a su fin. El nuevo rey debe gobernar sin ataduras, con poder total sobre el reino.

—¿Habéis dicho «el nuevo rey»?

—Tranquila. —Le da una palmadita en la mano—. Mirad, he incorporado un nuevo símbolo a mi escudo personal, un águila —cambia de tema—. El águila de san Juan es un animal sabio y clarividente, que cuando vuela mira directamente al sol. Quiero que me proteja con sus alas, que nos proteja a todos.

—¿Que nos proteja de qué, alteza?

—Beatriz, estamos en peligro. Debemos ir a Segovia y espero que me acompañéis.

—Si es vuestro deseo, alteza...

—Os necesito, se acercan tiempos cruciales y preciso de toda la ayuda posible. He de marcharme, en Madrid no estoy segura.

—Nada me gustaría más que serviros. —Beatriz tiene el corazón en un puño.

—Cambiar la historia no es sencillo. Hay que empezar de forma sutil, como un campo que se riega después de una larga sequía. Si se inunda, el agua no penetra en la tierra, solo moja la superficie, resbala por la costra reseca y se pierde. Hay que humedecerlo gota a gota, que cale, que llegue hasta la raíz que alimenta la planta. Es lento y costoso, pero de otro modo solo se malgastará el agua, y el agua es un bien muy preciado y escaso.

Beatriz no entiende por completo la metáfora, pero es evidente que la princesa está planeando algo trascendental y, a buen seguro, secreto.

—Os lo repito, no puedo garantizar la protección de mis leales en Madrid. La partida ya ha empezado. Por ahora no podemos atacar, debemos centrarnos en salvar cuantas piezas podamos. Ya llegará nuestro turno, en toda partida de ajedrez hay que controlar el centro del tablero antes de atacar.

# 37

Tello no sabe jugar al ajedrez, él solo se ha dedicado a sobrevivir. No ha tenido tiempo de sentarse apaciblemente a una mesa a perder el tiempo moviendo torres y caballos. Él lo que ha hecho es montarlos y asaltar los muros de las fortalezas en primera persona. Dicen que es un juego de reyes, pero Tello lo que realmente cree es que es un juego de poderosos que nunca estarán en una verdadera batalla.

Y, sin embargo, ahora debe seguir a los que lo juegan.

Solo espera que su señor le libere después de este trabajo, porque en el fondo está cansado de guerrear, de perseguir y matar. Le gustaría parar, pero entonces ¿a qué se iba a dedicar?

¿A arar los campos como su padre?

¿A buscar una mujer a la que dejar en cinta y que le suceda lo mismo que a su madre?

No.

Así que puestos a pensar, a él solo se le da bien esto. Es la cruz que debe cargar por todo el daño causado. Quiere pensar que como no lo ha hecho en nombre suyo, tiene el perdón de Dios. Aunque ha habido veces que no ha entendido por qué le han mandado actuar, como cuando evitó una boda real.

Lo hecho, hecho está. Y los muertos ya no volverán.

Ha proseguido con sus pesquisas, pero con cautela. Lo último que desea es que nadie sospeche de sus intenciones y menos que puedan relacionar a su señor con sus investigaciones. Él le ha insistido en la extrema necesidad de pasar desapercibido. Nadie debe sospechar que están al tanto de la conspiración.

Lo importante suele pasar ante nuestros ojos, pero de incógnito.

Tello sabe borrar su rastro, logró culpar a un pobre desgraciado de la última muerte y hasta lo ejecutaron para contentar al pueblo, así que casi les hizo un favor. Por si fuera poco, se ha producido otra muerte violenta en Madrid que nada tiene que ver con él, un comerciante fue encontrado estrangulado en su carromato. Así que si las autoridades de la villa quieren perder el tiempo investigando, que lo duda, ahí tienen tajo.

Hay un vendedor cerca de la plaza del Arrabal que tiene un género variado. Vende papel, tinteros y plumas, encuaderna pergaminos y tiene libros religiosos a la venta. El local es pequeño, es a la vez su taller, así que todo está algo revuelto y sucio.

—¿En qué puedo ayudaros? —le inquiere el dueño, un hombre que lleva un delantal manchado de tinta y cuyo rostro es redondeado, con los ojos hundidos y las cejas difuminadas, como si hubieran desaparecido al igual que el resto de su pelo.

—Quisiera saber si vendéis libros de todo tipo.

—Me temo que no, esto es Madrid. La demanda es escasa y siempre la misma. Mis mejores clientes son los conventos y los fieles.

—¿Y si quisiera un libro que no fuera religioso?

—Hombre... —y al hombrecillo le brillan de una manera especial sus ojos—. Todo se puede hablar, siempre que haya con qué pagar, ya me entendéis.

—Lo hay —responde Tello sin dar mucho pie a tonterías.

—Veréis... —y se acerca más a él—, aquí estoy limitado. Los libros son caros, imaginaos que adquiero ejemplares que luego nadie me compra. Sería mi ruina. Pero un encargo es otra cosa. Siempre con el dinero por delante, eso sí.

Tello va hacia la puerta y cierra con el pestillo. Luego corre las cortinas de la ventana, todo con mucha calma y ante la cara de extrañeza del vendedor.

—¿Qué estáis haciendo?

—Chisss —y le pide silencio con las manos—. Vamos a hacer lo siguiente, vais a decirme lo que quiero saber y luego abriré la puerta y me iré. Vos os olvidaréis de mí y nunca le comentaréis a nadie que estuve aquí. Jamás lo mencionaréis y entonces yo no volveré.

—Pero ¿qué demonios estáis diciendo?

—¿No he sido claro? —Tello pronuncia la pregunta mientras toma uno de los punteros y le mantiene la mirada al vendedor de una forma que este no ha visto antes.

Le coge la mano izquierda por sorpresa y le clava el puntero en medio de la palma, atravesándola. El vendedor intenta gritar, pero le tapa la boca con tanta fuerza que lo empuja contra la pared y le impide hablar y respirar.

—¿Me habéis entendido ahora?

Pero el hombre está dolorido y tan asustado, que entra en pánico y se ahoga al no tener aire.

—Respirad —y le libera para que lo haga.

El hombre cae al suelo y gimotea al ver el puntero clavado en su mano.

—Diréis que fue un accidente trabajando, os lo vuelvo a explicar. Vais a contestarme y me iré. Si queréis que yo me olvide de vos, deberéis hacer lo mismo.

El vendedor asiente con la cabeza.

—¿Estáis seguro?

Repite el movimiento.

—Me gustaría oírlo.

—Sí, sí. Lo que queráis —afirma aterrorizado.

—Libros sobre ajedrez, ¿os han encargado alguna vez?

—Creo que sí.

—Esto no funciona así, deben ser respuestas claras y concisas —le advierte Tello.

—Sí, me han pedido tratados sobre las normas y cómo jugar.

—¿Recientemente?

—Pues sí.

—¿Quién?

—Un marqués —responde mientras se mira la mano ensangrentada—, el marqués de Purujosa.

—¿Dónde puedo encontrarle?

—Eso no lo sé, yo solo... De verdad que no sé dónde —y comienza a balbucear y a temblar de pánico—. Os lo juro...

Tello se queda mirándolo de forma turbadora.

—Hoy cerrad, curaos la herida y olvidaos de mí.

Se da la vuelta, abre y se marcha de la tienda.

# 38

Beatriz y Gadea han quedado cerca del Alcázar, en el Campo de la Tela, donde se celebra un torneo y los habitantes de la villa se han congregado para disfrutar del día. En torno a unos músicos hay un buen número de asistentes bailando. Lo más vistoso son los juegos de cañas, que son una imitación de un combate real y hace las delicias del público, que se pelea por los mejores sitios para verlo.

Beatriz ha encontrado un hueco cerca de una tribuna de autoridades. Ha traído comida y bebida, y unas mantas para no sentarse directamente sobre el suelo.

Frente a ellas se han organizado dos hileras de hombres montados a caballo. Van armados con unas lanzas de caña de unos seis palmos de largo. El primer tramo de la caña está lleno de arena para que no se tuerza y sea más pesada a fin de poder arrojarla.

Suenan las trompetas y comienza el juego. Los dos bandos se van acercando y alejando, midiendo sus fuerzas y la distancia que los separa. Hasta que uno de los dos considera que se ha acabado el tiempo de tanteo y lanzan las cañas, mientras los otros se parapetan tras sus escudos.

A continuación, inician las cargas de ambos bandos, que intentan neutralizar o escapar. Una de las formaciones se fragmenta y la otra toma ventaja y comienzan a realizar círculos envolventes en torno a ella hostigándola y buscando su rendición.

—Es divertido —comenta Gadea, que observa cómo vuelven a lanzar las cañas—. No había estado antes aquí; el Campo de la Tela, supongo que harán algún tipo de trabajo relacionado con tejidos.

Beatriz se echa a reír.

—¿Qué pasa? ¿Qué he dicho?

—«Tela» procede del latín *telum*, que era un arma arrojadiza, como las que están usando en el torneo.

—Eres... insufrible. Tu dichoso latín...

Beatriz se encoge de hombros.

—«La Latina» deberías llamarte —añade Gadea.

—No es un mal nombre, suena bien. —Beatriz vuelve a reírse.

—Me encantaría participar, montar a caballo y pelear con ellos, ¿a ti no? Yo me he imaginado haciéndolo —y recuerda sus días con el fraile y las pruebas a las que la sometía—. Aunque claro, nosotras no somos tan fuertes.

—Eso es discutible —murmura Beatriz—. Debes saber, querida Gadea, que pese a que la mayoría de las mujeres no poseen la fuerza física de la que dan muestra los hombres, no debe deducirse que las mujeres andemos totalmente desprovistas de ella. Y mucho menos de la habilidad y la valentía para usarlas.

—¿Sugieres que podemos luchar como ellos?

—No lo sugiero, ya lo hemos hecho —responde Beatriz levantando su dedo índice—. Ha habido mujeres a lo largo de la historia que demostraron a las claras tener valor y fuerza para llevar a cabo las más audaces misiones.

Gadea piensa en su nuevo alumno, al que ya ha empezado a dar clases y que, aunque es algo torpe, va aprendiendo las reglas y los conceptos básicos del ajedrez. Un hombre de unas dimensiones extraordinarias. Gadea no logra imaginarse a ninguna mujer con su fuerza.

—Nunca he oído hablar de ninguna mujer guerrera.

—Que no se hable de ellas es un tema distinto —puntualiza Beatriz.

—Bueno, cuéntame... seguro que hay alguna historia antigua que has leído...

—Semíramis, una mujer heroica, resuelta y llena de valor. Alcanzó el máximo grado de excelencia en el ejercicio y la práctica de las armas de su época, y gobernó un poderoso imperio sobre la tierra y el mar. Libró encarnizados combates, conquistó Egipto y luego dirigió sus ejércitos hasta la India, donde jamás se había atrevido ningún hombre a llevar la guerra.

—La India es la cuna del ajedrez.

—Pues allí resultó victoriosa. Luego invadió otras tierras, hasta que sometió a casi todo Oriente. Y además de sus numerosas y admirables conquistas, Semíramis volvió a levantar y consolidó las fortificaciones de la mítica ciudad de Babilonia.

Aunque se burla a veces de ella, a Gadea le entusiasma oír los relatos de labios de Beatriz, esas historias antiguas, de mucho antes de que Cristo viniera a este mundo a salvarnos. Imperios enormes y lejanos, civilizaciones asombrosas, gloriosas batallas, héroes y heroínas. Son historias que no ha oído nunca y que hacen volar su imaginación.

Siguen la conversación mientras Gadea le enseña algunas jugadas en el ajedrez que siempre lleva consigo. Beatriz le ha contado que la princesa Isabel es una excelente jugadora, y que ella quiere aprender más porque le sería muy útil en la Corte.

—Algunos de los grandes poetas y escritores de la historia han sido también fieros guerreros. ¿A que eso tampoco lo sabías?

En la voz de Beatriz, las historias cobran vida y parecen reales. Tiene esa habilidad de los juglares para hacer verosímiles las más fantásticas epopeyas. Palabras que te envuelven y te abrazan, y se transforman en susurros al oído. Logran que te imagines a bordo de un barco que surca el Mediterráneo huyendo de una Troya en llamas, o que te adentres en las fauces de una cueva perdida de la Anatolia. Beatriz tiene el don de convertir las palabras en viento susurrado que penetra por tus oídos y te hace soñar.

Pero, además, su amiga posee la virtud de estar siempre de buen humor, y su risa es contagiosa. De ahí su desilusión cuando Beatriz le cuenta que se marcha de la villa para acompañar a la princesa Isabel.

—¿Y no sabes por qué tiene que irse? —pregunta Gadea, apenada.

—No, solo que es lo mejor. Y si lo dice, por algo será. Esto es un secreto, te ruego toda la discreción. Además, le he hablado de ti.

—¿De mí? ¿Por qué?

—Quizá también necesite una profesora de ajedrez —y le guiña un ojo antes de finalizar la partida que están jugando—. ¿Te imaginas? Tú y yo juntas en la Corte.

—Ojalá... —suspira Gadea, que se alegra un poco con la esperanza de volver a estar juntas.

—La princesa es capaz de unirnos, ya verás. Es poseedora de una vitalidad increíble, es una mujer maravillosa.

—Da envidia oír cómo hablas de ella —comenta entristecida.

—Querida amiga, la envidia es el gusano roedor del mérito y la gloria.

—Voy a echar de menos oírte decir esas cosas, Beatriz.

—De todas formas, hoy vas a conocerla.

—¿A quién?

—A la princesa, ¡vamos! —y le presta su mano.

—¿A dónde?

—Mira. —Señala la tribuna de autoridades—. No perdamos tiempo —y tira de ella.

Gadea se muere de vergüenza, pero es imposible oponerse a su amiga cuando se le mete algo entre ceja y ceja. Así llegan a los pies de la tribuna, Beatriz se identifica ante dos hombres de armas que custodian la entrada y las dejan pasar. Luego procede de igual modo ante otros dos y, finalmente, llegan a una platea donde hay numerosa gente: nobles, ricos comerciantes, obispos, prelados y hasta algún que otro embajador extranjero.

Ella intenta disimular, pero está impresionada y, a la vez, asustada. No puede evitar fijarse en todo y en todos. De repente se cruza con los ojos oscuros de un hombre de pelo corto. Es solo un instante, pero siente una punzada en el pecho. Cuando lo busca de nuevo, no le ve. Ha desaparecido.

Beatriz la conduce hasta unos asientos donde está acomodada una joven de estatura común, bien compuesta. De piel muy blanca y rubia, ojos garzos con destellos verdes y pestañas largas, con un mirar gracioso y honesto, unos dientes menudos y blancos en una cara hermosa y alegre.

Gadea está ansiosa por conocerla en persona. Beatriz se acerca y habla con ella, pero entonces aparece un prelado mayor, de aspecto rudo y autoritario, que se abre camino hasta la princesa y le susurra algo al oído. De inmediato, Isabel de Castilla se incorpora y abandona el lugar despidiéndose de los que la rodean con un sencillo y grácil gesto de su mano.

—Hemos tenido mala suerte, el arzobispo Carrillo la ha requerido para un asunto importante —se lamenta Beatriz.

Gadea no tiene tiempo de sentirse desilusionada porque en ese momento ve a unos caballeros jugando al ajedrez y su humor cambia. Beatriz se percata de ello y sonríe.

—Seguro que los vencerías —le susurra.

—Juegan bien —afirma Gadea, que observa los movimientos sobre el tablero—. ¿Quiénes son?

—No conozco aún a toda la Corte, pero el más joven y apuesto es Jorge Manrique. Un caballero de alta cuna, sé que es atrevido y buen soldado. ¡Ah!, y también es poeta, harías buenas migas con él.

—¡Qué dices! —Gadea alza demasiado la voz y Beatriz tira de ella, pero tarde, porque Jorge Manrique las descubre y sonríe de manera pícara.

Gadea se ruboriza tanto que no sabe cómo disimular su pudor.

—Voy a hablar con ellos.

—¡Beatriz! —Gadea intenta retenerla del brazo, pero su amiga se zafa.

Luego mira detrás de los jugadores y ve que el mismo hombre de cabello corto que ha visto antes está observándoles jugar. Ella se da la vuelta y sin querer se choca con otro caballero que lleva unos papeles bajo el brazo y que se desparraman por la tarima de la tribuna.

—Perdón... —Gadea se inclina de inmediato para recogerlos.

—No os preocupéis —dice él, que también se agacha y va recuperando los documentos uno a uno.

—¡Ruy! —grita de repente Jorge Manrique—. No te quedes a las damas para ti solo y venid aquí con nosotros.

—Más tarde —responde él, y sigue su camino con sus papeles de nuevo bajo el brazo.

Gadea se queda prendada de la mirada triste de Ruy, pero Beatriz regresa hasta ella y le hace ir hasta los jugadores de ajedrez.

—Te presento a Jorge Manrique y al marqués de Purujosa —dice Beatriz—. Les he contado que nadie juega como tú al ajedrez.

—¿Es eso verdad? —inquiere el de mayor edad.

De pronto suenan unas trompetas de largos tubos que anuncian el final del festejo. Todos se levantan y aplauden, comienzan a moverse y a dejar sus asientos. Y entre tanto trasiego, Beatriz y Gadea se hacen a un lado y bajan por una escalera siguiendo a la concurrencia, sin poder terminar de hablar con los jugadores.

Entonces Gadea vuelve a ver al hombre de cabello corto y ojos oscuros.

—¡Eh! —Beatriz llama de nuevo su atención—. ¿A quién miras?

—A nadie.

—Tenemos que despedirnos aquí, el séquito de la princesa me espera.

—¿Cuándo nos volveremos a ver?

—Dentro de poco, de eso estoy segura. Madrid es un cruce de caminos, pronto estaremos de vuelta.

Sin embargo, a Gadea no parecen convencerla esas palabras optimistas.

—¿Qué te ocurre? —insiste Beatriz, que no pierde el buen humor.

—Nada —y finge sonreír.

—¡Gadea! —Beatriz la coge de ambas manos—. Te surgirá una oportunidad, como a mí. Escúchame bien, no la dejes escapar. A las mujeres el destino solo se nos pone delante una vez en la vida.

—¿Has dicho «el destino»?

—Sí, cuando llame a tu puerta, no se te ocurra cerrarla. Ábrela de par en par y abrázalo con fuerza, que no se te escape. ¿Me has oído?

—Yo, no sé... —murmura Gadea.

—Estoy segura de que vas a realizar grandes gestas —le susurra—, debes tener confianza en ti misma. Sé una mujer fuerte, cuando volvamos a vernos tendrás mucho que contarme.

—Ojalá. —Gadea no consigue disimular su tristeza por la marcha de su amiga.

Se despiden con un efusivo e interminable abrazo. Se les saltan las lágrimas, pero ambas confían en que la ausencia será breve y se reencontrarán pronto.

Gadea regresa a casa de Fuencisla y cena con ella en la cocina, en un silencio interminable. Solo se oye el masticar de la comida. Por un momento observa a la viuda.

—¿De qué murió vuestro marido? —le pregunta.

—¡¿Cómo?! —Fuencisla casi se atraganta.

—Nunca lo habéis mencionado, ¿qué ocurrió?

La mujer resopla.

—Que fue un insensato, eso ocurrió —refunfuña Fuencisla—. Además, ¿a ti qué te importa?

—¿Vos le queríais?

—Vaya pregunta, ¡era mi esposo! —Se queda pensativa un instante—. Mi marido se levantó en armas contra el rey, apoyó al infante Alfonso. Luchó en sus huestes y recibió un lanzazo en el ojo izquierdo. No murió en el acto, agonizó durante un mes, luchando entre la vida y la muerte. Sufriendo el peor de los martirios. Y cuando por fin falleció, el infante también lo hizo. Entonces me despojaron de rentas y bienes. Solo me quedó esta casa y el luto que padezco hasta que yo me muera.

—Cuánto lo siento.

—No estoy para que nadie me compadezca, ¿entendido? —Se levanta de la mesa y se retira a rezar.

En la cama, Gadea recuerda los relatos de Beatriz y los enlaza con sus figuras de ajedrez, de modo que estas cobran vida y protagonizan lo que su amiga le cuenta en sus historias.

Es noche cerrada cuando se despierta al escuchar que alguien llama a la puerta de la casa. Gadea se asusta, sale de la alcoba temiendo lo peor. Fuencisla parece fiarse más de ella y ya no la encierra bajo llave. Cuando se asoma, la dueña de la casa está abriendo y deja pasar a un hombre.

Gadea no sale de su asombro, lo reconoce, es uno de los que jugaban al ajedrez en el torneo de las lanzas.

¿Qué hace aquí?

Observa callada desde una esquina del salón.

El visitante llega lleno de polvo, deja una capa ocre en la entrada y se lo sacude. Porta unas magníficas botas altas, espada al cinto y un gambesón oscuro del que asoma una cruz dorada. Al quitarse el sombrero revela una cabellera larga y también oscura. Se acerca a las llamas que Fuencisla aviva en la chimenea, estira las manos para atrapar el calor y Gadea descubre un vistoso anillo con una piedra roja en uno de sus dedos.

Fuencisla se desvive en atenciones hacia él, es como si se conocieran. Lo cual no hace sino despertar aún más su curiosidad.

—Sal de las sombras —dice de pronto Fuencisla con su costumbre de no mirarla cuando le habla—. ¿No me has oído? Sé que estás escondida.

Gadea da varios pasos hasta dejarse ver.

—Ahí la tenéis. Acércate, ¡vamos!

Ahora puede ver bien al hombre, tendrá más de cincuenta años, de escasa estatura y la cabeza redondeada, con la nariz achatada y los pómulos abultados.

—Ven —dice él con una voz grave y autoritaria.

Ella no se atreve a contradecirle.

—Sabes quién soy, ¿verdad?

Gadea asiente con la cabeza.

—Esta qué va a saber... —musita Fuencisla con su forma brusca de hablar.

—Nos conocimos en el juego de las lanzas, soy el marqués de Purujosa y he venido a buscarte.

—¿A mí? —A Gadea no le suena ese título, y de pronto teme que ese hombre provenga de Toledo, o de Galicia, o de León. Que le hayan hablado de ella y él pueda haberla asociado con alguna desgracia.

Hay muchos que quizá querrían castigarla, ha huido de tantos lugares que no es difícil pensar que alguno de sus antiguos fantasmas ha ido en su busca.

—Tu amiga nos contó que eres una magnífica jugadora de ajedrez. Y me han dicho que te han visto por el mercado. Que nadie quiere jugar contigo porque siempre ganas.

Ella se sorprende y asiente.

—Me la llevo esta misma noche —dice con voz de mando—. Nadie debe saber que ha estado aquí —y le da una bolsa de monedas a Fuencisla ante la cara de estupor de Gadea.

—Preguntarán por ella —advierte la mujer—. Se ha dejado ver mucho, ya se lo advertí yo.

—Pues os las arregláis para que se olviden de que anduvo por estos lares, ¿entendido?

—Soy una persona mayor, no sé si estará a mi alcance.

—Seguro que podéis hacer un esfuerzo. —Busca en su gambesón hasta que saca unas cuantas monedas más—. Ni una palabra. —Fuencisla las coge y entonces él atrapa su muñeca con fuerza—. Si abrís la boca, volveré; si no borráis su rastro, volveré, y si no calláis a los que la han visto...

—Volveréis —le interrumpe Fuencisla.

Y él le clava la mirada.

—Nadie sabrá nunca que estuvo aquí; de hecho, yo ya me he olvidado de ella.

—Eso espero. —El marqués de Purujosa se levanta—. Coge tus cosas, nos vamos.

—¿A dónde? ¿Qué es todo esto? —pregunta Gadea, que asiste atónita a lo que está aconteciendo.

—Pronto lo sabrás.

# 39

Al alba, Beatriz acompaña al reducido séquito de la princesa Isabel cuando salen de Madrid camino de Segovia. Se percata de que hay prisa por dejar la villa, así que galopan presto y tendido aprovechando la tenue luz del inicio del día.

El rostro de la princesa es de evidente preocupación y nerviosismo, Beatriz nunca antes la ha visto en ese estado.

—Alteza, ¿va todo bien? —se atreve a preguntarle.

—Mentiría si os dijera que sí y no quiero hacerlo.

—Pero ¿qué peligro os acecha?

—Uno que si se consuma, será mi cárcel para siempre y también hará rehén al reino.

—Mi señora, ¿qué es eso tan grave?

—Mi matrimonio —responde la princesa.

—¿Os casáis?

—Quieren casarme, es lo que llevan pretendiendo desde que tengo uso de razón. Tuve que negarme frente al mismísimo rey de Portugal, desde entonces Pacheco me odia.

—Sé que rechazasteis a un rey, pero ¿por qué? Ahora seríais reina de Portugal.

—Porque no lo había elegido yo, porque él tenía veinte años más, porque yo era una cría y porque Pacheco y mi hermanastro el rey Enrique solo querían alejarme de mi tierra. ¡Y el rey de

Portugal, aspirar a nuestro trono! —responde airadamente—. Perdonadme, Beatriz.

—No, por Dios, alteza.

—De todas formas, esa no fue la peor de las veces.

—¿Habéis rechazado a más reyes?

—Príncipes, condes... Pero hay uno... ¡Que a Dios doy gracias de que lo separara de mí y no dejara que me pusiera ni uno solo de sus asquerosos dedos encima!

—¿De quién habláis?

—Del hermano de Pacheco, Pedro Girón, maestre de la Orden de Calatrava y el ser más horrible que ha pisado la faz de la Tierra. ¡Nunca agradeceré lo suficiente a Dios que le llamara justo cuando venía a desposarme! —pronuncia con un desasosiego que estremece el alma—. Era un ser cruel, falso, mal vasallo, brutal, mezquino, nada cristiano, atento solo a su medro personal, y para que nada falte, un hombre de mala fama y lleno de vicios.

—¡Qué horror!

—Pacheco abandonó a mi hermano a cambio de que el rey entregara mi mano al suyo.

—Creía que Pacheco siempre había estado de vuestro lado, que había sido la mano derecha de vuestro fallecido hermano Alfonso.

—Lo fue, pero no gratis —responde la princesa Isabel—. A mi hermano lo entronizaron Pacheco, Pedro Girón y el arzobispo de Toledo, Carrillo, que era tío de ambos. Antes mi hermano y yo fuimos presos de Enrique e incluso temíamos por nuestra vida.

—¡Qué horrible!

—Enrique había intentado casarme con el monarca portugués, como os he dicho antes. Como me negué, Pacheco y Girón pensaron que podían aprovecharlo y volvieron a apoyar a Enrique a cambio de que me obligara a casarme con Girón. Si Pacheco era la cabeza, Pedro Girón era los brazos y las piernas, y juntos hacían y deshacían. No tenían linaje, y sin embargo lograron convertirse en los hombres más poderosos del reino. Durante el reinado de mi padre y ahora de Enrique, la nobleza ha aprovechado cada victoria en el campo de batalla para cobrarse su apoyo. No ha ganado el rey de turno, sino sobre todo ellos, los nobles, haciéndose cada vez más ricos y poderosos, hasta controlar por completo el reino. Y esos dos hermanos estaban en todos los conflictos.

—Pero ¿cómo lo hace Pacheco? —pregunta Beatriz, que no oculta su indignación.

—Juan Pacheco es un hombre extraordinariamente hábil, astuto e inteligente, dotado de cualidades políticas innegables para la intriga, el pacto y la seducción, sin importarle jamás la palabra dada, el juramento o la amistad. Nada le detiene si con ello puede satisfacer su gula de poder, riqueza y dominio.

—Y casi os casáis con su hermano... —dice compungida Beatriz.

—Si Pacheco trazaba el plan a seguir, Girón era el hombre de acción, violento y brutal, el que ejecutaba sus decisiones ajeno a los medios, las muertes y el sufrimiento que conllevaran. Ambos hermanos tenían pleno éxito porque, además de favorecerles la privanza y de aprovechar a su favor la difícil y compleja situación de la Corona, se complementaban perfectamente.

—Cuesta creer que dos hombres puedan poner en jaque a todo el reino, doblegar las voluntades, incluso las regias.

—Para que os hagáis una idea, Beatriz, mientras coronaban a mi hermano en Ávila, Pedro Girón lograba inmensos apoyos para nuestra causa recorriendo Andalucía con el encargo de conseguir la adhesión de las ciudades y la nobleza a nuestro bando. Y claro, eso luego hay que pagarlo.

—Todo se compra y se vende, hasta la mano de una princesa. No sabéis cómo lo lamento, alteza. ¿Y el arzobispo Carrillo?

—Él nunca nos pidió ni nos ha pedido nada. Carrillo siempre ha creído que primero mi hermano y luego yo, a su muerte, debíamos reinar en Castilla. En cambio, pasé días enteros rezando y ayunando, pidiéndole a Dios la muerte del hermano de Pacheco —dice la princesa con arrojo—, y no me arrepiento de ello.

—Motivos teníais.

—Como decenas de infantas antes que yo y otras tantas o más harán en mis mismas circunstancias. Porque nuestra opinión en los matrimonios vale lo mismo que nada. —Suspira—. No se lo digáis a nadie, pero pensé en tomar una daga y acabar yo misma con mi vida.

—¡Por Dios, alteza!

—Por providencia divina, cuando venía a desposarme, un bulto en el cuello le estalló y murió como el cerdo que era; dicen que agonizó durante ocho días.

—A todo cerdo le llega su San Martín —murmura Beatriz.

—Me contaron que al morir pronunció palabras blasfemas acusando a Dios de crueldad por no haber prolongado su vida al menos cuarenta días, para alcanzar la cima de su poder ¡desposándome!

—Qué hombre más vil.

—Sus vasallos no lloraron su muerte, todo lo contrario, se liberaron de un tirano a quien sus abundantes y mal adquiridas riquezas habían hecho ostentar un poder indigno. Con un hombre así querían casarme, Beatriz —afirma Isabel, compungida—. Y por eso juré no desposarme con nadie que yo no eligiera, prefiero morir a no cumplir mi palabra.

La comitiva se detiene, un numeroso grupo de hombres armados los han rodeado.

—¿Qué ocurre aquí? —se impone la princesa—. ¿Acaso no sabéis quién soy yo? ¿No habéis visto los emblemas de la princesa de Asturias? ¿De la heredera al trono de Castilla?

Un caballero avanza a lomos de un impresionante corcel negro, se levanta la visera del yelmo y deja ver su rostro, con unos ojos oscuros.

—Los hemos visto muy bien, alteza. Nos envía el marqués de Villena, don Juan Pacheco, para escoltaros a Ocaña.

—¿Con qué motivo?

—¿Acaso no lo sabéis? —pregunta él mientras vuelve a cerrar el yelmo—. Vais a casaros con el rey de Portugal. Y esta vez no os salvará ningún misterioso milagro. Las muertes oportunas son siempre sospechosas, ¿no es cierto, alteza?

TERCERA PARTE

# EL ALFIL

# 40

*Madrid, dos meses más tarde*

El marqués de Purujosa sube las escaleras de su palacio de forma apresurada hasta la sala de la biblioteca. Una vez dentro, va hacia los estantes, toma varios documentos y los lanza al fuego que brama en la chimenea. Ve la mesa junto al ventanal y se dirige hacia ella, entonces la puerta se abre y entra una silueta alargada con un filo brillante en su mano derecha.

El marqués corre, pero el asaltante se lanza como un felino y lo intercepta en mitad de la sala, derribándolo contra el suelo. Lucha por zafarse, pero no tiene nada que hacer ante su fuerza. Sus ojos son tan oscuros que da pavor mirar dentro de ellos.

—Es inútil que opongáis resistencia —pronuncia con una voz grave y rasgada. Tello deja ver su rostro—. Quiero que me digáis sus nombres.

—No sé de qué me habláis.

—Mentís, hace semanas que os vigilo.

—Os lo juro.

—Decidme quiénes están conspirando contra el rey y me marcharé. —Tello le agarra del cuello y le presiona la tráquea con tal violencia que el marqués cree que se la va a partir—. ¿No deseáis vivir?

El marqués no puede respirar.

—¿De verdad creéis que vale la pena? Están abocados al fracaso, el infante Alfonso murió.

El marqués de Purujosa abre la boca todo lo que puede en busca de aire y entonces Tello se la tapa. La sensación de ahogo es horrible. Patalea e intenta mover los brazos para golpearle, pero lo tiene totalmente inmovilizado.

—Os lo vuelvo a preguntar, ¿quién más está conspirando? Decídmelo si no queréis que os desuelle vivo, como a san Bartolomé. Sufriréis tanto que me suplicaréis que os mate, pero no lo haré.

El marqués comienza a sollozar.

—No nos conocemos todos, pasar desapercibidos es la única manera de que no nos encuentren. Así que no puedo daros nombres, es la verdad.

Tello ha desarrollado una increíble capacidad para identificar la mentira. Los gestos, la pose y las palabras pueden engañar; sin embargo, los ojos no, y observando las pupilas del marqués sabe que lo que dice es cierto.

—Pero sé que os comunicáis de alguna forma, con el ajedrez.

Ahora percibe en esos mismos ojos la sorpresa y el miedo del marqués.

—Tenéis que ayudarme, dadme una razón para no mataros —le advierte.

—La reina.

—¿Qué pasa con la reina?

—Para reconocernos, la movemos como si fuera una torre y respondemos luego moviéndola como un alfil.

—¿Me estáis mintiendo?

—Es la pura verdad, así nos comunicamos. No llama la atención, una partida de ajedrez da tiempo para dialogar y no levanta sospechas.

—Tiene sentido —afirma el asaltante.

A Tello le sorprende que le haya revelado el secreto sin más resistencia, sabe que sus métodos son convincentes, pero pensó que tendría que recurrir a más dolor para sonsacarle lo que deseaba saber. Así que solo hay una explicación posible: le oculta algo más.

—¿Con quién jugáis al ajedrez en esta sala? ¿O vais a decirme que jugáis solo?

El marqués tiene la terrible sensación de que si le miente le matará.

—Con una alumna, pero ella no tiene nada que ver en esto.

—Vaya, vaya... ¡Qué sorpresa! ¿Cuál es su nombre?

—No —balbucea—, ella es inocente.

La mirada de Tello se vuelve de una crueldad tan amenazadora que el marqués claudica:

—Gadea, solo es una pobre muchacha que recogí por pena, nada más.

—Está bien, os creo.

En ese instante nota un pinchazo, pequeño, no parece grave. El asaltante se incorpora y él siente un enorme alivio al no tener su peso sobre él, tose y se lleva una mano a su dolorida garganta. Es entonces cuando la otra la desplaza hasta su costado, está húmedo. El marqués de Purujosa se mira la palma de la mano, es sangre. Hay mucha y se extiende rápido por el suelo de la estancia.

—Siempre me acuerdo de la primera vez que maté a alguien. Luego han venido muchas otras... ¡Ah!, pero ninguna como la primera. Ese nerviosismo, la emoción, el miedo, la sorpresa. ¿Qué sentís vos, ahora que sabéis que vais a morir?

El marqués busca con los ojos la mesa junto al ventanal, donde está su tablero de ajedrez.

—Desde este momento estamos los dos unidos, igual de importante es quien te trae a la vida como quien te la quita, ¿no creéis? —De nuevo esa sonrisa terrible—. Solo quiero que sepáis que voy a acabar con todos los que participan en esa conspiración. Vuestro esfuerzo habrá sido en vano. Ahora os dejo, la herida es mortal y dolorosa, pronto lo comprobaréis —y se marcha dejándolo sobre el charco de su propia sangre.

El marqués se arrastra por el suelo. Tello no mentía, el dolor es insufrible. Pese a ello, está decidido a alcanzar la mesa donde se halla el ajedrez. Su último suspiro en este mundo puede ser decisivo para cambiar la historia del reino. Aún está a tiempo de lograrlo; aunque ha tenido que contar parte de la verdad, no todo está perdido. A ella ha logrado mantenerla a salvo y eso le da esperanza. Pero debe buscar ayuda y solo se le ocurre una persona.

A veces sacrificar una pieza es esencial para ganar la partida.

# 41

Ruy lleva meses esperando este momento, está sentado en el pequeño despacho de su casa, en la plazuela de la Leña, muy cerca de la plaza del Arrabal y de la iglesia de Santa Cruz, donde suele acudir a misa los jueves y los domingos.

La habitación se halla bien orientada y buena parte del día dispone de abundante luz, que se cuela por un ventanal enfocado al sur. Es cálida en los meses de verano, pero el resto del año es francamente confortable. Por eso eligió esa vieja casa, el invierno en Madrid es duro porque la villa posee una elevada altitud y Ruy odia pasar frío.

Ante él, sobre su escritorio, aguarda su última adquisición. Ha empeñado en ella los ahorros que había logrado atesorar con enorme esfuerzo. Es un libro que ha traído hoy mismo un mensajero de Valencia, ahora esa ciudad es la más rica del vecino reino de Aragón y pronto empezarán a realizarse allí los nuevos libros, esos que no se escriben a mano sino que se hacen con letras impresas. Esas máquinas que han llegado desde Baviera son una auténtica maravilla del progreso, y todavía pocos en Castilla las conocen.

El libro ha sido impreso en Roma y se lo ha facilitado Luis de Santángel, un ricohombre, comerciante y responsable máximo de los impuestos del rey de Aragón. Pero, sobre todo, un hombre astuto y de amplias miras. Se cartea con él desde hace unos años, a raíz de un raro libro que consiguió por mediación suya.

Este va a ser el primer libro impreso que vean sus ojos. La expectación que siente es máxima; observándolo nadie lo diría, parece como cualquier otro manuscrito, pero no lo es.

Si ya es emocionante abrir un libro nuevo, a Ruy le cuesta describir lo que siente al tratarse del primero que no ha sido escrito por la mano de un hombre.

«Esto es el futuro», piensa.

Está plenamente convencido de que la imprenta cambiará el mundo como nunca antes lo ha hecho nada ni nadie. Es cierto que los libros son un invento antiguo, pero no lo es menos que siempre han estado al alcance de unos pocos privilegiados. Es como esos ingenios militares de ahora que usan la pólvora; las lombardas hace tiempo que se utilizan, pero hasta hace cuatro días con escasa utilidad, más allá de provocar mucho ruido y humo, y asustar a los enemigos. En cambio, ha oído que se han perfeccionado y ahora disparan proyectiles capaces de derribar las más robustas murallas, y que van a cambiar la forma de hacer la guerra. Que los castillos ya no serán fortalezas infranqueables, pues la artillería los podrá arrasar.

Eso mismo va a suceder con los libros impresos, romperán las cadenas que mantienen a los hombres prisioneros de la ignorancia. El día que un humilde campesino o el hijo de un artesano pueda tener un libro en sus manos, ese día el mundo cambiará.

Serán necesarios muchos libros, cientos, si no miles. Pero gracias a ellos somos los únicos seres sobre la Tierra que conocemos el pasado. Un perro o una gallina no saben nada del mundo previo a que ellos nacieran. Y no solo reconstruimos el pasado, sino que ese ejercicio intelectual nos permite imaginar cómo puede ser el futuro. Y eso es posible porque leemos y escribimos libros.

Abre las primeras páginas y le llega su olor. Ruy adora cómo huelen los libros, ojalá se pudiera embotellar ese perfume y guardarlo en frascos. ¿No sería maravilloso conservar el olor de cada libro en un pequeño tarro de cristal?

Ruy deja volar su imaginación con demasiada facilidad, es lo que tiene haber leído tantos libros.

Sin embargo, además de un empedernido lector, es escritor, cronista, para ser más exactos. Y le apasiona investigar, porque él ve una épica irrenunciable en la búsqueda de los hechos antiguos. Como si fuera un héroe de las tragedias griegas, que en vez de descubrir nuevas tierras lo que hace es dar con textos perdidos, noticias de legendarios reyes y gobernantes.

Por eso Ruy no solo escribe lo que ve, sino que con lo que realmente disfruta es descubriendo cómo ha sido el pasado. Escribe sobre personajes históricos, repasa sus crónicas, sus logros y lo que les aconteció. Y a la luz de esos hechos, narra el presente que le toca vivir.

Cualquier rey o gobernante debería ser un profeso historiador, como el rey Sabio o Julio César. Es inconcebible pensar que se puede dirigir un reino sin conocer su historia.

Antes, de manera eventual, ejercía también como tutor de hijos de nobles y de ricos comerciantes, pero desde que murió el infante Alfonso no desea desempeñar más esa tarea.

Uno de sus últimos proyectos es indagar sobre el momento en que los árabes cruzaron a este lado del Mediterráneo. Quiere comprender cómo lograron derrotar con suma facilidad, pocos hombres y rápidamente a un reino de varios siglos como el de los visigodos.

Llaman a la puerta.

Ruy no espera a nadie y las visitas son infrecuentes, se ha vuelto un hombre reservado.

Al abrir se encuentra con un desconocido, ataviado con una llamativa capa azulada y un sombrero de media ala que no duda en quitarse para saludarle.

—¿Rodrigo Muniesa?

—Sí, soy yo. ¿Quién lo pregunta?

—Mi nombre es Francisco de Vargas y Medina y tenemos

que hablar —dice serio, con una voz grave y firme—. Es importante, ¿puedo pasar?

—¿Qué ocurre? —Se niega a dejarle cruzar el umbral.

—Mejor hablemos dentro, por favor.

Durante unos instantes se miran con recelo, creándose una situación tensa.

—De acuerdo.

Ruy le hace un gesto para que entre y cierra la puerta tras él, pero antes mira de reojo que no haya nadie más fuera.

Luego examina con disimulo al visitante y ve que porta una daga al cinto. Así que Ruy se mueve rápido ahora que aún le da la espalda, toma la suya de un estante y la oculta bajo su ropa.

Presiente que no le va a gustar lo que viene a contarle el tal Francisco de Vargas y Medina.

Al recién llegado se le ve incómodo e intranquilo.

—¿Vais a decirme qué sucede?

—¿Vos conocéis al marqués de Purujosa?

—Sí, el marqués es un notable del reino.

—¿Y qué más sabéis de él? —insiste—. Seguro que habéis coincidido con él en alguna ocasión. Es un hombre interesado en las letras, si no me equivoco.

—Bueno... —Ruy mide su respuesta—, es un hombre discreto, pero sí es cierto que tiene interés por la historia.

—¿Por la historia?

—Sí, alguna vez hemos hablado de libros, de antiguos reyes; también de algún hecho histórico.

—¿Cuándo le habéis visto por última vez? —le pregunta arqueando las cejas.

—Pues dejadme pensar... —Ruy se pasa la mano por la nuca—, creo que hace cuatro o cinco meses, en un evento en el Campo de la Tela.

—¿No le veis desde hace tanto?, ¿seguro?

—Sí, el tiempo pasa rápido, pero sí. Varios meses, yo ahora frecuento poco cualquier compañía... —Ruy duda si dar más explicaciones a un completo desconocido.

—¿Por qué? Perdonad mi indiscreción, pero ¿acaso os ocultáis de algo?

—No me agrada prodigarme en público, prefiero la compañía de mis libros. —Ruy señala la estancia, donde pueden verse documentos desordenados por todas partes.

—Vuestro retiro viene desde la muerte del infante Alfonso —afirma el visitante, y esas palabras se clavan como la punta de una lanza en el corazón de Ruy—. Tranquilo, no he venido por ese tema —dice en un tono que casi suena a amenaza.

Francisco de Vargas y Medina se retira la capa y deja ver la cruz de la Orden de Santiago colgando de su pecho, uno de los distintivos más cotizados del reino. Solo los más poderosos e influyentes la portan.

—Os seré franco, es importante que respondáis a mis preguntas: ¿vos jugáis al ajedrez?

—Bueno... me gusta porque es el único juego que deja la suerte a un lado, y como yo no creo mucho en la fortuna...

—¿Y eso por qué?

—Quizá porque nunca me ha favorecido, más bien todo lo contrario. Así que huyo de aquello donde tenga un papel predominante.

El visitante asiente sin decir nada.

—¿Habéis escrito libros sobre el ajedrez?

—No, ninguno.

—¿Estáis seguro? —insiste.

—Sí, bueno... —rectifica Ruy—, en uno de mis libros cito el juego y hago comentarios.

—Luego sí habéis escrito sobre el tema.

—No exactamente. —Ruy matiza su respuesta—. Fue en un libro sobre varios reyes, entre ellos Alfonso X el Sabio. Uno de los más increíbles monarcas de la historia y que publicó importantes obras, entre ellas una sobre los juegos donde por extensión e importancia destaca el ajedrez. Y para escribir sobre la labor del rey tuve que investigar sobre este juego.

—¿Y qué os llamó la atención?

—¿Del ajedrez? Muchas cosas.

—¿Como cuáles? O mejor dicho, ¿qué destacaríais del ajedrez?

—Pues que no es solo un juego, muchos creen que en realidad es un lenguaje.

—¿Un lenguaje, decís? —Francisco de Vargas y Medina se le queda mirando.

—Sí, como la música o las matemáticas. Un lenguaje que creó Dios.

—No os comprendo.

—Hay expertos jugadores de diferentes reinos, culturas y épocas que consideran que los hombres no hemos creado las reglas del ajedrez, que no son de nuestra invención —explica Ruy con dificultad—. Al igual que tampoco lo son las notas musicales ni los números. Solo los hemos descubierto y con ellos podemos crear melodías o realizar cálculos y mediciones.

—¿Y qué podemos hacer con el ajedrez?

—Eso lo ignoro, no domino tanto la materia. Soy cronista, ¿recordáis? Nada más.

—Quiero que vengáis conmigo —dice Francisco de Vargas y Medina, y se vuelve a poner el sombrero.

—¿Ir a dónde? —Ruy toca con sus dedos la empuñadura de la daga.

—El marqués de Purujosa ha muerto esta pasada madrugada.

—¡Santo Dios! Pobre hombre. Espero que no haya sufrido, ¿qué enfermedad padecía?

—No lo entendéis, al marqués lo han asesinado —pronuncia fríamente Francisco de Vargas y Medina.

—¡Qué horror! —Ruy siente una desazón que le recorre el cuerpo entero.

Él conocía lo suficiente al marqués para saber que era un hombre respetable y cultivado, y que siempre mostraba interés por temas que le apasionaban, como los libros.

—¿Por qué motivo habéis venido a decirme que al marqués lo han matado?

—Es una muerte inesperada e inoportuna —responde tajante Francisco de Vargas y Medina con un movimiento de ambos brazos—. Su Majestad el rey Enrique llega en dos semanas a la villa y este hecho podría enturbiar su estancia. Un noble asesinado es una horrible carta de bienvenida, ¿no creéis?

—Sí, claro. Sin embargo, no entiendo en qué puedo seros de utilidad. Además, el rey... —le tiembla la voz—, yo estoy retirado de la Corte.

—Vos no sois el único que se opuso a Su Majestad cuando el malogrado infante Alfonso se levantó en armas e intentó robarle la corona. De hecho, el marqués de Villena, Pacheco, era entonces su principal rival y ahora es su mano derecha.

—Sí, pero yo no soy Pacheco...

—Hay muchos más que han logrado lavar su nombre a pesar de haber apoyado la rebelión —recalca Francisco de Vargas y Medina.

—Es posible, aun así yo estoy retirado, aquí, con mis libros, no quiero saber nada de...

—Necesito que me acompañéis a la casa del marqués. Si lo hacéis, yo podría ayudaros.

—¿Ayudarme? —Ruy se siente acorralado.

—Tengo el honor de ser una persona con trato directo con el rey Enrique. Puedo hablarle de vos y hacerle ver que estáis profundamente arrepentido de vuestro... error por haber estado del lado del difunto infante Alfonso.

—Prefiero no volver a involucrarme en ningún hecho relacionado con la Corte.

—¿Seguro? Mi ayuda os abriría muchas puertas, acceso a documentos, libros, estancias... Sé de vuestras andanzas, de que sois lo que llaman un cazador de manuscritos. ¿Os permiten entrar en cualquier monasterio?

—No, algunos son auténticas fortalezas.

—Con una autorización real se os abrirían todas esas puertas, y los libros son caros, algunos son verdaderos tesoros y se necesitan amigos influyentes para acceder a ellos.

—Eso es cierto. —Ruy comienza a tener dudas—. Pero el rey no me perdonará.

—El infante Alfonso era un crío, se dejó influenciar por quien no debía... y además está muerto y olvidado. Ni siquiera tiene una sepultura real. Vuestra responsabilidad ha expirado, por eso os estoy ofreciendo recuperar vuestra posición —le dice con entusiasmo, esperando cautivarle—. Incluso regresar a la Corte. Su Majestad ha olvidado la rebelión de su medio hermano, pero parece que vos no, Rodrigo Muniesa.

—Eso no es posible, algo así no se olvida.

—Un monarca tiene que dejar atrás ciertas cosas por el bien de su reino. Precisamente si algo desea Su Majestad es que se olvide esa traición cuanto antes, que nadie recuerde que tuvo lugar. Seguro que esto lo entendéis, ¿no? —insiste—. El reino tiene ahora otros problemas más graves que luchar contra un nefasto recuerdo.

—Está bien —Ruy gesticula sin saber bien qué hacer—, os acompañaré, pero no sé en qué voy a serviros de ayuda.

—Eso lo veréis cuando lleguéis allí, Rodrigo Muniesa.

—Ojalá estéis en lo cierto y, por favor, llamadme Ruy. Nadie se dirige a mí por mi nombre y mi apellido, me encuentro incómodo escuchándolo.

# 42

Don Francisco de Vargas y Medina tiene dispuesto un carruaje que les lleva presto al otro lado de la villa; atraviesan la cerca del arrabal por la Puerta de Santo Domingo, después siguen hacia la muralla principal y cruzan la Puerta de Valnadú, junto a la fuente de los Caños del Peral, que da acceso al barrio de los cristianos viejos.

Se detienen ante la inexpugnable fortaleza de la dinastía de los Trastámara, que han aupado a la villa hasta convertirla en una de las más notables del reino. Sus torres y murallas impresionan, aunque dicen que la joya del castillo es la que llaman la Sala Rica, una amplia estancia profusamente decorada, con un maravilloso artesonado mudéjar en blanco y carmesí y pan de oro.

Dejan la visión del castillo y descienden del carruaje. Hace frío en aquel extremo de Madrid, y si existe algo que Ruy no soporta son las bajas temperaturas y el viento gélido.

En qué mala hora lo han sacado de su refugio.

Francisco de Vargas y Medina le pide que le siga hasta un palacio de reciente construcción, el escaso tamaño de los cipreses de la entrada lo confirma, pues hace pocos años que se han plantado para dar sombra.

Ruy no solo mira, sino que ve. Por eso se percata de más detalles que el resto de los mortales. Sabe que las pequeñas cosas, las que pasan desapercibidas, contienen una información valiosa para quien sabe recogerla y analizarla llegado el momento. Por eso observa a su acompañante, Francisco de Vargas y Medina. Es joven, generoso en estatura, como él mismo, aunque más corpulento. Eso es lo más llamativo de él, pocos hombres tan bien formados se ven a menudo. Bajo la capa viste sobrio, con un gambesón y calzas oscuras. Podría pasar por un comerciante, no obstante su forma de andar le delata. Es alguien acostumbrado a cabalgar, pues abre en demasía las piernas. Sus movimientos son precisos y actúa con decisión.

Ruy, que se ha jugado el cuello en la frontera, sabe identificar a un hombre así, pues de lo contrario ya habría perdido la vida en varias ocasiones. Y pertenecer a la Orden de Santiago a tan corta edad es complicado, así que no debe subestimarle.

Cuando llama a la puerta, abre un sirviente de aspecto triste y temeroso. El interior del palacio le sorprende, es demasiado austero. El marqués era un hombre adinerado, Ruy esperaba algo más suntuoso.

Avanzan por un alargado pasillo sin cuadros ni adornos, más propio de un monasterio. Hasta que llegan a una puerta de doble hoja y al entrar Ruy descubre una imponente biblioteca. Jamás ha visto semejante cantidad de libros reunidos bajo el mismo techo, y sabe de lo que habla.

—Decía Tomás de Aquino que tenía más miedo de aquella persona que solo había leído un libro que de la que no había leído ninguno. El marqués no tenía ese problema —dice con admiración.

—Hay que tener mucho tiempo para leer todos estos libros y el tiempo es demasiado valioso —advierte Francisco de Vargas y Medina—, sobre todo para los ricos y los poderosos, es lo único que no pueden comprar.

—¿De veras pensáis eso?

—El tiempo es más valioso que el dinero. Todo el mundo tiene el mismo número de horas en el día, pero a medida que tu fortuna aumenta, tu tiempo no lo hace. Y el tiempo vale conforme consigues riqueza, ¿entendéis? Los pobres son tan desgraciados que ni siquiera sus horas poseen valor.

Ruy se asombra de esas palabras, pero está tan ensimismado con la biblioteca del marqués que hace oídos sordos. Él ha leído tantos manuscritos que ha perdido la cuenta, y no cree que por ello haya desperdiciado su tiempo, por valioso que sea. Ha visitado las bibliotecas de los mejores monasterios de los reinos de Castilla, Aragón y Navarra. Ha leído a Tomás de Aquino y a Guillermo de Ockham.

Pasa sus manos sobre el espacio en blanco que forman los cantos de los pliegos encuadernados, donde el marqués ha escrito los títulos de los libros.

Mirando la biblioteca, piensa que ahí se esconde la joya más preciada de su dueño, semejante colección vale una fortuna. Ni los cenobios más ricos pueden presumir de algo así.

Y entonces se lleva la mano al pecho.

—¡Es increíble!

—¿Qué ocurre?

—¿Sabéis lo que es eso? —y señala una serie de libros—. Son obras de san Isidoro de Sevilla, el mayor sabio que ha habido después de la Antigüedad. Ignoraba que el marqués tuviera sus obras... ¡son valiosísimas! Existen escasos ejemplares.

Ruy está realmente impresionado, le cuesta contener la emoción ante lo que tiene delante de sus ojos. Y no es solo la biblioteca, toda la estancia es una maravilla. De las paredes cuelga una colección de seis tapices; en las paredes más largas hay dos, y uno en las otras. Son de gran formato y casi todos representan escenas mitológicas.

Hay una antigua escultura de cuerpo entero, de mármol blanco. Es un hombre con aspecto de militar; se trata sin duda de una pieza espléndida. Pero todavía hay más. En los huecos que dejan los tapices hay colgadas armas de todo tipo, espadas de los más diversos filos, cascos tan decorados que cuesta creer que puedan llevarse a la batalla, y también grandes blasones. Muchos de ellos con manchas, algunas de un color que bien podría ser sangre seca. Intenta identificar su simbología, son todos musulmanes, seguro que arrebatados en la batalla.

—¿Algo interesante?

—¿Algo? Yo más bien diría ¡todo!

—Seguidme, Ruy —y lo conduce hacia el otro extremo de la sala.

Al fondo, frente a una chimenea, destaca un sillón tapizado en terciopelo de color granate donde cuelga un brazo con los dedos apuntando al suelo. A Ruy le cambia el gesto cuando se percata de que es el cuerpo inerte del marqués.

Desde el centro de la sala hay un reguero de sangre, parece que el marqués se arrastró hasta ese sillón. Querría morir con dignidad, sentado y no tirado como un perro.

Sigue el rastro de la sangre con cuidado de no pisarla.

—El marqués se desplazó herido desde esta posición. —Francisco de Vargas y Medina le señala el lugar preciso—. Venid aquí, ¿lo veis?

Ruy recorre la estancia, comprueba que las pequeñas gotas de sangre llegan hasta la chimenea y mira dentro de ella. Hay ceniza de troncos de buena madera, encima también ve restos más volátiles. Se gira hacia el sillón y observa el rostro del difunto, sus ojos están ahora vacíos y su piel, blanquecina como la leche. Porta un vistoso anillo con una piedra roja y una cruz dorada en el pecho.

—¿Las joyas? No le han robado.

Francisco de Vargas y Medina niega con la cabeza y Ruy se queda extrañado, ¿por qué el asesino no ha aprovechado para robarle? Ese anillo valdrá una fortuna y la cruz también. Incluso los libros de san Isidoro, cualquier volumen se paga a peso de oro.

—¿Cuánto hace que lo encontraron?

—Tres horas.

—¡Solo! —Ruy da un paso atrás, como si la presencia del asesino aún pudiera sentirse.

—Hace tres horas el marqués se hallaba vivo en este maravilloso salón, rodeado de objetos valiosos, todos intactos.

—¿Todos? —Ruy inspira, un gesto habitual en él antes de

hablar, como si tuviera que retener las palabras que quiere decir—. Si le han matado, tiene que haber una buena razón, y cuesta creer que no fuera el arrebatarle alguno de sus tesoros.

—Eso mismo creo yo.

Frente al marqués hay una mesa de madera labrada con decoraciones geométricas. Sobre ella descansa un tablero de ajedrez y un tintero. Las piezas llaman la atención a primera vista, son de una factura excelente. «Otro tesoro», dice Ruy para sí mismo.

No sabría especificar de qué material están hechas, aunque juraría que es marfil. Se hallan profusamente talladas: los caballos montados por caballeros con las lanzas en ristre; las torres con arqueros asomados a las almenas; la reina en una casilla muy avanzada, la séptima, lejos de rey. Y con un aspecto peculiar, desafiante. Está más acostumbrado a verla representada sedente, piadosa, como una Virgen María.

Ruy repasa las figuras con detenimiento y descubre que hay unas manchas sobre su superficie. Coge un caballo con las yemas de sus dedos y lo deja de inmediato al comprobar cuál es el motivo. Se vuelve hacia Francisco de Vargas y Medina pidiéndole una explicación con la mirada.

—Sí, parece ser que el marqués jugó esta partida cuando ya estaba herido de muerte.

—¿Por qué? —inquiere Ruy.

—¿Qué pensáis vos? ¿Es posible que su asesino lo obligara a jugar contra él después de herirlo?

—¿Y para qué iba a hacer algo así?

—Decídmelo vos, ¿qué creéis?

—No se me ocurre una razón...

—Intentadlo, su opinión puede ser útil. —Francisco de Vargas y Medina habla con pasmosa seguridad en sus gestos y palabras, eso le da a Ruy confianza y le hace sobrellevar mejor la situación en la que inesperadamente se ha visto envuelto—. Tenemos que encontrar la razón por la que lo mataron.

—Desde luego.

—¿Y bien? ¿Qué pensáis?

—Descartamos el robo. —Ruy mira los blasones capturados en las batallas—. Quizá fue para obtener algún tipo de información que poseía el marqués y le hizo jugar como parte de algún método para que confesara...

—Interesante, muy interesante. Proseguid, por favor.

—Lo sentó y le dijo: «Si ganas la partida, te perdono la vida». Una forma de darle esperanzas y, a la vez, de ejercer presión para hacerle hablar.

—¿Jugando al ajedrez? —inquiere Francisco de Vargas y Medina, incrédulo.

—Es un juego con muchos matices... —Ruy calla de repente—. ¡Un momento! —Coge una de las figuras del otro bando, las negras—. También tienen restos de sangre.

—Entonces el asesino también sangraba...

—No lo creo, más bien... —Ruy suspira—. El marqués no jugó contra su asesino.

Francisco de Vargas y Medina guarda silencio mientras intenta entender qué significa eso.

—Fue él mismo quien dispuso todas las figuras —sentencia Ruy ante la lentitud de su acompañante.

—¿Y por qué haría tal cosa?

—Esto no es una partida —dice observando la disposición de las piezas—, las figuras que faltan no se han sacado de la caja; en una partida se van dejando a un lado y no se guardan hasta que no termina.

—Si no es una partida de ajedrez, ¿de qué se trata?

—Es un problema.

—¿Un problema?

—Perdonad, se llaman así. Las partidas se han vuelto demasiado largas, así que a veces se preparan problemas o ejercicios. Son partidas avanzadas, con pocas piezas y en posiciones ofensivas. El que la crea plantea a su rival un reto, por ejemplo, hacer mate en seis movimientos. O cazar la torre enemiga en diez, o el caballo en cuatro pero sin perder ninguna otra figura. Los problemas son ingeniosos y rápidos, los empezaron a usar en las cortes árabes hace siglos.

—Un ajedrez rápido.

—Puede llamarse así.

—¿Y por qué un hombre que acaba de ser herido, en vez de buscar ayuda, emplea su último aliento de vida en plantear un problema de ajedrez? —inquiere Francisco de Vargas y Medina mientras se cruza de brazos.

—Es desconcertante, no cabe duda... —Ruy se coloca del lado opuesto al cadáver del marqués para tener una mejor visión del tablero—. Este problema es extraño. Hay escasas piezas y además no son valiosas, no creo que sea posible hacer jaque mate con estas posiciones. Un caballo, la reina y dos peones... No soy el más talentoso jugador de ajedrez del reino, pero es obvio que poco se puede hacer.

—Y entonces ¿por qué este hombre se arrastró moribundo hasta el tablero y dispuso las piezas así?

—No soy adivino.

—Esto es muy serio, ahorraos las bromas. —Francisco de Vargas y Medina pronuncia esas palabras con un tono autoritario—. ¿Os hacéis una idea de lo que hay en juego? Nos estamos dejando la piel para que el rey se lleve la mejor imagen posible de Madrid.

Ruy observa de nuevo la disposición de las piezas, y de pronto se extraña de que haya un tintero con una pluma al lado del tablero. No hay espacio en la mesa para escribir y jugar. Desplaza el tablero, con cuidado de que las figuras no se muevan, y debajo surgen varias hojas de papel con dibujos.

—¡Santo Dios! —Francisco de Vargas y Medina se queda boquiabierto—. ¿Quién iba a imaginar que habría algo debajo?

—Son más problemas —constata Ruy a la vez que las va revisando—, el marqués debía de estar trabajando en algo relacionado con el ajedrez... Es fascinante.

—Es solo un maldito divertimento, una pérdida de tiempo, según lo veo yo.

—No subestiméis el ajedrez, es un juego de reyes.

—Ya... Al menos no son los dados —resopla Francisco de Vargas y Medina—, hay decenas de muertes cada año por culpa de ese juego.

—Es curioso que lo nombréis, hasta hace unos cientos de años también jugaban al ajedrez con dados.

—¿Qué queréis decir? ¿Que el marqués de Purujosa podía andar metido en problemas de juego? —pregunta alarmado.

—No, no. Se abandonó esa práctica porque va contra la esencia del ajedrez y porque la Iglesia la prohibió —explica Ruy mientras repasa los papeles con los esbozos de jugadas.

—Pues no nos iremos de aquí hasta que no me ayudéis a comprender qué diantres ha pasado.

—¿Yo? ¿Por qué? ¡No tengo nada que ver con esto!

Francisco de Vargas y Medina se dirige entonces al escritorio, coge un libro y vuelve hacia él. Lo abre por el comienzo y se lo muestra.

—¿Lo reconocéis?

—Yo lo escribí —dice algo confundido.

—¿Cuántos ejemplares hay?

—Apenas unos pocos, no pude permitirme copiarlo demasiadas veces.

—¿Y no os parece extraño que el marqués tenga una copia?

—Desde luego que sí, lo confieso.

—¿Dónde pudo hacerse con ella? ¿Os la compró a vos?

—A mí no, no tengo respuesta para eso —dice alterado.

—Ya veo. —Francisco de Vargas y Medina le mira serio y en silencio unos segundos, y luego sonríe y le pasa la mano por la espalda—. Tranquilizaos, solo estoy intentando entender qué ha sucedido esta noche.

—Por supuesto, pero es que yo no sé qué hago aquí —recalca Ruy con cierta desesperación.

—Vuestro libro, a buen seguro que será interesante. ¿Explica el juego del ajedrez?

—No, yo soy historiador y este es un libro sobre los monarcas y los príncipes de los estados cristianos: Francia, Inglaterra, Castilla, Aragón, Navarra, Portugal, Baviera... De los reyes que han hecho aportaciones a la cultura. Es una compilación sobre variados territorios a lo largo de los siglos. Mi pretensión era mostrar la historia desde diferentes puntos de vista.

—¿Y qué tal os ha ido con este libro?

—Bastante mal, los cronistas tenemos más éxito si nos ceñimos a los logros del monarca que reina que si nos ocupamos de los reyes que ya están muertos.

—Muy lógico. Pero entonces, si vuestro manuscrito ha sido un fracaso, ¿por qué lo tiene en su biblioteca un marqués?

—Lo desconozco, quizá a él sí le gustó.

—Os repito que no está la noche para bromas.

Y a Ruy se le hiela la sangre y se siente oprimido en una atmósfera que se ha tornado tan tensa que parece que falta el aire para respirar.

—Los libros de esta biblioteca son lujosos, en cambio el vuestro es... digamos que ¿modesto? Es una obra en castellano y en papel, el resto están escritos en latín y sobre pergamino —y le mira—, ¿qué tiene vuestro libro para merecer estar entre estos otros?

—A veces hay situaciones que no tienen sentido...

—Os equivocáis, todo tiene un sentido, aunque no lo parezca a simple vista.

Francisco de Vargas y Medina cada vez le parece más inquietante y ya no confía en él, tiene el presentimiento de que le oculta algo terrible. Avanza las páginas del libro ante la mirada desconcertada de Ruy, y entonces... se detiene, alza la vista y se queda callado.

En la página en la que se ha detenido hay huellas de dedos en un color rojizo que deja pocas dudas de que también es sangre, como la de las figuras de ajedrez.

Ruy fuerza la vista para comprobar qué parte del libro es... y alza la mirada de nuevo a Francisco de Vargas y Medina.

—Es el capítulo sobre el *Libro de los juegos* de Alfonso el Sabio —pronuncia Ruy con claridad.

—¿Os dais cuenta de que cuando el marqués estaba herido cogió vuestro libro y lo abrió por el capítulo donde se habla del ajedrez, y luego se sentó a jugar una partida consigo mismo?

Se hace un silencio.

—Ya va siendo hora de que me confeséis la verdad, ¿no os parece? —le advierte Francisco de Vargas y Medina.

—Os juro... que yo no entiendo qué queréis de mí.

—Mal empezáis si tenéis que jurar, he visto a demasiados hombres que cuando mienten como bellacos empiezan diciendo «lo juro».

—Sé que puede parecer incriminatorio, pero...

—¿Parecer? —Francisco de Vargas y Medina hace un gesto juntando mucho los labios y asintiendo con la cabeza—. Rodrigo Muniesa, yo creo que el marqués de Purujosa nos dejó un mensaje cristalino: vos le matasteis.

# 43

Ocaña acaba de ser sede de las Cortes de Castilla que se han celebrado para ratificar el Pacto de Guisando firmado a la muerte del infante Alfonso. Así que, en teoría, los presentes iban a jurar a la princesa Isabel como heredera. Sin embargo, en la práctica también han servido para fortalecer la política regia de concesión de mercedes a la alta nobleza, frente a los procuradores de las villas y las ciudades.

Castilla es cada vez más un reino de señores y menos de ciudadanos.

Y lo que es todavía peor, han aprovechado las Cortes para prepararle una encerrona a Isabel y que no pueda negarse a su próxima boda con el rey de Portugal, ya que ir contra las Cortes es ir contra la voluntad del reino, y eso es lo último que ella desea.

Es el segundo intento después de la rotunda negativa de la princesa cuando el rey portugués acudió en persona y ella tuvo el valor de oponerse a su enlace.

Una niña frente a todo un monarca veinte años mayor que ella, y presionada por Pacheco y el rey Enrique.

Y, aun así, no claudicó.

Beatriz, mientras se asoma por una de las ventanas del palacio de Ocaña, piensa en semejante arrojo y en que todavía no está todo perdido para la princesa. Cuando dejaron Madrid intuyó que la razón era grave, pero nunca imaginó este devenir de los acontecimientos.

Ahora mismo la princesa está a punto de ser desposada contra su voluntad, enviada al extranjero y sometida para siempre a la voluntad del monarca portugués.

No ha sido Isabel la que ha roto los acuerdos de Guisando, sino el propio rey al incumplir todas sus promesas y tenerla aquí cautiva y bajo continuas amenazas, queriendo forzarla a una boda contra su voluntad e intentando además apartarla de sus derechos sucesorios.

Suenan las campanas de las doce.

Es la hora señalada y sale corriendo de su alcoba. Da dos golpes en la puerta de la de la princesa. Isabel abre rápido y juntas descienden por la escalera principal, donde uno de los criados las espera. Les hace una señal de que el camino se encuentra libre. Bajan y cruzan hacia las cocinas, allí una criada hace guardia y les da paso.

El tiempo apremia.

Desde las cocinas acceden a un patio y, por otro pasillo, a las cuadras, donde hay ensillados dos caballos cuyas riendas sujeta firmemente un joven corpulento. Montan los tres y salen al trote para tomar el camino que parte de Ocaña. Las puertas están abiertas y extramuros aguarda la comitiva que ha organizado el arzobispo Carrillo, el único hombre en el que Isabel puede confiar plenamente.

No ha sido fácil que les permitieran salir de Ocaña, el arzobispo Carrillo pidió dispensa al rey con la excusa de que la princesa deseaba visitar la tumba de su difunto hermano Alfonso.

Aun así han mantenido los preparativos en el más estricto secreto. El arzobispo se ha ocultado a las afueras con el grueso de sus hombres y ha preferido que la princesa abandonara el palacio sin mediar aviso. No convenía llamar la atención, era preferible que todos creyeran que la princesa iba a rezar a la tumba de su hermano.

Aunque... ¡era mentira!

Ahora hay que poner tierra de por medio. Carrillo ha buscado una localidad donde Isabel pueda estar segura y no sea entregada de inmediato al rey. Una de esas ciudades a las que ha ninguneado sistemáticamente Su Majestad, que ha preferido alzar a la nobleza y los señoríos.

La mejor opción ha sido Valladolid.

El camino es largo, pero la otra alternativa era quedarse y contraer matrimonio con el rey de Portugal. Es decir, abandonar su tierra, su reino y vivir para siempre a merced de su marido.

# 44

Los blasones que cuelgan de las paredes de la casa del marqués de Purujosa poseen un magnetismo difícil de evitar. Te invitan a imaginar las batallas donde fueron arrebatados a sus portadores. Son mucho más que estandartes heráldicos; las huestes de las familias poderosas los portan orgullosas para distinguir a sus caballeros en las batallas, tanto cristianos como musulmanes. Ya en época antigua, a cada legión romana le otorgaban un águila dorada, símbolo de Roma, que debían proteger como su mayor tesoro. Su pérdida suponía el deshonor absoluto y el final de la legión. Hace dos siglos y medio, en la batalla de Muret, el rey aragonés cambió su emblema con uno de sus caballeros, sabedor de que los cruzados franceses enviarían sicarios para acabar con su vida en el fragor de la batalla, y bien que hizo, pues asesinaron al portador del señal real de Aragón. Sin embargo, aunque el plan del monarca había funcionado, cuando vio que los asesinos se vanagloriaban de haber robado el emblema real, el rey descubrió su rostro y reclamó su título. Tal muestra de honor solo sirvió para que sus enemigos cayeran sobre él y le dieran muerte.

Los símbolos son poderosos, poseen la capacidad de expresar infinitamente más que las palabras. Por eso estos emblemas atesoran semejante poder aun colgados en esas frías paredes.

Ruy mira los blasones que le rodean mientras busca una respuesta a lo que está sucediendo.

¿Por qué haría eso el marqués?

¿Señalar su libro?

Apenas se conocían...

Francisco de Vargas y Medina cree que él es el asesino del marqués. Ruy se siente rodeado, como el rey de Aragón en la batalla de Muret. Debe romper el cerco, buscar una salida.

—Si el marqués me quería acusar, podría haber escrito una carta —se defiende Ruy.

—Y también si hubiese querido acusar a otro, pero no lo hizo en ninguno de los dos supuestos. Quizá no tuvo tiempo —dice Francisco de Vargas y Medina, pensativo—, o ya no era capaz de escribir porque le temblaba el pulso, o no encontró con qué, o en la vorágine de saberse herido de muerte no pensó con claridad y optó por dejar un mensaje subliminal.

—Os juro que no tengo nada que ver.

—Yo que vos no volvería a jurar. El marqués se estaba muriendo... ¡agonizaba! Y aun así se esforzó en incriminarle. Solo hay una explicación: vos le matasteis —y pronuncia la acusación como si fuera una verdad bíblica.

—No es verdad... —Ruy no sabe qué más decir y sus palabras no suenan igual de convincentes.

—Su muerte no puede quedar impune, supone una terrible pérdida. Purujosa era uno de los principales nobles que se habían asentado recientemente en Madrid. Y queremos que sean más. Como ya sabéis, la Corte protagoniza continuos desplazamientos, lo que implica, lógicamente, el trasiego de una ingente masa de personas con sus correspondientes enseres. Esto conlleva diversas necesidades materiales, a veces difíciles de atender.

—La itinerancia es una herramienta del poder real para hacerse visible. Con ella renueva su legitimidad frente al pueblo, tiene un fin político. —Ruy intenta ganar tiempo hablando, mientras busca la manera de demostrar su inocencia.

—Cierto; no obstante, ahora las cortes reales son cada vez más numerosas. Tanto desplazamiento comienza a ser poco práctico y el poder real puede hacerse visible a través de otros medios. Más pronto que tarde terminará emergiendo una capital fija en el reino de Castilla. En una localidad que reúna las condiciones adecuadas para convertirse en residencia habitual de la Corte y se centralice en ella todo el gobierno del reino.

—¿Madrid? —Ruy le mira incrédulo—. ¿Creéis que Madrid puede ser la futura sede de la Corte?

—¿Por qué no?

—Suena pretencioso —afirma Ruy mientras husmea entre otros documentos de la mesa del difunto—. Por lo pronto se me ocurren Segovia, Burgos, Sevilla, Toledo o Ávila, que están más preparadas.

—Debéis tener en cuenta que la Corte del rey Enrique viaja poco. Su Majestad es perezoso en ese sentido. Se mueve siempre entre Palencia y Madrid. Y ha otorgado los títulos de Muy Noble y Muy Leal a nuestra villa, y el derecho de enviar procuradores a las reuniones de las Cortes. En lo que va de reinado ha residido más de doscientas noches aquí, solo nos iguala Segovia. Y lo mismo sucede con las Navidades, en Madrid ha llegado a celebrar seis. El resto de las ciudades de Castilla quedan muy lejos en ese sentido.

—Veo que lo tenéis bien estudiado...

—Aquí hay bosques y espesos montes, sobre todo los del Pardo, amigables a su inclinación y calidad —recalca Francisco de Vargas y Medina—. El rey, siempre que nos visita, se deleita en andar por ellos y entremeterse en la caza de animales salvajes. Madrid dispone de buenos recursos para avituallar a los cortesanos, una posición central envidiable, y lo que es más importante...

—El castillo y el trazado de plaza fortificada. Madrid es un lugar seguro.

—Exacto, y lo seguirá siendo.

—Hay otros castillos y plazas fuertes en el reino —se adelanta Ruy.

—Pero el nuestro es una de las residencias predilectas de los Trastámara, y posiblemente sea una de las principales razones de la relevancia actual de Madrid. En su interior se custodia parte del tesoro real que se trajo desde Segovia hace poco.

—La villa no tiene salida al mar, está lejos de la costa.

—Pero se ubica en el centro del reino. —Francisco de Vargas y Medina se mantiene firme y se le aprecia entusiasmo en la voz—. Numerosos nobles y altos oficiales de la Corte han abierto recientemente casa en Madrid, como el difunto marqués. La villa cuenta con centros religiosos vinculados con la monarquía, como el convento dominico de Santo Domingo el Real, que alberga el sepulcro del rey Pedro, y el monasterio de San Jerónimo el Real, cenobio fundado por el propio rey Enrique.

—De todas formas, no es a mí a quien debéis convencer.

—Cierto, cuando el rey entre en Madrid por la Puerta de Santo Domingo verá una cabeza clavada en una pica por la muerte del marqués, y la que ahora más reluce para estar ahí es la vuestra. Así que... ¿tenéis algo más que decir, Rodrigo Muniesa?

Ese es el problema, que Ruy no sabe qué más puede añadir en su defensa. Está claro que le han tendido una trampa, y si quiere salir airoso, necesita un milagro, y tendrá que suceder entre esas cuatro paredes.

Llaman a la puerta. A Francisco de Vargas y Medina se le hincha la cara y clava sus ojos en la hoja que se abre.

—Disculpadme, señor. —Entra un hombre de mediana edad, vestido de riguroso negro, con espada al cinto y una banda en el pecho que lo identifica como uno de los alguaciles de la villa.

—¡He dado orden de que no se nos interrumpiera!

Ruy no ha visto antes a ningún hombre de armas en el palacio, ahora comprende que debían de estar escondidos. Se confirma su temor de que le han conducido hasta allí para que confiese delante del cadáver, y no le van a dejar salir si no lo hace.

—Es que tenéis que ver algo —responde el recién llegado, cabizbajo.

—¡Maldita sea! Más vale que merezca la pena. —Francisco

de Vargas y Medina se dirige a la puerta, pero se vuelve un instante hacia Ruy—. No se os ocurra intentar salir, tengo a mis hombres custodiando todas las puertas de este palacio, ¿entendido?

Él asiente y la puerta se cierra. Se queda rodeado de los blasones ganados en batalla y con el cuerpo inerte del marqués, quien por alguna extraña e inexplicable razón le ha involucrado en su asesinato.

Ruy debería estar leyendo su primer libro impreso, aquel por el que tanto ha suspirado.

¿Por qué le han arrastrado hasta allí?

¿Quién ha matado al marqués?

Y lo que es peor, ¿por qué le ha incriminado a él?

# 45

En la biblioteca, a solas con el cadáver del marqués, Ruy escruta incómodo el rostro del difunto. Piensa en lo efímero de la vida y en cómo a todos nos llega el final, da igual quiénes seamos. Mira de reojo las estanterías, aquellos libros atraen poderosamente su interés. «Si pudiera, me los llevaría todos —piensa—. ¿Qué será ahora de ellos?».

Es una buena pregunta, es conocido que el marqués no tenía hijos y su esposa lleva años fallecida. Es posible que los reciba alguno de los conventos de Madrid. Nadie sabe los tesoros que guardaba aquí, no sería difícil llevarse alguno sin despertar sospechas.

¿Y si es lo que ha hecho el asesino?

Robarle el anillo hubiera sido demasiado evidente, pero en esta biblioteca también hay joyas, de pergamino pero igual de valiosas, ¡o más! Y mucho más discretas a los ojos de un profano.

¿Quién dice que el asesino no pudo tomar uno o dos libros?

Lo que no encaja es el ajedrez, eso le desconcierta. Y lo que ahora apremia es encontrar la manera de salir indemne de esa situación. El marqués se la ha jugado bien con su última voluntad.

Por más que lo examina, no alcanza a comprender sus últimos actos antes de morir.

¿Qué pretendía?

¡No tiene sentido!

Debe existir una lógica; como bien ha dicho antes Francisco de Vargas y Medina, todo tiene un sentido.

Resopla.

Camina por la sala y vuelve a mirar el tablero de ajedrez y sus sesenta y cuatro escaques.

¿Por qué perder los últimos instantes de vida con este juego?

Observa las figuras y toma entre sus manos la reina. A él también se le va la vida y no se le ocurre otra cosa que perder el tiempo con el mismo juego. Ha de reconocer que la figura es fabulosa y muy curiosa, una reina con semblante regio y actitud de mando. Ruy cree que nunca ha visto antes una mujer representada de esa forma. Y sin pensarlo, se la guarda en uno de los bolsillos.

Algo impacta contra el cristal del ventanal principal y Ruy se sobresalta. Piensa que ha podido ser algún pájaro despistado, hasta que vuelve a suceder. Ahora no tiene duda de que, sea lo que sea, es provocado.

Abre y mira al exterior.

La noche es oscura y las siluetas de los edificios de Madrid se confunden en la penumbra. Observa con detenimiento las cercanías del palacio y descubre una sombra entre los cipreses de la entrada.

—Chisss —le chista la sombra desde allí.

—¿Qué ocurre? —pregunta Ruy con sorpresa—. ¿Quién sois?

—No habléis.

Es entonces cuando se da cuenta de que es una voz femenina.

La mujer le hace gestos que no entiende en un primer momento, pero que luego parecen indicarle que vaya hacia su izquierda. Él se presta a ello, aunque con reticencias. Se desplaza por la habitación hasta el último ventanal. Mira otra vez fuera, la sombra insiste en que continúe hacia ese lado. Pero en esa dirección ya no hay más ventanas.

Ruy da un par de pasos atrás y observa el tapiz que cubre ese espacio. Es la representación de una batalla, con un ejército que ataca y otro que huye hacia la izquierda. Observa el resto de los tapices, todos mitológicos, dioses paganos, escenas con animales fantásticos, el repertorio es curioso. Sin embargo, el tapiz está descentrado, seguramente por culpa de los ventanales. Aun así, cubre demasiado la esquina, como si...

Ruy va directo hacia la tela y la levanta, es pesada. Logra subirla lo suficiente y descubre una puerta oculta. La examina. Tiene un cerrojo de hierro.

Mira atrás.

Francisco de Vargas y Medina puede regresar en cualquier momento. Es evidente que él no sabe nada de ese postigo. ¿Y ahora qué?

Algo va mal, muy mal en todo esto.

Le han traído en mitad de la noche a la escena de una muerte, ¿por qué? Él solo es un cronista, un estudioso de la historia.

Pero el marqués le ha involucrado y ahora debe actuar con rapidez si quiere salvarse.

Mira los blasones de las paredes y se empapa de la épica que representan, del valor y la lucha en la batalla donde fueron prendidos.

Lo tiene decidido, libera el cerrojo.

La puerta cruje como si fuera la entrada al mismísimo infierno. Por el momento solo se aprecia una estrecha escalera de caracol que desciende hacia la oscuridad. Lo prudente sería no bajarla, sin embargo le puede la curiosidad, una característica muy marcada en su personalidad, y sobre todo la necesidad de huir. Pone el pie en el primer escalón y ya no se detiene.

Los muros son de piedra y los escalones, altos e irregulares. La escalera comienza a girar hasta completar no una sino dos vueltas, ha debido de bajar hasta la planta que da a la calle.

Se topa con otra puerta y otro cerrojo.

Aquello parece una vía de escape con las puertas cerradas desde dentro. Repite la operación y logra abrirla; efectivamente, se halla en el exterior del palacio, con la vista del castillo enfrente, por lo que está en un lateral.

—Pensaba que no saldríais nunca —dice la mujer entre las sombras.

—¿Quién sois?

—No hay tiempo, debemos huir —y le tira del brazo.

—¿Huir? —Ruy se suelta—. Pero ¿qué estáis diciendo?

—Hacedme caso, vuestra vida está en peligro.

—De eso nada, primero vais a decirme quién sois. Ahí dentro yace un notable hombre del reino asesinado y otro decidido a encontrar al asesino. Si no queréis que le llame, decidme vuestro nombre.

—Ese hombre os ha traído aquí para acusaros de la muerte del marqués —dice ella.

—¿Cómo sabéis eso? —inquiere Ruy, que la mira con temor.

—Han asesinado al marqués, pero lo que les importa es que no se corra la voz y la villa se altere antes de la llegada del rey Enrique. Lo que quieren es incriminaros y entregar vuestra cabeza —responde la mujer.

—Pero ¿por qué yo? ¿Y cómo estáis al corriente de lo sucedido? ¿Quién sois?

—Mi nombre es Gadea y tú eres Ruy, dejémonos de formalismos. —La joven habla con un empaque impropio de su edad y condición.

Da un paso al frente y queda más iluminada por la luz de la luna.

Entonces Ruy la reconoce, pero no recuerda cuándo ni dónde la ha visto.

Es menuda, con un rostro en el que sobresalen unos ojos enormes, que le asustan en un primer momento y que desde luego le intimidan. Ha leído historias de mujeres de miradas tenebrosas e impactantes que juegan con los hombres; nunca se las creyó, pero tampoco había estado ante una mujer así. Es un rostro que holgadamente se aleja de lo habitual, con una cicatriz en el pómulo derecho y un corte en el labio inferior. No es un rostro hermoso, es diferente y eso asusta a muchos.

No a él.

Y entonces la recuerda, fue en el juego de las lanzas, la que le tiró sus papeles al suelo.

—Por lo que les he oído hablar, ya traicionaste una vez al rey, ¿no es así? Eso no se olvida, así que eres el culpable perfecto.

—Pero si yo no he hecho nada —insiste Ruy.

—Eso les da igual, los escuché antes de que fueran a buscarte. Estaba oculta tras una cortina, he salido solo para salvarte.

—¿Salvarme a mí?

—Te iban a llevar preso, hay media docena de hombres armados aguardando en la puerta.

Ruy aprieta los puños y mira de reojo al ventanal donde se hallaba asomado hace unos minutos.

—¿Y qué hacías tú dentro del palacio? —pregunta Ruy sin darle respiro.

—Vivo aquí desde que el marqués me recogió.

Él la mira de arriba abajo y pone mala cara.

—No te equivoques, todos los hombres tenéis la mente enferma. El marqués y yo solo jugábamos al ajedrez, todos los días desde que llegué.

—¿Eras... su alumna?

—No —responde tajante.

—¿Entonces?

—Practicábamos juntos, probábamos jugadas, movimientos nuevos... El marqués estaba preparando un libro sobre el ajedrez y necesitaba a alguien que lo ayudara a comprender el juego.

—¿Y ese alguien eres tú?

Gadea asiente.

—Esto es extraño. —Ruy no se fía nada de ella—. ¿Y quién lo ha matado?

—No lo sé, yo no estaba cuando sucedió, y al regresar encontré a esos hombres y hablaron de ti; luego fueron a buscarte y, cuando he confirmado que te dejaban solo, he ido a rescatarte. Aunque, visto cómo eres, casi mejor te dejo ahí dentro.

—¿Y por qué no lo has hecho desde un principio? Tú no me conoces de nada.

—En eso te equivocas, el marqués hablaba mucho de ti.

—¿De mí? —Ruy no cesa de sorprenderse.

—Te tenía en alta estima, leía tus textos. Decía que tú lo entenderías.

—¿Entender el qué?

—Eso no lo sé, no me lo llegó a decir.

Se oye entonces que se abren los ventanales superiores y varias figuras se asoman a ellos. Gadea le empuja contra el muro y le tapa la boca con la mano. Ruy permanece inmóvil y callado, con los dedos de la joven en sus labios. Es una situación tan extraña que le confunde, aunque, paradójicamente, pasados unos instantes, se siente cómodo.

Hace tiempo que no se encontraba tan próximo a una mujer. Están tan cerca que Ruy siente la brisa de su respiración y el latir acelerado, pero constante, de su corazón.

Ella le libera la boca y se quedan mirándose, hasta que Gadea le hace primero una señal con el dedo índice señalando a los ventanales y luego otra llevándoselo a sus labios para pedirle silencio.

—No tardarán en descubrir la salida secreta —susurra ella—, debemos irnos ya.

—¿Irnos a dónde?

—Quien mató al marqués buscaba algo concreto, no debemos permitir que lo encuentre —recalca Gadea—. Los de arriba no son mejores, a ti ya te han condenado.

—Eso no puede ser, no pienso huir. Significaría admitir que soy culpable de un crimen que no he cometido.

—Ese hombre te ha engañado y piensa utilizarte —musita ella.

—No te conozco de nada, ¿por qué debo creerte? ¿Quién eres?

—Ahora mismo, tu única esperanza de no terminar en el cadalso con un hacha amenazando tu cuello.

—Muy ilustrativo.

—Es la verdad —pronuncia con un aire de indiferencia, acercando los labios todavía más, para luego separarse de él y echar un vistazo a ambos lados.

—No... —Ruy se debate entre regresar o huir con ella—. Es que yo no he hecho nada, me han sacado de mi casa en mitad de la noche, he colaborado y... ¿por qué debo huir?

—Veo que aún no lo entiendes. —Gadea resopla mientras se aparta un mechón rebelde que le cae en la frente.

Ruy escruta mejor a la misteriosa joven, que viste de forma confusa, podría pasar por hija de un comerciante modesto, pero luego calza unas botas altas más propias de un hombre. No es una belleza deslumbrante, pero irradia una seguridad en sí misma y un aplomo que él no ha visto nunca antes en una mujer.

—El marqués me dijo que eras un hombre desconfiado —afirma Gadea—, por eso me contó algo por si alguna vez tenía que recurrir a ti. Es sobre la muerte del infante Alfonso, aunque él aún lo llamaba rey, a pesar de que sé que está prohibido referirse a él así.

—¿Cómo? —Ruy se aparta de ella—. ¿De qué estás hablando? ¿Qué sabes tú? ¡No! Ya basta, me marcho de inmediato.

—Nombró a Pacheco, quien ahora es la mano derecha del rey Enrique.

—¿Qué pasa con él? —A Ruy le cambia la cara.

—El marqués me dijo que, pocos días antes de morir el infante Alfonso, Pacheco recibió el maestrazgo de la Orden de Santiago. Como seguro conoces, es el nombramiento más valioso de Castilla.

—Sí, ¿y?

—Hubo una gran batalla.

—Cierto, yo vi los resultados con mis propios ojos.

—Lo que no sabes es que tras esa batalla, el infante Alfonso quería negociar con su hermano, el rey Enrique, porque había logrado una situación de fuerza y ansiaba llegar a un acuerdo para instaurar la paz en el reino. Estaba dispuesto a poner sobre la mesa varias concesiones, incluso a devolver ese maestrazgo.

—¿Insinúas que...?

—El marqués solo me dijo que Pacheco fue la mano derecha del rey Enrique y le ayudó a lograr la corona. Luego aupó al infante como monarca y lo enfrentó al rey que él mismo había coronado. Ahora vuelve a ser la mano derecha de ese rey. Y entre rey y rey lo que ha hecho es ir acumulando títulos y poder. —Gadea arquea las cejas.

—Sí, ha cambiado de bando varias veces... —Ruy se lleva la mano a la nuca—. A decir verdad, es mucho más que eso: Pacheco decide quién y cuándo se es rey en Castilla. Ahora al menos estamos tranquilos, pues no existen más pretendientes al trono. Ningún hombre puede reclamar la corona.

Al decir esas palabras, a Ruy se le estremece el corazón. Debería olvidar el pasado y su antigua lealtad al infante Alfonso, y aceptar que el rey de Castilla es Enrique.

Pero no puede.

—Si quieres que confíe en ti, tienes que decirme en qué andaba metido el marqués. ¿Estaba conspirando contra el rey? —pregunta en voz baja y mirando a un lado y a otro, cerciorándose de que nadie les oye.

—Nosotros solo jugábamos al ajedrez.

—Al ajedrez... ¿Y qué tiene que ver eso con la muerte del infante, con el rey Enrique, con el asesino?

—Mi maestro me dijo una vez que el ajedrez era mucho más que un juego, que era una metáfora del mundo.

—¿Y qué quieres decir con eso?

—El marqués nunca me lo comentó, pero sé que preparaba un cambio en el juego que sería trascendental.

—¿Qué cambio?

—Quizá esa sea la razón de que estés aquí, descubrirlo —insinúa Gadea, que mueve las manos haciendo círculos.

Entonces se oyen unos ruidos tras el muro, alguien baja por la escalera de caracol.

Ruy mira a Gadea y suspira.

Hay quien pierde la cabeza por no perder el corazón, y Ruy se pregunta qué le está diciendo su corazón en estos momentos.

—¡Corre!

Ruy coge de la mano a Gadea y salen huyendo del palacio.

# 46

Dejan atrás el palacio de Purujosa y enfilan hacia la Puerta de Guadalajara. Mientras caminan a buen ritmo, Ruy no deja de pensar que hace pocas horas se hallaba sentado frente a su escritorio, a punto de abrir el último libro que ha adquirido. Su primer libro impreso, por el que llevaba tanto tiempo ilusionado. Después de meses de espera, por fin lo tenía en sus manos... En cambio, los acontecimientos le han arrastrado por un camino inverosímil, y en compañía de una joven tan misteriosa como desconcertante.

—¿A dónde vamos? —demanda Gadea.

—Hay que salir de la ciudad —responde Ruy con el aliento entrecortado—, pero las puertas aún están cerradas; necesitamos un escondite hasta el alba.

—¿No vamos a averiguar quién mató al marqués?

—¿Cómo pretendes que hagamos eso?

Gadea se detiene, pero Ruy la coge de nuevo del brazo y la lleva a una zona más resguardada de la calle.

—¡Estás loca! ¿Qué haces? No te pares en plena calle.

—¡Suéltame! —Intenta zafarse y Ruy no se lo permite, pero ella no se rinde.

—Está bien, pero ten cuidado o nos verá alguien.

—Odio que me agarren. —Gadea le mira furiosa y se frota las muñecas doloridas por el rifirrafe.

—Disculpa. —Ruy se da cuenta de que ha podido sobrepasarse, se da la vuelta y avanza varios pasos a la vez que se frota la cara con ambas manos—. Estoy nervioso, me acusan de matar a un noble... ¡y no tengo ni idea de quién está detrás!

—¿Y si el marqués, cuando cogió tu libro antes de morir, lo que estaba haciendo era pedirte ayuda? Puede que creyera que tú serías capaz de dar con su asesino.

—¿Y tú cómo sabes eso? ¿Quién me dice que no eres tú la asesina y estás intentando incriminarme?

—¿Sacándote del palacio? ¿Alertándote de la trampa que te han preparado? ¿De verdad crees eso? Entonces no eres tan listo como decía el marqués —replica Gadea con decepción.

—Suponiendo que estés en lo cierto, que está por ver, ¿por qué el marqués no escribió el nombre del asesino? Hubiera sido mucho más fácil.

—Quizá porque no lo conocía.

—Ya...

—O al contrario —a Gadea se le iluminan las pupilas—, porque sí lo conocía y, por alguna razón, sabía que si lo escribía, no lograría nada.

—¿Qué sentido tiene eso?

—Pues que se trata de alguien poderoso. El marqués sabía que tal acusación caería en el olvido. En cambio, si te involucraba a ti, tú descubrirías quién era el culpable.

—Yo ya no sé qué pensar. —Ruy resopla.

—¿Qué sospechas tienes? —Gadea baja el tono—, ¿quién lo pudo matar?

—No lo sé, yo soy cronista, escribo sobre los hechos que acontecen e investigo sobre los pasados.

—¡Exacto! Esto es lo mismo, descubrir qué está sucediendo y qué le ocurrió al marqués. ¡Por eso te eligió!

—Un cronista no busca asesinos ni desbarata conspiraciones ni...

—¿Ni qué?

—Nada —contesta Ruy.

—¿Y cómo es que no buscas asesinos? Cuando investigas la muerte de un rey, ¿acaso no te preguntas si quizá lo envenenaron, si hubo una intriga para destronarle...?

—Eso sí es cierto, pero lo hago en el pasado.

—Pues ahora tienes que hacerlo en el presente —sentencia Gadea.

# 47

Ruy nunca ha conocido a una mujer tan obstinada, es un auténtico vendaval que tira de él y le lleva a donde ella quiere. Por mucho que se oponga e intente aferrarse a algo, ella es más fuerte. Nunca se rinde, insiste e insiste hasta que doblega su resistencia.

—Tú escribiste un libro sobre ajedrez, ¡no puede ser casualidad!

—Eso no es exactamente así, el libro era más extenso.

—¡Da igual! El marqués y yo jugábamos horas y horas, era lo que más nos importaba a ambos.

—¿El ajedrez? —Ruy no sale de su asombro—. ¿Por qué?

—Así que tú tampoco lo entiendes... Esperaba más de ti.

—No puedes decirme eso.

—El ajedrez es mucho más que un juego, pensaba que al haber escrito un libro sobre él lo sabrías.

—Eso no se ajusta a la verdad, mi libro está dedicado a la vida de monarcas influyentes. Entre ellos está el rey Sabio, que escribió el mejor tratado que existe sobre ese juego. Para prepararlo tuve que leer y estudiar lo que se había escrito hasta ese momento sobre el ajedrez. Sus orígenes, sus leyendas, sus reglas, todo.

—¡Ahí lo tienes!

—¿El qué? Yo no veo que tenga nada. —Niega con la cabeza.

—Veamos, ¿qué sabes del ajedrez? —le pregunta Gadea clavando sus pupilas en él.

—¿Qué? —Ruy a veces se queda abrumado por la inmensidad de sus ojos.

—¡Venga! —insiste—, cuéntame lo que descubriste.

—Todos los libros aseguran que el ajedrez es un juego de habilidad, de destreza, de inteligencia. Se gana entendiendo al adversario, no creyendo que es un enemigo al que hay que destruir —expone Ruy con mucha pasión en las palabras—. Es un juego de conocimiento y la victoria se logra porque el ganador ve más allá que el rival.

—De acuerdo, ¿qué más?

—Es una de las manifestaciones culturales más antiguas de la humanidad, tiene más de mil años. Se desconoce realmente su origen, si bien las fuentes coinciden en que es un juego mítico que nació más allá de Oriente, en la lejana India.

Mientras habla, Ruy observa el rostro de Gadea: su nariz, algo pequeña; el corte de su labio inferior; su pelo oscuro recogido detrás de las orejas; sus marcadas mandíbulas; por supuesto, sus ojos y esa cicatriz en el pómulo derecho. Tiene un rostro extraño y con imperfecciones, pero al mismo tiempo son las que le imprimen carácter y despiertan el interés de Ruy. Una mujer con semejantes ojos ha tenido que ser objeto de burlas y habladurías, y esas cicatrices denotan personalidad y fuerza para sobreponerse a los obstáculos de la vida.

—Ruy, ¿qué pasa?

Y esas palabras de Gadea le hacen volver a la realidad, baja la mirada e intenta que ella no se percate de lo que acaba de suceder.

—El ajedrez —continúa para ocultar su indiscreción—, aunque es un arte en sí mismo, desde sus inicios se ha relacionado con la guerra. De hecho, en el juego de la India representaba los cuatro cuerpos que componían el ejército indio, y las piezas actuales todavía representan ejércitos aunque con variaciones de cada cultura.

—El ajedrez no es una representación de la guerra —le rebate Gadea.

—No lo es, pero lo parece.

—En eso sí estoy de acuerdo.

—El ajedrez tiene el don de llegar a todo el mundo, para ello se sirve de diferentes capas —prosigue Ruy—. La externa parece militar. Sin embargo, la más profunda es considerada por los maestros del juego como una representación de la jerarquía de un reino, con los distintos cargos, dignidades y oficios que lo componen. Por eso es ideal para la formación de un príncipe heredero.

»El tablero se considera un espejo de nuestra sociedad y un microcosmos, y ese simbolismo ejemplarizante permite señalar el lugar de cada uno en la escala social. Y no solo eso, también se juega al ajedrez en los monasterios, donde los frailes adquieren enseñanzas morales.

—Mi maestro era un fraile —dice Gadea con cierta melancolía en la voz.

—Hubo un tiempo en que el ajedrez fue prohibido por la Iglesia.

—¿Por qué?

—Por varias razones, aunque a ojos de la Iglesia había una fundamental: se jugaba con dados.

—Eso corrompe la esencia del juego, que precisamente es evitar todo azar —advierte Gadea, enojada.

—Lo sé, pero la gente buscaba partidas rápidas e innovar en el juego, así que elegían una figura y tiraban los dados para decidir cuántas casillas la movían.

—¡Qué barbaridad! Me parece... —Se muerde la lengua—. Es algo horrible, ¡me alegro de que la Iglesia lo prohibiera!

—Lo hizo porque está en contra de los juegos de azar, y lo que provocó fue que los jugadores tuvieran que demostrar que el ajedrez no lo era. —Ruy sonríe y mira a Gadea.

Sus miradas se quedan fijas unos instantes, es la primera vez que sucede al mismo tiempo. Ambos se observan el uno al otro en silencio.

—Tienes que ser muy buena jugadora para que el marqués confiara en ti.

Gadea no responde, se queda pensativa, y entonces tiran de ella con tanta fuerza que le levantan los pies del suelo. No entiende qué sucede, hasta que la lanzan con brusquedad contra la pared. El golpe le deja la espalda dolorida.

Su instinto la hace levantarse y echar a correr como alma que lleva el diablo, pero la cogen por la cintura y vuelven a lanzarla contra el firme. Esta vez casi le rompen el brazo, y le provocan una aparatosa herida en el codo y un buen rasguño en el hombro.

—¡Apresadla! —ordena Francisco de Vargas y Medina.

Cuando se acercan a por ella, Gadea les escupe en la cara, se revuelve y se zafa de ellos. Evalúa la situación, ha aprendido a dominar los nervios y buscar una escapatoria. Porque aunque no lo parezca, siempre la hay. Otra cosa es que sea capaz de encontrarla a tiempo.

Pero no, no le da tiempo.

La reducen entre varios, sujetándola por las muñecas y los tobillos. Esta vez no puede escabullirse por mucho que patalee.

Entonces Ruy se mueve rápido y certero, como ella no hubiera imaginado. Golpea en la boca del estómago al primero de los que la retienen y luego en la mandíbula al segundo, que cae desplomado. El siguiente logra lanzar un golpe contra él, que Ruy esquiva con dificultad.

Llega otro que consigue agarrarle por la cintura y estamparle contra el muro, a lo que Ruy reacciona golpeándole con su codo en la espalda, una, dos y tres veces, hasta que se libera, y aprovecha para propinarle dos certeros golpes en el mentón y la nariz.

Gadea ve la oportunidad y se apresura a huir. Cuando se disponen a seguirla, Ruy se interpone y ella logra escapar.

Él se ha revelado como un habilidoso contrincante en el cuerpo a cuerpo y eso hace pensar a Gadea en lo que le contó Beatriz, que algunos de los mejores poetas y escritores de la historia han sido también fieros guerreros.

Ahora los hombres rodean a Ruy y surge tras ellos la figura de Francisco de Vargas y Medina, envuelto en su capa azulada y bajo su sombrero de media ala. Saca una daga con una afilada hoja. Se la pasa de una mano a otra, con una evidente habilidad que no hace presagiar nada bueno.

—No me lo pongáis más difícil —le advierte Francisco de Vargas y Medina—. ¡Se acabó! Daos por preso o dadme una alegría y ateneos a las consecuencias.

—Yo no maté al marqués. —Ruy también desenfunda la daga que portaba oculta en su cintura y que tomó antes de salir de su casa.

Se mueven uno frente al otro, casi bailando, a la espera de que uno de los dos dé el primer paso. Ambos amagan varias veces. Ninguno se decide, mientras los otros hombres aguardan sin intervenir.

Quizá por eso Ruy arranca decidido, aunque en dos ocasiones tiene que recular al ver demasiado cerca el filo de la daga de su rival. Se mueve hacia su izquierda, luego hacia el otro lado, y entonces realiza un rápido amago, y a continuación acerca su hoja, que es bloqueada hasta en tres intentos por su rival, quien contraataca de inmediato demostrando ser un oponente feroz.

Francisco de Vargas y Medina se carcajea confiado.

—No imaginaba que supierais defenderos, ha resultado ser una grata sorpresa. ¿Dónde ha aprendido un juntaletras como vos a luchar?

—En la vida hay que saber hacer de todo —responde Ruy—, la pluma y la espada se usan con la misma mano.

—Cierto, olvidaba vuestra fama de cazador de manuscritos. —Sonríe—. Al fin un rival digno, se agradece.

En ese momento dobla la esquina de la calle un tumulto de gente lanzando voces airadas. Francisco de Vargas y Medina no sale de su asombro; llegan hasta ellos, gritando cada vez más. Él no entiende lo que sucede.

—¡Malditos rufianes! ¿Cómo osáis violentar a una dama?

—¡Son ellos! —les espolea Gadea.

Se trata de una cuadrilla de parroquianos de alguna taberna cercana a los que Gadea ha debido de engatusar para que la acompañaran.

—¡Yo soy la autoridad! —proclama Francisco de Vargas y Medina, a quien de pronto le cambia el rostro.

Aparecen media docena de alguaciles de la villa y se cumplen las sospechas de Gadea: Francisco de Vargas y Medina es un impostor y no tiene autoridad alguna en Madrid. Tras dar varias órdenes rápidas a sus hombres, abandonan la escena antes de tener que dar explicaciones.

Una mano tira del brazo de Gadea, es Ruy de nuevo; esta vez ella no le recrimina el gesto y salen corriendo. Ruy la guía hacia la Puerta de los Moros.

Las luces del alba comienzan a vislumbrarse sobre los tejados, los gallos entonan sus cantos desafiantes y se oyen los primeros ruidos. La villa sale de su letargo nocturno y se despereza. Se cruzan con comerciantes que acceden a Madrid, entonces frenan el paso y sin soltarse de la mano enfilan hacia el portón de la muralla.

Uno de los guardias los mira receloso y Gadea se teme lo peor, presiente que los ha descubierto.

Suenan las campanas, las que tanto odia, y cree que son un mal presagio de lo que va a suceder a continuación. Su mala fortuna la ha vuelto a atrapar, no logró dejarla en Galicia.

Si los detienen ahora, están perdidos. La desazón le recorre todo el cuerpo y piensa de nuevo en el mal fario que la persigue.

Ese maldito tañer no cesa, esta vez no hay escapatoria.

Se para, le fallan las piernas, va a caerse.

Entonces Ruy le aprieta la mano con más fuerza, tira de ella hasta pegarla a su cuerpo, pasa su otra mano por la nuca de Gadea y la besa.

A ella le pilla tan desprevenida que no se resiste.

Mientras la besa, Ruy la hace caminar, así cruzan la puerta y siguen andando hasta hallarse extramuros.

Ruy mira de reojo a los guardias; solo cuando están al otro lado despega sus labios de los de Gadea, y ambos se quedan en silencio.

—Amanece, que no es poco —pronuncia Ruy con los rayos del sol incidiendo sobre sus rostros.

Gadea no puede creerlo, el sonido de las campanas ha cesado. Ese beso la ha liberado; ni conjuros, ni rezos ni huidas.

Un beso.

Como está tan callada, Ruy no sabe cómo interpretarlo.

Por su lado pasan dos hombres que también salen de la villa y van comentando que han matado a un noble en su palacio.

Ruy y Gadea se miran con preocupación.

—Necesitamos ayuda —dice él, frotándose la nuca con la mano.

—¿Ayuda? ¿Ayuda de quién?

—De la única persona que conozco a la que todo esto no le parecerá una auténtica locura.

# 48

La fachada de la casa es tal y como se la han descrito a Tello unas lavanderas, con una parra fabulosa saliendo del interior del bajo y recorriéndola hasta el alero. Ha tenido que investigar mucho para llegar hasta aquí, patearse las calles de Madrid, indagar entre los comerciantes que frecuentan el mercado de la plaza del Arrabal y preguntar por las iglesias. No ha sido tarea fácil, la verdad. Tello es persistente y tenaz, como un perro que se obstina en seguir un rastro en medio del bosque, con pocos visos de llevar a ninguna presa, pero que al final lo consigue.

Llama a la casa. Al poco se entreabre la puerta y aparece una vieja.

—¿Sois Fuencisla?

—En efecto —le responde con frialdad—, ¿quién eres?

—Busco a una joven de nombre Gadea.

—No, aquí vivo yo sola —y la dilatación de sus pupilas la delata.

—Hay una recompensa por ella.

—Ya te he dicho que vivo sola, soy viuda. ¡Quieres hacer el favor de largarte de aquí! —grita para intentar llamar la atención de algún curioso que ande cerca.

Y más de uno se gira hacia ellos.

—Está bien, disculpad las molestias. —Tello se da la vuelta y se marcha.

Ella le mira de reojo; siempre supo que la jovenzuela le traería problemas.

Esa noche, cuando Fuencisla duerme plácidamente, un golpe brusco la despierta de improviso. La puerta de su alcoba se abre y, como un demonio, un hombre se abalanza sobre ella y le tapa la boca para que no pueda gritar.

Ella le muerde y, por el alarido de dolor, lo hace con fuerza. Si fuera más joven quizá podría escapar, pero ahora apenas logra girarse cuando la coge de los pies y la lanza contra el suelo como si fuera un saco de basura.

Le da dos puntapiés en el costado que a buen seguro le rompen varias costillas.

—Gadea, ¿quién es? ¿Dónde está?

—No lo sé —responde lloriqueando.

—El marqués de Purujosa, ¿vino a por ella?

—Sí.

—¿Por qué?

—Yo no...

—Tú no, ¿qué?

—No sé nada, se la llevó y me pagó para que no abriera la boca —confiesa Fuencisla.

—Entonces tú sabes algo, ¿dónde puedo encontrarla ahora?

—No la he vuelto a ver desde que se fue. Pero...

—¿Qué?

—Gadea no pasa desapercibida, tiene los ojos muy grandes y lleva unas botas altas, me juego lo que quieras a que sigue calzándolas.

—¿Qué más? —insiste Tello.

—Siempre sospeché de ella... —Fuencisla está deseando hablar—. Primero pensé que era una desvergonzada, que iba con hombres, pero no, lo suyo era peor que ser una simple desvergonzada.

—Explícate y me iré.

—No era cristiana vieja, consiguió engañarme un tiempo, pero... un día la escuché hablando en sueños. Tenía pesadillas de manera frecuente, casi siempre llamaba a su madre y gritaba «fuego» —relata de forma sibilina—. Pero un día nombró Toledo y sé muy bien que hace años hubo un incendio allí.

—El fuego de la Magdalena —asiente Tello.

# 49

Caminan hasta una plazuela de tierra, pasan bajo la sombra de dos madroños y llegan a una casa baja con un zócalo de mampostería, sobre el que se levantan maderos que forman paños de tapial y que se corona con un techo a dos aguas. Sale humo de la chimenea y se atisba luz por la única ventana que posee. Ruy se acerca y llama. No tarda en abrir un viejo enjuto y sin un solo pelo en la cabeza; en cambio, una larga y espesa barba le cae hasta el pecho.

—Ruy, benditos sean mis ojos. ¡Estás vivo!

—Qué gracioso...

—Si hasta tienes buen aspecto —dice el hombre abriendo los brazos para rodearle con fuerza—. Y yo que te hacía bajo tierra...

—Sabéis perfectamente que estoy bien.

—No será por lo mucho que vienes a visitarme —pronuncia con cierta desidia el viejo—. ¿Prefieres estar encerrado con tus libros que bebiendo un vino con tu amigo? Sabes que el mundo real no es el que lees en esos papeles, ¿verdad? —Le echa una mano al hombro y le señala con el dedo índice de la otra—. Es el que está aquí afuera esperándote.

—De eso hablaremos otro día —responde Ruy resoplando a la vez que mira a Gadea.

Su amigo se percata de su presencia.

—Vaya, vaya, esto sí que no me lo esperaba.

—No es lo que os imagináis.

—Por supuesto que no. —Sonríe—. Nunca lo es —y hace un gesto subiendo ambos hombros y juntando mucho los labios—. Yo soy don Braulio, es un placer conoceros, joven.

Se inclina y le besa la mano.

—Me llamo Gadea.

—Qué alegría conoceros. Tenéis unos ojos que no os caben en la cara, ¡qué barbaridad!

—Bueno, dejemos los halagos para otro día, ¿podemos entrar o no?

—Qué gruñón te has vuelto. Pero ¿y esos rasguños? ¡Vamos! No os quedéis ahí y déjame que te los limpie.

Gadea sigue a Ruy, y una vez que atraviesan el umbral don Braulio echa tres cerrojos y pasa una tranca de extremo a extremo de la puerta de la casa.

—Malos tiempos, muchacha, no puedes fiarte de nadie.

Hay poca luz, pero pronto acceden a una sala más iluminada y entonces Gadea descubre que la estancia está repleta de cachivaches.

Don Braulio va a por una palangana y un trapo, lo humedece y le limpia los golpes. El viejo tiene unas manos limpias, con las uñas bien recortadas. A pesar de su edad, conserva un innegable atractivo, como esas viejas iglesias que siguen siendo bellas aunque sabes que vivieron épocas mejores.

—Gadea me está ayudando con un asunto complejo.

—Un nombre muy apropiado para una mujer con semejante mirada. Santa Gadea fue una mártir que se negó a consumar con un procónsul romano de la isla de Sicilia, y como castigo este la mandó a un burdel, donde la joven logró mantenerse virgen. Así que el procónsul, aún más enfurecido, decidió torturarla de una forma horrible, amputándole ambos pechos, y finalmente fue arrojada sobre carbones al rojo vivo...

—¡Qué horror!

—Don Braulio se conoce la vida, obra y milagros de todos los santos.

—Y de los mártires...

—Es verdad, también de los mártires. —Ruy resopla.

—Santa Gadea lanzó un grito ensordecedor antes de expirar dando gracias a Dios —prosigue don Braulio—, y justo un año después de su muerte, en ese mismo lugar donde se la torturó, entró en erupción el mayor volcán que aún existe. Las gentes invocaron a la santa, que detuvo el avance del fuego.

—Interesante historia —confiesa Gadea, que le agradece con una sonrisa los cuidados.

—Y es la santa protectora de las mujeres, así que portas un nombre con una fabulosa historia y una enorme responsabilidad, mi querida Gadea.

—Dejad de engatusarla, don Braulio —interviene Ruy.

—¡Chisss! —le manda callar Gadea—. Solo está siendo cortés, ¿verdad?

—Me gusta esta mujer, tiene pinta de ser inteligente —asiente don Braulio mirándola con una sonrisa que es correspondida—. ¡Y qué ojos!

Gadea se ruboriza; le sorprende y le agrada a partes iguales, porque hacía tanto que no le decían algo parecido a un halago que no recordaba la sensación.

—Don Braulio, ¡por favor!

—Qué aburrido eres, Ruy, antes no eras así —refunfuña—. Aquí donde lo tienes, hubo un tiempo que empuñamos la espada juntos.

—Ya me he percatado de que pelea bien.

—Pues todo se lo enseñé yo... ¡incluso a escribir!

Hay una enorme cantidad de botellas y frascos de cristal; estanterías con rocas, cajas de madera y bolsas de cuero cerradas. De lo alto de una viga cuelgan rastrojos de frutos y plantas secas; también hay una caja de cristal con agua y peces nadando, y otra con lo que parecen serpientes y culebras.

«¿Qué es este lugar?», se pregunta Gadea.

—Don Braulio ahora es alquimista, conoce todas las plantas, animales y minerales que existen. Está buscando la fórmula mágica para convertir cualquier piedra en oro.

—¿Eso puede hacerse?

—Todo es posible en la viña del Señor.

—Pero... eso es magia.

—No, nada de eso, ¡ciencia! Progreso, el futuro es la razón. Somos capaces de hacer cosas extraordinarias, logros que aún no imaginamos. Estamos ante el inicio de una nueva era, mi joven amiga. La era de los descubrimientos.

—¿Y qué vamos a descubrir?

—Bueno, si lo supiéramos no sería un descubrimiento, ¿no crees? —Don Braulio le guiña un ojo.

—Ten cuidado con él, en su juventud fue un célebre caballero que luchó en mil batallas, y en la vejez le ha dado por otro tipo de satisfacciones: ahora se cree poeta.

—¿Qué tiene eso de malo?

—No me gustan los poetas, están por todas partes... Escriben cuatro versos para burlarse de alguien o para seducir a cualquier jovenzuela que se les cruce.

Ruy avanza hasta otra salita más pequeña y menos abarrotada de trastos. En ella hay un hogar, donde prenden varios leños de olivo.

—Gadea, hay una jarra y vasos nada más entrar a la derecha. Anda, tráelos aquí, por favor. Y si tenéis hambre, hay sopa de cebolla.

Ella la odia y no piensa probarla, pero obedece y regresa con los vasos y la jarra. Don Braulio sirve a los tres.

—Siéntate a mi lado, Gadea, que yo no muerdo. Aunque, aquí donde me ves, he sido el mejor amante de Castilla. Qué digo de Castilla, de Aragón, de Valencia, hasta del condado de Barcelona y el señorío de Vizcaya.

—Menos lobos, don Braulio. —Ruy resopla de nuevo.

—Mis proezas en el tálamo son notorias en las mejores cortes cristianas, y en alguna musulmana también. He escrito los versos más bellos para las mujeres más hermosas. He amado tanto que casi me cuesta la vida en más de una ocasión.

—¿No sería por algún marido celoso? —deja caer Ruy.

—Eso solo son difamaciones de algún envidioso, que siempre los hay en la viña del Señor.

Ruy asiente riéndose y aparta la vista.

Mientras, Gadea no da crédito a la verborrea de don Braulio.

—De todas las mujeres que he conocido, sin duda la mejor fue doña Margarita de Lucena, una cordobesa de aspecto portentoso, una auténtica diosa telúrica, una criatura de líneas perfectas que te podía enviar al paraíso con una simple mirada o un ligero pestañeo; más allá de los momentos estelares en la horizontalidad, ya me entendéis.

Gadea tarda en reaccionar y esboza una sonrisa incrédula.

—¿Y tenéis hijos, don Braulio?

—Gadea, para saber mi prole serían necesarios los más profundos conocimientos matemáticos.

—No le hagas caso, todos los poetas son así. —Ruy también sonríe.

—Si tuviera vuestra edad... ¡Ay, si la tuviera! Cuántas cosas haría... —y suelta una carcajada—. Ahora soy un viejo con otros menesteres en la cabeza. Aunque alguna cae, ya me entendéis.

—Don Braulio, hemos venido por un tema importante. —Ruy cambia el tono—. Hoy ha muerto el marqués de Purujosa, lo han matado en la biblioteca de su palacio.

—¡Santo Dios! Qué tiempos tan aciagos estos que nos ha tocado vivir... Estamos en una época de bulos y difamaciones, Castilla es un lugar carente de una justicia digna de tal nombre, y la autoridad del rey ha sido menoscabada entre chanzas y chascarrillos. —Don Braulio le da al vino—. Huestes de mercenarios deambulan por el reino como Pedro por su casa y la levantisca nobleza se aplica en lo relativo a la divulgación de calumnias de todo tipo contra su rey, al que acusan de cornudo, hechizado e impotente, cuando la criatura es en realidad un pelele, sin más cerebro que un mandril. Es un títere al que todos meten mano. Lo que necesitamos es un soberano que se imponga a los lameculos de los nobles.

Gadea tose de forma abrupta e intenta asimilar la sarta de calificativos que acaba de escuchar. Mientras, don Braulio se levanta y va en busca de otra jarra de vino.

—Este vino es para las ocasiones especiales, y me da a mí que esta va a ser una de ellas.

Llena dos vasos y entonces Gadea le aproxima el suyo para que no se olvide. Don Braulio sonríe antes de llenarlo también.

—Me gusta tu amiga. A quien no le agrada el vino nunca puede ser de fiar. —Bebe de nuevo—. Ahora ya estoy listo, cuéntame. Y no escatimes en datos, cualquier detalle puede ser clave.

Se sienta y entonces Ruy le relata con pelos y señales lo que ha sucedido. Don Braulio escucha con interés, y cuando el relato termina se toma su tiempo antes de abrir la boca, con el consecuente nerviosismo de Gadea y Ruy, que aguardan impacientes que pronuncie alguna palabra ante lo escuchado.

—Ruy... ¿a quién le entra en la cabeza ir a la casa de un asesinado?

—No podía negarme. —Ruy acerca las palmas de las manos a las llamas.

—Por supuesto que podías, ¡a quién se le ocurre! —Niega con la cabeza—. El marqués de Purujosa no era un noble cualquiera.

—¿Qué queréis decir?

—Era de los leales al infante Alfonso, como tú —y le señala con el dedo.

Se crea un silencio incómodo, tenso y prolongado. Gadea comprende que es un tema delicado para Ruy.

—Éramos muchos los partidarios del rey... quiero decir, del infante Alfonso. Pero él murió y la guerra se acabó. Su hermana Isabel aceptó firmar la paz a cambio de ser nombrada princesa heredera.

—No me fiaría yo de un papel firmado en presencia de Pacheco...

—¿Vos también creéis que él tuvo algo que ver en la muerte del infante?

—Pacheco tiene que ver en todo lo que acontece en el reino, siempre para su beneficio personal. Y ahora es de nuevo la mano derecha del rey, o sea que... lo que te ha contado esta dama sobre el marqués de Purujosa tiene sentido.

—Por eso era tan importante la causa de Alfonso, él era la esperanza de un nuevo reino, una nueva era. Todo se perdió con su muerte —sentencia Ruy con desasosiego.

—Corren malos tiempos, las aguas siempre bajan revueltas en Castilla, y todo porque el rey Enrique tardó demasiado en tener descendencia. Para una cosa que se le pide a un monarca, ¡que procree!, va este y no sabe hacer ni eso. ¡Dios santo, que no es tan difícil!

—No es momento de hablar de eso...

—¿Cuántos años tenía cuando lo casaron con la infanta de Navarra? —insiste don Braulio, haciendo oídos sordos.

Ruy se niega a contestar.

Gadea escucha atenta y hacia ella se dirige ahora don Braulio.

—¿Cuántos tienes tú? —le pregunta, pero ella no responde—. La infanta tenía quince y duró tres con ella, el periodo mínimo exigido por la Iglesia. Así que logró que un obispo declarara nulo el matrimonio a causa de la impotencia del principito, que supuestamente le había provocado un maleficio. ¡Manda narices! Que estaba maldito, afirmó el muy inepto.

A Gadea se le estremece algo en su interior al oír la palabra «maldito».

—No hay que subestimar los maleficios —musita Ruy con frialdad.

—¡Que les parta un rayo! Si al menos luego hubiera tenido hijos con la portuguesa, pero ha tardado un mundo en que nazca una chiquilla.

—Y ahora nadie se fía de que sea suya —añade Gadea.

—¡Pues claro que no! —Se queda mirándola—. Nuestro querido e impotente rey no dejó a la infanta navarra solo por eso. La muerte del rey navarro era inminente y buscó una excusa para romper sus lazos con Navarra y acercarse al rey de Portugal a través de un matrimonio con su hija Juana, ¿por qué crees...?

—Porque necesitaba un aliado poderoso para defender su derecho al trono —responde Gadea.

—¡Brillante! Me encanta esta joven. Y no se le ocurrió otra cosa al mentecato de rey que tenemos que lo del maleficio... —Don Braulio bebe de nuevo—. Que es muy tonto, hacedme caso, nuestro rey es un inepto redomado.

—Para que fuera más veraz, lo acompañó del testimonio de varias mujeres de Segovia que declararon haber yacido con el príncipe —añade Ruy, que cada vez parece más comunicativo.

—¿Lo ves? ¡Un imbécil! ¿Cómo puede un príncipe de Castilla decir que se ha ido...? ¡Y por escrito! ¡Y enviárselo al Santo Padre! Los reyes son como los hijos, alguno te sale tonto y no puedes hacer nada al respecto, es lo que hay.

—Serenaos, don Braulio. No bebáis más vino. —Ruy le tapa el vaso con la mano.

—Ese despojo de rey me enerva, os juro que saca lo peor de mí —y se rasca la frondosa barba—. En fin, no me quiero calentar, Gadea. Pareces una buena chica, no deberías estar con nosotros. No somos una compañía recomendable, créeme.

—Las he visto peores... —y ríe desenfadada—. Entonces, la hija del rey, la princesa Juana, ¿es suya o no?

—Mira... esto es un secreto, pero... ¡qué demonios! Te lo contaré. Dicen que lo intentó todo para dejar encinta a la portuguesa. Aparte de los auxilios espirituales con devotas oraciones y ofrendas, el príncipe recurrió a todos los remedios posibles, desde brebajes y pócimas con presuntos efectos vigorizantes enviados desde todos los reinos, hasta una expedición que montó a África en busca del cuerno de un unicornio, ya que dicen que su polvo es afrodisiaco.

—Cuerno de unicornio... —Gadea está ensimismada con la narración.

—Tal y como te digo. —Don Braulio cabecea de un lado a otro—. Y algo peor.

—¿Peor?

Don Braulio mira a Ruy y este se encoge de hombros.

—El problema del rey Enrique es que le cuesta mantener erecto su miembro viril. —Gadea da un respingo—. Y recurrió a unos médicos judíos que fabricaron una cánula de oro, colocaron en ella la semilla real y la introdujeron en el... ya sabes... —y señala hacia la cintura—, donde debería haber introducido el rey su miembro. Solucionaron el problema físico, y como en el extremo de la cánula estaba la semilla del rey, la empujaron y... ¡para dentro!

—¡Eso no es posible! —Gadea alza la voz, incrédula.

—Es lo que se rumorea. —Don Braulio levanta ambas manos mostrando sus palmas para dejar claro que no miente.

—Suponiendo que algo de esto sea verdad... —Gadea suspira—. En fin, algo tuvo que funcionar, nació una niña, la princesa Juana.

—Bueno, veo que no sabes lo que se dice por ahí...

—No, ¿el qué? —inquiere Gadea, que no cesa en su asombro con lo que cuenta don Braulio.

—Que el rey no es el padre de la princesa Juana, sino que en realidad lo es uno de sus hombres de confianza, Beltrán de la Cueva, y por eso la llaman Juana la Beltraneja.

—Esto es una locura... cada cosa que decís del rey es peor que la anterior. —Gadea suspira de nuevo y se lleva las manos al rostro, para luego retirarse el pelo.

—Rumores así son mortales para un rey... —interviene Ruy—, socavan su legitimidad y su dignidad.

—Sobre todo cuando los propagan los nobles disconformes; cuando la nobleza cree que su posición peligra, es capaz de cualquier cosa... —Don Braulio mueve la cabeza de un lado a otro—. Son como un animal herido, atacan a todo lo que se mueve. Un noble sabe mejor que nadie lo que cuesta llegar a serlo, los privilegios que tiene por nada los pondrá en peligro y hará lo imposible para salvaguardarlos.

—La propaganda es esencial —continúa Ruy—, el pueblo tiene mucho más poder del que le hacen creer. Por eso los reyes deben cuidar tanto cada detalle, necesitan disimular sus fracasos y embellecer sus triunfos, deben tener al pueblo contento siempre. Volviendo a los problemas actuales, don Braulio, el asesinato del marqués de Purujosa, hemos venido por eso.

—En menudo lío os habéis metido —refunfuña a la vez que sonríe—. Por lo que me has contado... necesitamos un ajedrez, y por desgracia yo no dispongo de ninguno.

—Un ajedrez... ¿es estrictamente necesario?

—Sí, Ruy, porque vas a jugar una partida contra Gadea —responde don Braulio.

—¿Contra mí? —Pide explicaciones con la mirada y los gestos de sus manos.

—Si el marqués te protegía y confiaba en ti, y si la clave de este galimatías, por extraño que parezca, es el ajedrez, hay que entender el porqué —responde don Braulio—. Y para ello solo se me ocurre veros jugar. Pero no tenemos ni tablero ni figuras, ¡vaya por Dios! Qué inoportuna circunstancia.

—Yo sí —afirma Gadea.

—¿Cómo dices? —Don Braulio la mira—. Eso no es posible.

Gadea se levanta, abre su zurrón y saca su rollo de tela y su caja de madera. La abre y deja ver su interior.

—Esta chica es una joya, Ruy. Si la dejas escapar, eres tonto de remate.

Ella le mira y ve que se ruboriza. Todavía no sabe qué pensar de él, por ahora no le ha demostrado su valía, más allá de cuatro alardes y el beso a las puertas de Madrid.

Quizá el marqués se equivocaba con él y no es como se imaginaba. Al menos es alto, usa la cabeza y sabe luchar. Gadea mejor que nadie sabe lo importante que es valerse por uno mismo en la vida.

# 50

Ahí están los dos, sentados frente a frente. Las figuras, colocadas sobre el tablero. El inicio de toda partida siempre es un momento emocionante. Todo está por ver, hasta que realizas el primer movimiento.

Gadea avanza su peón de rey dos casillas.

Las posibles aperturas pueden parecer infinitas, pero Ruy sabe que las óptimas son limitadas. Hay jugadores que menosprecian el inicio, que solo creen trascendente el juego cuando se llega al centro del tablero. Él no, ha leído mucho al respecto y cree poder encontrar ventaja en una buena apertura.

Ruy responde con el mismo movimiento, el siguiente de Gadea es sacar su caballo de ese lado. Él comienza a abrirse paso para intentar controlar el centro del tablero, dejando las diagonales libres para los alfiles y avanzando con los peones. Ruy disfruta cuando juega, a veces piensa que el ajedrez es una representación perfecta de la vida. Al menos es más coherente que la realidad, la cual le resulta caótica, confusa e impredecible. Como hace pocos años, cuando en la ciudad de Ávila, los nobles y el arzobispo de Toledo colocaron un muñeco disfrazado del rey Enrique, con la corona y el cetro, y le sometieron a un inverosímil juicio público. Luego lo condenaron y lo zarandearon hasta acabar con él, ante el fragor del pueblo. Para después hacer subir a un crío, el infante Alfonso, y coronarlo como nuevo rey de Castilla.

Él sintió vergüenza al ver ese burdo espectáculo, la Corona de Castilla no se merecía semejante agravio. Sin embargo, allí estaban los grandes; Pacheco y el arzobispo Carrillo, los primeros.

Ruy se unió a la causa no por esa farsa de Ávila, sino porque su amigo Jorge Manrique le incitó a ello y porque estaba, y está, convencido de que Enrique no es un digno monarca para el reino. No obstante es el rey, y los reyes no se eligen, se les acepta y se les debe obediencia.

O no, como se decidió aquel día en Ávila.

Aquello provocó demasiadas dudas en la cabeza de Ruy.

Eso es lo bueno del ajedrez, solo hay certezas.

Gadea avanza un peón a la quinta fila y eso le obliga a él a regresar el caballo del flanco del rey a su posición original. La estrategia de Gadea es extraña, casi solo juega con los peones, únicamente un alfil la amenaza. Pero Ruy sabe que lo trascendente no es la posición de las piezas sino su potencial de movimiento, eso es lo que hay que tener en cuenta. La amenaza latente, la proyección.

El ajedrez tiene ese poder, el pasado se convierte en presente y el futuro es lo que realmente vale la pena.

¿En qué otra acción de la vida lo único que importa es el futuro?

Ruy no logra descubrir la estrategia de Gadea, que parece hacer movimientos erráticos.

Quizá no sea tan buena, es joven y es una mujer. Nunca ha oído de ninguna que fuera una gran maestra del juego.

Ruy está logrando encontrar siempre un camino para sus piezas, se le ve animado, la partida está fluyendo como un río. Sus favoritas son los caballos, y por eso los hace avanzar y amenaza con ellos al rey de Gadea. Él sabe que la figura no representa en realidad un caballo, sino a un caballero a lomos del animal, y que en otros idiomas como el inglés sí que se le llama «caballero».

Se trata de una pieza prodigiosa que domina una cuarta parte del tablero con sus movimientos. Una vez que se lanza al ataque es como un jinete en la batalla, que cabalga desbocado y amenazador. Salta de casilla en casilla, cruzando las líneas.

Ruy divisa el jaque. Debe sacrificar un peón para ello, pero el premio es suculento.

Mira a Gadea, se mantiene impasible, con sus pupilas abiertas al infinito. Hace tiempo que Ruy no siente nada especial por una mujer. Los libros le mantienen ocupado en exceso, siempre sumergido en la historia y sus secretos. Además, desde que renunció al puesto de cronista real, con sueldo fijo y notable influencia, se ha convertido en un hombre con poco que ofrecer a una dama.

Observándola, Ruy no sabría decir si Gadea está nerviosa o no. Siempre tiene la impresión de que oculta algo. Como si se escondiera detrás de esa mirada. No obstante, en el ajedrez las mentiras se descubren pronto, llega un momento en que todo se contempla con una claridad pasmosa. Un buen jugador eso lo sabe; para bien o para mal, en el ajedrez existe un instante clave donde uno ve su futuro, su destino.

Es como una revelación, porque en el presente percibes la realidad de lo que va a suceder. Es lo más parecido a ser un adivino, sin ser lo mismo, por supuesto. Pero si los adivinos fueran tales, él cree que sentirían esa sensación.

Ver el futuro.

¡Qué maravilla!

Es entonces cuando Ruy se da cuenta. Está viendo con una claridad pasmosa lo que se le viene encima.

¡Le ha engañado!

No es que él haya escogido la mejor opción en cada movimiento, es que Gadea le ha obligado. Le ha hecho creer que tomaba las decisiones correctas, cuando en realidad eran las únicas posibles, las que ella quería que eligiera.

La mira con temor.

Ella sigue impasible, como si no estuviera ahí frente a él.

Es mucho peor; no le ha engañado, le ha manipulado.

Nunca ha sufrido algo así antes, se siente... ultrajado.

¡Humillado!

Sí, Gadea lo ha humillado, como hicieron con el rey Enrique aquella tarde en Ávila. Ha sido un muñeco indefenso todo el tiempo, al que ha zarandeado y del que se ha burlado sin que él se percatara.

Ha sido un mero espectador de su propia derrota.

Hasta ese instante, a Ruy el ajedrez le proporcionaba una sensación de seguridad, de control sobre lo que ocurre y sobre lo que puede suceder.

Creía que podía preverlo todo, espantar el fantasma del azar. Nunca ha querido que su vida dependiera de la mala o la buena suerte, sino que fuera como una partida de ajedrez.

Por eso se ha quedado inmóvil.

—¿Cómo lo has hecho?

—Pensaba que nunca ibas a darte cuenta —responde Gadea, aliviada.

—¿Hace cuánto que lo sabes?

—Desde la cuarta jugada.

—¿Tanto? —Ruy no da crédito—. ¿Por qué no has acabado antes? ¿Te has estado burlando de mí desde entonces?

—Cuando ya es inevitable, se torna aburrido, un mero trámite. Y simplemente lo dejo fluir.

—No he tenido elección nunca; no es que yo encontrara el camino, es que tú me ibas obligando a tomarlo.

—El agua de los ríos tampoco la tiene, sigue el desnivel, el trayecto menos difícil.

—Increíble —carraspea don Braulio, que ha permanecido en completo silencio—, ciertamente increíble.

—No me hace gracia —le recrimina Ruy.

—Ella tiene razón, las personas también buscamos el camino más fácil en la vida, como ese río del que habla. Y los ríos no se dan cuenta de que lo que hacen es dejarse guiar por el terreno. Lo mismo pasa con nosotros, no somos tan libres como creemos.

Se hace un silencio.

Ruy coge la figura de su rey y la tumba, el golpe resuena con fuerza.

La partida ha terminado, Gadea ha ganado.

# 51

Don Braulio sabe jugar al ajedrez, pero lo que acaba de presenciar escapa a su entendimiento. Lo que sí ha comprendido sin el menor género de duda es que Gadea no es una jugadora más, posee un don innato.

«Eso fue lo que vio el marqués», se dice mientras observa el rostro abatido de un derrotado Ruy.

—Amigo, olvida la partida —y le da una palmada en la espalda—. A veces una derrota es el mejor cimiento sobre el que edificar una espléndida victoria en el futuro. Centrémonos en los hechos; ahora ya sabemos por qué el marqués protegía a Gadea, esta joven juega al ajedrez como los ángeles. Es lo que pretendía comprobar, así que has cumplido.

—No sé si eso me alivia, pero tenéis razón... —Ruy se pasa la mano por la nuca y resopla.

Está como si le hubieran dado una paliza, le duele la cabeza y las manos las tiene entumecidas. Desplomado sobre la silla, yergue su espalda, tose e intenta recuperarse. No todos los días te humillan de tal forma. Mira a Gadea, a sus enormes ojos. Está callada. Preferiría que dijera algo, que se riera de él, que se burlara. Pero no lo hace, y la expresión de su rostro es la de siempre. Es como si no se hubiera esforzado, no manifiesta sentimiento alguno.

Y entonces Ruy comprende que él no es rival para Gadea, que ni siquiera está contenta con la victoria, porque nunca dudó de ella.

—¡Ruy, reacciona! —le grita don Braulio.

—Necesito hacer aguas. —Se levanta y camina hacia el corral de la casa.

Don Braulio y Gadea observan en silencio cómo los abandona.

—Le has dejado hecho unos zorros...

—No era mi intención. —Gadea se muestra preocupada.

—Te creo, pero debes tener cuidado. No puedes ir dando esas palizas por ahí —le advierte serio.

—¿Estará bien? Yo... Mejor voy a disculparme.

—Tranquila, se le pasará. Has herido su orgullo, sin embargo Ruy esas cosas las cura rápido. Él te importa, ¿verdad?

—Bueno... —Gadea gesticula mucho—. Él...

—Así que sí sientes algo por mi amigo, ¡vaya!

—No.

—¿Ah, no? —Don Braulio arquea las cejas.

—Solo nos hemos besado una vez.

—¿Solo? Dicen que un beso es la manera de que dos personas estén tan juntas que sea imposible que vean nada malo el uno del otro —y sonríe—. ¿Sabe él lo que sientes?

Justo en ese momento retorna Ruy con el rostro menos compungido.

—¿De qué estáis hablando?

—Decíamos que tiene que existir un motivo para el asesinato del marqués, ¿verdad, Gadea?

—Sí, de eso hablábamos —responde de manera poco convincente.

—El pobre murió literalmente frente a un tablero de ajedrez. Montó una escenografía para que te llamaran y tenía oculta en su casa a una jugadora excepcional. Bien, ¿qué más sabemos?

—Nada. —Ruy resopla.

—Céntrate, olvida ya la partida. Tú mismo no te has cansado

de decir que el ajedrez es mucho más que un juego —musita don Braulio con jerarquía en la voz—, ¿no habrás cambiado de opinión después de perder contra Gadea?

—¡Claro que no!

—¿Cómo conociste al marqués, Gadea? —pregunta en tono conciliador don Braulio.

—Vino a buscarme a la casa donde residía.

—Bien, de alguna forma tuvo que saber de ti, de tus habilidades, de dónde encontrarte.

—Yo jugaba en el mercado, quizá me vio allí.

—O pudo correrse la voz, una mujer que juega al ajedrez de esta forma es llamativo —comenta Ruy—, y la noticia llegó a oídos del marqués.

—¿Dónde vivías exactamente? —inquiere don Braulio.

—En una casona vieja con una viuda malcarada, Fuencisla.

—¿Quién estaba al corriente?

—Pues... no mucha gente. Ella se encargaba de que nadie lo supiera, decía que me protegía, que una chica joven, soltera, sola y... rara —añade en voz más baja— podía ser blanco de habladurías y tal...

—En eso no le faltaba razón. —Don Braulio carraspea.

—¿Quién te habló de esa casa?

—Un sacerdote de su parroquia.

—Un cura... —don Braulio cabecea—, no debemos olvidarlo. ¿Y quién más lo sabía? Haz memoria.

—Creo que nadie más, aparte de mi amiga Beatriz.

—¡Un momento! ¿Quién es esa Beatriz?

—Una joven de mi edad, la conocí jugando al ajedrez y nos hicimos amigas.

—¿Dónde está?

—Ha tenido que partir con la Corte. Es preceptora de latín.

Ruy y don Braulio se miran de manera extraña.

—¿Preceptora de quién? —pregunta esta vez Ruy.

—De la princesa Isabel, se marcharon hace unas semanas. No he vuelto a saber de ella. ¿Por qué?

—Puede no ser nada... —comenta Ruy mirando a su amigo.

—O sí —replica don Braulio—. No podemos descartarla, un miembro de la Corte es siempre un peligro.

—Cierto, pero si no está en Madrid de poco nos sirve —añade Ruy.

—El marqués vino a buscarme a casa de Fuencisla y no me dio más opción que irme con él. Le pagó para que no abriera la boca y cerrara la de quienes pudieran haberme visto por allí.

—Eso es importante, para actuar de esa forma tenía que estar bien informado sobre tus habilidades. La persona que le habló de ti al marqués puede ser la clave para entender lo ocurrido. —Don Braulio gesticula con ambas manos mientras habla.

—Yo no tengo nada que ver con su muerte —aclara Gadea.

—Quizá no directamente —continúa don Braulio—, pero a veces desencadenamos actos sin saberlo. Está claro que eres una excepcional jugadora de ajedrez y que el marqués estaba... cómo decirlo... emocionado con ese juego, y de alguna forma que escapa a nuestro entendimiento. Yo creo firmemente que lo asesinaron por algún aspecto relacionado con el ajedrez.

—Y no olvides a Francisco de Vargas y Medina, ese es un verdadero hueso —resopla Ruy.

—Lo sé, no he querido hablaros antes de él, pero ahora ya es necesario.

—¿Lo conocéis? —inquiere Gadea.

—Por favor, yo conozco hasta al legionario que martilleó los clavos a Cristo en la cruz —se indigna don Braulio—. Es un hidalgo, el tercer hijo de una familia noble a la que solo le queda el apellido. Tuvieron ricas posesiones en Murcia, pero las perdieron. Si ser el primogénito de un noble arruinado es duro, ser el tercero o el cuarto de la descendencia es terrible. No te llegan ni las migajas.

—Seguro que Francisco de Vargas y Medina no se conformó con tan negro futuro y decidió abrirse camino, costara lo que costase —sugiere Ruy.

—Sé de buena tinta que ha luchado con los moros, donde se hizo un nombre a base de atemorizar a los pueblos de la frontera.

—Pero él es joven —advierte Ruy.

—Tú también lo eras cuando galopabas a mi lado, ¿o no te acuerdas? Luego deambuló por varias ciudades: Segovia, Valladolid y Burgos, labrándose la fama de resolver cualquier problema de quien pudiera pagar sus servicios.

—No me digáis más, los nobles recurrían a él para asuntos peliagudos, ya fuese una deuda sin cobrar, un escarmiento que dar o buscar trapos sucios de sus rivales.

—Y en esto consiguió destacar de verdad —subraya don Braulio—, dicen que ahora se ofrece para... acabar con la competencia de manera sutil. Ya no se trata de escaramuzas en territorio enemigo, sino que encuentra dentro del reino asuntos turbios con los que eliminar a los enemigos. Mucho más sutil y a la vez lucrativo.

—Vaya, es lo que se dice un buen elemento.

—De alguna manera poco lícita lo nombraron caballero de Santiago, seguro que por el pago de algún servicio. Así que tiene contacto con gente importante. Se ha afincado aquí, en Madrid, hace poco.

—¿Quién le paga?

—Lo ignoro, pero debe de ser alguien con intereses notables en la villa. ¿Sabéis como le llaman? —Don Braulio cabecea—. El Toro. Y no precisamente por su bravura, sino porque nunca puedes darle la espalda, ya que te embiste sin ningún tipo de miramiento.

—Qué alentador —murmura Gadea.

—Si os busca, más pronto que tarde dará con vosotros. Así que debéis poneros en marcha. O dais vosotros con el asesino o el Toro se las ingeniará para dictaminar que vosotros dos —les señala con el dedo—, que habéis huido del palacio del marqués, sois los sospechosos perfectos.

Ruy baja la mirada y observa con el rabillo del ojo a Gadea, que para su sorpresa no pierde la compostura.

Ella no es una muchacha común, y no por el increíble hecho de que sea una fabulosa jugadora de ajedrez, sino por esa mirada que tiene, siempre desafiante. Desde la primera vez que Ruy la vio, supo que era como un volcán a punto de entrar en erupción. Como el Etna de la historia de la santa de la que toma su nombre.

—¿Y cómo vamos a descubrir al asesino? —inquiere Gadea.

—Todos tenemos secretos. Y te aseguro que, sea lo que sea lo que intentamos esconder, nunca estamos preparados para cuando llega el momento en que la verdad se desnuda. Los secretos, como las desgracias, nunca vienen solos. Se van acumulando hasta que se apoderan de ti.

—Lo que quiere decir con tanta palabrería es que es imposible mantener un secreto, porque siempre hay alguien que lo conoce —dice Ruy.

—Así es. Gadea, dijiste algo así como que el marqués te habló de realizar un cambio en el ajedrez y que Ruy lo entendería. ¿Qué hacía exactamente en vuestras partidas? ¿En qué ponía más énfasis?

—Él planteaba posiciones avanzadas para que yo resolviera el reto, es algo que ya me enseñó mi maestro. Para muchos, el ajedrez es demasiado lento, quizá porque antes los jugadores no tenían tanta prisa en terminar.

—Eso era parte del encanto del juego —Ruy la sigue—, es un ritual, con sus códigos y su liturgia. Ahora el mundo está cambiando y cada vez tenemos menos tiempo.

—Es lo que decía el marqués, que el ajedrez debe adaptarse a cada época que llega. Que es lo que ha hecho siempre, evolucionar.

—Esos ejercicios eran como el que preparó cuando ya estaba herido de muerte —retoma don Braulio—. Y lo que dices del cambio, ¿qué pretendía cambiar el marqués en el ajedrez?

—No lo sé.

—Se trata de un juego vivo, sus reglas no han sido siempre

las mismas —explica Ruy—. Como ha dicho Gadea, han ido evolucionando. Es un juego que se percibe de manera distinta en cada cultura que lo ha practicado, la india, la persa, la islámica o la cristiana.

—Quizá sea una tontería, pero durante una partida mencionó que si logramos evolucionar en el ajedrez, podríamos cambiar el reino y el mundo —apunta Gadea.

—Madre mía... —se desespera don Braulio—, a saber qué narices tramaba este hombre.

—A menudo tomaba notas, y solía pasarse toda la noche pensando jugadas y dibujándolas.

—Entonces ¿para qué te necesitaba? —pregunta con un tono un poco brusco don Braulio—. Quiero decir que él era un hombre inteligente y aplicado, no alcanzo a entender qué le aportaba una muchacha como tú.

—Precisamente lo más importante y de lo que él carecía —apunta Ruy—. El marqués solo aprendía jugadas de memoria, pero no comprendía la naturaleza del juego.

—¿Y ella sí? Un poco pretencioso, ¿no crees?

—Ya la habéis visto jugar, yo creo que a través de Gadea él esperaba descubrir la esencia del juego, su verdadera alma. Para él no era posible, no tenía el talento. Y por mucho que se esforzara... El ajedrez no es un juego que hayamos inventado nosotros —afirma con decisión Ruy, clavando su mirada afilada en Gadea, que se la sostiene—, nosotros no lo hemos creado, lo hemos descubierto.

—Otra vez lo del lenguaje —murmura don Braulio.

—Es como la música o las matemáticas, lenguajes que existen en la naturaleza y que nos afanamos en descifrar y comprender. Por eso hay gentes, incluso niños, que entienden estos lenguajes desde el momento que nacen. Tienen un don para la música o el ajedrez.

—El ajedrez es un lenguaje como la música... No sé —musita don Braulio, poco convencido—. ¿Y qué puedes crear con el ajedrez?

—Recordad que es una metáfora con la que se puede representar una guerra, una batalla, una corte o incluso un reino.

—¿Un reino? ¿Castilla?

Ruy se encoge de hombros.

—¿Y si el marqués estaba... buscando la manera de que el ajedrez fuera un reflejo mejor de nuestro reino y nuestra época? —lanza al aire don Braulio.

—Y mostrar un cambio... ¿un cambio en el reino?

—Piensa, Ruy. Tú has leído sobre ajedrez, has investigado. Es un juego de reyes, por algo será.

—La vida misma es una partida de ajedrez en la que nuestros planes están condicionados por el juego de nuestro rival... Y si la vida se representa en el juego y se produce un gran cambio, ¿cómo lo reflejaríamos en el tablero? Habría que cambiar el juego también.

—¡O al revés! Si cambiamos el juego... podemos adelantar una transformación en el reino, o favorecerla —afirma Gadea por sorpresa.

—¿Cómo has dicho? —Don Braulio se queda con el rostro desencajado—. Eso suena a locura... ¡Me gusta!

—Una vez leí en unos textos antiguos que se tradujeron del árabe en Toledo que el ajedrez era como una profecía, pero que no implicaba solo conocer el futuro, sino que se podía ver la conjunción de pasado, presente y futuro. Una revelación imposible de evitar una vez que se es consciente de ella.

—¡Virgen santísima! Necesito otro vino, ¿vosotros queréis?

Ambos niegan.

—Muy bien, yo beberé por los tres. ¡Lo necesitamos!

Gadea y Ruy se ríen con fuerza.

—Mucho os reís vosotros dos... Veamos, ¿qué va a cambiar entonces? Eso es lo que hay que averiguar, no podemos estar aquí divagando mientras el Toro os anda buscando. Si Gadea no lo sabe... entonces tú eres la clave, Ruy. El marqués hizo que te fueran a buscar, ese hombre seguro que leyó tus escritos. Creo que lo que pretendía con su última voluntad es que tú terminaras lo que él no iba a poder concluir.

—Y por eso cogió mi libro y buscó una página concreta donde hablo del ajedrez... —Ruy se queda inesperadamente callado.

—¿Qué sucede? —pregunta Gadea.

Ruy la mira.

—¡Oh! Te has dado cuenta de algo, ¿verdad? ¿De qué? —le inquiere don Braulio.

—Una vez os hice un regalo.

—¿A mí? —Se encoge de hombros—. ¿Cuándo?

—¡Mi libro! Os regalé un ejemplar de mi libro. ¡¿No os acordáis?! ¿Sabéis lo que me costó hacer las copias?

—¡Claro que me acuerdo! ¿Por quién me tomas?

—¿Y?

—¿Y qué? —Don Braulio pone cara de no entender la pregunta.

—¿Que dónde lo tenéis?

Don Braulio no responde.

—No... —Ruy se aparta y se lleva las manos a la cabeza.

—¿Qué pasa? —inquiere Gadea—. ¿Dónde tenéis el libro?

—Verás...

—¡Yo te diré dónde lo tiene! —Ruy no le deja terminar—. Lo vendió.

—Eso no es posible. —Gadea le mira incrédula.

—Te aseguro que sí, como si no le conociera —añade Ruy.

—¿Por qué vendisteis el libro? —Gadea se interpone entre los dos hombres.

—¿Cuánto te juegas a que es el ejemplar que tenía el marqués?

—No se lo vendí a él, sino a un sacerdote que tenía mucho interés. No te enfades, es que me pagó muy bien, tú hubieras hecho lo mismo. Era un libro sobre reyes y hechos pasados... ¡y yo soy poeta!

—¡Era un regalo! Y ahora nos serviría para saber qué escribí en la página que señaló el marqués con sus dedos ensangrentados.

—¿Crees que no la señaló al azar? —pregunta Gadea.

—En la muerte de ese hombre cualquier mínimo detalle parece tener un significado, no me extrañaría que nos lleváramos más sorpresas.

—¿Y no recuerdas la página? ¿Llegaste a verla? —pregunta ella con más calma.

—Bueno... —Ruy intenta hacer memoria—. Era la parte en la que explico las aportaciones del rey Sabio. Los reyes más inteligentes potenciaron la cultura porque sabían que era una forma de hacer propaganda de su reinado. El rey Sabio no fue distinto. Llegó a escribir una historia universal para dar apoyo a su aspiración de ser coronado emperador.

—Y respecto al ajedrez, ¿qué hizo?

—Una completa compilación sobre el juego, porque lo consideraba un elemento clave para la buena convivencia en su reino. Él heredó las conquistas de su padre: las fabulosas Córdoba y Sevilla. Imagina la cantidad de población no cristiana que tuvo que asumir. Dos ciudades grandiosas, la antigua capital del Califato y la ciudad más rica de la Península. Utilizó el ajedrez para mejorar las relaciones entre los cristianos y los nuevos musulmanes que pasaron a depender de su reino.

—¡Y los judíos! No te olvides de ellos, en Sevilla la judería es enorme —recalca don Braulio.

—¡Vos cerrad la boca! —le advierte Ruy, y Gadea también le hace señas para que no insista—. Lo único que recuerdo es que para esa parte utilicé mis escasas notas del *Libro de los juegos* del rey Sabio. Solo tuve un ejemplar entre las manos una vez, en Segovia. Conozco bien el reinado de Alfonso X, pero de sus aportaciones al juego en sí solo tengo aquella experiencia en el Alcázar.

—Ruy, entonces ¿no recuerdas de qué hablaba la página donde estampó el marqués sus dedos? —insiste don Braulio.

—¡Pues no! —Resopla—. Por eso necesitaba vuestro ejemplar. A mi casa no podemos ir, estará vigilada, y desconozco el paradero de las otras copias que hice.

—Haz memoria.

—¿Creéis que no lo he intentado?

—Olvida el texto, es más fácil recordar una imagen, ¿estaba decorada esa hoja?

—Sí, había un dibujo. Es que en Segovia copié algunas de las ilustraciones del *Libro de los juegos* y las utilicé en esos capítulos, aunque no recuerdo cuál. Pero supongo que podría reconocerla si la volviese a ver.

—¡Perfecto! —exclama don Braulio.

—¿Cómo que perfecto?

—Pues eso, vamos a buscar el *Libro de los juegos* y lo comprobamos.

—Eso no es posible.

—¿Por qué no es posible? —inquiere Gadea, contrariada.

—Pues porque no. —Ruy les mira conteniendo las palabras—. Pude consultar la copia que se hallaba en una sala escondida del Alcázar de Segovia, fue casi un milagro acceder a ella.

—¡Acabáramos! —Don Braulio carraspea—. Ese lugar es el más vigilado de toda Castilla, dentro se guarda el tesoro real.

—¿No hay más copias? —pregunta Gadea.

—Puede ser, pero ignoro dónde. Es un texto escrito por un rey, no está al alcance de cualquiera.

—Bueno, en algún sitio debe haber otra copia —insiste Gadea, que es la más enérgica de los tres.

—La joven tiene razón —añade don Braulio—. El rey Sabio creó una escuela de traducción donde se escribieron cientos de libros que él mismo supervisaba.

—¡Bien! ¿Dónde está esa escuela? —pregunta de nuevo Gadea.

—En Toledo.

A Gadea se le detiene el corazón cuando escucha el nombre de su ciudad natal.

—¿No pretenderéis que vayamos a Toledo? —se inquieta Ruy.

—Ojalá pudiera ir yo —don Braulio se pone de pie—, pero ya sabes... Con la mano aún estoy rápido para tirar de espada, pero mis días de sentar mis posaderas durante horas y horas a lomos de un caballo han pasado.

—¿Y dónde lo buscamos? Ese libro es un tesoro; suponiendo que esté allí, se hallará a buen recaudo...

—¿Cuándo ha sido eso un obstáculo para ti? Eres el mejor cazador de manuscritos que conozco.

—No me gusta que me llaméis así —le recrimina Ruy.

—¿Te vas a poner susceptible ahora? Demuestra lo que vales, encuentra ese libro. Y tened cuidado, Toledo es una ciudad llena de secretos. —Mira a Gadea—. ¿Te encuentras bien? Te has callado de repente.

—Sí, claro, ¿por qué no iba a estarlo? —Gadea disimula.

—No debéis fiaros de nadie, si el marqués tomó tantas precauciones fue por alguna razón. Hay alguien poderoso detrás, eso explicaría la intervención de un personaje como Francisco de Vargas y Medina. —Mira con complicidad a Gadea—. La mentira se ha convertido en algo habitual, y el peligro es que estamos desarrollando cada vez más tolerancia hacia ella.

—Nadie debería soportar la mentira —responde Gadea con aplomo.

—Cierto, un reino que tolera la falsedad está envenenado, el conocimiento de la verdad es esencial, siempre. Pero en este lago oscuro que es nuestra sociedad actual se está perdiendo la virtud, la dignidad y el sentido de la responsabilidad.

—Vivimos un tiempo donde lo importante son las apariencias —sentencia Ruy, ya menos enojado con la propuesta de don Braulio.

—Así es, hoy en día se engaña al prójimo como si fuera la cosa más natural. La mentira es moneda de curso legal, y en la Corte, una enfermedad de no fácil curación.

—Y la causa es que no hay ya sentido del honor, pues la meta que se persigue no es el bien común, sino el poder —dice Ruy, muy decidido—. Iremos a Toledo en busca del libro del rey Sabio y después daremos con el asesino. Hay que encontrar a quien mató al marqués.

—¡Eso es, Ruy! Pero ten presente que no hay que mirar la mano que mata sino la de aquel que la dirige. ¡Venga! Daos prisa, cada minuto cuenta. El tiempo juega en vuestra contra. Partid de inmediato hacia Toledo.

CUARTA PARTE

# LA TORRE

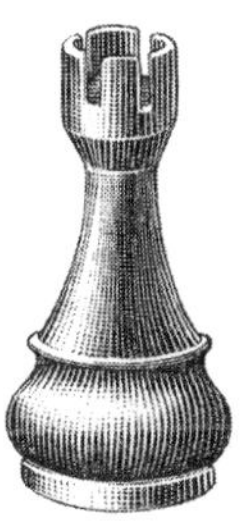

# 52

*Valladolid, otoño del año 1469*

Isabel pasea por el amplio patio del palacio de los Vivero, propiedad del vizconde de Altamira, que la ha acogido en Valladolid. Era leal seguidor de su hermano Alfonso y continúa siendo fiel a su legado. Está adosado a la muralla y junto a una de las puertas de la ciudad. Es un edificio fortificado, con un poderoso torreón que da a la iglesia de San Pedro; con su propia muralla y torres en las cuatro esquinas. No llega a ser un alcázar, pero sin duda es un lugar seguro.

E Isabel precisa de un refugio así tras huir de Ocaña, engañando a su hermanastro, el rey, y al astuto Pacheco.

Valladolid es una ciudad amiga, una de las que no ve con buenos ojos el continuo y exagerado acaparamiento de poder de la alta nobleza, con Pacheco como ejemplo más visible.

El arzobispo Carrillo es quien ha logrado traerla hasta aquí, él es su mayor apoyo y el que mantiene prendida con más fuerza la llama del bando de su fallecido hermano Alfonso.

Gonzalo Chacón es su hombre de confianza, pero de no ser por el arzobispo ella no podría permitirse seguir luchando por sus ideales.

—¿Y el rey no vendrá a por vos, alteza? —pregunta Beatriz desde uno de los salones, temerosa y preocupada.

—No, mientras el arzobispo nos proteja. —Por mucho que

se esfuerce en disimularlo, Isabel está también intranquila y se mueve por la sala de un lado a otro—. Es indecente cómo comercian con nosotras, si ni siquiera una princesa tiene la facultad de decidir su destino, ¿qué será entonces de la hija de unos campesinos o de unos artesanos?

—Alteza, si leéis la interpretación que los hombres hacen de la historia de la creación del mundo, las mujeres fueron creadas a partir de los hombres: la creación de Dios es el hombre, es Adán, y Eva surge de la costilla de Adán. Y del pecado original se culpa a Eva. Eso establece la presunción de que el hombre debe ser el que ostenta el mando, y si se deja que las mujeres tengan cierto poder, sucederán cosas terribles.

—¡Eso es una insensatez!

—Lo es, pero muchos de ellos así lo creen.

—Esa no es la obra de Dios —recalca la princesa Isabel.

—Nos creen débiles, pero cuando yo os miro, veo a una mujer poderosa, fuerte e invencible.

—Me veis con muy buenos ojos, Beatriz —le coge ambas manos—, ojalá pudiera hacer más.

—Os aseguro que no, alteza, os veo tal y como sois. Los hombres ignoran nuestra fortaleza, creen que porque no blandimos una espada no tenemos coraje. Pero miraos, aquí estáis, desafiando a reyes, cruzando medio reino a caballo, sobreviviendo a desgracias y desdenes de la vida. Si eso no es coraje, ¿qué lo es?

—Nuestra valentía es incomprendida por ellos —replica la princesa, y sonríe amargamente.

—Los hombres se complacen de portar espadas y acudir al campo de batalla. Porque les es fácil olvidarse de los peligros que afrontamos, no se acuerdan de que nos jugamos la vida en cada embarazo, que para que ellos vinieran a este mundo una de nosotras arriesgó su cuerpo y su vida. ¿Cuántas mujeres mueren al dar a luz? ¿Saben ellos lo que se sufre en un alumbramiento?

—Qué razón tenéis, Beatriz. Si eres rey puedes tener hijos sin arriesgarte a morir. Si tu esposa fallece, te casas con otra. Se habla mucho de los peligros que afrontan los hombres luchando en el campo de batalla y quizá olvidemos que las mujeres nos enfrentamos a un tipo diferente de peligros, como el de dar un heredero al reino. Porque esa es otra, hasta que no nace un varón no están satisfechos.

—Las niñas también deberían reinar, alteza.

—¡Por supuesto! Pero las reinas son vistas como algo de fácil sustitución. Si la reina muere, la mayoría de los reyes no tardan en desposarse nuevamente porque el reino precisa de un heredero. Ese es mi futuro...

—Vos tenéis la fuerza para cambiar esa injusticia.

—Sobrevaloráis mis capacidades. —La princesa suspira—. Vos sabéis de palabras, pues bien, la «esposa del rey» es lo que originalmente significa «reina».

—Pero las palabras también cambian su significado con los años, no son ni mucho menos inamovibles.

—No en este caso —replica Isabel—. El rey gobierna y la reina debe ser un apoyo virtuoso y amoroso para su esposo y su pueblo. Una mujer, aun sin mácula, es más débil que un hombre y necesita estar bajo su autoridad para ser virtuosa. Si luego da un paso adelante e intenta mandar, no solo no puede liderar en un campo de batalla, sino que aseguran que hay algo antinatural, algo alarmante, algo potencialmente monstruoso que pone patas arriba la creación de Dios.

—No está escrito que una mujer no pueda reinar en Castilla, ya lo han hecho antes —afirma Beatriz, que no se separa de la princesa.

—No es cuestión de legalidad, los que mandan son los hombres...

De repente, alguien irrumpe en la sala.

—¿Cómo os atrevéis? —alza la voz Isabel.

—Perdonad, alteza —se disculpa el vizconde de Altamira—, pero ha llegado, ya está aquí.

—Pero... ¿cómo es posible?

—¿De quién habla, alteza? —pregunta Beatriz, alarmada.

—De Fernando, príncipe de Aragón y rey de Sicilia. A quien yo he elegido para desposarme.

Beatriz se queda paralizada.

—Fernando ha cruzado el reino disfrazado de mozo de mulas —añade el vizconde—, fingiendo ser el sirviente de sus cinco acompañantes, que en realidad le servían de escolta.

—Alteza, ¿es eso cierto? ¿Os casáis?

—Sí, al hacerlo doy al traste con los planes de mi hermano Enrique y Pacheco. Contraigo matrimonio con quien yo quiero y en las condiciones que he exigido. No dejaré jamás Castilla y yo seré quien la gobierne llegado el momento.

Lo más difícil está hecho, ahora Isabel debe conocer al que puede ser su salvador.

El arzobispo de Toledo ha organizado todo el ardid y es él quien aguarda junto a Fernando. Cuando Isabel entra en la sala, las puertas se cierran tras ella y en el interior solo están su futuro esposo y Carrillo.

Beatriz está esperanzada, ojalá salga bien.

El 19 de octubre se celebra en ese mismo palacio el matrimonio de los príncipes Fernando de Aragón e Isabel de Castilla; tienen diecisiete y dieciocho años, respectivamente.

Nadie se lo esperaba.

La noche de bodas es una auténtica ceremonia pública, donde jueces y caballeros son testigos de la consumación del matrimonio. Tal es así que se les presenta como prueba una sábana manchada con la sangre de la princesa. Después, los festejos se prolongan en la ciudad durante una semana.

A Beatriz le cuentan que en rigor la boda no podía realizarse, según la doctrina eclesiástica, por la consanguinidad de los contrayentes. Ambos comparten bisabuelos, lo que les convierte en primos, si bien lejanos. Para autorizar el matrimonio era necesaria una bula papal, pero el papa se ha negado a concedérsela, ya que esto significaría involucrarse en la futura sucesión de la Corona de Castilla.

El arzobispo de Toledo ha sido el verdadero artífice del enlace, y como si de un milagro se tratara, ha logrado una bula que soluciona el entuerto de la consanguinidad. Al no contar con la bendición del papa, milagrosamente el arzobispo la ha conseguido de uno que ya estaba muerto hace cinco años.

Así es Carrillo, capaz de todo.

Beatriz no sale de su asombro.

Una vez celebrada la boda, el engaño de la falsa bula no puede mantenerse y les cuesta la excomunión a ambos príncipes, y a Isabel, el enfrentamiento abierto con el rey.

A la vergüenza de haber sido engañado y de tener que faltar de nuevo a la palabra dada al rey de Portugal, se une el revuelo causado por la falsificación de la bula papal y el bochorno que todo ello implica.

La boda ha debilitado la reputación de Su Majestad. Si no es capaz de controlar a la princesa, ¿cómo va a gobernar un reino como Castilla?

# 53

Cuando Gadea observa la espectacular panorámica de la ciudad a orillas del río Tajo, le vienen tantos recuerdos de golpe que comienza a faltarle el aire en el pecho.

Toledo es cuna de reyes, capital de un legendario reino que abarcaba toda la Península y se alargaba por el sureste del actual reino de Francia. Son tantas las leyendas que pueblan sus muros que cuesta creer que sean todas ciertas. Cuando las huestes cristianas la reconquistaron hace casi cuatro siglos, fue una auténtica cruzada antes de las famosas de Oriente. En ellas participaron caballeros ultramontanos, siendo la primera gran ciudad que se arrebató al islam; recuperar la Toledo imperial había sido desde siempre el sueño de los cristianos del norte.

Su impacto en toda la Cristiandad y para la monarquía supuso casi un hito fundacional, y Alfonso VI se proclamó rey de Toledo y favoreció las tres culturas: cristiana, judía y musulmana.

Antes de entrar en la ciudad, Gadea se recoge el cabello y se oculta la boca con un improvisado velo que elabora con parte de sus ropas. No quiere que nadie la reconozca.

El río aísla la ciudad y la comprime contra sí misma, provocando que sus calles sean como pequeños cauces, retorcidos, empinados, angostos y oscuros.

Ruy monta su preciosa yegua, Duquesa. Estaba en un establo de un amigo suyo, así don Braulio se ofreció a ir a recuperarla sin exponer a Ruy a los ojos intramuros de Madrid. Gadea va a lomos de un caballo de pelaje negro y brillante, de patas fuertes y temperamento tranquilo, al que le ha costado seguir el ritmo de la yegua desde que salieron de Madrid.

Acceden por la Puerta de la Bisagra y su entrada coincide con el tañer de las campanas de una iglesia cercana. A Gadea se le congela la sangre en las venas, su tez se torna pálida y casi se cae de su montura.

—¿Estás bien? —Ruy se percata de su estado.

—Sí. —Inspira hondo e intenta recomponerse, pero hasta que no cesa el sonido no lo logra, como si el repique de las campanas la paralizara por completo—. Sigamos.

Entonces siente de nuevo una punzada en el pecho y le fallan las rodillas.

—¡Gadea! —Ruy la sujeta antes de que desfallezca.

Descabalga y aprovecha para recostarla contra el muro de una casa, bajo la sombra del tejado. Busca agua en su zurrón y se la vierte por la frente.

—¿Qué te ocurre?

—Nada, tranquilo.

—Podemos descansar, se te ha hecho duro el viaje.

—Estoy perfectamente, no ha sido nada y no tenemos tiempo que perder, puede que hayan descubierto que hemos dejado Madrid y nos estén siguiendo.

—Gadea, no tienes que hacerte la fuerte en todo momento. En mí puedes confiar, no hay que llevar siempre la armadura puesta.

—Es solo que... —quiere contarle la verdad—, Toledo me trae recuerdos —y fuerza una sonrisa.

—Todos tenemos cicatrices, las que se ven a simple vista nunca suelen ser las peores —murmura Ruy—. Entiendo que naciste aquí.

—¿Tanto se nota?

—¿Tu familia?

—Murió —musita tajante—. Tuve que buscarme la vida, era la más pequeña, la única chica.

—Pues yo creo que te las has apañado muy bien.

—Los vi morir a todos.

—Lo siento —dice Ruy, compungido.

—Luego intentaron abusar de mí siendo una cría. Caminé por montañas, sierras y bosques sin más ayuda que estas botas.

—Es que son un buen calzado.

—No me separaría por nada del mundo de ellas. El marqués quiso que me las quitara porque eran impropias para una joven y estaban desgastadas. Pero le convencí para lo contario, así que mandó arreglarlas y me permitió mantenerlas en su palacio.

—Unas buenas botas pueden llevarte lejos, si tienen un corazón fuerte que las guíe.

Ruy consigue que Gadea sonría de verdad.

—Gracias por no sentir pena por mí.

—Después de jugar contra ti al ajedrez, de quien siento yo pena es de tus rivales —espeta Ruy.

Y vuelve a sonreír.

—Aristóteles decía que el hombre era el único animal que sonríe, y he de confesarte que me encanta cuando tú lo haces.

—¿Quién es Aristóteles? —inquiere Gadea.

—Un griego.

—Ah, muy interesante. —Gadea recuerda cuando fray Luis le hablaba de los griegos y la guerra; y por supuesto también recuerda a Beatriz—. Tengo una amiga a quien le caerías muy bien.

—Yo te prefiero a ti.

—Si soy un desastre, tengo mil defectos.

—¿Y? La imperfección es maravillosa. La imperfección nos hace reales y mejores. Lo perfecto no existe, es falso. —Ruy parece hablar por experiencia propia—. La vida es una imperfecta sorpresa, hay que dejarse llevar por ella.

—¿Lo piensas de verdad?

—Sí, desde luego.

—¿Qué hacéis ahí tirados? —pregunta un hombre mayor, que está acompañado por otros dos más jóvenes.

—Nada, se ha mareado —responde Ruy.

—¿Está encinta?

—¿Cómo? Eh... —Ruy duda y la mira.

—¡No! —Gadea se incorpora indignada.

—No os conozco, ¿qué hacéis en Toledo?

—Hemos venido a visitar a unos amigos, ya seguimos —y Gadea le hace señas a Ruy para que reanude el camino—. A más ver.

Se alejan de forma aturullada, sin mirar atrás y con la esperanza de que no indaguen más sobre sus intenciones en Toledo. Dejan a los caballos para que descansen y se alimenten en una cuadra donde también consiguen algunos víveres y agua para beber.

—Ruy, ¿cómo has podido siquiera pensar que estaba embarazada? ¿Por quién me tomas?

—Disculpa, como te mareaste... Pero yo no he dicho nada al respecto.

—¡Ese es el problema! ¡Que te has callado! —le recrimina enrabietada.

—Gadea... —La coge de la muñeca.

—¡Suéltame! ¡Odio que me agarren! —Se zafa de él y amaga pegarle con la otra mano.

—Perdóname, no he querido insinuar nada. Si estuvieras encinta no cambiaría lo que pienso de ti.

—¡No lo estoy!

—De acuerdo. —Ruy sonríe—. Gadea, discúlpame. He estado torpe, llevo demasiado tiempo sin relacionarme con una mujer, y menos aún con una como tú. Si es que existe alguien que se pueda parecer a ti, que lo dudo.

—No me engatuses —y le amenaza con el dedo índice.

—Te juro que no lo hago, no soy ningún poeta. Es verdad que me paso los días refugiado entre mis libros, en ellos he encontrado certezas que no me ha dado la vida. Yo también estoy lleno de imperfecciones, paso la mayor parte del tiempo imaginando cómo fue el pasado. Ahora que paseo por estas calles, no lo digo, pero veo a quienes lo hicieron antes de nosotros.

—Por eso pareces siempre distraído —apunta Gadea.

—Supongo que sí.

—¿Por qué ese interés en el pasado? ¿No es mejor dedicar tu tiempo a vivir el presente o incluso a imaginar el futuro?

—Pero es que, aunque no lo percibas, el pasado es parte del presente.

Gadea se queda pensativa y alza la vista hacia los edificios de Toledo.

—¿Quieres decir que alguien edificó esta ciudad? Otros la conquistaron, la defendieron. Crearon el idioma que estamos hablando, trajo la fe...

—Exacto —asiente Ruy, complacido por la rapidez de razonamiento de Gadea—, somos fruto de los que estuvieron aquí antes que nosotros. No hemos salido de la nada. Constantemente revivimos a quienes nos precedieron, aprendemos de sus decisiones, sus dudas y sus reflexiones. El recuerdo de sus vidas nos regala la oportunidad de no repetir viejos errores y, en cambio, recuperar experiencias valiosas.

—Hay que recordar, pero no anclarnos en aquello que fuimos.

—Yo no lo hubiera expresado mejor.

Oyen unos ruidos y ven a lo lejos a los mismos hombres que los han hostigado hace solo unos minutos.

—Vamos, aquí no estamos seguros —y aceleran el paso.

Continúan subiendo por una callejuela hasta la Puerta del Cristo de la Luz. Caminan por uno de los tramos de la antigua calzada romana hasta la mezquita del mismo nombre, que luce tan preciosa como Gadea la recordaba.

—Dicen que la ciudad llegó a contar con diez mezquitas —explica Gadea—, solo esta se conserva completa. Mi abuelo me contaba que es la mezquita más antigua del reino junto a la de Córdoba.

No ha olvidado esas calles laberínticas, donde uno se siente observado desde cualquier ventana o esquina, como si hubiera mil ojos acechando. Tal y como le ha dicho Ruy, es una de esas ciudades donde su historia pesa sobre los hombros de quienes la transitan, recuerdos de viejos reyes, de rebeliones, de asedios y pestes; en la que habitan misterios casi olvidados, pero que permanecen ocultos para los insensatos que pretendan descubrirlos, como lo son ellos ahora.

Ruy le pide que le lleve a la judería, pasando así cerca de la Sinagoga del Tránsito. Allí ven a varios hombres hablando y se dirigen hacia ellos.

—Señores —saluda Ruy—, acabamos de llegar a vuestra hermosa ciudad y quisiéramos encontrar a una persona que nos preste su ayuda.

—¿En qué menester, si puede saberse? —contesta el más anciano.

—Buscamos a algún miembro de la famosa Escuela de Traductores de Toledo.

—Entonces no podemos ayudaros en modo alguno.

—¿Y eso por qué?

—Porque ya no existe.

—Algo quedará de ella, ¿no? —insiste Ruy con su mejor sonrisa.

—Me temo que no, hay quienes aseguran que en verdad esa escuela nunca existió.

—¿Quién puede afirmar tal cosa? —responde Ruy, indignado—. ¿Cómo no va a existir? Si la creó el mismísimo rey Sabio.

—Yo solo os cuento lo que dicen por ahí, las cosas han cambiado largo desde entonces. Y no para bien, os lo aseguro —y los hombres a su lado asienten—. Es posible que estéis buscando un fantasma.

Gadea percibe que la miran, sus caras a ella no le dicen nada, pero quién sabe, quizá ellos sí la hayan reconocido. A cada instante en Toledo, el recuerdo de su familia se hace más palpable y doloroso. La calle por la que transitaba de la mano de su madre, otra por la que corría con uno de sus hermanos; la plaza donde su abuelo siempre saludaba a un amigo suyo; el corral donde compraban los huevos a una señora. Y así, una detrás de otra, la nostalgia está apoderándose de su maltrecho corazón.

—Tenía entendido que en tiempos del rey Sabio la Escuela de Traductores era el mayor centro de saber del mundo... —Ruy sigue indagando, ajeno a las circunstancias de Gadea.

—Yo vendo lana; preguntadme por ovejas, no por libros —responde otro de los toledanos.

—Perdonad que insista, ¿no sabréis de alguien que pueda ayudarnos? ¿Que posea alguna información de la escuela?

—Preguntáis demasiado, ¿lo sabéis? Tenemos cosas que hacer, a más ver.

Los hombres se alejan.

—Tu ciudad no es fácil.

—Lo sé.

—Así poco vamos a progresar. —Ruy tiñe su rostro de decepción.

Ella le observa resoplar y desesperanzarse. Aún no han hablado del beso cuando salían de Madrid. Ni siquiera en el viaje a caballo hasta aquí. Quizá a él no le gustase, siempre ha oído que, cuando los hombres deben expresar sus sentimientos, son parcos en palabras. Sin embargo, Ruy es cronista y le creía distinto en ese sentido.

Tendrán que conversar sobre eso en algún momento. Solo a veces, cuando se cruzan sus miradas, Gadea percibe como una luz que irradia de su pupila, una idea a punto de explotar, pero que nunca emerge. El silencio no se rompe y Ruy baja la mirada intimidado.

Deben hablar, si bien no es el momento ni el lugar. Ahora le observa tan angustiado por la situación que se apiada de él y da un paso al frente.

—Será mejor que me dejes a mí. —Gadea avanza, ante la sorpresa de Ruy.

Toman una de las callejuelas de la judería, que son tan estrechas que los carros no pueden acceder a ellas. Las casas crecen en altura y se inclinan unas sobre otras, como queriendo tapar el cielo. Giran dos veces; solo alguien que sabe bien a dónde va podría orientarse por ese laberinto.

Gadea se detiene ante un portalón amplio, más grande que los de al lado. Llama dos veces y se abre. Detrás aparece una mujer de su misma edad, de cabello dorado y recogido a ambos lados de la cabeza. Es de piel clara como la nieve y ojos grises como la ceniza. Sonríe. Tiene una sonrisa limpia, pura, preciosa.

Ruy se queda impactado ante tanta hermosura, nunca había visto a una mujer tan agraciada; es perfecta, de una belleza que hiere al contemplarla.

—¿Gadea? ¿Eres tú?

—¡Elisa! —Se funden en un infinito abrazo.

Permanecen tanto tiempo en silencio y sin soltarse que Ruy no sabe qué hacer.

—Creía que habías muerto —dice la preciosa joven sollozando—. ¿Y esas cicatrices? —Le señala el labio y el pómulo.

—No son nada. Me salvé de milagro, toda mi familia falleció. ¿Y vosotros? ¿Estáis bien?

—Mis tíos maternos también murieron, el resto estamos bien. Salimos de Toledo en cuanto las campanas tocaron y tuvimos suerte de cruzar los puentes antes de que los cerraran. Regresamos pasada una semana, cuando el fuego había dado paso a las cenizas. —Entonces se percata de la presencia de Ruy, que la mira fijamente—. ¿Quién te acompaña?

—Se llama Ruy —contesta Gadea—, puedes confiar en él. Elisa, necesitamos tu ayuda.

—¿Mi ayuda? ¿Para qué?

—Tu familia posee una notable biblioteca, el abuelo de tu bisabuelo fue un célebre sabio judío, ¿verdad?

—¡Gadea! Nosotros somos cristianos. ¿Cómo puedes acusarnos de no tener sangre limpia después de lo que ha pasado?

—No os acuso, jamás haría tal cosa, y él no está aquí por eso. Busca un libro antiguo.

—¡Un libro! —exclama sorprendida.

—Sí, Elisa. Disculpa si te he asustado, hemos venido expresamente porque creemos que ese libro puede estar en Toledo. Tranquila, no vamos a quedarnos. Si he recurrido a ti es porque somos amigas.

—Gadea... No puedes presentarte diciendo esas cosas después de lo que pasó.

—Tienes razón, no he sido discreta. —Intenta calmarla cogiéndola de las manos y dándole un beso en la mejilla.

—Está bien —se seca las lágrimas—, ¿un libro sobre qué?

—Sobre el ajedrez, un libro que escribió el rey Sabio.

—Si buscáis un libro pasad, rápido, mi padre os recibirá. Pero deja de decir esas cosas en público o nos buscaremos la ruina todos —dice Elisa, que sigue con el rostro cubierto de enojo.

Entran en la casa y suben por una escalera de madera que cruje a cada paso, como si se estremeciera de dolor y estuviera a punto de partirse. Y puede que lo esté, la humedad que impregna la casa es elocuente. Se mete en los huesos y eso es algo que Ruy detesta, porque comienza a dolerle todo el cuerpo y siente un pinchazo prolongado en la base de la espalda, como si le estuvieran clavando una aguja larga y afilada. Solo encuentra sosiego en los desafiantes ojos de Gadea.

«¿Cómo puede una mujer tener una mirada tan fuerte?», se pregunta.

Llegan a una biblioteca, es una habitación reducida y llena de libros. Los hay de todo tipo y condición, están por todas partes. Pequeños, grandes, de lado, apilados en el suelo, llenando estanterías a rebosar que están a punto de ceder por el peso, hasta en las ventanas hay montones de volúmenes, y también sobre una mesa de escritorio, a modo de muralla impenetrable. Tras ella, un candil y un hombre ensimismado en la lectura.

—Padre, han venido a veros.

—Chisss —y levanta el dedo índice pidiendo un momento.

Elisa les mira y dibuja una disculpa en su rostro. Su padre

sigue concentrado en lo que está leyendo y no hace ningún gesto.

Ruy observa el lugar lleno de asombro, preguntándose qué serán todos esos libros. Habrá cientos, sino mil. Intenta contener su entusiasmo, no puede dedicarse a curiosear ahora, así que da un paso y se dirige al padre de Elisa.

—Señor, estamos buscando un libro del rey Sabio, un libro sobre los juegos donde se explica el ajedrez.

Entonces el hombre levanta la vista y cierra de golpe el libro que leía, cogiéndoles por sorpresa.

—El *Libro de los juegos* —pronuncia—. ¿Y a qué se debe vuestro interés en tan magna obra?

—Veréis... Disculpadme, ¿cuál es vuestro nombre para referirme a vos?

—Mi padre se llama Francisco —se adelanta Elisa.

—Don Francisco, somos unos estudiosos del ajedrez y nos han dicho que ese libro posee información que sería esencial para mejorar nuestro juego y nuestro conocimiento del mismo.

—Tú eres Gadea, ¿verdad?

—Sí —inclina la cabeza—, ¿os acordáis de mí?

Y comienzan a hablar sobre su familia y lo que le sucedió.

—Siento mucho lo de tus padres y tus hermanos, pensábamos que tú también habías muerto. Elisa lloró mucho por ti.

Las dos muchachas sonríen y se miran con complicidad.

—Conseguí escapar.

—Pero has vuelto —pronuncia don Francisco.

—Sí, pero solo por ese libro.

—Ha de ser muy importante para ti, ¿cierto? Hay que ser valiente para regresar después de lo sucedido, nosotros lo sabemos bien.

—He cambiado mucho desde entonces, don Francisco.

—Todos lo hemos hecho desde aquella aciaga noche, por eso debemos ser precavidos. Que un desconocido venga a mi casa buscando un libro y acompañado por ti, a quien creíamos muerta, es extraño. Y yo ya no me fío de nadie, así que decidme la verdad.

—De pronto el tono de su voz se vuelve más grave y arisco—. ¿Qué estáis haciendo aquí?

De repente, a sus espaldas surgen dos hombres, que los cogen por sorpresa y colocan el filo de una daga en cada uno de sus cuellos.

—¿Qué hacéis? ¡Elisa! Soy yo, Gadea.

—No podemos confiar en nadie, lo siento.

# 54

Gadea era consciente de lo que suponía regresar a Toledo, sabía de los peligros a los que se exponía, de los recuerdos que aflorarían, de las emociones que reviviría. Pero nunca hubiera imaginado verse en esa situación.

—¿Cómo os voy a traicionar?

—Tú no fuiste la única que perdió a alguien aquella noche —Elisa la mira con los ojos vidriosos—, mi madre también murió.

—Lo siento, pero ¡yo perdí a toda mi familia!

—¿Dónde has estado todo este tiempo, Gadea? —pregunta el padre de su amiga en un extraño tono acusatorio—. ¿Por qué traes a mi casa a este desconocido? ¿No serás una traidora, una de esas que delatan a los conversos? ¿Cómo has sobrevivido?

—¡No tenéis ni idea de lo que estáis diciendo, don Francisco! —Gadea alza la voz—. Si estoy viva es porque no me rendí, y ojalá no hubiera tenido que venir de nuevo a Toledo, creedme. Y jamás traicionaría a nadie, como sí hicieron con nosotros aquella noche.

—Me gustaría creerte, pero las palabras hace tiempo que se las llevó el viento en esta ciudad —musita Elisa—. Ya no te reconozco, Gadea, ¿quién eres? ¿Qué te ha pasado?

—Soy una superviviente. Mi familia pereció ante mí, a mi

madre la degollaron delante de mis ojos, nadie me ayudó. Ni te imaginas tampoco lo que pasé luego —señala sus marcas en el rostro—, y ahora estoy aquí. No os atreváis ninguno a reprocharme nada, ¡absolutamente nada!

Don Francisco y Elisa se quedan callados.

—Gadea...

—¡No, Elisa! ¡Ya basta!, ¡quitadme este filo del cuello!

El aludido mira a don Francisco y este le hace una señal, así que da un paso atrás y esconde el arma. Lo mismo que su compañero.

—¿Vais a ayudarme o esta vez tampoco?

—Os hemos dicho la verdad, buscamos ese libro —interviene Ruy con un tono menos visceral—. Si no tenéis información, nos iremos sin hacer ruido.

—¿Por qué ese libro?

—Seré sincero, tal y como demandáis; estamos investigando una muerte y la única pista que tenemos para descubrir al asesino es el ajedrez.

Don Francisco se lo queda mirando.

—Eso no es suficiente, contadme más si queréis que os ayudemos —replica.

—Afecta a hombres importantes del reino, muy importantes. Y por extraño que parezca, la clave está en el juego del ajedrez. Por eso necesitamos el libro, quizá nos ayude a entender qué está pasando —confiesa Ruy—. Daos cuenta de que uno de los reyes más poderosos de este reino dedicó su tiempo a escribir un libro sobre el ajedrez. Tal vez este juego encierre más secretos de lo que pueda parecer a simple vista.

El padre de Elisa resopla, pero no dice nada.

—Toledo es el corazón de este reino, su conquista cambió el rumbo de la historia —insiste Ruy—. ¿Por qué si no la eligió el rey Sabio para establecer aquí su Escuela de Traductores, el mayor centro del saber desde la época clásica?

—Habláis bien —murmura don Francisco—, pero no sabéis nada. Desconocéis por completo lo que llegó a ser Toledo.

—Decídmelo vos —replica Ruy.

—Toledo fue una de las más impresionantes ciudades del Califato de Córdoba, heredera de la civilización mediterránea y esta, a su vez, de la romana. Contaba con unas doscientas mil almas árabes, judías y mozárabes cuando en el año 1085 pasó a manos del reino de Castilla, quien hizo venir monjes cluniacenses para organizar la Iglesia hispana, que se iba por las ramas litúrgicas de lo visigodo y lo mozárabe. Uno de esos monjes fue el primer arzobispo de Toledo.

»Los cristianos encontraron en Toledo una de las mejores bibliotecas del mundo, unos doscientos cincuenta mil manuscritos en lengua árabe sobre pergamino. Únicamente la biblioteca de Córdoba la superaba, pues tenía más de medio millón, pero no se hallaba en territorio cristiano. Solo hay que comparar esas cifras con los cinco mil manuscritos que, a duras penas, lograban reunir los mejores conventos de otros reinos cristianos como Francia e Inglaterra.

—Aquí se salvó la mayor parte del saber clásico; si no hubiera sido por Toledo, la Cristiandad se habría sumergido en las tinieblas, se habrían perdido siglos de conocimientos —interviene Ruy.

—Así es, me alegro de que pronunciéis esas palabras —asiente don Francisco—. Debéis entender lo que fue esta ciudad; tú también, Gadea. Hace un milenio, la legendaria Escuela de Alejandría supuso el último momento de esplendor de la cultura clásica y bizantina, donde se fundieron Oriente y Occidente. Un esfuerzo compilador, traductor y difusor que fue asimilado por la cultura árabe como propio, y llegó con ella a nosotros cuando los musulmanes invadieron estas tierras hace siglos.

»Ese esplendor cultural de Alejandría, que irradió hacia Persia, también sirvió de confluencia para el conocimiento científico y literario hindú, y hasta para traer sabidurías o técnicas de la lejana Asia hasta el Mediterráneo. Cuando los omeyas llegaron a España trajeron consigo el papel proveniente de China y la encuadernación en piel de los árabes, y así fue como comenzaron a componerse, primero aquí y luego en toda la Cristiandad, los mejores libros.

»Y en esa historia mediterránea de expansión de la ciencia y la cultura, la Escuela de Traductores de Toledo era la ventana a la que podemos asomarnos para contemplar lo que fueron esos cuatro siglos en los cuales los árabes trajeron todo el saber aquí. El puente de unión entre todas esas culturas, razas y creencias fue la olvidada Escuela de Traductores de Toledo.

—¿Olvidada? —se sorprende Ruy.

—¿Es que acaso vos la conocéis?

—No.

—En Toledo se llevó a cabo una tarea que alcanzó una inmensa trascendencia en la cultura de la Cristiandad, ya que su actividad traductora sirvió de puente entre Oriente y Occidente para la transmisión del saber universal.

—¿Por qué Toledo y no Córdoba o Sevilla?

—En Toledo convivían cuatro culturas: la latina clásica, la mozárabe castellana, la hebrea y la árabe. Los textos griegos, traducidos al árabe, a su vez se tradujeron al latín, y, a menudo, al castellano, por un conjunto de increíbles maestros. Los pensadores de todos los reinos cristianos bebieron de las fuentes de Toledo porque en ellas se conservaba todo el conocimiento.

—¿Y ahora qué queda de esa escuela?

—Vestigios, recuerdos, cenizas de lo que fue hace dos siglos —responde con decisión don Francisco.

—Si el rey Sabio levantara la cabeza...

—Eran otros tiempos, ahora a los judíos les obligan a portar distintivos visibles, alguna señal sobre sus cabezas, bajo pena de diez maravedís de oro, y si no los tienen, reciben diez azotes en plaza pública. Tienen prohibidas ciertas ropas, no pueden usar seda, grana ni adornos de oro y plata en su vestimenta o en los arreos de las cabalgaduras.

—He oído de disposiciones similares en otros lugares, pero apenas se cumplen —musita Ruy.

—Dadles tiempo. Una cosa os voy a decir, a los judíos solo

se les permitirá permanecer en este reino mientras sean útiles. Cuando llegue el día en que dejen de serlo, no habrá miramientos con ellos.

—Esperemos que no llegue nunca ese momento... —murmura Ruy—. Me cuesta imaginar al arzobispo de Toledo en aquella época, contemplando ese infinito número de textos, todo el saber de la Antigüedad, pero que no podía leer porque no entendía el árabe. ¡Qué crueldad! El paraíso al alcance de la mano, podía tocarlo pero nada más. Cuánto tuvo que sufrir...

—Pero encontró la manera —interviene don Francisco.

Ruy ha sabido incitarle para que hable e ir ganándose su confianza.

—Todo empezó con uno de sus canónigos que conocía a un converso. —Mira a Gadea de reojo—. Este antiguo judío conocía el árabe y, por supuesto, hablaba también castellano. Así que cogió un texto árabe y se lo leyó en voz alta al arzobispo; fue una traducción a vista. El arzobispo tomó notas y luego las puso por escrito en buen latín. Así tradujeron el primer texto, fue de Avicena, un autor desconocido hasta entonces para los cristianos, a pesar de ser uno de los mayores sabios de la historia.

—Y supongo que entonces se corrió la voz por toda Europa de que en Toledo había textos griegos, en árabe, y que gracias a los judíos hispanos eran traducibles al latín —apunta Ruy.

—Nació el método de traducción de Toledo: el judío traducía a vista del árabe al castellano, y el cristiano lo ponía por escrito en latín. Así, como bien apuntáis, de los más inverosímiles rincones de la Cristiandad llegaron monjes curiosos a Toledo. Y se creó la famosa Escuela de Traductores, que no fue exactamente una institución, sino un movimiento de gentes cultas que ansiaban aprender más, que deseaban traducir esos textos porque en ellos estaba el saber del mundo clásico, pero también el del mundo árabe, el hebreo y muchos otros ya desaparecidos. Y uno de los que más contribuyeron a ello fue el rey Alfonso, el décimo de su nombre, más conocido como el rey Sabio.

Ruy escucha atentamente toda la narración y observa la expresión de interés en el rostro de Gadea.

—¿Y el libro del ajedrez? —pregunta aprovechando la pausa.

—El monarca patrocinó, supervisó y participó activamente, con su propia escritura y en colaboración con un conjunto de eruditos cristianos, hebreos y musulmanes, en la composición de una ingente obra literaria en castellano, y lo hizo aquí en Toledo.

—Eso es cierto, por supuesto, don Francisco, pero no olvidéis que el rey Sabio lo era realmente. Quiero decir que no hizo esa labor por gusto, tenía una finalidad política. Los textos creados por él son volúmenes lujosos, de fabulosa calidad caligráfica y profusamente iluminados con miniaturas. Estaban destinados a poderosos nobles que pudieran costear la riqueza de estos códices y que compartían el proyecto de uso de la lengua castellana como instrumento político al servicio de la Corte.

—Veo que hablo con un hombre diestro y culto —admite don Francisco, al que parece que Ruy ha conseguido ganarse.

—No más que vos, don Francisco.

—Los libros utilizados en ese momento por los eruditos eran más rústicos y manejables, y escritos generalmente en latín, la lengua de uso habitual entre los letrados —explica con detenimiento don Francisco.

—En realidad, la gran mayoría de los libros continuaron escribiéndose en latín —puntualiza Ruy—, y no solo entre los letrados.

—Pero él entendió el potencial que tenía usar el castellano, la lengua que hablaban todos. Lo primero que publicó el rey Sabio fue la *Historia General*, una ambiciosa obra que aspiraba a ser una historia universal desde la creación del mundo. La obra quedó incompleta debido a que comenzó otro proyecto, la *Historia de España*, y desvió una notable cantidad de eruditos a esta segunda magna empresa.

—Dos libros de historia. Con un motivo político, sin duda —añade Ruy.

—Por supuesto, todo en un rey es político. En este caso pretendía vincular su dinastía con la historia desde el origen de los tiempos hasta llegar a su reinado, puesto que el rey Sabio ambicionaba el título de emperador de toda la Cristiandad.

—¿Un rey castellano, emperador? —interrumpe Gadea, que no puede resistirse a participar en la conversación.

—Sí, y tenía toda la legitimidad —contesta Ruy—. Desde el punto de vista de los derechos, era el mejor candidato en ese momento. Con ello trataba de situar a Castilla a la cabeza de los reinos cristianos, y para tal empresa decidió armarse de una incontestable justificación histórica.

—E hizo un libro sobre juegos, ¿por qué? —pregunta Gadea, que ha sabido seguir el hilo hasta ahora.

—El rey Sabio afirmaba que los juegos de mesa tenían una notable ventaja sobre las demás actividades lúdicas o físicas. Eran algo asequible a todas las clases sociales, podían ser practicados en cualquier lugar o momento. Incluso por ancianos o tullidos. Y por encima de todos ellos destacaba el ajedrez. Pues tenía un lenguaje conocido por todas las culturas, religiones y reinos. Era el único juego que podían jugar cristianos y árabes, que podía enfrentar a mujeres contra hombres, a un cura contra un rabino. Un juego de reyes, pero que podía practicar todo aquel que aprendiera las reglas.

—Un idioma universal —añade Gadea.

—Exacto —asiente Ruy—. ¿Os hacéis a la idea de lo que eso supone? ¿De su potencial? He ahí lo que vio el rey Sabio, un lenguaje para la tolerancia de sus variados súbditos.

—Y por eso el *Libro de los juegos* le dedica la mayor parte de sus páginas al ajedrez —añade don Francisco—. Veo que lo conocéis bien, ¿lo habéis leído?

—Lo tuve entre mis manos por poco tiempo. Necesitamos encontrar una copia, por eso hemos venido a Toledo. ¿Sabéis si aquí hay alguna? —inquiere Ruy, ansioso.

—Ojalá, pero no.

—¿Estáis seguro?

—Totalmente —responde don Francisco—. Cuando se escribió ese libro, el rey Sabio no estaba en Toledo.

—¿Cómo decís? —Ruy mira incrédulo a Gadea.

—Lo que oís, la Corte se había trasladado a Sevilla para sofocar una rebelión en el sur. Y en el Alcázar de aquella ciudad fue donde trabajó sin descanso para crear el *Libro de los juegos*.

—Entonces ¿no hay ningún ejemplar en Toledo?

—No, que yo sepa —contesta don Francisco.

—¡Maldita sea! Hemos perdido el tiempo... ¿Y ahora qué hacemos? —Ruy gesticula con las manos—. Pero sí se harían varios ejemplares, ¿no?

—Estarán ocultos en las bibliotecas palaciegas de los más notables del reino. Tened en cuenta que han pasado doscientos años —le recuerda don Francisco.

—Un momento —Gadea alza la voz—, bien que en Toledo no haya ningún ejemplar, pero ¿y en Sevilla?

—Es una opción... —responde don Francisco, poco convencido—. Sería como buscar una aguja en un pajar. Aunque... sí. Es sin duda el mejor lugar para buscarlo. El rey Sabio vio la luz en nuestra ciudad, sin embargo está enterrado en la Capilla Real de la catedral de Sevilla, la misma que conquistó su padre y a la que dedicó buena parte de su vida y obra.

Ruy tuerce el gesto.

—¿Algún inconveniente? —le pregunta don Francisco.

—Ir a Sevilla sin más pistas que una suposición... es poco menos que una locura.

—Pensaba que eso era lo que mejor se nos daba —bromea Gadea.

—Yo he hecho lo que estaba en mi mano; ahora debéis iros, vuestra presencia en esta casa supone un peligro para mi familia. —Mira a Gadea con dulzura—. Cuídate, muchacha.

Ella asiente y Elisa se le acerca, le da un beso en la mejilla y le susurra al oído:

—Te quiero, Gadea, pero no vuelvas nunca más aquí.

# 55

La princesa Isabel está radiante, la boda con Fernando le ha traído una felicidad que ya había olvidado. Después de tantos intentos por casarla, por fin ella ha tomado la decisión y, lo que es más importante, la ha llevado a buen término. Se ha desposado con el hombre que ha querido. Un hombre maravilloso, del que está enamorada.

Por ello no puede ser más feliz.

Eso le ha confesado a Beatriz, a la que ha hecho llamar para un asunto de enorme importancia.

Beatriz ha tenido que esperar, pues se ha encontrado con una inesperada reunión de la princesa con el arzobispo Carrillo.

Mientras aguarda a que Isabel la llame, la escucha hablar en voz alta con el arzobispo de Toledo. Incluso atisba a oír algún grito de Fernando, que parece acalorado.

No todo debe marchar tan bien como ella creía.

Por fin las puertas se abren y Beatriz se hace a un lado. El arzobispo Carrillo sale gruñendo y murmurando, y a los pocos minutos lo hace también el príncipe Fernando, con el semblante más propio de uno que acaba de asistir a un funeral que de un recién casado.

Sí que ha tenido que ser grave de lo que han hablado.

Con mucho cuidado, Beatriz se asoma al salón y ve al fondo,

frente a la chimenea encendida, a la princesa Isabel sentada mirando a las llamas.

Avanza sin hacer ruido y se queda de pie a su lado.

—Perdonadme por haberos llamado y luego haceros esperar tanto tiempo.

—No hay nada que disculpar, alteza.

—El rey nos está ahogando —dice entonces Isabel.

—Por haberos casado.

—Sí, y por haberlo hecho con el príncipe de Aragón —y lanza un suspiro—. Ahora pretende casar a su hija Juana con el duque de Guyena, y así aliarse con Francia y juntos atacar a Aragón.

—El rey es vuestro hermano, ¿cómo va a aliarse para atacar la Corona de vuestro marido?

—Y si solo fuera eso... —La princesa tiene los ojos llorosos—. El arzobispo Carrillo, que tanto me ha apoyado, sin quien mi boda hubiera sido imposible, también ha sufrido la cólera del rey Enrique y de Pacheco.

—¿Qué le han hecho?

—Apoderarse de sus bienes en Toledo. Ahora Carrillo debe dejarnos y recuperar lo que le han arrebatado. Eso nos priva de su consejo, su ejército y su dinero. ¿Quién va a pagar ahora todo esto? —dice mirando las paredes del salón.

—Algo se podrá hacer. —Beatriz no sabe qué más decir.

—Por si fuera poco... las cosechas este año han sido malas en estas tierras, y el rey, o mejor dicho, Pacheco, ha ideado un plan para dejarnos sin provisiones. Ha dado orden de que nadie nos abastezca. Si el invierno es duro, no tendremos qué comer ni con qué calentarnos.

Beatriz se percata de lo terrible de la situación, la boda no le ha salido gratis a Isabel. Su hermanastro, el rey, pretende arrinconarla y que tengan que pedirle clemencia. Y aliándose con Francia provocan que el rey de Aragón no pueda auxiliarle, y el arzobispo Carrillo tampoco.

—Alteza, yo no entiendo de política, pero si el rey os está atacando de una forma tan agresiva, eso significa que os teme.

—¿Y eso de qué me sirve?

—Pues que quizá él os valore en vuestra justa medida. Por lo que contáis, no deberíais ser amenaza alguna para el rey de Castilla, y sin embargo... está dispuesto a entregar a su hija a Francia con tal de contar con su ayuda.

—Eso es cierto.

—Encontraréis la manera de sobrevivir, y llegará el momento en que vos podáis pasar al ataque. Tenedlo bien seguro.

—Gracias, Beatriz. —Isabel alarga su mano y ella se la coge—. Hay algo más.

—Alteza, no importa lo que sea, ya veréis como...

—No, es otra cosa. —Ahora el rostro de Isabel resplandece—. Estoy embarazada.

## 56

El rey Sabio reorganizó Sevilla tras ser conquistada por su padre, construyó las Atarazanas Reales, reformó el Alcázar y edificó las iglesias de Santa Ana, Santa Marina, San Julián y Santa Lucía. A día de hoy, Sevilla es una ciudad amurallada, con el río más grandioso que Gadea haya visto, lleno de imponentes barcos que arriban y zarpan llenos de hombres y mercancías.

La ciudad se ubica en un inmenso y rico valle, abrazada por un río tan caudaloso que los barcos entran desde el mar hasta fondear en su puerto. Su trazado es llano y accesible, luce un legado árabe reciente y glorioso. Al mismo tiempo, Sevilla parece representar el futuro del reino, igual que Toledo era su pasado.

Llegan atravesando unas fértiles tierras sembradas de cereales, vides y olivos. Acceden por la Puerta de Carmona, la más importante al este de la ciudad, hasta ella llegan los Caños de Carmona, una conducción de agua que acaba en un inmenso depósito en el interior de la muralla, desde donde se distribuye hacia los barrios del interior. La puerta se halla enmarcada entre dos torres, como corresponde a las entradas principales de las grandes ciudades.

El puerto está justo al otro lado de la ciudad; en el este abundan los puestos de carne, pues el matadero está cerca. Ruy pregunta a unos tintoreros y decide ir hacia la iglesia de San Marcos, que le dicen que no está lejos. Así es, y cuando entran en el templo preguntan por algún sacerdote que entienda de libros. Les hacen aguardar un tiempo prudencial, hasta que aparece un cura joven y de buen aspecto, pero del que no logran más que buenas palabras.

Dejan los caballos en una fonda, donde sacian su sed y su apetito. Después caminan hacia el centro de Sevilla a través de calles rebosantes de gentes; les llegan aromas embriagadores y ven árboles de frutos deliciosos. Sevilla es una ciudad rica y próspera, como desvela su inmensa catedral.

Indagan sobre quién puede saber de libros en la ciudad y las respuestas les llevan hasta el palacio de un noble, pero este se encuentra de viaje. También visitan a dos escribanos, aunque no sacan mucho en claro. Así que deambulan por Sevilla lo que queda de ese día y el siguiente. Toda la ciudad parece atraída por la monumentalidad de la catedral y su torre campanario; se esté donde se esté, uno siente su presencia y la mirada siempre la busca.

—«Hagamos una catedral tan grande que todos los que la vieren nos tengan por locos» —les cuenta un vendedor de papel que dijo el cabildo que la mandó construir—. ¡Es la mayor del mundo!

En una fonda se enteran de que el campanario, la Giralda, es el único vestigio de la mezquita, y que precisamente el rey Sabio estaba fascinado con ella y la defendió a capa y espada cuando muchos, incluidos los musulmanes de Sevilla, quisieron derribarla. Se coronó aquí, a los pies de la tumba de su padre, convocó sus primeras Cortes y falleció en el palacio del Alcázar.

—Así que el rey Sabio está enterrado en esta catedral... —murmura Gadea ante un capellán de la catedral al que han recurrido.

—Su sepulcro se encuentra en el lateral izquierdo de la Capilla Real, enfrentado al de su madre. También descansa su padre, llamado el rey Santo porque se conserva su cuerpo incorrupto de manera milagrosa. Se muestra el día de su muerte, como cierre de las fiestas de la Virgen de los Reyes y en el aniversario de la conquista de Sevilla.

—¿Quién más está enterrado aquí?

—Falta el más importante, que confiamos descanse en Sevilla en un futuro cercano, Pedro I de Castilla, llamado el Cruel por sus enemigos y el Justiciero por sus partidarios. Yo creo que la mala fama se la debe a un cronista.

—¡A un cronista! —Gadea tose y mira de refilón a Ruy—. ¿Y eso por qué?

—Los cronistas son peligrosos. El rey don Pedro fue asesinado en su tienda de un campamento militar por su medio hermano, Enrique, que se alzó así con el trono de Castilla al término de una cruenta guerra civil. Pero Enrique de Trastámara no solo acabó con la vida de su rival; también lo condenó ante la historia.

—Eso no está claro —interviene Ruy.

—Yo creo que sí —continúa el capellán—, tuvieron que justificar el asesinato de un rey, ¡algo gravísimo se mire como se mire! Y acabar con la dinastía Borgoña para dar paso a los Trastámara. Así que el cronista del nuevo monarca dejó por escrito que el rey don Pedro fue un tirano vengativo, avaricioso y desquiciado: Pedro el Cruel.

—¿Y vos creéis que el autor de la crónica mintió o manipuló la verdad?

—Sin duda, porque hay documentos menos oficiales y, por supuesto, anteriores a su muerte que lo describen como un rey que defendió a los débiles frente a los nobles. Y que fue un buen monarca al que traicionaron los nobles descontentos, y se refieren a él como Pedro el Justiciero.

—Qué interesante... —Gadea no deja de sonreír a Ruy.

—Desde luego, nosotros le queremos porque fue un fabuloso rey para Sevilla, la hizo su Corte y construyó buena parte del palacio del Alcázar.

—Fue el último monarca de la dinastía de Borgoña, mandado asesinar por su medio hermano, eso está claro, quien aupó a los Trastámara al trono, y eso ha llevado al reino al punto en el que estamos ahora —dice Ruy, buscando zanjar el tema.

Terminan la conversación sin obtener información relevante para sus propósitos, así que siguen buscando. Sus siguientes indagaciones les llevan hasta un negocio de venta de objetos variados cerca de la muralla.

Al entrar en el comercio, descubren un lugar repleto de cachivaches de todo tipo y condición, y sentado en una alargada mesa ven a un hombrecillo con un pequeño gorro ceñido a la cabeza que trastea con un relicario con forma de brazo.

—Buenas tardes —dice al percatarse de su llegada, y se levanta de inmediato—. ¿En qué puedo serviros?

—Nos han dicho que podríais ayudarnos, buscamos un libro —le aborda Ruy sin preámbulos.

—Yo vendo de todo, los libros son una de mis especialidades. —El comerciante sonríe—. Os advierto que algunos son muy costosos, sobre todo los libros de horas.

—¿Qué libros son esos? —pregunta Gadea.

—Objetos creados más para mostrar y hojear que para leer —se recrea el vendedor—. Ahora tienen un enorme auge entre los laicos, hombres, pero principalmente mujeres. Los usan reyes, reinas, miembros de la alta nobleza y también ricos mercaderes.

—Contienen textos religiosos distribuidos por las horas de su lectura —añade Ruy como distraído.

—Están escritos con letra clara, de fácil lectura. Son de tamaño pequeño, para poder sostenerlos con una mano y leerlos en cualquier lugar. Y están personalizados, hechos para una persona determinada, cuyo nombre suele figurar en el libro. Además, los textos evangélicos son los del breviario de su diócesis, y entre los santos que aparecen en las ilustraciones figuran los de su devoción particular.

—En verdad no son libros —dice con desgana Ruy—, tienen tantas ilustraciones que ocupan más espacio que el propio texto. Hay demasiados ornamentos que distraen de la lectura: capitulares adornadas, orlas con medallones, motivos florales y animales.

—Es lo que la gente poderosa desea, así que...

—Nosotros buscamos otra cosa, ¿tenéis textos escritos en castellano?

—Por supuesto, cada vez más gente sabe leer, sin embargo no son capaces de entender el latín. En ello incluyo a reyes, nobles y muchas damas, a quienes les agradan los libros bellamente ilustrados, pero que puedan leer directamente.

—¿Y qué libros antiguos tenéis? —pregunta Ruy mientras él y Gadea escrutan las estanterías, donde se exponen algunos libros religiosos.

—Los antiguos son los más caros, tengo encargos de las principales universidades, incluso de la de Salamanca —contesta el mercader de libros.

Gadea se ha quedado sorprendida mirando un ejemplar que está encadenado a la estantería.

—Es una práctica habitual. —Ruy se acerca y lo hojea—. En las bibliotecas de las universidades y los colegios, la consulta y la lectura están reglamentadas, y en general los libros se dividen en dos secciones: unos para el préstamo, poco lujosos, sin ilustraciones ni adornos, y los otros, que no se pueden prestar, deben ser consultados al pie de la estantería porque, además, están encadenados.

—Así es —asiente el vendedor—. Este en concreto procede de la biblioteca de un convento que fue pasto de las llamas.

—No tiene señales del fuego.

—Se salvó a tiempo.

—¿Y dónde estaba ese convento que se prendió?

—No lo recuerdo.

—Entiendo. —Ruy deja el libro y se acerca al dueño del negocio—. Nosotros buscamos un libro sobre juegos.

—¿Juegos? —repite, aunque parece que eso ha llamado su atención.

—Tiene doscientos años, fue escrito por orden del rey Alfonso, el décimo de su nombre.

—¿Estáis buscando el *Libro de los juegos*? —pregunta incrédulo.

—Así es, veo que lo conocéis —responde Ruy, esperanzado.

—¿Y pensáis que yo lo puedo tener o saber dónde está?

—En efecto, nuestras informaciones nos han traído hasta Sevilla.

—¿Por qué estáis tan seguro de que está aquí?

—Bueno, dicen que Sevilla es la ciudad más rica de Castilla. El propio rey Sabio la llamaba «ciudad de emperadores», en referencia a Trajano y Adriano, que nacieron aquí, y a Julio César, el fundador de la ciudad.

—Conozco el pasado glorioso de mi ciudad, pero eso no responde a mi pregunta.

—El rey Alfonso convirtió Sevilla en un espléndido centro cultural y aquí estableció su Corte. En Sevilla escribió el código jurídico *Las Siete Partidas*, la *Historia de España* que él mismo dirigió o las *Cantigas de Santa María*, inspiradas en la Virgen de los Reyes, y, por supuesto, el *Libro de los juegos*. Sé además que en sus miniaturas es frecuente encontrar episodios sevillanos.

—¿Y por qué tanto interés? No es el libro más importante de ese rey.

—Por el ajedrez, buena parte del texto está dedicado a ese juego.

Gadea se sorprende de que haya revelado tan pronto la razón, no sabe qué está tramando Ruy y si lleva la negociación bien encaminada. Es evidente que el mercader de libros posee astucia para este tipo de conversaciones.

—El ajedrez es un juego de reyes y ese libro es un compendio del juego. Es perfecto para una lujosa biblioteca —recalca el sevillano—. Si yo lo tuviera, pediría una fortuna por él.

—Solo queremos consultarlo, unas horas a lo sumo.

—Pero es que yo vendo libros, esto no es una biblioteca de una universidad donde podáis tomarlos prestados —replica, mirándolos desafiante.

—Por supuesto. Pero un vendedor de libros seguro que tiene idea de dónde puede hallarse ese ejemplar que buscamos —Ruy se acerca más a él—, ¿verdad?

—Es posible... Pero antes de nada, decidme: ¿para quién trabajáis? ¿Un noble? ¿Un obispo?

—Para nosotros mismos, somos estudiosos del ajedrez.

—Hay algo más —le mira fijamente—, ¿cuál es vuestro verdadero oficio?

—No os mentimos, somos jugadores, pero yo también soy cronista.

—¡Eso es otra cosa! He conocido a varios cronistas, sois gente curiosa —dice el comerciante—, siempre me he preguntado qué busca realmente un cronista.

—La verdad.

—¿Qué verdad? ¿La del vencido o la del vencedor? ¿La de quien le paga o la de quien le conviene enardecer?

—Solo hay una verdad.

—Eso no os lo creéis ni vos mismo —afirma desafiante, y mira a Gadea—. ¿Y ella?

—Es el mejor jugador de ajedrez del reino —responde Ruy con orgullo.

—Querréis decir «jugadora».

—¡No! Gadea puede derrotar a cualquier hombre.

—¡Una mujer! Hasta ahí podíamos llegar...

—A mí me humilló sin esfuerzo, es increíble, por eso queremos consultar las jugadas de ese libro —relata Ruy ante el asombro de Gadea, que no está acostumbrada a que nadie hable tan bien de ella.

—No sé, no sé... —Se rasca la barbilla—. Lo que está claro es que sois una pareja poco convencional. ¿Por qué tanto interés en un libro de ajedrez? Por mucho que esté escrito por un rey, me ocultáis algo más.

—Ese libro contiene las mejores jugadas —dice Gadea—, solo queremos consultarlo.

—¿Podéis ayudarnos o no? —Ruy está empezando a perder la paciencia.

—Quizá... siempre que podáis pagarme, ¿podéis?

Ruy resopla y mueve la cabeza arriba y abajo.

—Claro. —Se abre la camisa y se quita el colgante que le entregó el infante Alfonso—. Esto es más que suficiente.

El vendedor lo toma entre sus manos y se lo acerca a la vista tanto como puede.

—Desde luego que lo es —dice sonriente.

—Y bien, ¿dónde podemos encontrar ese libro?

—En Sevilla no poseemos universidad —dice mientras se guarda el valioso colgante—, hecho incomprensible siendo la principal ciudad del reino, pero sí contamos con el Colegio de San Miguel. Está pegado a la muralla almohade, es un conjunto de edificios de diferentes épocas, en torno a un patio interior central común. El Colegio de San Miguel dispone de una colección de libros para la enseñanza y los profesores siempre desean libros mejores, a veces incluso para su uso personal, ya sabéis...

—¿Quiénes estudian allí?

—Se forma a los jóvenes que luego realizarán las labores propias de la catedral, y necesitan libros antiguos para mejorar su latín.

—Pero... el libro que buscamos no está escrito en latín —recalca Ruy, enojado.

—Lo sé —responde el mercader—, pero ese colegio ha provocado una demanda de libros antiguos en Sevilla a la que no es fácil dar respuesta. Una demanda especializada. Yo vendo los libros que hay en mi librería; para encargos especiales como el que vos buscáis... hay que recurrir a otros métodos, a otro hombre.

—¿A quién? —pregunta Gadea, impaciente.

—Pues a un franciscano, fray Eusebio.

—¿Y por qué a él?

—Porque es un cazador de manuscritos y la biblioteca de su convento es la mayor de toda Sevilla.

# 57

La dirección que les ha proporcionado el vendedor de libros los conduce hacia uno de los conventos más relevantes de Sevilla, el de San Francisco. En la entrada preguntan por fray Eusebio y les piden que aguarden hasta que pueda atenderlos.

—¿Por qué le contaste con tanta facilidad nuestras intenciones al mercader de libros? —pregunta entretanto Gadea, que no ha dejado de darle vueltas a la cabeza desde que dejaron su tienda.

—En un reino como este, donde abunda la mentira, a veces la manera de pasar más desapercibidos es la verdad.

—¿Por qué?

—Sencillamente, porque llega un momento en que se duda de todo, hasta de la verdad.

Las preguntas de Gadea no terminan ahí.

—¿Qué hacen los cazadores de manuscritos?

—Casi siempre están al servicio de grandes nobles, de cardenales u obispos; descubren bibliotecas donde se ocultan libros antiguos y olvidados, de un enorme valor, y los intentan recuperar.

—¿Solo libros?

—Sí, husmean en monasterios, castillos, palacios y donde se tercie. Suelen obsesionarse con obras perdidas de la antigua

Roma. Registran las bibliotecas y celebran cada hallazgo como un triunfo. Se adueñan de los códices que pueden, y si esto no es posible, los copian.

—Pero eso es parecido a lo que nosotros intentamos, Ruy. Tú eres uno de esos cazadores de manuscritos.

—Lo era, sí, cada uno tenemos nuestras debilidades, ¿no? Y la mía son los libros. —Sonríe—. La tuya, el ajedrez.

Justo entonces llega un fraile ataviado con el hábito franciscano; es un hombre con los ojos negros, agudos y muy juntos; el rostro un poco lleno y pálido, como si estuviera enfermo, en el cual despunta una nariz recta. En su cabeza destaca la tonsura, que, lejos de quedarse en la coronilla, ha ampliado el diámetro de su circunferencia hasta reducir la franja de cabello al mínimo permitido por la Iglesia, que es el tamaño de una moneda de real. Aunque Ruy cree que se ha propasado y no cumple con esta conocida norma.

—Bienvenidos, soy el hermano Eusebio —dice con mucha amabilidad—. Creo que me buscabais.

Al hablar, se puede ver que le faltan casi todos los dientes.

—Mi nombre es Ruy y el suyo es Gadea, venimos de la villa de Madrid. Yo soy cronista y ella es mi ayudante, y nos han dicho que podéis conseguir cierto tipo de libros.

—¿Quién os ha contado tal cosa? —pregunta el fraile, alarmado—. No digáis nada, no aquí dentro. Salgamos afuera, ¡vamos!

Les invita a abandonar de forma apresurada las dependencias conventuales y toman el camino hacia un huerto que se abre a su derecha.

—¿Qué es lo que queréis? —les pregunta con un semblante totalmente diferente, pues el amable sacerdote se ha transformado en un hombre rudo y desconfiado.

—El *Libro de los juegos*, escrito por el rey Sabio.

—¡Vaya sorpresa! —y se ríe de una manera burda—. Habéis venido en balde.

—¿Por qué?

—Pues porque no es posible, por eso mismo —responde el franciscano.

—No nos habían dicho eso, creíamos que podía estar en este convento.

—Os han dicho mal.

—¿No contáis con una inmensa biblioteca?

—Así es, yo mismo la he creado. Aspiramos a fundar una universidad en Sevilla y los fondos de nuestra orden serán sus cimientos.

—¿Y seguro que en esos fondos no está el *Libro de los juegos*?

—Seguro no, ¡segurísimo! —exclama fray Eusebio.

—El rey Sabio se estableció en Sevilla, tuvo que dejar libros aquí.

—Os habéis parado, aunque solo sea un instante, a pensar que eso fue ¡hace dos siglos! Anda que no han pasado reyes ni nada desde entonces por el trono de Castilla y, por ende, por nuestra ciudad.

—Si no lo tenéis aquí, puede albergarse en el Alcázar —sugiere Ruy.

—Eso... sería como buscar una aguja en un pajar.

—Pero sabríais hacerlo, sois un cazador de manuscritos —le tienta Ruy con habilidad.

—El Alcázar ha sido reformado, sobre todo en tiempos del rey don Pedro, poco queda de lo anterior.

—¿Tan convencido estáis?

—Por desgracia conozco bien a ese monarca —y le cambia el rostro—. ¿No sabéis el escándalo que provocó en Sevilla?

—¿El rey don Pedro?

—El mismo... —El franciscano suspira—. Se encaprichó de una bella dama sevillana y tuvo encuentros con ella en la Torre del Oro que no pudieron ocultarse. Como su marido se hallaba ausente, el esposo de la hermana decidió defender el honor de su cuñada, y por tanto de la familia, levantándose en armas contra el monarca.

—¿Por qué el rey provocó algo así? —Gadea muestra un rostro de repugnancia.

—Yo soy fraile, en esos temas no puedo dar testimonio —responde con desprecio—. Como imaginaréis, el rebelde fue vencido y apresado. Su esposa se plantó ante el rey para pedirle clemencia y este le cortó la cabeza al marido.

—Qué obsesión con cortar cabezas tenéis los hombres... —murmura Gadea resoplando.

—Es una tradición del reino que precisamente inició el rey don Pedro —puntualiza Ruy.

—Si solo fuera eso lo que hizo... El caso es que el rey se quedó prendado de la belleza de la segunda hermana, a la que acababa de dejar viuda.

—Pero ¿no estaba enamorado de la otra? —inquiere Gadea.

—Los reyes son así... caprichosos. —Se encoge de hombros—. Pero después de cortarle la cabeza a su marido, ella no estaba por la labor de dejarse cortejar por él. Así que le rechazó una y otra vez, hasta que no le quedó más remedio que huir de su casa. Se fue a un convento, donde unas monjas la escondieron en una zanja cubierta con tablas. Don Pedro no la encontró, pero a los pocos días volvió y la persiguió por todo el convento, hasta la cocina. Desesperada por huir de las garras lascivas del monarca, no dudó en terminar con el origen de aquel acoso, su belleza, y se desfiguró el rostro echándose ella misma agua hirviendo. El rey no la volvió a molestar.

—¡Maldito canalla! —Gadea aprieta los puños.

—Sosiego, muchacha —le pide el franciscano.

—Y ese rey... ¿por qué nos interesa tanto? —Gadea está visiblemente enojada con la historia que acaba de oír.

—Porque él modificó la mayor parte del Alcázar, y sus aportaciones conforman la parte más privada y donde pudo estar la biblioteca del rey Sabio.

—Entonces sí pensáis que el libro está en el Alcázar.

—Esa información no se puede dar así como así —murmura

el fraile, que poco a poco vuelve a cambiar su talante a uno más colaborador y amable—. ¿Qué gano yo con todo esto?

—Me he percatado de que no podéis moveros con soltura y parecéis enfermo —responde Ruy.

—¿Eso qué os importa?

—Por vuestra reacción, veo que he dado en el clavo, incluso que es peor de lo que pensaba.

—La cabeza me sigue funcionando de maravilla, como podéis ver —dice con gesto avispado.

—Además de cronista, yo también he sido cazador de manuscritos —le revela—, así que sé que os entusiasman los retos.

—¿Tú, cazador de manuscritos?

—He estado en la biblioteca del Alcázar de Segovia.

—No he oído nunca que allí hubiera una biblioteca.

—Tampoco yo que la hubiera en el de Sevilla —reacciona Ruy.

Fray Eusebio se queda callado y luego suelta una sonora carcajada. De pronto se pone serio.

—No te creo.

—De hecho había dos, tuve la fortuna de estar en ambas a solas, y vi el libro que buscamos. Tomé notas, pero no pude llevármelo. Ahora me es imposible volver a entrar.

—¿Por qué?

—Eran otros tiempos, otro rey...

—Déjame adivinar, fuiste de los fieles al infante Alfonso. —Suelta una especie de bufido sonoro—. ¿De veras estuviste en su Corte?

—Sí. —Ruy asiente—. Si nos ayudáis, podríamos llegar a un acuerdo que nos satisficiera a todos. Nosotros solo queremos ese libro, pero seguro que en el Alcázar hay muchos otros y más valiosos, ¿de verdad no os interesa ninguno de ellos? Todos saldremos ganando si llegamos hasta la biblioteca del rey Sabio.

—Interesante... pero ¿cómo sé que esto no es una trampa?

—¿Tenemos pinta de eso? —y señala a Gadea.

—¡No os conozco de nada!

—Fray Eusebio, creednos —dice Gadea con firmeza y determinación.

—Haremos una cosa, os pondré a prueba, como hizo el mismísimo rey don Pedro cuando visitó nuestro convento.

—No estamos para historietas.

—O lo hacemos a mi manera, o no os ayudaré —les advierte el franciscano—. Así que escuchadme bien. Don Pedro vino aquí para conocer a nuestro prior de entonces, que tenía fama de persona sabia, con tan mala fortuna que se hallaba ausente. Ignoro si no se lo habían comunicado con antelación o si el rey se presentó de improviso. Lo que es seguro es que don Pedro montó en cólera y ordenó que al día siguiente sin falta compareciera el prior en el Alcázar.

—Precisamente donde está el libro que buscamos —afirma Ruy.

—Eso todavía está por ver —recalca el fraile—. ¡A lo que estamos! El prior conocía el carácter del rey, pues al parecer ordenaba cortar cabezas con mucha soltura —y mira a Gadea—. Así que buscó un voluntario para salvar la suya y lo encontró en un humilde lego que trabajaba en las cocinas y que accedió a hacerse pasar por el prior y dar la cara ante el rey.

—Más bien la cabeza, diría yo —murmura Gadea—. Muy valiente vuestro prior...

—No somos quién para juzgar, muchacha —responde el fraile, más suelto y haciendo gala de un carácter cambiante e impredecible—. El lego fue al Alcázar y se presentó ante el rey con el hábito de su superior. Por supuesto, don Pedro estaba furioso por el desplante del día anterior y el lego se disculpó hasta la saciedad, no logrando calmarlo y viendo ya peligrar su cabeza. De tal modo que don Pedro le propuso hacerle tres preguntas, y si en alguna de ellas fallaba o le contradecía, llamaría al verdugo y le decapitaría.

—¡Qué barbaridad! —Gadea suspira—. Con reyes así...

—Los ha habido peores, te lo aseguro —dice Ruy, que la mira abroncándola por la interrupción. Al fin y al cabo, dependen de congratularse con este fraile para tener alguna oportunidad de hallar el libro.

—Yo os haré las mismas preguntas. Y no tratéis de engañarme, aquí donde me veis no siempre he vestido hábito franciscano; hubo un tiempo que fui monje calatravo en la frontera. Ballestero, para ser más exactos.

—No sois el primer hombre de Dios que conozco que, además de servirle rezando, lo hace dándoles a sus enemigos su merecido —comenta Ruy, que intenta no caer en los dobles sentidos del franciscano.

—Los caminos del Señor son inescrutables... —e inclina levemente la cabeza hacia delante, dejando ver lo exagerado de su tonsura.

—Seguro que sí.

—Atentos —advierte el franciscano—, esta es la primera pregunta que realizó el rey: «Prior, ¿cuánto valgo yo?».

Ruy y Gadea se miran.

—Esa la conozco —afirma Ruy, para sorpresa de Gadea y del propio franciscano—: «Veintinueve reales de plata».

—¿Y eso por qué, si puede saberse? —musita el fraile.

—Pues porque si a Jesús lo vendieron por treinta monedas, un rey no pude aspirar a valer más que Nuestro Señor Jesucristo.

—Vaya por Dios... —Fray Eusebio refunfuña ante la mirada de Gadea, que no da crédito a la respuesta—. Mejor vamos con la segunda: «Prior, ¿dónde se encuentra el centro de la Tierra?».

—«Debajo de nuestros pies» —contesta Ruy—, y no porque lo preguntara un rey, sino porque al ser la Tierra redonda, en cualquier sitio en el que nos encontremos siempre tendremos debajo el centro.

—¡Será posible! —Al fraile comienza a revolvérsele el estómago—. No creo que tengas tanta suerte con la tercera y última: «Decidme una cosa en la que el rey estuviera equivocándose aquel día».

Esta vez Ruy se queda callado y el franciscano sonríe de manera maliciosa.

—¿Y bien? ¿Tienes una respuesta, cronista? —El fraile aguarda unos instantes—. Ya veo que no.

—Quizá él no, pero yo sí —interviene Gadea.

—¡Ten cuidado con lo que vas a decir! —le advierte Ruy—. Esa pregunta es una trampa, llevarle la contraria al rey equivale a ser ejecutado.

—Lo sé —dice Gadea—. El rey estaba cometiendo un grave error al hablar con ese hombre, pues le está llamando «prior», por serlo de vuestro convento de San Francisco, pero en realidad era un humilde lego de las cocinas.

Se hace un silencio tenso.

—No me lo puedo creer... —El franciscano se lleva ambas manos a la nuca.

Ruy la mira y le pide explicaciones levantando las cejas.

—Muy lista... Tiene razón, eso mismo le contestó el lego.

—Ahora nos ayudaréis a encontrar el libro que buscamos —exige Ruy de inmediato.

—Sé dónde puede estar el libro, pero ya os habéis dado cuenta de que me muevo con dificultad. Mi cuerpo no es el que era, y no puedo deslizarme por pasadizos ni bajar empinadas escaleras de caracol en busca de bibliotecas perdidas. Así que haremos un trato.

—Os escuchamos —conviene Ruy.

—Si encontráis la biblioteca del rey Sabio, tiene que haber libros de materias variadas: matemáticas, astrología, magia y... otras más complejas, sobre la transmutación de la materia.

—¿Alquimia?

—Veo que nos entendemos —y le sonríe.

—Tampoco es el primer servidor de Cristo que me habla de libros de alquimia...

—¿Trato hecho? —El fraile extiende su mano.

—Sí. —Ruy le estrecha la mano—. Decidnos ahora cómo y dónde debemos entrar.

Fray Eusebio les explica cómo es el Alcázar de Sevilla, una inabarcable sucesión de jardines y edificios donde lo fácil es perderse. Una ciudad dentro de la ciudad, construida inicialmente por los almohades, aunque luego todo rey que ha pisado Sevilla ha querido dejar su impronta, de una forma u otra, en el Alcázar. Si era posible, con más lustro y esplendor que el anterior. Esta es la razón de la numerosa cantidad de salas, cada una de ellas con diversos espacios, decoraciones y funciones.

Las malas lenguas incluso cuentan que en los subterráneos existe un enorme aljibe que fue usado como un fabuloso baño por la amante del rey don Pedro, María de Padilla. Y que todos se referían a este lugar como «los baños».

El Alcázar es así, repleto de estancias sorprendentes, testigo de los reyes que lo han ocupado, pues allí han dejado sus secretos.

—El palacio del rey don Pedro es la clave, se trata de un conjunto de salas, corredores y patios privados distribuidos alrededor del Patio de las Doncellas, el más hermoso de todos; la zona protocolaria donde está el Salón del Trono y el Patio de las Muñecas o de las Nueve Lunas.

—¿Nueve Lunas?

—Sí, es por los nueve meses, es decir, las nueve lunas, que dura un embarazo. Hay nueve cabezas, solo dos en el patio, las otras siete se ubican en el interior del corredor que hay justo detrás. Tres en la parte superior del arco de la izquierda y cuatro en el arco de la derecha. Debéis seguir esas cabezas hasta llegar a una sala, ahí está la biblioteca real. No se me ocurre mejor lugar para que estén los libros del rey Sabio, por fuerza deben guardarse en un espacio antiguo y privado.

—Sabemos a dónde ir, pero ¿cómo entramos? —inquiere Ruy.

—Ese es otro cantar.

—Me lo imaginaba, no conozco el de Sevilla, pero sí el de Segovia, y sé que los alcázares están edificados para ser inaccesibles.

—Tenéis razón —confirma el franciscano—, aunque siempre hay una forma.

# 58

A Tello, su señor le ha instruido en la creencia de que Dios había creado el mundo natural y a los hombres organizándolos de forma similar. Por este motivo se pueden establecer los alimentos más apropiados para cada estamento. De los cuatro elementos, la tierra es el más humilde, al estar en la base, por lo que los vegetales fueron creados para las gentes sencillas. Pero ni siquiera todas las plantas son iguales. Las peores, sin duda, son los bulbos subterráneos, como la cebolla y el ajo, que comen los hombres de la peor calaña.

Las plantas de las que se ingieren las hojas, como la lechuga o las espinacas, son para aquellos algo menos pobres. Y las frutas, más distantes del suelo, son más propias de los que tienen trabajos valorados, como escultores y artistas.

Los animales de cuatro patas se hallan entre los vegetales del suelo y los de los árboles. Por tanto, los pueden comer un buen número de hombres y mujeres, como así hacen.

El segundo elemento es el agua y su alimento es el pescado, que también se organiza en función de su cercanía al lecho marino. Los cangrejos y los moluscos son menos deseables, mientras que los peces que poseen tendencia a nadar próximos a la superficie son los que debe comer la gente más noble.

El tercer elemento es el aire, y las aves también se establecen en función de la altura de su vuelo. Los más humildes son las gallinas, los patos y las ocas. Siendo los mejores las águilas y los halcones, y tal es la preponderancia que Dios les dio al permitirles volar tan cerca del cielo que no se pueden comer, sino todo lo contrario. A estos animales se les puede educar y adiestrar.

El último elemento es el fuego, o sea, los cercanos al sol, bestias que los hombres apenas logran ver, como los dragones.

Tello ha oído leyendas de caballeros que logran dar muerte a dragones, como san Jorge. Pero nunca ha conocido a ningún hombre que haya visto a uno. Dicen que están en Oriente, que habitan en cuevas de lugares remotos, y que nadie menciona haberse encontrado con uno porque es imposible salir con vida de un encuentro con una de esas bestias.

Ahora está en Toledo siguiendo una pista, como un sabueso husmeando el rastro de la presa. No hay hombre ni mujer que no deje evidencias de su paso por un lugar, solo hay que saber interpretarlas.

Llama a la puerta de una casona, la puerta se entreabre y asoma una mano y después el rostro angelical de una hermosísima joven.

—¿Qué deseáis? —pregunta con una dulce voz.

—Busco a un hombre y a una mujer de tu edad, me han dicho que los vieron entrando aquí.

Elisa traga saliva y le tiembla la mano que tiene posada sobre la hoja.

—No, lo siento.

La joven intenta cerrar, pero él ya ha metido el pie. Cuando Elisa se da cuenta de la artimaña, le mira y él la empuja alejándola de la puerta, luego entra en la casa y cierra tras de sí.

—¡Padre! —Elisa corre hacia el interior.

Tello da amplias zancadas, la alcanza sin esfuerzo y la coge bruscamente de la muñeca. Entonces aparece don Francisco con un cuchillo en la mano. Tello, como si de un simple títere se tratara, le agarra el brazo y se lo retuerce haciéndole soltar el arma.

Arrastra a padre e hija por la sala y los arroja contra una de las paredes.

—¿Dónde están?

Elisa llora aterrorizada y su padre es el reflejo mismo del miedo, no por él, sino por lo que le pueda pasar a su hija.

—¿De verdad queréis que os lo repita? —pronuncia Tello en un tono tan amenazante que don Francisco confiesa de inmediato, suplicando piedad para Elisa.

# 59

Fray Eusebio les hace ponerse unas ropas de trabajo, también unas largas capas, bajo las que se ocultan para salir a la calle. Portan unos sacos con herramientas y otros utensilios pequeños, pero ignoran su finalidad.

Caminan los tres en silencio, como en una procesión.

El fraile los conduce por las calles de Sevilla y al poco divisan la inmensa catedral, la dejan atrás y, desde una esquina cercana, contemplan la entrada al Alcázar Real. Ruy piensa que en nada se parece al de Segovia, aquel es un castillo asentado en lo alto de un cerro con unas defensas insalvables y un profundo foso donde habitan bestias salvajes traídas de los más recónditos lugares del mundo. Un lugar inaccesible que domina Castilla desde lo más alto. En cambio, el de Sevilla es un palacio, de largos muros pero salvables con pericia. Al otro lado se adivinan jardines y bellas estancias, muy del gusto de los árabes.

—¿Cómo entraremos? —inquiere Gadea.

—A estas horas los sirvientes acceden por la Puerta de la Montería —el franciscano la señala—, y abandonan el Alcázar antes del anochecer. Entraréis con ellos, más exactamente, con los jardineros; decid que sois nuevos, que os envía el concejo para determinar el estado de los jardines. Sé que hay árboles con una extraña enfermedad que los trae de cabeza.

—Y siendo una mujer, ¿Gadea podrá entrar? —pregunta Ruy.

—Es un trabajo humilde, no le pondrán impedimentos por su condición.

—¿Y una vez dentro?

—Haced como que los revisáis, y luego buscad una zona frondosa en el jardín y ocultaos allí. Al caer la noche estaréis solos, el rey no se prodiga demasiado por nuestra ciudad.

—Pero cuando se vayan los jardineros se percatarán de que no salimos con ellos.

—No si sois discretos. Luego los guardias cambian, los de la mañana no son los mismos que los de la tarde.

—Es arriesgado —murmura Ruy.

—Una vez dentro, todo os será más factible. Tened en cuenta que los guardias vigilan el exterior de las murallas, no el interior. Además, mañana se celebra una festividad de Semana Santa, Sevilla entera estará atenta a lo que pase en la catedral, es un día idóneo para vuestra fechoría.

—Qué oportuno... —Ruy observa de reojo a Gadea, un gesto que hace a menudo, casi sin darse cuenta.

—Las oportunidades hay que saber aprovecharlas —comenta el franciscano—. Esperad en vuestro escondite a que caiga la noche, entonces podréis moveros con más facilidad. Hacerlo a plena luz del día sería un suicidio, salid con el siguiente turno de jardineros. Cuando estéis fuera, venid al convento.

Media hora después, Ruy y Gadea, pertrechados con las herramientas a la vista, aguardan junto a las murallas. Llega un grupo de trabajadores, la mayoría parecen musulmanes o, al menos, visten como tales. Se unen a ellos rápidamente. En el acceso, se van identificando uno a uno a los guardias. El que está al mando es moreno, alto como un árbol y con cara de no andarse con tonterías.

—A vosotros dos no os conozco, ¿de dónde salís?

—Nos envía el cabildo para inspeccionar los árboles enfermos —responde Ruy.

—No me habían dicho nada —dice el guardia, desconfiado.

—Fuimos requeridos esta semana, al parecer la situación podría ser grave.

—Sí que hay varios árboles casi secos. —Se rasca la barbilla mientras los examina—. ¿De dónde sois?

—Del norte, estamos acostumbrados a tratar con estas especies, no puede hacerlo cualquiera. Hay que actuar rápido, si los demás árboles se contagian, la totalidad del jardín correría peligro. Nos han dicho que el rey lo va a visitar pronto, ¿cierto?

—¿El rey? —Su mera mención le altera.

—¿Es que acaso no te han informado?

—No...

—Igual he hablado de más... —Ruy sería un buen actor de teatro—. Olvida lo que te he dicho.

—Pero ¿va a venir el rey?

—Bueno... —Ruy mira a su alrededor, como cerciorándose de que nadie le escucha—. Jura que esto no se lo comentarás a nadie.

—Por supuesto —asiente el guardia.

—La verdad es que por eso nos han llamado, el jardín debe estar espléndido antes de su llegada; imagínate que la enfermedad se propaga y cuando llega el rey los árboles están muertos.

—¡Santo Dios! —El vigilante se lleva la mano al pecho—. Está bien, pasad. Si necesitáis cualquier cosa, pedídmelo a mí, ¡a nadie más!

Gadea respira aliviada, cree casi un milagro que hayan conseguido entrar. Una vez en el interior, se queda impresionada por la magnificencia de los jardines reales, nunca ha visto algo tan hermoso, ni siquiera parecido. Y los aromas... El jardín te envuelve en las fragancias de las plantas y sus flores, de tal forma que, conforme avanzas, estos cambian y te sorprenden. Llegan a un estanque, transformado en un lecho de nenúfares. Si el fraile de las montañas estuviera ahí, se quedaría prendado al verlo.

Ruy le indica que le siga. Avanzan por los paseos enmarcados por macizos de setos e infinidad de especies, a cuál más hermosa, y llegan a otro estanque con más nenúfares y peces de distintos colores y tamaños.

—Ese debe de ser el camino a los edificios palaciegos —comenta Ruy, pensativo.

—¿Qué pretendes? No podemos entrar a plena luz del día, recuerda las indicaciones de fray Eusebio —le advierte Gadea.

—No me fío de ese guardia, se dará cuenta si no salimos con el resto.

—¡Ese no era el plan!

—A veces hay que improvisar —masculla Ruy—. En el ajedrez tampoco todo sale siempre como imaginas, ¿no?

—Ruy... —Gadea resopla—, ¿estás seguro de lo que quieres hacer?

—Sí, y necesito que tú te quedes en los jardines, por si acaso nos buscan. Si preguntan por mí, explicas que estoy siguiendo a unos insectos que pueden ser el origen de la enfermedad de los árboles.

—¿Lo estás diciendo en serio? —A Gadea le cambia el rostro.

—Fray Eusebio nos lo dejó muy claro, hay mucha vigilancia en el exterior, pero como no está el rey, el interior se halla poco transitado.

—Eso no fue lo que dijo exactamente —dice con gesto contrariado antes de posar su mano en el pecho de Ruy—. Es arriesgado, no entres, por favor. Hazme caso, te lo ruego.

—Sé que no hemos hablado de lo que sucedió en Madrid... Ya sabes... —Se aturulla con las palabras—. Yo quería decirte que...

—¡Espera! ¿De verdad crees que es el momento para esto? ¿Ahora? ¿No has tenido tiempo antes?

—Sí, lo sé... —Ruy siente que le falta el aire en los pulmones.

—¡Por Dios, Ruy! Estamos dentro del Alcázar Real, no me imagino un momento peor para hablar de un beso.

Ruy se muerde los labios.

—De todas formas, quiero darte algo.

—¿A mí? ¿El qué? —pregunta Gadea, sorprendida.

Él saca de sus ropas una figura de ajedrez, es la reina que tomó del palacio del marqués de Purujosa, y ella la reconoce enseguida.

—¡No es posible! —Gadea alza demasiado la voz y tiene que mirar a un lado y a otro para asegurarse de que no hay nadie—. ¿Cómo tienes tú esto?

—Eso no importa, ahora es tuya. No existe nadie mejor que tú para ser su dueña —se la pone en la palma de la mano y se la cierra—, te dará suerte.

—Yo no creo en la suerte.

—Precisamente por eso debes tenerla.

A Gadea se le escapa una sonrisa y, sin pensarlo, cierra los ojos y le besa.

Es un beso suave, casi una caricia. Cuando abre los ojos, se encuentra con los de Ruy.

Y le vuelve a besar.

Esta vez con más fuerza, más rápido, entregándose a él. Y Ruy le responde con la misma pasión.

—Espera —le separa con ambas manos—, hay que encontrar el libro —y lanza un suspiro.

—Cierto —asiente él, pero no puede dejar de desear los labios de Gadea.

—¡Ruy! El libro, centrémonos en él.

—Sí, sí —y aparta los ojos de ella.

—Déjame entrar contigo.

—¡De ninguna manera! Es demasiado peligroso.

—Lo dices porque soy una mujer —recalca Gadea.

—No... pero está decidido, es más seguro que permanezcas aquí fuera.

Ruy abandona los bártulos de jardinero, se arregla algo las ropas, la mira una última vez y sube la escalinata que conduce al espacio regio. Avanza hacia la fachada monumental del palacio. Debe de ser la del rey don Pedro, en ella le sorprende que los elementos ornamentales sean árabes. Accede por una diagonal al patio principal, una maravilla que une el arte de las culturas cristiana y musulmana. Sigue por uno de los pasillos, no ve a nadie.

Llega a un vestíbulo que al parecer hace las veces de distribuidor, profusamente decorado con una cenefa de yesería y un zócalo de azulejos con una leyenda en caracteres cúficos. Hacia la izquierda hay un pasillo que lo lleva hacia un patio donde la decoración es igual de asombrosa, sin embargo no ve las cabezas que mencionó el franciscano.

Justo entonces oye unos pasos y se oculta tras el fuste de una columna. A su lado pasa un guardia que no le descubre, aunque un poco más adelante se detiene como si hubiera escuchado algo, se gira y mira hacia la columna. Por suerte, Ruy ha alcanzado para entonces la esquina del siguiente pasillo.

Se mueve rápido por el palacio hasta llegar a la suntuosa escalera que da acceso a la planta superior. Allí estarán las dependencias privadas y seguramente la biblioteca, el lugar más lógico para encontrar el *Libro de los juegos*.

El palacio es en verdad fabuloso. Llega a un salón con un techo octogonal de madera y continúa por una sucesión de salas que le recuerdan al Alcázar de Segovia, no por su forma sino por esa estructura que obliga a los visitantes a hacer un recorrido por un espacio tras otro que va empequeñeciéndote. Alcanza una sala abovedada impresionante, el *summum* de todas las salas palaciegas, con una cúpula de una belleza sin igual.

Es el salón del trono, sin duda.

Deja volar su imaginación y ve por un momento al rey Sabio sentado en el trono dictando la orden de escribir el *Libro de los juegos*.

Prosigue indagando y se convence de que el edificio es laberíntico, cuesta orientarse y siempre ha de tener cuidado de no ser descubierto.

¿Dónde está el patio con las cabezas?

En Segovia encontró los libros en una estancia oculta y de difícil acceso, a la que nunca hubiera llegado sin la ayuda del guardia. Si aquí los libros han corrido la misma suerte, no los encontrará jamás.

Recorre las salas, mareado por el infinito número de ellas, todas diferentes, todas hermosas, todas inútiles para sus propósitos.

Entonces retrocede y sigue otro pasillo hasta un nuevo patio, ¡este sí es el de las Nueve Lunas! Encuentra las dos primeras caras y luego las restantes, sigue los rostros y avanza por un ala más discreta hasta que allí descubre una voluminosa estantería que cubre por completo una alargada pared, con libros, escritorios, plumas y tinteros.

¡Tiene que hallarse aquí!

Observa los volúmenes, ¿cómo saber si el *Libro de los juegos* es uno de ellos?

Apenas le queda tiempo.

¡Y hay tantos libros!

Ruy no da con el que busca, ¡son todos libros religiosos!

No, esta no es la biblioteca del rey Sabio.

Comienza a oscurecer, Gadea está sola y el guardia los esperará a la salida. No queda tiempo para más.

¿Y si el *Libro de los juegos* no está aquí?

Han pasado doscientos años, ha podido cogerlo otro rey, un príncipe o algún consejero. O extraviarse con el trasiego de visitantes; lo han podido sustraer, o haberse deteriorado por algún motivo. Quizá se lo hayan regalado a un monarca extranjero como símbolo de amistad. Ruy es consciente de que los libros son resistentes, se crearon para ello, para aguantar el paso del tiempo, el uso y el olvido. Y también son orgullosos, y si no se les presta atención durante largo tiempo deciden ocultarse en lo más profundo de las bibliotecas.

Ha sido un iluso creyendo que lo encontraría.

Es prácticamente de noche.

Ha fracasado.

Debe abandonar la biblioteca y salir del Alcázar.

Muy a su pesar, baja la escalera y sale al jardín. Corre como alma que lleva el diablo hacia la puerta. Ya están saliendo los últimos trabajadores y Gadea se encuentra hablando con el guardia.

¡Maldita sea! La ha puesto en peligro, el hombre la está interrogando, así que acelera el paso todo lo que puede.

—Aquí llega —dice ella al verlo aparecer.

—¿Dónde estabas? ¿Por qué vienes corriendo? —le pregunta el vigilante.

—Yo... —Ruy no sabe a qué atenerse y le falta el aliento; traga saliva, pero le cuesta hablar.

—Ya le he explicado yo que era esencial encontrar al bicho causante del mal, pues sus larvas no se ven, ¿lo tienes? —Gadea le guiña un ojo con disimulo.

—Eh, sí... quiero decir que lo he visto. No he podido atraparlo.

—Pero entonces sabes cuál es, podemos preparar un remedio, ¿verdad?

—Por supuesto —responde Ruy, algo confuso y torpe—. Aunque es un insecto escurridizo, he logrado identificarlo. Ya sabemos el origen de la enfermedad de los árboles.

—¿Para cuándo? —inquiere el guardia.

—¿Para cuándo qué? —pregunta Ruy, nervioso.

—¿El qué va a ser? ¿Para cuándo tendréis el remedio?

—Estará a tiempo, pero debemos darnos prisa —responde Gadea, más avispada.

—¿Y a qué esperáis entonces? Iros de aquí —espeta el guardia un poco molesto—, más os vale que funcione. El rey tiene que llevarse la mejor impresión de Sevilla.

—Lo hará, gracias, muchas gracias —asiente Gadea.

Salen los dos del recinto amurallado y se dirigen hacia la catedral sin hablarse. Gadea camina despacio, como si estuviera cansada; Ruy está serio, se detiene para esperarla y ve su rostro fatigado.

—¿Estás bien, Gadea?

—Sí, ¿y tú? No lo tienes, ¿verdad?

—Llegué hasta la biblioteca, pero no estaba o no me dio tiempo a localizarlo, había demasiados libros. Era más difícil de lo que pensaba, quizá deberías haber venido conmigo... Lo siento, pensé que sería capaz de encontrarlo. Soy un iluso y un estúpido.

—Ruy...

—He desperdiciado nuestra única oportunidad, ¡qué desastre!

—Tranquilo...

—¡No! Es un error imperdonable.

—Tengo el libro. —Gadea señala la bolsa que porta al hombro, la deja en el suelo y parece sentir un gran alivio.

—¿Cómo que tú...? —Ruy la coge del brazo.

Ella se suelta.

—Chisss, aún no estamos a salvo. Disimula y ayúdame, esto pesa una barbaridad.

## 60

Oscurece en Sevilla y deben regresar al convento de San Francisco atravesando la judería. Caminan a buen paso, no tanto por el miedo a ser descubiertos por los guardias del Alcázar o por algún maleante que busque víctimas a esas horas de penumbra, sino por el ansia de llegar a un lugar seguro donde poder consultar el libro que con tanto ahínco han buscado y que les ha llevado hasta esa ciudad.

El zurrón pesa lo suyo, y eso que Gadea ha sacado las herramientas.

Les cuesta orientarse en el entramado de callejuelas. Gadea camina silenciosa a su lado, es algo que a Ruy le gusta de ella. No habla por hablar, siempre que abre la boca es para hacer una pregunta o una observación acertada.

No hay nadie por la calle, sin embargo Ruy está seguro de que los observan por los pequeños ventanucos de las casas de la judería. Decenas de pares de ojos los vigilan, son extraños en un barrio que se sabe en peligro. Los judíos siempre están alerta, han sufrido demasiadas veces los ataques indiscriminados de sus vecinos cristianos.

Ruy no puede resistir la curiosidad y, sin detener el paso, interroga a Gadea.

—¿Es que no me vas a contar cómo lo has logrado?

—Me dejaste sola en el jardín, no confiaste en mí. —Ella le mira desafiante y aprovecha para soltarse el pelo en un gesto de libertad—. ¡No solo sé jugar al ajedrez!

—Pero... ¿cómo lo encontraste?

—Me preguntaste si en el ajedrez había que cambiar a veces el plan y te dije que no. Me equivoqué. Cada movimiento te obliga a replantearte todas las variantes.

—Eso no explica cómo diablos tienes el libro. —Ruy comienza a impacientarse y se detiene—. Gadea, ¿me quieres decir de una vez cómo lo has conseguido?

Ella parece disfrutar haciéndole sufrir.

—Me imaginé que no te sería fácil dar con él. Por las estancias de la planta superior han pasado multitud de personas en doscientos años. Así que recordé que el franciscano comentó que el palacio actual se construyó sobre el que edificaron los almohades, del que solo se ha conservado un inmenso aljibe subterráneo, los baños de doña María.

—La amante del rey don Pedro.

—¡Vamos! No podemos quedarnos aquí hablando, te lo sigo contando de camino al convento.

—Bajaste al aljibe... no puedo creerlo. —Reanuda el paso tras ella.

—Tú no lo has visto, Ruy. Ese estanque subterráneo es increíble, es una alargada e interminable lámina de agua en la que se reflejan los arcos de las bóvedas. Parece sacado de una leyenda. Por un momento me imaginé a la amante del rey deslizándose completamente desnuda en el agua mientras él la contemplaba.

Ruy recrea esa escena en su mente y eso le turba.

—Pensé que un lugar así tenía que ser muy personal e inaccesible.

—Eso es cierto, sin duda —asiente Ruy.

—Abajo no solo hallé el estanque; existen numerosas galerías que se abren hacia todos los lados en una suerte de laberinto. Si esa mujer se bañaba allí, debía de haber más estancias.

Y pensé en una sala de juegos para doña María y el rey, para divertirse cuando estuvieran juntos.

—Y donde jugar al ajedrez...

—Eso mismo creí yo —asiente Gadea.

—¿La encontraste?

—No, busqué en cada esquina y no hallé nada. Esperaba descubrir una alcoba secreta, con un estupendo ajedrez de marfil y una selecta colección de libros, pero hace tiempo que nadie usa esas salas. Los amantes fallecieron hace casi cien años...

—Gadea, entonces no lo entiendo. ¿Dónde hallaste el libro?

—Como te iba contando, aquel lugar está en desuso, en las salas contiguas solo había muebles viejos, antiguas banderas y varios baúles —responde ella—, y entonces recordé lo que contaste de que la Corte del rey Sabio era itinerante, como todas. Y su enorme biblioteca viajaba con él por ciudades, villas, monasterios y castillos en...

—... unos enormes baúles —termina la frase Ruy—. ¡Encontraste los baúles donde transportaban los libros!

—Estaban intactos, como si nadie los hubiera tocado en décadas. Y cuando abrí el primero hallé una huella sobre una capa de polvo viejo, era de una mano como la mía. Llámame loca, pero sentí que era de la misma amante del rey, doña María.

—Te creo, ¡claro que sí!

—Había manuscritos de matemáticas, de astrología, de historia, también religiosos, de magia y ¡de alquimia!

—¿También robaste uno para fray Eusebio?

—¿Tú qué crees?

—Gadea, eres... ¡fabulosa! —y se lanza a besarla.

—¡Alto ahí! Todavía no te he perdonado que me dejaras fuera.

—Pero...

—Camina —y se separa de él un par de pasos—. Aquella era sin duda la biblioteca del mismísimo rey Sabio —sigue explicando, ya con el convento en el horizonte—. No podía creerlo, eran los libros de uno de los hombres con más conocimientos que ha existido nunca.

A Gadea le impresiona imaginar que el rey Sabio tuvo esos mismos libros entre sus manos, que los consultó y los leyó. En cierto modo, él está todavía en ellos, pues cuando los hojeaba creyó sentirlo.

—Los revisé a toda velocidad, aunque tuve suerte, pero eso da igual. Cuando lo abrí y vi el dibujo de un rey jugando al ajedrez frente a una reina, supe que era el *Libro de los juegos*.

Ruy siente que el corazón no le cabe en el pecho y observa a Gadea, le parece más cautivadora que nunca. Y una poderosa fuerza tira de él hacia ella. Mira sus largos cabellos; su boca, pequeña y perfecta; su rostro, delicado y cristalino, y sus infinitos ojos, como el cielo en la noche. El deseo se refleja en lo más hondo de sus pupilas y decide dejarse llevar de nuevo.

La besa.

La abraza.

Sí, la desea.

Ella le corresponde y, bajo un frondoso laurel, se comen a besos como llevan tiempo deseando hacer, tras haberse reprimido por alguna razón que ni ellos mismos entienden.

# 61

Prosiguen su marcha y entonces Ruy escucha un ruido. Puede ser un gato, ha visto antes a varios merodeando en busca de comida. Sin embargo, estira el brazo hasta la altura del pecho de Gadea, obligándola a detenerse, y se lleva el dedo a los labios pidiéndole silencio.

Se quedan inmóviles.

Gadea busca con la mirada algún enemigo. Ruy está flexionado y ha echado mano a la daga. Está en tensión, dispuesto a saltar al mínimo signo de peligro.

Así permanecen un buen rato, no sucede nada.

Suenan las campanas de la Giralda y Gadea siente un profundo pinchazo en la cabeza con cada repique. Ruy le hace un gesto para continuar, y ambos lo hacen a un paso mucho más apresurado que antes.

Llegan al convento franciscano y acceden a él por el mismo arquillo. Llaman a la puerta. Tarda en abrirles un franciscano joven, que les pide explicaciones por la nocturnidad y que se niega a llamar a fray Eusebio a horas tan intempestivas.

Gadea le explica que es cosa de vida o muerte, apela a su alma caritativa y bondadosa, y el fraile claudica. Al poco aparece fray Eusebio con un candil.

—¿Qué ha sucedido? ¡No os esperaba hasta mañana!

Ruy y Gadea se miran antes de responder y sonríen. El fraile lo comprende de inmediato, les pide que pasen deprisa y ellos le siguen por el interior. Recorren los pasillos vacíos y oscuros del claustro, hasta que llegan a la iglesia. Fray Eusebio se arrodilla y se santigua nada más entrar, y ellos hacen lo mismo. Dejan a la izquierda el coro y van directos al retablo mayor; en uno de sus lados hay una escalera con una reja. El franciscano saca una alargada llave y libera su cerrojo, descienden por ella y acceden a una pequeña cripta.

—Este escondite se parece al que utilizó la amante del rey don Pedro.

—En todos los conventos hay lugares para ocultarse, Gadea. No me preguntes por qué. Mis hermanos pronto vendrán al rezo y os podrían descubrir. No hagáis ningún ruido, intentad descansar. Yo volveré cuando sea seguro. —Les lanza una mirada de preocupación—. ¿Tenéis los dos libros? ¿El de alquimia también?

—Por supuesto —responde Gadea.

—¿Podéis dármelo?

—¿Cómo sabemos que si lo hacemos no nos dejaréis aquí encerrados?

—¡Por favor, Gadea! La duda ofende —contesta indignado—, soy un siervo de Dios y un hombre de palabra.

—Yo no me fío de nadie, mejor esperamos —replica inflexible.

El fraile asiente, sale y vuelve a cerrar la puerta por el exterior.

—Lo hemos logrado —dice Ruy, y la abraza con fuerza.

—¿Acaso lo dudabas?

Se dan un beso.

En ese momento oyen pisadas retumbando en el suelo del templo. Ruy le hace una seña para que no diga nada más, la coge de la mano y la lleva a una esquina. Se quita la capa y la pone sobre el suelo, que está como un témpano de hielo. Se sienta y Gadea hace lo propio, acurrucándose en su regazo.

Ella nunca ha estado tan cerca de un corazón, y escucha perfectamente los latidos. Un ritmo constante y acelerado que la reconforta. Con esa música en sus oídos, cierra los ojos y se queda adormilada.

De repente se oye un ruido metálico.

Gadea se incorpora como un resorte, pero Ruy la agarra para tranquilizarla.

—Te has dormido —le dice.

La luz de un candil ilumina la cripta, es fray Eusebio con unas ropas en la mano.

—Ya podéis salir, poneos antes estos hábitos y haced todo lo que yo os diga.

Suben a la nave de la iglesia, que vuelve a estar vacía. Al llegar al claustro, se cruzan con varios hermanos, pero pasan desapercibidos bajo las capuchas franciscanas. Salen del edificio principal y caminan por el exterior hasta una casa aneja que también pertenece a la orden. Dentro está oscuro, fray Eusebio enciende varias lámparas de aceite y la estancia se ilumina. Es sencilla, una mesa con unas pocas sillas y las sombras de unos muebles anodinos en las paredes.

Avanzan hasta la mesa, donde Gadea abre la bolsa y extrae primero el libro de alquimia, voluminoso y pesado, con la encuadernación desgastada.

Fray Eusebio lo coge con ansia y lo sostiene entre sus manos.

—Sabía que lo lograríais. —Sonríe entusiasmado.

Después Gadea saca un segundo libro de menor tamaño, con unas tapas deterioradas y decoradas con dibujos geométricos sobre el cuero. Ruy no es capaz de decir nada, aún no sale de su asombro. Gadea ha sido capaz de encontrar el libro y él no. Lo cual hace que le fascine todavía más la joven jugadora de ajedrez.

—Aquí tenemos el famoso *Libro de los juegos*, viéndolo no parece para tanto.

Gadea lo deja sobre la mesa.

—Los libros son precavidos, su exterior no suele hacer justicia a lo que guardan dentro —afirma el franciscano—. Pero sí es una pena lo mal conservado que se halla. Si lo contemplara ahora el rey Sabio... Cuánto bien nos haría su presencia en estos días de luchas por la Corona.

—Se nota que estaba en un lugar con humedad —se lamenta Ruy.

Abre el libro y percibe un olor peculiar, difícil de describir.

—Es un manuscrito que consta de casi cien páginas de pergamino, de buen tamaño y encuadernado en piel. El texto se escribió en una hermosa letra gótica, las capitulares fueron laboriosamente decoradas, sobre todo en los inicios de cada página.

—Lo mandó hacer un rey, tiene que ser lujoso —apunta el franciscano a su lado.

—No solo lo mandó hacer, lo supervisó por completo y en buena medida lo escribió. —Ruy inspira, un gesto habitual en él antes de hablar, como si tuviera que retener las palabras que quiere decir—. El rey Sabio impulsaba y dirigía el trabajo, y cuando ya estaba acabado lo corregía. Para ello escogió a los mejores colaboradores, fuesen musulmanes, judíos o cristianos. Acometió una ardua labor de búsqueda y recopilación de obras necesarias para su empeño. Llegaron textos de Oriente y se hizo una magna obra que alberga todo el conocimiento del ajedrez.

—Pareces enamorado—murmura el franciscano, muy oportunamente.

Gadea y Ruy se miran de inmediato y ella se percata de cómo les brillan los ojos a ambos.

—¿Qué sucede? —pregunta el fraile.

—Nada, ¿qué va a pasar? —responde algo atolondrado Ruy—. ¿Qué me decíais?

—Pues que pareces enamorado... de este libro. —Observa la forma en que reacciona Gadea y vuelve la mirada de nuevo a Ruy—. ¿Estáis bien? ¿Ha ocurrido algo en el Alcázar?

—Encuentra la página que marcó el marqués —le pide Gadea.

—Veamos —y empieza a examinar las primeras hojas sin dejar de hablar—: Para escribirlo, el monarca organizó una competición en la Sevilla de hace doscientos años. En ella participaron una veintena de jugadores, que proporcionaron al rey numerosos ejemplos de teoría ajedrecística y ejercicios cortos.

—Mi maestro me enseñó a acometer esos problemas, eran muy habituales entre los musulmanes y se hacían apuestas, aunque muchas veces solo se jugaban una taza de té o lo que fuera menester. En ellos el ajedrez se vuelve más rápido, a mí me encantan.

—El rey Sabio era un adelantado a su tiempo... —Ruy se detiene en una de las hojas con varios dibujos, pero prosigue de inmediato—. Era hijo de una reina que poseía una inmensa cultura, medio alemana y medio bizantina, que influyó sobremanera en su hijo.

—Tiene varias partes —comenta Gadea.

—Siete, separadas por folios en blanco. Era un número muy apreciado por el rey. La primera parte llega hasta la página sesenta y cuatro y es la principal, la dedicada al ajedrez, lo cual es premeditado, porque otorgaba una enorme trascendencia a los números. —Ruy pasa sus dedos por las páginas centenarias—. Que este libro conste de sesenta y cuatro hojas, escritas por delante y por detrás, no es casual. Nada lo es.

—Es el número de escaques del tablero de ajedrez —pronuncia Gadea.

—Alcanzar esta extensión fue un enorme problema para los compiladores, que inicialmente pensaron crear problemas de poca calidad, o incluso copiar otros ya existentes.

—Todo por tener exactamente sesenta y cuatro páginas —subraya Gadea.

—No lo hicieron rellenando por rellenar. Esta obligación que se autoimpuso el monarca acabó siendo una suerte para el desarrollo del juego, pues al juzgar los compiladores que no había suficientes problemas de tradición árabe de calidad y no disponer de más, se vieron obligados a improvisar, añadiendo una serie de problemas novedosos, lo que propició una nueva manera de entender el ajedrez.

—Hicieron evolucionar el juego para satisfacer al rey.

—Ni más ni menos —apunta fray Eusebio.

—Las primeras páginas tienen una importancia decisiva para el ajedrez —afirma Ruy, leyendo lo más rápido que puede; la escritura ha cambiado muchos en estos dos siglos y algunas palabras se le atraviesan—. En ellas se reflexiona sobre la naturaleza del juego, se recoge una leyenda sobre su origen, se explica el movimiento de las diversas figuras y hasta se indica cómo se han de fabricar las piezas y el tablero. En el primer párrafo, el rey Sabio se posiciona sobre la valoración que Dios hace del juego en general y del ajedrez en particular. Y cita varias obras sobre el ajedrez escritas por judíos. Sobre todo un poema de un rabino que, según dice aquí, lo considera juego de nobles y llega a prohibir su práctica al pueblo.

—Lo que siempre se ha dicho, el ajedrez es un juego de reyes —comenta el franciscano.

—El ajedrez llegó a la Cristiandad por su contacto con el Emirato de Córdoba y luego con el Califato. Después pasó a los reinos y los condados del norte: Urgell, Barcelona, Aragón, Asturias, Navarra..., y de ahí a Francia, Inglaterra, Escocia... Inicialmente, a los cristianos de aquella época les costó comprender este juego, pues los árabes no utilizaban figuras humanas ni de animales —recalca Ruy—, y no poseían ninguna femenina. Así que tuvieron que adaptarlo para entender el juego y que se difundiera.

—Mi maestro me explicó que en Oriente y en los reinos islámicos no había mujeres con cargos de poder. Mientras que en los reinos cristianos, las reinas sí pueden llegar a gobernar, por eso se introdujo la figura de la reina. No hay que subestimar nunca a una mujer —pronuncia Gadea con un tono de voz afilado—, somos peligrosas.

—Eso es correcto, hubo que adaptar las figuras a nuestras costumbres y la alferza pasó a ser la reina.

Ruy sigue pasando páginas y examinando las ilustraciones.

—¡Es esta! —dice de pronto.

—¿Seguro? —Gadea se acerca y pone su mano sobre el hombro de Ruy—. Son dos damas jugando al ajedrez.

—Sí, hay numerosas mujeres en las ilustraciones de este libro: reinas, princesas, niñas...

Entonces Gadea saca la reina que Ruy se llevó de la casa del marqués y luego le entregó a ella.

—¿Qué dice el libro de la figura de la reina? —le pregunta a Ruy.

—Nada, porque esa pieza hace doscientos años no se conocía como tal; en Castilla todavía se utilizaba el nombre que le pusieron los musulmanes: alferza.

—Pero si este libro es tan importante para el ajedrez, no entiendo la razón por la que en Castilla se siguió llamando «alferza», ¡no tiene sentido!

—Gadea, piensa que el ajedrez era el puente de unión entre dos culturas y dos religiones; tres, si contamos a los judíos, a los que también tuvo en cuenta el rey Sabio. Yo sostengo que mantuvo a la alferza para que todos sus súbditos siguieran jugando. Lo que dice el libro es que la función de la alferza es mantenerse al lado del rey para protegerlo. Pero...

—¿Qué? ¿Qué has visto?

—También recalca la posibilidad que tiene la alferza de realizar en su primer movimiento un salto más largo del hasta entonces admitido en las normas árabes. Se le permite saltar a una tercera casilla, tanto en línea recta como en diagonal. Esta ventaja también se podía utilizar en caso de que un peón se coronase.

—Eso era un cambio relevante —explica Gadea—, hizo el juego más interesante. Ya hace dos siglos se buscaba un ajedrez más dinámico y ofensivo. El rey Sabio no solo recogió la historia y las normas del ajedrez de su época, sino que además incorporó nuevas normas que hicieron evolucionar el juego.

—Gadea, si el marqués estaba tramando un cambio importante en el juego, no es descabellado que se inspirara en lo que llevó a cabo el rey Sabio siglos antes. —Ruy se queda pensativo—. Tiene que ser eso, en este libro se explican más cambios.

Por ejemplo, para los árabes, el alfil era una pieza mucho menos valiosa. Podía saltar sobre sus piezas y las del enemigo, como hace el caballo, pero solo tenía acceso a ocho casillas, ya que únicamente podía ir a la tercera casilla en diagonal.

Ruy continúa exponiendo que los cuatro alfiles que había en el juego nunca podían encontrarse; cada uno de ellos dominaba una parte distinta del tablero, quedando incluso medio tablero inaccesible para cualquiera de ellos.

—De esta manera, el caballo y la torre son las dos piezas más poderosas del juego, ambas tienen acceso a todas las casillas, pudiendo ir adelante, atrás, a diestra y a siniestra.

—Ruy, ¿y qué dice el libro sobre los peones?

Ruy busca la información en sus páginas.

—Admite la posibilidad de que, en su primer movimiento, el peón avance dos casillas.

—El rey Sabio inventó el ajedrez actual —dice Gadea con una generosa sonrisa dibujada en su rostro.

—O al menos recogió las últimas innovaciones que se practicaban en los territorios de su reino. Y esto podría significar que es cierto que el ajedrez es un lenguaje, como las matemáticas. Cometemos errores, pero con el tiempo avanzamos y descubrimos más movimientos de las piezas.

—Madre mía, Ruy... —Gadea se lleva las manos al rostro—. Eso es una locura, ¿te das cuenta de lo que supone? Si lo que dices es cierto, podría significar que todavía nos quedan movimientos por descubrir.

—¿Tú crees? —inquiere Ruy.

—¿Por qué no? Este libro deja claro que, cuando se escribió, el ajedrez árabe empezaba a resultar aburrido por su excesiva lentitud —explica Gadea—. Que el peón pudiera alcanzar la octava casilla y ser promocionado, junto con los nuevos movimientos de la alferza y el alfil, vendrían a revitalizar el juego.

—Así que es posible que el marqués descubriera un nuevo movimiento...

—Por la forma en la que hablaba y lo que practicamos, es

muy posible. Ruy, lo que él pretendía era una nueva revolución en el juego, como la que plasmó el rey Sabio hace más de doscientos años.

Llaman a la puerta y se ponen en alerta.

—¿Quién es? —inquiere Ruy a fray Eusebio.

—No lo sé, nadie suele venir aquí y menos a estas horas —dice sin disimular su sobresalto.

Camina despacio hacia la puerta y se dispone a abrirla.

—No lo hagáis —le pide Ruy, que echa mano a su daga.

—¿Quién sois? —pregunta el fraile sin abrir.

—Fray Eusebio, soy yo, fray Virgilio.

—¿Y qué queréis?

—Advertiros, han venido unos hombres armados preguntando por una pareja; saben que están aquí.

—No puede ser —responde él.

—Han amenazado al prior, debéis sacarlos de aquí. No tardarán en descubriros, yo me marcho. ¡Tened cuidado, hermano!

Fray Eusebio se vuelve hacia ellos con cara de pocos amigos.

—¿Sabéis quiénes son?

—Es posible. —Ruy se rasca la nuca.

—No me dijisteis nada de que os sigue gente de armas y peligrosa.

—Tenemos enemigos, si es lo que preguntáis —contesta Ruy, muy serio—. Debemos irnos.

—Tendrán vigilada la salida, saldré para daros más tiempo. Cuando oigáis tres golpes seguidos en la puerta, huid por ahí —y señala una ventana en el otro extremo—; da a un callejón. Una vez fuera, id por la derecha y llegaréis a la Puerta de Triana.

# 62

Ahora Ruy pasa rápido las hojas del libro, con el filo del tiempo sobre su nuca.

—En el ajedrez, el rey es la pieza clave —explica Gadea—, puede moverse a cualquier casilla adyacente a su posición. La victoria viene dada por el jaque mate, expresión que fue tomada del árabe, y este a su vez la tomó del persa, y que significa «rey muerto».

—¿También sabes eso? —Ruy se ríe.

—Me lo explicó una buena amiga, pero matar a un rey es un acto terrible. Recuerda lo que se dice todavía de la muerte del rey don Pedro.

—Cierto, la muerte de un rey es una herida que nunca se termina de curar —afirma Ruy con tristeza en la voz.

—Siempre me ha sorprendido eso de este juego, que se pueda matar a la figura que representa el máximo poder de un reino. Nadie en su sano juicio se atrevería a pronunciarlo en voz alta en la vida real, ¡matar al rey!

—Pero sí en el ajedrez... Se usa una expresión para ocultarlo y que no altere a los que la escuchan. —El rostro de Ruy se torna más serio—. Matar a un rey cristiano se salta todos los códigos y reglas, y por supuesto se halla penado por la Iglesia con la excomunión.

—Solo se puede matar al rey en el ajedrez.

—Si muere en la vida real, como le pasó a don Pedro, supone un cataclismo en el reino y... —Ruy traga saliva—, ¡una nueva dinastía reinante!

—Observa las ilustraciones, dibujaron reyes cristianos jugando contra mujeres musulmanas y también a mujeres musulmanas jugando entre sí, y a reinas cristianas enseñando el juego a sus hijas.

—Es lo que decías antes, el ajedrez es un juego cortesano. Las hijas de los nobles tienen pocas oportunidades de relacionarse con sus posibles pretendientes. El marqués señaló la página con una ilustración de dos damas jugando. ¡Espera! —Ruy alza la mano derecha.

—¿Qué? ¿De qué te has dado cuenta?

—Tenemos que revisar las otras ilustraciones —y empieza a pasar las páginas del libro—. No creo que tengamos mucho tiempo, Gadea.

—¡Mira! El tablero ocupa un lugar central en casi todas. Y en ocasiones el tamaño de las personas que lo rodean se aproxima al del propio tablero.

—Cierto, y los personajes no son decorativos ni secundarios —añade Ruy—, simbolizan algo. Y dudo mucho que el tablero posea una función únicamente didáctica. El rey Sabio era un hombre abierto a la magia, incluso a la alquimia, y si no que se lo digan a fray Eusebio.

—El libro está lleno de símbolos... Es eso, ¿no?

—Así es. Creo que hay figuras, como esta —Ruy indica la de una página inicial—, que señalan al ganador. O como esta otra, referidas a una jugada descrita en el texto. Y mira —vuelve a la página marcada—, las dos damas jugando. Observa el tablero y las figuras.

—Sí, ¿qué sucede con ellas?

—¿Recuerdas la disposición del tablero que dejó el marqués antes de morir?

—¡Vaya! Se parece bastante, pero falta una, una que no puede estar en este libro porque aún no había evolucionado: la reina.

—El marqués nos estaba diciendo algo sobre esa figura, tal y como tú has comentado antes. —Ruy coge a Gadea de las manos—. Piensa, ¿te comentó alguna vez algo relevante sobre la reina?

Gadea resopla.

—Concéntrate, recuerda vuestras conversaciones.

—Él me decía que el ajedrez se ha convertido en un juego lento; cuando es contra una mujer el juego es cortés, pero entre hombres se torna violento en ocasiones, produciéndose hasta muertes.

—El marqués estaba imaginando cambios en el juego y es evidente que no podía encontrarlos en un ejemplar de hace dos siglos. —Ruy alza su dedo índice en señal de que algo importante merodea su mente.

—Desde luego que no.

—¿Y si lo que pretendía era elaborar un nuevo libro sobre el ajedrez? ¿Uno que marcara el futuro? Tuvo que idear o descubrir un nuevo movimiento...

—¿Cuál?

—Dímelo tú. —Ruy la mira fijamente.

—A veces decía que era necesario dotar a una figura de todos los movimientos de las demás... Que pudiera moverse como el rey, saltar como el caballo, desplazarse como la torre y atacar como el alfil.

—¿De verdad?

—Como lo oyes, y que en otros reinos ya se había intentado añadiendo una figura nueva en el centro del juego, una especie de... no sé cómo lo llamó, era la representación de una figura mitológica —explica Gadea mientras hace memoria.

—Pero el marqués tenía otra idea.

—A veces cambiaba los movimientos de algunas figuras... pero había una que le obsesionaba.

—No me lo digas, ¡la reina! —exclama Ruy.

—Sí, hubo un día que jugamos como si la reina pudiera moverse como la torre, y otro día como el alfil, y creo que le gustaba. También, en una ocasión, jugamos como si fuera un caballo, y ese día se fue como enojado.

—Pero... suponiendo que fuera eso lo que pretendía, que la reina fuese capaz de moverse como todas las demás juntas, no sé... puestos a crear una figura todopoderosa, ¿por qué no el rey? Él es quien gobierna, la cabeza del reino. La reina es su esposa, pero no puede ser la figura más poderosa de un juego que es una metáfora del reino, de la guerra y de la vida. Ojalá no fuera así, entiéndeme —intenta justificarse Ruy.

—Eso ya no lo sé.

—Sin ir más lejos, la reina Juana ha sido repudiada por el rey Enrique. ¿Qué sentido tiene que su representación en el ajedrez sea tan poderosa? —Ruy se queda mirando la ilustración del rey Sabio jugando contra una dama.

—A no ser que se tratase de otra reina —sugiere Gadea.

—¿Qué quieres decir?

En ese momento golpean tres veces seguidas en la puerta de la casa franciscana.

# 63

Ruy cierra el libro con ambas manos haciendo chocar las páginas. Ambos se levantan de la mesa y corren hacia la ventana. Él la abre, Gadea se remanga la saya y él la ayuda a saltar, luego la sigue. En el callejón no hay nadie y caminan hacia la calle principal. Entonces una sombra aparece ante ellos, con el sol a su espalda, lo que impide ver su rostro con claridad.

Es una figura corpulenta y con una espada al cinto.

No es fray Eusebio, de eso no cabe duda.

Da varios pasos hacia ellos y enseguida reconocen su capa azul y su sombrero de media ala.

Es Francisco de Vargas y Medina, y tras él surgen dos de sus secuaces.

—Mis queridos amigos, qué grato encontraros en Sevilla —y comienza a reír de forma exagerada.

Ruy y Gadea se dan media vuelta de inmediato y corren hacia la ventana por la que han escapado. Cuando Ruy se asoma, descubre a varios hombres dentro.

—¡Maldita sea! —exclama, y echa mano a su daga—. Gadea, escapa de aquí, ¡rápido! —y le hace entrega del *Libro de los juegos*.

—Basta de tonterías, matadlos —dice entonces Francisco de Vargas y Medina.

Los dos bellacos rodean a Ruy, que va retrocediendo, intentando no darle la espalda a ninguno. Les tantea con la punta de su daga, pero no caen en provocaciones y siguen acorralándolo. Ruy mira de reojo, Gadea está atrapada en una de las esquinas y sujeta el libro con ambas manos contra su pecho.

Tiene que salvarla.

Ruy es el primero en atacar, lo hace contra su oponente de la derecha, causándole dos cortes que le hacen tambalearse, sin llegar a caer. Eso le da espacio para ir a por el otro, pero este bloquea su primer ataque. Ruy gira sobre sí mismo, toma la daga con la otra mano y se la clava en el muslo. El grito de dolor hace que el otro asaltante vaya enrabietado hacia él. Cruzan acero varias veces, y entonces su primer rival le embiste de nuevo a pesar de la herida sangrante. Ahora lucha con los dos a la vez.

Francisco de Vargas y Medina observa complacido el combate y cómo otro de sus esbirros salta por la ventana desde el interior de la casa y forcejea con Gadea, hasta que la golpea con la empuñadura de la espada y consigue arrebatarle el libro.

Gadea no se rinde y salta sobre su espalda, derribándolo de manera sorprendente, de tal forma que el rufián impacta con el mentón contra el suelo. Antes de que se incorpore de nuevo, Gadea le clava dos puntapiés en la boca del estómago con sus botas y otro en plena cara que lo deja dolorido y con una abundante hemorragia en la nariz, seguramente rota, y la boca.

—¡Vaya fierecilla! —Francisco de Vargas y Medina llega por detrás, agarra a Gadea por el pelo y la arrastra por el suelo—. Ven conmigo —y con la otra mano toma el libro.

—¡Suéltame! —se resiste ella pataleando de manera infructuosa.

Ruy no puede hacer nada para auxiliarla, suficiente tiene con salvar su cuello. Entonces surge una voz fuerte y poderosa.

—¡Soltadlos! —Es la de fray Eusebio.

—Hermano, os hemos perdonado la vida, ¿tan poco la apreciáis? —le amenaza Francisco de Vargas y Medina.

—Solo lo diré una vez más: ¡soltadlos!

Francisco de Vargas y Medina suelta una carcajada que retumba en todo el callejón.

El franciscano no se amedrenta y de debajo de su hábito emerge una ballesta cargada que hace que el otro mude de repente el semblante de burla que tenía.

—Dejad eso, fraile. No cometáis una tontería de la que...

Fray Eusebio dispara contra el más fuerte de los que atacan a Ruy, clavando el dardo en medio de su pecho y lanzándolo contra la pared. De inmediato, el Toro, haciendo honor a su apodo, suelta a Gadea y se lanza a por el fraile, que saca un nuevo dardo, aunque precisa de tiempo para recargar la ballesta.

Gadea aprovecha para recuperar el libro y lo protege con sus brazos.

Antes de que Francisco de Vargas y Medina vaya tras ella, Ruy escapa de su otro oponente, coge de la mano a Gadea y huyen juntos hacia la calle principal. El fraile logra armar su ballesta y apunta a los asaltantes, de tal manera que estos dudan qué hacer. Ya han comprobado la puntería y la potencia del arma del franciscano.

Gadea y Ruy llegan a la vía. El hecho de estar rodeados de más gente les proporciona una tranquilidad ficticia. Es Semana Santa y los fieles se agolpan en dirección a la catedral. Sin embargo, eso no va a detener a Francisco de Vargas y Medina.

Ya no necesitan los hábitos franciscanos, así que se deshacen de ellos disimuladamente, los ocultan tras unos árboles y prosiguen la marcha hacia la posada, rápidos y temerosos de ser interceptados en cualquier momento por sus perseguidores. Logran alcanzarla y respiran aliviados. Se apresuran a saldar las deudas y hacen acopio de agua y víveres para el viaje.

La premura es esencial si desean seguir con vida; cuanto antes abandonen Sevilla y pongan tierra de por medio, más opciones tendrán de sobrevivir.

Entran en el establo donde aguardan sus caballos. Duquesa alza el cuello en cuanto ve a Ruy y relincha contenta. El caballo de Gadea es más discreto al saludarla. Parecen descansados y bien alimentados. Los ensillan y se disponen a montar.

Francisco de Vargas y Medina aparece en la puerta de acceso al establo.

—Me estás dando muchos problemas.

—Tú viniste a mi casa, ¿recuerdas? —Ruy busca con la mirada a sus secuaces, que no deben de andar lejos.

—Tenía que haberte apresado y haber quemado tus libros allí mismo.

—Tarde ya para eso.

—Cierto, ahora prefiero ver tu cabeza clavada en una pica.

Ruy no va a dejarse apresar, pero teme por Gadea, no puede permitir que le hagan daño alguno. Sopesa la situación, los caballos están cerca y pertrechados para salir, Francisco de Vargas y Medina ha perdido hombres en el enfrentamiento, ya no pueden atacarlos por separado. Así que, con todo el dolor de su corazón, sabe que deben dividirse.

—¡Corre, Gadea! ¡Corre! —La empuja mientras le cubre las espaldas, interponiéndose entre ella y Francisco de Vargas y Medina.

Gadea reacciona rápido y da unas largas zancadas, pero surge de improviso uno de los esbirros y la coge del brazo. El libro cae al suelo y Gadea se revuelve, pero no puede zafarse, le retuerce la muñeca y suelta un alarido de dolor.

Ruy reacciona de inmediato, se lanza hacia él, y el hombre suelta a Gadea, desenvaina la espada y ataca a Ruy, que esquiva las dos primeras estocadas que buscan su cabeza.

—Coge a Duquesa, ¡huye!

Ella se queda inmóvil apenas unos instantes, los que tardan en cruzarse sus miradas, pero son suficientes para decirse lo que sienten y entender que tienen que separarse. Ruy alza su filo y cruza el acero en repetidos envites, haciendo retroceder al rival, hasta que logra darle un tajo en el costado y otro seguido en el muslo.

Gadea corre hacia el interior del establo y Francisco de Vargas y Medina refunfuña al verla huir. Él recoge el *Libro de los juegos* del suelo y también saca su espada; prefiere ir a por Ruy, que ya ha acabado con su oponente.

Ruy ve venir el primer ataque de Francisco de Vargas y Medina, con el segundo tiene más problemas y en el tercero la punta del acero pasa tan cerca de su cuello que por un momento se teme lo peor. Sale trastabillado, pero de una pieza.

Su oponente hace una floritura con la espada por encima de su cabeza y se lanza a una ofensiva sin cuartel contra Ruy, que usa su daga para bloquear los ataques, hasta que el otro se acerca tanto que siente su aliento en la cara, y justo después le propina un terrible cabezazo en la mejilla, dejándole medio aturdido.

Es un espadachín de primera, uno de los mejores contra los que Ruy ha luchado. Y él está en clara desventaja al ir armado solo con una daga.

Va a tener que inventarse una treta para salir con vida.

Francisco de Vargas y Medina adelanta su pie izquierdo, sostiene la empuñadura con ambas manos y las alza por encima de su hombro derecho, con el filo de la espada pegado a su rostro y la punta cayendo hacia la posición de Ruy.

El ataque es inminente y será feroz.

Ruy se prepara, se pasa la lengua por el labio superior y cruza la mirada con él.

Inspira profundamente.

Llena de aire su pecho.

Francisco de Vargas y Medina suelta un terrible grito y se lanza a por él. La espada busca con violencia la cabeza de Ruy, quien la esquiva rodando por el suelo. Cuando se incorpora de nuevo, se balancea de un lado a otro para evitar el filo enemigo.

No hay tregua.

Lo bloquea con la daga, manteniéndola en horizontal y cogiendo la punta con la mano, aun a riesgo de cortarse; es la única forma de resistir, porque su oponente empuja con una fuerza desaforada, hasta que siente que se desploma.

Y entonces le golpean en la cabeza.

—Maldito juntaletras... —Francisco de Vargas y Medina escupe en su rostro inconsciente—. Vas a arder en el infierno.

Mientras tanto, Gadea ha llegado hasta Duquesa, y cuando la libera de la cuadra descubre a su espalda cómo se acerca a marchas forzadas el rufián herido que antes luchaba contra Ruy. No lo duda y salta sobre la yegua, que reacciona de inmediato; tiene un empuje formidable que casi la hace caer. Cuando salen, les espera el esbirro con la espada amenazante. Duquesa se alza sobre sus patas traseras con la intención de golpearle, y el asaltante logra esquivarla e intenta dañarla. Sin embargo, la yegua vuelve a alzarse y salta sobre él, derribándolo contra el suelo.

El hombre gime de dolor y maldice al animal.

Unos minutos más tarde, Gadea ya cabalga extramuros a lomos de Duquesa, se detiene sobre un cerro y lanza una última mirada a Sevilla, pensando en la suerte que correrá Ruy sin ella.

QUINTA PARTE

# EL REY

# 64

*Segovia, inicios de la década de 1470*

La princesa Isabel lleva tiempo intentando avenirse con su medio hermano el rey Enrique y quizá lograr que vuelva a nombrarla heredera, ya que tras su boda la despojó de ese título. Por este motivo se ha trasladado a Segovia, donde reside el monarca, y ha logrado entrevistarse con él en varias ocasiones, han comido juntos e incluso han paseado en comitiva oficial por la ciudad.

Isabel llegó acompañada de su marido, el príncipe de Aragón, para afianzar más los lazos. Por lo que le ha contado a Beatriz, aunque Su Majestad está receptivo, hay algo o alguien que le impide reconciliarse con ella y que la reconozca como la única heredera en lugar de a su hija Juana.

Eso impacienta a Isabel.

—Esto es obra de Pacheco —se lamenta la princesa—, ¡él es el responsable!

—¿Tan segura estáis?

—No encuentro otra razón.

—Juana es su hija —advierte Beatriz—, no es tan sencillo para un padre relegar a una hija en favor de una medio hermana.

—El arzobispo Carrillo siempre ha dicho que no era hija suya.

—¿Y qué creéis vos, alteza?

—Que solo es una niña en manos de hombres. Si es la heredera, volveremos a lo mismo, la manipularán, la casarán con quien ellos quieran y no apartarán sus manos del trono de Castilla —responde enérgicamente—. Beatriz, necesito vuestra ayuda.

—Alteza, yo solo soy vuestra preceptora de latín.

—Sois mucho más que eso, y nadie sospecha de vos. Solo vos podéis hacer lo que os voy a pedir.

—Me asustáis...

—Ningún miedo habéis de tener. —Le coge ambas manos y se las aprieta con fuerza—. Mi marido ha partido hacia Aragón porque su presencia allí es necesaria. No estoy de acuerdo, pero ese es otro asunto... yo debo permanecer donde esté el rey. Ahora que he logrado cierto acercamiento, he de estar atenta a cualquier movimiento que haya en la Corte, y preparada para reaccionar ante cualquier adversidad.

—¿Y qué precisáis de mí, alteza?

—Discreción, eso ante todo —responde Isabel—. Me dijisteis que sabéis jugar al ajedrez.

—Así es —asiente Beatriz, sorprendida por la petición.

—Me acompañaréis a una fiesta que se celebra esta noche. Yo no puedo separarme del rey, y menos aún hablar con nadie que pudiera levantar sospechas de ningún tipo. Vos sí, pero para que nadie desconfíe de vos, lo que haréis será jugar al ajedrez.

—¿Con quién?

—Solo sé que en estas fiestas se plantean partidas empezadas, en las que hay que resolver el problema en un número concreto de movimientos. Tenéis que jugar varias, hasta que deis con un jugador que mueva la reina como si fuera una torre, a lo que vos responderéis moviendo la vuestra como un alfil.

—Lo he entendido, alteza. ¿Algo más?

—Sí. Cuando encontréis a ese jugador, decidle que el color rojo favorece al alfil y colocad vuestra reina en el centro del tablero. —Beatriz no sale de su asombro.

Esa misma noche asisten a una celebración en una de las casonas cercanas al Alcázar. No han dispuesto mesas corridas donde se vayan a sentar los comensales; es más bien una audiencia donde hay música y bufones, y los criados van sirviendo comida y vino por los salones, por los que los invitados se mueven con libertad y conversan de forma distendida.

Isabel acude acompañada de su inseparable Gonzalo Chacón, una persona que goza de toda su confianza. Beatriz entra tras ellos, nerviosa; ni está acostumbrada a las fiestas de la Corte ni mucho menos a tener que entablar un contacto secreto con nadie. Pero es una petición de la princesa, y aunque ella se hallaría más cómoda leyendo en su alcoba, aquí está, ataviada con un precioso vestido de color marfil y con un colgante al cuello que le ha prestado la princesa Isabel para no desentonar en la fiesta.

Hay numerosos invitados, come algo para disimular y se acerca a unas mesas donde encuentra a media docena de hombres discutiendo. No son los que busca, ahí no hay ningún ajedrez.

Continúa hacia una sala contigua y allí ve a un par de parejas jugando y a otros cuantos observando mientras beben, ríen y comen. También hay dos mujeres, una de ellas toma el puesto de uno de los jugadores y comienza una partida con un noble corpulento, con el cabello largo y negro.

Tiene que entrar con disimulo para que no se noten sus intenciones.

Justo en ese momento llega un criado con un plato con perdices. Ella nunca las ha probado. En Salamanca, una perdiz costaba casi la sexta parte del jornal de un maestro artesano. Así que no puede resistir la tentación y toma una para saciar su apetito y su curiosidad.

—Ricas, ¿verdad? —pregunta un hombre a su lado que viste de forma ostentosa y también se está comiendo una perdiz.

—¡Deliciosas!

—No os conozco. Permitid que me presente. Yo soy el conde de Ariño, ¿cuál es vuestro nombre?

—Soy Beatriz Galindo, dama de la princesa Isabel —responde ella—. Me encanta el ajedrez, ¿qué hay que hacer para jugar aquí?

—Nada especial, sentaos cuando termine la siguiente. A mí me gusta observar y apostar, con gusto lo haré por vos —y coge otra pieza de caza.

—Sois muy amable, y tened cuidado con las perdices, son peligrosas...

—¿Cómo decís? —El conde de Ariño detiene su mordisco.

—Ya sabéis que aconsejan a las viudas que sean prudentes con su consumo y a los recién casados «que sean felices y coman perdices».

—Por lo ricas y caras que son.

—No, porque despiertan la lujuria.

Él casi se atraganta al oírlo, luego mira el plato y sonríe.

Beatriz toma asiento en cuanto termina la siguiente partida y no puede evitar acordarse de su amiga Gadea. «¿Qué habrá sido de ella?», se pregunta.

Tal y como le explicó la princesa, en las fiestas de la Corte no se juegan partidas enteras sino problemas, así es más fácil apostar porque son más rápidos. El primero que juega Beatriz es contra un caballero de Vizcaya, joven y poco agraciado, que tiene los ojos saltones y las cejas pobladas. Le plantea una posición ventajosa para ella, con muchas más piezas. Beatriz está confiada en ganarle, pero cuando cree que ya lo tiene, el caballero hace una serie de movimientos rápidos y logra evitar que Beatriz le derrote.

Ella se queda desconcertada.

Después juega sucesivas partidas, son pruebas originales y difíciles. Unos invitados disputan una variante, donde en vez de buscar una serie de jugadas ganadoras, lo que hay que hacer es demostrar que la prueba no posee solución, lo cual es muy complicado porque hay que analizar más movimientos que en un problema normal.

Ahora está jugando con un joven de una edad parecida a la suya. Es de rostro gentil y ojos hermosos. Beatriz observa su dentadura, muy blanca, y sus manos también blancas y de uñas bien cuidadas, así como sus maneras suaves y amables. Es buen jugador, pero no tiene la malicia de los anteriores. En cambio, su conversación es agradable, es culto y la trata con delicadeza.

Aunque no es su propósito, Beatriz está disfrutando del juego y la compañía. De hecho, se está quedando prendada del jugador de dientes blancos. Más de una vez ha permanecido mirándole fijamente mientras él pensaba la jugada, y cuando ha alzado la vista, ella ha desviado la suya enseguida para disimular y no acalorarse.

Ahora entiende lo útil que es el ajedrez para el cortejo de una dama y sus posibles pretendientes.

Y entonces su pareja de juego toma la reina y la mueve como si fuera una torre, avanzando en horizontal.

Beatriz no da crédito y tarda en reaccionar.

«¡Es él! ¿Por qué tiene que ser justamente él?».

Está muy nerviosa, le tiemblan las manos y se le acelera el pulso. Se hace un instante eterno, toma su reina y traza una diagonal profunda hasta el otro extremo del tablero.

Él la mira a los ojos y hace su siguiente movimiento.

—El rojo es un color que favorece al alfil —y Beatriz desplaza la reina hasta el centro del tablero.

—Estoy de acuerdo. —Él coge su reina y la coloca al lado de la de Beatriz—. Y solo puede haber una reina victoriosa —y quita la suya—. Nos gusta el color rojo.

Sonríe y se levanta de la silla. Beatriz respira con cierto alivio, ha cumplido. Ahora solo debe buscar a la princesa y contárselo.

El rojo es un color que usan pocos hombres; es el color de la sangre y de la muceta de los cardenales, precisamente en recuerdo de la sangre derramada por los mártires, ya que los cardenales deben estar dispuestos a derramarla por la Iglesia.

# 65

Duquesa recuerda el camino de vuelta y lleva a Gadea hasta Toledo, y de ahí a Madrid. Es un regreso triste e interminable, sin noticias del paradero de Ruy y con la angustia de que la estén persiguiendo y puedan atraparla en cuanto baje la guardia. Por suerte, sabe cómo moverse por los caminos, los ha transitado de norte a sur y en peores circunstancias.

Respira aliviada cuando divisa a lo lejos el castillo de Madrid y sus murallas. Más aún al llegar a la casa de don Braulio, que la recibe con tanto entusiasmo como pena y preocupación al conocer las nuevas sobre Ruy.

—No debemos perder la esperanza —masculla el viejo—, lo normal sería que lo trajeran a la villa para ser juzgado.

—¿Y eso es bueno?

—A decir verdad, no.

—¿Qué queréis decir?

—Lo acusan de matar a un noble, de huir, seguramente también de robo, y alguna fechoría más se les ocurrirá. —Don Braulio se rasca la barbilla—. Mucho me temo que la pena será el cadalso.

—¡No! —Gadea se lleva la mano al pecho—. ¡Debemos salvarle!

—Solo podemos ayudarle de una forma, dando con el verdadero asesino del marqués de Purujosa. ¿Habéis progresado con la investigación? Cuéntamelo todo.

Gadea hace de tripas corazón y le relata todas sus peripecias, investigaciones y descubrimientos. Don Braulio escucha atento, pregunta por los detalles y va formándose una idea de lo ocurrido. Cuando ella termina, el viejo se levanta, va a por una jarra de vino, sirve dos vasos y beben juntos.

—Así que lo que pretendía el marqués era cambiar los movimientos de la reina en el ajedrez —comenta él a modo de resumen—. Convertirla en una pieza todopoderosa y revolucionar el juego, hacerlo más dinámico y atractivo.

—Exacto, y para ello necesitaba poner las reglas por escrito; seguramente se inspiró en el *Libro de los juegos*.

—No matan a nadie por querer cambiar las reglas de un juego.

—¿Y entonces? —le insiste Gadea.

—Tal vez tenga connotaciones que van mucho más lejos del juego en sí —comenta don Braulio.

—El marqués, como antes el rey Sabio, creía en el poder de los símbolos y los números, también en la relevancia del conocimiento del pasado para influir en el futuro. Y Ruy se preguntó qué pretendía provocar el marqués creando una reina todopoderosa; puestos a crear una pieza así, ¿por qué no elegir al rey?

—Gadea, a veces hay que cambiar las reglas para conquistar el mundo.

—¿Eso qué quiere decir?

—La figura de la reina convertida en la pieza más poderosa del tablero... —Don Braulio suspira—. Creo que este asunto es más grave de lo que habíamos imaginado.

—Eso no me consuela —murmura Gadea.

—Pero no es fácil cambiar las reglas de un juego tan antiguo y asentado como el ajedrez. —Se levanta y comienza a caminar por la estancia, gesticulando con las manos—. Un solo hombre no puede llevar a cabo tal empresa. Tiene que haber más jugadores al corriente de este cambio. Y entre la gente principal, nobles, ricos comerciantes, quizá clérigos.

—¿Eso creéis?

—Por supuesto, recuerda al rey Sabio. Tenía un ejército de escribas y de jugadores profesionales, y ni por asomo intentó un cambio tan drástico.

—Así que el marqués no podía actuar solo —asiente Gadea.

—Si de verdad su objetivo era convertir a la reina en esa pieza todopoderosa, necesitaba ayuda. Sobre todo para llevarlo luego a la práctica, para difundirlo. De nada sirve idear un cambio de tal magnitud si no lo propagas por el reino.

—¿Cómo podemos dar con esos jugadores?

—Buena pregunta. Tú eres una espléndida jugadora, imagínate que de pronto el marqués te llama y te dice de jugar con esta nueva regla. ¿Qué harías?

Gadea se toma su tiempo para responder.

—Aceptar, por supuesto. Es un reto, y eso en el ajedrez está muy valorado.

—Eso pienso yo. Seguro que el marqués ensayó su nueva reina con otros jugadores... —y se queda pensativo—. ¿Qué grandes ajedrecistas hay en el reino?

—Eso yo no lo sé —contesta Gadea.

—Ni yo, y no tenemos tiempo... ¿Y en Madrid? ¿Quiénes juegan en la villa?

—Lo ignoro también.

—¿Y quién podría saberlo? —Se la queda mirando—. ¿No recuerdas a nadie que citara el marqués?

—Me temo que no.

—Tiene que haber una manera de dar con ellos... ¿Qué pueden tener en común los jugadores de ajedrez? —pregunta don Braulio, que no para de moverse.

—¡Las figuras!

—¿Qué quieres decir, Gadea?

—En Sevilla fuimos a indagar sobre el libro al establecimiento de un mercader de libros. Por tanto, si queremos saber de ajedrez, encontremos un...

—¡Vendedor de ajedreces! Brillante, muchacha —afirma don

Braulio señalándola con el dedo—. Tiene que haber algún comerciante que provea de ajedreces a los nobles, ellos no juegan con simples figuras de madera.

—Un comerciante que se abastezca de los mejores artistas, al fin y al cabo son para la nobleza.

—Sí, pero hay un problema. —Don Braulio calma su ímpetu—. Para dar con ellos tendríamos que buscar en Segovia o Burgos... o en la feria de Medina del Campo, la más importante del reino. Allí se vende de todo, es el mejor lugar para comprar bienes valiosos. En Madrid no encontraremos ajedreces lujosos.

—¿Entonces?

—Pues que la cosa se complica. —Se sienta de nuevo al lado de Gadea y apura el vaso de vino—. Madrid es una villa pequeña, para lo malo y para lo bueno. Porque aquí todos nos conocemos. Si queremos información debemos acudir forzosamente a las calles adyacentes a la iglesia de San Fernando. Allí abundan las tabernillas y los despachos de vino proveniente del sur. Todo viajero que arriba a Madrid busca el calor de esos caldos, y allí hay parroquianos perennes, gentes que lo saben todo de esta ciudad.

—¿Y a qué estamos esperando?

—No es lugar para una dama.

—¿Una dama? Yo no veo a ninguna por aquí —y sonríe—. Tenemos que salvar a Ruy, aunque para ello debamos meternos en el mismísimo infierno.

Don Braulio hace tiempo que no frecuenta esos lares, pero conoce cómo funcionan. De modo que hasta allí se dirigen ambos y entran en uno de los tugurios más concurridos, donde puede haber desde asesinos hasta hombres de armas, curas, poetas y, por qué no, condes y duques ocultos bajo las ropas de sus criados a los que les divierte mezclarse con el vulgo.

Piden un vino y examinan a la concurrencia. Puede verse de todo, solo hay que saber observar. La gente se divierte, bebe y apuesta a los naipes. Gadea nunca ha estado en un lugar así antes, ha conocido ventas y tabernas, pero en ellas el público se dedicaba a beber y a comer, no había música ni tanto jolgorio. En cambio aquí parece que todos tienen ganas de disfrutar.

Don Braulio pide un segundo vino, y Gadea rehúsa. Mira a su derecha, hay un hombre recio y malcarado con una jarra vacía; la camisa blanca desabrochada hasta el pecho a duras penas logra taparle una panza generosa.

—Amigo, se os ha acabado el vino. Dejadme que os invite a un trago.

—Nunca digo que no a eso —responde agradecido.

—Yo desconfío de la gente que no bebe, algo turbio esconde. —Don Braulio se ríe afanosamente.

—¡Cuánta razón tenéis! A quien no le gusta el vino no puede ser buena gente, ¡mirad a los infieles! —y ahora se ríen los dos.

Le sirven un vaso y se lo bebe en un visto y no visto.

—Poco os ha durado.

—Lo que entra ya no sale —y suelta una carcajada.

—Eso es cierto, el que no sabe gozar de la ventura cuando llega, que no se queje cuando pasa.

—Brindo por esas palabras, ¿no seréis poeta?

—He sido muchas cosas en la vida, y poeta es una de ellas —responde don Braulio—. Igual podéis ayudarme. ¿No sabréis de algún vendedor que suministre objetos de valor a la nobleza?

—Muy alto apuntáis para un solo vino.

Don Braulio llama al tabernero y pide una jarra; el hombre de la camisa desabrochada la toma con las dos manos y comienza a beber sin pausa. Sin darse tiempo para respirar, eructa y la deja tiritando sobre la mesa.

Gadea permanece callada, atenta a lo que acontece, sin dar crédito a cómo beben algunos en este lugar.

—Esto es otra cosa —dice el hombre, y se pasa la mano por los labios.

—¿Podéis ayudarme a dar con quien busco? —retoma don Braulio.

—El pequeñín, ese lo sabe todo sobre objetos de plata, cuadros, cuberterías y tal. No sé de dónde los trae, pero sí que tiene buenos clientes.

—¿Quién es?

—Mirad, ¿veis a aquel del fondo, el que mide la mitad de un hombre y no tiene ni un pelo en la cabeza? Pues no os dejéis engañar, que tampoco lo tiene de tonto.

Don Braulio intuye que debe andarse con buen ojo, pues en un mundo tan duro con los defectos físicos, lo inteligente es recurrir a cualquier artimaña con el fin de no verse aislado. Conoció una vez a un hombre que aprovechaba su cojera para ejercer sus dotes de espadachín con brillantez.

Bien sabe don Braulio que no es fácil ganarse la vida con semejante estatura en un reino como Castilla. No ser muy agraciado físicamente ya es un condicionamiento, por lo que no quiere ni imaginarse lo que habrá pasado ese hombre por ser tan bajito. Así que si ha hecho fortuna será porque es más listo que un zorro.

Cuando se acercan a él, se encuentra comiendo una pieza de carne con un cuchillo, que deja sobre la mesa al sentirse observado.

—Muy buenas tardes, nos han dicho que podríais ayudarnos.

—¿Ah, sí? —Les mira de reojo—. ¿Y quiénes sois vosotros?

—Don Braulio de Valjunquera, y ella es mi hija.

Gadea se muerde la lengua e intenta disimular.

—No me es conocido vuestro apellido.

—Pues yo mismo os lo doy a conocer: aquí donde me veis, he servido a reyes y condes, he luchado en la frontera contra los moros y también contra los bellacos que se levantaron en armas contra nuestro rey Enrique. Y he compuesto los más hermosos sonetos de amor.

—Mucho recorrido es ese.

—Ya peino canas, he tenido una vida larga y próspera. Rápido pasa el tiempo para los vivos cuando se refieren a los muertos —sentencia don Braulio—. ¿Podemos saber vuestro nombre?

—Todos me llaman el Corto.

—Me han dicho que tenéis clientela importante en la villa y que quizá podáis ayudarnos en dar con alguien.

—Soy un hombre corto... de memoria. —Sonríe.

—Busco información y puedo pagarla.

—¿Seguro?

—Como que el sol saldrá mañana.

—A ver, preguntad y ya veremos —advierte el Corto.

—¿Vos vendéis ajedreces? ¿De marfil, de plata o quizá de cristal de roca?

—Ese es un objeto caro.

—Lo sé —asiente don Braulio sin perder su gesto amable.

—¿Queréis comprar un ajedrez?

—Más bien estamos interesados en saber si habéis vendido alguno y a quién.

—No recuerdo haber vendido nunca un tablero de ajedrez ni sus figuras.

—Lástima. No obstante... igual conocéis quién tiene fama de buen jugador en la villa —insiste don Braulio.

—¡Vaya pregunta! Si me hablarais de dados o naipes, todavía, pero de ajedrez... Ese es un juego de gente poderosa, incluso de reyes.

—Pues me apuesto lo que queráis a que ahora mismo aquí hay más de uno, venido a menos o disfrazado. Por no hablar de los ricos comerciantes, que usan el juego para relacionarse con los hijos de la nobleza y emparentar con ellos. ¿Miento?

—Desde luego que no —se echa a reír—, y os olvidáis de los curas.

—También es verdad, otros jugadores empedernidos —asiente don Braulio.

—Es un juego que da problemas. —El Corto cambia de tono—. Sobre el tablero no se determina quién tiene más o menos suerte, como ocurre en los dados o los naipes. Quienes lo juegan están convencidos de que el vencedor es el más inteligente, el más digno, el mejor. Y eso es peligroso; además, hay quienes ven en él una manera de entender el mundo, la guerra, hasta el amor.

—¿El amor? ¡Demonios! Eso sí que no me lo esperaba —espeta don Braulio.

—Sí, a los nobles les gusta eso del amor —y el pequeñajo se ríe de forma grosera.

—Los pobres no podemos perder el tiempo en esas tonterías.

—Imaginaos si un desgraciado cualquiera como nosotros se enamorara de alguien aún más desgraciado, se morirían de hambre los dos. Pero los ricos, ¡ay, los ricos! Esos sí pueden enamorarse.

—Brindemos: ¡por el amor! —arenga don Braulio.

Gadea asiste impertérrita, sin atreverse a abrir la boca y asombrada por la forma en que habla y de lo que habla el amigo de Ruy.

—¿Qué me contáis de las figuras de ajedrez? —pregunta don Braulio ahora que han congeniado—, ¿dónde se pueden comprar aquí, en Madrid?

—Son un verdadero tesoro, hay iglesias que las tienen en más consideración que a sus propias reliquias.

—Los nobles y los ricos tienen que comprar sus ajedreces a algún comerciante —afirma don Braulio—, seguro que sabéis a quién.

—Es posible, pero...

—Pero ¿qué? —Don Braulio saca dos monedas.

—Esa clase de información no se paga con dinero. —El Corto gira la cabeza y por primera vez mira a Gadea—. Vuestra hija es muy peculiar, me gustan esos ojos tan enormes —y los del canijo se empañan de una lujuria tal que Gadea tiene que contenerse para no coger el cuchillo que hay junto al plato de carne y clavárselo.

—Eh, alto ahí —don Braulio niega con la cabeza—, eso no puede ser.

—¿Y por qué la traéis a un lugar como este? Esto no es un convento, y no veo que ella sea una monja —dice mirándola de arriba abajo.

—Me acompaña siempre. No hay más que hablar, o vos y yo terminaremos mal.

—Insisto. —El Corto alarga la mano para tocar la pierna de Gadea y ella reacciona: con un ágil movimiento de su mano toma el cuchillo y le pone el filo en el pescuezo.

—Habla antes de que te lo impida para siempre —le advierte ella.

—Vaya, no te pongas nerviosa.

—Di lo que sabes, no tengo ni buen pulso ni mucha paciencia.

—Gadea, tranquila —intenta calmarla don Braulio.

—No estoy para las tonterías de esta sabandija. Dinos lo que queremos saber o te rebano el cuello.

—Acudid a la calle del gremio de los carpinteros —dice el Corto, con la voz ronca por la presión del cuchillo— y preguntad quién se dedica a fabricar los tableros de ajedrez.

—¿Los tableros? —Don Braulio no sale de su asombro.

—Las figuras son demasiado lujosas para mí, las traen de muy lejos y no sé nada de ellas, pero los tableros son de madera y de esos sí he vendido alguno.

—Tiene cierto sentido —afirma don Braulio, nervioso por si alguien acude en su ayuda.

—Si mientes... —Gadea presiona más el filo, causándole una pequeña herida de la que sale un hilo de sangre.

—Os digo la verdad, ¡lo juro!

—¡Vamos! —Don Braulio deja dos monedas sobre la mesa y tira de ella.

Salen de la taberna antes de que se encuentren más problemas.

# 66

A la mañana siguiente, don Braulio y Gadea comen unas empanadillas con garbanzos en una taberna cerca de la plaza del Arrabal. La noche ha sido interminable para ella, pues no ha dejado de pensar en la suerte que estará corriendo Ruy. Y sin venir a cuento, también ha vuelto a su memoria su querida madre. Hacía tiempo que no pensaba en ella, y en estos aciagos momentos es como si su recuerdo hubiera regresado para consolarla. A Gadea le gustaría que la viera ahora, convertida en una mujer. Poco queda de esa joven insolente que se paseaba por las calles de Toledo y que iba a casarse con el hijo del médico.

Qué lejos parece todo aquello, como en otra vida.

—Gadea, ¿estás bien?

—Sí —miente sin excesiva convicción.

—Muchacha, no te apures, daremos con una solución para este entuerto —afirma don Braulio.

—No puedo dejar de pensar en Ruy.

—Lo imagino, recuerdo cómo os mirabais.

—¿Cómo decís?

—No me irás a contar ahora que no le amas, ¿verdad? —Resopla—. La juventud es maravillosa, ya lo creo. Está todo por hacer, se tiene fuerza y energía, aunque... a veces no acompañe la cabeza, todo hay que decirlo.

—Vos no sois tan viejo, don Braulio.

—Claro que lo soy, y no sientas pena de mí. Ahora me ves arrugado y cansado, pero antes fui un ingenioso cortesano y poeta de vida accidentada. La vejez trae enfermedades, sin embargo también cura defectos. Algunos tarde y mal, aunque mejor eso que ser un idiota de por vida.

—Dudo que vos hayáis sido alguna vez un idiota —recalca Gadea.

—Uf, no creas. Si yo te contara... He sido un verso suelto, un adelantado en medio de la hipocresía rampante de los últimos tiempos, alguien que defendía que la existencia no tiene más límites que los que nos imponemos cuando no nos atrevemos a apostar por la vida.

—No suena tan mal... —Gadea sonríe—. ¿Os habéis enamorado alguna vez?

—Para mi desdicha, me he quedado en un peregrino del amor que no fue correspondido. Era un fornido galán, pero no tuve fortuna con las mujeres más allá de lo numérico o contable.

—¿No os habéis casado?

—¡Jamás! No me entiendas mal, nada hay más hermoso que el amor. —Sonríe—. Y sin embargo, a la vez, nada más traicionero. Así es difícil no sufrir, el amor es un lujo. Recuérdalo, enamorarse no está al alcance de cualquiera.

—¿Por qué? —pregunta Gadea con evidente interés.

—Siempre tiene consecuencias, renuncios, sacrificios, dolor.

—Algo bueno tendrá.

—Sin duda, pero nada es gratis —afirma don Braulio—. Cuanto más ames, más sufrirás. ¿Estás dispuesta a pagar ese precio?

Gadea se encoge de hombros.

—Pues llegará un momento en que tendrás que tener una respuesta.

Junto a ellos, una cuadrilla de trabajadores se están zampando unos pichones con una sopa de cebolla. Don Braulio, que siempre tiene las orejas bien abiertas, les escucha hablar sobre un tema que le llama la atención.

Ni corto ni perezoso, deja a Gadea sin mediar explicación y se acerca a charlar con ellos. Les dedica cuatro palabras para engatusarlos y pronto logra saber a qué se dedican, de dónde proceden... y porque no quiere más, que si no terminan confesándole sus pecados.

Al rato regresa con cara de pocos amigos.

—¿Qué ocurre? —pregunta Gadea.

—Tenemos poco tiempo —responde él—, estos están construyendo un cadalso en la plaza para un ajusticiamiento.

—¿No estaréis insinuando que es para Ruy?

—¿Tú qué crees? —dice disgustado.

Gadea deja de comer, se pone pálida y se marea.

—¡Eh! —Don Braulio tiene que cogerla de la nuca para que no se tambalee—. Gadea, respira —e imita cómo debe hacerlo—, no te angusties, encontraremos la forma de salvarle. Ruy es como un hijo para mí, no voy a dejar que le corten la cabeza.

—Es culpa mía, tenía que haberme quedado en Sevilla con él.

—¿Y qué hubieras logrado? Que ahora los dos fuerais camino del cadalso. Ruy es fuerte, el pobre no lo ha tenido fácil en la vida. Hay niños que crecen como una mala hierba en un campo baldío y seco; y otros que, por mucho que los riegues y los hayas plantado en la mejor tierra, salen torcidos y malos.

—¿Ruy es una mala hierba?

—¡Dios mediante! —exclama don Braulio—. No subestimes a las malas hierbas, prosperan donde las plantas más valiosas mueren antes de ver el sol. Es fácil crecer alto y fuerte en un terreno soleado, con abundante estiércol y agua. Pero en un secarral pedregoso, quien sale adelante tiene un valor fuera de lo común. ¿Tienes fe, Gadea?

—Sí, un fraile me mostró la palabra de Dios.

—Rezar es como una mecedora, te mueve pero no te lleva a ningún sitio —advierte don Braulio.

—¿Eso quiere decir que no debería tener fe?

—Yo no he dicho eso, a mí me gusta sentarme en una mecedora a veces. Solo es una advertencia; las religiones, al igual que las luciérnagas, necesitan la oscuridad para brillar. Si quieres el consejo de un viejo, déjate llevar por lo que sientes. Hay quien pierde la cabeza por no perder el corazón; nadie va a regalarte nada, ni el mismísimo Señor. Te lo tendrás que ganar tú misma.

Ella le mira y asiente.

—Vamos a hacer una cosa para ganar tiempo. —Don Braulio le coge la mano—. Nos separaremos. Yo iré a la prisión a ver de qué me entero. Tú tendrás que seguir la pista del tablero.

—¿Seguro que es buena idea? —Duda de ser capaz de tal propósito.

—Si Ruy está en Madrid, debemos saberlo e intentar hablar con él, aunque sea en el calabozo. Para sacarle habrá que entregar al asesino del marqués, eso lo dejo en tus manos. No te subestimes, podrás hacerlo.

—Contad con ello. —Gadea parece recuperarse—. ¡Vamos!

Una hora después, ella llega a la calle de los carpinteros y pregunta en varios talleres, hasta que le indican uno en concreto. Al entrar, ve que le están gritando a un muchacho desaliñado.

—Ya te he dicho que no me sirves para nada, ¡sinvergüenza!

—Piedad, os lo suplico.

—¡Fuera de aquí!

Y al final el crío se marcha cabizbajo.

Gadea se está devanando los sesos para hacer las preguntas correctas y con el tono adecuado. Quizá demasiado, porque alguien la interpela.

—¿Os podemos ayudar en algo? —Es el carpintero que se halla al mando.

—Sí, quería saber si alguien os ha pedido recientemente que le tallarais un tablero de ajedrez.

—Sí, he hecho tableros de ese juego. No muchos hacen ese trabajo. Yo soy muy cuidadoso, utilizo madera de haya, que es ideal para el acabado que precisan.

—¿Y para quién habéis trabajado? —pregunta Gadea con mucho interés.

—Para varios.

—El marqués de Purujosa, ¿os suena?

—No, la verdad.

—Haciendo tan buenos tableros, conoceréis a algún jugador con fama en Madrid... —Gadea lo engatusa como ha aprendido de don Braulio y de Ruy.

—¿Con fama de qué?

—De ser el mejor, no sé..., alguien contra el que todos quieran jugar.

—No, no tengo el gusto. Los tableros que hago son siempre iguales, y cuando quieren comprar uno mandan a un criado. No es como las figuras, ahí entiendo que sea el interesado quien se desplace para adquirirlas. Por desgracia, para mí el tablero es otro menester más mundano.

—Entiendo. —Gadea se muestra frustrada—. Una cosa más... Los tableros son de madera, pero las figuras con las que juegan los nobles son de materiales caros, ¿sabéis si alguien las vende en Madrid?

—Puede ser.

—¿Ah, sí? —No puede creerlo, le cuesta contener su sorpresa.

—Sí, una vez lo comentó uno que me compró un tablero. Recuerdo que me habló de un hombre peculiar. Un comerciante de tesoros, o al menos así se refirió a él.

—¿Y me podéis decir dónde encontrarle?

—Creo que sí.

# 67

Madrid posee dos murallas bien diferenciadas, una árabe y otra cristiana. Junto a la primera destaca la Torre de Narigües, situada extramuros, aunque no está totalmente exenta, ya que se conecta con un lienzo de la muralla.

Bajo las almenas de la torre existe una vivienda de adobe, de muros tan altos como los de la propia muralla, con un portalón de madera recia; y una puerta tan pequeña que parece más propia de niños. A ella llama Gadea por dos veces y se abre un ventanuco donde brillan sendas pupilas.

—¿Sois el comerciante de tesoros?

—¿Quién lo pregunta y por qué?

—Os seré franca, no deseo comprar objetos caros, solo busco información.

—¿Solo? Eso es precisamente lo más valioso que existe, la información es el mayor de los tesoros.

Gadea no se esperaba esa respuesta y se queda dubitativa.

—Bueno... Quiero saber si habéis vendido algún ajedrez.

—Sí, claro. Los ajedreces son costosos, ¿os referís a algún tipo en concreto?

—Uno lujoso, con las figuras de marfil; los peones son soldados con yelmo y espada entre las manos, sobre los caballos sus jinetes portan lanza en ristre y la reina es una figura casi tan alta como el rey —y abre su mano para mostrarle la que pertenecía al marqués.

—Hay pocos ajedreces así. —Se abre la puerta—. Pasad.

Gadea se agacha para poder acceder, la puerta se cierra de inmediato y el comerciante de tesoros desliza una tranca para bloquearla.

—Avanzad hacia la luz. —Gadea siente una daga en su costado—. Debo tener cautela. Corren tiempos aciagos, cualquier precaución es poca en mi oficio.

—De acuerdo, pero no os emocionéis demasiado con eso.

Camina a trompicones hacia un escueto punto de luz, al llegar ve que solo es un candil. Una llave gira, se abre una puerta y... descubre un patio bien iluminado, de paredes de dos plantas de altura y con un estanque en el centro, el cual recoge el agua que cae de los tejados de los cuatro lados, aunque ahora lo cubre una alfombra de ¡nenúfares!

«Es como si los nenúfares me persiguieran desde que el fraile me habló de ellos. Son una señal, como en el Alcázar», se dice.

Gadea observa bien el espacio, ha estado antes en viviendas parecidas, son propias de los musulmanes. Desde el exterior apenas destacan y, cuando te adentras, descubres la riqueza que albergan. Fueron construidas intencionadamente de ese modo, para no ser ostentosas por fuera. Es una buena manera de que no se conozca si una vivienda es lujosa o no. Y nadie adivinaría que dentro hay ese maravilloso patio.

Al girarse, Gadea descubre a un joven esbelto y bien parecido, viste como un árabe salvo por el sombrero, de color granate y de poca ala. Ella se esperaba alguien como el mercader de libros de Sevilla, mayor y esmirriado. Sin embargo, el vendedor de tesoros es un hombre bello y delicado. Gadea nunca ha visto a un joven de una belleza tan cautivadora.

—¿Quién sois? —le pregunta con una agraciada sonrisa.

—Mi nombre es Gadea, ¿conocéis un ajedrez como al que pertenece esta figura? —y se la muestra de nuevo.

—¿Puedo?

Ella asiente y la deposita en sus manos.

—Vaya, ¡qué maravilla! Es una figura poderosa.

—¿Habéis dicho «poderosa»?

—Sí, no hay más que ver cómo ha sido tallada. Es una pequeña obra de arte, le han otorgado unos rasgos valerosos y un semblante cargado de autoridad.

—La dama o reina es una figura relativamente reciente en el ajedrez, tiene a lo sumo doscientos o trescientos años. Los ajedreces más valiosos son más antiguos y no son cristianos, sino árabes o persas, y en ellos no existen reinas, sino alferzas. Además, los árabes solo tienen figuras geométricas; y los persas, elefantes en vez de alfiles y carros de combate en lugar de torres.

—Veo que sabéis bien de lo que habláis —comenta él, complacido.

—¿Qué podéis decirme de esta reina?

—Hummm, no es tan valiosa como parece a simple vista.

—¡Cómo que no! —exclama Gadea—, ¡el rostro es de marfil!

—Siento desilusionaros, pero es de hueso. Son difíciles de diferenciar si no se tiene costumbre. Está bañada en oro, pero el interior —le da un pequeño golpe para luego evaluar su peso moviéndola en su mano— es de hierro o bronce. Sin embargo...

—¿Qué sucede?

—Hay pocas figuras como esta —añade el mercader de tesoros.

—¿Y eso por qué, si puede saberse? —Gadea es directa.

—A la reina se la suele representar con escasos elementos y en actitud pasiva. Los alfiles, el caballo o el rey pueden llevar espadas o escudos; la reina es una mujer, así que a menudo está sedente en un trono, inexpresiva. Más como la Virgen María que como Juana de Arco.

—¿Quién es Juana de Arco?

—Una joven humilde y devota del reino de Francia que luchó y cambió el rumbo de una guerra que duraba cien años. Se la considera una heroína.

—¿Es eso cierto? ¿Una mujer hizo eso?

—Así es, pero terminó condenada por hereje y quemada en la hoguera para satisfacción de los ingleses.

—¡Qué horror! —se escandaliza Gadea, que no quiere ni imaginar padecer un sufrimiento así.

—Aquellos que pretenden profundos cambios siempre corren graves peligros —dice con cierta dulzura el hombre de los tesoros—. Esta reina me recuerda a Juana de Arco.

—Y a vuestro entender, ¿qué puede significar eso?

—Es una pieza que pertenece a un ajedrez moderno, se percibe sin duda por el escaso desgaste que ha sufrido. Los ajedreces se realizan en materiales duraderos porque sufren al contacto con el sudor de nuestras manos.

—También es posible que simplemente hayan jugado poco con ella, ¿no?

—No, porque si os fijáis, la base sí tiene desgaste —y le da la vuelta para luego seguir examinándola—. Este diseño no puede ser antiguo y aumenta su valor. Ya os he comentado antes que la figura de la reina siempre posee una actitud más similar a una santa que a una...

—¿Una qué? —le interrumpe Gadea.

—A una verdadera reina.

—Esta pieza era de un noble.

—Un noble no usaría un juego así —advierte él—. A ellos les entusiasma el lujo, lo sé porque me dedico a ello.

—Debe de haber una explicación...

—A veces un tesoro no lo es por el material con el que está hecho, ni por su antigüedad, sino por lo que representa —explica con pausa.

—Por su singularidad.

—Exacto.

—Eso lo entiendo. —Gadea echa una mirada al patio—.

¿Madrid no es una villa demasiado pequeña para vender tesoros?

—Bueno, la mitad de las transacciones que realizo son entre ciudades castellanas —contesta el apuesto vendedor de tesoros—, también con Granada, Portugal, Aragón y Valencia. Madrid me permite hallarme a buena distancia de cualquiera de ellas.

—He oído que la Corte dejará de ser itinerante y se asentará en una única ciudad, y se espera que sea Madrid.

—Si tal hecho sucede, serán muchas las ciudades y villas que se pelearán por semejante honor, no solo Madrid —replica él.

—Decidme una cosa, ¿qué es lo que más os demandan los ricos?

—Las manufacturas más apreciadas son los célebres paños segovianos; los tejidos de lana, seda y oro de Sevilla; las telas azules y verdes de Cuenca; las sedas brillantes de Granada y las labradas de Valencia; los bordados en oro y plata de Toledo; la bonetería de Toledo, o la famosa guantería de Ocaña.

—Y además importáis de los otros reinos.

—Por supuesto, tapices, rasos, lienzos, brocados de Flandes; la lencería francesa y portuguesa; los terciopelos y satenes carmesí florentinos...

—¿Arte?

—Es mi especialidad. Las grandes ferias son los lugares más propicios para encargar y contratar retablos, esculturas, pinturas o imágenes. Tablas pintadas o relieves procedentes de los talleres flamencos. También obras de platería de Valladolid o de Burgos; platos y bandejas de Núremberg. Y ahora me interesan también los libros impresos, pues estoy convencido de que van a cobrar un enorme interés. El libro es un artículo de lujo al alcance de muy pocos.

Gadea no puede evitar pensar en Ruy.

—Esperaba que supierais decirme quién poseía un ajedrez como al que pertenece esta figura.

—Os revelaré un secreto, a mí nunca me ha gustado el ajedrez.

—¿Y eso por qué?

—Todo ese tiempo pensando... no puede ser bueno para la mente. La vida debe ser sencilla; cuanto más, mejor. ¿Qué necesidad hay de sentarse delante de un tablero y volverse loco con las jugadas cuando se pueden hacer otras cosas más placenteras que están al alcance de la mano? —y entonces toma la de Gadea con delicadeza.

—Sois muy atrevido.

—Los tesoros pueden ser también carnales, y vuestros ojos sin duda lo son.

—Sabéis cómo halagar a una mujer. —Gadea contiene su nerviosismo, el hombre de los tesoros posee una belleza perturbadora para cualquier mujer—. Pero yo he venido por la figura de ajedrez; si no podéis ayudarme, mejor no os robo más tiempo.

—Esperad... —Intenta cogerla del brazo y ella lo aparta—. Disculpadme, no era mi intención. Solo quería contaros que existen historias extrañas sobre el ajedrez.

—No entiendo qué queréis decir. ¿A qué historias os referís? —pregunta Gadea con cara de pocos amigos.

—Sé de gente que ha matado por culpa de ese juego. Sobre todo grandes nobles que creen que si pueden vencer a sus rivales sobre el tablero es como hacerlo en el campo de batalla. Es la única manera de batallar sin desenvainar una espada. De dilucidar quién es mejor, por lo que es un juego peligroso. —Se queda mirando de nuevo la reina—. Esta figura... La verdad es que sí he visto antes a reinas representadas así.

—¿Dónde? —Por fin capta la atención de Gadea.

—Ya os he dicho que la información es un valioso tesoro. ¿Tenéis con qué pagarme?

Gadea permanece callada.

—Si al menos dispusierais del ajedrez entero, podríamos negociar. Una figura suelta no me interesa.

—¿Me ayudaríais si lo tuviera?

—Por supuesto.

—Sí tengo un ajedrez. —Gadea rebusca en su zurrón y saca

el pequeño cofre que le regaló el fraile, lo abre y le muestra su contenido.

Al mercader de tesoros le brillan tanto las pupilas que parece que encierren verdaderas estrellas.

—Esto lo cambia todo, ¿de dónde lo habéis sacado?

—De una cueva.

—Pues sería la cueva de los tesoros, ¡si es un ajedrez persa! Tendrá cientos de años. Tallado en una gema oscura, una piedra del desierto, sin duda. Ha perdido el brillo por el uso, pero si se pule volverá a lucir hermoso.

—Es muy valioso —advierte Gadea.

El joven está boquiabierto, observándolo con deseo.

—Os lo entregaré si me decís algo sobre el ajedrez que busco, algo que realmente lo valga.

Sus pupilas siguen brillando de avaricia.

—Ese ajedrez que buscáis fue mandado fabricar por un grupo de nobles; sé que hay varios juegos, sin embargo no sabría decir cuántos porque este es el primero que veo —afirma con un aire de misterio en la voz—. Se distinguen de cualquier otro porque la faz de la reina transmite poder, como podéis comprobar.

—¿Y por qué representan a la reina así? ¿Qué pretenden?

—Yo solo soy un humilde comerciante...

—Mi ajedrez vale una fortuna, ¿acaso creéis que no lo sé? Decidme todo lo que sepáis o...

—¿O qué? —y de pronto su semblante se vuelve desafiante, chasquea los dedos y a su espalda surge un hombre gigante, con la piel oscura y brillante.

Gadea solo ha visto antes un hombre de semejante tamaño, el verdugo, pero nunca con ese color de piel.

—Teníamos un trato —le advierte ella, que se pone en alerta y busca con la mirada la forma de escapar de allí si vienen mal dadas.

—Cierto, y como buen comerciante me gusta cumplir mi palabra. Hay un reputado caballero, que además tiene buena mano para la poesía, que me compró un juego de figuras hace no mucho. Me insistió en que pronto el ajedrez será distinto y que la reina ya no será una figura más.

—¿Qué más os dijo?

—Quien mata al rey determina quién gana la partida, pero que ahora la reina es la más poderosa sobre el tablero.

—¿Quién os dijo eso? ¡Su nombre!

—Tranquilizaos —le pide calma con las manos—, sois todo ímpetu, ¿en todos los ámbitos? —y de pronto su mirada se turba con lujuria.

Gadea observa al corpulento guardaespaldas, él es quien la está poniendo nerviosa. Entonces alza la mano que sostiene la caja con el ajedrez persa.

—Si no me decís quién es él y me dejáis salir de aquí, la estamparé contra el suelo.

—¡No! —Ahora es el mercader de tesoros el que se ha puesto nervioso—. No perdamos la calma. Su nombre es Jorge Manrique, su padre es el conde de Paredes de Nava, y cuentan que aspira a ser maestre de la Orden de Santiago.

—¿Dónde lo puedo encontrar?

—La Orden de Santiago es la más poderosa del reino, tiene castillos, palacios y posesiones por toda su geografía.

—Seguro que vos sabéis dónde está.

—Es posible, pero eso no entra en el trato. Solo me pedisteis un nombre.

—Sois... —Gadea se muerde la lengua—, romperé el ajedrez.

—Una ubicación por otra.

—No os entiendo.

—¿De dónde habéis sacado un ajedrez persa? Es inaudito, hace siglos que no se ven. Su comercio se detuvo cuando cayó el Califato de Córdoba. Y sé por experiencia que donde hay un tesoro, siempre hay más. Así que decidme el lugar donde hallasteis este ajedrez y os diré dónde encontrar a Jorge Manrique.

—Ya os lo expliqué antes, de una cueva —contesta Gadea, desafiante.

—Pues bien, quiero saber dónde está esa cueva.

Gadea se queda pensativa, no puede traicionar a fray Luis. Tampoco sabe qué le ocurrió; desde que huyó de la gruta no ha vuelto a saber de él. Está convencida de que sobrevivió a los ladrones, pero la realidad es que tampoco ella volvió allí para averiguarlo. Y se siente culpable por ello. No, no va a traicionarle, bajo ningún pretexto.

—¿Y si tengo algo más que ofreceros?

—¿Lo decís en serio? ¿Qué es ese zurrón, una caja de las maravillas?

—Si os ofrezco algo valioso, ¿me diréis dónde está ese tal Jorge Manrique?

—Depende de lo que sea —y se encoge de hombros.

—Deberéis correr ese riesgo, ¿no os gustan las sorpresas?

—Sois muy astuta, ¿de dónde habéis salido? A ver si el verdadero tesoro vais a ser vos.

—Me temo que yo no estoy en venta, ¿aceptáis mi oferta o no?

—Una lástima... Está bien, mostradme qué escondéis ahí.

—No, tendréis el ajedrez y lo otro, os doy mi palabra. Pero antes decidme lo que quiero saber. —Gadea mantiene un rostro pétreo, pero por dentro está muerta de miedo. Está haciendo aquello que le enseñó el fraile, no desvelar su jugada, no mostrar sus sentimientos.

—La Orden de Santiago defiende el extremo oriental de Sierra Morena. Jorge Manrique es muy posible que esté en el castillo de Matizón.

—¿Muy posible?

—No puedo saber exactamente dónde se encuentra hoy, pero frecuenta la fortaleza, es su morada principal —explica el comerciante—. Y ahora, ¿qué vais a darme?

Gadea deja el ajedrez en el suelo y saca una tela, la desenrolla y muestra el tablero que le dio el fraile. El hombre de los tesoros se aproxima y toca la tela.

—Vaya. —La palpa de nuevo para comprobar el tejido y luego acerca la vista para cerciorarse de la composición—. Sois una caja de sorpresas.

—Es árabe, de Córdoba. Tiene varios siglos, no encontraréis otro igual.

—Ciertamente... ¿Estáis segura de que no puedo ofreceros nada para que me reveléis la procedencia de estos tesoros?

—Me temo que no está en vuestra mano —responde Gadea, firme.

—Como deseéis, pero tened presente que podría haceros rica si tuvieseis más objetos como estos.

—Creo que os he pagado más que bien, ¿no?

—Desde luego, y no dudéis en venir a verme si encontráis algún objeto valioso que os resulte incómodo guardar.

—¿Incómodo? —pregunta extrañada.

—Sí, los tesoros no son siempre fáciles de poseer, implican peligros, por eso se han ocultado desde tiempo inmemorial. Porque pueden convertirse en una maldición, son codiciados y su custodia puede costar incluso la vida.

—Lo tendré en cuenta.

—Más os vale, porque por ahí hay gente que habla de un asesino que casualmente mata a jugadores de ajedrez.

—¿Cómo habéis dicho?

—Así que os interesa... —El joven mercader sonríe.

—¿Dónde cuentan esas historias?

—Por todo Madrid, así que andaos con buen ojo. Hasta pronto, estoy seguro de que nos volveremos a ver y entonces me contaréis dónde está esa cueva.

Gadea comienza a deshacer el camino sin dejar de mirar a los dos hombres. Está ansiosa por salir de allí. Recorre el pasillo, libera la tranca y abandona la guarida del joven comerciante de tesoros.

Una vez fuera, piensa de nuevo en fray Luis. ¿Lo traicionó por no regresar a buscarle?

Lo cierto es que todo el que la ayuda termina teniendo problemas. ¿Y si la maldición ha vuelto? ¿Y si nunca se marchó?

No puede perder a nadie más.

Tiene que salvar a Ruy, cueste lo que cueste.

# 68

Gadea corre a contarle lo que ha descubierto a don Braulio, que la aguarda en su residencia, sentado frente a la mesa. Al verle allí, ella se acuerda de la noche que conoció a Ruy y la llevó a casa de su amigo. El viejo escucha atento el relato completo, asintiendo, sin decir nada. Hasta que ella concluye, entonces se levanta y le sirve sopa de cebolla.

—Ya sabéis que la cebolla no es muy de mi agrado.

Sin embargo, el viejo hace oídos sordos a su queja.

—¡Come! Tienes que coger fuerza.

Gadea se pregunta entonces si don Braulio solo come sopa de cebolla o es lo único que sabe cocinar.

—Van a ejecutar a Ruy mañana, al mediodía.

—¡No es posible!

—Ya lo creo que lo es —y golpea el puño contra la mesa con tanta fuerza que se derrama parte de la sopa.

—¿Por qué tan rápido? —inquiere Gadea.

—Yo también esperaba disponer de más tiempo, pero lo tenían todo preparado para cuando lo cogieran y lo trajeran aquí. Además, he oído que hace muchas semanas que no le cortan la cabeza a nadie y que la gente está ansiosa.

—¿Ansiosa?

—Al vulgo hay que darle sangre fresca o la cogerán por su cuenta.

—¡Algo podremos hacer! Estamos muy cerca de dar con el asesino del marqués; Jorge Manrique puede desvelarnos quiénes lo ayudaron a idear y promover la nueva regla y si tenían enemigos.

—No llegaremos a tiempo —concluye don Braulio.

—¡Tenemos que rescatarlo!

—¿Sacarlo de la prisión? No digas tonterías. —Resopla y la mira con cara de preocupación.

—Hay que hacerlo —ella se pone roja de ira—, ¡no podemos quedarnos de brazos cruzados!

—¿Y qué vamos a hacer nosotros dos solos?

—¡Lo que haga falta! —Se levanta de la mesa—. No dejaré que le corten la cabeza.

—Gadea, yo siento decírtelo así de claro, pero es que no podemos llegar a la prisión y sacarlo de allí a las bravas. Me rompe el corazón ser duro contigo, de verdad.

—No voy a rendirme, ¡lo liberaremos! Tiene que existir alguna forma, pensad, don Braulio. ¿No conocéis a nadie en la prisión? Se podría pagar...

—¿Pagar a quién y con qué?

—No lo sé. —Gadea va de un lado a otro, se lleva las manos a la cabeza y resopla.

—Hay que aceptar que esa no es una idea viable —añade en un tono sepulcral.

—Vos pensad lo que queráis, yo lo sacaré de ahí. —Se da media vuelta y se dispone a salir.

Entonces don Braulio se planta entre ella y la puerta.

—No vas a ir a ninguna parte.

—Apartaos —dice ella, enervada.

—Sea lo que sea que estés pensando es una locura.

—No voy a dejar que nadie más muera por mí, y menos Ruy... ¡Él no! —grita y rompe a llorar.

Don Braulio la abraza.

—Tranquila, Gadea. Tú no estás loca, estás enamorada.

Ella se separa y se seca las lágrimas.

—¿Y qué si lo estoy?

—No pretendía hacerte daño, Gadea. Solo una loca, o una mujer enamorada, pensaría que puede sacar de prisión a alguien... —Don Braulio lamenta sus últimas palabras—. Está muy vigilada, habrá una docena de alguaciles armados. Me gustan los retos, de verdad, pero un asalto a la prisión está condenado al fracaso.

—¿Y si lo hacemos durante el trayecto?

—Gadea... —se pasa la mano por la nuca—, es cuando más guardias hay.

—Pues cuando llegue a la plaza, justo antes de subir al cadalso. Seguro que aguarda un tiempo allí. Nadie pensará que va a escapar con la gente agolpada.

—No lo pensarán porque no es posible.

—¡Esperad! ¿Y si nos ayuda alguien de quien nadie puede sospechar? —inquiere con una mirada perspicaz.

—¿Y quién querría ayudarnos a hacer algo así?

—Eso corre de mi cuenta. Vos encargaos de la forma de sacarlo de la villa, ¿podréis?

—Gadea, ¿me lo estás proponiendo en serio?

Ella le coge ambas manos y le mira a los ojos.

—Confiad en mí, don Braulio. No pienso dejar a Ruy solo. Él jamás lo haría, ni por mí ni por vos, y lo sabéis.

—¡Válgame Dios! —y se enfada consigo mismo—. ¡Está bien! Si consigues traerlo hasta la calle que hay detrás de la plaza, yo le saco de Madrid; os saco a los dos y a quien haga falta.

—Seremos tres —dice Gadea, sonriente y animada.

—Bueno, donde comen dos comen tres.

# 69

A la mañana siguiente, don Braulio está apostado junto a una de las bocacalles que desembocan en la plaza del Arrabal. El ambiente es magnífico, el cadalso se halla totalmente rodeado de público y no dejan de llegar gentes desde todos los puntos de la villa. Todo anuncia que va a ser una jornada festiva ferviente e inolvidable.

Don Braulio no se pone nervioso a menudo, sin embargo hoy sí lo está.

Da un mordisco a una manzana y mastica con rasmia. «¿Qué demonios tendrá pensado hacer Gadea?», se pregunta.

Vuelve a morder la manzana.

La plaza sigue llenándose, se encuentra a rebosar cuando llega la comitiva con el condenado. Una docena de hombres de armas se abren paso a duras penas entre la multitud, que grita entusiasmada, lanza desechos, piedras y palos contra la carreta donde va atado el preso, oculto bajo una capucha.

Es terrible ver cómo las gentes vuelcan su frustración, su odio y su bilis en un pobre desgraciado al que no conocen, como si él fuera el responsable de sus males. Como si liberar toda esa ira contra él fuera a procurarles algún consuelo.

Varios guardias a caballo tienen que abrir camino y mantener a raya al populacho, que amenaza con asaltar el cadalso.

Don Braulio no es capaz de vislumbrar cuál puede ser el plan de Gadea y se teme que esta locura solo termine con ella acompañando a Ruy frente al verdugo.

Ojalá se equivoque.

La comitiva del condenado llega hasta los pies de la estructura de madera.

Por un instante espera que no sea Ruy el que se halla oculto bajo esa tela negra. Quizá Gadea sí que ha logrado salvarle de alguna manera que él no puede llegar a imaginar.

Uno de los guardias le quita la capucha al preso.

Es Ruy.

Tiene el rostro desmejorado y la luz del sol le molesta en los ojos, por lo que apenas logra abrirlos. Pero no hay ninguna duda de que es él.

Un letrado lee las acusaciones y la condena: muerte por decapitación.

El público grita enfervorecido, hasta los críos saltan y muestran su alegría.

Don Braulio ve esfumarse sus últimas esperanzas.

El verdugo se le acerca y vuelve a colocarle la capucha.

«Ya no hay nada que hacer», piensa. Un halo de tristeza le envuelve por completo. Tira al suelo la manzana a medio mordisquear y un gato surge de inmediato para llevársela, como si estuviera esperando agazapado ese momento. Don Braulio mira al cielo en busca de un milagro, está despejado, ni una nube ha venido a ver morir a Ruy.

Quizá si una brutal tormenta descargara con virulencia tendrían que suspender la ejecución. También ha leído sobre días señalados en los que el sol se oculta de improviso y es sinónimo de fatalidades.

Sin embargo, no parece que nada de eso vaya a ocurrir.

El público pide sangre.

Entonces se oye un grito desmedido que enmudece a los presentes.

Comienza a divisarse una columna de humo, don Braulio no sabe de dónde procede.

Repican las campanas, ¡todas las campanas de la villa!

—¡Es un incendio! —grita alguien.

La gente se alarma y hay un conato de desbandada en la plaza del Arrabal. Enseguida hay llamamientos a la calma por parte de las autoridades y los guardias intentan contener a la plebe. Varios de los hombres a caballo que vigilan el cadalso salen a imponer su fuerza para controlar a las masas.

Se forma un gran revuelo, pero consiguen evitar una estampida. Además, pronto anuncian que el fuego no ha ido a mayores y ya está sofocado.

Don Braulio vuelve la vista al cadalso con la esperanza de que Ruy no esté allí, que, aprovechando esta distracción, Gadea se lo haya llevado lejos de la muerte. No es así, el condenado está de rodillas y tiene la cabeza en el tajo. Ni siquiera da muestras de resistirse. Ruy ha aceptado su cruel destino con honor.

Él ha visto a muchos lloriquear y mearse encima. Si un hombre ha de morir, por muy injusto que sea, debe hacerlo con honor. Es lo menos que se le puede exigir. Y Ruy lo está cumpliendo con una serenidad pasmosa.

Don Braulio contiene las lágrimas por él.

«Adiós, amigo», dice para sí mismo.

El hacha sube al cielo de Madrid y su filo desciende inmisericorde separando para siempre la cabeza del tronco de Ruy. Don Braulio siente un dolor inmenso en el corazón. Apenas brota sangre de su cuerpo, es un corte limpio.

Demasiado limpio.

Esto enoja a los que esperan abundante sangre para recogerla y hacer negocio.

Su cabeza sale rodando, salta del cadalso y cae al suelo. Eso no debería pasar, los que están en las primeras filas se lanzan a por ella. Es un trofeo inigualable, ¡la cabeza de un ejecutado!

Los alguaciles tienen que correr a poner orden, y recuperarla no es tarea fácil. Se monta mucho revuelo y toda la plaza grita: «¿Dónde está la cabeza?».

Don Braulio no podía imaginar un final más humillante para

una mente tan lúcida y brillante como la de Ruy. Esta vez no puede contener las lágrimas, que comienzan a resbalar por sus mejillas.

Él no merecía un final tan horrible.

—¿Está todo listo? —oye a su espalda.

Se vuelve entre sollozos y descubre los enormes e inconfundibles ojos de Gadea. A su lado, un desconocido de una estatura fuera de lo común, de brazos musculosos y cara tosca y redondeada. Y detrás de ambos, el rostro fatigado de Ruy.

—Pero... —Don Braulio mira a la plaza, donde se siguen peleando por la supuesta cabeza de su amigo, y luego vuelve la vista a Ruy—. ¡No es posible! ¿Cómo lo habéis...? ¿Y...?

—¡No podemos perder tiempo! —exclama Gadea gesticulando con ambas manos—. ¿Tenéis los caballos?

—Sí. —Los señala—. Ruy, ¡estás vivo!

—No estoy seguro... —dice a duras penas y con mucho esfuerzo.

Don Braulio lo abraza efusivamente, con tanta fuerza que casi lo tira al suelo.

—Cuidado, que me partís —dice él con dificultad.

—¡Es increíble! —Vuelve a mirarle para cerciorarse de que realmente es él—. No entiendo nada.

Y le coge la cabeza con ambas manos.

—Tranquilo, sigue en su sitio —bromea Ruy con las pocas fuerzas que le quedan.

Está magullado, pálido, con hematomas y heridas repartidas por medio cuerpo. Mucho más delgado, luce enfermizo, casi como si fuera un fantasma.

—Gadea, ¿cómo lo has logrado?

—Una mujer nunca cuenta sus secretos —y sonríe—. ¡Vamos! El tiempo apremia. Este es un amigo, su nombre es Ismael.

Don Braulio le mira de arriba abajo, observa su inmensa estatura, sus abultados músculos, su rostro anodino y triste, y sus ropas oscuras.

—Gadea, ¿este... no será?

—Sí, es el verdugo —vuelve a sonreír—, y viene con nosotros.

Entonces aparece por detrás de ellos un hombre. Don Braulio se alerta en un primer momento, pero enseguida se percata de que no es peligroso. Tiene un aspecto muy anodino y parece inofensivo.

Gadea en cambio no lo ve así.

Se fija en sus ojos, son negros como la noche y, lo que es peor, los ha visto antes.

Pero ¿dónde?

—¿Necesitáis ayuda? —pregunta conforme se acerca a ellos—. Ese hombre parece malherido.

—No, muchas gracias —contesta don Braulio.

—Tengo conocimientos de medicina, puedo echarle un ojo —insiste.

—Bueno, en ese caso... —y el viejo asiente.

—¡No! —salta Gadea.

Don Braulio la mira sorprendido, quizá por eso no ve cómo el extraño alza un cuchillo, que llevaba oculto en la manga, y busca su cuello. El viejo aún conserva destellos de su belicosa juventud y le esquiva por un dedo.

Entonces Ismael se interpone como una mala bestia y hace retroceder al atacante que les mira desafiante a una prudente distancia y permanece ahí quieto, intimidándolos.

—¿Quién es, Gadea? —inquiere don Braulio.

—No lo sé, pero lo he visto antes. Vayámonos de aquí, ¡rápido!

Montan en los caballos y cuando miran atrás, el desconocido ya no está.

# 70

Gadea sabe que Ruy precisa descanso y cuidados para recuperarse de su cautiverio, sin embargo no pueden detenerse. Deben alejarse de Madrid lo más rápido posible, por eso cabalgan hacia el sur. Ella sobre una yegua de pelaje alazán y veloz como el viento; Ruy sobre su inseparable Duquesa, que cuida de su dueño, y el verdugo a lomos de un fornido caballo pardo que sufre con semejante peso sobre él.

Don Braulio se ha quedado en Madrid, ya no tiene el cuerpo para una larga cabalgata y, aunque insistió con todo su ímpetu en acompañarlos, Gadea le hizo entrar en razón. Así que el viejo poeta los vio partir con un profundo pesar, aunque también con la esperanza de que pronto volverán a verse.

Les queda la incertidumbre de desconocer quién es el hombre que los atacó. Puede que trabaje para Francisco de Vargas y Medina, aunque Gadea intuye que no. Entonces ¿quién será?

Es diciembre y el invierno asoma en unas madrugadas heladoras y unas tardes donde el sol se esconde cada vez más temprano, haciendo los días más cortos.

Duermen en parajes alejados de los caminos, evitando las ventas, tal y como aprendió hace años durante su desagradable periplo con el vendedor de cera. Es en estos momentos cuando Ruy va recobrando la salud, recostado frente al fuego junto a Gadea, que le acaricia el rostro y le cuida con ternura.

Cuando cae vencido, Gadea prepara la salida de la mañana siguiente con ayuda de Ismael, que permanece callado la mayor parte del tiempo.

Él fue quien les ayudó al buscar el cuerpo de un difunto en prisión con el que hacer el cambio, justo cuando la distracción que ideó Gadea con el fuego consiguió desviar la atención de todos. Ella sabía muy bien cómo hacerlo después de lo que vivió en Toledo. Luego Ismael seccionó la cabeza del muerto, asegurándose de que esta rodaría por el cadalso y caería al suelo, lo que provocaría un tremendo alboroto. Momento perfecto para bajar y huir con Ruy.

Ismael es un hombre taciturno que destaca por su corpulencia, sobre todo en la parte superior de su cuerpo. Gadea se muestra muy cómoda hablando con él. Ruy se sorprende de esa amistad, hasta que ella le explica que hace tiempo que se conocen y que le enseñó a jugar al ajedrez. No es un hombre que habla mucho, pero sí les cuenta que su abuelo por parte materna ya era verdugo; que su padre heredó el puesto al casarse con su madre, y que eso provocó el rechazo de la familia paterna, angustiada por emparentar con una rama de verdugos. Pero su padre se enamoró perdidamente y no le importó ser desheredado.

Escuchando ese relato, Gadea se acordó de lo que dijo don Braulio, que los pobres no pueden permitirse el lujo de enamorarse.

Una noche les cuenta que tuvo que empezar joven el oficio porque a su padre lo mataron en una reyerta los familiares de uno al que había ejecutado, como venganza. Después, su madre aguantó un par de años más antes de fallecer por unas fiebres, aunque él cree que murió de pena.

—Ahora es el momento de empezar una nueva vida —le anima Gadea.

—¡Claro! —añade Ruy—. Eres fuerte, puedes trabajar en multitud de oficios.

—Gracias —dice él con una voz que suena ronca, como de una persona más mayor de lo que realmente es—. Nunca pensé que sería capaz de dejarlo. Si no hubiera sido por ti —y mira a Gadea—, tú me convenciste.

—No, fuiste tú. Yo solo te eché una mano.

—Quiero ayudaros más —afirma Ismael.

—Eso es pedirte demasiado. —Gadea le mira con dulzura—. Nuestro futuro es complicado, habrán salido en nuestra busca. Y si nos atrapan, imagínate dónde terminaremos. Además, está ese hombre que nos atacó, otra amenaza más.

—Yo no conozco a nadie, la gente no quiere hablar conmigo. Les doy miedo, creen que atraigo el mal fario.

Ruy y Gadea se miran y ambos sienten pena por la soledad que acompaña a Ismael.

—Yo también tengo algo que contaros —confiesa Ruy.

—¿Estás bien? ¿Qué te duele? —Gadea se alarma.

—No es eso, tranquila. Mientras estuve cautivo, en el viaje de Sevilla a Madrid, me tuvieron amordazado y atado de pies y manos. Era del todo imposible escapar, y el viaje fue largo. Francisco de Vargas y Medina y sus hombres no eran muy habladores, sobre todo por el día. Sin embargo, cuando caía la noche y bebían, se les iba un poco la lengua.

—¿Dijeron algo importante?

—Menos de lo que me hubiera gustado oír, pero sí. Una noche les escuché hablar nada menos que de Juan Pacheco y el arzobispo Carrillo. —Ruy atiza las brasas con un palo.

—Son los señores más relevantes del reino, junto con los Mendoza.

—Sí, lo son, y en teoría están enfrentados. Pacheco es la mano derecha del rey, y Carrillo siempre ha estado en el bando opuesto, primero al lado del infante Alfonso, luego al lado de la princesa Isabel y, por supuesto, en contra de la supuesta hija del rey, Juana —explica Ruy—. No pude escucharlo todo, pero... algo se está tramando en la Corte.

—¿Relacionado con Carrillo y Pacheco?

—Sí, Gadea. Y estoy seguro de que Francisco de Vargas y Medina trabaja para uno de ellos. Por eso tiene tanto poder en

Madrid, que es la villa más visitada por el rey, y puede moverse a su voluntad por el reino.

—Eso explicaría muchas cosas... ¿Y qué debemos hacer?

—Tener mucho cuidado. Si alguno de esos dos quería evitar un cambio en el ajedrez... la cosa es todavía más grave de lo que creíamos. —Mira a Ismael—. No tienes por qué seguirnos, a donde vamos solo encontraremos problemas.

—De eso nada —responde con su voz profunda y grave—, yo voy con vosotros.

—El camino es peligroso. Si lo que ha descubierto Gadea es cierto, y Jorge Manrique es la clave, debemos llegar hasta Sierra Morena, una cordillera que separa las tierras altas de Castilla del amplio valle del río Guadalquivir. Es un terreno poco poblado, salpicado de castillos y peligros.

—¿Y una vez allí? —quiere saber Gadea.

—Entraremos en la encomienda de Segura de la Sierra, la mayor que ostenta la Orden de Santiago en toda Castilla. Está bajo el gobierno del padre de Jorge Manrique, un noble pendenciero y fabuloso espadachín que goza de mucho prestigio en el campo de batalla.

—Parece que lo conoces bien.

—Su padre participó en la farsa de Ávila para coronar al infante Alfonso —coge aire—, al igual que yo. Ahora sigue apoyando a su hermana, la princesa Isabel, en contra de Juana, la hija del rey. A Jorge Manrique lo conozco bien y sé que él sigue los pasos de su padre. Pensaba que había traicionado la memoria del infante Alfonso, pero ahora creo que me equivoqué al juzgarle.

—Entonces ¿es un opositor al rey Enrique?

—Eso parece. La herida del reino nunca se llegó a cerrar. Todo lo contrario, está más abierta que nunca.

—Pues si le conoces tan bien eso es bueno, seguro que nos ayudará.

—No lo des por hecho, los Manrique no son pródigos en el trato y Montizón es un baluarte inexpugnable, conocido en todo el reino por su capacidad para resistir asedios.

—¿Has estado en él?

—Dentro no, pero lo divisé cuando recorría la antigua calzada romana que unía Cádiz con Tarragona. Los Manrique son amos y señores de ese territorio y no les gustan las visitas inesperadas, así que no esperemos ser bien recibidos.

—Hay algo más que te preocupa —Gadea escruta dentro de la mirada de Ruy—, ¿qué es?

—Es mala señal que los Manrique estén involucrados. —Niega con la cabeza—. Jorge es astuto y lleva tiempo agazapado, miedo me da pensar qué ha estado tramando.

—¿Qué insinúas?

Ruy le aguanta la mirada.

—No lo sé, pero no puede traernos nada bueno.

A la mañana siguiente emprenden el camino al alba. Marchan a buen ritmo hasta que detectan una polvareda a lo lejos. Deciden esconderse en un abrigo que encuentran cerca para no ser vistos, y desde allí observan una hueste numerosa que cabalga con celeridad. Reanudan el camino una vez se aleja, pero deben ocultarse un par de veces más porque se cruzan de nuevo con grupos de hombres de armas.

—¿Nos están buscando? —inquiere Gadea desde el cerro donde se han detenido.

—No somos tan importantes —contesta Ruy con rostro de preocupación—. Tanta gente armada... Ha sucedido algo relevante, tenlo por seguro.

—¿A qué te refieres? —interviene Ismael, poco dado a preguntar.

—Quizá un ataque en la frontera o alguna escaramuza, no puedo asegurarlo, pero sin duda esto no es por nosotros.

—Preguntemos en alguna aldea —sugiere Ismael, que parece animado a hablar más.

—Podríamos llamar la atención —advierte Ruy, y le da una palmada en el hombro—, sobre todo tú, amigo mío.

—Puedo ir yo —sugiere Gadea.

—No, tú tampoco te quedas atrás. Una mujer joven y sola, se preguntarán de dónde has salido.

Ismael y Gadea se miran sin decir nada.

—Iré yo. —Ruy camina hacia Duquesa.

—Todavía no estás recuperado. —Gadea le coge del brazo—. No quiero perderte otra vez.

—Tranquila —sonríe—, tendré cuidado. Además, ya estoy mucho mejor... gracias a ti.

Se dispone a besarla, pero la presencia de Ismael le detiene. Entonces es Gadea la que se lanza a sus labios y pasa sus manos por la espalda de Ruy, agarrándole con fuerza contra ella.

—No vuelvas a dejarme sola, nunca —le susurra al oído después de besarle.

Ruy asiente y se marcha a lomos de Duquesa en busca de noticias.

Gadea e Ismael se quedan en aquel abrupto paraje, la fragilidad de ella contrasta con la fuerza bruta de él.

Gadea le mira, aún le ronda en la cabeza lo que él ha contado antes.

—Parece un buen hombre —comenta Ismael—, ¿le quieres?

—Sí. —Gadea sonríe.

—Yo nunca he querido a una mujer.

Ella se queda sorprendida por la respuesta.

—Eso fue en tu otra vida, ahora ya no eres verdugo.

—Ojalá tengas razón...

—He pasado mucho tiempo sola, Ismael. Por eso sé cómo te sientes, yo perdí a mi familia siendo niña y he tenido que sobrevivir. No es fácil y nadie debe juzgarte por lo que hagas en circunstancias así. Lo importante es lo que eres, y sé que estoy delante de un buen hombre, lo sé a ciencia cierta porque por desgracia he tenido que aprender a diferenciar los que lo son de los que no. Y a eso únicamente se aprende con la experiencia.

Cortan leña y buscan comida en los campos cercanos, logran recolectar unos frutos e Ismael se muestra hábil pescando en un riachuelo. Así que cuando Ruy regrese sano y salvo podrán darse un verdadero festín.

Sin embargo, el sol se pone y el cronista no aparece en el horizonte. El ocaso cubre de negrura el paisaje ante sus ojos. Y desde donde antes Gadea e Ismael controlaban una vasta extensión de terreno, ahora apenas logran divisar unos pasos. Con el cielo cubierto, la luz de la luna no les ayuda en demasía. Solo las brasas de la hoguera donde han cocinado el pescado les permiten verse el rostro.

Gadea se siente cómoda con Ismael, le agrada su expresión tranquila y el brillo de sus ojos, más propio de un niño que de un hombre hecho y derecho. Pero no es tonta, sabe que es un ser atormentado. También que se ha visto obligado a ser cruel y despiadado por las circunstancias de su vida. Ella no es quién para juzgar lo que ha hecho, nada más lejos de sus intenciones.

—¿Cómo es que en Madrid no saben quién eres? ¿Acaso te escondes? No te lo tomes a mal, pero es difícil no verte, y la villa no es tan grande.

—La gente solo ve lo que quiere.

—¿Y eso qué quiere decir?

—Todos me ignoran, nadie pasa por el callejón donde vivo. Muchos igual no saben ni por qué, pero lo evitan. Cuando voy por la calle, giran la cabeza y a los niños les obligan a no mirar. Tampoco me hablan... hacen como si no existiera, y poco a poco la gente ha dejado de verme.

—Pero... ¡eso no es posible!

—Ya lo creo que sí. Imagínate que aparezco por el otro extremo de una calle, bajarías la cabeza, cambiarías de dirección, te pondrías a hablar con el de al lado; cualquier cosa con tal de no verme... Pues eso una y otra vez, año tras año, provoca que al final nadie te vea.

—Suena increíble.

—Pues es verdad.

—¿No te queda nada de familia?

Ismael niega con la cabeza.

—¿Algún amigo?

—El último que tuve se metió en un lío de apuestas y le dio un tajo en una pierna al hijo de un noble —suspira—, le juzgaron y lo condenaron a muerte. Le corté la cabeza.

—¿Cómo dices? ¿Ajusticiaste a tu propio amigo? ¡El único que tenías!

—Sí —se encoge de hombros—, ¿qué podía hacer?

—Pues irte, ponerte enfermo, no sé... ¡buscar una excusa!

—¿Te crees que no lo intenté? Pero las autoridades lo sabían y me advirtieron de que o salía ese día o me cortarían el cuello a mí.

—¡Santo Dios!

—Como lo oyes —dice Ismael con desasosiego.

—Entonces no puedes echarte la culpa de la muerte de tu amigo. Si no lo hubieras ejecutado tú, habría sido otro.

—Pero fui yo.

—Ismael, has dado un paso inmenso y definitivo. Olvida lo anterior, piensa que es ahora cuando empieza realmente tu vida, concéntrate en el hoy. Yo no te voy a juzgar, Ruy tampoco, y fuera de Madrid nadie te conoce.

Entonces oyen unos ruidos, Ismael toma un tronco del suelo y se pone en guardia, mientras Gadea se incorpora con una piedra en su mano derecha.

La oscuridad es espesa, pueden atacarles desde cualquier lado.

Surgen unos enormes ojos entre la penumbra y tras ellos un largo cuello, es Duquesa.

—Soy yo —Ruy desmonta—, siento llegar tan tarde. No imagináis lo que ha sucedido.

Gadea e Ismael respiran aliviados.

—¿Estás bien? —Gadea abraza a Ruy y le besa en los labios.

—Sí, no he sufrido ningún contratiempo.

—¿Qué noticias traes?

—Pues ahí está el problema. —Resopla—. Sentémonos, no lo vais a creer.

Los tres se arremolinan alrededor de las ascuas, que Ismael atiza para avivarlas.

—¿Qué ha pasado? —pregunta Ismael, uniéndose a la incertidumbre que han provocado las palabras de Ruy.

—Es Pacheco, la mano derecha del rey Enrique... Ha muerto.

—¡Pacheco ha muerto! —Gadea se lleva las manos al rostro.

—Veremos qué pasa ahora en el reino. Sin él, Enrique se queda sin su principal apoyo, el que le susurraba cómo reinar.

—Eso es bueno —afirma Ismael.

—Más que bueno, es nuevo, que no es lo mismo. Nuestro monarca lleva tanto tiempo sin gobernar *de facto* que sabe Dios lo que puede decidir ahora. Apostaría a que está aterrado y confundido. Y un rey en ese estado es imprevisible —concluye Ruy.

# 71

La princesa Isabel está asomada a uno de los ventanales de la torre del Alcázar de Segovia oteando el horizonte, viendo pasar las grullas en su migración estacional, escuchando sus graznidos y observando su formación en punta de flecha. Es fascinante cómo logran organizarse y orientarse; se queda absorta viéndolas volar. A ella le gustaría sentir esa sensación de libertad, pero Dios no nos ha dado esa facultad, quizá porque no somos merecedores de estar tan cerca del cielo por culpa de nuestros pecados.

Ahora está casada y su hija, que lleva su mismo nombre, Isabel, crece fuerte y feliz.

No ha sido fácil, no ha seguido un camino sencillo de transitar, sino que ha cruzado por terrenos salvajes e inhóspitos. Aunque se dice que por las calzadas se anda cómodo pero no crecen flores en ellas. Eso mismo piensa ella.

Está sola, no ha querido la compañía de ninguna de sus damas, ni siquiera Beatriz.

Llaman y entra Gonzalo Chacón, siempre con el gesto serio y compungido. Es como si él se preocupara por los dos ante todos los problemas que los acucian.

—Alteza —se inclina—, aseguran que lo de Pacheco ha sido muerte natural.

—También decían lo mismo de mi hermano.

—Sea cual sea la causa, nos beneficia enormemente.

—Lo sé, y eso me inquieta.

—Disculpad, no os comprendo.

—Claro que no. Gonzalo, el corazón de una mujer es un océano de secretos —afirma la princesa sonriendo.

—No perdéis nunca el buen humor.

—Preocupaos el día que lo haga.

—Ese día nunca llegará.

—Eso nadie puede saberlo, ni siquiera yo —replica la princesa—. Y bien, ¿qué sugerís que hagamos ahora?

—Seguir igual, si me permitís el consejo. Aunque deberíamos evaluar nuestros apoyos, la muerte de Pacheco puede cambiar voluntades. Sin él a su lado, el rey es menos fuerte.

—Y también más imprevisible, ¿queréis hablar con los Mendoza? Aceptarán un trato, su apoyo a cambio de que mi marido les consiga el sillón de cardenal.

—Esperemos que cumplan, alteza.

—El rey me despojó de mi dignidad de heredera al trono cuando me casé con el príncipe de Aragón.

—Podemos lograr que se retracte de esa decisión, vuestro hermano, Su Majestad, es proclive a cambiar de opinión, ya lo sabéis. Y es posible que sea ahora el momento, debemos hablarlo con Carrillo.

—De acuerdo, mantenedme informada.

Chacón se despide con una reverencia y abandona la sala. No pierde ni un instante y sale al galope con destino a Alcalá de Henares.

Gonzalo Chacón ha sido el mentor de Isabel desde que era una niña. Pero antes estuvo a las órdenes del valido de su padre, el rey Juan II. Aún resuena en sus oídos el eco cruel del hacha arrancando la cabeza de su señor y maestro. Fue en gran parte Pacheco el culpable de aquel horrible final para un hombre tan extraordinario. Y eso nunca lo olvidó, por eso siempre desconfió de Pacheco y ha apoyado con lealtad y sin ninguna ambición a Isabel.

Ahora que ha muerto, el reino puede resurgir. Nunca una enfermedad ha sido tan contagiosa como Pacheco para Castilla, cabecilla de todos esos nobles que, en vez de ponerse al servicio del reino, ponen el reino a su servicio.

Tras varias jornadas llega a Alcalá de Henares, feudo del arzobispado de Toledo, y por tanto de Carrillo. Él es el principal apoyo de Isabel, como antes lo fue de su hermano. Es esencial que hable con él en persona tras la muerte de Pacheco.

Lo encuentra en su austero palacio; el arzobispo es un hombre pragmático, poco adorador del lujo y un firme defensor de la unidad del reino.

—Ha muerto —dice Carrillo cuando le ve entrar en su despacho.

—Todos morimos.

—Gran verdad —asiente con gesto serio—. Esto cambia la situación.

—Sin duda. Estamos más cerca de lograr que Su Majestad ratifique a Isabel como única heredera al trono.

—No lo creo.

—¡Cómo! —Gonzalo Chacón no esperaba esa respuesta—. ¿Por qué decís tal cosa?

—Yo logré pactar el matrimonio de Isabel con el príncipe Fernando y preparé la boda. No fue fácil convencer al rey de Aragón de la conveniencia de ese enlace, de su necesidad de tener un aliado en su guerra contra Francia. No hay nadie a quien odien más los aragoneses que a los franceses.

—Cierto. Se matarían entre ellos hasta no quedar ningún hombre en pie en ambos reinos —añade Gonzalo Chacón.

—También fui quien rescató a Isabel de la fortaleza en la que la retenía el rey Enrique. ¿Quién si no iba a hacerlo? En este reino muchos hablan, pero pocos actuamos. La princesa se refugió en su villa natal y el rey Enrique y Pacheco mandaron huestes para apresarla —rememora el arzobispo Carrillo—. ¡Trescientas lanzas envié a protegerla!

—La princesa os debe mucho, no cabe duda.

—¿Mucho? ¡Me lo debe todo! La trasladé a Valladolid, donde logré que acudiera el príncipe Fernando tras cruzar la frontera de Aragón y Castilla. Las fuerzas de los aliados del rey la vigilaban estrechamente para que no pasaran los aragoneses, pero Fernando, disfrazado de mozo de mulas, pudo llegar a Valladolid.

—Donde contrajeron matrimonio en contra de la voluntad del rey Enrique —continúa Gonzalo Chacón, que no entiende aún a dónde quiere llegar Carrillo.

—Tuve que falsificar una bula papal para que se casaran —y el arzobispo se ríe—, ¡son primos! ¡Dos Trastámara!

—El papa no podía emitirla por existir otra, solicitada con anterioridad por el rey Enrique para la boda que pretendía para Isabel con el rey de Portugal.

—Así que tuve que ser más hábil, y entregué otra bula, firmada por el papa anterior y, por tanto, válida.

—Muy inteligente... desde luego. —Gonzalo Chacón resopla.

—Quiero a un Trastámara sentado en el trono de Castilla y quiero que ese mismo hombre reine en Aragón.

—¿Hombre?

—Quiero unir ambas coronas en una sola, crear un reino más fuerte y mejor, y dirigirlo.

—¿Dirigirlo? —A Gonzalo Chacón le cambia el gesto.

—Fernando e Isabel son jóvenes y os estoy hablando de crear la mayor Corona de la Cristiandad. ¿Y quién mejor que yo para dirigirla? ¿O no?

—¿Desde un sillón arzobispal? —Gonzalo Chacón intenta controlar su reacción.

Teme que el arzobispo le haya notado discrepante, pero si no ha entendido mal sus palabras... A Gonzalo Chacón le cuesta creerlo, pero parece que Carrillo quiere ser el que gobierne en el reino si los jóvenes príncipes suben al trono.

—Estaría más cómodo en un sillón rojo escarlata —afirma Carrillo sin mover un solo músculo de su pétreo rostro.

—¿Cardenal?

—Es lo que merezco. Roma no pondrá reparos si sabéis ofrecerle lo que desee a cambio. Con Isabel y Fernando en el trono de Castilla, y yo como cardenal, nada ni nadie se nos opondrá.

## 72

Tras varias jornadas de viaje, otean en el horizonte una enriscada fortaleza que domina dos arroyos que desembocan en un río. Está levantada sobre roca viva, sus constructores aprovecharon ese corte natural y procedieron a trabajar las paredes del cerro para dotarla de mayor verticalidad todavía.

Es el castillo de Montizón.

Posee dos líneas de murallas, tras ellas se adivina el recinto principal de la fortaleza y, en lo más alto, la torre del homenaje, a cuyos pies discurre el río.

Cuando llegan a sus puertas descubren la destacada altura de sus murallas. Ondea la bandera con la cruz de Santiago, y en cada una de sus almenas se dibuja el yelmo de un arquero.

El rastrillo se abre y salen dos caballeros profusamente armados.

—Soy Rodrigo Muniesa y solicito ver a mi amigo Jorge Manrique.

—No habéis anunciado vuestra visita —dice uno de ellos.

—Cierto, y espero que acepte mis disculpas, que deseo darle yo mismo.

—Nadie puede entrar en la fortaleza.

—¿Ni siquiera alguien que trae noticias relevantes? —dice Ruy, mientras Gadea e Ismael guardan silencio.

Los caballeros santiaguistas se interrogan con la mirada.

—El marqués de Villena, Juan Pacheco, acaba de morir. Preciso hablar de inmediato con Jorge Manrique.

—¡Dejadles pasar! —gritan desde lo alto de las murallas.

Ruy ignora quién ha dado esa orden, pero es acatada y son acompañados intramuros.

Entran en un espacio abierto entre ambas murallas, que por la amplitud parece utilizarse para acoger a un numeroso contingente armado en caso de ataque. Desde el paso de ronda son vigilados por las vivaces miradas de los arqueros.

Llegan a un segundo recinto donde hay varias edificaciones. A simple vista Ruy identifica una iglesia, un aljibe, un almacén, un silo y una zona de caballerizas.

Desde ahí parte una rampa que da acceso a un puente levadizo, donde les piden que descabalguen y entreguen sus armas. Deberán aguardar hasta ser llamados.

Gadea siempre había querido entrar en un castillo. Nunca pensó que lo haría en uno perteneciente a una orden militar. Es una fortaleza de frontera, las más inaccesibles que existen. Siempre ha oído que los caballeros de Santiago son la flor y nata de los ejércitos del reino. Su finalidad es proteger a los peregrinos del Camino de Santiago y, sobre todo, combatir a los enemigos de la fe cristiana. Por eso se les encomiendan las plazas más peligrosas.

Sin duda Montizón es una plaza inconquistable, y Gadea se pregunta cómo los Manrique lograron hacerse con ella.

Mientras aguardan, dos caballeros los vigilan durante más de una hora, sin articular palabra alguna. Van armados, con los yelmos calados y la mano derecha siempre en la empuñadura de su espada. Como si ellos tres supusieran un verdadero peligro. Quizá Ismael inspire ser una amenaza, aunque nada tiene que hacer contra el acero santiaguista. Ruy podría combatir con uno de esos caballeros, pero ella sería una mera comparsa.

Llega otro caballero, de mayor rango, y les ordena que le acompañen. Por fin acceden al castillo, donde destaca la imponente torre del homenaje.

Todo el conjunto es fabuloso; si Gadea tuviera que elegir un castillo donde resguardarse cuando el reino fuera atacado por un ejército descomunal, no duda que elegiría estar detrás de los muros de Montizón.

En ese momento Ruy aprovecha para murmurar algo con sigilo.

—Hay demasiada gente de armas.

—Es un castillo de la Orden de Santiago, Ruy.

—Ya lo sé, pero están preparados para entrar en combate. No es necesario movilizar a todos los arqueros solo por nuestra llegada. Están en alerta, esperan un posible ataque, pero ¿de quién? Estamos lejos de la frontera con Granada y también de los aragoneses. Y los portugueses tendrían que adentrarse mucho en Castilla para pasar por estas lindes.

—¡Silencio! —espeta uno de los caballeros santiaguistas.

Ruy cierra la boca de inmediato y baja la cabeza.

Sin embargo observa pertrechos de guerra, puntas de flechas listas para utilizarse, espadas ya afiladas, ballestas y lanzas en buen número. Si eso no es estar preparado para una guerra, lo parece.

Ahora se arrepiente de haber venido hasta aquí.

Tarde.

Llegan a la torre, hay una escalera de cuerda por la que ascienden con dificultad. Es el único acceso, en caso de ataque sería casi imposible subir hasta esa altura. La puerta es estrecha, Ruy alza la vista y observa a varios arqueros vigilándolos.

Una vez dentro, siente el siempre agradable calor que proporciona una chimenea, donde arden con avaricia dos grandes troncos de olivo que calientan la sala abovedada.

—¡Dichosos mis ojos, Rodrigo Muniesa!

Un caballero enfundado en un jubón amarillo y con una sonrisa que no le cabe en el rostro avanza hacia Ruy y ambos se abrazan efusivamente. Luego da un paso hacia atrás y mira a Ruy de arriba abajo.

—¡Estás entero! Me llegaron nuevas de Madrid y he de reconocer que no esperaba volver a verte.

—Supongo que al menos será una sorpresa agradable.

—¡Por supuesto! Pero... ¿no te habían cortado la cabeza? —Suelta una carcajada.

—Esa era su intención, te lo aseguro —contesta Ruy con alivio.

—¿Y esta dama? ¿No me irás a decir que te has casado?

—Mi nombre es Gadea, y no me lo ha pedido aún.

Ruy se queda boquiabierto.

—Si todavía tengo la cabeza sobre los hombros es gracias a ella.

—Señora, es un inmenso placer conoceros. Yo soy Jorge Manrique.

—Ya nos conocemos —afirma Gadea ante el desconcierto de los dos hombres—. Nos vimos en un juego de lanzas en Madrid.

—Imperdonable que no os recuerde, unos ojos así no se olvidan. Dentro de ellos brillan todas las estrellas del firmamento.

—Ten cuidado con él, porque Jorge maneja la pluma y la lengua igual que la espada, es poeta.

—No está hecha la miel para la boca del asno —contesta Jorge Manrique, y Gadea se ríe—. Puesto que ya nos hemos presentado, podemos apearnos de las formalidades —y observa su atuendo, más propio de un hombre de armas que de una dama—. Me gustan tus botas.

—Gracias, a mí tu castillo.

Jorge Manrique suelta otra sonora carcajada.

—Pertenecía a un antepasado de mi familia, pero a su muerte el rey Enrique se lo entregó a un advenedizo, uno de los hombres de Pacheco...

—¿Sabes que ha muerto? —lo interrumpe Gadea.

—¡Que arda en el infierno! No merece ni ser nombrado. Los Manrique intentamos recuperar este castillo asediándolo hace diez años. Fue un largo sitio, sin embargo llegaron sus huestes para impedirlo y negarnos la gloria. No nos dimos por vencidos, y dos años después volvimos a asediarlo con los mismos funestos resultados.

—No hay dos sin tres —comenta Ruy—, ¿verdad?

—Tercer asedio, y por fin se rindió y fui nombrado por mi padre comendador de este castillo de Montizón. De inmediato inicié obras para reformarlo y consolidarlo, a fin de que fuera inexpugnable. Quién mejor para esa labor que quien lo había asediado en tres ocasiones y conocía sus puntos débiles. Y aquí resido con mi esposa, que en estos momentos se halla de viaje en Sevilla.

Ahora Ruy entiende por qué es una fortaleza inaccesible.

—¿Y quién es vuestro acompañante? ¡Santo Dios! Es un gigante.

—Su nombre es Ismael, habla poco —contesta Ruy—. Y hemos venido para tratar un asunto de suma trascendencia —añade intentando mantener el buen tono.

—¿Conmigo? Me sorprende. Vosotros podéis pasar, pero él no —señala a Ismael—, no voy a correr el riesgo de tenerlo cerca de mí. No puede quedarse en mi torre.

—Jorge, él viene con nosotros.

—Me da igual, mira su tamaño y esos brazos. Que espere en las cuadras, mis hombres lo tratarán bien.

—No pasa nada, Ruy. Es mejor así —dice Ismael, quien se da media vuelta y es acompañado por un par de guardias.

—Venid, puedo ofreceros comida y un vino que es una maravilla —los invita Jorge Manrique.

—Te lo agradecemos mucho, y un fuego caliente también. Este diciembre está siendo helador, el invierno tiene prisa en llegar.

—El frío siempre ha sido tu punto débil, Ruy. Tu pretendiente es muy flojo, Gadea.

—Ya me he dado cuenta —responde ella.

—Y tienes que contarme la historia de cómo sigues conservando la cabeza sobre los hombros, me muero por conocerla.

Ascienden por una estrecha escalera de madera a la segunda planta de la torre, donde cuelgan pendones con la cruz de Santiago.

—Ha pasado tiempo desde la última vez que nos vimos —comenta Ruy—, ¿recuerdas?

—Cómo olvidarlo, los Toros de Guisando. Qué lejano parece, ¿verdad?

—Sin duda, por no hablar de cuando me hiciste ir al Alcázar de Segovia, donde se encontraba la Corte del infante Alfonso.

—El pobre Alfonso... Hubiera sido un buen rey —comenta Jorge Manrique con desazón—. Las cosas no salieron bien.

—Desde luego que no. —Ruy se queda callado, mirándole.

—¿Por qué has venido hasta aquí?

—¿No lo imaginas?

—No —responde Jorge Manrique.

—¿Sabes jugar al ajedrez?

El rostro de Jorge Manrique cambia súbitamente.

—Por supuesto —responde, dibujando una falsa sonrisa.

—Podríamos jugar una partida. —Da un trago a su vino.

—¿Has venido hasta aquí para retarme al ajedrez? De todas las razones que podía imaginar, créeme, esta sería la última.

—Dame ese capricho, por los tiempos de Alfonso. Seguro que tienes un tablero y unas figuras por aquí.

—O sea que es cierto... —Jorge Manrique le mira fijamente—. Has venido hasta este confín del reino para jugar al ajedrez...

Se hace un extraño silencio, durante el cual Ruy y Gadea aguardan temerosos su respuesta.

—Sí, tengo uno, lo traeré.

Jorge Manrique camina hasta la escalera y desaparece por ella.

—¿Estás seguro de lo que haces? —le pregunta de inmediato Gadea.

—Manrique es un hombre inteligente, hay que llevarle con mucho tiento. La razón se compone de verdades que hay que decir y verdades que hay que callar, y él eso lo sabe perfectamente.

—Estamos dentro de su castillo, rodeados por sus hombres —le recuerda Gadea—. Si esto sale mal, esta vez no habrá escapatoria.

—Por eso debes dejar que lo haga a mi manera. Le conozco, sé cómo tratarle. Está demasiado seguro de sí mismo, y esa es su principal debilidad.

Jorge Manrique regresa con un tablero y lo deja sobre una mesa de roble. Gadea y Ruy lo reconocen al instante, es uno de los que fabrica el carpintero de Madrid. También trae consigo una caja de madera labrada y de su interior extrae unas figuras metálicas con el rostro en un material más noble; las coloca una tras otra, hasta la última: la reina.

Es idéntica a la del marqués de Purujosa.

Gadea se esfuerza para no mirar a Ruy, no quiere interferir en sus intenciones. Pero le cuesta mucho controlarse. Más que nunca recuerda las lecciones de fray Luis. Debe apaciguar sus emociones para que el noble caballero no descubra sus pensamientos.

—Te dejo las blancas, Ruy. Así tendrás alguna oportunidad —bromea Jorge Manrique.

—Gracias, pero no vas a jugar contra mí, sino contra ella.

## 73

Le ofrece la mano a Gadea y la ayuda a acomodarse en la silla. Ella está totalmente agarrotada y le clava la mirada a Ruy pidiendo explicaciones, que por supuesto no llegan.

—¡Otra sorpresa! —Jorge Manrique se sienta frente a ella—. No negaré que me gusta. Empecemos, esto va a ser divertido.

Gadea tiene el gesto serio, hace tiempo que no juega y lo cierto es que está ansiosa por comenzar. No puede dejar de mirar las figuras y por un momento recuerda las partidas con el marqués, que ahora le parecen tan lejanas.

—¿Te encuentras bien, Gadea? —pregunta Jorge Manrique—. No tengas miedo, prometo ser un rival decoroso. Nunca habría imaginado que jugaría una partida de ajedrez contra una mujer entre los muros de esta torre.

—Lo estoy, empecemos —responde ella, y desplaza el peón de reina dos escaques.

El señor del castillo saca el caballo de rey; Gadea, el caballo contrario. Van sucediéndose los movimientos, con una Gadea que siempre lleva la iniciativa. Manrique se percata enseguida de su habilidad, busca acomodarse mejor en la silla y comienza a sufrir con cada movimiento de su rival.

La primera media hora Gadea presiona de una manera agresiva y constante a Manrique, de tal modo que le come un caballo y varios peones. Controla el centro del tablero y sus alfiles trazan largas diagonales. Además, tiene ambos caballos posicionados cerca de las torres enemigas y ataca con uno de ellos al rey negro.

—Jaque.

—¡Maldita sea! —Manrique la mira, no queda ni la sombra del jovial anfitrión que les ha recibido, ahora es un hombre nervioso y preocupado.

Minutos después, Gadea toma una de sus torres y da jaque por segunda vez. Pronto acaba con la reina y con otro peón. Manrique solo puede intentar salvar su rey y, con él, su honor. Pero, conforme pasa el tiempo, sus piezas importantes van desapareciendo.

—Jaque mate en cuatro movimientos —afirma Gadea, que espera a que su rival lo asimile.

—¡Será posible! —Jorge Manrique se levanta de la silla y mira a su amigo—. ¿Has venido aquí para humillarme, Ruy? ¿Quién demonios es esta mujer?

—Una jugadora de ajedrez.

—Eso ya lo veo —contesta enrabietado.

—Hemos venido... porque queremos que la reconozcan como el mejor jugador de ajedrez del reino.

—¿Querrás decir jugadora?

—No, Gadea puede vencer a cualquier hombre, ¿acaso lo dudas después de lo que has visto?

—Ruy, en serio, ¿a qué viene esto?

—Tú tienes influencia en la Corte, ¿podrías conseguirnos un encuentro con el rey?

—¡Santo Dios! Pues no pides tú poco ni nada.

—El ajedrez es un arma diplomática, ¿cierto? Es un juego de reyes, tener al mejor jugador, no solo del reino sino de toda la Cristiandad, es algo a tener muy en cuenta.

—Ruy... —Jorge Manrique alza ambas manos—, ¿no estás pidiendo mucho?

—¿Es que no crees en las maravillas de este juego, amigo mío?

—Más de lo que te imaginas...

—Entonces ¿cuál es el problema? Gadea es invencible.

Jorge Manrique se queda mirándola en silencio, y ese silencio se expande por la sala inundándola por completo. Solo el chisporroteo de las llamas en el hogar lo rompe levemente.

—El ajedrez es un juego complejo —dice finalmente, muy serio—, y poderoso.

—Lo sabemos. Si lo prefieres, plantéale algún ejercicio. Colócala ante una jugada complicada y ella la resolverá, le encantan esa clase de problemas.

—No lo dudo...

—O lo que te plazca, ¿qué necesitas para convencerte de que es el mejor jugador de ajedrez del reino? —insiste Ruy sin descanso—. Quítale de inicio dos peones, o mejor un alfil. ¡Que juegue con una sola torre!

—¡No digas tonterías, Ruy! ¡Por Dios!

—Pues no sé... tú dirás.

Entonces Gadea toma su reina y la desplaza seis casillas en horizontal, igual que vio hacer en el mercado a aquel hombre llamado Isidro. Jorge Manrique se queda callado mirándola y sus ojos brillan, como en esas noches de verano donde el firmamento se cubre de miles de estrellas.

Gadea vuelve a mover la reina en horizontal el mismo número de escaques.

«¿Por qué no dices nada?», piensa atenazada por la incertidumbre.

—Ya sé a qué habéis venido vosotros dos. ¿Estáis seguros?

—Completamente —responde Ruy con rotundidad.

Jorge Manrique permanece en silencio, pensativo, durante un buen periodo de tiempo. Hasta que resopla y abre la boca.

—Los buenos jugadores han llegado a un nivel técnico tal que, cuando juegan entre ellos, las partidas nunca tienen ganador. Así que desde hace tiempo se está fraguando una evolución, un cambio profundo y complejo. Porque es preciso adaptar el ajedrez a los nuevos tiempos.

—¿Adaptarlo? No te entiendo.

—Sé que has escrito sobre el rey Sabio, él ya recopiló los progresos que hubo en el ajedrez desde que lo trajeron los árabes.

—No sabía que habías leído mi libro. —Ruy presiente que van por buen camino—. Lo que dices del rey Sabio es cierto, aunque no reflejó en su *Libro de los juegos* el cambio de la alferza por la reina. Y estoy seguro de que hace doscientos años ya se usaba la reina, hay textos que así lo demuestran.

—¿Y conoces la razón?

—Su padre acababa de incorporar al reino dos ciudades tan importantes como Córdoba y Sevilla, por lo que la población musulmana, o que hablaba el árabe y pertenecía a esa cultura, era muy numerosa —explica Ruy—. Además, sus relaciones con el reino de Granada eran esenciales.

—De hecho, era su aliado —puntualiza Jorge Manrique—. Pocos saben que Granada le ayudó a anexionarse Sevilla y Córdoba. Por eso se creó una frontera al otro lado de Sierra Morena, que es la que aún se mantiene. Así que el rey Sabio siguió usando el término «alferza» para que los musulmanes lo entendieran. Porque el ajedrez era una forma de entendimiento entre las dos culturas, un idioma que ambas comprendían y un instrumento esencial para la diplomacia. El monarca no estaba retrasado respecto de otros reinos, sino que se adaptó a las características singulares del suyo y sus relaciones con los jugadores de lengua árabe.

Jorge Manrique comienza a tomar las figuras y a colocarlas de nuevo sobre el tablero en sus posiciones iniciales.

—En cambio —continúa diciendo mientras lo hace—, los reinos de Aragón y de Navarra por aquel entonces ya no poseían frontera con los musulmanes, así que se abandonó la alferza y solo se usaba la reina. Piensa que el ajedrez está considerado un arte en Valencia, Barcelona y Zaragoza, dicen que los reyes aragoneses siempre han sido unos excelentes jugadores.

—Así es —conviene Ruy, que asiente con la cabeza—. Cuentan que poseen una biblioteca única con textos sobre el ajedrez y una colección valiosísima de juegos. Y que el príncipe Fernando es un ferviente jugador.

—Lo es. El ajedrez tal y como lo plasmó el rey Sabio tiene los días contados, es un vestigio de otra época. Ahora estamos en los albores de una nueva.

—Eso ya me lo dijiste hace años en Segovia y fue un completo desastre.

—Los cambios no son fáciles, Ruy. Hay fuerzas poderosas que se resisten a ellos. El infante Alfonso fue una pieza que se sacrificó por una estrategia a más largo plazo. Y ha llegado el momento de concluir lo que se inició entonces.

—¿De qué demonios estás hablando? —inquiere Ruy.

—Olvida el ajedrez antiguo, su rigidez, su lentitud, su conformismo —enfatiza Jorge Manrique—. Es hora de uno más ofensivo y ambicioso. En el nuevo ajedrez, la reina puede realizar los movimientos de las demás figuras, a excepción de los del caballo.

Ruy mira de reojo a Gadea, que se mantiene inmóvil y callada, pero él sabe que está conteniéndose.

—Y el gesto de mover la reina como he hecho yo es la manera que los partidarios de ese nuevo juego tienen de identificarse en secreto —añade Gadea.

—¡Eso es! Para nosotros la reina es la pieza más valiosa.

—El marqués de Purujosa era uno de los vuestros —menciona Ruy, desafiante.

—Lo era —responde Jorge Manrique.

—¿Por eso lo mataron? ¿Porque debía poner por escrito las nuevas bases del ajedrez y difundirlas por el reino?

—Esto os supera, no deberíais haber llegado tan lejos. Os recuerdo que estáis en mi castillo; a una señal mía, mis hombres os matarán.

—Razón de más para confiar en nosotros.

—¡Déjame a mí! —interviene Gadea—. Te he vencido con las reglas establecidas, juguemos ahora con las nuevas.

—De eso nada. —Jorge Manrique se mantiene firme.

—¿Por qué no? —insiste Gadea.

—No sabes de lo que estás hablando...

Gadea inspira hondo, mira de reojo a Ruy y se frota las manos.

—Te demostraré que sí, juguemos a ciegas.

—¿Cómo dices?

Camina hasta una mesa que sobresale en una esquina, toma un paño y regresa.

—No es momento de tonterías —se burla Jorge Manrique.

—Juguemos al nuevo ajedrez, yo lo haré con los ojos vendados. Si me vences, nos iremos y no volveremos jamás. Pero si gano yo, nos contarás toda la verdad.

—¡Eso es imposible! ¿Cómo vas a ganarme?

—Tendrás que averiguarlo jugando —contesta Gadea, que no ha sido capaz de controlarse por más tiempo y ha dejado que su ímpetu la desborde.

—No puedo perder el tiempo en algo tan estúpido...

—¿Tienes miedo? —le desafía Gadea.

—Claro que no.

—Demuéstralo.

—¡Maldita seas! —grita Jorge Manrique, y se sienta a la mesa—. No voy a tener piedad contigo.

# 74

Frente a la gran chimenea donde arde la leña de olivo, Gadea se echa el cabello hacia atrás, toma la cinta de tela y se tapa los ojos. A continuación, cruza los brazos y se queda en silencio.

Ruy la observa. Nunca ha visto a nadie que desprenda tanta determinación por todos los poros de su piel.

Está prendado de ella. Viéndola ahora se da cuenta de que tiene que decírselo ya, que no debe esperar más, que ha de confesarle todo lo que siente.

—¿Lista? —Jorge Manrique está ansioso por empezar.

—Tendrás que mover las figuras por mí.

—Eso no es problema, terminemos esta farsa y luego escribiré unas coplas sobre semejante ocurrencia —se burla Jorge Manrique—. Y recuerda que la reina posee los movimientos de todas las demás figuras menos las del caballo.

—¿Es azul el cielo?

—Bien. —Sonríe.

—¿Sorteamos con qué color jugamos cada uno? —pregunta Gadea.

—No, jugaré con las blancas. Sois vosotros los que habéis insistido en esta pérdida de tiempo, no os haré ninguna concesión. Concluyamos cuanto antes, ¡por Dios santo!

Jorge Manrique se estira sobre su silla, siente que no puede perder, ¿cómo va a derrotarle una mujer en tales circunstancias? Él es un excelente jugador, uno de los mejores del reino. Antes ha sido derrotado por ella de forma humillante, es cierto. Pero ahora Gadea tiene los ojos tapados y no ve el tablero. Y, sobre todo, no conoce la nueva regla como él, que la ha practicado y sabe que el cambio lleva el juego a otro nivel.

Una reina dominante, ofensiva, que transforma la realidad.

Ruy teme por Gadea, le resulta factible que al comienzo pueda desenvolverse con cierta soltura, pero conforme avance la partida puede que se le olviden las posiciones.

Seguro que esa es la estrategia de Jorge Manrique, alargar el juego lo máximo posible y usar la reina, hasta que Gadea no sepa cómo defenderse. Jugar con ella, desgastarla, que sea imposible que retenga los lances. Tan fácil como eso, quizá ella le prepare alguna trampa al principio, pero él no caerá. Jorge Manrique será paciente. Eso es, la paciencia será su mejor arma. Cada jugada que se alargue le dará ventaja.

Ruy observa la figura de la reina, lleva meses fabulando con sus movimientos. Ahora es una pieza todopoderosa, aunque semejante poder no puede usarlo cualquiera. Se necesita práctica, conocimientos y madurez.

—Podemos empezar —dice Gadea.

—Peón de rey dos casillas al frente.

—Caballo izquierdo delante del peón del alfil de ese lado.

Gadea se halla inmóvil, con la espalda recta. Dicta sus lances y Jorge Manrique mueve por los dos. Las jugadas están bien trazadas por ambos, él mantiene las posiciones e intenta bloquear los ataques de Gadea, convencido de que no podrá seguir la partida en su cabeza por mucho tiempo.

Ella guarda largos silencios, que lejos de estar faltos de acción suponen los momentos más álgidos, pues Jorge Manrique se halla totalmente en guardia esperando saber qué pieza decide mover Gadea.

La partida es más tranquila de lo que Ruy se esperaba, Gadea no ataca con la violencia de la anterior; sin duda le está penalizando el tener los ojos tapados y no saber cómo usar una figura tan poderosa como la nueva reina.

¿A quién se le ocurre jugar a ciegas?

De todas formas, Jorge Manrique presta atención en no descuidarse. Aunque ha ganado posiciones favorables, no va a permitir que su rival se rearme. Escruta a Gadea, a la que esa tela oculta sus enormes ojos. En el ajedrez, para vencer hay que conocer al oponente, saber cómo piensa y anticiparse a sus movimientos.

Al no verla bien, Jorge Manrique no puede percibir qué piensa ella.

Pero la tiene por una mujer demasiado pretenciosa. De hecho, mira al tablero después del último movimiento que le ha indicado Gadea y se percata de que ella acaba de cometer un error, ha dejado un alfil desprotegido, es una captura evidente. Jorge Manrique la realiza con entusiasmo, es el principio del fin de Gadea.

¿Cómo pensó que podría retener tantos movimientos en la mente?

¿Y jugando con una reina con tantas opciones?

En el siguiente lance, él hace avanzar el caballo hasta una situación de privilegio, acaba de armar una jugada que puede ser decisiva. Gadea vuelve a realizar un movimiento errático. Jorge Manrique siente que el desenlace está próximo y lo está disfrutando.

Es hora de atacar, hace avanzar la reina describiendo una larga diagonal, como si abriera una profunda grieta en el tablero.

—Jaque —pronuncia Jorge Manrique, sabedor de que ahora el rey de Gadea debe mover a su derecha.

Así lo hace ella, y él progresa con su reina.

Ahora la torre de Gadea se halla a su merced. Si la toma, la partida es suya. Gadea debe hacerla retroceder, no tiene otra opción.

Entonces ella indica su siguiente movimiento:

—Caballo a casilla negra de tu peón más a la derecha.

¿Cómo que caballo? Jorge Manrique ni espera ni comprende ese lance. Tiene que pensar un momento qué pretende Gadea, qué tiene en la cabeza para sacrificar la torre.

¡Es un error! Cree que le ha traicionado la memoria, que ella no sabe ni dónde tiene su torre.

Un momento.

Una sucesión de cuatro movimientos se dibuja en su mente.

No puede ser, debe tomar la torre de Gadea... pero si lo hace, luego ella... y después... Las jugadas se precipitan en la mente de Jorge Manrique y entiende que lo que peligra es su propia reina, debe protegerla. Es un pequeño traspié, la hace retroceder para su disgusto, pero solo de momento.

O eso cree él.

Los siguientes movimientos de Gadea componen una ofensiva y Jorge Manrique tiene que defenderse, y cambiar por completo su estrategia.

De repente es ella la que no deja de hostigarle con diferentes piezas.

La mira enfurecido, piensa que le ha tendido una trampa. Ahora sí que desearía ver sus ojos, seguro que se están riendo de él detrás de esa venda.

¿Cómo es posible? Un momento, ¿y si es una treta y puede ver a través de ella?

No, es una tela tupida. Está jugando realmente a ciegas.

Las siguientes cinco jugadas de Gadea son de un intenso acoso, en las cuales Jorge Manrique sale perdiendo posiciones y figuras. Y el ataque continúa, ahora con la reina de Gadea. Él comienza a verse acorralado, no encuentra la forma de responder.

¡Qué manera de jugar!

—Has perdido —dice Gadea con frialdad—, jaque mate en cuatro movimientos.

Jorge Manrique no da crédito a sus palabras.

Es imposible... Piensa que si desplaza su caballo y luego... no, porque entonces ella colocará su alfil y será peor. ¿Y si retrasa su rey?

Cuatro movimientos, pueden pasar muchas cosas en cuatro movimientos.

Se resiste a hincar la rodilla e intercambia dos movimientos más con Gadea.

—Reina negra toma reina blanca.

Pese a no ver, Gadea coge a tientas la reina de Jorge Manrique y coloca la negra en su lugar, dejando la blanca sobre la mesa y a su oponente boquiabierto.

—Solo puede haber una reina sobre el tablero —sentencia ella.

Jorge Manrique acaba de perder la figura clave del nuevo ajedrez. Siente como si le clavaran un puñal en lo más hondo del corazón.

Mira el tablero, ¡no está!

Pero no es solo eso, su rey está arrinconado y las pocas piezas que le quedan, dispersas y en retirada.

Ella tiene razón, está condenado.

Ahora lo ve, en un movimiento más será jaque mate.

—Jorge... —Ruy se acerca y le pone la mano sobre el hombro, pero él se revuelve y la aparta.

—¡Calla! —y se queda en silencio, con los ojos clavados en el tablero.

Alza despacio la vista.

—Quítate esa venda de los ojos —le dice.

Gadea obedece, los tiene algo enrojecidos y pestañea varias veces hasta que sus pupilas se hacen a la luz.

—Yo también pasé por esto y entiendo cómo te sientes, Jorge —interviene Ruy, que camina hacia ella y se pone a su lado—. Pero te ha vencido y debes cumplir tu palabra.

Él no contesta.

—¿Estás bien? —susurra Ruy al oído de Gadea.

—Agotada —dice en voz baja—, casi no puedo hablar del esfuerzo.

—Jorge, diste tu palabra —exige Ruy.

El señor del castillo se levanta y se dirige a los dos hombres que hacen guardia al fondo de la estancia.

—Marchaos —les ordena—, dejadnos solos.

Obedecen y se quedan los tres en la sala abovedada de la torre.

—Nunca he visto a nadie jugar de esa manera —dice Jorge Manrique—. Aún me cuesta creerlo.

—Lo acabas de apreciar con tus propios ojos —responde Ruy, que no se separa de Gadea—. Jorge, somos amigos, solo queremos comprender qué está sucediendo con el ajedrez. ¿Por qué está muriendo gente? ¿Por qué tanto interés? Entendemos lo maravilloso que es, lo que representa, su historia, pero... ¿qué está pasando realmente?

—Estoy algo aturdido —dice él—, necesito beber agua.

Da un sorbo de una jarra y luego abre la ventana. Un aire frío y violento entra y hace balancearse los estandartes y los tapices que cuelgan de los muros de la sala.

# 75

Hace años, cuando Ruy conoció a Jorge Manrique, le sorprendió su efervescente valor en combate. Lo supuso heredado de su padre, como si el arrojo y la destreza en el uso de la espada pudieran transmitirse a través de la sangre. Luego descubrió su don para la palabra y la escritura, y entendió que era un hombre llamado a grandes logros en la vida.

Ahora su destino está en manos de ese mismo hombre, y Ruy todavía cree que no puede estar en otras mejores. Sabe que su amigo ha participado en intrigas, pero ¿quién está a salvo de tales maquinaciones en Castilla? ¿Qué otro reino de la Cristiandad está más ansioso por devorarse a sí mismo y no llegar nunca a lo que realmente podría ser?

—Jorge, confía en mí.

—¿Confiar? —Le mira desde lo alto de sus ojos negros—. No sé qué significa exactamente eso.

—Yo sí, confiar es permitir a otra persona, solo a ella, que te cause daño —responde Ruy con rotundidad.

—¿Y por qué iba yo a querer eso?

—Porque sabes que esa persona nunca lo hará.

Jorge Manrique se queda mirándole y suspira.

—Es como confesar un secreto.

—Sí, exacto —asiente Ruy.

—Dicen que dos personas pueden guardar un secreto, solo si una de ellas está muerta —y mira a Gadea—. En este caso, somos tres, así que los muertos deberían ser dos.

—Jorge, los amigos comparten secretos, eso es lo que los mantiene unidos.

—¿Sabes? Tienes alma de poeta, no de cronista.

—Dios me libre... —y Ruy sonríe.

—Esto no es un simple secreto, ni una disyuntiva sobre si confiar en alguien o no. Estamos hablando del futuro del reino. Si no actuamos ahora... —resopla—, es muy probable que no haya futuro para Castilla.

—Somos conscientes de ello y creemos que podemos ayudar, ya has visto de lo que es capaz Gadea. Si el ajedrez es importante para el futuro de la Corona, ella puede ser de una increíble utilidad.

—Ruy, tienes el don, o el castigo más bien, de la insistencia.

—Lo aprendí de ti.

—Pues en qué mala hora... —Jorge Manrique suspira—. El juego es una actividad voluntaria; de responder a una ordenanza perdería su esencia. —Ahora camina hacia el fuego—. Eso es lo que lo hace tan atractivo, la libertad. Jugamos porque queremos, nadie nos obliga. Además, el ajedrez es el único juego en el que cualquiera tiene las mismas oportunidades, da igual que sea rey o vasallo, cristiano o musulmán.

—Pero es un juego que no todos saben jugar.

—Cierto, siempre se ha dicho que es un juego de reyes. Eso cambiará, en nuestra mano está que se transforme en un juego del pueblo —recalca Jorge Manrique.

—El ajedrez es mucho más que eso —prosigue Ruy—, es una alegoría del mundo y de la vida.

—Y de la muerte —añade su amigo—. Mientras dura la partida, cada pieza tiene su función; cuando se concluye, las piezas se mezclan y terminan dentro de la misma caja. Es una metáfora de que tarde o temprano todos morimos; de la muerte no nos salva ni la más reluciente corona.

—Nobles y plebeyos somos iguales ante ella —asiente Ruy.

—El ajedrez obliga a cada jugador a asumir la posición del contrario para prevenirse de sus movimientos y estrategias. Debes pensar como tu enemigo, como el diferente a ti —gesticula con las manos—, eso es algo que normalmente nunca hacemos. El ajedrez lo abarca todo, es un microcosmos de la vida, del amor y de la muerte, como ya os he mencionado.

—Jorge, estamos de acuerdo en lo que dices. Pero deja de usar tus dotes de poeta con nosotros y vamos al grano, ¿quieres? —le pide Ruy.

—Infravaloras el poder de la poesía, amigo mío. Tú siempre te has centrado en los datos, pero en tus escritos te olvidas del alma de las personas, ¿y qué somos sin alma?

—Ya empezamos... —Ruy se desespera.

—Te falta emoción, y sin ella no llegas al corazón de la gente.

—Jorge, no pienso hablar ahora de esto —recalca Ruy.

—La poesía es la mayor de las artes, porque hace magia con las palabras y alcanza lo más profundo de los corazones. Si un verso no te toca el alma, no es un buen verso. Por eso la poesía llega donde tu prosa solo puede rascar la superficie.

—Está bien, reconozco que tú eres un fantástico poeta y yo solo un simple cronista. Sin embargo no estamos aquí por eso, sino por la reina, ¿por qué habéis convertido precisamente esa figura en la más poderosa del ajedrez? Ninguna mujer ha tenido nunca el poder que le habéis dado a esa pieza, ¿qué sentido tiene? Nuestro mundo no es así.

Jorge Manrique sonríe, se acerca al tablero y toma la figura entre sus manos.

—¿Qué es la reina?

—Dínoslo tú.

—El futuro, Ruy. La reina es el futuro, y tú mejor que nadie deberías saberlo.

—¿Eso qué demonios quiere decir?

—El nuevo ajedrez solo presenta una variación, una sola, y a la vez lo cambia por completo —pronuncia Jorge Manrique con elocuencia—. Como ya sabéis, la nueva reina tiene todos los movimientos de las demás figuras, menos los del caballo.

—¿Por qué no los del caballo?

—Porque su movimiento es muy distinto del resto, debe mantener esa cualidad. Y nadie debe ostentar absolutamente todo el poder, ¡nunca!

—Aun así, le otorgáis unas facultades excesivas.

—Sí, es una reina con poder, una reina furiosa. El rey sigue siendo la clave, no obstante quien gobierna ahora es la reina —puntualiza sin perder un ápice de elocuencia—. Con una reina que puede moverse como el alfil y la torre... las estrategias cambian y las posibilidades son innumerables, los ataques, la agilidad, las distintas combinaciones...

—Tiene razón —interviene Gadea—, el juego es infinitamente mejor.

—¡Ahí lo tienes!

—Ahora me cuesta volver al ajedrez de antes —comenta ella—, siento como si la reina siempre hubiera poseído esos movimientos y que estábamos jugando de manera equivocada.

—Os recuerdo a los dos que la reina no es una figura original del ajedrez —advierte Ruy—, ya cuando se introdujo para sustituir a la alferza creó serios problemas. ¿Y si un peón corona la octava casilla? Entonces habrá dos reinas.

—Nunca puede haber dos reinas, ¡jamás! —espeta Jorge Manrique—. En un reino solo puede existir una reina.

—¿Ahora estás hablando del ajedrez o de Castilla? —menciona Ruy, desafiante.

Jorge Manrique se queda callado y luego sonríe.

—Tú, Ruy, estabas en el bando del infante Alfonso.

—Él murió.

—Todos morimos, también los reyes. Cuando fallezca Enrique, ¿quién heredará el trono?

—Su hija Juana —responde Ruy.

—Supuesta hija —le rebate Jorge Manrique.

—La princesa Isabel —irrumpe Gadea—. Crees que la princesa Isabel, la hermana de Alfonso, debe ser la nueva reina de Castilla, ¿verdad?

—Gadea es mucho más lista que tú, Ruy. Ándate con ojo —y le señala.

—Ella no puede ser la reina, ya no es la heredera. La despojaron de tal dignidad cuando se casó a escondidas en Valladolid con el príncipe de Aragón, contra el deseo del rey y, por tanto, rompiendo el pacto de los Toros de Guisando.

—Enrique lo había incumplido antes forzándola a casarse con el rey de Portugal y teniéndola presa en Ocaña.

—Estoy de acuerdo en que ambos tienen argumentos —comenta Ruy—, por eso mismo si Isabel intentara ser reina, la oposición que encontraría sería feroz.

—Te olvidas de un detalle: ella es una Trastámara, como su esposo —responde Jorge Manrique—. Y el arzobispo Carrillo tuvo que falsificar una bula de un papa muerto para justificar su enlace porque son primos.

—Carrillo, un hombre capaz de todo... —Ruy suspira, aún recuerda cuando le visitó en su propia casa.

—Lo que ha querido siempre el arzobispo de Toledo es que un Trastámara unificara las dos coronas y le diera el mando del reino para atacar juntas el reino de Granada y echar a los musulmanes a África. Carrillo se equivoca, lo que Castilla necesita es una reina.

—Pretendéis que se corone... ¡ella sola! Sin su marido. ¿Por qué?

Jorge Manrique se vuelve hacia el fuego y echa un par de troncos más.

—Las mujeres pueden ser tan inteligentes y capaces como los hombres para liderar a su pueblo, ¿verdad, Gadea?

—Desde luego —responde ella.

—Pero el arzobispo Carrillo no permitiría nunca que Isabel ni ninguna mujer reinara sola en Castilla —murmura Jorge Manrique—, de eso estoy seguro.

—Y no será el único, habrá muchos que como él prefieran a

un hombre —añade Ruy—. Y su esposo, Fernando, ¿va a permitir que su mujer sea reina y él no?

—No será fácil, por supuesto que no. Todo cambio exige sacrificio y encuentra resistencia —asiente Jorge Manrique.

—Una mujer soberana absoluta de Castilla y la reina convertida en la figura más poderosa del ajedrez, ¡qué casualidad! —Ruy suspira—. Ya entiendo vuestro plan.

—Isabel será la próxima reina de Castilla, ella y nadie más. Fernando solo será su consorte; necesitamos sus huestes, pero en Castilla reinará Isabel. —Jorge Manrique deja el calor del fuego.

—Entonces lo que pretendéis es unificar las dos coronas, pero que cada cual siga su curso, como hace Aragón en sus posesiones.

—Eso es —asiente.

—Y por eso en el ajedrez habéis dotado de más movimientos a la reina —dice Gadea con decisión, y da un paso hacia Jorge Manrique—. Queréis que la gente entienda que la reina es la pieza más importante y poderosa. Porque el ajedrez es mucho más que un juego, es una representación de la vida, de la guerra, del reino.

—Es esencial que el cambio en el ajedrez se propague de inmediato —confirma Jorge Manrique—, pero las novedades requieren tiempo para que se ensayen, se perfeccionen y finalmente se acepten. Y también debe dejar de ser un juego de reyes y nobles, el pueblo entero debe jugarlo. Si logramos que asimilen el cambio, habremos conseguido que interioricen que una reina puede ostentar el poder. Que una mujer puede gobernar un reino.

Ruy se lleva las manos a la cabeza.

—Jorge, ¿cómo vais a lograr tal cosa? Queréis promocionar a la princesa como reina a través del ajedrez...

—Si el pueblo se acostumbra a este ajedrez más dinámico y moderno, con esa figura convertida en la clave del juego, será más factible que acepte ser gobernado por una reina, una mujer.

—Es inteligente, no sé si factible, pero no se puede negar que es una forma muy hábil y sutil de promocionar a Isabel —asiente Ruy.

—Pero tenemos enemigos poderosos, han muerto varios de los jugadores que estaban perfeccionando el cambio y otros que debían impulsarlo. Así que optamos por mantenernos en secreto, sin saber exactamente quiénes de nosotros trabajaban en ello.

—¿No sabías de la existencia de Gadea?

—No, el marqués de Purujosa también la mantuvo en secreto. Él conocía el peligro que corríamos, la hubieran matado como hicieron con él —advierte Jorge Manrique—. Somos muchos, y no solo cristianos, también judíos. Precisamente el último en morir fue uno de ellos, así que es lógico que el marqués no le hablase a nadie de Gadea.

—Ella no es judía.

—¿No te lo ha dicho?

—¿Decirme qué? —y la mira.

—Mi familia era conversa, todos murieron en el incendio de la Magdalena en Toledo durante los enfrentamientos entre cristianos viejos y los judíos y conversos —confiesa Gadea.

—Pero ¿por qué no me lo has dicho antes? —inquiere Ruy.

—Tenía miedo, no lo sabe nadie. El marqués lo descubrió y también me aconsejó mantenerlo en secreto.

—A mí me da igual si eres cristiana, judía o musulmana, te quiero igual —afirma Ruy, haciendo que ella se ruborice.

—Vaya, vaya... —Jorge Manrique esboza una sonrisa—. Espero que me invitéis a la boda.

—Chitón —replica Gadea, amenazándole con la mirada.

—Ahora ya sabes otra razón por la que el marqués quiso protegerla —añade Jorge Manrique, quien contiene las ganas de decir algo más sobre la pareja.

—Ya veo —asiente Ruy—. Pero por su culpa a mí casi me cortan la cabeza, porque me acusan de haberlo matado, el marqués prácticamente me incriminó.

—Creo que el marqués lo que pretendía era que trajeras a Gadea ante mí para que estuviera a salvo, por eso recurrió a ti.

—¿A salvo de quiénes? ¿Los leales al rey? ¿A su hija Juana?

—No estoy seguro, tienen que ser hombres poderosos del reino. Nobles que no quieren ser gobernados por una mujer. Gente sin escrúpulos que mata impunemente.

—El rey Enrique solo tiene una hija, Juana, así que cuando el rey muera, el reino sí o sí lo gobernará una mujer —dice Gadea.

—Juana no es Isabel, no tiene ni su linaje, ni su coraje ni la edad para imponer su voluntad ante nadie.

—Duras palabras para una niña inocente —comenta Ruy.

—Aquí nadie es inocente. La princesa Juana es tan solo un medio para que el rey de Portugal, u otro príncipe o rey extranjero, alcance el trono de Castilla. ¡Y no lo permitiremos nunca!

—Pobre cría —murmura Gadea—, la utilizarán de moneda de cambio como han hecho siempre con las princesas.

—No con Isabel. ¿Y sabéis por qué estoy tan seguro?

—¿Por qué, Jorge? —pregunta Ruy.

—Porque han intentado casarla hasta en cinco ocasiones con extranjeros y en todas se ha negado, y al final se ha desposado con quien ella ha elegido, ¿qué mujer logra eso? Incluso rechazó al rey de Portugal en su propia cara y escapó de su encierro.

—¡Bravo por ella! —exclama Gadea.

—La princesa Isabel es más astuta de lo que creéis, aprendió mucho de lo que le sucedió a su hermano y ocupó su lugar en el bando de los opositores al rey Enrique —enfatiza Jorge Manrique con emoción en la voz—. Asesinaron al marqués, como muy posiblemente también al infante Alfonso, por mucho que se dijera que fue la peste.

—Francisco de Vargas y Medina nos persigue de forma obsesiva, y también nos atacó otro hombre en Madrid. Aun así, desconocemos quién está detrás —explica Ruy.

—Los Vargas son hombres de confianza de Pacheco —responde Jorge Manrique.

—¿Es eso cierto?

—Te lo aseguro, Ruy. Sin ninguna duda.

—Pero eso significa que todo este tiempo era él, ¡y ahora está muerto!

—Pacheco conspiraba más que respiraba —afirma Jorge Manrique—, no me extrañaría que hubiera descubierto nuestros planes y nuestro apoyo a la princesa Isabel. Y, por tanto, pretendiera evitar que nuestro ajedrez y, por ende, nuestro propósito se difundieran.

—Entonces mató al marqués y me utilizó para encontrar a Gadea, su protegida. La jugadora que le estaba ayudando a probar la nueva regla. Luego me culpabilizó de la muerte y ahora quiere borrar su rastro matándome.

—¡Pero Pacheco ha fallecido! —exclama Gadea—. Muerto el perro, se acabó la rabia.

En ese instante llaman a la puerta y entra un hombre de armas.

—¿Qué sucede? —espeta Jorge Manrique, enervado por la interrupción.

—Mi señor, ha llegado un caballero que pide audiencia.

—Ahora no.

—Insiste, me ha pedido que os dijera que sabe que Rodrigo Muniesa y la dama están en el castillo —responde el caballero santiaguista.

—Nadie sabe de nuestra presencia aquí —señala Ruy.

—Además, pertenece a nuestra orden.

—¿Ha dicho su nombre? —pregunta Jorge Manrique.

—Sí. Es don Francisco de Vargas y Medina, y desea hablar con Rodrigo Muniesa.

Los tres se quedan callados, mirándose.

# 76

Se oyen unos truenos que amenazan tormenta, Jorge Manrique echa varios troncos al fuego y lo aviva con un fuelle, hasta que las brasas prenden con fuerza y las llamas se apoderan de la nueva madera. A pesar de las gélidas temperaturas exteriores, en la torre se encuentran calientes. Sus muros están cubiertos con gruesos tapices que impiden que se pierda el calor.

Gadea y Ruy se hallan a la izquierda de la chimenea y Jorge Manrique, a la derecha; también hay dos hombres de armas apostados al otro lado, uno de ellos con una ballesta cargada. Se abre la puerta y entran dos guardias más que escoltan al recién llegado.

Francisco de Vargas y Medina viste con su capa azulada, y no porta arma alguna. El cansancio se percibe en las bolsas de sus ojos. Camina hasta unos cuatro pasos de distancia del señor del castillo, con un guardia a cada costado. Francisco de Vargas y Medina ni siquiera los mira.

Jorge Manrique da un paso hacia él.

—Gracias por recibirme. —Francisco de Vargas y Medina hace un gesto de complacencia con la cabeza.

—Sois de nuestra orden, es nuestro deber. Venís de lejos, si no me equivoco.

—Sí, de Segovia —y mira a Ruy—. No me fue posible quedarme a tu ejecución en Madrid, veo que hubo un cambio de planes. Ya ni siquiera se puede confiar en un verdugo; me lo he encontrado al llegar. Ha sido una sorpresa, la verdad.

Ruy no piensa entrar en ninguna provocación, es consciente de que debe guardar la calma y aprovechar la situación que les ha caído del cielo.

—¿Y bien? ¿A qué habéis venido a mi castillo?

—El marqués de Villena murió hace una semana —responde Francisco de Vargas y Medina.

—Somos conscientes de ello.

—¿Y sabéis que lo hizo de manera fulminante debido a una apostema que le salió en la garganta? Echando sangre por la boca, como un sucio cerdo.

—¿Envenenado? —pregunta Ruy, incrédulo.

—Eso nadie lo puede asegurar, como tampoco la razón de la muerte del infante Alfonso, ¿verdad? —Se encoge de hombros.

Otra provocación que Ruy asimila con calma.

—El hermano de Pacheco, Pedro Girón, también murió de forma inesperada hace años —contesta el cronista.

—En Castilla toda muerte es sospechosa —dice Francisco de Vargas y Medina.

—Si insinuáis que a Pacheco lo asesinaron, ¿conocéis quién puede ser el responsable? —pregunta Jorge Manrique llevándose la mano a la nuca.

—No —responde rotundo Francisco de Vargas y Medina.

—¿Pacheco mató al marqués de Purujosa? —le pregunta entonces Ruy, directo y sin paños calientes.

—¡Vaya estupidez! Yo era su hombre de confianza en Madrid. Gracias a su ayuda entré en la Orden de Santiago y en el concejo de la villa. Cuando me avisaron del asesinato del marqués, supe que era mi oportunidad de ganarme su favor y, también, el del corregidor de la villa. Así que mi interés por dar con el culpable era doble. Y todo apuntaba a ti, Ruy.

—¡Eso no es verdad!

—¡Claro que sí! Y saliste huyendo de Madrid, para inculparte aún más. Si eras inocente, no puedo imaginarme mayor torpeza que esa.

—¡Por supuesto que soy inocente!

—Pues peor me lo pones, porque entonces rozas la necedad.

—¡Serás malnacido! —y Ruy hace amago de ir contra él, pero se detiene antes de atacarle.

—Calma —interviene Jorge Manrique—. ¿Por qué le interesaba a Pacheco saber quién mató al marqués?

—Eso no lo sé, pero hace tiempo que me dio instrucciones de vigilarle.

—¡Yo no lo maté!

—Y también quería hablar con ella —señala a Gadea—, estaba al corriente del nuevo ajedrez de la reina y deseaba saber más sobre el juego.

—No te creo —advierte Ruy, que no para de moverse, nervioso y excitado—. Pacheco era la mano derecha del rey, y el nuevo ajedrez podía suponer una amenaza para la credibilidad de Enrique. Como lo es su impotencia, que su hija no sea suya, las infidelidades de la reina...

—He dicho que me contrató Pacheco, no el rey —le corta Francisco de Vargas y Medina.

—Un momento —interviene Jorge Manrique—, ¿qué queréis decir con eso?

—¿Acaso habéis olvidado cómo era Pacheco? El rey Enrique le tenía sin cuidado, solo miraba por sus propios intereses. Pensó que quizá le convenía unirse a los que estaban usando el ajedrez para aupar a Isabel.

Gadea, Ruy y Jorge Manrique se miran de reojo y luego clavan la vista en el recién llegado.

—Sí, no me miréis así. A Pacheco le daba igual el qué, el cómo y cualquier principio. Si le hubiera sido más rentable apoyar a la princesa Isabel, habría sido el primero en hacerlo.

—Puede que tengáis razón —interviene Jorge Manrique—, Pacheco solo pensaba en sí mismo.

—Escuchad —continúa Francisco de Vargas y Medina—,

tampoco me contó al dedillo sus planes, pero sí sé que Pacheco se enteró de que los nobles que apoyaban a la princesa Isabel habían ideado una manera de promocionarla como futura reina, y era a través del ajedrez.

—Pacheco siempre iba un paso, o dos, por delante de todos —comenta Jorge Manrique—. Cuando cambiaba de bando era porque lo había estudiado con mucha antelación y sabía que le convenía.

—Como en el ajedrez —comenta Gadea.

—Así es —asiente Francisco de Vargas y Medina—, por eso quiso valorar las opciones de la princesa Isabel. Él mismo dijo que Su Majestad no viviría siempre y que había que prepararse para lo que pudiera acontecer. Eso en la mentalidad de Pacheco quiere decir que se estaba planteando a quién apoyar.

—Qué sabandija... —murmura Ruy.

—Vigilé al marqués de Purujosa por encargo de Pacheco y, cuando murió, este enloqueció y me dio orden de dar con el asesino costara lo que costase —y mira a Ruy—. Estaba convencido de que era un enemigo de la princesa Isabel. Si daba con él y se lo entregaba, ella estaría en deuda y, llegado el momento, podría ser la clave para lograr una alianza con la princesa.

—¡No podemos creerle! —exclama Ruy de forma airada.

—Pues yo sí lo hago —asiente Jorge Manrique—. Piensa, Ruy, tiene todo el sentido del mundo.

—Haz lo que quieras, Ruy —espeta Francisco de Vargas y Medina—. Pacheco ha muerto, si he venido es porque no tengo a quién servir, pero sí información que vender y, al parecer, os interesa.

—¡Eres un rufián! —Ruy pierde la compostura.

Gadea le agarra del brazo y tira de él.

—Esto que nos habéis contado es insuficiente, tendréis que esforzaros más —dice Jorge Manrique, impasible ante las palabras del visitante.

Entonces abre su zurrón y saca un libro. Enseguida lo reconocen, es *El libro de los juegos*.

—Es solo una muestra de mis buenas intenciones, un obsequio. Si deseáis saber el resto, entonces deberéis pagar.

—¿Qué queréis? —pregunta Jorge Manrique.

—Vuestra palabra de que intercederéis por mí ante la princesa Isabel y, cuando sea reina, me conseguiréis un puesto en la Corte.

—Eso no está en mi mano.

—Sé que vuestra familia, y en especial vuestro padre, es uno de sus principales aliados. Le contaréis que os he ayudado, dadme vuestra palabra.

—No sabemos quién sucederá al rey —dice precavido Jorge Manrique—. Cuando llegue ese día... Dios proveerá.

—Insisto, el precio por la información es vuestra palabra de que intercederéis por mí ante la princesa Isabel.

Jorge Manrique lanza una mirada a Ruy y suspira.

—De acuerdo, ¿qué más tenéis que decirnos?

—El rey Enrique está en Madrid desde hace diez días, aquejado de una grave dolencia. Ya sabéis que es de carácter débil y además su mano derecha acaba de morir, por lo que carece de su principal apoyo.

—Un momento —interviene Ruy—, ¿qué estás insinuando?

—Sé por buenas fuentes que Su Majestad empeora con el paso de los días, no le queda mucho tiempo, y se va a desatar una nueva guerra por la Corona de Castilla. Yo quiero ayudaros a ganarla, quiero participar con los vencedores.

—Me cuesta creerlo, ¿cómo estás tan seguro de que la salud del rey es tan precaria? —pregunta Ruy.

—No puedo poner la mano en el fuego, como tampoco por la muerte de Pacheco ni por la del infante Alfonso. Sea la peste o el veneno, Pacheco ya ha caído y a Su Majestad le falta poco —insiste Francisco de Vargas y Medina.

—Si es cierto que el rey está a punto de morir, la princesa Isabel debe saberlo enseguida y estar preparada. —Jorge Manrique da varios pasos cerca del fuego—. Y hay que poner en marcha el ajedrez de la reina. Necesitamos el tratado que no pudo redactar el marqués para que explique cómo se juega con la nueva regla y se difunda por todo el reino cuanto antes, puede ser clave para inclinar la balanza a su favor y que la princesa se siente en el trono.

—Yo puedo escribirlo —dice Ruy dando un paso al frente.

—No os fieis de este juntaletras —musita Francisco de Vargas y Medina.

—¡Silencio! Gracias, Ruy, pero aun así tardaríamos meses en hacer las copias y difundirlo. Necesitaríamos cientos de ellas. No tenemos ni manos ni tiempo.

—Cuando el rey muera, todo sucederá muy rápido —insiste Francisco de Vargas y Medina.

—También puedo encargarme de lograr las copias —se ofrece Ruy—, pero necesitaré financiación.

—¿Y dónde vas a conseguir que lo copien? Harían falta todos los escribanos del reino.

—Puedo hacerlo.

—¿Lo dices en serio, Ruy?

—Totalmente, pero debería partir de inmediato —subraya.

—No sé... —Jorge Manrique mira a Francisco de Vargas y Medina—. Aunque le creamos a él, seguimos sin saber quién mató al marqués. El que lo hizo está implicado en todo lo demás y es el verdadero peligro. Porque es obvio que no quiere a la princesa Isabel en el trono de Castilla.

—Ahora sabemos que no fue Pacheco, no es cosa menor —comenta Ruy.

—Tuvo que ser alguien poderoso y con influencias, alguien que conoce vuestras intenciones —afirma Francisco de Vargas y Medina—. Yo puedo encontrarlo, como muestra de mi lealtad a la princesa.

—No puedes confiar en él. Si cambia una vez de bando, ¿quién nos dice que no volverá a hacerlo en el futuro? —advierte con preocupación Ruy.

—¡Es cierto! —interviene Gadea—. No podemos fiarnos de él. ¡Hizo que subieran a Ruy al cadalso! Nos atacó en Madrid y en Sevilla...

—Lo sé, Gadea. Pero la situación es la que es. —Jorge Manrique se dirige a Francisco de Vargas y Medina—: ¿Cumpliréis con vuestra parte? ¿Descubriréis quién mató al marqués?

—Lo haré.

—¿Cómo?

—Eso es cosa mía —dice Francisco de Vargas y Medina, con una sonrisa en los labios.

—De acuerdo, yo guardaré el libro y se lo haré llegar a la princesa Isabel como obsequio vuestro.

SEXTA PARTE

# LA REINA

## 77

*Valencia, finales del año 1474*

Valencia goza de un extraordinario esplendor comercial y económico, en sus calles se levantan fabulosos palacios y construcciones lujosas. Ricos comerciantes y grandes nobles se concentran en ella y promueven que lleguen artistas y escritores, que se reúnen e intercambian opiniones, libros e ideas. La ciudad posee el puerto más próspero de la Corona de Aragón, herencia de su magnífico pasado, cuando era una poderosa taifa musulmana, hasta que las huestes del rey Jaime el Conquistador avanzaron desde sus castillos en Teruel y la tomaron.

De ella salen cada semana barcos comerciales hacia Roma y Nápoles, formando un triángulo mediterráneo de riqueza y prosperidad económica. También de influencia religiosa; en Roma destaca un cardenal, Rodrigo de Borja, oriundo de Játiva, una de las principales ciudades de estas tierras. El reino de Valencia, y, por ende, la Corona de Aragón, es una potencia política y militar, tal es así que en todos los puertos del Mediterráneo se afirma que hasta los peces deben llevar pintados en su lomo los gules sobre fondo dorado, el emblema real de Aragón, para que se les permita nadar en sus aguas.

Ruy y Gadea entran en la ciudad a través de una puerta vigilada por dos potentes torres con varias aristas, un cuerpo amatacanado intermedio y almenas en la coronación.

Intramuros, Gadea se queda prendada del ambiente, que es totalmente distinto al de Madrid o Toledo, incluso al de Sevilla. Ahí se huele el mar, las gaviotas surcan el cielo y el comercio se percibe en cada esquina; son mercaderes con buen aspecto y preciadas mercancías.

Hay música en las calles y las gentes visten con ropas elegantes y de colores muy vivos, poco habituales en las latitudes que ella conoce. Oye hablar en lenguas diversas: valenciano, catalán, genovés, veneciano, castellano, alemán... Valencia es sin duda una ciudad totalmente abierta al mar y se notan, para bien, las influencias de otros reinos y culturas.

Ruy pregunta a varios comerciantes y averigua que deben ir a la calle de los Caballeros. Resulta que fue el *decumano* de la antigua ciudad romana. Sin embargo, ahora es una vía que no posee un trazado recto, sino que dibuja una ligera curvatura. Se halla repleta de palacios de las principales familias valencianas, que parecen rivalizar a la hora de dotarlos de esplendor.

Entre esas edificaciones destaca el palacio de la Generalidad, encargada de administrar los impuestos y residencia de Luis de Santángel, un ricohombre, mercader y responsable de la hacienda, y a quien Ruy conoce ya que se ha carteado con él y le ha comprado diversos libros.

Al palacio se accede por un amplio portalón, que da paso al patio donde entran los carruajes, y en cuyo lado derecho dispone de una escalera por donde baja a recibirles Luis de Santángel.

—¡Qué alegría, Ruy!

—Don Luis, sabe Dios que tenía inmensas ganas de venir a veros, pero mis quehaceres me han mantenido ocupado.

—Qué me vais a contar a mí —Luis de Santángel sonríe—. ¿Y esta bella dama?

—Es Gadea, mi prometida.

Ella le mira muda y le ofrece su mano a modo de saludo.

—¡Felicidades! Vuestro futuro marido es una joya, ya lo quisiera yo en nuestro reino.

—Gracias, don Luis. Es un placer conoceros.

—Tonterías, el placer es mío. Espero que os agrade Valencia, es una ciudad fabulosa, vivimos ciertamente tiempos de progreso.

—Eso salta a la vista —comenta Ruy con sinceridad.

—Lo suyo ha costado, pero no podemos quejarnos. Valencia es ahora la envidia del Mediterráneo. Y nuestro heredero está casado con la princesa castellana, así que también serán tiempos de paz. Una nueva era se cierne sobre Occidente y vamos a ser los protagonistas.

—Optimista sois, sin duda.

—No es para menos. Por cierto, he llegado hace unas semanas del reino de Nápoles, donde visité un lugar que os encantaría, una biblioteca maravillosa.

—He oído hablar de ella. Creada por los reyes aragoneses tras la conquista de Nápoles, contiene códices lujosos ilustrados por los mejores artistas, además de manuscritos griegos, latinos y árabes, y he oído que también posee bastantes en castellano.

—¡Y bizantinos!

—Quizá podríais crear una así en Valencia.

—Sobreestimáis mis capacidades, eso es porque me apreciáis en demasía —pronuncia contento.

—Don Luis —a Ruy le cambia el gesto—, precisamos de vuestra colaboración.

—Por supuesto, ¿en qué puedo ayudaros?

—¿Recordáis el libro que me enviasteis?

—Por supuesto, ¿qué os ha parecido?

—¡Una maravilla!

—Lo traje de Roma, pero ahora ya podemos imprimir aquí, en Valencia. ¿Os imagináis lo que eso implica? ¿Las posibilidades que nos otorga? —inquiere Luis de Santángel.

—Puede suponer un cambio fundamental. Muy pronto, poseer un taller de imprenta será clave en el devenir de una ciudad.

—¡Sin duda! Hasta hace poco, las comunidades religiosas han sido prácticamente las únicas productoras de libros —afirma don Luis—. Las universidades y los talleres laicos han intentado cambiar eso, y ahora los libros son copiados por clérigos o estudiantes que desean ganar algún dinero o conseguir los libros que precisan.

—También hay escribas profesionales.

—Sí, pero no pueden competir con la imprenta —recalca don Luis, que es un hombre que habla con gran autoridad—. Además, demasiadas veces los textos son ilegibles. Antes las letras eran claras, separadas y bien definidas; ahora son confusas, hay demasiadas abreviaturas y ambigüedades.

—Es cierto que se escribe mucho más rápido —confirma Ruy.

—Por dinero, porque cuanto más copie el escribano, más le pagan. Pero los libros son cada vez más complejos de leer y hace falta más documentación. ¿Sabéis los textos que son necesarios para registrar y llevar a cabo la actividad comercial de Valencia?

—Me hago una idea —medita Ruy.

—Y las universidades precisan de más libros para sus estudios y posteriormente para el ejercicio de la actividad profesional, ya sea el derecho, la medicina, la cátedra o la predicación.

—Por eso he venido, don Luis. —Ruy adopta una posición más inclinada hacia él y un tono más grave—. El mundo actual necesita libros, porque el libro no es ya solo un depósito de la inmutable sabiduría antigua, sino, además, un instrumento para conocer las nuevas ideas, para difundir los cambios que se avecinan.

—No puedo estar más de acuerdo.

—Por eso necesito saber dónde está vuestro taller de imprenta.

—Bueno, lo que hemos tenido hasta ahora es una imprenta móvil —matiza don Luis—, propiedad de un alemán, que ha realizado varios trabajos antes de dejarnos y trasladarse a Toulouse.

—O sea que no era un taller afincado aquí... —comenta Ruy con desánimo.

—No, siento desilusionaros. Se agradece encontrar gente

que entiende el progreso, que sepa ver más allá de lo que aprecian nuestros ojos. Los talleres móviles son lo más habitual, porque numerosos impresores han salido de Maguncia debido a la guerra. Pero tengo buenas noticias, Ruy. Otro alemán, Lambert Palmart, acaba de ser contratado para establecer el primer taller de imprenta con sede en Valencia.

—¿Es eso cierto? —A Ruy le cambia el rostro, y a Gadea también—. ¿Y sabéis dónde lo podemos encontrar?

—Lo contrario sería una vergüenza para mí, yo he de conocer todo lo que sucede en esta ciudad, en el reino de Valencia y en la Corona de Aragón.

—Es lo que tiene ser el responsable de su hacienda —bromea Ruy—. Don Luis, ¿puede decirnos dónde está ese taller de imprenta?

—Cerca de la Puerta de la Valldigna, sobre la muralla árabe. Es la que separa el barrio cristiano de la morería, aunque en realidad es un portal abierto. Toma el nombre del monasterio de Santa María de la Valldigna; de hecho, la casa de su abad se encuentra ante ese portal.

—¿Qué sabéis del impresor?

—¿De Lambert Palmart? Acaba de llegar con la idea de imprimir textos eclesiásticos, por eso creo que ha elegido ese lugar cerca del abad.

—¿Creéis que ese tal Lambert Palmart aceptaría imprimir otro tipo de textos más coloquiales?

—Bueno, a estos impresores alemanes les mueven las ganancias, lo cual me parece fantástico, qué queréis que os diga. Así que dependerá del negocio que le propongáis, así de claro.

—De acuerdo. Gracias, don Luis.

Salen de nuevo a la calle de los Caballeros acompañados por uno de los criados de Luis de Santángel, que camina con ellos un trecho y les proporciona unas últimas indicaciones para llegar a su destino.

—¿Has dicho que soy tu prometida? —le recuerda Gadea, mirándole con el ceño fruncido.

—Es más fácil que explicar... Bueno, tú ya me entiendes.

—No vuelvas a decirlo. Estuve prometida una vez y no me gusta que lo digas con esa ligereza.

A Gadea no deja de sorprenderle Valencia, en sus calles más antiguas aún se vislumbra su esplendoroso pasado musulmán. Alcanzan la Puerta de la Valldigna y preguntan a una mujer, que les señala cómo llegar al taller de imprenta. Llaman a un portalón de color verde y les abre un hombre espigado y de pelo oscuro, que viste una camisa blanca de mangas largas cubierta por un delantal con borrones de tinta negra. Se limpia las manos de la misma tinta con un paño. Ruy le explica quiénes son y quién les ha dado su dirección. Él es Lambert Palmart y les invita a pasar a su taller.

Es un espacio diáfano donde hay unos instrumentos muy aparatosos, lo que parece una prensa y un sinfín de elementos más. Gadea se percata del fuerte olor que se percibe y de lo oscuro del ambiente. Por suerte, pasan a una pequeña oficina donde un ventanal orientado al sur lo ilumina ampliamente.

—Quiero deciros que su taller es magnífico, es un honor que nos recibáis —comenta Ruy.

—Gracias —responde Lambert Palmart con un marcado acento.

—Necesitamos imprimir un texto y desearíamos hacerlo aquí.

—¿Qué tipo de texto?

—Es un tratado de ajedrez.

—¿Ajedrez? —El alemán no parece muy conforme—. No me interesa.

—Le pagaremos bien.

—Os lo agradezco, sin embargo tengo otros encargos más rentables —se excusa de nuevo.

—¿Más rentables? —interviene Gadea—. ¿Por qué más rentables? No sabéis cuánto vamos a pagaros, no habéis leído nuestro texto y tampoco sabéis a quién va dirigido.

—No quiero importunaros, pero el mundo de los libros es complejo —responde el impresor con cierta arrogancia—. Hay ejemplares cuyo valor reside en el contenido, también otros deseados por su presentación, su caligrafía cuidada y la riqueza de las ilustraciones.

—Son libros caros —comenta Ruy—, porque son pequeñas obras de arte que enorgullecen a sus poseedores, como los muebles, las armas, los ropajes o las joyas. Y sin duda os habéis afincado en Valencia porque antes estos libros lujosos y caros estaban destinados a una iglesia, un monasterio o un soberano poderoso. Pero ahora aspiran a su posesión la nobleza y, sobre todo, los ricos comerciantes como los que pueblan esta ciudad.

—Los tiempos cambian y los clientes, también —añade el alemán.

—Sí, lo sé. Pero todo artista quiere perdurar, ¿cierto? Y vos sois un artista de un nuevo arte: la impresión de libros.

—Sí que es un arte, que pocos dominan —afirma el impresor, halagado por las últimas palabras de Ruy.

—¿Y si os digo que el taller que imprima nuestro texto podría pasar a la historia y ser recordado por siempre?

—Eso es mucho decir... Además, mis objetivos son más mundanos. Con la de encargos que tengo pendientes... No me vais a proporcionar mejores clientes, al contrario. La reputación es importante en mi trabajo, e imprimir un libro sobre el ajedrez no me la va a dar, ¡es un juego!

—¡Es que el ajedrez no es solo un juego! —puntualiza Gadea—. Es un lenguaje como las matemáticas y la música. Y lo más importante, una metáfora del mundo.

—Y, en todo caso, sería un juego de reyes —apostilla Ruy.

—Vaya, veo que los dos sois muy obstinados. —Lambert Palmart se queda pensativo.

—Este tratado que queremos imprimir no es un texto más sobre el ajedrez —insiste Ruy.

—¿Ah, no? ¿Y qué es entonces? ¿Una guía mágica para ganar a todos los rivales? —bromea el impresor alemán.

Gadea y Ruy permanecen callados y se miran de reojo.

—¿Qué sucede? —Ese gesto parece inquietarle—. Estaba

bromeando... —Los mira confuso—. ¿Qué tiene de especial ese texto sobre el ajedrez?

—Explica una nueva regla —contesta Ruy frotándose las manos— que hará evolucionar al ajedrez y lo convertirá en un juego trascendental, pues será una poderosa herramienta para un cambio que se avecina.

—Una nueva regla... ¿pretendéis cambiar un juego milenario? ¿Vos y la dama?

—Ya se ha hecho antes, el ajedrez ha evolucionado enormemente desde sus orígenes, pero la gente no lo sabe. Ni tampoco lo que representa cada figura, ni su historia, ni los hombres extraordinarios que lo han jugado y han creído en su poder.

—Y no somos solo nosotros dos —afirma Gadea, desafiante—. ¿Vos jugáis al ajedrez, maese Lambert?

—En mi tierra es un juego francamente popular —y dice algo ininteligible en su lengua materna—. Tengo unos amigos, alemanes y genoveses, con los que suelo reunirme aquí, jugamos y somos bastante buenos, joven. Por eso sé de lo que hablo cuando os digo que no me interesa imprimir su texto, el público al que le puede interesar es limitado.

—Pero nosotros nos referimos a gente influyente, con poder y dinero —recalca Ruy—. ¿No quiere participar de un texto que puede cambiar la historia del ajedrez?

—No —responde tajante Lambert Palmart.

—Hagamos una cosa. Para que veáis que lo que decimos es real, dejadme haceros una demostración —le sugiere Gadea con una sonrisa—. Juguemos una partida.

—Y si me ganáis imprimo el libro, ¿es eso? —El impresor se echa a reír de forma exagerada—. Yo no hago apuestas, no voy a jugarme mi trabajo al ajedrez. ¡Es deshonroso! —exclama indignado, y vuelve a pronunciar algo en alemán.

—No lo veáis como una apuesta, maese Lambert —interviene Ruy—, sino como un premio.

—¡De ninguna manera! Ya veo que sois unos liantes, ¡ni aun ganándonos a mis amigos y a mí a la vez aceptaría!

—Lo haré —afirma Gadea, que sigue sonriente.

—¿Cómo que lo haréis? ¿El qué haréis?

—Jugaré simultáneamente contra vos y vuestros amigos.

—¡¿Qué?! No sabéis lo que decís, somos seis buenos jugadores de ajedrez, ¡cómo vais a jugar contra todos! Es lo más estúpido que he oído en mucho tiempo.

—Os lo vuelvo a decir, jugaré contra los seis al mismo tiempo.

—Es una broma —pronuncia de forma estridente el impresor alemán.

—¿No os parece excitante? Si pierdo, os daremos el dinero que costaría la impresión y nos marcharemos.

Gadea le sostiene la mirada, sabe el efecto que provocan sus enormes ojos clavados sin piedad en un hombre: miedo.

Lambert Palmart suspira, sus manos aún están manchadas de tinta. Su primera publicación ha sido una serie de poemas que alaban a la Virgen María. Tiene proyectado imprimir obras de sus autores predilectos, como Aristóteles, y una biblia en valenciano con la que está convencido de que tendrá buenas ganancias.

Jamás pensó en realizar una impresión sobre el ajedrez.

Nunca.

El público es escaso, sería una ruina. Pero la determinación de Gadea le tiene intrigado. «¿Y si estos dos me están contando la verdad?», se pregunta. «Hay que tener mucho valor para enfrentarse a seis jugadores a la vez».

Se siente tentado.

No pierde nada, esa dama no puede derrotarlos a todos.

—De acuerdo, aunque solo sea por veros hacer el ridículo. Pero no publicaré un tratado de ajedrez, eso no lo leería nadie.

—Entonces ¿no aceptáis?

—Buscaos otro tipo de texto sobre el ajedrez, pero no un aburrido tratado que leerán cuatro jugadores como yo. Esto es un negocio, solo imprimo textos rentables.

—Pero...

—No os preocupéis. —Ruy interrumpe a Gadea—. Eso es cosa nuestra.

Ruy coge del brazo a Gadea antes de que lo vuelva a irritar.

—Necesitaré algo de tiempo para contactar con mis amigos y, sobre todo, para convencerlos de aceptar esta majadería de torneo.

—Por supuesto —responde Ruy haciendo un gesto de conformidad con ambas manos.

—Aquí cerca existe un hospital único en el mundo, lo creó un fraile para los locos que vagaban por la ciudad y no tenían asistencia alguna —añade el impresor—, ¡deberían meteros ahí dentro! ¡A los dos! —exclama en su marcado acento alemán.

—Esperemos mejor a jugar la partida —le desafía Gadea, confiada.

# 78

Buscan un lugar donde hospedarse y el impresor les habla de un mesón no lejos de allí. Es ya tarde cuando llegan a la dirección y se encuentran un portalón cerrado a cal y canto. Ruy lo golpea varias veces hasta que alguien al otro lado abre una pequeña escotilla. Solo asoman unos ojos inquietantes que los observan. Ruy explica que desean pasar varias noches allí. El mesonero les hace varias preguntas para asegurarse de que en efecto son huéspedes en busca de alojamiento. Y les exige que le muestren que poseen dinero para pagar su estancia.

Después de salvar el interrogatorio, que se prolonga varios minutos más, con preguntas más privadas y de mal gusto, la puerta se abre y el mesonero, un hombre de malos andares y encorvado como un junco, les hace subir a la primera planta, hasta una estancia más amplia de lo que se esperaban y con muebles aceptables. Le piden algo de comer y logran que les suba un guiso rancio y un vino aguado.

Una vez solos, lo primero que llevan a cabo es ocultar la mitad del dinero que les entregó Jorge Manrique para pagar las copias del texto. Lo hacen bajo una tabla que levantan del suelo y sobre la que luego colocan un armario. Junto a Jorge Manrique ha quedado Ismael. Ruy insistió en que llamaría demasiado la atención en Valencia. Gadea espera que esté bien y que puedan volverse a ver a su regreso.

Ruy aprovecha para trabajar en el texto. El impresor le ha proporcionado papel, tinteros, plumas de su propia escribanía y velas. Gadea le ayuda a organizar los temas y las características más técnicas del tratado. Juntos forman un buen equipo, y escriben líneas y líneas, intentando dar sentido al cambio que propone el nuevo ajedrez de la reina. Justificándolo con ejemplos de partidas, aperturas y ejercicios. Poniéndolo en consonancia con el recorrido histórico del juego.

El tiempo juega en su contra.

Sin embargo, ambos están confiados en lograrlo.

Trabajan en perfecta sincronía, solo se detienen para comer algo y dormir unas pocas horas. En medio de la vorágine de su cometido, Gadea acaricia el pelo de Ruy, que sonríe complacido.

Se besan, se ríen.

Y continúan inmersos en su ardua tarea.

Una madrugada, antes de apagar las escasas velas que les quedan, y con las que Ruy se ilumina cuando trabaja a esas horas, Gadea le reclama junto a la ventana.

—Mira —le señala el firmamento—, hay tres estrellas brillantes casi alineadas, ¿es un presagio?

Ruy las busca y se queda pensativo.

—Son Venus y Marte, y la tercera debe de ser Mercurio.

—¿Cómo lo sabes?

—He leído libros de astrología —responde Ruy sin dejar de mirarlas—. Son fáciles de diferenciar: Venus es la más resplandeciente de las estrellas; Marte tiene un tono rojizo, y Mercurio es menos brillante y se halla más bajo en el horizonte.

—No tenía ni idea.

—Venus era la diosa romana del amor, es la segunda estrella más brillante después de la Luna. Puede verse en el cielo nocturno despejado, e incluso de día —le explica—, pero una conjunción de las tres es extraña de divisar.

—Tiene que significar algo —dice Gadea—, estoy segura.

Entonces pasa sus manos por la espalda de Ruy y se funden en un largo beso. Él la coge en brazos y la lleva hasta el lecho, la deposita con delicadeza y comienza a desnudarla. Luego él se deshace de sus ropas y se acurruca entre sus piernas.

Bajo la mirada furtiva de Venus y las otras estrellas, la pareja se ama apasionadamente hasta el alba.

Lambert Palmart tarda varios días en convocarlos en su taller. Cuando llegan, descubren que han habilitado dos mesas alargadas donde, dispuestos en línea, cinco hombres aguardan tras los tableros de ajedrez. Presentan rasgos dispares, unos más altos, otros más gruesos, rubios y castaños; visten de manera elegante y tienen un rostro desafiante. Lambert Palmart se sienta junto a ellos conformando el sexto jugador.

—Me ha costado convencerlos de participar en esta ocurrencia —pronuncia el impresor alemán—, en vuestras manos está ahora lo que pueda suceder. Porque si es un fraude o una broma de mal gusto, lo pagaréis, os lo aseguro.

—Nadie saldrá defraudado —dice Ruy, y mira con complicidad a Gadea.

—Hemos alternado las posiciones, tres partidas con blancas y tres con negras. Es lo más justo.

Gadea avanza ante la mirada intimidatoria de los seis rivales. Se coloca delante del primero; es robusto y tiene una marca de nacimiento en la frente, los ojos pequeños y el mentón pronunciado.

—Va a ser divertido —afirma el hombre, que juega con blancas y saca su caballo derecho.

Sin más dilación, Gadea mueve uno de sus peones.

Uno por uno va recorriendo los tableros, y empieza todas las partidas con la misma apertura, lo cual parece disgustar a los jugadores, que murmuran entre ellos. Gadea hace tiempo que aprendió a abstraerse de comentarios y miradas. Vuelve al primer tablero, su oponente desplaza el otro caballo y Gadea sigue con un peón central. Su rival sonríe menospreciando el movimiento.

—No pensaréis ganarme jugando peones, ¿verdad? —y suelta una carcajada.

Gadea no responde y sigue con las demás partidas; en cada una de ellas vuelve a repetir el movimiento. Sus adversarios no se lo toman con aprecio y se enervan.

—A ver ahora —la desafía de nuevo el primero, que saca un peón central.

Los movimientos en los tableros van progresando, la mayoría bastante distintos, algunos hasta extraños. Tal es así que Gadea se da cuenta de lo que han planeado conjuntamente contra ella.

Sigue colocando sus piezas en las mejores posiciones, controlando el centro del tablero en casi todas las partidas y sin concesiones notables.

—Estáis perdida, ¿verdad? —se burla su oponente inicial.

—Más bien, aburrida.

—¿Cómo decís?

—Jaque —y mueve su alfil.

Pasa de inmediato a la siguiente partida, y captura un caballo de su oponente; en la tercera coloca el suyo amenazando al rey y a una torre; en la otra toma un peón, y en la penúltima ataca con un alfil. En la sexta observa unos instantes la disposición y no mueve, sino que mira al fondo del taller, a la máquina de tipos con la que se imprimirá el texto. Se queda así un lapso de tiempo, solo Lambert se percata, pues sus compañeros están absortos en planificar sus estrategias.

Por fin vuelve la mirada al tablero y avanza el caballo de su derecha, que ataca el peón delante de la reina.

Al volver al inicio, su rival está confuso y respira haciendo unos ruidos molestos. No sabe qué pieza mover, duda entre varias. Al final retrocede su caballo.

Gadea coloca la torre frente a su rey.

—Jaque mate.

Su oponente da un paso atrás, la mira, aprieta los puños y por un momento parece querer estrellarlos contra el tablero.

Aquello solo es el principio, porque en las sucesivas rondas va eliminando uno a uno a sus rivales. Con más o menos esfuerzo, pero con idéntico resultado. El proceso es largo y finalmente solo el impresor alemán permanece en el juego, temeroso y arrinconado, con pocas piezas ofensivas e incapaz de encontrar una manera de atacar a Gadea.

Aguanta cuatro movimientos más y también pierde su rey.

Gadea se retira junto a Ruy, que ha permanecido en silencio y expectante el devenir del desafío. La abraza con efusividad, se muere por besarla, pero no es ni el momento ni el lugar adecuados.

—¡Nos ha engañado! —grita uno de los derrotados, y el resto asiente.

—¡Es cierto! Nadie puede vencer a seis jugadores a la vez, menos una mujer —afirma con desprecio uno de los genoveses.

—¿Cómo va a haceros trampas a los seis? —interviene Ruy en su defensa.

—No lo sé —dice el primer jugador—. Pero las ha hecho, estoy seguro.

—Entonces demostradlo —le desafía Ruy.

—Hummm —gruñe y masculla—, usa malas artes.

—Se cree el ladrón que todos son de su condición —salta Gadea, indignada—. Sé que os habíais puesto de acuerdo para usar aperturas muy distintas y así confundirme.

No responden a eso.

—¿Habéis visto sus ojos? —insiste el primer jugador—. Yo creo que es una bruja, he oído que algunas tienen los ojos exageradamente grandes y oscuros.

—¡Será posible! —alza la voz Ruy—. ¿Tanto os cuesta admitir que os ha vencido una mujer?

—Nos ha engatusado.

—¿Cómo? Si puede saberse.

Entonces comienzan a murmurar entre ellos en alemán y genovés; los miran, los señalan y vuelven a murmurar.

—¿Qué estáis diciendo? ¡Hablad claro! —les exige Ruy, enervado.

—No sabemos cómo lo ha hecho, pero ha tenido que usar algún truco —responde Lambert Palmart—. Mis compañeros amenazan con denunciarla por malas artes si no nos contáis la verdad.

—¡¿Qué?! —Ruy aprieta los puños y hace ademán de ir contra todos ellos.

—Quieto. —Gadea le sujeta del brazo.

—Pero ¿les has oído?

—Espera, Ruy. —Le coge con ambas manos la cabeza para que la mire a los ojos y logra tranquilizarlo—. Déjame a mí.

—Gadea...

—Chis. —Se vuelve hacia ellos—. Así que me acusáis de haber hecho trampas. Muy bien, ¡repitamos las partidas! —exclama con determinación.

—¿Y qué demostraría eso? —responde el impresor.

—Decís que he usado algún truco, y a ese —le señala con el dedo— le da miedo mi mirada. Bien, jugaré entonces con los ojos vendados contra los seis a la vez.

—¡Gadea! —Ruy intenta agarrarla del brazo, pero ella lo retira—. Gadea, escúchame, por el amor de Dios. Es una mala idea.

Los jugadores se miran entre sí, sin saber qué responder.

—Gadea, eso es una locura —insiste Ruy—, no se puede hacer. Una cosa es ganar a Jorge jugando a ciegas y otra totalmente distinta a seis jugadores.

—¡Ya se está echando atrás! Es solo un farol, jugar contra nosotros seis... —se burla uno de ellos.

—De eso nada, ¿aceptáis o no? —inquiere Gadea haciendo caso omiso a las peticiones de Ruy.

Los hombres murmuran entre ellos.

—¿Qué tenéis que perder? Con los ojos vendados no puedo ver nada, no sé de qué truco podríais acusarme. Así además no os darán miedo mis ojos, ¿no?

—Pero... —el impresor mira a sus compañeros—, es imposible jugar así.

—También lo era venceros a los seis a la vez y aquí estamos.

Lambert Palmart suspira, se da la vuelta, habla con los demás y, finalmente, se gira, asiente y le hace un gesto a Gadea para que vuelva a las mesas, mientras ellos empiezan a colocar las piezas de nuevo sobre los tableros.

Ruy no sabe cómo impedirlo, ya se percató del esfuerzo que le supuso jugar en la torre a ciegas. Y también del cansancio que le ha provocado jugar ahora contra los seis. No cree que pueda lograrlo.

El impresor trae una tela negra y Gadea se la anuda en la parte de atrás de la cabeza. No ve nada y Ruy la ayuda a llegar hasta el primer tablero. Comienza el desafío, sus adversarios nombran su jugada y ella hace lo mismo, para que en esta ocasión sea Ruy quien mueva sus figuras y la acompañe al siguiente tablero. Así hasta completar la ronda y vuelta a empezar.

Los rivales pronto se percatan de que Gadea es capaz de desenvolverse, al menos en esos primeros lances.

El envite continúa y las partidas se ponen realmente emocionantes. Tal es así que las desconfianzas iniciales se van tornando en gestos de admiración y asombro.

Gadea no solo puede vencerlos, sino que además los está convenciendo.

Un ruido perturba el juego: llaman con varios golpes a la puerta del taller de imprenta. Esto enerva a los jugadores, concentrados y ansiosos por hacer el siguiente movimiento contra Gadea.

El impresor, enfadado, camina hacia la puerta, la abre de malas maneras y se encuentra a un joven derrotado por la fatiga y que apenas puede hablar porque le falta el aliento.

—¿Qué demonios sucede?

—He venido en cuanto lo he sabido.

—¿Saber el qué? —pregunta el impresor.

—¡Ha muerto el rey de Castilla!

—¿Cómo dices? —Ruy acude de inmediato hacia él, mientras el resto de los presentes se quedan sorprendidos.

—El rey castellano ha muerto en la villa de Madrid.

—Eso es terrible —comenta el impresor—. Que Dios le acoja en su seno.

Se santigua y todos le imitan.

—¿Cuándo murió? —pregunta Ruy.

—No lo sé a ciencia cierta, hace uno o dos días. Dicen que la muerte se apoderó de él en un instante. No le dio tiempo ni a quitarse las botas, se sentó en un camastro y allí lo encontraron sin vida.

—¿Y tienes noticias de qué ha sucedido a su muerte? —insiste Ruy, nervioso—. ¿Dejó testamento?

—Dicen que no.

# 79

Gonzalo Chacón está frente a la princesa Isabel jugando una partida de ajedrez en una de las salas del Alcázar de Segovia. Su Alteza es una fabulosa jugadora, la ha visto vencer a su esposo, el príncipe de Aragón, en varias ocasiones. Fernando está en Cataluña, los franceses han atacado la frontera y su presencia allí es esencial. Chacón sabe que su ausencia inquieta a Isabel, pero confía en que sepa lidiar con la situación.

Observa a la princesa, la conoce desde niña y, viéndola ahora, se siente orgulloso de la mujer en que se ha convertido. No es gracias a él, que como mucho ha colaborado, porque Isabel siempre tuvo un corazón tan grande que no le cabe en el pecho.

Ha sufrido mucho, demasiado. Nunca lo ha tenido fácil, más bien siempre estuvo en el filo de la navaja. Pero los acontecimientos se han sucedido y uno a uno han caído de su lado.

Ahora tiene una hija de cuatro años, con su mismo nombre, que crece fuerte y sana a salvo de las intrigas de la Corte, junto a Beatriz, que la cuida con esmero.

Tuvieron que tomar una decisión... comprometida, pero esencial para su futuro. Han buscado el apoyo de los Mendoza, a pesar de las reticencias que les suponía una alianza con los que desde siempre se han opuesto a Isabel. No ha sido una negociación sencilla, ni mucho menos.

Si los Mendoza han recibido de buen grado su propuesta es por dos motivos de peso. El primero, que debían ver cierta debilidad en el rey; el segundo y, quizá aún más importante, es que el esposo de Isabel ha usado sus influencias para lograr para la Casa de Mendoza el preciado puesto de cardenal en Roma. No ha sido gratis, para ello han hecho oídos sordos a los deseos del arzobispo Carrillo, el hombre que ha mantenido siempre encendida la llama de Isabel, su mayor apoyo militar.

Tendrá un precio, no cabe duda.

Isabel lo sabe, pero no es menos cierto que los Mendoza son la llave de la Corona. Hasta ahora habían estado en su contra, fieles al rey Enrique. Confía en poder reconducir la relación con Carrillo, que terminará entendiendo la necesidad de este sacrificio en sus aspiraciones.

Y no solo eso, cada vez más ciudades están descontentas con el reinado y con los abusos que cometen los nobles cercanos al rey. Pacheco ha muerto, pero ahora es su hijo quien ha heredado todos sus títulos, incluido el de Comendador de la Orden de Santiago, por orden directa del rey, saltándose todo protocolo y enfureciendo a muchos.

Tal y como pensaba Isabel, ahora Su Majestad es imprevisible.

Gonzalo Chacón mira a la princesa y se pregunta cómo es posible que el futuro de un reino como Castilla haya recaído sobre los hombros de alguien como Isabel.

Quizá eso sea precisamente lo que haga falta.

No más reyes débiles, no más advenedizos, ni disputas ni traiciones.

Algo nuevo.

Llaman a la puerta e Isabel da permiso para que entren. Es un caballero que viene envuelto en una capa, mojado y tembloroso por el frío.

—¿Qué es tan urgente para que os presentéis así? —pregunta la princesa—. ¿De dónde venís?

—De Madrid, alteza.

—¿De Madrid? —interviene Chacón, alarmado—. ¿Qué ha sucedido? ¡Hablad ya!

—El rey de Castilla ha muerto.

Isabel se lleva la mano al pecho ante la noticia del fallecimiento de su hermanastro.

—¿Cómo ha sido? —quiere saber Chacón.

—Estaba enfermo, ha muerto en su lecho.

La princesa no puede evitar que las lágrimas caigan por su mejilla. Han tenido disputas y enfrentamientos, pero Enrique era su hermanastro. Y ella le quería, como también está convencida de que el rey la amaba.

Está muerto. Primero Alfonso y ahora Enrique.

—¿Y se sabe si ha firmado algún documento antes de fallecer? —inquiere Chacón, que no oculta la preocupación e incertidumbre en su tono de voz.

—No.

—¿Y ha dicho sus últimas voluntades? —sigue preguntando el consejero.

—Me temo que no. Pero sí sabemos que Diego Mendoza ha convocado una asamblea para dilucidar quién es la heredera, si Su Alteza Isabel o la princesa Juana.

—¡Cómo! —se alza Isabel—. Pero ¿los Mendoza no se suponía que eran ahora nuestros aliados?

—Eso creíamos —musita Chacón.

—Ahora que teníamos encaminado todo... ¡Maldita sea!

—Alteza...

—Pobre Enrique, cuánto ha sufrido en vida, espero que halle el descanso en la muerte.

Gonzalo Chacón se sorprende ante la sincera tristeza de la princesa, pero sabe que no debería, que su alma es pura y siente que su hermanastro haya fallecido, a pesar de todos los sinsabores que le ha hecho pasar. Ahora su muerte echa por tierra sus planes. «¿Qué puede hacer la princesa?», se dice. Intenta valorar sus opciones, pero no es capaz de aconsejarla. Necesita tiempo para meditar bien el siguiente paso.

—Gonzalo, convocad al comendador, jueces, regidores y demás autoridades —ordena la princesa con decisión—. Debo coronarme ya, no esperaré a nadie.

—Pero, alteza... —Chacón se ve sorprendido por la determinación de Isabel—, ¿y vuestro esposo, Fernando?

—He dicho a nadie.

—Pero... —El consejero se lleva las manos a la cabeza—. ¿Qué pensará cuando vuelva?

—Que yo soy la reina de Castilla y él, mi legítimo esposo.

# 80

Días después, Ruy y Gadea regresan al taller de Lambert Palmart para reunirse con él y sus compañeros. No pueden ocultar su sorpresa y su preocupación ante las novedades que llegan de Castilla.

—La esposa del príncipe Fernando se ha coronado reina de Castilla en la catedral de Segovia —dice el impresor.

—¡Isabel se ha coronado reina sin su esposo! —exclama Ruy.

—En efecto. Y hay más, ha asumido todos los símbolos del poder. Cuentan que no se ha limitado a ocupar el trono y a ostentar el cetro, sino que ha exhibido delante de todos la espada de la justicia —añade Lambert Palmart.

—Nunca he leído de reina alguna que hubiese usurpado este varonil atributo —recalca Ruy, pensativo—. Es deliberado, para intimidar a sus opositores y ganarse más adeptos.

—¡Santo Dios! Coronarse sin su esposo... ¡Que además es el príncipe de Aragón! ¿Cómo ha podido hacer tal cosa? —El impresor se lleva la mano al pecho.

—Dicen que el rey de Portugal ha salido con sus huestes a defender los derechos de la hija del difunto monarca, Juana —explica ahora uno de los compañeros del impresor—. Pretende colocarla en el trono, y luego casarse con ella y proclamarse rey tanto de Portugal como de Castilla.

—¡Santo Dios! —El impresor da varios pasos atrás—. Eso dejaría a la Corona de Aragón en franca debilidad.

—Así que habrá guerra civil en Castilla —murmura otro a su espalda—, tampoco nos viene mal.

—¿No lo habéis oído? No será solo una guerra civil, puesto que Portugal apoyará a Juana y nuestro príncipe deberá hacer lo propio con su esposa. Aunque se haya coronado sin él...

—Pero ¿por qué no ha esperado Isabel a Fernando para coronarse juntos? —insiste otro.

—No lo entendéis —menciona Ruy, que alza la voz para dirigirse a todos ellos—, Isabel no va a gobernar Castilla con nadie.

Y los rostros se mudan de preocupación.

Ruy coge al impresor del brazo.

—Ahora más que nunca precisamos imprimir ese texto —le insiste.

—¿Qué queréis decir?

—Isabel, ella es la nueva reina del ajedrez.

—¿Cuál será la reacción del príncipe Fernando ante tal ofensa de su propia esposa? ¿Por qué vamos a ayudaros si vuestra reina desea gobernar en solitario?

—Si Isabel es derrotada, la Corona de Aragón se quedará aislada, y el rey de Portugal no se conformará con Castilla; espoleado por su victoria, también ansiará vuestros reinos. Y Francia os verá sin aliados, así que os atacará. Apoyando a Isabel, fortalecéis a vuestro príncipe.

—En eso tenéis razón. —El impresor se queda desconcertado—. ¡Santo Dios! Qué situación más comprometida. Pero ¿y qué tiene que ver el juego del ajedrez en todo esto?

—Es una pieza más de la lucha de poder. La monarquía se sustenta en símbolos, en elementos poderosos que la gente percibe aunque no se dé cuenta. El ajedrez es la mejor metáfora de lo que es un reino.

—Comienzo a entenderos, el ajedrez también es relevante en mi tierra, lo llaman el juego de...

—¡Reyes! —exclama Gadea.

Ruy le giña un ojo en un gesto de complicidad.

—Exacto, es un lenguaje universal. —Ruy se dirige de nuevo a Lambert Palmart—. Siglos atrás, un monarca castellano, el rey Sabio, hizo escribir el mayor tratado de ajedrez que se conoce.

—Eso se desconoce en donde nacimos —advierte el alemán.

—Tened en cuenta que esta fue la primera tierra cristiana que conoció el ajedrez. Los árabes lo trajeron cuando dominaban la Península y desde aquí se extendió por toda la Cristiandad.

—Y ahora pretendéis provocar un cambio.

—En el ajedrez árabe no había ninguna figura femenina, los cristianos cambiamos la alferza por la reina. Ahora vamos a transformarla en la pieza más poderosa del juego —asiente Ruy con decisión y coraje.

—Todo esto es muy complejo para mí... —el impresor mira a sus compañeros—, para nosotros. Somos alemanes y genoveses, nos dedicamos a los libros. Y no conocíamos la historia del ajedrez. Tampoco terminamos de comprender las vicisitudes de vuestros reyes, ni vuestros problemas.

—Veréis, lo que ocurre es que una serie de nobles y... otros notables han creado unas reglas para un nuevo ajedrez, este más moderno —confiesa Ruy—. La principal diferencia con el que ya existía es que han convertido a la reina en la pieza más poderosa del tablero. El propósito es realzar la figura de Isabel de Castilla, la nueva reina. Ya habéis comprobado que no desea compartir el trono con su marido, sino que quiere gobernar Castilla ella sola.

—Una mujer gobernando sola, no sé si a nosotros eso nos parece bien.

—Se trata de un cambio trascendental —recalca Ruy—. Si Isabel logra confirmarse como la reina de Castilla, cuando su esposo Fernando suba al trono de Aragón unirán las dos coronas y formarán el reino más poderoso de toda la Cristiandad. Creo que os interesa estar de su lado.

—Sí, eso lo entendemos.

—Aragón domina el Mediterráneo y Castilla pelea con Portugal por la Mar Océana, imaginad el poder que tendrán entre los dos.

—En eso tiene razón —comenta uno de los alemanes.

—Nos conviene estar del lado de esa nueva reina —murmura otro.

Lambert Palmart escucha a sus compañeros ensalzar la oportunidad que se les presenta.

—Y no se quedarán ahí —señala Ruy—. En cierta ocasión hablé con el arzobispo de Toledo, que es la mano derecha de Isabel. Un hombre poderoso y un militar excepcional. De sus palabras deduje que, una vez se materialice la unión de las dos coronas, se emprenderá la conquista del reino de Granada y presionarán para anexionarse el de Navarra. ¿Y luego?

—Admito que lo que decís tiene lógica, pero es adelantar muchos acontecimientos —matiza el impresor alemán.

—El arzobispo también me llamó la atención sobre un peligro que se está agigantando al otro lado del Mediterráneo. Un terrible monstruo que devora todo a su paso, que ni las milenarias murallas de Constantinopla lograron detener, y que más pronto que tarde cruzará las aguas: los turcos —dice Ruy con esa habilidad suya para embriagar a sus oyentes—. El mundo está cambiando, eso es irrebatible.

El alemán suspira, abrumado por tan denso mensaje, y vuelve a consultar con sus compañeros. Muchos confirman el peligro turco y lo que supondría la unión dinástica de Aragón y Castilla, más aún si se anexionan Granada o Navarra.

Ruy y Gadea se mantienen al margen.

—¿Tú qué crees? —pregunta ella en voz baja.

—No lo sé, a estas gentes les mueve el dinero. Date cuenta de que han venido huyendo de su tierra porque está en guerra y buscan asentarse en un reino seguro y próspero para ejercer su oficio.

—Entonces crees que Lambert Palmart no accederá.

—Dependerá de si ve la forma de obtener beneficio a lo que le hemos ofrecido —responde Ruy—. Que Dios nos ayude...

—No me gustan sus caras, creo que no va a aceptar...

—Pues le necesitamos, ¡maldita sea!

—Míralos, Ruy, esa forma de gesticular... Le están diciendo que no se involucre, estoy segura.

—No lo permitiré. —Ruy se encamina hacia ellos—. Maese Lambert, sois impresor —los interrumpe en sus divagaciones llamando su atención.

—Sí, lo soy. ¿Qué ocurre ahora?

—Yo creo que la imprenta cambiará el mundo.

Los otros le miran sorprendidos.

—Los libros, y con ellos el conocimiento y las nuevas ideas, se propagarán a una velocidad enorme —continúa Ruy—. Pensad lo que puede significar para el reino de Castilla, y, por ende, para toda la Cristiandad, si imprimís lo que os pedimos.

—Yo no lo veo tan claro... —El impresor se muestra incómodo.

—El mejor tratado escrito jamás sobre el ajedrez es el *Libro de los juegos* del rey Sabio. Él se dio cuenta hace dos siglos de que cuando los mejores jugadores competían entre ellos siempre terminaban en tablas, era casi imposible de evitar. Y se adoptaron cambios que salvaron el juego en su momento y, lo que es más importante, en esos años el ajedrez fue esencial para la convivencia entre cristianos, musulmanes y judíos. Pensad que se habían conquistado enormes territorios, ciudades tan importantes como Córdoba y Sevilla. El ajedrez fue primordial para entenderse entre ellos y encontrar un lenguaje universal que las tres culturas entendieran.

—No estamos en esa situación —afirma entonces el impresor—. Si pudieran, los reyes expulsarían a los judíos y a los musulmanes de Aragón y Castilla. Pero los necesitan, la tolerancia es un mito. Se les permite quedarse porque son útiles: la Corona de Aragón precisa del dinero de los judíos y los conversos, y del trabajo y los conocimientos de los mudéjares.

—Entonces... —Ruy busca el modo de convencerle—, pensad que el ajedrez ha vuelto a tornarse lento y aburrido. Yo creo que cada varios cientos de años los jugadores logran dominar de tal forma el juego que es necesario evolucionar las reglas. Ha llegado ese momento. Si no lo hacemos, el ajedrez morirá, y eso no podemos permitirlo.

—¿Y ese cambio es el de vuestra reina? ¡Qué casualidad! ¿No os parece?

—Es uno de los más radicales que se han hecho nunca, pero las circunstancias lo demandan. Nunca antes ha existido una mujer como Isabel de Castilla; ella es la verdadera reina.

El impresor alemán se queda callado, pensativo.

—Yo nunca había oído hablar de ese libro sobre el ajedrez de vuestro rey Sabio.

—*El libro de los juegos* es la mejor obra sobre el ajedrez que existe en el mundo, pero al pertenecer a la biblioteca real, no es la más difundida ni la que más ha influido. Sin embargo, ahora disponemos del invento de la imprenta. Podemos dar luz a un texto que no se quedará oculto en la biblioteca de los reyes, sino que podrán leerlo mercaderes, artesanos, nobles y caballeros; hombres y mujeres. Creo que aún no sois consciente del poder que tenéis en este taller; olvidaos de publicar esos textos religiosos, yo os ofrezco pasar a la historia, cambiarla. ¿Cuántos hombres tienen eso al alcance?

—Es cierto que nunca ha existido la posibilidad de hacer copias a tal velocidad y en tal cantidad...

—¡Claro que no! —espeta Ruy.

—Valencia es la primera ciudad de la Corona de Aragón que me ha permitido establecer mi taller.

—Por eso estamos aquí. Maese Lambert, ayudadnos a cambiar el mundo. A que una mujer sea quien reine en Castilla.

—Sois realmente persuasivo, lo sabéis, ¿verdad?

# 81

Lambert Palmart trabaja sin descanso durante varios días poniendo en marcha toda la maquinaria para llevar a cabo la impresión en el menor tiempo posible. Para Ruy es una oportunidad única de ver en funcionamiento el invento que está convencido que cambiará el mundo.

El impresor le explica por qué está siendo Valencia la primera en fomentar este ingenio de la imprenta. Es una ciudad con una larga tradición artesanal, en especial en artes que guardan relación con los procesos de la imprenta, por ejemplo, la fabricación de naipes. En Valencia, la producción de juegos de cartas es tan relevante que los aficionados prefieren los naipes elaborados aquí antes que los de cualquier otro lugar. También destaca la ciudad en el arte de la serigrafía, un sistema de estampación bien conocido por sus ceramistas desde los tiempos de la dominación árabe. Y muy cerca, en Játiva, se dispensa el mejor papel de todos los reinos peninsulares, algo esencial para el oficio de impresor.

Y, por supuesto, Valencia es la ciudad más abierta al comercio y las influencias de otros reinos, la más poblada y con el mejor puerto no solo de la Corona de Aragón, sino de toda la Península. El impresor les cuenta que tiene un censo de setenta y cinco mil almas, por las veinticinco mil de Barcelona o Zaragoza.

Mientras, Ruy sigue perfilando el manuscrito. Tiene claro que el texto debe centrarse en la reina, pero no solo deben dotarla de los nuevos movimientos, sino que además deben reflejar la situación actual del reino. El tablero ha de mostrar la inevitable guerra entre los partidarios de Isabel y sus opositores, que se aglutinan en torno a la hija del rey Enrique, Juana. Así que Ruy sopesa incluir de su propia cosecha más novedades en el juego, como que si se pierde la reina, se pierde la partida. Y que las reinas no pueden capturarse mutuamente, puesto que cree que Isabel y Juana nunca van a enfrentarse directamente en el campo de batalla.

Para la impresión del libro, Lambert les cuenta que por primera vez no utilizará la letra gótica, la habitual dado el origen germánico de su invención. Y que lo que hará será usar caracteres románicos porque son los más comunes en los reinos del sur. Pero no solo variará la letra, también el formato. Siempre ha usado la letra gótica y los grandes formatos porque remiten a los libros religiosos o de corte; sin embargo, con la románica puede reducir las dimensiones porque el libro está pensado para un uso más extenso, convirtiéndolo en una obra más manejable y accesible al público.

Justo lo que ellos persiguen.

Sin embargo, existe un problema.

Ruy ha terminado el texto que explica el nuevo ajedrez, pero al leerlo se queda desilusionado.

—¿Qué te ocurre? —le pregunta Gadea que lo ve frustrado.

—No está bien.

—¿El qué? Déjame ver —y toma las hojas—. Yo creo que sí, todo es correcto.

—No me refiero a las explicaciones y las reglas. Es el texto en sí. —Ruy gesticula con las manos—. Yo soy cronista, estoy acostumbrado a escribir de manera neutra, poniendo el énfasis en los hechos.

—No entiendo cuál es el problema, ¿no es precisamente eso lo que pretendemos?

—Esta vez no. Si queremos que el ajedrez de la reina triunfe, el mensaje también debe llegar al corazón —explica compungido—. Para eso se precisa una escritura con alegorías y bellas palabras, quizá un diálogo entre dos personajes o una pequeña trama. Y yo no sé escribir de esa manera. Jorge Manrique tenía razón cuando me lo echó en cara.

—¿No puedes intentarlo?

—Carecemos de tiempo para que yo pruebe a cambiar mi estilo —dice con desazón—. Esto no es un documento oficial ni histórico. Queremos que se difunda entre todas las capas de la sociedad, precisamos de un texto más juglaresco, que atraiga a todo tipo de lectores.

—Yo no entiendo de esto, Ruy.

—Lo sé —y le coge la mano—. Necesitamos a alguien que escriba con pasión, que juegue con las frases, que hable del amor y los sentimientos.

—Seguro que tú puedes hacerlo.

—No es tan sencillo, yo... no sé escribir de esa forma. No es propia de un cronista. Don Braulio sería mejor opción.

—¿Y quién puede hacer algo así?

—Solo un poeta.

—Vaya... —Gadea se queda sorprendida—. Dijiste que Jorge Manrique es un magnífico poeta.

—Sin duda, pero no está aquí y tenemos poco tiempo. Hay que encontrar a un poeta que comprenda la importancia de lo que queremos hacer y que sepa plasmarlo en sus versos. Que cree un texto que sirva para difundir el ajedrez entre todas las gentes.

—Tú siempre recelabas de los poetas.

—Bueno... —Ruy suspira—, esto nunca lo reconoceré en presencia de ellos, pero la poesía es un arte superior a la narrativa.

—Vaya... ¡qué sorpresa!

—Solo te lo cuento a ti.

—Tu secreto está a salvo conmigo. —Gadea sonríe—. Maese Lambert nos contó que habían creado un certamen poético sobre la Virgen María para la primera impresión de su taller.

—¿Cómo te puedes acordar de eso?

—Siempre me subestimas, como en Sevilla. —Se encoge de hombros—. En ese certamen participarían numerosos poetas. Hablemos con él a ver si nos puede sugerir uno.

El impresor alemán empieza a leer el texto y escucha las reticencias de Ruy, también la opinión de Gadea. Se sienta en su escritorio y piensa a la vez que sigue leyendo.

—Tengo a la persona perfecta, fue el secretario en el certamen poético. Se llama Bernat, es un fraile de casi cuarenta años, aunque luce más mayor.

—¿Es bueno?

—Desde luego, tiene enorme elegancia e ingenio, estoy convencido de que sabrá cómo aportarle gracia a cada jugada. Y luego hay otro poeta, Francí de Castellví, un hombre de confianza del príncipe Fernando.

—Eso puede ser un problema —recela Ruy—, quizá el esposo de Isabel no aplauda que la ensalcemos como reina y la convirtamos en la figura más poderosa del ajedrez.

—Eso es cierto... —El impresor tuerce ahora el gesto.

—Hay que explicarles que lo que van a hacer es historia —interviene Gadea ante la inacción de los otros dos—. Que deberán escribir un poema que narre la primera partida de la historia en la que se usan las nuevas reglas del ajedrez.

—Gadea tiene razón, hay que hacerles comprender que es quizá el texto más trascendental que van a crear en su vida. Un poema que primero debe redefinir las normas que ahora se utilizan pero que ya fueron cambiadas, como la movilidad del alfil y la coronación del peón.

—Y que también registre la jugada del enroque —añade Gadea.

—Por supuesto, y que esboce las normas que se usan en la práctica, cosas como que la pieza que se toca con las manos se considera que ya hay que moverla obligatoriamente. Si no evitamos equívocos durante el devenir del juego, pueden terminar en broncas y altercados.

—O sea que realizaremos un repaso a todo lo que se sabe del juego —interpreta el impresor alemán—, además de incorporar el cambio de la reina.

—¡Exacto! —exclama Gadea, y añade—: El ajedrez debe seguir con su esencia: ser un reflejo del reino, ilustrando la influencia que la nueva monarca tiene sobre la vida social, política e incluso militar. La reina Isabel se coronó tomando la espada de la justicia en sus manos, algo que nunca antes había hecho ninguna mujer.

—¿Entendéis ahora la trascendencia de lo que os hemos pedido? —insiste Ruy.

—Sin duda —asiente Lambert—, y los poetas también lo harán, os lo aseguro.

—Y no olvidéis decirles que el ajedrez es una metáfora que puede utilizarse para explicar cualquier aspecto fundamental de la vida —concluye Gadea—, hasta el amor.

—¿El amor?

—Sí, el juego puede ser una alegoría del amor y las piezas, personificar conceptos estéticos y morales que, dependiendo del bando, tengan distintos significados —añade Ruy.

—Eso les gustará a los poetas.

—Lo sabemos —afirma más animado—. Recordad también que la figura de la reina se mueve a sus anchas por el tablero, como Isabel cuando cruzó a caballo Castilla para casarse en secreto con Fernando.

—Eso es la mar de interesante —dice el impresor con una ancha sonrisa—. Hablaré no con dos, sino con tres poetas que conozco e idearemos la forma de escribir un poema sublime sobre el ajedrez. Y yo publicaré el texto lo antes posible.

—Nosotros hemos de regresar a Castilla, tenemos que vernos con la reina para que sepa de nuestro plan.

—¿No será peligroso?

—Sin duda —Ruy mira a Gadea—, pero ya estamos acostumbrados.

—Suerte entonces —y les estrecha la mano a ambos.

Salen del taller de imprenta y se cruzan con un grupo de hombres que gritan y hacen movimientos extraños. Es un grupo de locos que conducen la institución de la que les habló el impresor, a donde casi les mandó él cuando le contaron su disparatado plan. Por suerte, todo ha salido bien.

Uno de los locos camina rezagado y pasa cerca de ellos. De repente se abalanza sobre Gadea, saca un cuchillo y lo pone en su cuello. Bajo la capucha, ella ve de nuevo esos ojos negros que la persiguen desde hace tiempo.

—No llames la atención o la degüello —advierte a Ruy con una voz sepulcral.

—Está bien. —Ruy le pide calma con ambas manos.

Le identifica con el mismo que los amenazó antes de dejar Madrid.

Gadea está aterrorizada e inmóvil.

—Avanza por ahí —dice Tello, señalándole un callejón oscuro—, y no hagas ninguna tontería.

Es una callejuela estrecha y rodeada por muros de tapial de huertos. No tiene salida y gira en recodo, por lo que nadie los ve desde fuera.

—Os habíais olvidado de mí, ¿verdad?

—¿Qué quieres de nosotros? —inquiere Ruy—. ¿Por qué nos persigues?

—El impresor, ¿a qué acuerdo habéis llegado con él?

—Publicar un tratado sobre el ajedrez donde se explica una nueva regla que hace que la reina sea la figura más poderosa del tablero —responde Ruy ante la cara de impotencia de Gadea.

—Entonces tendré que impedirlo.

—Ya no es necesario —afirma Ruy, y el hombre se queda algo perplejo—. ¿Es que acaso no lo sabes?

—¿Saber qué? No intentes engañarme, te lo advierto —y tira del pelo de Gadea para que se vea mejor la hoja sobre su fina piel.

—El rey Enrique ha muerto.

—Eso ya lo sé, ¡idiota!

—E Isabel se ha coronado reina de Castilla en Segovia

—añade orgulloso—. Y Pacheco también falleció. ¿Qué sentido tiene que nos sigas persiguiendo?

—Son órdenes de mi señor.

—Pero ¿quién es? ¿A quién sirves?

—No es asunto tuyo.

—¿Y a quién sirve ahora tu señor si no es a Isabel, a la reina? —insiste Ruy, buscando hacer mella en la firmeza del asaltante—. Tú mataste a Purujosa y a otros nobles que apoyaban a Isabel y el cambio en el ajedrez. Ahora estás en un buen aprieto, porque Isabel ha triunfado.

Tello no dice nada.

Ruy y Gadea cruzan sus miradas, y ella le hace una leve indicación moviendo los ojos hacia el asaltante.

—Pensé que trabajabas para Pacheco, pero ya veo que no. Sea quien sea tu señor... te va a abandonar y te acusarán de esas muertes. ¿Qué piensas hacer entonces? ¿O pretendes matar también a la reina?

—Nosotros podemos ayudarte —murmura Gadea con un hilo de voz.

—Los poderosos nos utilizan, nos engañan y luego nos abandonan a nuestra suerte cuando ya no nos necesitan. ¿Qué crees que hará ahora tu señor contigo?

—Él no es así —se defiende Tello.

Las miradas de Gadea y Ruy se vuelven a entrelazar, y entonces ella pisa con su desgastada bota alta el pie de su captor haciendo que afloje la presión, momento que aprovecha para zafarse de su brazo. Pero él reacciona y la coge del cabello con la mano izquierda, y tira la derecha hacia atrás dispuesta para dibujar un arco en el aire y segarle el cuello. Rápidamente, Ruy le agarra ese brazo y le golpea en el rostro con todas sus fuerzas.

El hombre cae de espaldas, suelta a Gadea y el cuchillo. Ruy se acerca y le propina una, dos patadas en el abdomen. La tercera es bloqueada; no solo eso, sino que milagrosamente Tello se incorpora y se lanza sobre Ruy, derribándolo contra el suelo. Se pone a horcajadas sobre él y le lanza una lluvia de golpes ante la cual Ruy no puede defenderse. Intenta quitárselo de encima, pero le tiene bien agarrado.

Sin embargo, de pronto deja de golpear a Ruy y se lleva una mano a la espalda; después mira hacia atrás, donde aparece Gadea. Tello abre la boca pero no dice nada, y cae hacia un lado. Lleva su cuchillo clavado en la espalda y un charco de sangre muy oscura se mezcla con la tierra sucia del callejón.

Tello nunca había tenido miedo a morir, pero no imaginó que serían las manos de una mujer las que empuñarían el arma que le quitaría la vida. En este callejón de Valencia acuden a su mente los recuerdos de su infancia, con todas sus hermanas y su madre. Quizá el último momento en el que fue feliz.

# 82

Dejan Valencia de inmediato y galopan varias horas, hasta que se hallan lo bastante lejos como para asegurarse de que nadie los ha seguido.

Gadea no ha dejado de pensar en lo que ha hecho. Le ha quitado la vida a un hombre, era un asesino y amenazaba con matar a Ruy, pero aun así le cuesta asumir su acto.

Quizá Dios no la perdone.

Quizá ni ella misma pueda hacerlo.

Intenta pensar en que no había otra opción, que era él o ellos.

No es la única que cabalga callada. Ruy está casi más ensimismado que ella.

—¿Crees que estamos en peligro? —Gadea ha aprendido a leer los silencios de Ruy, que en muchas ocasiones dicen más que sus palabras.

—Sí, eso sin duda.

—¿Qué te sucede? ¿Acaso no confías en el impresor?

—Creo que mantendrá su palabra. Tu exhibición le impactó —dice riéndose, y luego acaricia su rostro—. Le dejaste tan impresionado que desde entonces todo ha sido coser y cantar.

—Pero te preocupa que alguien ande tras nuestra pista.

—Hasta que no estemos con la reina Isabel no debemos bajar la guardia.

—Ese hombre mató al marqués de Purujosa.

—Sí, pero recuerda que aún no sabemos quién se lo ordenó.

—No lo olvido...

—Todo empezó con él; hemos avanzado mucho, pero seguimos sin saber qué le sucedió al marqués —recuerda Ruy.

—Yo le tengo muy presente, hizo tanto por mí...

—Descubriremos la verdad. Él estaría orgulloso de ti, Gadea. Y de saber que Isabel se ha coronado reina de Castilla como él deseaba. Seguro que no imaginaba que imprimiríamos un libro con las nuevas reglas, ¿te lo imaginas?

—Eso es cierto.

—Lo que ha hecho Isabel coronándose sola... es muy arriesgado. Ahora entiendo mejor que nunca las intenciones del marqués de Purujosa. Por eso es tan importante el ajedrez, la reina necesita que el pueblo, la nobleza y hasta el papa acepten de buen grado que una mujer gobierne y sea poderosa. Y hay más, cuando estuve con su hermano, el difunto infante Alfonso, recuerdo que ya hablaba de una nueva monarquía, una nueva sociedad, hasta de un nuevo mundo.

—Suena bien.

—Las canciones casi siempre suenan bien, ese es el problema.

—¿No crees que sea verdad, Ruy?

—¡Claro que sí! Por eso estoy casi seguro de que al infante Alfonso lo envenenaron, y conociendo la relación que Isabel tenía con su hermano, lo obstinada que es y la manera en que se ha coronado... creo que ella pretende seguir con los planes de Alfonso.

—Y eso quiere decir...

—Acabar con la nobleza que controla a la Corona y concentrar en la monarquía toda la autoridad. Para ello precisa de funcionarios eficaces y de instituciones consolidadas. Limitar los privilegios y la influencia de la nobleza y que el poder regio sea ejercido como una fuerza social y territorial.

Gadea le acaricia el pelo y se acerca a darle un beso.

—Les diste una lección al impresor y a sus amigos —murmura él a su oreja.

Ella sonríe.

—Gracias. Es increíble lo que representa el nuevo ajedrez, el avance que implica para todos.

—Desde luego, y por eso necesitamos que el poema sobre el ajedrez de la reina se publique en la Corona de Aragón. En sus reinos el poder real no está reconocido para las mujeres. Vosotras podéis transmitir los derechos a vuestros hijos, pero no reinar. Es muy importante que el ajedrez de la reina se extienda por los dominios de Fernando. Y hemos hecho bien en elegir Valencia, porque es la puerta al Mediterráneo.

—Así que si logramos que triunfe en Valencia se expandirá —añade Gadea, perspicaz.

—Eso es, por Aragón y Barcelona, pero también llegará a Sicilia y de allí a Nápoles, que son dominios aragoneses, y continuará por Roma, las repúblicas italianas, Francia y el Imperio germánico.

Avanzan rápido por tierras valencianas hasta Requena, por donde transcurre una vía principal de aprovisionamiento de trigo y otras mercancías procedentes de Castilla. Están en las proximidades del territorio del marquesado de Villena, que, una vez muerto Juan Pacheco, Ruy cree que habrá heredado su hijo.

Para proseguir desde allí, uno de los problemas principales es cruzar el río Cabriel, entre la Meseta y el reino de Valencia, por sus dificultades orográficas. Lo salvan gracias a un puente en mal estado, que no resiste el paso de carruajes pesados pero sí el de dos monturas descabalgadas. No obstante, hay un momento de tensión cuando Duquesa hunde su pezuña en una de las tablas podridas. La infatigable yegua tira con fuerza y logra liberar su pata, aunque queda algo lastimada. Este incidente provoca que deban cabalgar más lento y detenerse a menudo para que Duquesa descanse.

Alcanzan por fin Castilla; pretenden dirigirse a Segovia, donde creen que hallarán a la nueva reina, ya que se ha coronado en su catedral y seguramente se encuentre organizando la inminente guerra desde el Alcázar Real, que tan bien conoce Ruy.

Les queda un largo trecho y son conscientes de que cruzar el territorio del marqués de Villena es peligroso, pues, muerto Pacheco, es previsible que su hijo haya asumido su lucha y apoye a Juana la Beltraneja y al rey de Portugal.

Con suma cautela salvan castillos y poblaciones del marquesado, siempre con temor de ser capturados. Todo marcha relativamente bien hasta que avanzan hacia Uclés camino de Madrid; confían en que esta plaza siga siendo leal a la reina Isabel. La situación es tal que es difícil saber en quién confiar; al final es una guerra entre dos princesas castellanas, hijas de reyes ambas, que reclaman ser la nueva reina.

Nunca dos mujeres se habían enfrentado por el trono, y menos tan jóvenes. Si bien la defensa de los derechos de Juana corre a cargo de las huestes del rey de Portugal.

Ruy confía en que su plan funcione, está convencido de que los libros impresos son el mejor modo de difundir las ideas. Pero el sistema es tan novedoso que no deja de ser un riesgo.

Decididos a esquivar las ventas y las posadas, donde no saben con qué pueden encontrarse, acampan siempre en zonas resguardadas y alejadas de los caminos. En esta ocasión la noche se les ha echado encima con prontitud y andan algo perdidos, así que buscan un lugar apropiado para descansar. Llegan a un refugio de pastores que se halla vacío. Ruy revisa los restos de una hoguera; están fríos, aunque no parece que sean de hace mucho tiempo, quizá una noche o dos.

El lugar es tentador, buen techo y paredes de piedra. En los alrededores es fácil obtener ramas secas para prender lumbre. Y es de prever que nadie más vaya a refugiarse en él a esas horas tan oscuras. Así que deciden quedarse, ambos están deseándolo.

Sobre un montón de paja que hace las veces de camastro colocan las mantas que portan. Han encendido una hoguera pequeña, suficiente para calentar el interior y estar confortables. Ruy se halla recostado cuando Gadea se sienta a su lado y comienza a desabrocharle la camisa. Él sonríe y ella le pone el dedo índice en los labios y le pide silencio, luego se inclina hasta casi besarle y, en el último momento, quita los labios y se ríe. Ruy reacciona cogiéndola de la cintura, forcejean mientras ambos ríen de forma desaforada, y Ruy termina sobre Gadea, con los labios tan próximos a los de ella que al final se funden en un beso prolongado.

Gadea pasa las manos por la espalda de Ruy hasta su nuca y luego hunde los dedos en sus cabellos. Ruedan por la manta sin dejar de besarse, hasta quedar más cerca de la hoguera. Entonces él se deshace de su ropa y Gadea lo empuja para poder quitarse también ella su saya, sus calzas y el resto de las prendas.

Mientras, Ruy echa un par de ramas más al fuego, que se aviva y, con él, el que arde en el interior de ellos. Vuelven a besarse como si no hubiera un mañana. Ruy siente las manos de Gadea en su espalda, acariciándola de tal forma que se estremece. Él recorre a besos su cuello, baja por su hombro y continúa lentamente hasta sus pechos; nunca ha saboreado nada tan dulce.

Gadea se ríe y él alza la vista.

—Me haces cosquillas.

—Perdona.

—No pasa nada, me gusta —y ella juega con los dedos entre su pelo.

Él se lanza de nuevo a besarla y ella le aprieta fuerte contra su pecho, quiere que sus pieles estén en contacto todo lo posible; si por ella fuera, no se separarían nunca.

Y no lo hacen, al menos en toda esa noche.

Se aman con una pasión inusitada, dando rienda suelta a todo el amor que se profesan. Sin guardarse nada, como debe ser el amor. Sin mañanas, solo con horas.

Al día siguiente, unos ruidos les hacen percatarse de que no estaban tan alejados del camino principal como ellos creían. Recogen sus pertrechos y arrean a los caballos para reemprender el viaje, pero nada más salir descubren a un grupo de jinetes que los observan desde lo alto de un promontorio rocoso.

—¡Huyamos! —grita Gadea.

—No, no lograríamos nada. —Pasa la mano por el lomo de

Duquesa para evitar que se altere—. Desde esa posición nos alcanzarían en poco tiempo.

—¿Y qué hacemos si son hombres del marqués de Villena?

—Con suerte no lo serán.

—Ya sabes lo que pienso de la fortuna —espeta Gadea.

—No podemos escapar en estas circunstancias. Así que déjame hablar a mí.

La compañía acude a su encuentro de inmediato; son hombres de armas, media docena, pero sin emblema que los identifique, lo cual no es buena señal.

—Id con Dios, ¿quiénes sois? —pregunta el que está al mando.

—Viajeros de vuelta a casa, venimos de Valencia. Tenemos negocios allí.

—Estamos en guerra.

—Eso hemos oído, aunque poco más sabemos —responde Ruy intentando parecer sincero.

—¿Qué negocios?

—Libros, nos dedicamos a comprarlos y venderlos.

—Vuestros nombres, ¿cuáles son?

—Don Rodrigo Muniesa y doña Gadea Peralta.

Con gesto disconforme, el soldado los mira mientras da una vuelta en torno a ellos con su caballo, que se muestra nervioso.

—Os venís con nosotros.

—Pero... ¿con qué motivo? Ya os he dicho que somos comerciantes.

—Estas tierras son peligrosas, estamos cerca del marquesado de Villena. El nuevo marqués apoya a Juana la Beltraneja y hay patrullas suyas por estos lares.

—¿Y vos? ¿A quién servís?

—Eso no os incumbe. ¡Vamos! Os aconsejo que colaboréis.

## 83

La patrulla los conduce hacia el norte, cruzan una sierra y continúan hasta llegar a Alcalá de Henares. A Ruy le sorprende el destino, estuvo una vez en esa ciudad y sabe que pertenece al arzobispado de Toledo, ya que fue un arzobispo quien la conquistó hace siglos cuando era una plaza musulmana. Parece ser que la belicosidad y el buen hacer militar del arzobispado no solo es obra del propietario actual. Tras esa conquista, Alcalá de Henares recibió notables privilegios, sobre todo la dispensa para hacer una feria en agosto.

Ruy tranquiliza a Gadea, el arzobispo Carrillo es uno de los pilares de la reina Isabel desde que era una niña. Ya lo fue antes de su hermano, el infante Alfonso. Han tenido suerte de que hayan sido sus hombres los que los encontraran, y no los del nuevo marqués de Villena ni los del rey de Portugal.

Allí el frío se hace notar, nada que ver con el clima benévolo de Valencia. Es invierno y Castilla se ha teñido de blanco, ha nevado por la noche y la nieve ha cuajado.

Los llevan a un palacio de bella factura. En su interior descubren una escalinata primorosamente labrada que conduce a una sala de amplios ventanales, desde donde se contempla el río Henares. La estampa no puede ser más invernal, Ruy lo siente en los huesos, se le entumecen y le duelen las articulaciones.

Sin embargo, lo que más le preocupa es que el arzobispo recuerde su último encuentro, cuando rechazó su ofrecimiento de trabajar para él en ese mismo palacio.

«Cuántas vueltas da la vida», dice para sí mismo.

Llegan a una sala más sencilla, con una alargada mesa de escritorio, unos sillones dorados y una alfombra árabe. Hace un frío helador, puesto que no hay fuego en la chimenea y los gruesos muros del castillo no consiguen aislar la estancia de la gélida temperatura exterior.

Dentro los espera un hombre de espaldas que viste con ropas eclesiásticas, que se da la vuelta cuando los oye entrar.

—Rodrigo Muniesa, sois una caja de sorpresas —dice el arzobispo Carrillo, y les pide que se acerquen con un gesto de la mano derecha—. Os habéis hecho muy célebre en el reino.

—Excelencia reverendísima —saluda Ruy—. ¿Por qué decís tal cosa?

—Vamos —sonríe—, no seáis condescendiente conmigo. Se os acusó de matar a un marqués, de huir de la justicia, de escapar del hacha de un verdugo; por cierto, me tenéis que contar cómo lograsteis eso. Sé que también habéis profanado el Alcázar Real de Sevilla y que se os ha visto por Valencia. ¿No es esto mucho bagaje para un cronista como vos? Creía que lo que os gustaba era leer y escribir.

—Y así es, aunque vos mejor que nadie sabéis que es posible hacer dos cosas bien distintas a la vez, como tomar la cruz y la espada.

—Ja, ja, ja, muy hábil, olvidaba vuestra fama de cazador de manuscritos.

—Y además uno no elige sus circunstancias.

—¡Qué gran verdad! —asiente el arzobispo Carrillo.

—Pero sí que me he visto envuelto en demasiadas complicaciones, eso no os lo voy a negar.

—Yo os entiendo, soy un hombre pragmático, no soy un teólogo de la Iglesia, ni mucho menos un predicador o un estudioso. Aprendí de mi padre su interés por lo funcional.

—Recuerdo que me dijisteis que dirigió la Mesta —añade Ruy.

—Para exportar las ingentes cantidades de lana que se producen en Castilla hay que ser resolutivo. De mi tío, que era cardenal y me llevó a Roma, adquirí su habilidad para la diplomacia; en Roma las apariencias importan más que en ningún otro lugar del mundo. Y de mi querida madre, de ella aprendí que hay que saber lo que se quiere, tener las ideas muy claras. Así uno se evita tomar caminos equivocados, dar vueltas sobre un idéntico objetivo y perder el tiempo. —El arzobispo habla con un tono sosegado y firme, que poco a poco va introduciéndose en la cabeza de quien le escucha, como el sermón de un sacerdote durante la liturgia—. ¿Vos tenéis claro vuestro objetivo en la vida, Ruy?

—Por ahora, sobrevivir, es lo que más me urge.

—Entiendo. —No parece complacerle la respuesta—. Yo en cambio siempre he querido lo mismo. Como aquel día que os visité en vuestra casa en Madrid, ¿lo recordáis?

—Por supuesto. —Ruy hace de tripas corazón, pues temía que llegara este momento.

—Hacía mucho calor, y el calor no es bueno para un hombre. Se le reblandecen los sesos —y señala su cabeza—. El frío, en cambio, es lo mejor, purifica el cuerpo; un hombre con frío ansía el calor de la fe.

—Cierto, excelencia. —Ruy comienza a sentirse incómodo y a percibir el frío de la sala de forma más acusada.

—No he vuelto a veros desde aquel día, ese no fue nuestro trato.

Así es, Ruy lo había olvidado por completo.

—Y os pido disculpas por ello, pero me he visto envuelto en circunstancias que no deseaba, de las cuales ya he visto que estáis al corriente, y tuve que dejar mis trabajos pendientes a un lado.

—Pero sí terminasteis el libro sobre la historia de los reyes.

—Cierto, ¿cómo lo sabéis?

—Por favor, no insultéis mi inteligencia.

—De nuevo os ruego que me disculpéis. —Ruy no quiere

provocar su enfado—. También quería daros las gracias por la escolta que nos han ofrecido vuestros hombres, temíamos ser atacados.

Gadea no comprende la sumisión y la condescendencia que Ruy muestra ante el arzobispo, por mucho que sea un hombre tan poderoso.

—¿Atacados por quién, exactamente?

—Por los opositores a la nueva reina... Isabel.

—Claro, la nueva reina... —asiente con la cabeza.

—Nos han dicho que, a la muerte del rey Enrique, ella se ha coronado en Segovia.

—Yo siempre he querido que Isabel fuera reina de Castilla. Primero apoyé a su hermano; si no hubiera sido por mí, los dos se hubieran muerto de asco en aquel castillo en el que los encerró el rey Enrique. Los llevé a la Corte y organicé el ascenso al poder de Alfonso. Junto a mi sobrino Pacheco, le entronizamos en Ávila a pesar de que solo era un crío. Le dimos una victoria decisiva y le entregamos el reino, pero murió.

Gadea se percata de que el arzobispo no se dirige a ella; es como si no estuviera en esa misma sala.

—Una desgracia terrible —comenta Ruy.

—Por eso apoyé a Isabel con la misma voluntad que a su hermano, y ella me traicionó una primera vez cuando aceptó la paz que se firmó frente a esos malditos toros de piedra en Guisando.

—Yo estaba allí, y me consta que seguisteis apoyándola, excelencia.

—¡Desde luego! —pronuncia enérgicamente—. Yo dispuse su boda con Fernando y convencí al rey de Aragón de la conveniencia de ese matrimonio. Yo la volví a liberar mandando trescientas lanzas y escoltándola hasta Valladolid para la boda. Yo he luchado por sus intereses por todo el reino desde entonces, he hecho todo lo posible y más para que Fernando y ella fueran los reyes de Castilla y de Aragón. Yo le enseñé a Isabel la manera de ganarse a las villas y las ciudades, apoyándolas para que no pasaran a ser señoríos dependientes de la nobleza. A defender las causas de territorios menospreciados como Asturias o Vizcaya. Y a oponerse siempre a la política de Francia, que es nuestro verdadero enemigo, ¡como lo es de Aragón!

—No en vano tenéis una de las mentes más lúcidas del reino, excelencia.

—Al enfrentarnos a Francia nos ganamos la alianza de Borgoña e Inglaterra —continúa explicándose el arzobispo—, nuestro apoyo en el exterior es también inmenso. ¡Incluso en Roma! Donde el cardenal Rodrigo de Borja es un aliado esencial. Puede llegar a ser el próximo papa. ¿Os imagináis? Aragón y Castilla unidas, y él como sumo pontífice... Los astros se alinean, como la conjunción de Venus, Marte y Mercurio que hubo hace unos días, ¡qué maravilla!

—Fui testigo de ella y ciertamente fue una noche memorable —y Ruy no puede evitar sonreír mirando a Gadea—. Nadie puede dudar del inmenso legado que habéis forjado, excelencia.

—¿Legado? —El arzobispo le mira con un rostro pétreo y amenazante.

—Bueno, quiero decir que son unos logros elocuentes.

—Isabel me lo debe todo, absolutamente todo. Y sin embargo no me ha vestido con el rojo escarlata de la sangre de Cristo.

—¿Cardenal? —Ruy tuerce el gesto—. La reina no puede nombraros cardenal.

—No seáis ingenuo, Roma siempre ha querido un aliado fuerte y tenía los ojos puestos en Castilla; además, Rodrigo de Borja es un fiel aliado de Aragón, no en vano su familia procede de la ciudad aragonesa de Borja, que se estableció después en Játiva, reino de Valencia, y posteriormente en Gandía. Isabel no ha utilizado toda esta influencia para nombrarme cardenal a mí, que tanto he hecho por ella, sino a uno de los Mendoza, los que tanto se opusieron a su hermano y a ella... Seas varón o mujer, cuando la ambición ha gangrenado el cerebro, la enfermedad es casi incurable —dice en tono agrio—. La ingratitud es sin duda hija de la soberbia.

—¿Un Mendoza, cardenal?

—Sí, le ha vestido de rojo a cambio de que la apoyen como reina de Castilla.

—Entiendo vuestro enfado, nadie mejor que vos para ser nombrado cardenal.

Ruy se percata de que Carrillo está profundamente despechado y eso en verdad que no se lo esperaba. Le observa bien y descubre que es un anciano carcomido por el rencor. Que ha protegido a Isabel desde que era una niña, también cuando murió su hermano y cuando el rey la encerró, pero que ahora se siente maltratado por la reina.

—No guardo la menor duda acerca de todo lo que relatáis, pero Isabel es ahora reina. Habrá tenido que decidir lo más conveniente para el reino y hacer concesiones para lograr más aliados. Por eso nombraría cardenal a un Mendoza y no a vos, excelencia. Seguro que os compensa de algún modo.

—¡Es una desagradecida! Sin mí no sería nadie, estaría enfundada en un hábito y recluida en un convento, condenada a pasar allí el resto de sus días —dice con una profunda rabia.

—Excelencia, la reina os tiene en la más alta estima.

—¡Menuda bruja! En qué mala hora... ¡Me lo debe todo! —El arzobispo ya no oculta su rencor—. Los derechos de Fernando a coronarse rey de Castilla eran superiores a los de Isabel, puesto que es el heredero varón más directo de la Casa de Trastámara, y además el marido puede disponer libremente de los bienes de su esposa.

Ruy mira de reojo a Gadea, insinuándole que se mantenga al margen y no haga ni diga nada.

—Eso significa que el príncipe Fernando podría haber sido un firme candidato al trono por sí solo. —Ruy no se atreve a contradecirle, viendo que cada vez se enerva más.

—¡Pues claro! A día de hoy, es el primer varón de la dinastía Trastámara.

—Isabel es hermanastra del anterior rey y princesa heredera, y Fernando...

—¡Isabel es una mujer y Fernando es su esposo! Si los nobles castellanos hubieran decidido que preferían a un hombre en el trono, estuviera casado o no con Isabel, se habrían inclinado hacia él sin duda. Además, es príncipe de Aragón y rey de Sicilia, y tiene un poderoso ejército bajo su mando.

—¿Insinuáis que podría haberle arrebatado la corona a su propia esposa de haber llegado a Segovia antes de la coronación?

—¿No es acaso lo que ha hecho ella? Yo me encargué de que la disposición no fuera efectiva con la excusa de que Isabel y Fernando aún no tienen un hijo varón, y aduje que si se aplicaran estas prerrogativas se actuaría contra su propio linaje en caso de que tuvieran un hijo —explica orgulloso de sí mismo.

—Muy astuto. —Ruy busca la manera de ganarse al arzobispo.

—No os equivoquéis con esa mujer, es capaz de cualquier cosa con tal de conseguir el poder. Se ha coronado sola, ¡es una barbaridad!

—Excelencia, quizá Fernando nunca hubiera dado ese paso, o quizá Isabel ha querido evitar problemas con su esposo en caso de que los nobles castellanos intentaran ponerlo en contra de ella.

—Fernando nunca esperaría que su esposa se coronara sin su presencia, ¡estará furioso! ¡Como yo!

—Habrá alguna solución.

—¡Por supuesto! Que la legítima heredera no es ella sino Juana la Beltraneja.

—Excelencia... pero si vos mismo habéis sido el primero en repudiarla.

—Porque no sabía que Isabel es el demonio hecho carne.

Estas palabras retumban en las paredes del palacio arzobispal de Alcalá de Henares como si fueran una sentencia de muerte. Estremecen a Gadea, que se percata de que el arzobispo lleva una terrible bestia oculta en su interior y está a punto de liberarla.

—¿Estáis seguro de lo que habéis dicho, excelencia?

—Esa bruja me ha traicionado al coronarse sin su marido.

Su ambición la corroe, quiere reinar sola, ella, ¡una mujer! —grita fuera de sí.

Ruy ya no sabe qué decir, la situación le sobrepasa.

—Seguro que si seguís ofreciéndole vuestro apoyo os dará lo que deseáis: ser cardenal y gobernar junto a los reyes.

—¿Darme? ¿Como si fuera una concesión...? ¿Una limosna?

—Por supuesto que no, excelencia.

—Pero esto no va a quedar así. Sin mí nunca será reina, apoyaré a la princesa Juana y, con ella, al rey de Portugal.

—¿Vais a apoyar a un rey extranjero?

—Prefiero ver a cualquier hombre sentado en el trono antes que a una mujer, sobre todo si es esa sabandija de Isabel.

—Recapacitad, excelencia, os lo ruego —intenta mediar Ruy a la desesperada.

—Juana es hija de un matrimonio canónico, jurado en las Cortes de Castilla. No hay prueba alguna de que sea bastarda, ¡ninguna! Solo los bulos y los rumores que yo mismo propagué junto con Pacheco por todos los rincones del reino.

—¿Lo que decís es que Juana sí es hija del rey Enrique, cuando lleváis toda su vida negándolo?

—Quién sabe, eso nunca nos importó —confiesa bajando el tono—. Lo que pretendíamos Pacheco y yo en tiempos del infante Alfonso era deshacernos del mequetrefe de Enrique; los medios no importaban, el fin era lo esencial.

—Habéis humillado a esa niña desde antes de que naciera, aun sin saber si su paternidad era cierta —le recrimina Ruy.

—El ejercicio del poder exige sacrificios, vos sois cronista, deberíais saberlo mejor que nadie. Y no me digáis que os preocupa ahora Juana, ni el propio rey Enrique quería a su hija —dice con un brillo de sinceridad en la mirada—. ¿Y sabéis por qué? Pues porque su esposa le fue infiel y ha tenido dos hijos con otros hombres.

—Sí, pero la princesa Juana...

—El rey odiaba a su esposa, ¡con todas sus fuerzas! Y como no podía castigar a la madre, vertió su odio en la hija de ambos.

—Y vos os aprovechasteis de eso para encumbrar a Isabel. —Gadea toma la palabra con decisión—. Si ella se coronaba reina os lo debería todo, y vos teníais pensado cobrar por ello un alto precio. Pero Isabel no ha estado dispuesta a pagarlo.

—¡Insolente! ¿Cómo te atreves a hablar así a un arzobispo?

—Soy el mejor jugador de ajedrez de todo el reino.

—El ajedrez... cierto. —Carrillo recula y baja la mirada—. ¿Quién crees que le dio al marqués de Purujosa el libro que Ruy había escrito? Sí, no me mires así.

—Fuisteis vos... —asiente Ruy—. Claro, me dijeron que lo adquirió un sacerdote.

—He dedicado mi vida a promocionar a esa desagradecida... y sí, me pareció interesante dotar a la figura de la reina de más movimientos en el ajedrez, podía servirnos para ganar adeptos... —Hace una pausa, parece respirar con dificultad—. Pero convertirla en la figura más poderosa, ¡jamás! Eso fue idea del marqués de Purujosa.

—Por eso ordenasteis su muerte, ¿verdad? Ese asesino trabajaba para vos.

Cuando Ruy pronuncia estas palabras, Gadea da un paso atrás, asustada.

—Así que le habéis conocido.

—¡Lo hemos matado! ¡Gadea lo apuñaló con su propio cuchillo!

—¿A Tello? No me lo creo. ¿Cómo dos mequetrefes, un cronista y una mujer, van a matar al mejor asesino del reino?

—Lo hicimos.

—¡Imposible! Tello es... ¡No puede estar muerto!

—Le hundí una hoja hasta el corazón —afirma enfurecida Gadea.

Aunque cueste creerlo, Carrillo muestra cierta debilidad en la mirada.

—Le mandasteis que acabara con aquellos que estaban organizando el nuevo ajedrez —continúa Ruy—. Y todo porque estabais a favor del cambio de la reina en el ajedrez, pero no de un cambio tan profundo y simbólico...

—¿Desde cuándo proyectaba el marqués que la figura de la reina fuese todopoderosa, a imagen de Isabel? —pregunta al aire el arzobispo—. No lo sé, lo importante suele pasar ante nuestros ojos, pero de incógnito. Lo que está claro es que lo mantuvo en secreto creyendo que yo no me enteraría. ¡Qué infeliz! ¡Yo sé todo lo que sucede en Castilla!

—Pero el marqués no estaba solo —insiste Ruy—, había más nobles que defendían ese cambio.

—¡Unos estúpidos sin cerebro!

—Gentes que ansiaban convertir a una mujer en la figura más determinante de un juego que es una metáfora de la vida, del reino, de la guerra, de todo...

—¡Tonterías! —El arzobispo tiene el rostro enrojecido por el esfuerzo de dar rienda suelta a la ira que acumulaba—. El ajedrez es un juego que ha dado muchos problemas a los reinos y las religiones que lo han abrazado. En la Cristiandad, la posibilidad de coronar varios peones implicaba varias reinas... y una aparente poligamia. Por eso se prefirió el término «dama», más neutro. Y que un peón, es decir, un hombre, se pueda transformar en una dama... ¡es una metamorfosis demoniaca!

—Y aun así los obispos juegan al ajedrez... y los arzobispos también. Estoy seguro de que ¡hasta el papa!

—¡Basta! —Su voz retumba por el salón.

Durante un instante se hace un silencio que parece eterno.

—No negaré que los hombres somos demasiado sencillos. Por eso las palabras y los libros no están hechos para el pueblo, y por eso también la Santa Biblia debe mantenerse en latín. La palabra de Dios no es para el que no puede entenderla.

Ruy asiente, guardándose de decir lo que realmente piensa.

—Con el pueblo de nada sirve hablar o explicar, con él solo cabe la seducción, el engaño si es necesario y, llegado el caso, la imposición. No se puede razonar con él, hay que apelar a lo que entiende: a los sentimientos, a las tradiciones, a los símbolos y al castigo.

—Y el ajedrez es una lengua universal, la única que entiende todo el mundo, da igual tu señor o tu fe. Como las matemáticas o la música.

—Veo que lo entendéis, Ruy. Tiene un poder inmenso que el marqués de Purujosa no supo utilizar de forma adecuada, y que yo he tenido que combatir por el bien del reino —replica el arzobispo Carrillo.

—Así que vuestro temor era que si el ajedrez mostraba a una reina poderosa y más ofensiva, los nobles, los mercaderes y los propios sacerdotes entenderían que Isabel podía reinar en solitario.

—Exacto, no podemos perder la oportunidad de unir Castilla y Aragón. Al otro lado del Mediterráneo está germinando un peligro como nunca antes ha conocido la Cristiandad. Con Constantinopla ha caído el último vestigio del mundo clásico, y también los últimos cristianos de Oriente. Los turcos son una amenaza nueva, un imperio ambicioso y terrible que lo devora todo a su paso. No se detendrán en el Bósforo, ni en Grecia, ni en los Balcanes ni en el Danubio. Ansían una sola cosa: dominarlo todo. La fe de Cristo está en peligro.

—Y pensáis que Castilla y Aragón pueden derrotarlos si se unen, pero con un hombre en el trono, nunca una mujer.

—Debemos ser la nueva espada de Cristo, su ejército. La Casa de Trastámara, los Reyes de la Cristiandad —suspira profundamente—, así debía haber sido, hasta que... ¡Cría cuervos y te sacarán los ojos!

—Pero la unión todavía es posible, ella es reina de Castilla y Fernando lo será de Aragón en un futuro cercano.

—No será la unión que yo pretendía, cada uno gobernará su reino... Y, para colmo, en el trono más importante de la Cristiandad estará una mujer, ¡qué insensatez!

Ruy observa que Gadea se está conteniendo, ve el gesto de su rostro, sus puños cerrados y la postura de su cuerpo. Está a punto de estallar, solo reza por que no lo haga.

—Isabel solo era un medio para que Fernando fuera rey de Castilla de manera pacífica y sin traumas —continúa el arzobispo—. Tracé el futuro con buen pulso, pero esa maldita Isabel tuvo que torcerlo y coronarse sola, ¡sola! —y vuelve a faltarle el aire para respirar.

—De todas formas, lo que hay ahora es una guerra en Castilla entre dos reinas: Juana e Isabel, con dos poderosos aliados, el rey de Portugal y el príncipe heredero de Aragón —expone Ruy—. Deberíamos hacer lo imposible para detenerla.

—Eso es por culpa de Isabel, si se hubiera coronado junto a su marido todos le habrían jurado lealtad, ¡yo el primero! Con lo que ha hecho, muchos nos hemos posicionado del lado de Juana. Nunca debí confiar en una mujer, nunca. —Se recompone y vuelve a respirar con normalidad—. Sé que venís del reino de Valencia, donde pretendéis que se publique un tratado sobre el ajedrez. Ese texto no verá la luz, nadie sabrá de la nueva reina en el ajedrez, no permitiré que Isabel tenga esa baza de su lado. ¡Guardias! Encerradlos en el calabozo.

# 84

Gadea se encuentra en una fría mazmorra e ignora dónde tienen preso a Ruy. Ha probado a llamarle a gritos y solo ha obtenido las reprimendas airadas de los guardias. Marca los días en la pared con un pequeño pedazo de metal que ha encontrado en el suelo, para no perder la cuenta. Hay más marcas de anteriores presos, así que cree que es un ritual habitual para mantenerse ocupado. Hoy hace dos semanas que la apresaron. Para matar el tiempo ha dibujado también un tablero, pasa las horas mirándolo y jugando al ajedrez de la reina, compitiendo contra sí misma.

Ha ideado varias aperturas prometedoras y algunos ataques con los que ganar de manera rápida el juego. Si no fuera por esa distracción, estaría desesperada.

Suspira por que Ruy se encuentre bien y no lo hayan torturado.

«¿Cómo lograremos salir de aquí?», se pregunta.

El arzobispo ya no es una persona razonable; cuando el odio y el rencor han calado tan profundo en el alma de los hombres, la ennegrecen y su podredumbre se expande por todo su interior. Un hombre así es muy peligroso y no atiende a la sensatez, y, para su desgracia, su destino se encuentra en sus manos. Además, a su resentimiento hacia Isabel hay que unir la inquina que siente ahora hacia ellos por haber matado a Tello, su asesino, por el que parece que sentía afecto.

Continúan pasando los días y con ellos van desapareciendo sus esperanzas.

El tañer de las campanas de las iglesias de la ciudad se ha vuelto su único compañero. Ella que tanto las detestaba, que al escucharlas sentía un dolor espantoso en el pecho, ha terminado reconciliándose con su repicar.

Cuántas vueltas da la vida.

Intenta dormir acurrucada en una esquina recordando su infancia en Toledo, las enseñanzas de fray Luis en las cuevas y, sobre todo, sus días con Ruy. Desde que lo vio en el palacio de Purujosa, cuando le tiró piedrecillas a los ventanales. Su primer beso, algo accidentado e imprevisto en las puertas de Madrid. Cuando viajaron a Toledo y Sevilla... La posada de Valencia y la noche entre aquellos apartados muros de camino a Castilla. Qué estúpida fue por no haber aprovechado mejor ese tiempo a su lado.

Ahora se da cuenta, quizá demasiado tarde.

Siempre busca alguno de esos recuerdos con la esperanza de que sus sueños la lleven hasta ellos.

Sale el sol, una vez más. Hace otra muesca en la pared y espera la comida. El carcelero abre la puerta, hoy se ha adelantado.

—¡Levanta! Tienes que venir conmigo —dice de malas formas.

Gadea se incorpora con más agilidad de la que pudiera esperarse en alguien que lleva tantos días recluida entre esas cuatro lúgubres paredes. Sale de las mazmorras y sube por una escalera de caracol que da dos vueltas hasta una planta diáfana. No está acostumbrada a tanta luz y camina de manera torpe. La llevan a una cocina donde varias criadas están preparando viandas y verduras. Allí le dan de comer y devora todo lo que le sirven. También la ayudan a asearse y le proporcionan ropa limpia. Todo muy rápido, como si corriera prisa. Después de tantos días encarcelada, carece de sentido.

Suben por otra escalera, esta vez recta y elegante, hasta la misma sala donde los recibió el arzobispo. Así que se prepara para encontrárselo de nuevo, e imagina que Ruy también estará allí, o al menos eso espera.

Se abren las puertas y entra; hay dos personas, ninguna es el arzobispo Carrillo. La silueta más alta pertenece a Francisco de Vargas y Medina; la otra es... ¡Beatriz, su amiga!

Ambas echan a correr y se funden en un abrazo.

—¿Cómo estás? —pregunta Beatriz, emocionada.

—Bien, ¿qué... qué haces tú aquí?

Beatriz mira a su espalda, a Francisco de Vargas y Medina.

—Él me alertó de vuestra situación.

Gadea no puede creerlo.

—Te dije que yo me encargaría —inclina levemente la cabeza.

—Me lo contó todo y me pidió que hablara con Su Majestad para que intercediera.

—¡La reina!

—Sí, las relaciones entre el arzobispo y la reina no atraviesan por su mejor momento, por decirlo con suavidad, como ya sabes. Su Majestad ha intentado reconducirlas, pues le tiene en una alta estima, pero Carrillo no atiende a razones.

—¿Y entonces? ¿Cómo habéis logrado venir?

—Se va a rubricar un acuerdo para confirmar que Isabel es heredera del reino por derecho propio, de modo que a su muerte sus títulos pasarán a sus descendientes directos, no a su esposo.

—Eso parece una concesión a su favor.

—Y lo es —afirma Beatriz—. Pero, por otro lado, Fernando recibirá el título de rey de Castilla y no quedará relegado a consorte, de modo que los documentos oficiales y la moneda estarán encabezados por el nombre de ambos con precedencia de Fernando, pero las armas de Castilla antecederán a las de Aragón. Y una serie más de normas que otorgan el gobierno efectivo del reino a Isabel, pero cierta formalidad a Fernando.

—La reina ha hecho lo posible para contentar al arzobispo y que vuelva a apoyarla —añade Francisco de Vargas y Medina—. Se ha logrado un acercamiento entre ambos y él ha tenido que hacer algunas concesiones, entre ellas que te excarcelara.

—No puedo creerlo...

—Beatriz se lo pidió a la reina y yo hablé con el arzobispo Carrillo —explica Francisco de Vargas y Medina—. Eres libre, Gadea.

Suspira aliviada, pero entonces le cambia el rostro.

—¿Y Ruy? ¿Qué pasa con él? ¿Dónde está?

Beatriz y Francisco se miran.

—Ruy no está aquí —responde él.

—¡Cómo! —Gadea se pone nerviosa y abre sus enormes ojos de par en par—. ¡Decídmelo! ¿Qué han hecho con Ruy?

Beatriz la coge por los hombros.

—Gadea, tranquila, escúchame.

—¡No! ¿Qué le ha pasado?

—Gadea, la guerra será larga. El rey de Portugal no va a rendirse fácilmente, tiene la posibilidad de unir su corona a la de Castilla, ¡imagínate lo que eso significaría! —le explica Francisco de Vagas y Medina—. Además, Juana la Beltraneja cuenta todavía con el apoyo de nobles como el hijo de Pacheco, que ha heredado el marquesado de Villena y la belicosidad de su padre, y el propio arzobispo Carrillo que no sabemos qué partido tomará finalmente.

—Seguís sin decirme dónde está Ruy. Beatriz, me estoy preocupando cada vez más.

—Primero salgamos de aquí, no vaya a ser que el arzobispo se enerve por algún asunto y se arrepienta del acuerdo.

—No me iré sin él.

—Gadea, ya te hemos dicho que no está aquí —insiste Beatriz—. Confía en mí, ¡vámonos ya!

# 85

Tal y como predijo Francisco de Vargas y Medina, la guerra prometía ser larga. Beatriz acompañó a Gadea hasta Madrid, que parecía una plaza segura, puesto que se halla distante de la frontera portuguesa y de los dominios del marqués de Villena. La villa se ha alineado sin dilación junto a Isabel, como la mayoría de las villas y ciudades de realengo. Por consiguiente, la reina ha reforzado su dotación de hombres de armas y ha tomado en consideración lo fortificado de la plaza, sus murallas, su posición estratégica y su inexpugnable castillo. Madrid es una plaza fuerte, lo que la beneficia a la hora de seguir atrayendo comercio y prestigio.

Gadea no puede creer que se halle otra vez dentro de sus muros; la última vez, Ruy y ella tuvieron que huir, junto con Ismael, de Tello, el asesino del arzobispo Carrillo.

Ahora, su antaño enemigo, Francisco de Vargas y Medina, las ha escoltado hasta la puerta del camino a Alcalá, para luego marcharse al norte y unirse a las huestes de Su Majestad.

Beatriz también está contenta de volver a Madrid, la villa solo le trae buenos recuerdos.

Juntas caminan por sus serpenteantes calles hasta la casa de Ruy. Gadea llama a la puerta, y cuando esta se abre encuentra sus ojos, brillantes como luceros.

Se lanza a besarle con tanta fuerza que él retrocede un par de pasos, incapaz de contener el ímpetu de Gadea.

Beatriz se ríe y, ante lo prolongado de la escena, tose para que se den por aludidos y dejen para más tarde tamaña demostración de amor. Sin embargo, Gadea hace oídos sordos y no separa sus labios de él hasta un rato después, entonces busca los ojos de Ruy y sus miradas se quedan enzarzadas.

Beatriz vuelve a toser, sacándoles del trance, y entran en la casa.

—¿Estás bien? —le pregunta mientras acaricia su mejilla.

—Sí —responde Ruy—. Me moría por verte, pero tuve que acceder a permanecer aquí para que el arzobispo te liberara.

—Lo sé, Beatriz me lo ha contado. —Busca la mano de su amiga y se acerca a ella.

—Así que tú eres Beatriz, la Latina.

—Sí. —Sonríe—. Es un placer conocerte al fin, Ruy.

—El placer es mío. No sé cómo agradecerte todo lo que has hecho por Gadea, por nosotros.

—No podía dejar a mi amiga allí encerrada.

—Beatriz, nos has salvado la vida —continúa él, visiblemente emocionado.

—Más bien ha sido la reina Isabel, agradecédselo a Su Majestad.

—¿Qué te ha pedido Carrillo? —le pregunta Gadea.

—El arzobispo es alquimista.

—El arzobispo ¿alquimista?

—Sí, algunos de los mejores alquimistas de la historia eran sacerdotes —responde Ruy—. Tengo que trabajar con él; hace años me negué, pero ahora no he tenido opción. Es un precio pequeño por salvar la vida. En cambio... tú tienes que renunciar al ajedrez de la reina, lo siento.

—¡¿Cómo?!

—¿No se lo habías contado? —pregunta Ruy a Beatriz, y esta niega con la cabeza.

—¿Habéis aceptado en mi nombre? ¡Será posible! ¿Cómo habéis podido hacer algo así? —exclama alterada.

—Gadea...

—¡Ni Gadea ni leches! —dice haciendo gala de su carácter.

Beatriz la coge por los hombros.

—Déjame que te lo explique. La reina se ha comprometido ante Carrillo a no publicar ningún texto sobre el nuevo ajedrez a cambio de liberaros. Y también deberás dejar de jugar, lo siento.

—¿Me estás diciendo que no puedo jugar más al ajedrez?

—No si es con reglas diferentes a las de siempre —responde Beatriz con su tono dulce—. Debes olvidar cualquier referencia al ajedrez de la reina.

—Me parece increíble que me estés pidiendo eso.

—No, Gadea, Beatriz no te lo pide —interviene Ruy—, te lo ordena Su Majestad, y es por tu bien.

—Ni te imaginas lo que nos ha costado convencer al arzobispo de que te libere —continúa Beatriz—, así que te aconsejo que no pongas ninguna pega. Además, he empeñado mi palabra ante la mismísima reina de Castilla.

—Tranquila, Beatriz, no te comprometeré. Discúlpame, soy una desagradecida. Con lo que habrás pasado para sacarme de esa mazmorra...

—No te apures —y sonríe.

—Gadea, el arzobispo no es alguien con quien se pueda negociar si está en una posición de fuerza —dice Ruy—. Casi no puedo creer que nos haya liberado. Si no aceptábamos, seguiríamos los dos allí dentro, ¿de verdad querías eso?

—Imagínate que te prohibieran escribir o leer, ¿qué harías?

—De veras que te entiendo —responde apenado—. Pero no nos dio otra opción, el arzobispo no quiere saber nada del ajedrez de la reina. Lo odia con todas sus fuerzas.

—¡Maldito sea! No sabéis lo que habéis hecho...

Entonces Beatriz mira de reojo a Ruy, y Gadea se percata de ello.

—¿Qué pasa? Me ocultáis algo más, ¿verdad? —y se lleva las manos a la cabeza—. No me lo puedo creer, es que... tendríais que haberme consultado.

—Gadea, sí podrás jugar al ajedrez —menciona Ruy.

—Pero... si habéis dicho que no.

—Pero solo con una persona.

—¿Contigo? —Ruy niega con la cabeza—. ¿Con Beatriz? —y su amiga hace lo mismo—. Entonces ¿con quién?

—Con la reina Isabel, el arzobispo no pudo negarse a ello —contesta Ruy sonriente.

—Podré jugar con la reina Isabel, ¿yo? Pero ¿estáis seguros?

—Totalmente —corrobora Beatriz.

—Eso es... ¡increíble!

—Me alegro de que ya no te parezca tan mala idea —suspira aliviada Beatriz—. Ah, y con su hija, con ella también podrás jugar. Ahora tendréis que perdonarme —cambia el gesto—, me encantaría quedarme pero debo volver al norte con Su Majestad.

Gadea le coge las manos y se las aprieta fuerte.

—Gracias, gracias, gracias.

—No seas tonta —y guiña un ojo a Ruy—, quiero venir para la boda.

—¿Cómo? —A Gadea se le salen los ojos al escucharlo.

—Ya me habéis oído —y Beatriz los señala a los dos, que no pueden evitar ruborizarse.

Luego da un beso a Gadea y se despide de ambos.

Entran los dos en la casa y pasan al despacho de Ruy. Gadea ya se imaginaba que estaría repleto de libros y documentos, pero no en semejante desorden.

De pronto llaman a la puerta. Gadea se estremece, teme alguna sorpresa desagradable. Ruy abre y aparece don Braulio y, tras él, agachado para poder pasar, Ismael. Gadea corre a abrazarlos, casi tira a don Braulio y después da un salto para colgarse del cuello de Ismael.

—Esto hay que celebrarlo —dice el poeta, y saca una jarra de vino.

—¡Madre mía! Espero que no hayáis traído esa horrible sopa de cebolla vuestra.

—Pues... —Sonríe y hace un gesto a Ismael, que llega con un

puchero—. Esta vez no puedes negarte, Gadea. ¡Sopa de cebolla para todos!

—Por supuesto que no —y mira a Ismael—, ¿qué tal estás? ¿Cómo es que has vuelto a Madrid? ¿No es peligroso para ti?

—Un poco, pero Jorge Manrique me ayudó. Lo bueno de que todos me ignoraran antes aquí es que no recuerdan al verdugo. Además, ya tienen a otro. Ahora le echo una mano a don Braulio, para él los años no pasan en balde.

—¡Te he oído, cortacabezas! Y para que no haya equívocos, de cintura para abajo estoy perfectamente.

—Sí, porque lo de la cabeza ya no tiene arreglo —comenta Ruy, y todos sueltan una sonora carcajada.

—Por cierto —don Braulio saca un libro de su zurrón—, tengo algo para vosotros.

Ruy lo coge y se acerca a su escritorio, se sienta y abre el ejemplar. Lee la primera página con detenimiento y lanza un suspiro.

—¿Qué es? —inquiere Gadea.

—No lo sé, pero es un manuscrito. —Ruy hojea varias páginas—. Lleva por título *Scachs d'amor*.

—¿Cómo que no sabes lo que es?

—Está escrito en valenciano, y por lo que puedo interpretar es un poema sobre unos dioses y... una partida de ajedrez.

—¿Has dicho «una partida de ajedrez»? —Gadea se queda sorprendida y le coge la mano—. Entonces... ¡es nuestro libro!

—¡Dios mío! Gadea, fíjate, son todo alegorías y... explica los movimientos de una reina poderosa que se desplaza por todo el tablero. Lo hace durante una partida entre dioses paganos. Habla de una conjunción de Marte, Venus y Mercurio.

—Una conjunción... ¿como la de aquella noche?

—¿Qué noche? —inquiere don Braulio—. ¿De qué demonios estáis hablando?

—Mejor olvidemos eso, es complicado de explicar.

Gadea se echa a reír y Ruy se contagia, pero don Braulio no entiende nada y se enerva más.

—Es una copia manuscrita, imagino que Lambert todavía no lo ha podido imprimir. —Ruy lo empieza a leer—: Lo firman tres poetas, tal y como él dijo. Parece un poema alegórico sobre... ¡el amor! Y al mismo tiempo explica el nuevo ajedrez.

—Es fantástico —dice Gadea, pasando sus dedos por las páginas.

Ruy lo hojea rápidamente hasta llegar al final y entonces se centra en las últimas estrofas. El poema termina con un jaque mate que realiza la reina, que antes ha capturado un alfil, un peón y un caballo.

—¿Por qué no lo ha impreso?

—Le llevará su tiempo. Por eso nos ha mandado el manuscrito, para que lo podamos leer ya.

—En pocos años todos los libros serán impresos. Es el futuro, daos cuenta que el taller de Valencia hará una tirada de trescientos o cuatrocientos ejemplares, ¿cuánto tiempo y cuántas manos se necesitarían para el mismo número de manuscritos?

—Pues imagínate...

—Con tantos ejemplares, el ajedrez de la reina será conocido en toda Valencia —añade Gadea, emocionada.

—Y desde allí se expandirá por el Mediterráneo, llegará a Roma, a Nápoles, y también aquí, a Castilla —afirma Ruy—. Gadea, ¡lo hemos logrado! Es el inicio de un gran cambio, de una nueva era.

—Bueno —interviene don Braulio—, poco a poco, que parece que habéis descubierto la fórmula para convertir el metal en oro y no es para tanto, a ver si la alquimia te está ablandando la sesera.

—No os apuréis.

—Los cambios cuestan más de lo que podéis figuraros —insiste don Braulio.

—Pero ya han empezado: la imprenta, el ajedrez, una reina de Castilla, ¿qué será lo siguiente?

—Quién sabe —suspira don Braulio—, quizá algún loco encuentre un nuevo mundo.

Gadea los observa encantada de estar juntos de nuevo. Y, como decía el arzobispo Carrillo, se percata de que en la vida, a menudo, lo importante suele pasar ante nuestros ojos, pero de incógnito. Y que no piensa volver a ser una estúpida por no aprovechar mejor el tiempo al lado de Ruy. Es verdad que están en medio de una guerra, pero ¿cuándo ha estado en paz Castilla?

# El ajedrez al final de la segunda mitad del siglo XV

La segunda guerra civil en menos de una década
ha terminado en el reino castellano.
Las huestes de Isabel de Castilla y Fernando de Aragón han
derrotado a los aliados de Juana la Beltraneja y el rey de Portugal.

Pronto se iniciará la conquista del reino nazarí de Granada,
el descubrimiento de América y una ambiciosa política exterior
que sentará las bases de la hegemonía española mundial
del siguiente siglo.

El nuevo ajedrez se ha expandido por Castilla y Aragón,
se han publicado nuevos tratados como el de Luis Ramírez
de Lucena y el de Francesh Vicent; y comienza a expandirse
por Roma y de ahí a toda la Cristiandad.

En el siglo XVI todos juegan con las nuevas reglas, se ha olvidado el origen, esa reina legendaria y revolucionaria que cambió el mundo.

Pero el ajedrez es tan poderoso que su legado permanece
hasta nuestros días.
No se ha producido ninguna variación en los últimos
quinientos años.

Quizá es el momento de llevarla a cabo.

# Nota histórica

El ajedrez fue introducido en España por los árabes alrededor del año 850 bajo el nombre de *shatranj* y se practicaba a su usanza. El juego no presentaba ninguna pieza con simbología femenina. Además de la torre, el caballo, el alfil y los peones, existía una pieza denominada «alferza», que vendría a personificar a un ayudante del rey.

Sus nuevos atributos aparecen por primera vez en 1475 en un poema titulado *Scachs d'amor*, escrito en valenciano por Francí de Castellví, Bernat Fenollar y Narcís Vinyoles. Se conserva una reproducción fotográfica en la Biblioteca de Catalunya, ya que el original se extravió durante la Guerra Civil.

Francesch Vicent escribió veinte años después el primer tratado del mundo sobre el ajedrez moderno. El incunable fue impreso en 1495 en Valencia. Por desgracia, con el paso del tiempo, se han perdido todos los ejemplares, siendo el último del cual se tiene noticia uno guardado en la biblioteca del monasterio de Montserrat, perdiéndose su rastro en 1811 durante la guerra de la Independencia, cuando los soldados franceses se atrincheraron en él y utilizaron los viejos pergaminos para confeccionar cartuchos. O al menos esa es la versión oficial. Además, hay constancia de que Vicent fue en 1506 profesor de ajedrez de Lucrecia Borgia, también de familia valenciana; su padre, Rodrigo

Borgia, se convirtió en el papa Alejandro VI. Pero esta es ya otra historia.

El Premio Von der Lasa lleva el nombre del gran investigador alemán del ajedrez del siglo XIX, y esta iniciativa busca motivar con dieciocho mil euros a los cazatesoros para que encuentren este primer tratado de ajedrez moderno. Existen abundantes referencias a este libro en tratados del siglo XVI, y hasta un manuscrito con sus cien problemas copiados en valenciano e italiano. Pero investigaciones posteriores apuntan a que una última copia se vendió en 1911 al coleccionista estadounidense John Griswold White por el librero Salvador Babra. Desde entonces este Santo Grial del ajedrez, del que se ha hablado durante doscientos años, anda perdido. La hipótesis principal es que está mal catalogado en alguna biblioteca de Estados Unidos. Si tienen suerte, quizá ustedes puedan encontrarlo.

Es aceptado por casi todos que el ajedrez contemporáneo es descendiente directo de un antiguo juego de la India, el llamado en sánscrito *Chaturanga*. Este término significaría «cuatro miembros», en alusión a las unidades militares representadas en el tablero: infantería, elefantes, caballería y carros de guerra. El *Chaturanga* pasó, probablemente durante la época sasánida (siglos III-VI d. C.), a Persia, y tras su conquista por los árabes, fue asimilado por el islam.

Los árabes lo introdujeron en la Europa cristiana por diversas rutas, la principal fue la de los reinos hispánicos.

La fascinante pregunta de cuáles son las piezas de ajedrez más antiguas de Europa puede hoy ser respondida casi con total certeza. En el pueblo leonés de Peñalba de Santiago, en la comarca del Bierzo, cerca de Astorga, existen celosamente guardadas desde hace siglos cuatro piezas de marfil (dos torres, una de ellas rota en dos pedazos, un caballo y un alfil), las cuales se consideran preciadas reliquias. Son las más antiguas piezas de ajedrez de toda Europa, independientemente de que daten de la fundación del monasterio (año 900) o, como parece lógico, de años antes, y provendrían, por vía mozárabe, de las zonas musulmanas andalusíes. En cambio son mundialmente conocidas otras figuras extranjeras más modernas como las de Lewis, del siglo XII, que a muchos lectores les sonarán porque aparecen en la saga de Harry Potter.

Las pruebas arqueológicas y documentales demuestran que el ajedrez se había transmitido del mundo árabe-andalusí al hispano-cristiano antes del siglo XI. Esto parece definitivamente concluyente por la presencia de piezas de ajedrez del modelo islámico abstracto, conservadas hasta hoy, en cuatro puntos significativos de la España cristiana: en la citada Peñalba de Santiago, en el enclave gallego de Celanova, el riojano de San Millán de la Cogolla y el del condado catalán de Urgel. Excepto las piezas de marfil de Peñalba de Santiago, el material es en todos los casos cristal de roca translúcido, lo que apunta hacia un origen extranjero, ya que este tipo de tallado del cristal de roca observado en piezas de diversos usos es considerado por los expertos oficiales típico de los fatimitas islámicos asentados en Egipto.

En España también es donde se encuentran las primeras referencias al ajedrez en el ámbito europeo. Se trata de dos testamentos en los que se legan piezas de ajedrez. El primero de estos legados lo es por voluntad de Armengol I, conde de Urgel, del año 1008. La segunda donación se refleja en el testamento de la condesa Ermesinda, fechado en 1058.

En el Medievo, el ajedrez era considerado un juego de reyes. En el caso de los Reyes Católicos, lo practicaban a menudo y hacían gala de sus habilidades; también los monarcas de otros reinos, como los ingleses Eduardo III e Isabel I; o los franceses Juan II, Luis XI y Luis XIII; incluso los rusos Pedro el Grande e Iván el Terrible. Tal es así que este último cayó muerto sobre el tablero mientras jugaba una partida. El ajedrez ha atraído a genios militares como Juan de Austria, a pontífices como Gregorio XII y a pensadores como Rousseau, Voltaire o Erasmo de Róterdam, que discutía de filosofía mientras lo practicaba.

Para entender la importancia que adquiere el ajedrez moderno en la España del siglo XVI, existe un cuadro en el que se puede ver una partida celebrada en Madrid entre Ruy López de Segura y Leonardo da Cutri, bajo la atenta mirada de Felipe II. La escena corresponde a la competición a tres partidas que tuvo lugar en 1575 cuando, tras la victoria de Lepanto y en plena construcción del monasterio de El Escorial, Felipe II convoca a su corte para celebrar el que puede considerarse el primer torneo internacional de ajedrez.

Se trata de un juego distinto a todos los demás, ya que es el único donde el azar no interviene. Nadie tiene suerte en el ajedrez, solo ingenio. Se prima la inteligencia, la astucia, el juego psicológico, el control de tus instintos y el aprendizaje de tus propios errores. Tiene sus orígenes en la India, se perfeccionó en Persia y el islam lo modeló antes de traerlo a Occidente. El rey Alfonso X, el Sabio, dejó muy claro en su *Libro de los juegos*, o *Libro del ajedrez, dados y tablas*, de 1283, que el ajedrez era una magnífica herramienta para la buena convivencia entre musulmanes, judíos y cristianos.

Por tanto, las reglas del ajedrez actual se originaron en España y luego las difundió por todos los rincones conocidos, y es justo que España lo reclame como parte de su historia y su cultura, como cuna del ajedrez. Por eso esta novela tenía que transcurrir aquí, al sur de los Pirineos. Y en ese momento, a finales del siglo XV, cuando la Edad Media está a punto de dar paso al Renacimiento y, además, tiene lugar una unión dinástica que dominará el mundo durante los próximos siglos y que será capaz de hitos inalcanzables e inimaginables para la humanidad hasta ese momento.

En este final de siglo se tomó una decisión trascendental para el futuro de España, Europa y América. El infante Alfonso, el hermano de Isabel la Católica, fue envenenado; no murió de peste como siempre se había defendido. Así lo acreditan los análisis practicados a sus restos. La ciencia ha demostrado que lo que tantas veces ha sido sugerido por varias fuentes históricas y por la ficción literaria no es un mero ejercicio de fabulación sino un hecho. Las conclusiones han aparecido en *Hidalguía. La revista de genealogía, nobleza y armas*, en un artículo firmado por Luis Caro Dobón, profesor de Antropología Física de la Universidad de León, y María Dolores Carmen Morales Muñiz, historiadora y profesora de la UNED. Los análisis realizados a los restos del infante Alfonso descartan la presencia del bacilo de la peste, según muestran los resultados presentados por los expertos de los tres laboratorios implicados en la investigación (León, Madrid y País Vasco). Su muerte fue muy oportuna. En el momento de producirse habían fracasado todos los intentos de negociación con el rey Enrique. Juan Pacheco había conseguido la titularidad del maestrazgo de la Orden de Santiago y no le interesaba que Alfonso —que ya era rey— pudiera ser relegado a su condición de príncipe heredero porque el maestrazgo volvería a su administración. En la novela se le titula en varias ocasiones como rey de Castilla, si bien no fue reconocido *a posteriori*.

Para el personaje de Beatriz Galindo, la Latina, apodo que da nombre a un conocido barrio de Madrid, me he tomado algunas licencias literarias y transformado el personaje histórico, adelantando unos años su entrada en la Corte y no haciéndola coincidir con su contratación para formar a la hija de Isabel de Castilla, sino a la propia reina.

Las partidas de ajedrez en el siglo XV eran lentas, de modo que en la novela he decidido dotarlas de mayor rapidez para hacerla más fluida.

# Nota del autor

Me comprometí a entregar el primer manuscrito de esta novela a mi editora hoy, 16 de agosto, pero hace tres días se desató un terrible incendio en el Moncayo, la zona donde vivo. Fue al mediodía, me hallaba escribiendo e hice una pausa para salir al jardín del Castillo de Bulbuente a jugar con mi hija Martina, y vimos el humo a varios kilómetros. Nos preocupamos, pero a la vez estábamos convencidos de que no vendría hacia nosotros. A media tarde se levantó un viento espantoso, que trajo un intenso olor a quemado. Entonces lo supimos, el incendio estaba descontrolado.

El Castillo de Bulbuente se hallaba lleno de clientes por el puente de agosto, enseguida algunos se fueron asustados; al poco tiempo, a los que aún permanecían tuvimos que pedirles que se marcharan rápido. Revisé habitación por habitación que no quedase nadie, angustiado por si alguien se hubiera quedado rezagado. Después cogí a mi hija y a mi tía, y los tres salimos huyendo. Para esas horas el pueblo estaba siendo desalojado y el cielo se había tornado de un rojo infernal. Tomamos la carretera hacia Borja, a solo siete kilómetros, por donde no cesaban de subir bomberos, el ejército y otros medios. Fue un trayecto que no olvidaremos, desde el coche veíamos que el frente del fuego había saltado la carretera y galopaba como un jinete desbocado por los montes.

Nos refugiamos en Borja, convencidos de que estaríamos a salvo. Mientras tanto, mi mujer Elena permanecía al otro lado del incendio, haciéndose cargo del Castillo de Grisel, en principio fuera de peligro, pero con la angustia de que el incendio también la alcanzara.

A las diez de la noche salí con mi hija a la calle y respiramos el mismo olor a quemado que ya conocíamos, pero mezclado con las cenizas que caían del cielo. Caminamos hasta un punto más alto, la visión era desoladora. Todo el horizonte era un interminable frente rojizo, nunca había visto nada igual, kilómetros y kilómetros ardiendo.

Desesperación, miedo, tristeza, impotencia... añadan ustedes los adjetivos que quieran, pero si no lo han vivido, nunca podrán llegar a imaginarlo.

Nos creemos fuertes y seguros desde el sillón de nuestras casas, pero somos insignificantes y débiles ante la realidad del exterior. Los libros lo saben bien, el fuego siempre ha sido su peor enemigo. En demasiadas ocasiones han ardido bibliotecas enteras, y cuando la ignorancia y la intolerancia han querido destruirlos, se ha recurrido al fuego porque el papel está hecho de los mismos árboles que ardían en ese incendio.

Tardamos tres días en volver a nuestra casa y reunirnos con Elena.

Termino esta novela con este relato por dos razones. La primera es porque los escritores, que pasamos tantas horas solos, vemos nuestros escritos influenciados por nuestras vivencias y circunstancias. Añadimos nuestros miedos, deseos, frustraciones y esperanzas a la escritura.

La segunda, y más importante, es porque deseo que valoren en su justa medida la dedicatoria que quiero hacer a todos los que combatieron el incendio del Moncayo aquellos días. Desde los bomberos, los medios aéreos y el ejército, hasta los vecinos que lucharon contra el fuego en primera línea, defendiendo sus casas y su forma de vida en circunstancias dramáticas; las poblaciones cercanas que generosamente acogieron a los desalojados;

las gentes anónimas que ayudaron cediendo enseres, cuidando de los animales y dando apoyo; los alcaldes, concejales y vecinos que estuvieron pendientes de salvar sus pueblos, y todos los que mandaron mensajes de apoyo.

Esta novela va dedicada a ellos. Y lo hago por escrito porque creo que la memoria es efímera, que las palabras que se dicen son volátiles y se las lleva el viento. Mientras que sobre el papel pesan como sólidas piedras y permanecen para siempre.

Y también para pedir a las autoridades que pongan todos los medios posibles para que no se vuelva a vivir un verano tan aciago y que nuestros bosques, campos, montes y pueblos no sean, una vez más, pasto de las llamas.